어머니의 기원

Mothers, Fathers, and Others

어머니의 기원

시리 허스트베트 에세이

김선형 옮김

MOTHERS, FATHERS, AND OTHERS

mujintree
뮤진트리

차례

■ 일러두기

‑ 이 책은 Siri Hustvedt의 《Mothers, Fathers, and Others》(Simon&Schuster, 2021)를 우리말로 옮긴 것이다.
‑ 외래어는 국립국어원의 외래어 표기법에 따라 표기했다.
‑ 옮긴이의 주는 본문 하단에 각주로 표기했다.
‑ 책 제목은 《 》로, 잡지·논문·영화·제목은 〈 〉로 표기했다.

틸리

친할머니는 괄괄하고 뚱뚱하고 요지부동이었다. 웃을 때는 킬킬 소리를 냈고 자기만 아는 이유로 깊은 생각에 잠기고 가끔은 기함할 의견을 목청껏 피력했으며 나로서는 도저히 알아듣지 못할 노르웨이 방언을 말했다. 미국에서 태어났지만, 영어의 'th' 소리를 끝내 제대로 내지 못하고 그냥 't'로 바꿔 말했다. 그래서 물건들을 '팅스tings'로 발음하고 천둥을 '턴더스톰tunderstorms'이라고 했으며 추수감사는 '탱스기빙Tanksgiving'이라고 했다. 내가 어렸을 때, 할머니 머리는 숱 많은 백발이었고 풀어서 늘어뜨리면 허리께에 닿았다. 내가 할머니를 알기 전에는 붉은 갈색이었단다. 세월이 흐르며 머리숱도 줄었지만 처음 보았을 때의 그 경외감을 난 아직도 잊지 못한다. 할머니가 머리를 풀어 내릴 때는 오로지 밤에, 할아버지와 함께 쓰는 농장의 비좁고 퀴퀴하고 곰팡내 나는 침실의 흐릿한 거울 앞에 앉아 올린 머리의 핀을 뽑을 때뿐이었다. 비좁은 나무 계단을 올라가면 바로 처마 밑에 할아버지만의 더 작은 방이 있었지만, 웬만해서는 우리가 들어가면 안 되는 곳이었다. 할머니가 머리를 풀고 잠옷 가운을 걸치면 할아버지가 틀니를 빼고 침대 옆 유리컵에 넣었는데, 그럴 때마다 나와 동생 리브는 넋을 놓고 바라보곤 했다. 우리에겐 밤에 빼냈다가 다음날 다시 낄 수 있는 신체 부위가 없었기 때문이다.

그러나 탈착할 수 있는 이빨은 가끔은 무섭지만 총체적으로 경이로운 존재의 일부분일 뿐이었다. 우리 할머니는 과도를 써서 빛의 속도로 감자를 깎았고 집 근처 장작더미에서 통나무를 끌고왔으며 지하 식품 창고로 통하는 묵직한 문을 남자보다 힘센 손으로 단번에 젖혀 열고는 흙벽을 따라 선반 위에 병조림 유리병이 즐비한 차갑고 습한 공간으로 우리를 데리고 내려갔다. 그곳에서는 무덤의 냄새가 났는데, 당시에 그런 생각을 했든 안 했든, 그곳으로 놀러 갈 때는 언제나 희미한 위협의 감각이 함께했다. 저아래 새카만 어둠 속에 유리병들과 뱀들과 유령들과 함께 갇힌채 남겨지는 상상 때문이었다.

할머니는 내가 아는 한 똥 농담을 즐겨 하는 유일한 어른이었다. 우리가 뿌직뿌직 같은 농담을 하면 어린아이처럼 몸을 흔들며 폭소를 터뜨렸고, 기분이 좋으면 오래전 흘러가 버린 당신 어린 시절의 이야기들을 들려주었다. 재주넘기와 옆돌기와 줄타기를 배운 이야기, 남자 형제들과 함께 썰매에 닻을 올리고 어릴 때 살던 농장 근처 얼어붙은 호수 위를 무섭도록 빠르게 지쳤던 이야기. '문안'을 갈 때면—이 말은 우리가 낡은 포드에 올라타고 여러 이웃을 '방문'할 거라는 신호였다—할머니는 현관문 안쪽 후크에 걸어둔 꽃이 달린 밀짚모자를 쓰고 안에 작은 동전 지갑이 든 검은색 골드 클래스프 핸드백을 챙겼고, 그러면 모두가 출발하는 거였다.

할머니는 아흔여덟 살에 돌아가셨다. 한동안 내 인생에서 유령으로 머물렀지만 최근 들어 마음 속의 이미지가 되어 자꾸 내게 돌아온다. 나는 묵직한 물 양동이 두 개를 들고 내 쪽으로 다가오는 마틸다 운더달 허스트베트를 본다. 그 뒤에는 아직 그 농장에 남아 있는 수동 펌프가 있고 펌프 뒤로 돌들이 보인다. 내가 태어나기 오래전에 철거한 낡은 헛간의 토대가 있던 자리다. 여름이다. 할머니가 집안에서 입는 면 원피스는 목까지 단추가 채워져 있다. 할머니의 처진 가슴, 넓은 몸집, 두꺼운 다리가 보인다. 겨드랑이의 늘어진 살이 에나멜 금속 양동이를 들고 팔을 쭉 편 채 걸을 때마다 지글지글 흔들린다. 그리고 눈가에 핏발이 서고 푹 꺼진 매서운 눈이 안경 너머로 보인다. 태양의 열기와 미네소타 시골의 굴곡 없는 평원을 가로질러 부는 뜨거운 바람이 느껴진다. 광막한 하늘과 간간이 잡목림들이 끊어놓는 망망하고 텅 빈 지평선이 보인다. 기억의 심상에는 만족감과 고통의 뒤엉킨 감정이 따라온다.

틸리, 할머니 친구들은 할머니를 틸리라고 불렀다. 틸리는 1887년 이민자인 아버지 쇠얀 한셴 운더달과 쇠얀의 두 번째 아내 외스티나 몬스다타 스톤달의 딸로 태어났다. 외스티나도 아마도 이민자였을 테지만 할아버지는 우리를 위해 직접 쓴 가족사에서 이 사실을 언급하지 않았고, 따라서 나 역시 가타부타 말할 수가 없다. 어쨌든 외스티나의 아버지는 부유했고, 세 딸 모두에게 농장을 하나씩 물려주었다. 틸리는 미네소타 달튼 근방에 있는 오터테일 카운티에 소재한 어머니 사유지에서 성장했다. 틸리는 여덟 살 때 어머니를 여의었다. 우리 할머니한테서, 아빠의 누이인 에르나 고모한테서, 또 우리 어머니에게서 들은 이야기가 하나 있는데, 바로 여덟 살짜리 틸리가 가족의 전설이 된 사연이다. 외스티나가 세상을 떠난 후 지역의 목사가 가족을 방문해 망자의 시신 앞에서 루터 목사들이 하는 일을 했다. 그 사람은 집에서 나가기 전 그곳에 있던 모든 사람에게 경건한 말투로 그 여자의 때 이른 죽음은 "하느님의 뜻"이었다고 말했다. 그러자 우리 할머니가 되기 오래전의 우리 할머니가 분노해 발을 굴러대며 외쳤다. "아니야! 아니라고!" 그리고 할머니는 그러길 아주 잘했다고 여겼고, 우리 역시 다행이라고 생각했다.

틸리는 '고국'을 한 번도 찾지 않았다. 당신 아버지의 첫 번째 집을 본 적도 없다. 손Sogn의 운드레달Undredahl, 그 작은 교회는 피요르드에서 곧장 솟아오른 가파른 산비탈에 바짝 붙어 있었다. 나는 그곳을 보고 싶다는 할머니의 바람을 스치는 말로라도 들은 적이 없다. 감상적으로 행동하는 일이 거의 없는 분이었다. 할머니의 남편, 나의 할아버지, 라르스 허스트베트는 일흔에 처음 노르웨이로 여행을 가셨다. 친척에게서 물려받은 돈을 비행기 삯으로 썼다. 할아버지는 당신 아버지의 고향인 보스Voss로 갔는데, 처음 보는 친척들은 그를 따뜻하게 품어주었다. 가족들 사이에서 전해지는 이야기에 따르면, 할아버지의 아버지는 가족 농장 허스트베이트의 '돌멩이들'을 낱낱이 외웠다고 한다. 그는 분명히 향수병을 앓고 있었고, 그 그리움과 그 감정에 따라온 이야기들은 그의 아들에게 고향이 아니라 고향이라는 관념에 불과한 고향을 그리워하는 마음을 심어주었을 것이다. 우리는 다른 사람들의 감정을, 특히 사랑하는 타인들의 감정을 습득하고 우리가 본 적도 만져본 적도 없는 것들이 상상의 연결을 통해 우리에게 속한다고 상상한다.

나의 아버지는 그 상상의 연결을 자신의 삶으로 만들었다. 2차 대전 당시 뉴기니와 필리핀에서 싸우고 일본 주둔군에서 잠시 복무한 후 집에 돌아와서는 제대군인 원호법을 통해 대학에 갔고 결국 매디슨의 위스콘신 대학에서 스칸디나비아 연구 분야의 박사학위를 취득했다. 아버지는 미네소타주 노스필드의 세인트올라프칼리지에서 노르웨이 어문학을 가르쳤고, 노르웨이계 미국인 역사학회 총무로 일하며 방대한 이민서류 기록을 정리하고 주해를 달았는데, 이 일을 하면서 한 번도 보수를 받은 적이 없다.

아버지가 우리를 위해 남긴 〈허스트베트 가문〉이라는 텍스트에는, 할머니 가족에 대한 정보가 거의 없다. 내가 앞에서 이야기한 할머니의 상속 재산뿐이다. 아버지의 의식적 정체성은 부계로부터 형성되었고, 따라서 아버지는 자기 앞에 살았던 보스 출신의 남자들에 대해서는 최대한 많은 정보를 찾아냈다. 아버지의 할아버지와 증조부와 고조부. 아버지의 뇌리에는 모계를 깊이 들여다보겠다는 생각 자체가 떠오르지 않았던 것 같다. 틸리 할머니가 애초에 부모가 남긴 서류나 편지를 모아두지 않았을 수도 있다. 할머니는 글은 읽을 줄 알았지만 2학년 이후로는 학교에 다니지 않았다. 군인인 아들에게 보낸 할머니의 편지글은 유창하지만 가끔 틀린 문법이 보인다.

성인이 되어서야 나는 생략의 문제를 사색할 수 있게 되었다. 그 자리에 있는 것보다는 빠져 있는 것을 생각했고, 말해지지 않은 것이 말해진 것보다 더 큰 소리를 낼 수 있다는 걸 이해하기 시작했다. 다만 한 가지, 할머니는 아버지의 신경에 거슬리는 존재였다. 할머니가 세상일에 대해 무지한 발언을 할 때면 신경을 빠짝 곤두세우거나 식탁에서 말없이 인상을 쓰던 아버지가 기억난다. 면박을 주며 대꾸하는 일은 거의 없었지만 아버지의 얼굴에는 불행함이 그대로 드러났다. 그럴 때면 나는 모자의 갈등이 깊은 할큄이 되어 내 가슴 부위를 전체적으로 헤집어 상처내는 느낌을 받았고, 가끔은 도저히 견딜 수가 없어서 잠시 실례하겠다고 말하고는 대개는 논리가 불분명한 가족의 분란에서 도망쳐 정원으로 가곤 했다. 그곳에 있으면 아직 초록색인 콩코드 포도가 천천히 파랗게 익어가는 모습을 관찰하거나 잔디밭에 훌렁 드러누워 달콤하고 하얀 풀잎 끄트머리를 씹는 데 집중할 수 있었다. 그때에도 아버지가 짜증을 부린 데에는 내가 느낄 수는 있으나 결코 듣지 못할 이야기들이 있다는 건 알고 있었다.

할아버지는 할머니보다 성품이 온화하셨다. 대공황 당시 60에이커의 농지 중에서 40에이커를 은행에 빼앗겼으니, 인색에 가까운 검약은 이 이야기로 설명이 되었다. 분명 두 분은 사회보장 지원금으로 생계를 꾸렸으리라. 나도 잘 알지는 못한다. 아버지는 박봉이었고, 우리 가족은 수년간 매달 근근이 생활했으니 아버지가 부모님께 어떤 도움을 드렸든 그건 큰 도움이 될 수 없었을 것이다. 농부로서 할아버지의 생계는 내가 그분을 알기 오래전에 이미 끝났다.

할아버지와 할머니가 대화를 나누거나 서로를 어루만졌던 기억은 하나도 없다. 하지만 우리는 두 분이 나란히 앉아계시는 사진들을 가지고 있다. 할아버지는 내향적이고 과묵한 남자였다. 신문을 샅샅이 읽고 정치에 첨예한 관심을 두었으며 비좁은 거실의 의자에 한 번 앉으면 오랫동안 일어나지 않았고, 잎담배를 씹다가 발밑에 둔 폴저스 커피 깡통에 뱉었다. 우리가 그린 그림들을 보고 온화하게 미소를 지으며 부엌에 둔 단지에서 줄무늬 사탕을 꺼내 주었다. 라르스 할아버지가 세상을 떠나자, 아버지는 '그곳' — 농장을 뜻했다 — 에 품은 사랑의 '절반 이상'이 사라져 버렸다고 내게 말했다. 그때 나는 열여덟 살이었고, 이 수수께끼 같은 선언을 오래도록 곱씹으며 생각해 본 결과 아버지는 할머니보다

할아버지를 더 많이 사랑했다는 뜻으로 받아들였다.

틸리 할머니가 죽음을 앞두고 있을 때, 어머니는 할머니와 단둘이 꽤 오랜 시간을 보냈다. 할머니는 어머니의 손을 잡고 애처롭게 말했다. "내가 라르스한테 더 잘해줄 걸 그랬어. 라르스한테 더 잘 해줬어야 했어."

할머니가 돌아가신 후 아버지는 장례식에서 추도사를 했는데, 그때 할머니를 '최후의 개척자'라고 일컬었다. 아버지의 연설은 훌륭했다. 글도 잘 썼고 위트도 있었다. 그러나 추도사에는 초연한 거리감이 담겨 있었고 자신을 낳아주고 젖 먹여 길러준 여인과의 연결고리가 빠져 있었다. 그 고리는 어디로 갔을까? 부모의 괴로운 결혼생활 속에 빠져 사라졌을까? 또 다른 요소가 있나? 훨씬 미묘하고 정의하기 어려운 어떤 요소가? 아버지가 틸리 할머니에게 진 빚은 어머니와 어머니들의 잊힌 땅, 모든 인간이 시작하고 모든 인간이 태어나는 자궁이라는 말 없는 영토로 녹아 사라졌을까? 서구 문화가 집요하다 못해 내가 보기에는 장관이라고 여길 정도로 억압하고 억누르고 회피해온 그 영토로? 가족사에서 틸리의 가계가 생략된 것이 아버지에게는 '자연스럽게' 다가왔다. 우리 어린 시절의 세상에서는 시간을 어머니로 재지 않았기 때문이다. 오로지 아버지로만 재었을 뿐. 한 세대와 그 후속 세대를 표시하는 건 아버지의 이름이었다. 지금은 '허스트베트 가문'이 역사가 짓뭉개어버린 가부장들을 다시 옹립하는 역할을 어느 정도 하지 않았을까 생각한다. 우리 아버지가 소년으로서 목격했던 것도 그 역사에 포함된다. 아버지의 치욕적인 상실, 아들은 강렬한 동일시를 통해 그 상실을 자기 것으로 내면화했다.

할머니 역시 상실을 경험했다. 당신 아버지에게서 돈을 물려받아 은행에 넣고 저축했다. 얼마나 큰 돈이었는지는 모르지만, 그건 '그녀의' 돈이었다. 수년 후, 할아버지의 형제인 데이비드가 서부 해안지대에서 산업재해로 두 다리를 잃었을 때, 할머니는 그의 의족 비용으로 쓰도록 그 돈을 포기했다. 돈은 보냈지만, 형제는 자취를 감추었다. 오랜 세월이 지난 후, 데이비드 허스트베트는 미니애폴리스 길거리에서 연필을 팔다가 죽었다. 그는 무릎을 신발에 넣고 돌아다녔다고 한다. 거리에서는 '연필 파는 데이브'로 알려져 있었다. 나는 이 이야기를 소설《어느 미국인의 슬픔 The Sorrows of an American》에서 썼다.

나의 부모님은 돌아가셨다. 이 글을 쓰는 지금, 어머니가 돌아가신 지 겨우 3개월밖에 되지 않았다. 어머니는 2019년 10월 12일에 96세를 일기로 돌아가셨다. 아버지는 2004년 2월 2일에 세상을 떠나셨다. 2020년 2월 19일이 되면 나는 65세가 된다. 어머니가 살아계셨다면 97세가 되셨을 바로 그 날이다. 두 분 다 젊은 나이에 돌아가신 건 아니고, 내가 곧 죽더라도, 그게 오늘 아니면 내일이라도, 나 역시 젊은 나이에 죽는 건 아닐 것이다.

나의 어머니와 아버지는 1950년 또는 1951년에 오슬로 대학에서 만났다. 어머니는 그 대학 학생이었고 아버지는 풀브라이트 장학생이었다. 만달에서 태어난 어머니는 열 살 때 오슬로 외곽의 소도시 아스큄으로 이사했다. 좀 바보 같은 얘기지만, 우리 부모님이 전쟁 중에, 혹은 점령기에 청춘의 한창때를 보냈다는 사실을 깨닫는 데는 좀 시간이 걸렸다. 징집 영장을 받았을 때 내 아버지는 열아홉 살이었다. 1940년 4월 9일 나치가 노르웨이를 침공했을 때 어머니는 열일곱 살이었다.

노르웨이계 이민자의 손자를 만나고 몇 년 뒤 내 어머니는 노르웨이계 이민자가 되었고 어느새 결혼해 미네소타에 살고 있었다.

어머니는 오슬로의 아메리칸클럽에서 만난 잘생긴 미국인의 부모가 수돗물도 없는 농장에 산다는 걸 몰랐다. 전쟁이 끝나고 내 아버지가 설치하기 전까지는 전기도 없었다는 것도, 부모 두 분 다 고등학교는커녕 중학교도 졸업하지 못했다는 사실도 몰랐다. 어머니는 꽁꽁 얼어붙은 미네소타의 겨울에 난방이라고는 두 개의 장작 화덕밖에 없다는 사실도 몰랐다. 아버지는 이 모든 사실을 어머니에게 알리지 않았다. 어머니 스스로 발견하게 두었다. 왜 말하지 않고 숨겼는지 그 이유는 아버지와 함께 깊이 파묻혀 있다.

어렸을 때 여동생들과 나는 할아버지와 할머니가 가난하다고 생각하지 않았다. 가난하다는 말의 뜻을 몰랐던 건 아니지만, 그 말이 우리 가족 성원에게 적용된다고 믿지 않았던 것 같다. '가난'이란 말을 들으면 동화가 떠올랐다. 아들 셋이나 딸 셋을 데리고 숲속 오두막이나 어디 먼 도시의 '빈민가'에 사는 남자와 여자들, 그런 사람들은 TV에서 무채색으로만 우리에게 보였다. 짐작하건대 네 남매의 첫째인 아버지와 둘째인 고모 에르나가 아직 어렸을 때는 할아버지와 할머니도 그럭저럭 잘 살았던 것 같다. 그러나 대공황이 닥치고 집안의 섬세한 균형이 깨어지자 그만 모든 게 와르르 허물어져 버렸다. 사람들은 계속 삶을 살아갔지만, 내가 기억하는 농장은 대략 1937년쯤에서 멈춘 것 같았다. 마비가 그 장소를 정의했다.

우리 네 자매와 사촌들은 여름이 되면 그 농장에 가서 신나게 놀았다. 그곳은 우리의 원더랜드였다. 우리는 사과와 배나무가 자라는 과수원 근처 키 큰 수풀에 서 있는 트랙터 운전석에 올라갔다. 우리는 농장에 버려진 낡은 차의 잔해 위에 행복하게 쭈그리고 앉아 있었다. 우리는 집 옆에 조르르 놓여 있던 빗물받이통을 사랑했고, 그 작고 하얀 차고 속에 쌓여 있는 의문의 쓰레기 더미들을 좋아했다. 그중에는 버려진 냉장고도 있었는데, 나는 그걸 보면 너무 무서웠다. 냉장고에 들어가 문을 닫았다가 죽은 남자아이의 이야기를 들은 적이 있었기 때문이다. 세면대 역할을 하는 대야와 특별히 농부와 정비공용으로 만들어져 거친 알갱이가 든 회색 용암 비누가 나는 너무 좋았다. 물그릇과 물을 마실 때 쓰는 손잡이 긴 국자도 좋았다. 쑤시는 옆구리를 부여잡고, 무릎과 손에 풀 얼룩을 묻히고, 여기저기 생채기가 나고 벌레에 물린 채로, 집안에 들어가 반창고를 붙이고 레모네이드를 마시고 격렬하게 강도 잡기나 조난이나 토네이도나 유괴나 해적 놀이를 했던 기억이 난다.

어머니가 8월의 결혼 날짜를 앞두고 7월에 나를 임신했다고 틸리 할머니에게 고백했을 때, 할머니는 위아래 입술 사이로 공기를 내뿜으며 '푸' 소리를 내더니 손사래를 치며 그만 알았다고 했다. 그건 설명이 안 되는 행동이었다. "할머니는 아예 신경도 쓰지 않으셨어." 어머니는 수년이 흐른 뒤 어느 날 밤 우리가 늦은 시각까지 않아서 이야기를 나누게 되었을 때 이렇게 말했다.

아버지가 차마 글로 적지 못한 이야기가 있다. 아버지가 가족사에도 회고록에도 넣지 않은 이야기, 그러나 어느 시점에 내가 듣게 된 이야기다. 아버지에게서 직접 들은 이야기는 아니고 고모나 삼촌들 누군가에게서 들었는데 나중에 어머니에게서 확인을 받았다. 대공황이 절정에 다다랐을 때, 정부 감사관이 농장을 방문해 젖소들이 구제역에 걸렸다면서 살처분 명령을 내렸다. 그 끔찍한 일이 처리된 후에 ─ 어떻게 된 일인지는 모르지만 ─ 젖소들이 병에 걸리지 않았다는 사실이 밝혀졌다. 감사관은 틀렸다. 그러나 보상은 없었다.

나는 그 살육의 심상을 머릿속에 몇 년간 담고 다녔다. 내가 보지도 못한 살육의 이미지를.

내 아버지는 그곳을 사랑한 만큼 증오했다고, 나는 생각한다.

풍경은 변함이 없다. 농지는 여전히 몇 마일에 걸쳐 끝도 없이 펼쳐져 있고, 이제는 대농장이나 '농업경영'의 후원을 받고 있다. 남은 이십 에이커에 자리한 농장주택은 가족의 기억을 기리는 공허한 기념비로서 서 있고, 그곳에서 멀지 않은 울랜드 교회에는 내 아버지의 재가 묘역에 맞닿아 있는 숲에 인접한 무덤 속 유골

함에 묻혀 있다. 아버지 옆 또 다른 함에는 어머니의 유골 절반이 들어있다. 올여름에 딸 넷이 한때 어머니였던 재의 나머지 절반을 노르웨이로, 어머니가 태어난 만달로 가져갈 것이다. 두 분 가까이에 우리 조부모인 라르스와 마틸다, 모리스 숙부, 나의 고모부 맥 맥과이어가 있다. 에르나 고모와 결혼한 아일랜드 경찰관은 아까운 쉰두 살에 생을 마감한 후 노르웨이 사람들 가운데서 사후를 보내게 되었다. 땅은 변함없는 모습이지만 이민자들과 노르웨이어를 쓰는 그들의 자녀들은 죽었다. 내 아버지의 세대, 3세대, 아직도 그 언어로 말한 마지막 세대도 이제 거의 모두 세상을 떠났다. 대를 이은 내 세대의 아이들도 백인의 미국 속에 녹아 사라졌다. 그들 중 많은 수는 이민자의 과거와 하잘것없는 부적 한두 개 ─ 이를테면 단단하게 짠 노르웨이 스웨터나 효모를 넣지 않는 보드라운 감자빵, 우리 할머니의 특기였던 레프세[1] 한 접시 같은 것 ─ 로 축소된 실낱같은 연결로 이어져 있을 뿐이다. 레프세는 버터를 바르고 설탕을 뿌린 다음 돌돌 말아서, 빨리 아니면 천천히, 마음 내키는 대로 먹을 때 제일 맛있다.

여름에는 혹독하게 덥고 겨울에는 눈 폭풍에 휩싸이고 영하의 기온에 시달리는 미네소타의 기후는 극단적이다. 초원의 삶은 기후를 견디고 살아남으려는 주기적 분투로 점철된다. 내 아버지는 가뭄, 메뚜기 떼, '폭설들'로 오랜 기간 폐쇄된 도로를 회상했다.

---

[1] 노르웨이의 납작한 빵으로 철판에서 굽는다. 반죽에 감자가 들어가는 경우가 많다.

도로에 자동차 통행이 불가능해지면, 사람들은 말이 끄는 썰매로 다녔는데, 그 기억은 아버지의 얼굴에 즐거움의 미소를 번지게 했다. 틸리는 얼음판이 된 길을 무서워했고 고약한 진눈깨비가 내리고 라디오나 텔레비전에 경보가 뜨면 집안에 처박혀 꼼짝도 하지 않는 편을 택했다. 할머니가 아버지와 통화할 때 들리던 그 불안하고 갈라진 목소리를 나는 기억한다. 할머니는 그런 상황에서는 30분 거리밖에 안 되는 노스필드까지도 차를 타고 가지 않았다. 틸리는 미끄러운 도로와 관련해 기억나는 뭔가 끔찍하게 무서운 일을 겪은 게 틀림없었지만, 그게 뭔지 나는 알지 못했다.

우리 모두는 '기억'이라고 부르는 것으로 이루어져 있다. 되풀이해 말하고 또 말한 이야기들로 굳어진 사진들 속 우리 눈에 보이는 시간의 조각들뿐만 아니라, 우리가 체현하지만 이해하지 못하는 기억들까지 말이다. 무언가 잃어버린 것을 환기하는 냄새나 우리에게 또 다른 사람을 떠올리게 하는 누군가의 몸짓이나 손길, 아니면 미지의 공포를 불러일으키는, 멀거나 가까운, 어떤 소리. 그리고 우리가 우리의 기억과 함께 받아들이고 정렬하는 타인의 기억들이 있는데, 가끔은 그들의 기억을 우리의 것과 혼동하기도 한다. 그런가 하면 또, 관점이 다른 위치로 비틀려 뽑히는 바람에 변하는 기억들도 있다. 우리 할머니는 전혀 다른 모습으로 탈바꿈해 내게 돌아왔다. 다시 기억되고 다시 설정되었다.

나의 증조할아버지 이바르 허스트베트가 1868년 미네소타에 도착했을 무렵, 다코타 부족은 1851년의 트래버스데시우 조약을 통해 2천4백만 에이커의 토지를 미국 정부에 양도했고, 그 결과 유목민이었던 그들은 미네소타 강변의 비좁은 보호구역으로 밀려났다. 1853년, 그 땅은 정착민에게 개방되었고 노르웨이인들이 오기 시작했다. 남북전쟁 중이던 1862년 조약 파기로 배신당하고 굶어 죽을 위협에 처한 소수의 다코타족이 정착민 가족을 습격해 보복했고, 그 후로 미네소타 전역에서 격렬한 전투가 발발했다. 다코타족, 이민자들, 미국 군인들이 죽었다. 나의 할머니 할아버지도 여러 이야기를 들었을 것이다. 그들의 부모가 도착하기 전 어떤 일이 있었는지에 대한 이야기들, 인디언 전쟁[2]과 남북전쟁의 이야기들, 그중에 한스 크리스천 헤그라는 남자가 이끄는 노르웨이 연대가 북부연합을 위해 싸운 이야기도 있다. 그들은 미네소타 땅에 발을 디디자마자 징집되었다. 그 남자들은 영어를 아예 못 했다. 노르웨이어로 전쟁을 치러야 했다.

동생인 토르켈이 이민 계획을 세우고 있다고 보낸 편지에 이바르 증조할아버지는 오지 말라는 답장을 보냈다.

결국 노르웨이에서 이민 온 사람들은 노르웨이 전체 인구의 1/4에 달했다. 19세기는 물론 20세기 초반까지 거대한 파도처럼 밀려온 사람들은 형편이 넉넉한 사람들이 아니었다. 많은 사람들이 농장이 없는 농부였다. 아무것도 상속받지 못할 둘째, 셋째, 넷째 아들들이었다. 그들은 일자리를 찾아 도시로 몰려갔지만, 늘

---

2) Indian Wars. 18~19세기에 걸쳐 미국의 백인 이민자와 미대륙 원주민 사이에 벌어진 일련의 전쟁을 일컫는다.

일자리가 마련되어 있는 건 아니었고, '아메리카Amerika'에는 땅이
있었다. 남자들은 혼자 오거나 자기 여자들을 데리고 왔다. 이 사
람들 일부는 대평원에서의 삶을 그럭저럭 꾸려나갔고, 이민자의
전형으로서 '처녀'지를 '길들인' 강건한 개척자라는 미국 신화에
잡아먹혀 꿀꺽 삼켜졌다. 그러나 많은 다른 이는 고향으로 돌아갔
다. 어떤 사람들은 미쳐버렸다. 1932년 외르눌프 외데가르트Ørnulf
Ødegård가 시행한 대규모 심리학 연구를 통해 미네소타에서 정신
장애로 치료받은 노르웨이인의 수가 고국에 머무른 노르웨이인
과 미국에서 태어난 노르웨이계 미국인 양쪽과 비교했을 때 의미
있게 많다는 사실이 밝혀졌다. 외데가르트는 이 차이가 낯선 땅에
서 이방인으로 사는 고된 현실 때문이라고 추론했다.

　물론 이는 사태를 넓고 길게 조망하는 관점이고, 우리 할머니가
취했을 리 없는 시점이기도 하다. 할머니는 남편이 이웃 농장에
일꾼으로 일하러 가고 훗날 전시에는 워싱턴주의 방산업체에까지
나라를 횡단해 일하러 간 후에 아이들을 먹이고 입히느라 사투를
벌였기 때문이다. 아버지와 아들은 거기서 만났다. 나의 아버지는
정보 부대에 배속받아 노르웨이를 침공하는 연합군 예비 작전 계
획의 일부로서 오리건에서 훈련을 받았다. 아버지의 자격은 IQ 테
스트에서 높은 점수를 받은 것과 노르웨이어를 할 줄 안다는 것
이었다. 회고록에서 아버지는, 자기 아버지를 만났을 때 그 남자
가 결혼반지를 끼고 있었고 그것이 그를 행복하게 해주었다고 기
억한다. 회고록의 다른 부분에서는 부모 사이의 원망이나 소외의

묘사를 찾아볼 수 없다. 끼든 뺐든 결혼반지에 대한 언급도 없고, 결혼의 약조를 상징하는 반지와 대조되는 맨 손가락의 고통도 나오지 않는다.

우리 할머니는 라르스와 결혼하지 말았어야 했다고 입버릇처럼 말했다. 우리 모두 그 말을 들었다. 우리 모두 그것은 해서는 안 될 끔찍한 말이라고 생각했다.

할아버지가 언제 상심한 나머지 자기 자신 속으로 사라져 버렸는지는 모른다. 악몽을 꾸었고 비명을 지르며 잠에서 깼고 한번은 주무시던 그 작은 침실의 천장을 주먹으로 쳤다는 사실은 안다. 이 사실을 어떻게 알게 됐는지는 기억나지 않지만, 비밀들은 가족들 사이로 여행했다. 감정이 묵직하게 담긴 비밀들이었다. 나는 그 비밀들이 마치 어른 남자의 코트 속 숨겨진 주머니에 든 돌덩어리 같다고, 그래서 그 코트를 입는다는 건 수치에 짓눌린다는 뜻이라고 느꼈다. 어른들은 우리 아이들이 그걸 느끼지 못한다고 상상했을까? 내가 여동생들이나 사촌들보다 더 예민하게 느꼈을 가능성도 있을까? 나는 예전에도 소리굽쇠의 비유를 쓴 적이 있는데, 내 어린 자아를 회상하면 그런 공명하는 악기를 떠올리게 된다. 그것은 소리가 아니라 방안에 어른들과 함께 있게 되었을 때 어른들 사이에 얽히고설킨 사랑과 증오의 감정을 공명했다. 그 감정들은 틀림없이 나 자신의 감정과 뒤섞였을 테고 억압적인 그들에게서 풀려나고 싶다는 은밀한 소망과 어우러졌을 것이다. 그러나 그 소망은 내 아버지에게도 그랬듯 내게도 도저히 입 밖에 내어 말할 수 없는 마음이었다. 내 크나큰 행운은 지금 그 마음을 글로 쓸 수 있다는 사실이다.

일반적인 스칸디나비아인들, 그중에서도 특히 노르웨이인은 무대 위보다는 무대 밖에서 남몰래 번뇌의 삶을 견디는, 금욕적이고 억압된 사람들로 종종 캐스팅된다. 헨리크 입센은 비밀과 유령, 그리고 그것들이 자아내는 고뇌와 죄책감에 사로잡힌 민족의 이 모든 속내를 연극을 보는 대중들의 눈앞에 적나라하게 까발려 버렸다. 내 아버지는 입센의 희곡을 가르쳤다. 아버지가 가장 좋아하는 강의였다. 죽음을 앞두고 아버지는 내게 〈로메르스홀름 Romersholm〉을 어떻게 생각하느냐고 물었고, 나는 그 희곡이 더 잘 기억나기를 바랐다. 아버지가 돌아가시고 나서 그 희곡을 다시 읽었다. 작품은 농밀하고 심오했으며, 말해지거나 말해지지 않은 성적 정치적 두려움과 희망들로 응어리져 있었다. 희곡의 중심에는 레베카 웨스트가 있었다. 분투하는 야망, 어마어마하게 복잡한 심리와 도덕적 모호성의 화신. 그녀는 자기가 사랑하는 남자인 로메르스의 아내 베아타를 자살로 몰아가는 죄를 짓는다. 그녀는 또한 비상하는 이상주의, 고요한 분노, 전략적 지능의 화신이기도 하다. 입센은 아버지들의 세계에서 여자들이 차지한 불가능한 위치를 맹폭한 선명성으로 꿰뚫었다. "장담하지만, 당신이 로메르스홀름에서 가장 강한 사람이었어요." 로메르스는 레베카에게 말한다. "베아타와 나를 합친 것보다도 더 강했지요."

나의 할아버지에게는 할머니 같은 힘이 없었다. 내가 결혼으로 편입된 또 다른 이민자의 문화―역시 19세기에 대규모로 이주한 동유럽 유대인 문화다―에서 빌려온 단어를 쓰자면, 그에게는 할머니의 후츠파Chutzpah[3]가 없었다. 틸리는 절망에 잠식되지 않으려 레프세를 만들어 팔았다. 한 번은 가게에서 물건을 훔쳤다는 소문도 있었다. 도둑질도 했다는 말이다. 내 어머니는 이 이야기를 해주면서 목소리를 낮췄다. 세세한 사연은 전해지지 않는다. 어쩌면 틸리는 '도둑질'을 했을지도 모른다. 감옥에 가지는 않았다. 나는 분개하지 않았다.

이제 내가 하려는 이야기는 내 어머니에게서 왔지만, 할머니에게 속했다. 어느 여름, 시애틀에 사는 먼 친척들이 중서부의 자기 가족을 방문하러 왔다. 스탠리 숙부는 허스트베트 후손 중 유일하게 멀리 이사했다. 스탠리 숙부와 팻 숙모는 엄격한 부모였다. 무수한 금지사항과 처벌의 경고들은 오로지 자기 자식 넷에게만 적용되었다. 그러나 그 권위적인 명령들이 귀에 들리는 거리에 들어서면 내 팔다리는 뻣뻣하게 굳었고 심장이 위태롭게 빨리 뛰곤 했다. 그들이 사는 세상은 우리가 사는 세상과는 달랐고, 두 세상이 농장에서 충돌하면 이상했다. 나는 내 자유방임적 부모가 생소한 체제를 싫어한다는 걸 알았다. 그러나 어머니와 아버지는 낯선 행동들을 말없이 참았다. 불만을 드러내는 어른은 오로지 할머니뿐이었다. 할머니는 아들과 며느리가 명령을 내릴 때마다 몸을 움

---

3) '저돌적'이나 '당돌함'을 뜻하는 이스라엘 말로, 후츠파 정신은 서슴없이 질문하고 도전하며 자신의 주장을 당당히 밝히는 이스라엘인 특유의 도전정신을 뜻한다.

쩔하고 투덜거리고 고개를 가로젓고 쯧쯧 혀를 찼다. 이건 나도 기억한다.

내가 그 자리에 없었기 때문에 기억하지 못하는 건, 스탠리 숙부와 팻 숙모가 아이들을 할머니와 할아버지에게 맡기고 단둘이 여행을 떠났던 이삼일 간의 일이다. 할아버지는 이야기에 나오지 않지만, 할아버지가 어디 계셨든 할머니의 계획에 간섭할 마음이 조금이라도 있었을 거라는 상상은 하기 어렵다. 할머니가 어머니에게 해준 이야기에 따르면, 할머니는 아이들의 부모가 탄 차가 출발하여 울랜드 교회를 지나 야트막한 언덕 너머로 사라지는 광경을 아이들과 함께 지켜보았다고 한다. 그러고 나서 할머니는 임시로 보호하게 된 아이들에게로 돌아서서 고개를 끄덕이고는 "좋아, 이제, 가서 너희 멋대로 신나게 놀아라"라고 말했다. 아이들은 금세 신호를 알아차렸다. 아이들은 울부짖고 괴성을 지르고 진입로의 흙에서 구르고 손에 잡히는 건 다 집어던지고 집 안팎을 정신없이 뛰어다니고 문을 쾅쾅 소리 나게 닫고 나무와 울타리를 발로 차고 서로 침을 뱉으며 자유의 난장을 벌였으며, 할머니는 잔디밭에 차분하게 앉아 공모의 즐거움으로 미소를 지으며 그들을 지켜보았다고 한다.

나는 정말이지 할머니들에 관한 닳고 닳은 이야기들이 지겹고 따분하기 짝이 없다. 할머니를 대상으로 한 문화적 허튼소리들이 어찌나 많고 많은지. 온갖 종류의 분홍색 연하장 얘기들뿐만 아니라 각양각색의 헛소리가 떠다닌다. "할머니는 따뜻한 포옹이고 달콤한 추억이다." 영감 작가 바바라 케이지는 우리에게 이런 말을 한다. 할머니의 온기, 선의, 희생, 마음 아픈 고생에 대한 진부한 관념과 이야기들은 얼마나 편리한가. 후대의 마음을 편하게 해주고 그 정반대의 위협들을 흩어버리기 위해 말해지고 또 말해지는 이야기들.

틸리는 어려운 여자였다. 반항심을 억눌러 삼키지 않았고 신랄한 폭소나 노골적인 기쁨을 막지 않았다. 그리고 분노가 닥쳐오면 가장하지 않았다.

〈감정을 젠더화하기〉라는 에세이에서 우테 프레베르트Ute Frevert는 "고대로부터 분노는 강자의 자질로 여겨졌다"고 쓴다. 나는 현재 미합중국의 대법관이 된 브렛 캐버너가 눈에 눈물을 글썽거리며 불미의 사태에 분노하는 모습을 텔레비전에서 보았다. 어떻게 내가, '내'가, 성유 바른 법의 총아가, 저 여자 교수 크리스틴 블레이지 포드에게서 성폭행으로 기소당할 수가 있단 말인가? 분노는 강자의 특권, 미국에서는 백인 남자의 특권이다. 나머지 우리에게는 허락되지 않는다. 신중하게 가두거나 꿀꺽 삼켜버려야 한다. 여자는 부드럽고 차분하고 숙녀다운 목소리로 증언하며 겸손하게 앉아서 자신을 심문하는 사람들을 열심히 '돕겠다는' 의향을 보여야만 한다.

"나의 분노는 내게 고통이라는 의미였으나, 또한 생존이라는 뜻이기도 했습니다. 그러니 나는 적어도 선명성으로 가는 길에 그만큼 강력한 것이 또 있는지 확실히 확인하고 나서, 그때 비로소 분노를 포기할 것입니다." 오드리 로드는 한 연설에서 말했다. 로드의 분노는 그녀의 천재성에 에너지를 충전했고 그 에세이의 산문에 전기를 통하게 했다. 로드는 그 분노를 누구에게 왜 겨냥해야 할지 잘 알았다. 그 속에는 불편하고 추한 진실에 눈을 감은 백인 페미니스트들도 있었다. 내 할머니는 그런 탁월한 선명성, 그런 지적 통찰력, 그런 철학적 관통으로 자신의 처지를 바라볼 수는 없었다. 결혼과 그에 수반된 가난과 수치라는 당혹스러운 현실에 종속된 백인 여성이었다. 할머니에게는 분노가 있었다. 분노가 할머니의 생존을 도왔다.

할머니의 유령은 물 양동이들을 끌고 내게 돌아왔다. 나를 기쁘게 한 동시에 놀라게 한 여자, 그 여자의 심상은, 적어도 부분적으로는, 내 아버지의 양가감정이라는 필터를 거쳤다. 아버지가 제대로 입 밖에 내어 말할 수 없었던 사랑과 증오가 혼재된 필터였다. 이 유령에게는 단순하거나, 영웅적이거나, 순수한 구석이 하나도 없다. 나는 할머니에 대해 내게 숨겨진 많은 것들이 있음을 안다. 내가 영영 알지 못할 많은 것들. 그러나 시간은 손녀의 마음속에 비친 마틸다 운더달 허스트베트를 바꾸어 놓았다. 그녀는 침묵들을 거듭 깨뜨리고 또 깨뜨렸다.

2020

28

내 어머니의 바다와
그 바다가 내 것이 된 사연

바다 이전에 바다의 이야기들이 있었다. 노르웨이 해안 최남단에 자리한 만달에서 온 내 어머니의 이야기들. 나는 그 이야기를 대체로 믿는다. 유년기의 추억이란 대개 장밋빛 기쁨 아니면 시커먼 불행의 그림자로 채색되기 마련이며, 다채로운 회색의 복잡한 감정으로 그려지지는 않는다는 걸 잘 알고 있지만 말이다. 그 이야기에 따르면 어머니는 잔잔하고 망망한 북해를 내려다보는 작은 산 위의 집에서 부모님과 세 형제와 함께 거의 낙원에서와 같은 지복의 상태로 살았다고 한다. 하지만 소금을 머금은 바닷바람이 불어와 내 어머니가 소녀 시절 걷고 놀고 기어올랐던 모래사장과 바위들과 자갈돌 깔린 거리 위로 생선비린내와 절임용 소금물의 짠내를 퍼뜨렸다는 것만은 확실한 사실이다. 또 그만큼 확실한 건, 어머니가 어른 여자가 되어 우리에게 들려준 이야기들 또한 세 여동생과 나의 마음속으로 표표히 흘러들어왔다는 점이다. 우리는 미네소타주 노스필드의 주민이었고, 창밖으로는 옥수수와 알팔파밭과 낮게 드리운 철조망 울타리가 보였으며, 그 너머에서 암소들이 풀을 뜯고 있고 소똥은 그대로 땡볕에 말라가고 있었다. 우리는 우리 어머니의 이야기로 온 것 말고는 바다를 알지 못했고, 그 이야기를 통해 살아보지도 않은 바닷가에서의 삶이 얼마나 활력 넘치는지 알게 되었다.

증조할아버지는 마스 호의 선주이자 선장이었고 남쪽 바다로 배를 몰고 나가셨단다. 반박할 수 없는 사실을 담은 이 한 문장은 어린 나를 뜨거운 몽상에 빠지게 했다. 노르웨이 가부장의 흐릿한 형체는 〈보물섬〉의 스몰레트 선장, 그리고 내가 열두 살이 되기 전에 적어도 여섯 번 이상 본 영화 〈해저 이만리〉(어린이를 위한 그랜드 영화관의 토요일 낮 상영 덕분이었다)의 모호한 네모 선장과 뒤섞였다. 그리고 오스카 큰할아버지도 있었다. 우리 할아버지의 형, 일등항해사였던 오스카 큰할아버지는 호주 연안의 코코아넛 아일랜드로 항해해서 멜라네시안 공주와 결혼해 그 고고한 숙녀와 함께 노르웨이로 돌아왔다. 게다가 그는 인도로도 항해해 얇고 섬세한 붉은 도자기 다기 세트를 할머니에게 선물했고, 어머니는 미네소타 내륙의 양로원에 사는 지금도 그 다기 세트를 유리 찬장에 고이 보관하고 있다.

그러나 내가 좋아하는 이야기들은 어머니의 내밀한 삶에서 나왔다. 밤이 진짜 밤이 아니라 하늘이 더 깊은 푸른 빛으로 짙어져 가다가 문득 햇살에 잠식되는, 여름의 그 긴 낮에 해변으로 놀러 갔던 이야기들. 그러면 나의 작은할머니 안도라가 내 눈에 선히 보인다. 그녀는 늘어진 울 수영복을 입고 물속으로 몸을 풍덩 던지고, 몇 번 경쾌하게 팔로 물을 가르다 일어서서 땅 쪽으로 걸어 나온다. 하지만 바닷가로 올라오기 전에 그녀가 치르는 의례는 어머니를 늘 어리둥절하게 했다. 안도라는 허리를 굽히고 손바닥으로 물을 떠서는 지나치게 큰 수영복 앞쪽에 물을 뿌렸다. 향유를 뿌리듯 먼저 오른쪽 가슴에 물을 뿌리고, 다음에는 왼쪽 가슴을 적셨다. 그리고 내 눈에는 또 다른 날의 작은할머니 모습도 보인다. 가족을 바닷가 작은 섬으로 데려다줄 보트를 향해 성큼성큼 걸어가는 모습. 그런데 별안간 속옷 고무줄이 끊어져 속옷이 발목까지 흘러내린다. 내 어린 어머니는 창피해 어쩔 줄 모르며 쳐다보고 있는데, 막상 안도라 작은할머니는 전혀 당황하지 않고 흘러내린 속옷 반바지에서 빠져나와 구두 끝으로 속옷 뭉치를 걸어 올려 깔끔하게 차올리더니, 공중에서 받아 핸드백에 쑤셔 넣고는 계속 걸어간다. 그런 것이 바닷가 삶의 경이로움이다.

2017

돌과 재

나는 아버지의 여권 하나를 글 쓰는 책상 위 선반에 보관하고 있다. 아버지는 2004년 2월 2일 돌아가셨다. 시신은 화장해서 아버지가 소년 시절 다녔던 미네소타 시골 교회의 작은 묘지에 묻었다. 거기서 조금만 걸으면 우리 조부모의 작은 농장주택이 나온다. 지금은 텅 빈, 그 집의 흰 페인트는 회색으로 얼룩져 있다. 거대한 단풍나무, 포도 넝쿨이 우거진 정자, 작약과 라일락 덤불, 배나무와 사과나무들이 여전히 무성하게 우거져 있다. 아무도 가꾸지 않지만, 덤불과 나무들은 꽃을 피우고 과실은 해마다 다시 열린다.

우리는 무덤에 찾아간다. 우리는 꽃을 심는다.

우리는 무엇을 보러 가는가?

의례 없이 망자를 저버리는 인간 문화는 없다. 의례 없이 망자를 방치하는 건 치욕이다. 심지어 네안데르탈인마저도 죽은 이들을 매장했던 것으로 보인다.

애도는 인간의 고유한 자질로 오랫동안 여겨졌으나, 연구에 따르면 다른 영장류, 코끼리, 일부 조류도 동족의 죽음을 슬퍼하고, 세대에서 세대로 전해져 내려오는 문화적 관행은 우리만의 것이 아니라고 한다.

죽음에 따르는 인간 관습의 다종다양함은 놀랍다 못해 말문이 막힐 정도다.

바이킹들은 시신을 긴 배에 안치하고 불을 붙여 바다로 밀어 띄웠다.

줄루족은 망자의 소유물을 모두 태웠는데, 그것들에 깃들어 있는 혼령이 두려워서였다.

프랑스 인류학자 피에르 클라스트르는 파라과이의 고립된 부족과 함께 보낸 2년간의 기록《과야키 인디언 연대기Chronicle of the

Guayaki Indians》를 썼다. 클라스트르가 죽음의 의례에 관해 문자 공동체 주민들이 모호하게 말을 돌렸다고 한다. 사람마다 대답도 달랐다. 그로서는 이해가 되지 않았다. 클라스트르가 부족을 떠날 날이 얼마 남지 않았을 때, 한 할머니가 (이방인은 무지한 대로 내버려 두라는 말을 듣지 못했는지) 과야키 부족은 망자를 먹는다고 알려주었다. 시신을 먹는 행위는 몸과 영의 연결을 끊어 영이 산 자들에게 해코지를 못 하도록 자유롭게 풀어주거나 추방하려는 의도였다.

인간들은 망자를 애도하고 두려워하고 숭배한다.

1975년 태국 북부의 한 마을에서 나는 아이들을 혼비백산하게 만든 적이 있다. 그 아이들은 내가 혼령인 줄 알았다. 나처럼 키가 크고 하얗고 금발인 사람을 본 적이 없었기 때문이다. 아이들은 태국어로 유령을 뜻하는 '피이, 피이'를 외치며 내게서 도망쳤다.

많은 문화의 사람들이 죽은 자를 위한 공간을 따로 표시한다. 매장지, 묘석, 토템폴, 유골항아리, 영묘, 벼랑의 암벽을 직접 파서 만든 무덤, 산허리 공중에 매단 무덤, 땅 위에 기둥을 박아 높이 올린 관들.

루이 멈포드는 이렇게 썼다. "망자의 도시가 산 자의 도시보다 먼저 건설되었다." 그의 주장에 따르면 사람들은 조상의 매장지

가까이에 살기를 원했는데, 숭배와 두려움이 뒤섞인 복잡한 감정으로 망자에게 마음이 끌렸기 때문이다. 그렇게 해서 도시가 탄생했다. 메트로폴리스 이전에 네크로폴리스가 있었다는 것이다.

그러나 말 그대로 죽은 자를 보존하는 행위도 있었다. 방부처리하고 미라를 만들고, 또 다양한 형태로 사체에 집착했다. 칠레의 산티아고에 있는 프레 콜롬비아 예술 박물관에서 한 큐레이터가 설명해준 바에 따르면, 현재 칠레가 된 땅에서 오래전 사라진 한 부족은 수렵-채집 부족이었지만, 고도로 정교한 의례를 행하고 시신을 방부처리 했다고 한다. 이 사실이 인류학자들에게 큰 놀람으로 다가온 이유는, 수렵-채집인들에게서 그런 세련됨을 기대하지 않았기 때문이다. 그들은 이생보다 사후에 훨씬 더 깊은 주의를 쏟았다.

호주 북부의 원주민은 망자의 유골을 보존하고 채색한다.

아프리카의 한 부족은 애도 기간에 망자의 유골을 몸에 걸친다. 빅토리아 시대의 영국인들은 사랑하는 죽은 이의 머리카락으로 만든 장신구에 유달리 애착을 보였다.

매장 공간에 제한이 있기도 하거니와, 분묘의 설치기간이 최장 60년이라는 법 때문에, 한국에서는 사랑하는 이의 유골을 집에 전시해둘 수 있는 색색의 구슬 목걸이로 만드는 사람들이 많아지고 있다.

우리 할머니는 돌아가신 할아버지가 농장을 돌아다니는 소리를 듣곤 했다. 한번은 주방 문 뒤편의 고리에서 모자를 걸는 할아버지를 본 적도 있다. 애도하는 사람들이 죽은 이를 환각幻覺하는 일은 희귀한 일이 아니지만, 이러한 현상은 제대로 연구되지 않고 있다. 아마 과학자들이 유령이라는 관념에 반감을 갖기 때문일 것이다. 이런 유령들은 대개 비탄에 빠진 사람들에게 위로를 준다. 상실한 사랑의 대상을 생생하게 체현하는 환각이며, 두 눈을 뜨고 꾸는 뜨거운 열망의 꿈이다.

내가 책에서 읽은 어떤 여자는 죽은 고양이가 함께 살던 방안을 만족스럽게 배회하는 모습을 보았다고 한다.

인간 존재와 관련한 평범한 사실 중에서도 가장 평범한 사실이라 할 죽음이, 한편으로 차마 형용할 수 없이 생경하다는 느낌을 떨칠 수 있는 사람은 거의 없다. 한 사람이 더는 존재하지 않게 되었을 때, 우리는 지금 있는 것들 속에 있는 과거의 것들을 보존하고자 애쓴다. 바로 신호와 표징을 통해서 말이다. 내 주위 사람들이 죽지만, 내게 죽은 이를 아끼는 마음이 있다면 그 상실은 내 바깥에 존재하지 않고 내 것이 된다. "가장 오래도록 청하고 요구하는 건 죽은 자가 아니라 산 자지." 소포클레스의 비극에서 안티고네는 동생 이스메네에게 말한다. "우리는 영원히 죽는 거야." 이 비극의 여주인공은 오빠의 시신이 돌봄 없이 사라지도록 방치할 수 없다고, 오빠의 격에 맞는 장례식을 치러야 한다고 고집한다. 그리고 장례를 금지한 법령을 거역한다. 그러려면 자기가 죽어야 한다는 걸 잘 알면서도 말이다.

우리는 영원히 죽어가고 있다. 그건 사실이다. 한편으로 우리가 죽은 이의 시신을 일상적으로 길가에 버리는 쓰레기와 다름없이 취급할 수는 없다는 것도 사실이다. 우리는 상실을 상징으로 남겨야 하고 어떤 방식으로든 유골을 소중하게 다뤄야 한다. 그 방법은 우리 문화에 달려 있지만, 문화적 관습은 진화하고 변화하기 마련이다.

나는 불에 태워진 뒤 브루클린에 있는 그린우드 묘지에 남편의 시체 위 또는 아래에 놓여 매장될 것이다. 누가 먼저 죽느냐에 따라 순서는 달라질 것이다. 그 거대한 네크로폴리스에서 그 자리를 발견했을 때, 나는 행복감을 느꼈다. 그 감정이 얼마나 기이했는지 모른다. 나는 죽고 싶지 않다. 내가 여전히 쓰고자 하는 글을 쓰기 전에 죽게 될까 봐 나는 언제나 노심초사한다. 그런데도 나는 그 장지를 보고 기분이 좋았다. 봄과 여름에는 푸르르고 가을에는 새빨간 단풍이 들고 겨울에는 황량하거나 하얀 눈에 덮여 있을 그 자리를 상상하면 기분이 좋았다. 그때가 되면, 모든 의식이 이미 다 꺼져버렸을 내가, 그런 계절의 변화를 즐길 수 없을 텐데도 말이다.

나는 "우리는 모두 그저 땅속의 흙이 될 거라네"라는 후렴을 집요하게 반복하는 톰 웨이츠의 노래를 사랑한다. 나는 그 가사를 따라 부른다. 나는 춤을 춘다. 나는 소리 내어 웃는다. 이유는 잘 모르겠다.

나는 아버지의 유골이 매장된 땅에 아버지의 이름이 표시되어 있어 기쁘다.

이 글을 쓰는 지금, 내 어머니는 아흔셋이다. 어머니는 네 딸에게 당신 유골의 절반은 아버지 곁에 묻어주고 나머지 절반은 고향인 노르웨이로 보내 달라고 부탁했다. 어머니는 당신이 태어나 어린 시절을 보낸 만달에 있는 부모님의 무덤에 자신의 재가 흩뿌려지길 바란다. 그 무덤들 위로 우뚝 솟은 작은 산등성이에는 우리 할아버지가 설계하고 우리 어머니가 소녀 시절을 보낸 집이 있다. 그곳에서는 바다가 똑바로 보인다.

2017

어머니와의 산책

요즘 들어 어머니의 걸음걸이가 자꾸 떠오른다. 단호하면서도 가벼운 걸음이었다. 아직도 그 결연하고 자신만만한 리듬이 들리고 느껴진다. 어머니는 걷기를 좋아했다. 미네소타 숲속에서, 노르웨이 산속에서, 바닷가에서, 어디서나 걷는 걸 좋아했다. 그리고 아흔에 여러 질병에 시달리며 걸음이 느려지기 전까지는 하루도 빠짐없이 열심히 오래 걸었다. 어머니는 즐거움을 위해 걸었다. 바람, 태양, 눈, 얼굴에 떨어지는 비를 느끼기 위해서, 그 길에서 경이로운 것들―야생화, 키 큰 풀, 파도에 매끈하게 깎인 유리 몽돌, 놀라운 색의 돌멩이들, 떨어진 나무껍질, 옹이 진 나뭇가지들―을 발견하기 위해 걸었다.

나의 어머니, 에스테르 베간 허스트베트는 2019년 10월 12일에 세상을 떠났다. 팬데믹이 덮치기 전에 돌아가셔서 다행이다. 지금, 2020년 여름에 임종하신다면, 곁에 앉아 어머니를 안아주는 일은 불가능했을 것이다. 내가 기억하는 걷는 어머니는 1923년 노르웨이의 만달에서 네 형제의 막내로 태어난, 특정한 여성이다. 어머니의 가족은 열 살 때 그 마을을 떠나 오슬로 외곽의 아스킴으로 이사했다. 나치 점령기의 고난을 겪었으며, 1954년에는 우리 아버지와 결혼해 미국으로 왔다. 나의 어머니는 이른바 '어머니'가 아니다. 그러니까 어머니들을 떠올릴 때마다 불가피하게 등장하는 전형이나 클리셰도 아니고, 남녀의 위계질서에 갇힌 사람도 아니고, 위대한 어머니나 동정녀 마리아나 대자연이나 육아 잡지에 실리는 부드러운 광고에 등장하는 어머니상의 컬트도 아니다. 게다가 어머니의 관념들은 선악의 대비가 노골적인 엄격한 도덕주의로 어머니 노릇을 침범한다. 아버지 노릇은 거의 건드리지 않으면서 말이다.

어머니의 여든두 살 생일이기도 했던 내 쉰 살 생일 파티에서 어머니가 축사를 했다. 그런데 축사의 첫머리를 내 출생이 아니라 태동을 느꼈던 순간, 배에 떨림이 느껴졌던 순간, 임신의 첫 신호로 시작했다. 어머니는 그때 느낀 강렬한 기쁨에 대해 말했고, 나는 마음속으로 어머니가 원하는 아이라는 건 참 좋은 일이라고 생각했다. 모든 사람이 다른 사람의 몸 안에서 시작한다는 단순한 사실이 모성에 따라붙는다. 대다수 여자가 태아를 제 몸 밖으로 밀어내야 한다는 단순한 사실이 모성에 따라붙는다. 많은 여자가 제 가슴에서 나는 젖으로 아이를 먹여야 한다는 사실이 모성에 따라붙는다. 여성의 재생산 체계가 없다면 태동도, 산고도, 출산도, 수유도 없다.

내 어머니는 유아기가 너무 짧은 것 같다는 생각을 자주 피력했다. 어머니는 딸 넷을 낳았고 우리 삶의 초기 단계를 음미했다. 마흔에 막내 잉그리드를 낳았을 때는 이변이 없는 한 마지막이라는 걸 알았고, 그래서 저릿한 상실감을 느꼈다고 한다. 우리 어머니의 산고는 짧고 강도가 높았다. 모두 세 시간 내에 끝났다. 그 시대 미국의 다른 여자들과 달리, 마취제를 쓰지 않았고 아이를 낳을 때 쪼그리고 앉는 자세를 선호했다. 마지막 5년 동안, 어머니는 요양원에 있는 방에서 살았다. 침대에 누우면, 자식들의 어린 시절 흑백 사진 네 장이 똑바로 보였다. 거의 매일 하는 전화 통화에서 나는 늘 뭘 하고 계시냐고 묻곤 했다. 어머니는 자주 이렇게 대답했다. "우리 아기들을 보고 있지." 어머니의 제일 큰 아기는 예순넷이었다.

어머니는 열정적인 어머니였고, 많은 면에서 20세기 중반 전후의 미국에서 선전하던 어머니의 환상을 충족하는 그런 어머니였다. 아이들이 모두 학교에 갈 때까지 집에서 일했고 소위 '직업'을 가져본 적이 없다. 개학하는 날, 크리스마스, 부활절이면 딸들에게 어울리는 옷 네 벌을 손수 바느질해 지어주었다. 어머니는 우리 인형들의 옷도 지어주었고 인형 스웨터도 떠주었다. 독서와 산수, 때로는 다른 아이들과의 긴장감 넘치고 혼란스러운 드라마로 긴 시간을 학교에서 보내고 매일 버스를 타고 집에 온 우리는, 부얼에 있는 각자의 의자에 앉아 어머니가 우리를 위해 구워둔 쿠키나 케이크를 먹으며 그날 겪은 새로운 일들을 어머니에게 말하곤 했다. 어머니는 우리가 학교에 입고 갈 옷을 미리 내놓고, 목욕탕에서 나오면 따뜻하게 쓸 수 있게 수건을 건조기에 넣어두었으며, 특별한 일이 있으면 우리의 에나멜 구두를 바셀린으로 반짝반짝 닦아 주었다. 어머니는 다리미질의 달인이었다. 완벽하게 질서가 잡힌 집, 반짝이는 구리, 먼지 하나 없는 표면, 반짝반짝 영롱한 유리잔을 사랑했다. 어머니는 누구나 부러워할 저녁 만찬을 차려냈다. 집안일 솜씨에 자부심이 있었다. 청결과 우아한 정리정돈은 어머니에게 관능적인 쾌감을 주었다.

여자들은 늘 아이를 낳아왔지만, 모성에 대한 관념들은 세월이 지나면서 변해왔다. 고대 그리스에서 여성들은 권리라고는 거의 갖지 못하고 집안에 갇혀 아이를 낳는 존재였다. 그러나 그리스 신화에는 강력하고 무서운 여성 캐릭터들이 등장한다. 아마존의 여전사들, 남자들을 돌로 변하게 만드는 뱀 머리의 메두사, 제 자식들을 살해하는 메데이아를 생각해 보라. 신화에서 그리스 여성들은 피의 보복을 한 것 같다. 여성의 성에 대한 강렬한 공포가 팽배했던 중세시대였지만, 그리스도는 종종 모성적인 존재로 그려진다. 어머니의 모유는 곧 변화를 거친 피라는, 수 세기를 거쳐 끈질기게 이어져 온 고대의 믿음도 그런 심상을 강화했다. 어머니가 자식에게 젖을 먹이듯이, 그리스도는 성체 성사 때 신도들에게 자신의 피를 먹인다.

그러나 자기희생적이고 참을성 있는 집안의 여왕, 아이들의 도덕적 교육을 책임지는 어머니의 상은 18세기에 탄생했다. 프랑스 철학자 장 자크 루소는 이런 자신의 창작물로 상당한 공을 인정받아 마땅하다. 이 이상적 여성상은 단순히 남편의 지배에 종속된 존재가 아니었다. 자식들을 돌보는 집안에서 자기만의 영역이 있었다. "세상의 여인 노릇과 거리가 먼, 참된 어머니는, 수녀원의 수녀만큼이나 자신의 가정에 은둔한다…." 참된 어머니는 중산층의 산물이다. 가난한 노동계급의 여자들은 집에 있을 처지가 아니었으니까. 노예 여자는 자기 몸은 물론 가족에도 통제권을 갖지 못한다. 오로지 중산층 여자들만 버지니아 울프가 반항한 이상을 구현하라는 요구를 받았다. 버지니아 울프는 이렇게 썼다. "집안의 천사를 죽이는 일은 여성 작가가 해야 할 일의 일부다."

우리 어머니의 아버지는 만달의 집배원이었고 노르웨이에서도 경건주의로 유명한 지역의 지주였다. 이 지역은 여전히 경건주의의 잔해를 떨쳐내지 못했고, 노르웨이의 '바이블 벨트'의 일부로 남아 있다. '바이블 벨트'는 성 평등에 대한 반감을 비롯해 여러 보수적 가치들을 요새처럼 굳건히 수호하고 있는 지역이다. 나의 어머니는 특별히 신심이 깊지는 않았고, 여자는 순종적이거나 말이 없어야 한다고 생각하지도 않았다. 그렇지만, 어머니는 남자와 여자의 노동이 엄격히 분리된 세계에 살았고, 남자의 일이 여자의 일보다 중요하다는 사실에는 일말의 의심도 없었다. 아버지가 돌아가시고 수년 후에, 어머니는 내게 당신이 말할 때마다 말허리를 끊는 아버지의 습관 때문에 마음이 많이 상했고 또 화도 났었다고 털어놓았다. 그래서 아버지에게 따졌더니 아버지가 되레 마음이 상해 화를 냈다고 한다.

어머니는 어렸을 때 배운 예의범절의 수칙을 높이 떠받들었다. 그 레퍼토리에는 여자아이들을 위한 특별한 규칙들이 있었다. 무릎을 꼭 붙이고, 두 손을 허벅지에 포개어 놓고, 어른들에게는 무릎을 살짝 굽혀 절을 한다는 것. 다른 사람들과 함께 있을 때 반드시 지켜야 하는 규칙들이었다. 동시에, 우리 어머니 에스테르는 딸들이 집 뒤의 숲에서 제멋대로 뛰어놀고 몇 마일씩 배회하고 철조망에 긁히고 거머리에 피를 빨리고, 흠딱 젖은 더러운 몰골로 벌레에 잔뜩 물린 채 개들과 개구리들과 도룡뇽들과 메뚜기들을 줄줄 끌고 들어와도 뭐라 하지 않았다.

우리 어머니가 결혼하면서 정착하게 된 소도시인 미네소타주 노스필드에서, 여자들은 대부분 아내와 어머니였다. 내가 자랄 때, 나는 자식이 없는 중년 여인을 만나본 기억이 없다. 틀림없이 어딘가 존재했겠지만, 내 기억에는 없다. 시내에는 남편을 일찍 여읜 여자들이 시끌벅적하게 무리 지어 있었고, 학교 선생님으로 일하거나 죽을 때까지 비서 일을 전전하는 나이 든 독신 여자들이 몇 명 있었고, 둘 다 결혼하지 않고 함께 사는 나이 지긋한 자매가 있었다. 그중 한 명은 박사학위가 있었고 역사학 교수였다. 그 자매는 숄을 두르고 할머니들이 신는 투박한 구두를 신었다. 나는 틀림없이 언젠가 결혼해서 아이들을 낳는 상상을 해보았을 것이다. 나는 인형들을 좋아했지만, 어렸을 때도 예술가가 되고 싶다는 꿈이 있었다. 어딘가 먼 곳으로 가서 예술작품을 창작하고 싶었다.

내 사랑하는 어머니를 이상적 어머니/진짜 어머니의 이분법에서 어디에 두어야 할까? 〈여자에게서 태어나다: 경험과 제도로서의 모성Of Woman Born: Motherhood as Experience and Institution〉(1986)에서 에이드리엔 리치는 모성의 두 가지 의미를 구분한다. 하나는 "모든 여성이 자신의 재생산 능력과 자식들과 맺는 '잠재적 관계'이고, 다른 하나는 그 잠재성을—그리고 모든 여성을—남성의 통제하에 두고자 목표하는 '제도'이다." 이 구분은 중요하지만, 전혀 깔끔하지 못하다. 제도는 기존의 법, 행위, 또는 관습이다. 모성의 제도는 우리가 걸어서 드나들 수 있는 건물이 아니다. 집단행동을 조직하는 규칙들을 수반하는 사회 구조다. 내면적이며 왕왕 무의식적이기도 한 구조, 존재의 학습된 방식이다. 남편에게는 숙모가 있는데, 그분은 딸들에게 뭔가 하게 할 때면 꼭 이렇게 협박을 했다. "이빨 닦아라. 안 그러면 시집 못 간다."

어떤 여자도 자신이 살아가는 세상은 두고 쏙 들어내 질 수 없다. 누구도 허물 벗듯 맥락을 벗어버릴 수는 없다. 우리 욕망은 경험, 쾌감과 고통, 해야 할 일과 해서는 안 될 일로 만들어지고 빚어진다. 갓 태어난 사람도 쾌감과 고통, 달래주고 상처를 주는 감각들을 안다. 그래서 학습된 패턴은 일찍 굳어진다. 감정의 리듬들이 의미를 띠고 여자의 일부가 된다. 힘없는 갓난아이들은 모두 꾸준한 돌봄이 필요하다. 내가 성장한 세계에서, 일차적인 돌봄의 주체는 거의 언제나 낳아준 어머니였지만, 그렇다고 이것이 보편적인 진실이라 할 수는 없다. 어머니 혼자 양육을 떠맡아야 한다는 법은 없다. 언제나 다른 사람들이 있었다. 아버지와 젖어머니와 유모와 할머니와 삼촌과 사촌들 말이다. 진화생물학자 사라 하디는 저서에서 '협동 양육'을 논하면서, 인간에게만 고유한 자질이 아니라고 했다. 코끼리, 침팬지, 여우원숭이와 다종의 조류 또한 협동 양육을 한다. 인간 어머니들은 과거에도 그렇고 지금도 '알로페어런트alloparent[4]', 즉 집단에서 조력하는 다른 사람들의 도움을 받는다. "엄청난 비용이 들고 지독히도 느리게 성장하는 자식을 돌보고 먹을 것을 마련하는 문제에서, 초기 인간 어머니들이 부모 노릇을 해주는 다른 어른들과 아버지의 도움을 의미 있는 수준으로 받지 못했다면 인류는 진화 자체가 불가능했을 것이다." 한 스와힐리어 속담은 이 관념을 완벽하게 표현한다. "한 손으로는 아기를 키울 수 없다."

나는 딸 소피가 태어났을 때 서른두 살이었고, 이는 나를 낳았을 때 어머니의 나이와 정확히 같았다. 소피의 생애 첫 몇 달 동안 나는 체액, 그 아이와 나의 체액에 흥건히 젖어 씻겨지는 강렬한 느낌을 받았다. 내 몸에서 일종의 탈착식 부착물을 분출한 느낌이었다. 소피는 내 남편, 내 어머니, 내 동생들, 유모, 또 다른 사

---

4) 부모처럼 행동하는 다른 어른들.

람들의 손에서 손으로 옮겨 다녔지만, 결국은 다시 내 몸으로 돌아오곤 했다. 이제 내 몸 안에 있는 건 아니었다 하더라도 말이다. 길고도 짧았던, 아이 인생의 그 처음 몇 달은 내게 고통보다는 쾌감에 가까웠다. 내 어머니와 달리, 나는 도움을 받았다. 그래도 아이를 달래고 진정시키는 일은, 진이 빠지고, 때로는 감당이 되지 않았다. 소피는 느긋한 성격이 아니었다. 꼬물거리고 발길질을 하고 울부짖었다. 아이는 잠도 없었다. 남편과 나는 아이를 팔로 안아 어르고 요람에 눕혀 흔들었다. 나는 뇌가 없는 태엽 인형이라도 된 듯, 아이를 안고 있지 않을 때도 몸을 들썩거렸다.

그렇지만 나는 아이의 털 없는 머리를 어루만지고, 수수께끼 같은 작은 얼굴을 들여다보고, 나와 눈을 맞추며 자기도 모르게 입을 오므리고 쪽쪽 빠는 시늉을 하는 아이를 보는 게 그렇게 좋을 수가 없었다. 흠결 없는 피부와 황금빛 안색을, 자그맣고 보드라운 손톱을, 규율 없이 멋대로 파닥거리는 팔다리를 사랑했다. 젖을 먹일 때면 내 품에 쏙 들어오는 동그랗게 말린 작은 몸, 크르릉거리며 젖을 빠는 입가로 새어나오는 우유 거품을, 자의식이 전혀 없어 차라리 우스운, 그 탐욕스러운 작은 동물 같은 아이를 사랑했다. 내 손가락을 감아쥐는 작디작은 주먹의 압력이 느껴지면 너무나 좋았다. 나는 그 애의 체취를 사랑했다. 나는 아이와 사랑에 빠졌다. 아이는 이제 서른두 살이다. 나는 아직도 그 애를 사랑한다.

소피가 태어나고 며칠 후에, 내 어머니는 당시 우리가 살고 있던 브루클린 아파트의 침대 끄트머리에 걸터앉아 살짝 놀라움이 담긴 목소리로 말했다. "너는 처음부터 품에 늘 아기를 안고 있던 사람처럼 보이는구나." 소피는 내가 학위논문을 끝낸 후 가진 아기였다. 컬럼비아 대학에서 영문학으로 박사학위 논문 심사를 받고 나서 얼마 되지 않아 아기를 가졌다. 내 딸과의 경험은 나만의 것이다. 보편적인 모성을 상징하거나 대신할 수 없고 그래서도 안 된다. 어쩌면 이것이 문제의 핵심일지 모른다. 모성은 과거에도 그렇고 지금도 여전히 지독한 감상적 헛소리들에 파묻혀 있고 어떻게 행동하고 어떤 감정을 느껴야 한다고 지시하는 징벌적 규율들이 너무 많아서 오늘날에도 문화적 구속복으로 남아 있다. 이 은유는 대단히 의식적이다. 정신과 환자를 구속하는 구속복은 여자들을 남자의 제도적 통제 아래 둔다고 주장한 리치의 의도에 적확한 이미지이다. 어머니다움이 정체된 관념이 될 때, 그리하여 무한한 희생적 돌봄이라는 환상이 될 때, 모성은 야성적이라고 인지되는 어머니들을 벌주는 도덕적 무기로 사용된다. 그 제도는 건물이나 규율집이 아니라 집단생활 그 자체의 일부인 존재 양식이기에, 수치심이나 죄책감이 되어 내면으로부터 어머니들을 때리는 무기이기도 하다.

소피가 두 살이 채 못 되었을 무렵 우리는 어딘가로 가족여행을 떠났다. 어느 공항을 거쳤는지 목적지가 어디인지는 하나도 기억나지 않는다. 내가 피로에 절어 몰골이 엉망이었고, 불룩한 가방들을 주렁주렁 걸친 채로 유모차에 아이를 앉힌 채 에스컬레이터를 타고 내려가고 있었다는 건 안다. 남편이 우리 뒤 어딘가에 있었다. 갑자기 소피가 앞으로 불쑥 몸을 내밀었는데, 공포에 젖은 짧은 찰나 나는 아이의 안전띠가 풀려 있다는 걸 깨달았다. 나는 아이를 움켜쥐고 뒤로 잡아당겼고, 재난은 빗겨 갔다. 내 앞에서 작고 네모난 서류가방을 들고 미끄러져 내려가고 있던 한 사업가도 그 아슬아슬한 상황을 목격했다. 그때 그 남자가 내게 던진 시선을 나는 도저히 잊을 수 없었다. 진저리나는 혐오의 눈길이었고, 그때 느낀 수치심이 마음에 시커멓게 멍이 되어 나는 지금까지 그 누구에게도 이 이야기를 털어놓지 못했다. 그의 눈에서 나는 나 자신을 보았다. 태만의 괴물, 나쁜 어머니.

나는 여러 해 세월이 흐른 후에야 에스컬레이터의 그 남자가 어머니들을 겨냥한 문화의 격렬한 '도덕적' 감정의 화신이었음을 이해했다. 그 남자는 자칫 떨어질 뻔한 내 아이를 잡아주기 위해 그 어떤 움직임도 취하지 않았다. 내 공포나 이어진 안도감에 공감하지도 않았다. 그 남자는 순수하고 잔인한 판단의 화신이었다. 에스컬레이터에서 아이를 보던 사람이 내가 아니라 남편이었다면, 그 남자의 시선은 다른 메시지를 담고 있었을 거라 확신한다. 저런 불쌍한 친구 같으니라고, 아내는 어디에 두고? 페미니스트들은 모성이라는 이데올로기의 족쇄에 오래전부터 반기를 들어왔지만, 혐오감에 찌든 판결자는 과거의 유물이 아니다. 캐나다의 작가 레이첼 커스크는 아기인 딸을 돌보면서 느낀 충격, 소외감, 자아의 상실을 다룬 《평생의 일A Life's Work》(2001)을 출판하고 나서 이기적이고 "자기밖에 모르는 따분한 인간"이라는 쓰라린 혹평

세례를 받아야 했다. 서평을 쓴 이들 중 상당수는 여성이었다. 글을 쓰고자 하는 그녀의 열망, 어머니가 됨으로써 자아와 일 사이에 들어선 장벽, 이런 것들에 떨어진 것은 온화한 질책이 아니라 극심한 독설이었다.

나는 어떤 여자가 입에 거품을 물고 비난하는 걸 들어본 적이 있다. 내가 아니라 내 소설의 등장인물인 해리엇 버든을 향한 비난이었다. 한 대학교수가 내 소설《불타는 세계》를 논하는 북클럽에 나를 초대했다. 책의 저자로서 나는 정중한 예우를 기대했지만 그건 오판이었다. 내가 창조한, 공격적이고 야심만만하고 원한에 찬 예술가 해리엇 때문에 지독하게 심기가 뒤틀린 한 여자가 노골적인 적의를 품고 내게 달려들었다. 해리엇은 뒤지게 운이 좋은 여자예요, 라고 그 여자가 말했다. 돈이 넘치게 많으면서 아이들을 키우는 그 복 많은 삶에 만족했어야죠. 나중에 나는 그런 생각을 했다. 그 여자는 모성이라는 이름으로 어떤 욕망들을 짓누르고 입 막으며 살아왔을까.

소피가 여섯 살이 될 때까지, 역시 작가인 내 남편 폴 오스터는 작업실에서 하루에 몇 시간씩 글을 썼지만 나는 우리 작은 아파트의 거실에 있는 책상으로 밀려났다. 다음에 우리는 주택으로 이사했고 나는 나만의 방을 갖게 되었다. 서재가 생겼어도, 아이의 필요가 내 필요를 덮는 일이 빈번했다. 일하기가 너무 어려워서 나는 주기적으로 기운 빠지고 혼란스럽고 화가 났지만, 절망이나 우울감에 빠지지는 않았다. 왜냐고? 아이의 유아기와 이른 유년기가 영원히 지속되리라 생각했다면, 나는 아마 미쳐버렸을 것이다. 여러 가지 이유로 영원히 집을 떠나지 못하고 부모에게 의존한 채 남아 있는 자식들을 둔 부모가 얼마나 크나큰 어려움에 맞닥뜨릴까를, 나는 자주 생각했었다.

내 어머니는 여든아홉에 별세하신 당신의 어머니, 토비네Tobine를 지극히 사랑했다. 어머니의 어머니를 일컫는 노르웨이어는 모르모르mormor다. 나의 모르모르는 온화하고 지적이고 깊은 사랑을 품은 여성이었다. 토비네와 함께 있을 때 에스테르는 눈에 띄게 편안하고 행복해 보였다. 두 사람이 함께 있는 모습을 보는 게 나는 즐거웠다. 내 어머니는 일생의 마지막 2년에 걸쳐 꾸준히 기억력이 나빠졌고, 가끔 내게 "흐보르 에르 맘마Hvor er Mamma?"라고 묻곤 했다. 엄마는 어디 있냐는 말이었다. 나는 모르모르는 돌아가셨다고 대답했고, 그 말을 들으면 어머니는 놀란 표정을 짓고, 서글프게 고개를 끄덕이며 다시 이 진실에 적응했다. 패턴들은 세대를 가로질러 반복될 때가 많다. 자신의 책에 잔인하고 멍청한 반응이 돌아오고 나서 7년 후, 커스크는 〈가디언〉에 글 한 편을 기고했다. "나는 어머니와 나쁜 관계를 맺었다." 커스크는 이렇게 썼다. "그리고 모성에 내몰리면서 내 어린 시절의 불행과 혼란을 새삼스럽게 회상하게 되었다." 이 통찰은 그녀의 책에서 전개되지 않았다. 나는 그녀가 나중에 깨달았을 거라고 짐작한다.

인생 초년의 돌봄이 준 기쁨과 고통을 우리가 늘 내면에 담고 다닌다면, 당연히 아이의 탄생으로 그런 감정들이 봇물처럼 터져

나올 수도 있을 것이다. 그러나 우리가 왜 그런 감정들을 느끼는지 헤아리려 한다면, 그건 훨씬 더 어렵다. "감정은 자기가 어떻게 할 수 없는 법이지." 어머니는 입버릇처럼 말했다. 반면 행동은 금제에 구속받는다. 양가적 감정이 부모-자식 관계의 일부가 아닌 척 구는 건 웃기는 짓이다. 사랑과 증오는 모두 똑같은 작은 인간을 향하기 마련이니까. 아버지들은 갓난아기들을 질투하거나 아버지가 되기 전 홀가분했던 나날들을 아쉬움에 차 그리워할 여유를 허락받는다. 아버지들은 희극적이고 운이 없는 존재들로 묘사되어 보편적 연민을 받을 자격을 얻는다. 그런 관용이 어머니들에게 베풀어지는 일은 거의 없다. 어머니들은 자신들이 느끼거나 느끼지 않는 감정들에 대해 벌을 받는다.

가장 큰 문화적 아이러니 하나는 어머니와 아이의 내밀한 친밀감이 혈연이나 유전자 같은 것을 통해 자동으로 보장된다는 관념이다. 따라서 어머니는 그냥 단순히 타고난 본능을 따르기만 하면 된다는 생각 말이다. 이런 생각이 아이러니한 이유는, 그 자체로 인간의 현실을 왜곡하기 때문이다. 우리는 치열하게 사회적인 동물이며 우리의 사회적 사정은 장소에 따라, 시간에 따라, 또한 가족에 따라, 사람에 따라 어마어마하게 다르다. 그리고 이런 사회적 융통성은 느리게 성장하는 우리 종의 고유한 특성이기도 하다. 내 어머니는 당신 고모님 한 분의 이야기를 내게 해주었다. 상당히 융통성 없고 강직한 여성이었는데, 아이들이 그녀를 본체만체하고 달려가 '두다'라는 애칭으로 부르던 가정부의 품에 안기곤 했다는 것이다. 두다는 어머니의 사촌들을 포옹하고 키스해줬고 어루만지고 토닥거려 줬으며 함께 놀아주었다. 그 집안에서 엄마 노릇을 한 건 두다였다. 나의 고모 할머니는 그런 상황에 불만이 없었으며, 어머니 얘기에 따르면 사랑받는 두다를 전혀 원망하지 않았다고 한다.

학습된 사회적 습관은 우리 삶의 정립된 리듬 속에 녹아들어 일부가 되고, 이는 사회학적이며 심리학적이며 또한 생물학적이다. 선천과 후천을 나누는 건 아무 소용도 없거니와 멍청한 짓이다. 분자생물학의 수준에서도, 우리는 유전자의 억압과 표현이 동물의 삶에 일어나는 사건들에 따라 달라진다는 사실을 안다. 이를테면 여러 번의 충격은 유전자의 표현을 막을 수 있으나, 한편으로 이런 효과는 역전되거나 삭제될 수도 있다. 인간은 정적인 존재가 아니라 역동적이다. 이를 가장 잘 보여주는 것은 긴 수명이다.

나의 어머니는 아이들을 낳기 전에 어린이로, 청소년으로, 또 어른으로 살았고 딸들이 집을 떠난 후에도 오랜 세월 이어진 삶을 살았다. 아버지는 어머니가 여든 살 때 돌아가셨다. 어머니는 그 후로도 16년을 더 살았다. 넓은 세상 여러 곳을 여행했고, 거의 해마다 여름은 노르웨이에서 보냈으며, 아주 가까운 친구들이 있었고, 미국 정치에 관심이 깊었고, 좌파로 기운 정치적 견해를 고수했으며, 책을 많이 읽고 매일 오랜 시간 산책을 했다. 아흔 살에 여러 질병이 한꺼번에 발병하자 어머니는 상당히 급격하게 늙고 쇠약해졌다. 최근의 기억들이 사라지기 시작했다. 마지막 몇 년 동안 나는 봄에 어머니를 뵈러 가면 어머니를 휠체어에 태워 양로원 정원으로 모시고 나갔다. 우리는 우리가 본 것들에 대해 이야기하곤 했다. 벌어지는 꽃봉오리들, 우리를 에워싼 녹음의 은은한 다채로움. 우리는 솔방울을 살펴보고 나비들과 무당벌레들에 감탄했다. 불가피하게 우리 대화가 잠시 멈추면, 어머니는 해를 향해 얼굴을 들고, 눈을 감고, 미소를 지었다.

인간의 삶은 끊임없이 변화한다. 내 어머니는 세 살 때 성홍열로 하마터면 죽을 뻔했던 아이였다. 사경을 헤맸던 그 경험에서 어머니가 기억하는 것은 초콜릿 곰 아니면 개와 함께 침대에 누워 있던 것이었다. 동물이 정확히 무엇이었는지는 불분명하다. 어머니는 등 없는 의자에 앉아 자신의 어머니가 집에서 기르는 젖소 로자의 젖을 짜는 모습을 지켜보던 아이였다. 집안 식구 아무도 젖 짜는 법을 모를 때 어머니의 아버지가 덜컥 사 온 젖소였다. 가족의 하녀는 소젖 짜는 일은 하지 않겠다고 거부했지만, 어머니의 어머니 모르모르는 젖 짜는 법을 배웠고, 젖을 짜면서 내 어머니 에스테르에게 끝도 없이 새로운 이야기를 꾸며내어 들려주었다. 잠시라도 쉴라치면 어머니는 재촉하곤 했다. "그다음에는요, 엄마, 그다음에는 어떻게 되는데요?" 내 어머니는 똑같이 선원처럼 차려입은 세 형제와 함께 찍은 사진 속, 세일러복을 입은, 엄청나게 눈이 큰 아이였다. 그런 복장은 그 시절 중산층 아이들에게 필수적인 차림새였다. 내 어머니는 1940년 4월 9일에 열일곱 살의 여자아이였고, "어서 일어나라, 전쟁이 났어"라는 어머니의 목소리에 놀라서 잠을 깼다.

어머니는 같은 해 후반, 점령에 저항해 자발적으로 일어난 시위에 참여한 젊은 여성이었다. 시위는 어머니와 삼촌과 몇몇 친구들이 도심의 광장에 설치된 크리스마스트리 주위에서 노르웨이 국가를 부르며 왕에 대한 지지와 히틀러에 대한 증오를 외치면서 촉발되었다. 시위의 규모는 점점 커져 800명가량의 군중이 모여들었고, 이들은 공공연한 나치 부역자와 친독파들의 집으로 행진하며 구호를 외치고 노래를 불렀다. 나중에 내 어머니와 삼촌과 주동자로 분류된 다른 사람들은 취조당했다. 어머니는 자신을 심문한 노르웨이 간부가 자신의 답변을 순화해 기록했다면서 분노했다. 어머니에게는 선택지가 주어졌다. 30크라운이라는 소정의 벌금을 내거나 감옥에서 9일 동안 복역하라는 것이었다. 어머니는 감옥을 택했다.

나는 점령 초반기에 새로운 정의의 집행자들이 반항적인 김나지움 학생이자 아리아인인 소녀를 어떻게 처리해야 할지 몰랐던 게 아닐까 생각한다. 어쨌든 유대인도 외국인도 아니었으니까. 그녀를 본보기로 삼고 싶어 하면서도 북유럽 국가의 북유럽 원주민들이 나치의 대열에 합류하리라는 생각을 버리지 못했던 거다. 어머니는 아무도 쓰지 않아 곰팡이가 핀 마이센 감옥의 유일한 수감자가 되었다. 나치스는 아스킴에서 유일하게 벌금을 내기를 거부한 사람 하나를 수용하기 위해 그 감옥을 한시적으로 열어야 했다. 나는 그 감옥이 훗날 어떻게 사용되었는지 추적해 보려 했지만 아무 기록도 찾지 못했다. 1944년 독일인들은 마이센에 집단 수용소를 짓기 시작했지만 완공되기 전 전쟁이 끝났다.

노르웨이 파시스트 정당인 나스요날 사믈링Nasjonal Samling의 당원 한 사람이 에스테르 베간의 투옥 기간 9일을 관장했다. 감옥에는 철창살이 달린 높은 창문, 탁자 하나, 의자, 간이침상이 있었다. 한구석에 놓인 양동이가 화장실을 대신했다. 디킨스 소설의 주인공처럼, 어머니는 푸르스름해진 감자와 죽을 먹어야 했다. 어머니는 책을 읽었다. 《나의 계곡은 푸르렀다How Green Was My Valley》 아니면 《크리스틴 라브란스다터Kristin Lavransdatter》였을 것이다, 아니면 둘 다였든지. 어머니는 가스가 차 통통 부푼 배를 안고 여전히 탱천한 애국심을 안고 감옥에서 나왔다. 자식들은 어머니의 고결한 수감 생활에 더없이 자부심을 느꼈지만, 어머니는 9일 뒤에는 풀려날 것이라는 사실을 의심한 적이 없다고 강조했다. 또한, 자신의 무모한 순진함도 강조했다. 고난을 모험이라고 생각하고, 소설에서 읽은 것들과 다를 바 없다고 여겼다는 것이다. 어머니는 불과 몇 달 후만 해도, 감히 아무도 공개적으로 점령군에게 항거하지 못했다는 말도 했다. 모든 저항 활동은 지하로 숨어 들어갔다.

그러나 내 흥미를 끄는 건, 어머니의 회복탄력성이다. 일평생 간직한 어머니의 자질이었다. 어머니는 오뚜기처럼 벌떡 다시 일어섰다. 짧은 수감 생활뿐만 아니라 온갖 역경들과 여러 질병으로부터 금세 회복하곤 했다. 정신의학에서 '회복탄력성'은 스트레스와 외상에 대처하는 개인의 능력을 설명하는 데 사용되는 임상적 의미를 지닌 용어이다. 이 능력에는 복수의 요인들이 함께 작용한다. 몸의 종합적 체질과 스트레스에 반응하는 방식, 비관주의의 덫에 갇히지 않는 융통성 있는 사고 같은 심리학적·인지학적 요인들, 그리고 마지막으로 개인을 둘러싼 '사회적 지원'의 망이다. 외롭고 고립된 사람들은 회복탄력성이 부족한 경우가 많다. 회복탄력성이 실제로 어떻게 작동하는지는 상당 부분 수수께끼로 남아 있지만, 그게 무엇이든 내 어머니는 그 자질을 갖추고 있었다.

전쟁이 끝난 후 오슬로에서 대학생이 살 만한 곳을 찾지 못한 어머니는 친구가 일하는 수의학과 실험실의 들것에서 잠을 잤다. 모두가 집에 가면 몰래 들어갔다가 이른 아침 빠져나왔다. 침구라고는 입고 있는 코트가 전부였다. 난방도 들어오지 않았다. 들것의 금속이 얼음처럼 차가웠고 실내에서 화학약품 냄새가 강하게 났다고 어머니는 기억했다. 동물의 수술에 쓰이는 것이었다.

나는 대만의 타로코 협곡 위에 높이 떠 있는 출렁다리를 가벼운 발걸음으로 행복하게 건너던 어머니를 바라보던 걸 영영 잊지 못할 것이다. 1975년이었는데, 출렁다리 여기저기에 듬성듬성 널판이 빠져 있었다. 부서진 것들도 있었다. 한 발 디딜 때마다 다리는 튀고 출렁거렸다. 까마득히 아래로 바위들, 휘몰아치는 급류, 나의 죽음이 보였다. 나는 열아홉 살이었고 공포로 숨조차 쉴 수 없었다. 얼굴이 하얗게 질리고 매스꺼움을 견디며 마침내 단단한 땅에 발을 디뎠을 때, 어머니는 명랑하게 돌아서서 나를 보고 말했다. "무서웠던 건 아니지, 무서웠니?" 내가 그때 뭐라고 대답했는지 기억이 나면 좋겠다. 기억의 어떤 판본에서는 언성을 높이며 무서워 죽는 줄 알았다고 소리를 쳤고 다른 판본에서는 부끄러워 움츠러들었다. 어느 쪽이 맞는지 전혀 알 수가 없다.

어머니는 1979년 내게 전화를 걸어 가슴에서 발견된 응어리가 유방암이라는 진단을 받았다고 말해주었다. 어머니의 말을 그대로 빌면, 응어리는 '호두 크기'였고, 처음 든 생각은 "뭐, 나라고 안 걸린다는 법이 있나?"였다고 한다.

나는 어머니가 공격적 유방절제술을 받은 후에야 겨우 얼굴을 볼 수 있었다. 부모님도 나도 비행기 표를 살 돈이 없었기 때문이다. 어머니가 너무나 걱정되었지만, 나는 뉴욕에 남아 학업을 이어갔다. 그리고 원래 계획한 대로 여름이 되자 집에 갔다. 내가 집안으로 걸어 들어간 지 불과 몇 분 되지 않아 어머니가 말했다. "너한테 보여주고 싶어." 어머니는 블라우스와 브라를 벗고 유방이 있던 자리에 남은 긴 흉터를 보여주었다. 나았지만 여전히 추한 상처를 서슴없이 보여주는 모습은 내게 강렬한 효과를 미쳤다. 신체 훼손은 사소한 일이 아니다. 꼿꼿한 자세로 서서 얼굴에는 결연한 표정을 띤 채 나를 마주보고 서 있는 어머니의 모습이 지금도 눈에 선하다. 그 지워지지 않는 심상은 본보기를 보임으로써 내게 힘을 주었다. 나 역시 그런 상실을 꼿꼿이 견뎌낼 수 있으리라는 믿음을 주었다. 유방을 잃었다는 이유로 아내에게 움찔하는 남편들이 "구역질 난다"던 어머니의 말도 기억이 난다. 다행히 우리 아버지는 그런 남편이 아니었다.

사람들은 변화하면서 동시에 변함이 없다는 말은 진부하다. 기원전 6세기 후반의 철학자 헤라클레이토스는 저작이 조각글로만 남아 있지만, 그중 "같은 강물에 두 번 발을 담글 수는 없다"라는 말로 가장 유명하다. 그러나 원래의 조각글은 사실 다른 말을 하고 있다. "같은 강물에 우리는 발을 담그기도 하고 아니기도 하며, 우리는 있으며 있지 않다." 이는 훨씬 더 수수께끼 같다. 강은 계속 흐르고 움직이며 강은 변함이 없다 해도 그 안의 물은 끝없이 변하고 있다. 나는 "우리는 있으며 있지 않다" 부분은 해석하려 들지 않을 생각이다. 그러나 생물학에는 생체항상성homeostasis이라는 개념이 있다. 왠지 새로울 것 같은 이름이지만 오래된 관념이다. 이는 생체가 그 자체로 존속하기 위해 내부적 외부적 현실에 따라 역동적으로 적응하는 기제를 지칭한다. 생체는 똑같이 남아 있기 위해서 변화한다.

차이와 동질성은 가장 논하기 까다로운 철학적 개념에 들어간다. 열병으로 죽음의 고비를 넘기고 회복해 초콜릿 동물을 흐뭇하게 바라본 세 살의 에스테르는 임종을 앞두고도 나와 나란히 침대 끝에 앉아 있던 아흔 살의 에스테르가 아니다. 아흔 살의 에스테르는 끝까지 자리에 눕기를 거부하고, 주먹을 꽉 쥐며 "내가 대체 어디가 잘못된 걸까? 생전 처음 느껴보는 기분이구나"라고 말하던 사람이다. 그러나 아이와 노인은 초반이냐 후반이냐의 차이가 있을 뿐, 시간 속에서 펼쳐지는 삶이라는 하나의 궤적 안에 있는 같은 사람이다.

내가 알던 여인은 변했다. 그녀는 내 아버지가 교수로 재직하던 대학 도서관에 취직했다. 프랑스어를 배웠다. 점점 자라나 결국 어른이 된 자식들의 어머니로서 자유를 만끽했다. 한 달에 두 번 집에 오는 청소부를 고용했다. 그러나 내 아버지가 처음에는 암, 그다음에는 폐기종으로 환자가 되어 지팡이 없이 걷지 못하게 되고 나중에는 휠체어에 의지하게 되자, 어머니는 아버지의 다리 노릇을 했다. 어머니는 아버지를 돌보았다. 시절은 변한다.

내 어머니 역시 삶에 지칠 때가 있었음을, 나는 기억한다. 어렸을 때 부모님의 온갖 돈 걱정도 기억한다. 어머니는 극도로 신경을 쓰며 돈을 아껴야 했다. 어머니의 지치고 우울한 표정도 기억한다. 우리를 꾸짖을 때 갈라지던 목소리도 기억난다. 무섭게 화를 낼 수도 있는 분이었다. 나라면 네 자식을 대체 어떻게 키웠을까, 생각했던 게 한두 번이 아니다. 나는 자식이 하나뿐이다. 어머니는 저녁을 먹자마자 우리 넷을 모두 침대에 눕혀 재웠다. 여섯 시 반이었다. 도저히 잠을 이룰 수 없어 눈을 말똥말똥 뜬 채 온갖 이야기들을 꾸며내던 기억도 있다. 어른이 되고 나서, 왜 우리를 그렇게 일찍 재웠느냐고 어머니에게 물어본 적이 있다. 어머니는 자신을 위한 시간, 아버지와의 시간, 약간의 평화가 필요했다고 말했다. 물어본 내가 바보처럼 느껴졌다.

수년에 걸쳐 어머니는 만성 통증에 시달렸다. 망가진 척추 디스크를 유합하는 수술을 받았으나, 통증은 사라지지 않았다. 목 관절은 심하게 손상되어 주기적으로 염증이 재발했다. 언젠가는 섬유근육종 진단을 받은 적도 있다. 어머니는 자존심 강하고 허영심이 있으며 경쟁심도 강했다. 반대 증거가 뻔히 있는데도 열병을 앓은 적이 없다고 우겼고, 아무도 못 보는 옷의 얼룩을 찾아냈으며, 운동 강좌에서는 그 누구보다도 높이 다리를 들고 누구보다도 열심히 발을 차올렸다. 자신이 속한 북클럽을 위해 몇 시간이나 시간을 들여 심오한 논문을 썼다. 어머니는 그 논문들이 반짝반짝 빛나기를, 최고이길 바랐다. 학사 학위가 있었지만 "나는 적어도 석사까지는 할 줄 알았지 뭐냐"라고 내게 여러 번 말했다. 후회. 우리 모두 후회가 있는 법이다.

인간은 모두 여러 특질이 복잡하게 뒤섞인 혼합체며, 우리는 그 특질들이 오로지 시간 속에서 반복될 때만 그것들을 알아본다. 나는 내 유년기의 어머니를, 잠자리에 들기 전 치르던 의례를, 어머니의 포옹과 키스를, 그 피부 감촉을, 램프의 침침한 불빛 속 어머니의 경이로운 체취를 기억한다. 리브와 내가 완전히 깜깜한 어둠 속에 누워 있는 일이 없도록 복도에 켜두곤 했던 램프였다. 어머니는 우리 마음에 아주 꼭 들게 정확한 틈새를 두고 문을 살짝 열어두곤 했다. 1인치, 2인치, 반 인치씩 문을 살짝 열었다 닫았다 하며, 우리가 "딱 좋아요!"라고 입을 모아 외칠 때까지 문틈을 조정했다. 리브와 내가 어머니와 "부비부비"하던 기억도 난다. 한쪽 팔에 딸 하나씩 끌어안고서. 내 앞에 무릎을 꿇고 앉아 스웨터 버튼을 채워주고 목에 목도리를 둘러주던 어머니도 기억한다. 마지막에는 꼭 목도리를 살짝 잡아당겨 여며주곤 했다. 내 귀를 든든

하게 덮도록 끌어내리던 털모자도 기억난다. "우리 이쁜 아가들이 따뜻해야지." 어머니는 말했다. 어머니의 존재는 안락, 안전, 행복이었다. 나는 어머니를 사랑했고, 어머니에 대한 내 뜨거운 애착은 끝나지 않았다. 어머니의 사후에도 내 안에 남아 있기 때문이다. 우리 사이의 신체적 친밀감은 변화했지만, 그 또한 끝나지 않았다. 내 어머니와 나는, 어머니가 일생을 마감할 때까지 서로를 끌어안고 토닥이며 어루만졌다. 어머니가 정말로 늙었을 때는, 나도 침대의 어머니 옆에 함께 누워 부드럽게 팔을 주무르곤 했다.

딸들이 나이가 들자 어머니는 우리 사생활을 침범하지 않도록 조심했다. 벌컥 문을 열지 않고, 노크를 먼저 하는 게 옳다고 믿었다. 대화를 강요한 적도 없다. 우리가 말하면 주의 깊게 들어주었고, 이야기하는 내내 시선을 내 눈으로 돌리곤 했다. 내가 십 대 청소년이 되자 어머니는 특별히 조심하기 시작했다. 온갖 생각과 감정과 비밀들이 틀림없이 내 안에 들끓고 있을 거라는 사실을 잘 알고 있었다. "네가 정말로 원하지 않는 일은 절대로 하지 말아라." 어머니는 내게 말했다. 그 문장은 전류처럼 짜릿하게 나를 관통했다. 나는 전에도 그 현명한 문장에 대해 글을 쓴 적이 있다. 같은 충고를 들은 딸이 나 말고 적어도 하나는 더 있다는 걸 지금은 알게 되었지만. 물론 방탕한 쾌락주의자나 사이코패스한테는 할 수 없는 조언이겠지만, 나는 그 말을 자꾸 돌이켜 생각하고 곱씹게 된다. 그때는, 전적으로는 아니지만, 대체로는, 성적인 조언이었다는 것도 안다. 정말로 원하지 않으면, 섹스는 나쁠 수밖에 없다. 강압적으로 요구하는 남자들을 받아주지 말아라. 어머니의 말이 내게는 도움이 되었다.

내가 성장한 중서부의 세계는 중산층 소녀에게 다양한 형태의 수용을 기대했다. 타인의 욕망을 민감하게 읽어내는 역할을 떠맡으면 미소와 인정과 금별이 보상으로 돌아왔다. 똑똑하다고 잘난 체한다는 말을 들을까 봐 두 번 거듭 앞에 나서서 대답하는 것을 억눌러야 했다. 교사가 사실을 명백하게 틀리게 가르쳐도 모른 체했다. 여자아이는 만성적인 도움병에 걸렸고, 병적으로 명랑했다. 수용의 의미가 정말 하기 싫은 일을 계속한다는 뜻일지라도, 타인을 자기보다 앞에 둬야 했기에 마음속에 불가피한 분노와 공격성이 억눌려 쌓여갔다. 이런 일이 한참 계속되다 보면, 자기가 자기 감정들의 원래 형태를 아예 알아보지 못하게 된다. 착한 중산층 여자아이는 훗날 하게 될지 아닐지도 모르는 어머니의 역할을 어려서부터 맡아 했던 것이다. 이 사회적 압력은 여성들을 통제하에 두려는, 눈에 보이지 않는 제도의 일환이다.

변화한 것이 있는가? 신속한 임기응변의 나라 미국에서는, 인터넷에 어머니 노릇을 더 잘하기 위한 처방 목록들이 넘친다. "아주 행복한 엄마들의 17가지 습관"에는 이런 지시가 포함되어 있다. "당장 집 밖으로 나가라." 이것은 입센의 《인형의 집》 마지막 부분에서 문밖으로 걸어 나간 노라처럼 아이들을 버리라는 이야기가 아니다. "신선한 공기, 햇빛과 자연은 결정적으로 여성들의 기분을 좋게 해주는 인자이며, 엄마들은 유모차나 그네를 밀면서 이 소소한 기분 전환을 누릴 수 있다." 그렇다면 이 글로부터 추론할 수 있는 바는, 야외의 조건들이 남자들의 기분은 전환해주지 않는다는 사실일까? "멋진 엄마가 되기 위한 10가지 간단한 방법"의 글쓴이는 좀 추상적이지만 상당히 심오한 처방을 내린다. "아이에게 조건 없는 사랑을 보여줘라", "아이가 아이답게 굴도록 해줘라", 그리고 "자기 자신을 돌보라"이다. 이 명쾌한 조언의 글쓴이는 이 막연한 개념들이 독자들에게 즉시 활용 가능해야 한다고 믿는 듯하고, 나아가 무조건적 사랑, 아이를 아이답게 놔두기, 그리고 자기 자신을 돌보기가 가끔은 서로 충돌할 수 있다는 사실을 인식하지 못하는 것 같다.

좋은 어머니 노릇에 대한 무수한 인터넷 사이트를 조사하면서, 이런 칼럼들에 곁들여지는, 웃고 있는 아이를 안은 예쁜 어머니들의 사진이 대체로 백인 여성이라는 걸 깨달았다. (그러나 피부색이 하얗든 까맣든 갈색이든 상관없이, 이런 어머니들은 얼룩 하나 없는 실내나 잘 가꿔진 뒤뜰에서 아이들과 장난치는 모습으로 그려진다). 19세기 공장들에서 잔혹한 장시간의 노동을 견뎌야 했던 여자들이 《여성의 영광: 사랑, 결혼, 모성에 대하여The Glory of Woman: On Love, Marriage, and Maternity》[5]를 읽었을 리 만무하다. 마찬가지로 나는 자신과 아이들의 목숨을 부지하기 위해 닥치는 대로 여러 일을 맡아 하는 어

---

5) 결혼과 모성을 지상 최고의 순수하고 심오한 행복의 원천으로 삼는 법을 포괄적으로 다룬다고 주장한 1896년의 에세이. 저자는 몽포트 B. 앨런Monfort B. Allen과 아멜리아 C. 맥그리거Amelia C. McGregor다.

머니들이 "멋진 엄마가 되기 위한 10가지 간단한 방법"을 숙독하는 호사를 누리지는 못할 거라 믿는다.

현대 서구 문화에서도 '집안의 천사'의 유산이 중산층과 중상류층 여성들을 겨냥한 이런 특징 없는 목록들에 면면히 남아 있다. '쉽다' '간단하다'로 올려세우지만, 명백하게 징벌적인 저류가 있다. 어쨌든 '좋은' 엄마라는 말은 '나쁜' 엄마가 되는 공포를 담는다. 좋은 엄마가 나쁜 엄마로, 아니면 그 반대로 바뀌는 결정적인 기점이라도 있다는 듯이 말이다. 그래서 좋은 엄마라는 것은 한 번 획득하면 영구히 유지할 수 있는 상태라도 된다는 듯이 말이다. 좋은 엄마는 시간 속에서 동결되어 영원히 썩지 않는다. 이처럼 동결 보존된 '좋은 엄마'는 인스타그램의 반들거리는 주방에서 자식들을 안고 있는, 날씬하고 화려한 외모의 엄마들이 되어 여전히 명맥을 유지한다. 이 엄마들이 안고 있는 아이들은 질투를 유발하는 세계적인 외모 경연대회에 자기도 모르게 참가하게 된다. 기술은 속도를 높여주지만, 모성의 판타지를 만들어내지는 않는다. '아주 행복한 엄마'는 가상의 정체된 존재이며, 이 허구적 어머니상은 현실의 어머니를 두들겨 원하는 모습으로 만들어내는 데 쓰는 금박 입힌 망치로 이용된다.

이런 조언을 하는 블로그들이 거의 모두 "자기만의 시간을 갖는 것"을 강조하고 "완벽한 어머니가 되려" 하지 말라고 주장하지만, 어머니는 아이를 파격적으로 수용해야 한다는 전제는 여전히 저의로 깔려있다. "자기만의 시간을 갖는"다는 의미는 이미 어머니가 아이를 위해 자신을 내어줬고, 어머니의 시간은 자신의 것이 아니라는 뜻이다. 그러니 '자기 시간'을 가지려면 여기저기서 틈을 찾아야만 한다. 나는 우연히 아버지들을 위한 비슷한 목록을 찾았는데 엄마들을 위한 목록과 한번 비교해 보도록 하자. "멋진 아빠가 되는 법—12가지 근사한 팁"이라는 제목이었다. 이 근사한 팁 중 한 가지는 다음과 같다. "남는 시간은 아이들과 함께 보내라." '남는' 시간이라는 건 '과외의' 시간이다. 아버지의 시간은 아버지 자신의 것이며, 당구장으로 직행하기보다 마음만 먹으면 몇 분을 아이들에게 너그럽게 나눠주는 쪽을 선택할 수 있다.

줄리언 마커스라는 남자는 '좋은 아빠' 사이트에서 이런 이야기를 했다. "좋은 아버지는 힘, 후원, 규율의 기둥이다." 이 남근적 '기둥'은 내 어린 시절에 추앙받던 이상적인 아버지상을 닮았다. 거리를 두지만 든든한 존재, 아들이나 딸과 저녁 식사 전에 공식적으로 허심탄회한 대화를 나눌 수 있을 만한 시간에 맞춰 퇴근 후 집에 들어오는 아버지, 그러면서도 한편으로 아이들에게서 충분한 두려움을 끌어낼 권위의 소유자. 그러나 부성의 새로운 이미지는 이런 것들로 이루어지지 않는다. '아버지답게'라는 사이트에서 나는 델라웨어 대학에서 인간발육과 가정과학을 연구하는 롭 팔코위츠 교수가 쓴 글을 찾아냈다. "육아에 참여하는 아빠를 둔 아이들이 성공한다. 그리고 그런 아빠들도 성공한다." 팔코위츠는 '참여하는' 부성이 아이뿐만 아니라 아버지에게도 축복이라고 상찬한다. 이런 '아빠'는 "다른 곳, 이를테면 직장에서 활용할 수 있는" 기술을 획득한다. 팔코위치의 글은 이렇게 이어진다. "아버지와 아이의 관계가 친밀하면 평가하고 계획하고 결정을 내리는 아빠의 능력이 발달한다. 실행 기능이 모든 면에서 발달하는 것이다." 그는 "아버지와 아이의 관계는 한 마디로, 아이에 관한 것만이 아니다"라는 문장으로 글을 끝맺는다.

바꿔 말하자면, 남자들이 아이 양육에 참여하는 데는 이기적인 이유들이 있다는 뜻이다. 우리 가정과학과 교수님은 희생은 남자들에게는 셀링포인트가 아니라는 사실을 아주 잘 알고 있는 듯하다. 반면, 능동적인 부모가 되면 '실행 기능'이 향상된다는 사실을 홍보하면 남자들이 이 논지에 동의할 가능성이 생긴다. 남자의 이기주의 자체는 문제가 없다. 사실 매력적인 자질일 수도 있다. 자기 자신을 돌보지 않는다면 어떻게 남들보다 앞서 나가겠는가? 팔코위츠는 여기서 육아에 참여하는 '아빠'들이 '직장'에서 더 많은 돈을 번다고 말하지는 않았다. 그러나 승진에 대한 약속과 경쟁에서의 더 나은 기회가 배경에 깔려있다. 어머니들은 아예 언급조차 되어 있지 않다. 아이들의 양육에 '참여'하게 되면 여성도 평가하고 계획하고 결정을 내리는 기술이 증진되어 '직장'에서 활용할 수 있다는 말인가? 자기결정권, 의지, 판단력이 아이들에게 좋은 어머니가 되는 일에는 필수적인 자질이 아닌가? 다음과 같은 메시지를 상상해 보라. "어머니와 아이의 관계는, 한마디로, 아이에 관한 것만이 아니다."

이 대중적으로 인기를 끄는 육아 사이트들에서 말하지 않고 넘기는 사실은 실제로 표명된 내용보다 훨씬 중요하다. 새로운 깨달음을 원하는 게 아니라 그저 이미 믿고 있는 바를 확인하고자 하는 대중의 비위를 맞추는 데 급급해 이런 진부한 문화적 고정관념을 퍼뜨리는 자들이 "정말로 원하지 않는 일은 하지 말라"는 조언을 내놓을 리가 없다. 고작 "엄마들도 죄책감 없이 목욕해도 돼요"라든가 "아빠, 골프 시합을 포기하는 대신 프레디와 머핀과 놀아준 스스로를 대견해 해도 좋아요" 따위에 그칠 뿐. 솔직히 고백하자면 나는 이 미국적 '엄마'와 '아빠' 들의 세계를 보면 욕지기가 올라온다. 한때 집안에서 친밀감의 표현으로 쓰였던 말들인 '엄마'와 '아빠'는 어디서나 '어머니'와 '아버지'를 대신해 널리 쓰이고 있다. 어떤 주류 세력의 대변자가 부모가 되는 모든 사람을 유아적이고 친근한 표현으로 부르겠다고 작정한 것만 같다. 이런 엄마와 아빠의 범주에 깔끔하게 들어가지 않는 많은 부모, 양부모, 게이, 레즈비언, 트랜스 부모는 다른 곳을 알아봐야 한다. 그래서 문화적 변두리에 자리한 틈새 블로그와 목록들을 찾는다.

그렇지만 어머니가 말한 "정말로 원한다"란 과연 무엇이고 어머니 노릇은 무엇을 의미일까? 수용은 인간의 집단생활에서 필요한 부분이다. 타인을 위한 자리를 내어준다는 뜻이다. 미래의 좋은 일을 위해 현재의 쾌락을 포기한다는 뜻일 때도 있다. 이 말은 정치적으로 들려야 하는데, 실제로 정치적이기 때문이다. 신생아를 돌본 사람이라면 누구나 그 무기력하고 말 못하고 어리석은 사람을 한동안 수용해야만 한다. 아이의 필요를 수용하지 않으면 아이는 살아남을 수 없다. 한편으로, 혼자 갓난아기를 떠맡고 피로에 절어 불행감과 우울감을 느끼는 여성의 운명을 그저 당연하다고 치부하는 사람은 어머니들을 겨냥한 문화적 여성 혐오에 동참하는 셈이다. 레이첼 커스크를 직접 비난한 한 독자는 서평에서 이렇게 말했다. "아기가 있다면, 당신이 원했기 때문에 낳은 겁니다. 환각을 볼 정도로 심각한 불면증에 시달린다면, 그것도 당신의 선택입니다." 아이들을 중요하게 여기며 육아휴직, 건강보험, 보육제도, 조기교육을 지원하는 사회들에서 아기를 양육하는 부모들은 각자 임기응변으로 대처하도록 방치되는 미국의 부모보다 훨씬 더 수월하게 아이들을 키운다.

느끼는 감정은 마음대로 할 수 없지만 쓰는 글은 마음대로 할 수 있다. 저들은 자신들이 느끼는 감정의 원인을 검토하는 노력쯤은 해야 한다. 왜 그토록 악의적인가? 그 잔인한 문장을 써서 온 세상이 보도록 발표하는 걸 '정말로 원했던' 걸까? 그랬다면 그 동기는 무엇인가? 이 서평을 쓴 사람의 기저 전제는 인간이 진공 상태에서 선택을 내리는 단자[6]라는 것일까? 너 스스로 만든 잠자리니, 그냥 누우라는 걸까. 그러나 생각과 선택은 어디에서 오는가? 나는 고립된 정신을 논하는 게 불가능하다고 생각한다. 모든 사람은 자기 자신의 이야기를 서술하는 의식, 내면의 발화를 감지하기 마련이다. 그러나 그럴 때 우리가 쓰는 단어들은 사적인 것

---

6) monad. 모나드라고도 한다. 우주생성의 최소 단위로서, 더는 분할되지 않는, 실체의 최종 단위를 말한다.

이 아니다. 집단적이다. 우리는 타인들 속에서, 타인들을 통해서 이루어진다. 우리가 내리는 결정들은 감정과 상황이 복잡하게 뒤섞이는 데 근거한다. 감정과 상황 모두 우리가 사회에서 가지거나 가지지 못한 권력, 우리가 접근할 수 있는 문화적 관념들로부터 영향을 받는다. 이런 문화적 관념에 해야 하는 것과 하지 말아야 할 것, 좋거나 나쁜 어머니의 이미지들이 포함되며, 이는 사후 정당화를 위해 이용된다. 우리는 누구나 사후에 자신이 어떤 일을 왜 저질렀는지 돌이켜 보며 정당한 '이유들'을 줄줄이 만들어내고 이를 타인에게 투사한다. 그러니까, 나는 해냈어, 나쁜 년아, 그러니까 너도 할 수 있어, 같은 식으로.

 "정말로 원하지 않는 일은 하지 말라"는 조언은, 그러니까 "나는 네 욕망을 믿고 있다"고 말하는 한 가지 방식이다. 네 욕망이 순전히 충동적일 리 없고, 네가 사려 깊고 윤리적인 사람이며, 따라서 자신이 하는 일이 어떻게 타인에게 상처를 줄 수 있는지 너 스스로 상상할 수 있을 뿐만 아니라, 나아가 타인의 뜻에 굴복함으로써 너 자신이 상처 입고 불행해질 가능성 또한 상상할 수 있을 거라고, 그런 믿음이 내게 있다고 말하는 방식이다. 내가 열다섯 살 때 어머니는 내 삶에 들어온 남자아이들의 운명을 전혀 걱정하지 않았다. 어머니는 나를 걱정했고, 어머니의 윤리에는 내가 나를 돌보는 일이 포함되어 있었다. 어머니는 힘의 우위를 가진 젊은 남자들이 자신의 아이를 멋대로 조종하려 들까 봐 걱정했다. 어머니는 나의 약점과 남을 기쁘게 하려는 욕망을 걱정했다. 어머니는 내가 타인을 향해 온 마음으로 바치는 사랑-욕망을 후회할 거라고는 생각하지 않았다. 어머니는 성적인 문제를 모르는 체하거나 혼전 순결을 옹호하지도 않았다. 나중에 나의 성관계가 활발해졌을 때, 우리는 피임을 함께 의논했다.

어머니가 한 그 조언을 나는 수년에 걸쳐 곰곰이 숙고했고, 그의미는 확장되어 혹시 하게 될 후회를 부단히 고찰하는 습관으로 진화했다. 어떤 사건에 참여를 요청받으면, 나는 나 자신이 그것을 얼마나 원하는지를 철저히 살핀다. 내가 그냥 순응하는 걸까? 내가 으쓱해진 걸까? 이 의무를 다하면 자랑스러운 마음이 들까, 아니면 압박에 시달리며 불편감을 느낄까? 내 일에 도움이 될까? 그 돈이 나는 얼마나 절실히 필요한가? 나는 나중에 기분이 나빠질 걸 알기 때문에 성차별주의적 질문을 주목하지 않고 넘어가는 걸 허용하지 않는다. "아내이고 어머니이고 작가로 사는 삶은 어떻습니까?" 폴란드의 어느 방송사 기자가 내게 물었다. 나는 남자 작가에게도 똑같은 질문을 할 거냐고 되물었다. 그 여기자는 아니라고 했다. 남편이고 아버지이고, 게다가 작가로 사는 삶은 어떻습니까?

내 어머니라면 남성 작가에게 그런 질문을 던지는 걸 주저했을 것이다. 어머니는 여자들이 남자의 요구를 풀어주는 게 당연한 세상에 푹 젖어 있었으니까. 남자들이 강해서가 아니라 그들이 지닌 수많은 약점 때문에 참고 돌봐줘야 하는 존재라고 생각했으니까. 말년에 어머니와 통화하면서 나는 우리가 저녁으로 무엇을 먹는지 알려드리곤 했다. "그런데 폴도 생선을 좋아하니?" 어머니는 묻곤 했다. 내가 좋아하는 것도 중요히 여겨야 하는 거 아니냐고 말하면, 어머니는 당신도 어쩔 수 없다고 말했다. "내가 그렇게 배우고 자라서 그렇단다, 알잖니." 나는 가끔 '남편'을 과하게 걱정하는 어머니 때문에 짜증스러울 때가 있었지만 상처를 받지는 않았다. 왜냐고? 어머니는 또한 아버지가 돌아가신 후 내게 이런 말을 해준 사람이기도 하기 때문이다. "이제 네가 이 집의 가장이구나"라고. 그때 우리는 여동생 잉그리드의 전원 별장 근처의 숲속에서 함께 걷고 있었다. 나는 웃음을 터뜨리며 말했다. "어머니는요?" 아니야, 난 가장 노릇을 하고 싶지는 않아. 그러니까 그 자리를 물려받을 1순위 후계자는 나였던 거다. 가장은 막연하게 남성성과 연관된 권위가 있으나 굳이 남자일 필요는 없는 자리였다. 어쩌면 그 무렵엔 어머니도 타인을 책임지는 일에 좀 진력이 났을지도 모르겠다.

어머니가 아버지보다 먼저 세상을 떠났거나 아버지가 돌아가신 후 거의 10년에 가까운 세월 동안 당신의 아파트에 혼자 살지 않았다면, 우리 관계는 달랐을지도 모른다. 어머니가 혼자된 후의 세월을 거치며 우리 관계는 훨씬 깊어졌다. 팔십 대 여자와 오십 의 여자는 함께하는 그 시간을 정말로 좋아해서 함께 시간을 보냈다. 미네소타의 어머니를 찾아가서 함께한 여러 시간이 내게는 생생한 추억들로 남았다. 우리는 몇 시간씩이나 책, 정치, 가족 이야기를 했다. 우리가 둘 다 사랑하는 텍스트들을 오랫동안 곱씹으며 생각했다. 디킨슨, 오스틴, 제임스, 워튼이 떠오른다. 우리는 아주 많이 웃었다. 어머니는 내게 아버지와의 결혼 생활 이야기를 들려주었다. 즐거웠던 일과 괴로웠던 일들, 아버지가 좀 더 마음을 열고 자유로워지기를 얼마나 바랐는지도. 우리는 주의 깊게, 치열하게, 존경심을 지니고 서로의 말에 귀를 기울였고 솔직하지만 성급하지 않게 말했다. 어머니에게 어떤 질문을 했을 때 돌아온 답이 기억난다. "그 이야기는 하고 싶지 않구나." 나는 굳이 더 묻지 않았다.

또 언젠가는, 어머니와 아버지는 무슨 이유로 아이들을 두 명씩 간격을 두고 낳으려 했던 거냐고 물어본 적도 있다. 내가 첫째로 태어났다. 리브는 겨우 19개월 터울로 태어났다. 그리고 아스티가 태어나기까지 4년의 간격이 있다. 그리고 15개월 후에 어머니는 잉그리드를 낳았다.

어머니는 나를 바라보았다. "무슨 소리를 하는 거니?" 어머니는 말했다. "너희는 모두 사고였어."

질문은 답을 얻었다. 나는 더 할 말이 없었다.

아버지가 돌아가신 후 어머니는 두 남자에게서 구애를 받았다. 한 사람은 지적이고 잘생긴 홀아비였다. 어머니는 그를 거절했다. "얼굴이 너무 말랑해." 어머니는 말했다. 그게 무슨 뜻인지 확실히는 잘 몰라도, 내 눈에는 보이지 않던 그 결함은 아마 에로틱한 불꽃이 튀지 않았다는 말이 아니었을까. 어머니는 또 격식을 차린 만찬에서 한 남자를 만난 적이 있다. 두 사람은 아버지 생전에도 한 번 만났던 적이 있는데, 기억이 나지 않는 어떤 연유로 단둘이 차를 같이 타게 되었다고 했다. 그래서 남자가 운전하는 동안 대화를 나누었다고 한다. 어머니의 기억에 따르면 서로가 강렬하게 짜릿한 전류 같은 성적 이끌림을 느꼈고, 생기 넘치는 대화에 푹 빠져들었다고 한다. 어머니를 다시 만난 그 남자는 덥석 손을 잡더니 "너무 오래 놓지 않았고" 어머니의 눈을 깊이 들여다보았다. 겉으로는 티를 내지 않았지만, 마음은 산산이 조각나 무너져 내렸다고, 어머니는 말했다. 그의 손길이 닿으면 정신이 혼미해졌고, 스르르 녹아 바닥으로 사라질 것만 같았다. 너무나 좋았다. 그러나 아무 일도 일어나지 않았다. 남자는 오랜 세월 함께한 배우자와 결혼 생활을 유지했지만, 그의 손길은 어머니의 기억 속에 빛나는 쾌감의 찰나로 남아 있다. 생각이 있는 부모가 어린 자식에게 할 만한 얘기는 아니다. 오로지 친밀한 어른들끼리만 나눌 수 있는 이야기였다.

아버지가 돌아가시고 어머니가 다시금 자기 인생의 주인공이 되었던 그 틈새 시간에 꽃핀 우정과 어머니가 내 어머니라는 사실이 내게 무슨 관계가 있을까? 어머니는 아버지의 죽음을 슬퍼하고 나서 자신의 삶을 살았다. 아버지와 의논하거나 아버지의 입맛에 맞춰줄 필요 없이 스스로 결정을 내렸다. 자기만의 친구들을 만들었다. 어머니는 물론 회복탄력성이 뛰어났다. 하지만 나는 또한 어머니가 새로 찾은 자유를 반겨 맞았다고 생각한다. 구구절절 이런 말을 하지는 않았지만 나는 느끼고 또 볼 수 있었다. 어머니는 그 자유의 상당 부분은 근면했던 아버지가 저축하고 똑똑하게 돈을 불려 남겨준 덕분이라는 사실도 인정하고 있었다. 어머니는 부자가 아니었지만, 경제적으로 큰 걱정은 없었다. 아버지가 돌아가시기 전에, 어머니는 수표 한 장 써본 적 없다. 두 사람의 노동 분담은 그저 관습이 아니었다. 엄격하게 지켜지는 규율이었다. 어머니는 시대의 산물이며 그 역사적 집단정신이 낳은 남성과 여성의 전형에 얽매여 있었다. 그렇지만 이런 사실이 사랑에 영향을 미칠까?

가족이라는 친밀한 관계는 선택의 문제가 아니다. 출생을 선택하는 사람은 아무도 없다. 계급, 피부색, 성별, 코 모양과 발 크기는 의지로 획득하는 특성이 아니다. 살아가면서 이런 자질들에 여러 욕망과 기제들이 개입하겠지만 말이다. 그러나 우리는 가족이나 각종 사정을 선택할 수 없다. 독일 철학자 하이데거는 이를 일컬어 '게보르펜하이트Geworfenheit', 즉 '내쳐짐' 또는 '던져짐'이라고 불렀다. 그러나 우리는 세상에 던져지지 않는다. 우리는 누군가의 몸에서 '태어나고,' 나는 이렇게 전형적으로 출생의 육체성을 회피하는 철학이 못마땅했다. 그래도 어쨌든 그 용어는 인간이 통제할 수 없는 조건, 예컨대 친족 체계, 언어, 사회관습, 잔인한 억압의 위계를 지칭하는 말로 쓰인다.

《토박이의 단상Notes of a Native Son》의 1984년 판본 서문에서 제임스 볼드윈은 이렇게 썼다. "나는 시간·정황·역사가 만든 것이 분명하지만, 나는 또한 그 이상의 존재이기도 하다. 우리는 모두 그러하다." 이 문장은 자주 인용된다. 인용되지 않는 것은 바로 직후에 이어지는 문장이다. "피부색이라는 골칫거리는, 남자든 여자든, 법적으로 혹은 실제로 흑인이든 백인이든, 모든 미국인이 물려받은 유산이다. 그 무서운 유산을 위해 오래전 헤아릴 수 없이 많은 이들이 타고난 권리를 팔았다." 그리고 볼드윈은 계속해서 일갈한다. "이 무서운 공포는 과거와 현재를 지독하게 묶어놔서, 그것이 과거처럼 시간 내에 일어난 것으로 말하는 것은 현실적으로 불가능하고 단연코 무의미하다." 마지막 문장에는 동일성, 차이, 반복이 깊이 각인되어 있다. 시간은 물처럼 흐르지만, 빌어먹을 강은 변함이 없다. 볼드윈은, 이 공포 자체는 변함이 없다고 지적한다. 그러나 인간이 시간·정황·역사의 산물에 불과하다는 생각은, 우리가 "그 이상의 존재"라는 중요한 사실이 들어설 자리를 내어주지 않는다.

바로 그 '그 이상의 존재라는 것'이야말로 파악해서 이론에 맞춰 정리하기가 어렵다. 우리는 제도 속에 태어나고 제도는 우리보다 수명이 길다. 노예제도는 끝이 났으나 그 정신적 유산은 모든 미국의 관습을 현재까지 일그러뜨렸다. 백인 중산층 사이에 팽배한, 어머니의 사랑과 그 사랑의 마땅한 모양에 대한 유구한 판타지를 말하자면, 보편적이라고 여겨지는 그 신화들을 박살내는 일을 토니 모리슨의 《빌러비드》보다 더 잘 해낼 수 있는 텍스트는 별로 없다. 《빌러비드》는 노예제도가 남긴 외상, 그 외상이 어머니의 사랑에 끼치는 영향, 시간 속의 자아라는 관념과 볼드윈이 말한 "그 이상"의 자질을 다룬다. 쎄서Sethe는 자식들이 노예제로 돌아가는 모습을 보느니 차라리 죽여버리기로 결심한다. 그리고 한 아이를 죽이는 데 성공한다. 이런 행위를 일컫는 이름이 있다. 이타적 자식살해altruistic filicide다. 이런 선택에 직면한 여자들이 지금도 이 세상에 있다는 걸 모르는 척하지는 말자.

나도 내 어머니도, 날이면 날마다, 허구한 날, 인종차별의 불행이나 노예 생활의 충격적인 현실이나 그 현실이 수 세대의 후속 세대에 미친 유구한 영향과 맞서 싸울 필요는 없었다. 그런 상황에서 초인적으로 보일 만큼 인간의 놀라운 회복력을 보여준 사람들이 헤아릴 수 없이 많았다. 주인들에게 강간당한 노예 여성들의 몸에서 태어난 아이들이 얼마나 많았는지만 기억해도 족하다. 그 상상은 강력하다. 그 어머니들을 상상해 보라. 나는 모성을 이해하려면 모든 경험을 포괄해야 한다고 생각한다. 좁고 단순하지 않고, 방대하고 복잡해야만 한다.

나는 예정일보다 한 달 일찍 태어났고, 폐의 발육이 미숙하다는 진단을 받았다. 의사는 어머니에게 내가 죽을지도 모른다고 말했다. 어머니는 내게 몇 번이나 거듭 말했다. 내 운명을 기다리면서 어머니는 자신의 인생에서 가장 불행한 순간이라고, 마음속으로 혼자 뇌까렸다고. 어머니는 내가 어머니를 뵈러 갈 때마다 이 끔찍한 순간의 이야기를 다시 꺼냈다. 내가 이렇게 멀쩡히 살아있다는 사실 자체가 어머니에게는 기적이나 다름없는 듯했다.

많은 여자가 자기 아이들을 깊이 사랑하게 되지만 각자의 정황은 매우 다양하다. 무서운 고난을 겪는 여자들도 있다. 사랑의 형태는 모두 다르고 가족의 구성들도 서로 다르다. 아이가 목숨을 부지하고 튼튼하게 자라나려면, 반드시 자신을 돌봐주는 타인들과 함께 변덕스럽고 무상한 삶의 풍파로 들어가야 한다. 그리고 좋든 나쁘든 사람은 누구나 중요한 타인들에게 애착을 품어야 한다. 내가 어머니에게서 태어나지 않았다면 우리 친교가 그토록 깊었을 리 없다. 바로 작년까지, 어머니가 내 삶에 항상 있어 주지 않았다면 또 달랐을 것이다. 우리 문화에서 유통되는, 어머니와 딸과 가족에 대한 그런 관념들은—노르웨이와 미국의 인습과 당위가 뒤섞인 형태였다—우리 관계의 일부이기도 했다. 그렇지만 우리 사랑은 오랜 시간 담금질을 거쳐 형성되었고 서로의 특징적인 경험을 통해 빚어졌다.

어머니가 내게 바랐던 건 내가 정말로 원하는 것이었다. 어머니의 바람이 내 바람과 일치하지 않을 때도 그랬다. 외할머니가 돌아가셨을 때 어머니는 내게 말했다. "너를 위해 가장 좋은 것만 바라던 사람을 잃으니 이상하구나." 이 "가장 좋은 것만 바라는 마음"은 공감empathy이다. 공감 능력은 다른 사람이 되는 게 아니다. 감정을 타인 안에 이입하는 능력이다. 철학자 이디스 스타인은 공감을 "생경한 경험"이라고 했다. 공감 능력은 차이를 인식한다. 나는 어머니의 공감을 잃었다는 실감을 절실히 느낀다. 내 상실감에는, 사랑하는 사람이 죽었을 때 과거에는 느껴본 적 없는 당혹감도 들어 있다. 어떻게 내 어머니가 '어디에도 없을' 수 있는지, 도

무지 이해가 되지 않아 힘들었다. 어떻게 어머니가 어디에도 없을 수 있단 말인가?

사우스캐롤라이나에서 어머니와 함께 바닷가를 걷던 기억이 난다. 폴과 결혼한 후였다. 우리에겐 아직 아이가 없었지만, 아기를 가져야겠다는 생각은 어렴풋이 하고 있었다. 함께 걸으며 이야기를 나누다가 어머니가 말했다. "자식을 사랑하는 건 당연하지. 하지만 아이를 '존중'하는 것도 그만큼 중요하단다." '존중'이라는 단어를 말하던 어머니의 목소리는 엄하고 약간 거칠었다. 정말로 중요한 말을 할 때를 위해 아껴둔 목소리였다. 어머니는 사랑을 당연하게 여겼다. 어머니의 생각은 틀렸지만, 어머니로서는 자식을 사랑하지 않는다는 건 상상조차 하기 어려웠다. 사랑은 자동으로 생겨나는 마음 같았다. 하지만 존중은 자동으로 생겨나지 않았다. 어머니는 아이가 아니고, 바로 그렇기에 아이가 자신과 분리된 또 다른 사람이라는 사실을 존중해야 할 의무가 있다.

친구의 장례식에 갔다 온 어머니는, 그 장례식에서는 당신이 알던 그 사람을 찾아볼 수가 없더라고 불만을 토로했다. 친구는 진부한 미사여구와 거짓된 칭찬 세례에 파묻혀 사라져 버렸다. 어머니는 진실의 왜곡을 보면 경멸했다. 거기에 위선까지 곁들여지면 더욱더 그랬다. 동생들과 나는 어머니의 장례식 추도사를 간결하고 정직하게 하기로 했다. 우리는 우스갯거리에 대한 어머니의 세련된 감각만은 반드시 언급해야 했다. 어머니는 다른 사람들이 자기 연민에 젖거나 최소한 새침하게 삐칠 때 폭소를 터뜨리곤 했다. 빙판에서 미끄러져 세게 넘어졌을 때, 자동차가 고장 났을 때, 개가 저녁에 먹을 로스트비프를 물고 달아났을 때, 롤빵에 카다몬 대신 후추를 넣었을 때도 그랬다. 인간의 본성을 꿰뚫어 보는 비상한 능력도 꼭 짚어야 했다. 기만과 거짓말의 냄새를 기가 막히게 맡았을 뿐만 아니라 사람들의 선한 진심이 남들 눈에는 잘 보이지 않았어도 어머니는 감지했다. 손녀 둘은 할머니가 흡사 마술에 가까운 통찰력을 가진 분이었다고, 마녀와 같았다고 술회했다.

내가 선택한 이야기는 다음과 같다. 내 동생들과 나는 어머니에 대해 많은 이야기를 공유하지만, 이 이야기는 나만의 것이고, 그래서 장례식에서 중복되지 않으리라는 걸 알고 있었다. 아버지가 돌아가시고 3년 후, 어머니가 여든세 살이었을 때, 나는 어머니와 포르투갈로 여행을 떠났다. 남편이 그곳에서 영화를 연출하고 있었고 소피는 그 영화에 출연하고 있었다. 늦은 오월이었다. 날씨는 온화하고 대체로 맑았다. 매일 나는 일어나서 호텔 방에서 글을 썼다. 이른 오후까지 일했지만, 하루의 일을 마치면 엄마와 함께 신트라를 탐색하러 나섰다. 신트라는 낭만주의자들이 사랑했던 작은 도시로, 가파른 산들, 화려한 정원들, 무어 풍의 성이 있었다. 우리는 긴 산책을 했고, 산을 오르고 또 내려왔고, 식물과 건축을 세세히 구경했으며, 말하고 말하고 또 말했다.

저녁이면 폴, 소피, 여타 출연진 및 제작진과 어울려 신트라 교외에 있는 영화 세트장 근처에서 저녁을 먹었다. 바다를 내려다보는 소박한 식당일 때가 많았다. 우리는 신선한 생선, 채소, 샐러드를 먹고 와인을 마시고 이야기를 나누었다. 어느 저녁에는 주문을 한 후 하늘과 해변과 물을 바라보며 앉아 있었다. 공기는 서늘했고 빠르게 지는 해가 지평선과 낮게 뜬 구름을 밝히고 있었다. 어머니는 열심히 바라보다가 말했다. "나는 바닷가로 내려가야겠다." 어머니보다 마흔네 살 아래인 영화의 여주인공 이렌느 야곱은 서글서글하고 성격이 아주 좋았다. "저도 같이 갈래요!" 그녀가 말했다. 우리는 테이블에 그대로 남아 계단을 내려가 해변으로 뛰어가는 두 여자를 보고 있었다. 나는 어머니의 어두운 형체가 구두를 벗어 던지고 바짓단을 걷는 모습을 보았다. 이렌느가 어머니를 똑같이 따라 하더니, 어느새 두 사람은 무릎까지 바닷물에 들어가 있었고, 곧 허리께까지 물에 잠기더니 두 팔을 머리 위로 치켜들었다. 빛이 사라졌지만, 두 사람이 신이 나서 외쳐대는 소리는 똑똑히 들렸다. 몇 분 후, 두 사람은 속살까지 흠뻑 젖은 채로 웃으며 나타나서는 딱 음식이 나올 시간에 맞춰 제자리에 스르르 앉았다. 머릿속에서 내가 꾸며냈는지도 모르지만, 한기를 달래줄 담요가 있었던 것 같다.

확실히 생각나는 건 어머니가 기쁨에 찬 얼굴로 나를 보고 했던 말이다. "여기서 죽어도 좋겠다." 내가 예상했던 말은 아니지만, 어머니의 감정이 그대로 느껴졌다. 어머니는 자유, 행복, 완전함을 날카롭게 감지하는 감각이 있었다. "여기서 죽어도 좋겠다"는 말을 아직 내가 곱씹어 생각하고 있는데, 어머니가 다음 말을 이었다. "그렇지만 그러면 너랑 폴이 내 시신을 미국까지 비행기로 옮겨야 하겠구나. 그건 너무 번거롭고 복잡하겠다. 아니야." 어머니가 말했다. "별로 좋은 생각이 아니었어."

나는 웃었다. 너무나 어머니다웠다. 어머니는 찰나를 꼭 붙잡고 기쁨을 쪽쪽 빨아먹는 데 대단한 재주가 있었다. 그러나 한편으로 선명한 도덕적 상상력도 갖춘 분이었다. 당신 사후에 남아 책임을 져야 할 어른들이 시신을 처리할 일까지 생각했던 거다. 삶에 등을 돌리지 않는 한, 인간은 죽음을 선택할 수 없는데도. 여러 해가 지난 후에도 어머니는 내게 종종 말했다. "나는 살고 싶어. 알잖니, 나는 살고 싶다는 거." 방금 내가 전화로 한 말을 기억하기 어려워진 어머니가 이미 물은 말을 거듭 물을 때도 나는 언제나 꼬박꼬박 대답했다. 그럴 때 가끔 어머니는 눈앞의 방안에 무엇이 있는지 내게 말해주곤 했다. 어머니는 창가에 자라는 난초를 사랑했다. 그 난초는 내가 가끔 놀랄 정도로 회복력이 굉장했었다. 기억이 깜박깜박했기 때문에 어머니는 물을 너무 많이 주거나 바싹 마를 때까지 버려두곤 했는데, 그래도 난초들은 끈질기게 새싹을 틔우고 또 틔웠고, 그래서 어쩐지, 아무리 시련을 만나도 끝내 건강을 되찾는 어머니의 육신의 확장된 일부인 듯했다.

어머니가 아흔 살 때 패혈증을 앓고 정신을 차리자 의사들은 곧 돌아가실 거라고 말했다. 어머니는 이미 브루클린의 우리 아파트 계단에서 심하게 굴러떨어져 발뼈가 부러지고, 울혈성 심부전을 앓고, 유사 통풍으로 가녀린 다리가 거대한 통나무처럼 부은 적이 있지만 살아났었다. 의사들은 어머니의 몸이 기능을 멈추고 있다고 했다. 이제 시간문제라고 했다. 그러나 어머니는 죽지 않았다. 어머니는 계속 살았고, 딸들은 죽음을 속인 어머니와 함께 하는 것에 익숙해졌다.

돌아가시기 전날 어머니는 더이상 나를 알아보지 못했다. 내가 병원에 도착했던 이틀 전만 해도 어머니는 나를 알아보았고, 다음 날도 이따금 알아보았다. 그러나 내가 어머니와 함께 있던 마지막 날은, 눈이 텅 비어 나도 아무도 알아보지 못했다. 그날은 어머니가 일어나 앉았던 날이다. 앉아 있던 어머니의 근육 하나하나가 긴장해 굳어 있는 게 느껴졌다. 그날 이른 아침부터 2019년 10월 11일 오후까지 어머니는 다시 자리에 눕히려는 도우미들의 손길을 모조리 뿌리쳤다. 가끔 지친 머리가 앞으로 푹 꺾이듯 숙여졌지만, 다시 침대에 누우면 훨씬 편할 거라고 아무리 친절하게 얘기해도 소용이 없었다.

어머니에게 일어난 일에는 이름이 있다. 말기섬망 혹은 말기불안이라고 한다. 임종을 앞둔 사람들은 환각을 보거나 호전성이 높아지거나 단순히 안절부절 동요한다. 호스피스 간호사는 이전에도 여러 번 그런 모습을 봤다고 했다. 그러면서 내가 어머니에게 자리에 누우라고 권한다면 도움이 되지 않겠느냐고 말했다. '가족'의 중재가 '스탭'의 말보다 효과적인 경우가 많다면서.

"나는 절대로 어머니한테 뭐라 말하지 않을 거예요." 내 입장은 단호했다. "이건 어머니의 죽음이에요. 그러니까 나는 개입하지 않을 거예요."

간호사는 강권하지 않았다.

나는 그날 어머니를 두고 떠나야 했다. 어머니를 안고 그 품에서 눈물을 쏟고, 내 말을 듣지 못하는 걸 알면서도 사랑한다고 말했다. 우리는 증상과 상태와 병증을 사람과 분리하길 원한다. 그것들이 아무에게도 속하지 않는 것처럼 말이다. 그러나 이건 병에 대해 생각하는 잘못된 방법이다. 병은 우리의 일부이며, 죽음으로 끝나는 병은 사람마다 다르다. 죽음을 물리치려 치열하게 저항하는 어머니에게서, 나는 내가 아는 여자를, 살고 싶어 했던 여자를 알아보았다.

내가 떠나고 몇 시간 내에 내 동생들, 아스티와 잉그리드가 도착했다. 다시 베개를 베고 누워, 혼절했다 정신이 들기를 거듭하던 어머니는 이제 의식이 없었다. 모르핀 효과가 드디어 나타났다. 동생들은 10월 12일 저녁 7시경 죽음의 경련 소리를 들었다. 8시가 지나고 곧 아스티에게서 문자가 왔다. "끝났어. 평화로워." 나는 서재 소파에 남편과 함께 앉아 있었다. 우리는 어머니의 임종이 눈앞에 다가왔다고 생각하고 기다리고 있었다. 우리는 정신을 바짝 차리고 있었지만, 그 말들은 날카롭게 나를 강타했다. 그래서 나는 오래도록 짐승처럼 울부짖으며 슬피 울었다. 내가 낼 수 있다고 생각해 본 적도 없는 소리로 통곡했다. "엄마가 돌아가셨어, 죽었어, 죽어버렸어." 남편은 그만하라고 나를 말리지 않았다. 당황하지도 않았다. 그도 우리 어머니를 사랑했다. 나는 어린

애처럼 목놓아 울었다.

어머니를 잃은 애도의 감정만큼 순수한 슬픔을 나는 살면서 느껴본 적이 없다. 고유한 여인 에스테르 베간 허스트베트, 내가 알고 열렬히 사랑했던 여인. 그렇다, 그녀는 내 어머니였다. 그녀가 나를 낳았지만, 시간이 흐르면서 내 사랑은 그녀를 향한 내 열렬한 숭모의 마음과 그녀와 맺은 깊은 우정을 통해 벼려졌다.

어머니가 다른 역사적 시간대에 태어났다면 어땠을까? 더 일찍, 혹은 더 늦게. 어머니의 모성은 어떻게 달라졌을까? 외할머니가 어머니를 끔찍하게 사랑하지 않고, 오히려 미워했다면 어땠을까? 세 살 때 하마터면 죽을 뻔했던 경험 때문에 외할머니는 어머니를 더 살뜰하게 아꼈을까? 심장경색으로 전쟁 중에 돌아가신 외할아버지가 오래 사셨다면 어땠을까? 젊었을 때 중산층의 도덕률을 마음에 깊이 새긴 여자가 아니라 노동 계층이었다면 어땠을까? 아버지 전에 어머니에게 구애하던 다른 남자들 중 누군가와 결혼했다면 어땠을까? 어머니는 어떤 화가를 사랑했었다. 벽에 걸린 적은 없지만, 그 남자가 그려준 초상화가 집에 있었다. 어머니는 그 남자에 관해 말을 아끼며 비밀을 지켰다. 어머니가 노르웨이어와 영어, 두 개의 언어로 삶을 살지 않았다면 어땠을까? '만약'은 판타지지만 터무니없는 우스개는 아니다. 우리는 인간의 삶이라는 생성의 수수께끼를 아직 풀지 못했다.

몇 달이 흐른 후에야 어머니가 꿈속에서 나를 찾아왔다. 나는 어머니를 기다리고 있었다. 아버지와 할머니는 돌아가신 후 오래

지나지 않아 나를 찾아오셨다. 어머니는 내 고향 어딘가의 야외를 배경으로 한, 뭔가 매정한 공화당원들이 연루된 복잡한 꿈이 끝날 무렵 오셨다. 나는 공들여 매만진 헤어스타일의 무표정한 백인 여자 한 사람을 붙잡고 내 어머니가 돌아가셨다고, 그래서 지금 너무 슬프다고 설명을 하고 있었다. 그 여자는 내 말을 듣고도 모른 척했다. 여자의 무관심에 마음이 상한 나는 돌아서서 이상한 탑 근처의 모퉁이를 돌았고, 어머니에게로 달려갔다. 어머니는 산책하고 있었다. 꿈속에서도 어머니가 돌아가셨다는 걸 알고 있었지만, 우리의 재회를 망치고 싶지 않아 나는 입을 다물었다. 내가 어머니의 얼굴을 내려다보자 어머니가 미소를 지었다. 어머니의 진짜 얼굴, 나이 든 얼굴이라는 느낌이 들었다. 하지만 임종 당시만큼 늙은 얼굴은 아니었다. 어머니가 함께 걷길 원해서 우리는 나란히 걸었다. 어머니는 언제나 그랬듯 나보다 약간 앞서서 빠르게 걸었고, 나는 자신만만한 걸음으로 풀 사이로 성큼성큼 걷는 어머니를 뒤따라 걸었다.

2020

마음의 상태들

'마음의 상태'는 미리엄웹스터 사전에 사람의 감정 또는 기분이라고 정의되어 있다. 다시 말해, 인간 내면의 날씨 같은 것이다. 요동치거나 잔잔하거나, 맑거나 흐리거나, 뜨겁거나 차갑거나 한. 그 기후는 가끔 사람의 얼굴이나 자세에 뚜렷이 드러나기도 하지만, 항상 그런 건 아니다. (내면의 상태들은 숨겨질 수도 있다.) 그리고 실제 날씨의 변덕스러운 패턴처럼, 마음의 상태들도 불안정하다. 기분은 찰나에 바뀔 수 있다. 동생이 아버지가 돌아가셨다고 내게 전화했을 때 내가 무슨 생각을 하고 있었는지는 기억나지 않지만, 그것이 무엇이든 간에 그 생각은 머릿속에서 사라지고 대신 아버지의 죽음이라는 진실을 흡수하는 작업으로 대체되었다. 그 전화 통화가 몇 초 만에 내 마음 상태를 바꾸었다. 나는 내 마음 상태 속에서 햇빛이 얼마나 가볍게 기분을 북돋워 주는지, 또 구름이

끼면 얼마나 순식간에 우울해지는지, 또 바흐 칸타타 147번 〈예수는 나의 기쁨 되시고Jesus Bleibet meine Freude〉를 들으면 첫 음이 울리기 전 내 기분이 어떠했든 상관없이, 어쩔 도리 없이 아련하고 고양된 환희의 감정으로 벅차오르는 걸 깨닫고 놀랄 때가 자주 있다. 어렸을 때 루터파 교회를 다녔기 때문에 바흐와 함께 성장한 셈이다. 그 칸타타는 내가 사랑하는 상쾌한 음악의 혼합물이고 종교적 추억을 확산한다. 내가 어떤 특정한 기분을 끌어낼 때 읽는 디킨슨의 시들도 있다. 그 파격적이고 생생하고 치열한 선명성은 다른 어디서도 찾을 수 없다. "그분은 점차로 너를 망연자실하게 하네 ─ / 자칫 깨어질 네 얄팍한 본질을 준비시켜/ 천상의 타격을 내리치네/"

나는 종종 잠들기 전에 느슨한 몽상 상태에 빠진다. 눈은 감고 있지만 내 생각은 이 연상에서 저 연상으로 펄쩍 뛰거나 춤을 추거나 물 흐르듯 다채롭게 흘러간다. 그러면 내 기분은 부르지도 않았는데 떠오르는 말들이나 그림들을 쫓는 것 같고 나를 편히 잠들게 하거나 콕콕 찔러 잠을 깨우는 것 같기도 하다. 마음의 상태들과 우리가 세계를 인지하는 감각들, 우리가 기억하는 세계, 또 인지와 기억에서 도출한 우리 상상의 판타지들, 이들을 가르는 뚜렷한 경계선을 긋는 일은 간단치 않다. 우리가 경험하는 세계는 우리 안에 있고 또 우리의 것이다. 내 아버지는 이제 아무도 아니고, 사람도 아니지만, 돌아가신 후로 내내 내 꿈에 나타나셨고, 꿈은 그 무엇보다도 확실한 마음의 상태다. 의식의 다른 형태이고 인지의 다른 형태이다. 직접 바깥 세계를 투사하지는 않지만, 밤마다 우리를 찾아오는 환영 속에서 바깥 세계의 잔상이 재구성된다.

아주 어렸을 때, 나는 어머니가 내 마음의 상태를 읽을 수 있다고 믿었다. 어머니는 내 정직성을 의심할 때마다 "네 눈을 들여다봐도 되겠니?"라고 묻곤 했다. 결백할 때 나는 어머니의 두 눈을 말짱하게 바라보곤 했다. 하지만 지은 죄가 있을 때는 움찔거리며 시험을 피하려 들었다. 어머니가 내 진심을 계측하는 데 천리안은 필요하지도 않았다. 그냥 나를 보기만 하면 되니까. 그러나 어머니가 초자연적 존재라는 믿음을 버리고 나서도 오래도록, 똑바로 그 눈을 바라보며 거짓말을 하는 일은 견딜 수 없이 힘들었다. 아무래도, 어머니는 체화된 내 양심, 그 자체였던 것 같다. 내 죄책감은 어머니의 시선에 꼼짝없이 묶여 있었다. 유아들은 죄가 없다. 수치심이나 자존심처럼, 죄책감도 우리가 타인에게 품는 애착에서 태어나는 사회적 감정이다. 그리고 그 고약한 자기 처벌의 형태는 타인의 눈으로 자기를 바라볼 수 있을 때 활성화된다. 반영적 자의식으로부터 생겨나기 때문이다. 나의 유년기 자아는 어머니의 눈에 나쁜 인간으로 보이는 것을 견디지 못했다. 그 이유는 어머니가 나를 볼 때 나는 그 눈을 통해 내 한심한 자아를 보았기 때문이다. 죄책감이라는 마음 상태는 원래 사람들 사이에서 형성될 수밖에 없다.

정신이 자물쇠가 잠긴 방, 봉인된 어른의 영역이라고 생각하는 건 서구의 문화적 습관이다. 마음은 생각하고 계산하고, 현명하든 아니든 여러 결정을 내리지만, 근본적으로 타인들의 정신에서 분리되어 고립되어 있다고 생각한다. 다른 마음들의 문제에 대해서 쓰인 글자만도 수십 수백만에 달한다. 이를테면 당신이 걷고 말하고 나와 상당히 비슷하게 행동하지만, 사실 의식은 전혀 없는, 이를테면 좀비가 아니라는 걸 내가 어떻게 안단 말인가? 그리고 당신이 인간이라 해도, 당신의 내면적 날씨, 당신의 화창한 날과 돌풍, 높거나 낮은 온도는 나의 것이 아니다. 그리고 당신의 얼굴이 당신의 변덕스러운 기분을 그린 지도가 아니라면, 그런데 내게 당신이 말해주지 않는다면, 당신 마음속에서 무슨 일이 벌어지고 있는지 나는 알 도리가 없다. 게다가 심지어 당신이 내게 말해주더라도, 거짓말일 수도 있고, 당신은 네 살짜리 시리보다는 훨씬 더 능숙하게 거짓말을 할 수 있을지도 모른다.

　나는 모든 사람이 기만당하고 거짓말에 속고 배신당했을 거라고 짐작한다. 우리는 타인을 오독하고 그 대가를 치른다. 하지만 타인의 마음을 상당한 정확도로 읽어낼 때도 꽤 많다. 그리고 우리는 타인의 변화하는 기분을 단순히 구경하는 데 그치지 않는다. 가끔은 타인의 기분을 잡아낸다. 감정은 감염된다. 걸음마를 배우는 아이가 다치고 넘어지면, 다치지 않은 아이가 울어대기 시작한다. 감정은 하품처럼 퍼져나간다. 다른 사람의 기분에 감염될 예정이 아니었다 해도, 감정은 제멋대로 우리 내면에 슬쩍 들어와버린다. 공감 또는 감정이입empathy은 공유하는 마음 상태이고, 둘 이상의 마음이 함께 나누는 하나의 감정이다. 당신의 슬픔은 내 것이 된다. 감정이입은 내게 통찰을 전하는 매체가 되어 내가 당신을 돕는 데 도움을 줄 수도 있지만, 때론 나를 너무 슬프게 해서 당신에게 아예 아무 쓸모도 없게 만들어버림으로써 다 같이 망쳐버릴 수도 있다.

감정이입의 상태들이 항상 누군가에게 득이 된다는 법은 없지만, 이런 상태들이 존재한다는 사실 자체가 곧 진실의 의미심장한 증언이다. 인간은 '우리'가 되기 위해 우리와 비슷한 다른 동물들에게 의존해야 하는 사회적 동물이라는 진실 말이다.

그러나 공유한 마음 상태에는 한 가지가 더 있다. 내가 아는 한 이를 다루는 철학 논문도 연구 조사도 없다. 나는 한 남자와 36년의 세월을 함께 살아왔다. 나는 이 남자의 마음을 읽지 못한다. 그의 성격에는 골방이 존재하는데, 아무리 생각해도 나는 그 골방을 본 적이 없는 것 같다. 수수께끼들이 많다. 그런데도 시간이 흐르면서 우리 사이에는 기이할 정도로 정확한 정신적 미러링이 생겨났다. 친구가 뭔가 이야기를 들려주면, 그 이야기를 방아쇠 삼아 우리 둘은 그 즉시 각자 따로, 그러나 똑같은 연상을 하곤 한다. 남편이 입을 열기도 전에 나는 그가 무슨 말을 할지 알고, 내가 말하기 전에 그도 내가 할 말을 안다. 우리가 들은 이야기와 우리가 즉시 복제라도 한 듯 보이는 똑같은 반응 사이의 연결고리는 대체로 뚜렷하게 드러나지 않는다. 두 개의 다른 머리가 어째서 정확히 같은 순간 정확히 같은 소재를 불러내는 것처럼 보이는지, 그 이유는 우리가 생각해도 불가해할 따름이다.

두 머리에 깃든 두 마음이 여러 해 동안 아주 가까이 붙어살아서, 대화와 공유한 비밀들, 갈등과 화해, 슬픔과 기쁨과 유머, 온갖 방식으로 꾸준히 서로 부딪힌 두 마음이 연결되어 순간순간 하나의 마음 상태로 융합되는지도 모른다. 하나가 아니라 두 머리에서 동시에 바람이 일고 구름이 움직이기 시작하고, 해가 나는 것이다.

2017

유령 멘토들

　나는 멘토라는 개념에 몹시 마음이 끌린다. 비록 나 자신은 수제자로나 현명한 스승으로나 별로 할 이야기가 많지 않지만 말이다. '멘토'라는 그 낱말은 방아쇠가 되어 이제는 사라진 내 생의 어느 시절의 허기를 촉발한다. 내가 스스로 선택한 삶에 값한다고 알아봐 준 누군가에게 정을 붙이고 싶다는, 마음 아린 갈망 말이다. 열셋이라는 어린 나이에 이미 작가가 되고 싶었고, 그때부터 줄곧 읽고 공부하고 열심히 글을 써왔지만, 멘토라는 주제가 나오면 오늘날까지도 내가 끝내 고향에 이르지 못했다는 감정이 압도적으로 덮쳐온다.

　고향? 어째서 '고향'이란 말인가? 아무래도 멘토에 대한 나의 판타지는 인정해주고 수리해주는, 이 둘 다를 향한 갈망이었던 것 같다. 이 갈망은 원초적 욕망을 건드리는데, 인정과 수리라는 멘토링의 양면은 아이/부모 관계를 재현하지만 좀 더 나이가 들었을 때 더 의식적인 형태로 나타나기 때문이다. 부모를 선택할 수 있는 사람은 없다. 그러나 멘토는 찾아내야만 하고 꼬드기거나 유혹해서 자신의 역할을 하게 만들어야 한다. 그리고 찾아냄을 당하는 이에게는, 숭모가 강력한 사랑의 묘약으로 작용할 수 있다. 상호성은 스승과 제자라는 한 쌍을 형성하는 결정적 열쇠다. 그러나 이 관계에서는 위계질서 또한 당연한 것이다.

"당신을 에워싼 미국의 삶을 탐구하는 당신의 연구에 갈채를 보내요, 내 말은 그러니까, 내가 그 작업을 귀하게 여기고, 강력히 장려하고자 한다는 말입니다." 헨리 제임스는 거의 스무 살 연하의 이디스 워튼에게 보낸 편지에서 이렇게 썼다. 그녀는 그를 사랑했다. 그도 그녀를 사랑했다. 그녀는 돈이 있었다. 그에게는 없었다. 그 덕분에 그녀와 '거장'의 관계는 이래저래 동등해졌다. 두 사람 사이에는 신경전이 이따금 벌어졌다. 낮게 깔린 경쟁심이 흐르곤 했다. 그러나 경쟁보다는 사랑의 마음이 컸다. 섹스가 아니라 영향력이었다. 워튼은 그녀가 제임스와 닮았다고 주장하는 비평가들에게 갈수록 진력이 났다.

셔우드 앤더슨은 젊은 어니스트 헤밍웨이를 위해 추천서를 써주었다. 내 눈앞에 거트루드 스타인의 살롱, 그 마법의 실내로 통하는 문이 활짝 열려 있는 게 보인다. 벽에는 그림들이 걸려 있다. 사람들의 목소리가 들리지만, 그 말들은 해독할 수 없다. 앨리스 B. 토클라스가 "아내들과 함께" 주방에 있다.《파리는 날마다 축제

A Moveable Feast》에서 헤밍웨이는 스타인에게 잔인하게 군다. 그는 자신에게 심오한 영향을 미친 멘토에게 주먹으로 응수한다. 스타인은 "모더니즘의 어머니"라고 불렸다. 헤밍웨이는 친어머니 그레이스 홀 헤밍웨이를 "못되어 처먹은 내 어머니"이자 "강압적인 말괄량이"라고 불렀다. 항간에는 그레이스 홀이 여자를 사랑했다는 이야기도 있다. 헤밍웨이 안에서 사랑과 증오, 남성성과 여성성은 하나로 뭉쳐져 떼려야 뗄 수 없는 덩어리가 되어버렸다. 그는 그 덩어리를 두려워했다.

위대한 레프 톨스토이에게 환심을 사려고 보낸 첫 편지에서 이반 부닌은 조언을 구하는 요청을 했다. "저는 엄청난 관심과 존경심으로 선생님의 낱말 하나하나를 뒤따른 무수한 이들 가운데 한 사람입니다." 부닌의 비굴한 아첨은 효과가 있었다. 두 사람이 친해지고 수년이 흐른 뒤 부닌은 "이 순간 저는 선생님이 제 친부인 양 울며 선생님의 손에 입을 맞추고 싶은 마음입니다!"라고 했다.

사뮈엘 베케트는 자신의 우상이었던 제임스 조이스의 연구를 도운 조수였다. "바로 그러했다." 베케트는 조이스의 작품 세계에 대해 이렇게 말했다. "서사시처럼 장대하고, 영웅적이다, 그의 업적은." 페기 구겐하임은 베케트가 조이스 밑에서 "노예처럼" 일했다는 사실에 주목했다. 재능 있는 안무가이자 댄서였던 루시아 조이스는 아버지의 미남 조수에게 반해버렸다. 베케트는 루시아와 데이트를 했다. 루시아와 함께 이곳저곳에 모습을 보였지만, 감정에 답하지는 않았다. 그는 루시아의 '아버지'에게 관심이 있었다.

그녀 '아버지'의 비위를 맞추고 있었다. 이는 제임스 놀슨이 베케트 전기에서 서술한 동성 유대의 러브스토리다. 그러나 조이스는 베케트가 사랑하는 딸의 감정을 유도하고 조장했다고 비난했다. 두 남자의 불화는 오랜 세월 풀리지 않았다.

베케트는 조이스의 영향력을 씻어내야 했다. 조이스에게 타자가 되어야 했다.

사랑스러운 루시아는 미쳐버렸다. 그래서 문학의 주방에 머문 아내들과 딸들 가운데에서 살아남는다.

내가 만나 결혼하기 전, 젊은 폴 오스터는 자신의 문학적 영웅인 사뮈엘 베케트를 파리에서 만났다. 오스터는 스물다섯 살이었다. 화가 존 미첼이 소개해 주었다. 베케트는 친절했고 흥미를 보였다. 젊은 작가를 바라보고는 이렇게 말했다. "그러니까 오스터 씨, 당신 이야기를 전부 다 들려주시오." '오스터 씨'는 무슨 말을 해야 할지 도저히 알 수 없었다.

베케트의 영향력은 폴이 이십 대에 쓴 희곡 몇 편에서 두드러지게 눈에 띈다. 나중에 읽고 나서 폴에게도 그렇게 말했었다. 그 후로는, 베케트에게서 영향을 받은 대목이 있다 해도 그리 쉽게 찾아볼 수 없게 되었다. 다른 작가의 작품 세계가 완전히 소화되면 눈에 보이지 않게 될 수도 있다.

1980년 스물다섯 살의 컬럼비아 영문과 대학원생이던 시절, 나는 듀나 반즈에게 편지를 한 통 썼다. 우연히 주소를 받았기 때문이다.

나는 반즈의 소설 《나이트우드》를 품고 지하철을 탔었다. 연세가 지긋하신 여자분이 그 책을 알아보고 묻기에, 그 책에 대한 내 사랑을 격하게 토로하고 말았다. 그녀는 프린스턴대 교수인 남편이 듀나 반즈를 안다면서, 숭상하는 영웅에게 편지를 쓰고 싶다면 주소를 알려 주겠다고 말했다. 이삼일 후 내 우편함에 엽서가 한 통 도착했다. 《나이트우드》는 내게 여전히 새로운 작품이었다. 논문도 한 편 쓴 참이었다. 그래서 타자기 앞에 앉았을 때는 내가 소설에서 발견한 춤추는 복합성을 작가에게 전달하고 싶었다. 내 편지는 분명 열정적이었을 테지만, 한편으로는 간결하고 예리한 글을 쓰려면 절제가 필요하다는 생각을 하고 있었다. 여러 번 고쳐 쓰며 교정한 후에야 이제 딱 좋다는 느낌이 들었고, 나는 편지를 부쳤다.

2년 후, 브루클린으로 이사한 다음에, 낡은 언더우드 타자기로 친 듯한 편지가 우편함에 도착했다. "친애하는 미스 허스트베트, 귀하의 편지 덕에 상당한 어려움을 겪어야 했습니다." 그다음에 이어지는 한 줄이 더 있었는데, 그게 끝이었다. 서명은 '듀나 반즈'였다. 그 편지를 내가 어떻게 잃어버렸는지 잘 모르겠다. 난 대체 뭐가 문제일까? 왜 그 두 번째 줄은 기억이 나지 않을까? 반즈의 반응을 나 역시 모욕으로 받아들이지 않았던 건 안다. 나는 그 답장을 내게 보낸 찬사로 받아들였다. 패천 플레이스 22번지에 사는 늙은 은둔자의 평화를 어지럽힌 젊은 작가의 편지. 반즈는 그로부터 한 달 후 아흔을 일기로 세상을 떠났다. 〈뉴욕타임스〉에서 부고를 읽은 기억이 난다.

유명한 외톨이, 유별난 괴짜 듀나 반즈가 내게 멘토링을 해줄 거라고 기대하지는 않았다. 답장을 써주었다는 사실에 놀랐다. 그렇지만 반즈가 내 편지를 받았고 내 편지를 어려워했다는 사실이 기뻤다. 듀나 반즈는 나의 유령 멘토다.

스스로 선택한 삶에 값하는 사람이라고 누군가 나를 알아봐 주기를 갈구했던 헛된 내 욕망을 돌이켜보면 괴롭기만 하다. 내가 선택한 삶이 무엇이었을까? 작법 강의를 듣고 나이 많은 시인과 소설가들의 가르침을 따를 수도 있었지만 나는 그러지 않았다. 대학원에 가서 박사가 되었다. 공부하고 많이 읽고 잘 사유하는 법을 배우고 싶었다. 그리고 미래라는 이름의 장소에서 생활비를 낼 수 있는 사람이 되고 싶었다.

"네가 교수가 되는 게 좋을지 잘 모르겠다." 대학원에 몇 년째 다니고 있는 딸에게 아버지는 말했다. 아버지는 교수였다. 내가 교수직에 맞지 않는다는 뜻이었을까? 작가가 되고 밥을 굶어야 한다는 뜻이었을까? 자신의 직업이 마음에 들지 않았던 걸까? 내가 불행하리라고 생각한 걸까? 나는 아무 말도 할 수 없어서 그 어떤 질문도 하지 못했다.

내 학위논문을 읽고 나서 아버지는 말했다. "논문처럼 읽히지 않는구나." 그게 끝이었다. 더는 아무 말도 없었다. 그때 용기를 냈어야 했다. 무슨 말인지 설명해 달라고 했어야 했는데, 나는 그러지 않았다. 마음속 깊이 상처받았기 때문이다.

돌이켜보면 멘토라는 주제에 대한 나의 기억들은 시간이 흐르며 어쩐지 원망의 색채를 띠게 된 것 같다. 주기적으로 나의 제안을 거부하거나 쳐냈던 멘토 후보들을 그저 열의에 달떠 버둥거리며 쫓아가던 젊은 시절에는 오히려 느끼지 못했던 감정이다.

대학교 1학년 때는 매력적인 젊은 교수였던 조이스 장학생과 가까워지려고 몇 번이나 노력했었다. 그녀는 검은 곱슬머리였다. 나는 같이 수업을 듣는 청년들이 그녀에게 관심을 갖는 것처럼 그녀에게 관심이 가진 않았다. 그녀는 그중 한 명을 선택했다. 젊은 교수 L.은 미네소타주 노스필드의 세인트올라프 칼리지에서 오래 버티지 못했다. 그곳은 루터교의 규율이 지배하는 루터교 학교였고, 그 말은 강의실에서 에로스가 미친 듯 날뛸 수 없었다는 뜻이다. 남자를 정신없이 쫓아 달려간다는 티를 내서는 안 된다는 뜻이다. 교수이고 여자라면 더욱더.

한때 내가 방향을 지도받기 바랐던 또 다른 대학교수도 기억난다. 테가 두꺼운 안경을 쓴 덩치 크고 땀이 많은 남자였다. 나를 연구실에 앉혀 놓고 그는 드라이저의 《시스터 캐리》에 대한 내 리포트를 조목조목 비판했다. 이를 악물고 내 쪽으로 맹독을 뿜어대면서 한순간도 내 가슴에서 눈을 떼지 않았다. 왜 그토록 적대적이었을까? 그 이류 작가에 대한 내 글은 이미 사라진 지 오래다. 그 리포트가 엉망이었을 수도 있다. 내 기억에 남은 건, 그 교수가 내게 왜 그리 화가 났는지 이해할 수 없었다는 사실이다. 가슴을 보는 시선이 단서가 되었어야 했지만, 그때는 그냥 넋이 나가 혼란스러울 뿐이었다.

그런가 하면 컬럼비아 대학원 1년 차 때 내가 찾아갔던 교수도 있다. 다른 대학에 재직하는 그 교수의 동료가 추천서를 써 주었다. 차갑고 쌀쌀맞고 뻣뻣했지만 S. 교수는 내 연구를 한번 살펴봐 주겠다고 했다. 그의 평을 들으러 다시 찾았을 때, 그는 줄로 직직 그은 논문을 한 장 한 장 넘기며 이따위 허튼소리를 만들어낸 문장과 논거와 한심한 정신세계의 내장을 하나하나 적출했다. 나는 아무 말도 하지 않았다. 연구실을 나오기 전에 감사하다는 인사는 했을 것이다.

역시 이번에도. 이해할 수 없는 분노가 있었다. 나는 그가 내 야망을 냄새 맡았다고 생각한다.

그 당시에도, 나는 그 논문이 그 정도로 나쁘지 않다는 걸 알았다. 나는 S. 교수의 피비린내 나는 학살과 무관한 몇 번의 수정을 거쳐 그 논문을 19세기 문학과 철학에 관한 세미나에 제출했다. 세미나의 지도교수였던 인색하고 심술궂기로 유명한 M. 교수는 그 논문이 탁월하다고 생각했다. 그렇지만 연구실 면담 시간에는 딱딱하게 굴고, 말을 아끼고, 다가가기 어렵게 굴었다. 그가 내 분야의 전문가였지만 감히 내 지도교수가 되어달라는 부탁조차 꺼낼 수 없었다. 그러나 M. 교수는 내 논문심사위원회의 장을 맡아주었고 다섯 명의 남자 교수들 앞에서 내 논문을 극찬했다. "여기 몇 문장은 내가 썼더라면 얼마나 좋을까 그런 생각이 듭니다."

나는 그의 문장을 기억한다. 일단 입 밖으로 나오는 순간 평생 머릿속에 남는 문장들이 있다. 강렬한 감정을 통해 기억에 화인처

럼 새겨진다. 어느 에세이에서 나는 그런 구절을 '뇌 문신'이라고
표현했다.

뇌 문신이 하나 더 있다. "대학원에서 뭐 하고 있는 거예요? 그레
이스 켈리처럼 생긴 사람이." 나는 전혀 그레이스 켈리처럼 생기지
않았지만, 그 논평 한 마디 때문에 그 말을 한 당사자인 H. 교수와
함께 연구하고 싶다는 내 희망은 완전히 끝장이 났다. H. 교수는
영문과에 몇 없던 여교수였고 페미니스트였다. 나는 과거에도 지
금도 페미니스트다. 듀나 반즈 리포트를 제출한 것도 그 수업이었
다. 내가 그 리포트를 제출하고 발표를 마친 후 함께 강의실을 나
서던 바로 그때 그녀는 내게 그런 말들을 했다. 내 외모가 대학원
과 무슨 상관이 있단 말인가? 그녀는 《나이트우드》를 이해할 수
없는 작품으로 여기는 듯했으니 어차피 우리는 잘 지낼 수 없는
사이였을지도 모른다. 여러 해가 흐른 후, 나는 그녀가 영문과에
서 부당한 취급을 받았다고 느꼈고 불행했다는 사실을 알게 되었
다. 그 문장은 그때 나의 처지에서는 감히 읽을 수 없던 다른 의미
를 띄었을 수도 있다.

학교에서 보낸 27년을 통틀어 교육, 조력, 대화, 상호성을 달라
는 나의 요청에 응답한 스승은 단 한 사람뿐이었다. 나는 대학교
2학년이었다. 주제는 러시아 지성사였다. 그 교수의 강의는 난해
하기로 이름나 있었다. 비위를 맞추기도 힘들고, 점수도 짜고, 안
일하고 게으른 답을 하면 짜증을 낸다는 소문이 파다했는데, 하나
같이 내 마음을 끄는 이야기들이었다. 그 교수의 강의에는 신랄한

독기가 있었고, 나는 그게 전류처럼 짜릿하기만 했다. 그래서 2년 동안 나는 그에게서 비범한 재능을 지닌 학생으로 인정받으며 날아갈 듯한 기쁨을 누렸다. 그는 나를 밀어붙여 더 꼼꼼히 읽고 더 신중히 논쟁하도록 했다. 그의 지도를 받으며 톨스토이 작품 세계의 허무주의적 경향에 대한 글을 썼다. 그때 처음으로 톨스토이를 숭모하던 제자 부닌을 알게 되기도 했다. 나의 지적 능력이 꽃을 피운다는 느낌을 받았다.

우리는 만나서 커피를 마셨다. 사상, 문학, 삶을 이야기했다. 따뜻하고 서로 존중하는, 올바른 관계였다. 우리는 친구가 되었다. 그는 대학원에 지원할 때 내 에세이를 읽어주었다. 나는 야심을 응원해주고 문하에 받아주고 내 글을 칭찬해준 그를 사랑했지만 한 번도 얼굴을 마주하고 말하지 않았다. "이 순간 저는 선생님이 제 친부인 양 울며 선생님의 손에 입을 맞추고 싶은 마음입니다!"라고 한 번도 말하지 않았다.

가족의 유령이 제자와 선생 간의 이 유대에 서려 있었다. 젊은 여성으로서 나는 부성의 영역, 즉 권위를 가진 사람들로부터 인정과 애정을 받고자 갈망했다. 지금은 그때 내 갈망이 대체로 응답받지 못하고 스러진 것이 다행이라는 생각을 한다.

2017년에는 이런 기억이 있다. 코모 호수를 내려다보는 발코니에 서서 미국 문학 교수인 독일인 동료와 이야기를 나누고 있었다. 우리는 한 학회에서 만났는데, 둘 다 서사 의학에 대한 논문을 써냈었다. 알고 보니 그는 혹평을 받은 내 리포트와 나중의 내 논문을 칭찬했던 컬럼비아 대학교 M. 교수의 친구였다. 내 동료는 "지난주에 그를 만났어요. 당신을 정말 자랑스러워하더라고요." 행복의 전율이 스쳤다. 그러나 기쁨이 지나가자 짜증이 일었다. 그는 왜 내 작업을 계속 눈여겨보고 있다고 말하지 않았을까? 내가 알았다면 큰 의미가 있었을 텐데. 그러다 보면 짜증스러운 마음만 더해진다. 내가 그걸 굳이 왜 신경 써야 해? 나는 예순이지만 감정은 어린아이나 다름없다.

M. 교수는 작년에 세상을 떠났다. 나는 추도식에 갈 생각이었다. 달력에도 적어 두었다. 깜박 잊었다. 무슨 일이 있었는지에 대한 더 적합한 말은, 아무래도 '억압'인 것 같다.

"갈채를 보내오, 귀하게 여긴다는 말이요, 강력히 장려하오⋯." 거장에게 작품을 보냈기 때문에 워튼에게 이 말은 충만한 만족으로 돌아왔지만, 헨리 제임스가 이 편지에서 언급하고 있는 단편은 그가 직접 찾아 읽은 것이었고, 그래서 제임스는 그 찬사를 즉흥적으로 썼다.

아버지들과 어머니들이라지만, 어머니에 좀 더 가까운 아버지들이나 아버지에 좀 더 가까운 어머니들도 있다. 적어도 문학적 정전의 관점을 취하고 어머니와 아버지와 여성성과 남성성에 대한 우리 관념들을 받아들인다면 말이다. 헨리 제임스는 우리가 여성성이라고 생각하게 된 자질이 많다 못해 흘러넘쳤고, 거트루드 스타인은 우리가 남성성이라 생각하는 자질이 넘치게 많았다. 문학적·학문적·과학적으로 뛰어난 성취를 이루기 위한 오이디푸스의 전투에서 상대를 때려눕히는 건 남자아이들과 남자들이어야 한다고 다들 생각한다. 이런 일들이 여러 번 되풀이 되는 것을 나도 보아왔다. 강타를 날리고 주도권을 잡는다. 그러나 사실 여성성과 남성성은 모두 뒤섞여 있다. 불순하고, 혼합물이며, 엉망진창이다. 우리 모두 여성성과 남성성이 섞인 덩어리들 아닌가?

사람들이 그 중간에서 살고자 간절히 원하는 것도 무리가 아니다. 옛날에 우리는 그걸 양성성androgyny이라고 불렀지만, 나는 외모도 옷차림도 그렇게 보이지 않았다. 그건 과거에도 정신적인 문제였고 지금도 그렇다. 성별의 변이는 처음부터 내 작품에 팽배했다. 1983년 〈파리 리뷰〉에 실린 내 초기 시의 제목은 '자웅동체적 병치Hermaphroditic Parallels'였다.

내 개인사에서 희한한 점은, 멀리서 보면 내게 마치 남편이 나의 멘토로 배정된 것 같지만 그는 지금은 물론, 과거에도, 단 한번도 나의 멘토였던 적이 없다. 기사, 서평, 논문, 여타 스쳐 지나가는 문학 뉴스, 인터뷰에서 주기적으로 튀어나오곤 하는 이 판타지에서 나는 겸손한 학생으로 등장한다.

뇌 문신 이야기를 좀 더 해보자.

가장 고통스러웠던 뇌 문신은 "당신 남편이 썼다고 생각해요"라는 것이었다. 1993년 나는 독일에서 내 첫 소설인 《당신을 믿고 추락하던 밤The Blindfold》의 홍보를 하고 있었다. 기자는 고집을 꺾지 않았고, 나는 그의 분노를 느낄 수 있었다. 그는 내 남편이 브루클린에서 '문학 공장'을 운영하고 있다고 말했다. 그 당시에는 그 기자가 진짜로 그렇게 생각한다고 믿었다. 그러나 이제는, 내게 상처를 주기 위한 덫이었다고 확신한다. 그는 내 책이 아주 훌륭하다고 생각했다.

"당신의 첫 번째 소설 두 권은 딱 남편분의 작품 같습니다." 네덜란드의 한 기자가 2004년에 내게 말했다. "부탁인데 왜 그렇게 생각하는지 말씀해 주시겠어요?" 나는 물었다. 남자는 얼굴을 붉혔다. "그냥 도발하려고 던진 질문이에요."

"작가님이 정신분석을 폴 오스터에게서 배웠다는 걸 모르는 사람이 없어요." 한 인터뷰에서는 친절한 여기자가 당당하게 선언했다.

2017년에 칠레의 기자에게서는 이런 말들이 나왔다. "신경과학에 대한 작가님의 지식은 남편분에게서 나왔나요? 오스터 씨도 신경과학을 읽으시죠, 그렇지 않습니까?" 오스터 씨는 평생 신경과학 논문을 단 한 장도 읽지 않았다.

나는 남편의 강의에 참석한다. 그를 소개하는 학자는 폴 오스터가 프랑스 정신분석학자인 자크 라캉의 전문가라고 소개한다. 끝나고 나서 나는 그 남자 학자에게 폴은 1966년 라캉의 에세이 한 편을 읽었을 뿐이라고 설명한다. 나는 라캉을 꼼꼼히 읽었다. 그의 저작 일부는 내 학위논문에도 인용되었다. 남자 학자는 못마땅해했다. 나는 말 없이 침묵해야 하는 사람이었다.

오스터의 한 팬이 코펜하겐의 파티에서 숨이 턱에 닿아 내게 다가왔다. 그는 러시아 이론가 M. M. 바흐친에 대한 남편의 지식을 논하고 싶어 했다. "하지만 폴은 바흐친을 읽은 적이 없어요.

내가 읽었죠. 폴은 그 이야기를 내게서 빌린 거예요."《변증법적 상상력》의 서문을 쓴 마이클 홀로퀴스트는 레닌그라드 포위 당시 바흐친은 독일 교양소설에 대한 자신의 원고를 담배 마는 종이로 썼다고 설명했다. 폴은 영화 〈스모크〉의 대본에 그 일화를 삽입해 그 이야기를 기억에 남도록 만들었다. "자기 책을 피운 거지"라는 대사를 뇌 문신으로 각인했다) "나는 바흐친을 정말 좋아해요." 대화를 더 이어가고 싶은 바람으로 나는 그 남자에게 말했다. 그러나 그는 내가 바흐친을 정말 좋아한다는 사실을 좋아하지 않았다. 그의 얼굴이 낙심으로 축 늘어졌다. 그러더니 상심한 얼굴로 달아나 버렸다.

나는 '내 멘토가 아닌 사람이 내 멘토가 되었다'는 일화를 수백 개도 넘게 갖고 있다. 설마 '당신'일 리가 없어. '당신'에게서 나왔을 리가 없어. 영웅이자 멘토이자 남자가 쓴 게 틀림없어. 희극적이기도 하고, 비극적이기도 하다. 아내에게 권위를 허락하는 일은 어떻게든 남편의 권위를 약화시킨다는 것. 실제로 숨을 쉬며 살아가는 남편이 전혀 그렇게 여기지 않고 활자로 그렇게 말해도 아무 상관이 없다. I. B. 시겔펠트와 책 한 권 분량으로 나눈 대화록인 《낱말로 쓴 삶》에서도 폴 오스터는 이렇게 말했다. "가족 중에서 지성인은 내가 아니라 시리고, 예컨대 라캉과 바흐친에 대해 내가 아는 모든 건 시리한테 배운 거예요." 그들은 남자 영웅에게 투사한다. 여자-작가-아내인 내게 권위를 주면, 동일시의 마법에 따라 남편은 물론 그들까지도, '강압적인 말괄량이'에게 휘둘려서 거세당하고 굴욕을 겪게 되는 것이다.

우리는 모두 각자의 유령을 가지고 있다.

서사적이고. 영웅적이다. 그런 것이다. 그게 사랑이다. 그게 증오다. 혼합물이다.

나는 가르치는 일이 거의 없었기 때문에 멘토가 될 기회도 거의 없었다. 내 일로 먹고살 돈을 번다는 점에서 나는 행운아다. 나는 뉴욕시 한 종합병원의 내러티브 정신의학 세미나에서 내가 매달 가르치는 젊은 레지던트들을 아낀다. 물론, 내 강의를 듣는 의사들에게는 의사 멘토들이 있다. 젊은 작가나 학자들이 내게 부탁거리를 들고 올 때도 가끔 있다. 나는 그들의 원고와 임시 제본된 그들 책의 교정쇄를 읽는다. 호의적인 단평과 추천사를 써주기도 한다. 가끔은 그들 눈에서 숭모의 빛을 감지하기도 한다. 아무튼, 내 경우에는, 그런 숭모는 천천히, 조심스럽게, 그리고 귀하게 음미해야 하는 묘약과 같다.

멘토의 가르침을 받았던 그 짧은 시간의 기쁨을 나는 기억한다. 또한, 거절의 쓰라린 아픔과 내 멘토 판타지에 서린 아버지의 유령과 '남편이 당신의 멘토'라는 판타지를 내게 투사한 사람들도 기억한다. 나는 내가 알지도 못했던, 그러나 단 두 줄의 편지를 내게 보내준 그 유령을 나의 멘토로 고수할 것이다. 그녀는 순전히 문학적인 종류의 멘토였다. 책이나 편지의 낱장에만 끝내 머무를 멘토 말이다.

2019

열린 경계들:
지적 유랑자의 삶에서 나온 이야기들

내가 어렸을 때는 여름이면 부모님과 세 여동생과 함께 미국을 횡단하는 자동차 여행을 여러 차례 했었다. 우리는 낡은 스테이션 왜건을 빼곡하게 채웠고, 차 뒤에는 아버지가 직접 만든 개방형 목제 트레일러를 달았다. 아버지는 가족 재정에서 거액의 돈을 아껴준, 그 검소한 수제품을 무척 자랑스러워했다. 자동차와 트레일러 각각이 장비와 구성원으로 다 채워지면 우리는 미네소타에서 동쪽이나 서쪽, 남쪽으로 출발했다. 캠프장에서 우리는 가족의 초록색 캔버스 천막 아래에서 침낭 안에 나란히 누워 자거나 아니면 잠 못 이루고 누운 채 어머니의 코 고는 소리를 들으며 밤을 보냈다. 우리는 불 피우는 데 선수가 되었고 노래도 많이 불렀고 99센트짜리 아침 식사 스페셜도 엄청 많이 먹었다.

독자에게 잘못된 인상을 주고 싶지는 않다. 우리는 해맑게 모험을 찾아다니며 행복하게 여행을 다니던, 근심 걱정 없는 보헤미안 가족이 아니었다. 아버지가 군 작전처럼 정교하게 계획해서 떠나는 여행이었다. 유사시를 위해 무수한 대비책을 세워두고 빠듯한 예산으로 다녀야 했다. 아버지는 대학교수였지만 농장 소년으로 자랐고 고향에서는 대공황의 참사를 목격했고 2차대전에서는 필리핀 루존 전투에서 생존한 군인이었다. 폭풍처럼 날뛰는 우연과 잇따른 혼돈에 아내와 딸들을 노출할 사람이 아니었다.

예기치 못한 충격이 철두철미한 전략을 흔들어놓으면, 아버지는 달가워하지 않았다. 그런 순간에는 어린이인 우리에게 어머니가 있다는 게 다행이었다. 어머니는 생애 첫 30년을 노르웨이에서 보낸 이민자였고 심지어 5년의 나치 점령기를 겪었다. 어머니는 고난을 겪어본 사람이면서도 상황을 다르게 보았고, 덜 신랄한 관점을 견지했다. 우리를 태우고 서부 해안지역까지 수천 마일을 갔다가 온 낡은 스테이션 왜건이 집까지 불과 5마일을 남겨두고 고장 나서 서버렸을 때 아버지는 분노와 절망의 시커먼 욕설을 연신 낮게 읊조렸지만, 어머니는 주체가 안 되는 폭소를 터뜨렸다. 나는 영영 잊지 못할 것이다. 비극은 찰나에 희극으로 변했다.

그렇게 대가족이 여행을 나섰던 열네 살 때, 우리는 포코너스 모뉴먼트를 보러 갔다. 애리조나·콜로라도·뉴멕시코·유타, 이 4개 주의 경계가 맞닿는 곳이다. 우리 자매들은 4개 주를 한꺼번에 차지할 수 있는 자세를 취하며 노는 게 얼마나 재미있었는지 모른다. 두 손을 2개 주에 놓고 두 발은 나머지 2개 주에 두어야 했다.

그냥 4개 주 경계선이 맞닿는 지점에 드러누워 동시에 4개의 다른 주에 있을 수도 있었다. 순진한 놀음이라 해도, 이처럼 신기한 거주 경험은 정말 좋았다. 적어도 그 경험은 인공적이고 자연적인 국경에 대한 교훈을 주었기 때문이다. 미국에서 초기 주들의 경계선은 강, 바다, 호수 같은 지리적 현실에 따랐다. 그러나 나중에는 기술적 혁신이 기준이 되어 땅을 가르는 철도를 따르거나, 단순히 정치적으로 결정되기도 했다. 확실한 건 땅과 바다의 자연적 경계들이 기하학적 형태를 띠는 일은 드물다는 사실이다. 반듯한 네모는 없고 울퉁불퉁하고 구불구불하다.

오늘날 국가·도시·소도시의 경계들은 보통 자연, 역사, 인간의 변덕, 인공물의 혼합이지만, 대부분의 영토 경계선은 그것을 그런 모양으로 형성한 생각들을 따로 제쳐두고는 이해할 수 없다. 식민주의가 세계를 토막 낸 방식들은 지금까지도 계속해서 정치적·경제적·생태학적 격변을 일으키고 있다. 백인의 짐White Man's Burden[7]이라든가 명백한 운명Manifest Destiny[8], 레벤스라움Lebensrau[9] 같은

---

7) 1899년《정글북》의 작가인 영국인 러디어드 키플링이 미국의 필리핀 식민 통치를 권고하며 쓴 시다. 야만적이고 미개한 식민지와 원주민을 문명으로 이끄는 것이 백인 남자White Man가 마땅히 짊어져야 할 짐, 즉 막중한 도덕적 의무라고 주장하고 있다.

8) 1845년 미국의 텍사스 병합 당시 〈데모크라틱리뷰〉의 주필 J. L. 오설리번이 논설을 통해 "아메리카 대륙 전체로 팽창하는 우리의 명백한 운명"은 신의 뜻이라고 주장했다. 뉴멕시코, 캘리포니아, 오리건의 합병 과정에서 미국의 영토 팽창주의를 수호하는 논거로 쓰였다.

9) 국가와 민족의 생존과 발전에 필요한 공간적 영역을 뜻하는 지정학적 용어. 양차 대전 당시 독일을 비롯한 패권국의 식민지 확장을 뒷받침하는 개념으로 쓰였다.

표현에 축약된 잔인한 이데올로기들을 생각해 보라. 과거에 멕시코였고 멕시코 쪽에서도 멕시코가 아니라고 보지 않았던 텍사스를 미국이 1836년에 병합한 것은 두 나라 사이에 흐릿하고 논쟁적인 국경과 한 차례 전쟁을 초래했고, 1853년까지도 최종 국경이 확정되지 않았다. 한 장소는 어디에서 시작하고 다른 장소는 어디에서 끝나는가? 우리는 어떻게 알아볼 수 있는가? 그 선을 긋게 되는 사람은 누구인가?

그때는 십 대였는데도 나는 포코너스에는 어쩐지 터무니없고 웃기는 구석이 있다는 걸 알 수 있었다. 기념비의 돌바닥에 새겨진 직선과 교차지점의 불멸을 선언하기 위해 4개 주의 이름으로 표시된 것은 공간에 표식을 남기기 위한 순전히 인간적인 방편임을 이해했다는 말이다. 그 석판 밑에 깔린 흙은 별로 달라 보이지 않았을 테니까. 흙에도 토사·점토·양토 같은 이름들이 있지만, 유타·콜로라도·애리조나·뉴멕시코 같은 낱말들로 구분되지 않는다. 인간이 만든 경계들은 표지판, 울타리, 벽, 검문소, 여권 심사를 위한 줄 등으로 구획된다. 그러나 땅에 실제로 그어진 선들은 보기 드물다. 그 기념비에서 내가 받은 또 다른 강렬한 인상은, 그것이 허세를 부리며 항구성을 약속한다는 점이었다. 우리는 같은 여행에서 아나사지Anasazi[10]와 푸에블로 문명의 폐허를 보지 않았던가?

---

10) 기원후 100년경부터 근대까지 미국 애리조나, 뉴멕시코, 콜로라도, 유타 접경지역에서 발달했던 북아메리카 고대 문명. 푸에블로족의 문명으로 발전했다가 몰락했다.

이 글은 내가 과달라하라 국제 도서 페스티벌에서 했던 연설문을 다듬은 것이다. 연설문을 쓰기도 전에 강연의 제목부터 선택했다. "열린 경계들: 지적 유랑자의 삶에서 나온 이야기들"이라는 단어들을 보자 여러 해가 지나도록 생각조차 하지 않았던 포코너스가 저절로 떠올랐다. 그 낱말들이 마음속의 심상을 촉발했고, 그 심상이 가족여행의 추억과 이제는 모두 돌아가신 내 부모님과, 같은 불행을 서로 다른 관점으로 보게 했던 두 분의 성격 차이, 한 분에겐 비극이었지만 또 다른 분에게는 희극이었던 그 상황이 번득이며 떠올랐다.

추측하건대 그 기억은 나의 긴 글쓰기 인생의 공간적 은유로 유용했던 것 같다. 오래도록 글을 쓰면서 나는 인문학에서 과학에 이르기까지 여러 학문적 경계를 넘나들어야 했다. 한 주에 안락하게 오래 머물기를 거부했고—이 은유를 끌어 쓰자면—픽션과 넌픽션 모두에서 여러 분야의 통찰을 활용했다. 소설과 시에 대한 내 열정은 아주 이른 나이에 시작되었고 작가뿐만 아니라 문학박사의 길로 나를 이끌었다.

독서는 일종의 여행이고 읽을 줄 아는 사람은 비범한 선물을 받은 셈이다. 우리는 여러 개의 방으로 들어가서 거리를 걷고 오래전에 죽은 사람들의 이야기와 생각에 귀를 기울일 수 있게 된다. 그리고 독서는 다양한 분야를 아우르는 사상의 구조에 접근하는 길이다. 신경생물학·인류학·물리학·정신분석학은 세계를 같은 관점에서 보지 않고, 같은 어휘를 공유하지도 않는다. 각기 다른 분야의 관점을 통달한다는 건 또한 각 학문의 언어와 분류 체계를 익힌다는 뜻이기도 하다.

이 분야들은 별개의 주나 국가와 같고, 그것들은 꼼꼼하게 그어진 자신의 경계 안에 존재한다. 극단적인 전문화는 경계를 넘는 대화를 어렵게 만들고 심지어 불가능하게 할 때도 있다. 서로 다른 학문 분야들은 서로 다른 가정을 세우고, 이처럼 다양한 가정들은 세계를 인지하고 이해하는 서로 다른 방식들을 낳는다. 심층의 가정들이 언제나 뚜렷하게 드러나는 건 아니다. 가끔 눈에 띄지 않기도 하고, 물리든 역사든 분야 내부의 연구자들이 암묵적으로 공유하는 합의일 때도 있다. 그렇다고 단일한 분야 안에 논쟁이 없는 건 아니다. 어떤 분야에서든 논쟁은 아주 많지만, 그 논쟁들이 첫째·둘째·셋째 질문을 두고 이루어지는 일은 흔치 않다. 즉, 사유의 경계선들은 이미 정립되었고, 그것도 대체로 오랜 기간을 거쳐 정립되었다는 말이다. 그리고 이따금 그 분야의 연구자들은 이것과 저것을 가르기 위해 자신들이 그은 선들과 만물을 떠받친다고 믿었던 토대가 바스러지거나 허물어지고 있음을 알게 된다. 이런 전조는 특히 실험과학에서 쉽게 볼 수 있다. 반복되는 실험들은 예상과 다른 것, 그래서는 안 될 무언가를 시사하고 연구자들은 원래의 가정을 털어내고 새로 선을 긋고 다시 사유해야 한다. 토머스 쿤은 저서 《과학혁명의 구조》를 통해 이런 생각을 유명하게 만들었다. 쿤은 과학자들이 참이라고 받아들이는 근본적 가정들을 '패러다임'이라고 불렀다. 뉴턴 물리학을 양자 물리학이 전복한 것은 패러다임 변화의 훌륭한 사례다.

이는 보통 사람들은 알아들을 수도 없이 어려운 비교秘教적 지식의 문제로 그치지 않는다. 우리 모두 빠짐없이 영향을 받는다. 그리고 그 근거는 신비스러울지 몰라도 단순하다. 우리는 누구나 처음에 신생아로서 세계와 만나고 다음에는 아이와 성인으로 세계를 접한다. 다른 사람과 사물들과 상호작용하고, 나이가 들면서 어떤 것들은 기억하지만 또 다른 것들은 잊는다. 우리는 말과 그림으로 우리 자신에게 세계를 재현해 보이는 법을 배우고, 그러기 위해서는 어디서 한 사물이 끝나고 다른 사물이 시작하는지 알아야 한다. 경계들은 뚜렷하고 지당해 보이기도 한다. 내 정원을 후다닥 달려가는 다람쥐를 보면 그 털북숭이 설치동물이 우리 집 뒤뜰의 나무와 벽돌 벽과 뚜렷하게 구별된다는 것을 알게 된다. 그러나 앞을 보지 못하다가 성인이 된 후 시력을 회복한 사람이라면 내가 보는 것을 보지 않는다는 걸, 오히려 앞을 보지 못한 채로 살았던 세상의 일관성이 결여된 흐릿한 움직임과 이미지를 본다는 걸 우리는 알고 있다. 자신의 다른 감각들이 그 세계에 질서를 부여했기 때문이다.

예를 들어, 우리는 인간의 경계는 피부라는 장기로 끝난다는 사실을 당연시한다. 그러나 모든 인간이 한때는 다른 사람의 몸 속에서 분할하는 세포 덩어리였다. 우리를 품은 다른 사람의 꿈과 걱정, 그녀가 먹는 음식은, 배아로 존재했던 생명체와 떼려야 뗄 수 없는 관계였다. 배아는 태아가 되었고 출생 후에는 신생아가 되어 향후 1년을 모체나 다른 사람에게 달라붙어 산 후에야 비로소 혼자 걸을 수 있게 되었다. 성인이라고 해서 완벽하게 독립적인 존재는 아니다. 모든 사람에게는 밖으로 체액을 분출하는 구멍들이 있다. 남녀를 막론하고 인간은 보고, 듣고, 만지고, 냄새를 맡고, 숨을 쉬고, 먹고, 소변을 보고, 대변을 보고, 에로틱한 조우 속에 다른 몸과 뒤섞고, 사랑하고, 증오하고, 괴로워하고, 생각하고 또 상상한다. 기억하거나 상상할 때 우리는 기적적으로 우리 몸에서 이탈해 바로 눈앞에 있는 공간이 아닌 다른 곳으로 이동한다. 나는 포코너스를 기억했고, 불완전할지언정 시간 여행을 했다. 에밀리 브론테의 《폭풍의 언덕》을 처음 읽은 열세 살 때, 나는 공포에 몸을 떨었다. 나는 즉각적 체험의 경계를 넘어 다른 세계로 갔고, 그 세계는 기억하는 내 두뇌의 작용에 신체적으로 각인되어 내 경험의 일부가 되었다.

인간이라는 동물은 오래전부터 이런저런 방식으로 세계를 표상하고 이를 통해 질서를 창조하는 일을 해왔다. '다람쥐'라는 말을 하거나 다람쥐를 그리는 일은 그 생물을 떠올리게 하지만, 그 생물 자체를 불러오는 건 아니다.

어떻게 우리는 이렇게 할 수 있는지, 이 문제에 대해서는 커다란 철학적 의문점이 남는다. 제대로 아는 사람은 없다. 우리 머릿속 그 말과 그림들은 무엇이고 우리는 어떻게 사물 사이로 선이나 경계를 긋는 것일까? 그 경계들은 인지하는 사람의 머릿속에 있을까, 바깥의 진짜 세계에 있을까, 아니 좀 더 정교한 질문을 던지자면, 내부와 외부에 존재하는 경계들은 어떤 관계를 맺는가?
세계가 있다면, 우리는 그 세계를 어떻게 인지하는가? 그림, 조각,
지도는 선사 시대로 거슬러 올라간다. 글쓰기는 훨씬 더 최근의
일로 보이지만, 그것이 태동한 순간에 의문을 제기하는 학자들도
일부 있는 모양이다. 논쟁은 활짝 열려 있다고 생각한다.

　나는 선사 시대의 예술에 깊은 관심이 있는데, 왜냐하면 그것
은 인간의 인지, 우리가 종으로서 공유하는 특질, 문화를 통해 인
간이 어떻게 서로 달라지는지, 등에 대해 밝힐 수 있기 때문이다.
2017년, 인도네시아 술라웨시섬의 어느 동굴에서 그림이 하나 발
견되었는데, 이제 그 시기가 밝혀졌다. 생생한 사냥 장면을 담은
그림은 44,000년 전에 그려졌다. 반은 사람이고 반은 동물인 작은
형체들이 밧줄과 창을 들고 야생 멧돼지와 버펄로 비슷한 짐승
들을 쫓아 달리고 있다. 추격은 생생하게 묘사되었다. 다른 지역
의 동굴벽화와 마찬가지로, 동물과 인간의 형체는 돌을 배경으로
부조처럼 도드라져 있다. 풍경의 세부묘사는 들어있지 않다. 자기
의지로 움직이는 생물들은 하늘과 풀과 다른 배경 정보보다 우선
한다. 살아있는 존재들의 재현이 공_空 속에서 움직인다. 반인반수,
반은 짐승이고 반은 인간인 술라웨시 그림의 형상들은 인도네시
아에서 아주 멀리 떨어진 곳의 선사 시대 예술에서도 불쑥불쑥 튀
어나온다. 뢰벤 멘쉬의 사자 인간(성기는 모호하지만, 이 상아조각이 여
성이 아니라 남성이라는 것이 중론이다)은 40,000년쯤 되었으며 1939년
남부 독일 슈타델 동굴에서 무수한 조각으로 부서진 채 발견되어

수고롭게 재조립되었다. 인도네시아와 독일의 혼성 생물체들이 종의 특질을 혼합하는 방식은, 내가 가끔 꿈에서 하는 것과 비슷하다. 꿈에서 나는 내 팔에서 나뭇가지가 자라는 걸 발견하고 무거운 꼬리를 끌고 다니기도 한다. 이 회화와 조각들에 나오는 존재들은 진화하는 현실이 아니라 인간과 다른 동물들 사이에 존재하는 상상의 교차지대다.

괴물, 또는 여러 생물이 한몸에 존재하는 혼합체는, 형태를 바꾸는 변신 기술과 마찬가지로, 전 세계에 걸쳐 무수히 퍼져 있는 신화의 일환이다. 신은 짧은 시간 동안 짐승이 되었다가 다시 원래의 모습으로 돌아간다. 일부 정신병 환자들도 짐승으로 변신하는 생생한 체험을 전한다. 정신의학 문건에 기록된 현상이다. 다른 성별로 변화하는 것 역시 흔한 변신의 형태다. 나는 현대에도 반인반수 공동체가 있다는 걸 최근에야 알게 되었다. 그들은 스스로를 테리언(therian, 반수인) 또는 어더킨(otherkin, 이종인異種人)이라고 부르며, 내가 아는 바에 따르면, 인간이 아니라 동물, 아니 온전히 인간이 아닌 어떤 것이라는, 심오하게 사적인 인식을 지니고 있다. 물론 인간은 태반을 지닌 포유동물이지만 이 공동체에 속한 사람들의 확신은 우리가 동물의 본성을 지녔다는 단순한 사실과는 구별되는 것 같다.

술라웨시나 슈바벤의 화가들과 나를 갈라놓는 수천 년의 세월에도, 동물과 반인반수들을 그려놓은 그들의 재현은 내가 완전히 이해할 수 없는 것은 아니다. 정도의 차이가 있다 해도 그 사람들도 나와 같은 방식으로 동물들을 인식하고 표현했을까? 다람쥐를 그릴 때 나는 먼저 그 윤곽선을 인지하고 거기서부터 출발한다. 빙하기의 꿈과 비전에 담긴 내용은 분명히 빙하기를 살았던 그 사람들의 일상적 체험과 믿음으로부터 나왔을 것이다. 내 꿈이 보통 그 전날 있었던 일들에서 시작되는 것처럼 말이다. 그들과 나의 공통점은 무엇이고, 결정적인 차이점은 무엇일까? 내가 다시 시간을 거슬러 돌아가 그중 한 사람의 몸에 들어갔다가 내가 겪은 경험을 기억한다면, 저들이 보고 표상하는 방식이 나로서는 결코 이해할 수 없는 것이라고 느낄까, 아니면 우리 사이의 어떤 동질성을 느낄까?

《칸트와 오리너구리》에서 움베르토 에코도 동물의 일화를 하나 들려준다. 1271년에서 1295년 사이에 아시아를 여행한 마르코 폴로는 수수께끼 같은 동물을 만났다. 이마에 뿔이 달려 있었기에 마르코 폴로는 그것이 유니콘이라고 생각했다. 그러나 동물의 외양은 그가 보았던 전통적인 유니콘의 그림 어느 것과도 일치하지 않았다. 그래서 마르코 폴로는 그 동물이 코끼리의 다리와 버펄로의 털을 가졌고, 검고, 환상 속의 유니콘과는 전혀 다르게 생겼다고 시인했다. 사실 그 동물은 코뿔소였다. "미지의 현상에 맞닥뜨리면 우리는 이미 우리 백과사전에 존재하는 정보 쪼가리를 찾아, 좋든 나쁘든 새로운 사실을 설명해주기를 바라곤 한다." 에코는 미국 철학자 찰스 샌퍼드 피어스의 기호 이론의 영향을 깊이 받아서, 우리 세계에 공존하는 다양한 생명체와 사물들을 우리가 인지하고 알아보고 새롭게 이름 붙이는 방식, 분류 형식과 관련된 복잡한 철학적 문제들을 독자들에게 차근차근 설명해준다. 에코는 마르코 폴로가 머릿속에 품고 있던 생각을 인지전형cognitive-type, 또는 CT라고 부른다. 이것은 그의 개인적이고 문화적인 백과사전이다. 거기에 '유니콘'이라는 항목은 있었다. 그러나 '코뿔소'는 없었다. 기대가 인식을 형성한다. 인식한 것이 과거와 맞아떨어지면 예상했던 것을 보았으므로 다음 행동으로 넘어간다. 그러나 전혀 새로운 것이 나타나면, 그 놀라운 정보는 뇌 기능을 바꿔놓는다. 내면의 백과사전의 방향을 재조정할 필요가 생겨난다.

인식은 개인이 처한 특정한 상황과 특정한 지식의 백과사전에 따라 파격적으로 달라진다. 마르코 폴로는 그 동물을 완전히 새로운 생물이나 혼종으로 분류하느니, 차라리 자신이 아는 집단인 유니콘에 통합하려 했다. 그러니 그의 정신적 경제 관념은 보수적이었다고 할 수 있으리라. 이미 쓸만한 종이 있는데 완전히 새로운 종을 뭐하러 만들어낸단 말인가? 알브레히트 뒤러는 1557년[11] 실제로 동물을 보지도 않고 코뿔소의 목판화를 제작했다. 동물의 무시무시한 힘을 묘사하기 위해 뒤러는 인간 같은 갑옷을 입히고 등에는 뿔을 하나 더 달았으며 다리에는 파충류 같은 비늘을 붙였다. 아무리 상상으로 꾸몄다 해도 그 그림은 여전히 코뿔소를 상당히 닮았다.

---

11) 뒤러는 1528년에 사망했고, 기록에 의하면 〈코뿔소〉는 1515년 작품으로 나와 있으니. 이 연도는 원문의 오류인 듯하다.

과거의 심상들은 우리가 이제 선조와 공유하지 않는 인식적 편견을 드러낸다. 18세기에 이르기까지, 해부학자들은 여성의 성기를 남성 성기의 일종이지만 거꾸로 뒤집혀 있는 것으로 해석했다. 《성교: 그리스인들로부터 프로이트에 이르는 몸과 젠더》에서 토머스 래커는 르네상스 해부학자인 베렌가리오를 인용한다. "자궁 입구는 페니스와 같고, 고환과 혈관이 있는 포궁은 음낭과 같다." 래커는 "보는 것이 믿는 것이다"를 뒤틀어 "믿는 것이 보는 것이다"로 바꾼다. 그리고 이는 정확하게 요지를 짚는다. 인간의 신체를 해체해 내밀한 앎을 얻은 해부학자들이 쓴 글을 곁들인 그림들은 여성의 질을 그릴 때 막연하게 페니스처럼 묘사하는 게 아니라 텅 빈 페니스의 정확한 형태를 표현한다. 여성의 신체 부위는 모두 제자리에 있지만 특정한 렌즈를 통해서 보인다. 그리고 래커가 지적하듯이 이는 오류나 어리석음으로 치부할 수 없다. "르네상스 관찰자들의 눈에 질을 페니스처럼 보이게 한 건 총체적인 세계관이었다." 그들 역시 분류 체계가 있었다. 그리스 시대로 거슬러 올라가는 르네상스 시대는, 인간의 신체에 대한 인지 전형이나 도식은 남성이었고 여성은 해부학적 완벽함을 표상하는 보편적 남성의 기준에서 '결함이 있거나' 모자라는 판본이었다. 마르코 폴로의 터무니 없는 유니콘과 마찬가지로, 여성적 차이는 더 넓은 범주 또는 전형으로 제시되는 남성의 신체에 편입된다.

그런 현상을 보는 대중의 관점은 이런 식으로 흘러간다. "오, 옛

날 사람들은 참 바보 같았네. 바로 눈앞에 두고도 뭐가 옳은지 보지 못했단 말인가?" 나는 이런 반응을 현재의 오만이라고 부른다. 그런 편견이 지적 추구로부터 사라졌다고 생각한다면, 나는 당신이 틀렸다고 말해줄 생각이다. 인식은 과거의 경험을 토대로 하며, 그 과거는 우리의 다양한 문화와 언어와 은유와 이것저것을 분류하는 범주와, 많은 주제에 대한 우리의 특정한 지식, 가족과 함께 지낸 우리의 유년기를 포함한다. 그 유년기의 상처받거나 행복했던 감정들은 두뇌를 품은 우리 몸에 새겨지고 우리가 살면서 만나게 되는 여러 다양한 사람·사물·사건들에 대한 우리의 인지와 반응을 결정짓는 데 큰 역할을 한다. 우리는 분할한다. 우리는 경계선을 구획한다. 그리고 그 분할·경계·분류는 무의식적으로 이루어질 때가 많다.

성차性差는 세계가 돌아가는 방식을 우리 시대가 이해하는 데 여전히 결정적인 영향을 미치고 있다. 실제로 얼마나 많은 무성無性의 사물이 성性을 부여받는지 놀라울 따름이다. 미국과 서구의 상당 지역에서 물리학은 남성이다. 시는 여성이다. 그러나 전 세계에서 다 그렇지는 않다. 이란에서 시는 소녀다운 게 아니다. 강한 남성의 이미지다. 미국에서 스테이크는 남성적이고 샐러드는 여성적이다. 분홍은 여자아이들의 색이고 파랑은 남자아이들의 색이다. 20세기 초반에는 그 반대였다. 과학은 남성적 심상과 여성적 심상에도 깊이 관여했다. 수백만 개의 경쟁자들과 생사가 달린 경쟁을 벌이며 정자의 침투를 열렬히 기다리고 있는 통통하고 게으른 난자를 꿰뚫기 위해 운하 같은 질을 용감하게 헤엄쳐 올라가는 영웅적 정자의 그림을 생각해 보자. 현재 의대생들이 공부하는 《해부학과 생리학 교재Anatomy and Physiology Textbook》는 이를 '경주'라고 표현한다. 이 경주에서 사정된 정자는 목표점에 도달하기 위해 헤아릴 수 없이 많은 '장애물'을 '극복해야' 한다.

빠른 속도의 허들 경기라는 이 은유가 지닌 문제점은 그것이 아무래도 틀린 것 같다는 것이다. 성공적인 수정을 위해 극복해야할 장애물은 물론 있지만, 요즘의 과학적 서사는 자궁과 수란관의 근육이 수축해 정자가 '수동적으로' 위로 운송된다는 것이다. 〈에온〉에 실린 2018년의 에세이 "마초 정자의 신화"에서 생물학적 인류학자인 로버트 D. 마틴은 그런 환상이 발생학 연구를 방해하고 과학자들의 눈을 가려 실제로 벌어지는 생물학적 과정을 보지 못하게 했다고 주장했다. 이제는 고전이 된 1991년 에세이 〈난자와 정자: 과학은 어떻게 남성과 여성의 전형적 역할에 근거해 허구적 민담을 구성했는가〉에서 에밀리 마틴은 "최근의 연구들은 정자와 난자가 둘 다 능동적으로 참여하는 파트너라는 이단에 가까운 관점을 내포한다"라고 썼다. 이는 실제로 당시에 떠오르는 견해였는데 지금까지 대두되어왔다. 탱고를 추려면 두 사람이 필요하다.

현대의 발생학을 연구해본 바에 따르면 어휘의 상당수는 변하지 않고 그대로 남아 있다. 전투의 이미지는 흔하다. '공격적' 정자, 자궁 내막 '침공', 어머니와 배아가 자원을 두고 벌이는 지속적 '전쟁' 같은 표현들이다. 과학자들은 절대적 경계를 지나치게 좋아해서 어떤 불순함도 흘러 들어갈 수 없도록 밀봉된 공간을 만들어두었다. 이런 사유의 양식은 17세기 기계론의 관념에 뿌리를 둔다. 우리 몸은 기계이고 작은 신체 부위는 각기 특별한 기능이 있다. 과정을 뒤섞는 작업은 그 후로 내내 인기가 없었다. 이를테면, 아주 최근까지, 임신한 어머니의 자궁과 태반은 세균이 전혀 없는 무균 상태라고 여겨졌다. 인간의 생존에 필요하고 인간과 공생하는 체내 미생물 군집 마이크로바이옴에 대한 최근의 연구가 이런 생각을 바꾸어 놓았다. 마이크로바이옴은 우리 자신에 대해 생각하는 방식을 혁명적으로 변화시켰다. 과연 이질적인 것은 무엇이며 이질적이지 않은 것은 무엇인가, 그리고 우리는 어떻게 우리 자신의 경계를 정의해야 하는가.

과학자들은 왜 자신들이 이런 여성적 재생산 장기를 무균 상태로 가정했는지 숙고해 보는 일에 오랜 시간을 들이지 않았다. 그래서 살펴보니 1900년 앙리 티시에가 건강한 자궁은 무균 상태며 임신 기간에 발달하는, 일종의 해부학적 경계인, 자궁경부의 점막이 무균 상태를 유지한다는 가설을 제시한 모양이다. 티시에는 이 신체적 장벽을 세계 7대 불가사의인 로도스섬의 거상에 비유했다. 이는 높이가 무려 33미터에 달하는 남성 태양신 헬리오스의 조각상으로, 도시 입구를 지키고 침략으로부터 도시를 보호하기 위해 로도스섬에 세워진 문지기 수호신이다.

우뚝 솟은 헬리오스의 이미지가 어떻게 해서 자궁의 분비물에서 임신한 여자의 자궁경부에 생성되는 점막의 표상이 될 수 있는지 의아할 수밖에 없다. 티시에의 해부학적 거상은 심지어 딱딱하지도 않다. 젤라틴처럼 반투명하고 끈적끈적하다. 여자는 출산할 때 그 점막을 몸 밖으로 배출하지만, 그걸 뚜렷한 별개의 사물로 인식하지 못하기 일쑤다. 그저 '피범벅'으로 보일 때가 많기 때문이다. '세균'이 악명을 떨치게 된 데는 이유가 있으나 우리의 혐오가 전적으로 온당하지는 않다. 2018년 게재된 첨단 과학 논문의 멋진 제목은 새삼스럽게 불순해진 자궁을 보는 현재의 딜레마를 완벽하게 묘사한다. "자궁의 미생물총: 거주자인가, 여행자인가, 아니면 침입자인가?"(제임스 베이커, 다나 M. 체이스, 멜리사 헙스트-크랄로베츠 공저, 〈면역학의 프론티어〉 9호, 2018)

직설적으로 말하겠다. 무균의 자궁과 여타 이와 관련된 생물학적 관념, 이를테면 역시 오류로 밝혀진, 신경계·내분비계·면역체계 간에 상호작용이 전혀 없다는 믿음과 같은 생각은, 서구문화에서 기계론적 사고보다도 훨씬 먼저 생겨난, 혼합에 대한 크나큰 경계심에 토대를 두고 있다. 해부학적 지도 위에 모든 것의 정확한 자리를 짚어내고자 하는 욕망, 사물과 사물 간에 엄밀한 경계를 긋고자 하는 욕망은 모호하게 정의된 경계선을 참아주기 싫어하는 거리낌으로 이어졌다. 유타는 뉴멕시코가 아니고 뉴멕시코는 콜로라도나 애리조나가 아니다.

환상은 지식으로부터 분리할 수 없다. 무균의 자궁과 태반이 바람직한 이유는, 태아가 어머니로부터 멀리 떨어진 항균의 용기

속에 격리되기 때문이다. 태아는 더 큰 여성의 몸과 뒤섞이는 일 없이 명확히 경계선이 그어진 그 공간에서 자란다. 어쨌든 태아는 남성일 수도 있고, 남성과 여성이 혼합된다는 생각을 하면 오염된 범주라는 꺼림칙한 느낌이 따라온다. 서구문화는 여성적 오염에서 도망치는 유구한 전통이 있다. 깨끗한 분리에는 혼합을 막으려는 보호 충동이 깊이 새겨져 있는데, 이 충동을 이해하는 작업은 꼭 필요하다. 여기서 생겨나는 심오한 아이러니는 발생학 자체가 혼합의 학문이라는 사실이다. 정자와 난자는 함께 부모 양쪽의 DNA를 모두 가진 접합자를 생성하고 향후 여성 신체 내부에서의 임신은 세포 교환, 뒤얽힘, 그리고 아직도 제대로 이해하지 못하고 있는 모체와 태반과 태아 사이의 교류 패턴이 다 같이 어우러지는 한 판의 춤이다.

내가 거듭 돌아가게 되는 책은 인류학자 메리 더글러스가 쓴 《순수와 위험: 오염과 금기라는 개념의 분석》(1966)이다. 처음 그 책을 읽을 때는 대학원생이었다. 나는 그 후로도 여러 번 그 책을 다시 읽었고 내 에세이들에서 인용하기도 했다. 위대한 책들이 흔히 그렇듯, 그 책은 세월이 흐르면서 내 안에서 성장했다. "모든 여백은 위험하다." 더글러스는 이렇게 썼다. "이렇게 저렇게 잡아당기면 근원적 체험의 형태는 변화된다. 사상의 구조는 그 여백에서 취약해진다. 우리는 몸의 구멍들이 그 특별히 취약한 지점들의 상징이 된다고 볼 수밖에 없다. 그 구멍들로부터 나오는 물질은 가장 명백한 부류의 주변적 물질이다…. 신체의 여백을 다른 여백들과 별도로 분리해서 취급하는 건 실수다." 바꿔 말해 몸과 정치적 통일체body politic는 분리할 수 없고, 경계를 넘는 길의 곳곳에는 위험이 깔려있다. 오염에 대한 생각들이 문화마다 다르다는 사실에 방점을 두는 게 중요하다. 더글러스는 어떤 문화들은 생리혈을 불결하다고 여기지만, 전혀 그렇게 여기지 않는 문화들도 있다고 한다. 배설물이 더럽고 위험하다고 생각하는 문화들이 있는가 하면 그냥 농담거리로 넘기는 문화들도 있다.

혐오는 최근 몇 년 동안 방대한 연구 분야가 되었다. '혐오학dis-gustology'이라는 완전히 새로운 분야의 탄생을 두고 농담도 많이 한다. 진화심리학자들과 일부 사회 신경과학자들은 진화를 통해 인간이 혐오를 발달시킨 이유는 오염으로부터 자신을 지키기 위해서라고 주장한다. 우리는 본능적으로 인간의 쓰레기, 병든 기색이 완연한 사람들, 썩어가는 자두, 구더기가 꼬인 고기를 보면 역겨운 감정을 느끼게 되어 있다고 말이다. 갓난아기들은 쓴맛을 느끼면 콧잔등에 주름이 잡히게 얼굴을 찌푸린다. 그러나 정말 아기들에게 감각적인 혐오의 네트워크가 장착되어 있을까? 진화는 인간의 혐오 대상이 장소에 따라 왜 그토록 각양각색인지, 왜 어린 아이들은 거리낌 없이 자기 코딱지를 먹고 자기 배설물을 가지고 노는지 설명하지 못한다. 그리고 왜 어떤 사람들은 혐오 민감성이 고도로 높고 심지어 피부에 상처를 낼 만큼 병적으로 강렬하게 발현하는지도 설명하지 못한다. 강박적 청소와 확인, 책상 위연필들이 항상 완벽하게 정렬되어 있어야 하고 삶의 모든 면에서 완벽한 질서를 추구하느라 분투한다면 아이러니하게도 그 사람의 인생은 철저히 궤도에서 이탈하게 된다. 강박 장애는 무서운 병마가 될 수 있다.

나의 어머니는 청소와 정돈에 대단한 열의가 있었고 만사에 까다로웠다. 손님들을 위해 식탁을 차릴 때는 접시를 완벽히 똑같은 간격으로 배치하기 위해 줄자를 동원했다. 다행히도, 스칸디나비아에서 흔히 볼 수 있는 어머니의 열정은 통제 불가능한 범위에 들지는 않았다. 나는 불안에 휩싸이면 격렬하게 청소를 하는 것으로 유명했다. 앞에서 이미 말했지만, 나의 아버지도 질서정연한 사람이었다. 나는 아버지 서재의 작은 서랍에서 '미지의 열쇠들'이라는 기록이 붙은 열쇠 다발을 발견한 적도 있다. 계획·측량·수리·청소는 통제 수단이고, 세계를 거주 가능한 형태로 빚어낸다. 그러나 우리가 무슨 일을 하고 있고 왜 그런 행동에 우리가 도덕적 자질을 부여하는지 명확한 생각을 해두는 게 좋다.

더글러스는 "정돈의 행위가 부적절한 요소들을 거부하는 것과 관련이 있는 한, 오물은 체계적 정돈과 물질의 분류에서 생겨나는 부산물이다"라고 썼다. 부적절한 요소들, 먼지, 오물, 점액과 스며나오는 액체는 사물의 질서를 흐트러뜨린다. 이 요소들은 타액, 눈물, 배설물, 자른 손톱일 수도 있지만, 또한 이방인, 마녀, 이민자, 유대인일 수도 있다. 신체적 범주와 사회적 범주와 그들의 은유는 상관관계가 있다. 모호한 캐릭터는 인지 전형의 혼합물, 즉 혼종이다. 그들은 예측되는 사회 패턴에 부합하지 않기에, 억제해야 하며 분수를 알도록 해야 한다. 적절한 상자 안으로 자발적으로 들어가기를 거부하면 처벌받아야 한다. 그들을 처벌하는 행위는 집단적 정화와 질서 복원의 한 형식이 된다.

신체의 경계나 국가의 경계를 따라서 난 구멍들은 누수와 침범의 위험을 표상한다. 영어에서 우리는 핵심을 적나라하게 짚는 표현들을 수없이 많이 볼 수 있다. "까치발로 선을 따라 걷다toe the line"라는 표현이나 "선 안에 머물다staying in line"는 권위를 받아들이고 규칙을 따른다는 뜻이지만, "선 밖으로 나가다out of line"는 정반대를 의미한다. "딱딱한 선을 긋는 사람hardliner"은 정해진 행동의 경계를 어떤 타협도 없이 고수하는 사람을 말한다. 그는—물론 항상 그런 건 아니지만, 남자일 때가 많다—단단한 경계선을 수호하며 모든 누수를 차단해야 한다는 입장을 고수한다. 이런 관점에서 보면, 무균 상태는 완벽한 순수함, 침범 불가능한 국가를 의미하는데, 이는 정치적이거나 종교적일 수 있고 지성의 문제일 수도 있다.

70년대 후반에 영문과 대학원에서 공부하면서 나는 문학뿐 아니라 철학책도 많이 읽었다. 철학과에서 주관하는 이마누엘 칸트 세미나에 참가할 허락을 받기까지 했다. 철학과는 필로소피홀의 우리보다 한 층 위인 7층에 있었다. 6층의 문학 세상과 그토록 가까웠는데도, 나는 그 성스러운 공간에 발을 들여본 적이 없었다. 그러나 적절한 채널을 통해 허가를 받아서 엘리베이터 버튼을 누르고 올라갈 권리를 부여받았다. 나는 독서량이 충분하다고 생각했고, 순수이성이라는 난해한 영역으로 들어가도 될 만큼 똑똑하다고 자부했다. 흥분되었고, 마음이 들떴고, 배움의 열의에 타올랐다. 나는 7층을 눌렀고, 바로 아래층과 크게 다를 바 없는 층에 내려 해당 강의실의 문을 열고 들어갔다. 내가 기억하는 장면은 이러하다. 테이블 끝에는 수염을 기르고 파이프를 물고 있는 나이 지긋한 백인 남자가 있었고, 그를 둘러싸고 테이블에 아홉 명의 젊은 백인 남자들이 있었다. 모두 수염을 기르고 모두 파이프를 피우고 있었다. 그러니까 이것이 철학의 얼굴이었다! 한 층 아래에서는 담배가 가장 일반적인 선택지였다. 그때는 모두가 담배를 피웠지만 내가 아는 문학도 중에서 파이프를 피운 사람은 없었다.

잠시 생각해 보니 이 기억이 정확하지 않을 수도 있겠다. 그 테이블에 적어도 한둘은 수염이 없는 연구생들이었을 테고, 파이프를 피우지 않는 사람들도 틀림없이 두서넛은 있었으리라. 그렇지만 어쨌든 그것이 내 머릿속에 남은 이미지다. 내게 그런 일관된 인상을 남겼으니 수염을 기른 파이프 애호가들의 숫자는 충분히 많았던 게 틀림없다. 강의실 문을 열고 들어가자, 내게 떨어지는 그들의 시선이 따갑게 느껴졌다. 그러고는 여러 사람이 아니라 한 사람인 것처럼 다 같이 눈에 띄게 뻣뻣하게 굳어졌다. 내가 그 방안에 독한 냄새를 몰고 온 듯한 기분이 들었다. 아무도 말이나 손짓으로 나를 아는 척하지 않았다. 교수는 나를 소개하지도 않았다. 나는 입구쪽 테이블에 자리를 잡았다. 한번은, 용기를 그러모아 논평을 하기도 했다. 내가 뭐라고 하든, 싸늘한 냉대 다음으로 무시가 이어졌다. 아무도 반응을 하지 않았다. 내가 아예 말하지 않은 것만 같았다. 참담하게 얼어붙은 상태로 그 시간을 견뎌야 했다. 당혹스럽고 수치스럽고 굴욕당한 느낌이었다. 강의가 끝나고 나는 엘리베이터를 타고 한 층 내려가서 다시는 돌아가지 않았다. 나는 내가 철학과의 주민이 아니라는 건 알고 있었지만 순진하게도 여행자로서 환영받으리라 기대했었다. 어쨌든, 나는 정당한 권위로부터 그 특정한 국경을 건너도 된다는 허가를 받은 연구 작업은 확보한 셈이었다.

지금 그 이야기에서 내 흥미를 끄는 점은 당시 내가 얼마나 아무것도 모르고 어안이 벙벙했던가 하는 점이다. 그 일은 아무한테도 말하지 않았다. 나는 페미니스트지만 그런 반응에 아무 대책이 없었다. 1979년 당시에는 컬럼비아 대학 영문과에 재직한 65명의 교수진 중 여자는 3명에 불과했다. 당시 철학과에는 여교수가 단 한 명도 없었을 것이다. 내 질문, 내 통찰, 내 호기심으로 얼마든지 해낼 수 있다고 믿은 게 실수였다. 오염하는 침공자 취급을 받게 되자 나 자신이 나쁘고 더럽게 느껴졌다. 나쁘고 더럽다고 자책할 일을 하나도 하지 않았는데도 말이다.

내가 맞닥뜨린 것은 철학자 문지기들의 장벽이었다. 일종의 로도스섬의 거상으로, 침입자들로부터 7층을 수호하겠다는 의무감에 불타고 있었다. 내 구역에서 썩 꺼지고 내 전문분야는 손도 대지 말라는 태도야 흔한 감정이지만, 이 이야기에는 덤으로 붙어 있는 요소가 있다. 나의 성별이다. 정신, 객관성, 증거, 냉정한 논중의 더 높은 지대는 내 몫이 아니었다. 틀림없이 그들이 공유하고 있었을 인지 전형이나 스키마가, 7층이라는 정화된 성소에 감히 발을 들이지 못하도록 나를 막았다.

희극인가 비극인가? 수염을 기르고 끽연 도구를 든 채, 악취를 풍기는 여자가 분야의 경계를 넘지 못하도록 순찰하는 젊은 철학과 남학생들에게는 어딘가 우스꽝스럽고, 심지어 노골적으로 우스운 구석이 있다. 나는 치명상을 입지 않았고, 계속 열심히 철학을 공부했다. 그러나 그 일은, 사회학자 피에르 부르디외가 "상징적 폭력"이라 일컬은 것의 훌륭한 사례다. 남학생들은 하나가 되어 일어나 나를 물리적으로 강의실 밖으로 밀어낼 필요가 없었다. 내게는 손도 대지 않았다. 부르디외에 따르면, 상징적 폭력은 사회 질서와 기존의 위계를 정당화하는 무력의 과시다. 사회 구조, 계급, 성별, 인종과 관련해 깊이 자리 잡은 신념은, 사람들이 인식하고 사유하고 움직이고 느끼고 행동하는 방식의 심층에 각인되어 이런 인식, 사유, 몸짓, 감정, 행위를 '자연스럽게' 즉, 자연의 승인을 받은 것으로 여기게 만든다.

질에서 페니스를 본 해부학자도 해부학을 잘 알고 있었다. 그러나 그가 해체한 사체들에서 찾아낸 신체적 세부사항들과 그의 인식을 형성한 관념들이 뒤엉켜 있어 풀어낼 수가 없었다. 오히려 경계선과 그 구성들이 자연 그 자체에 존재하는 듯 보였다. 부르디외는 나아가 상징적 폭력의 희생자들이 반드시 그 폭력에 가담해야 한다고 주장했다. 시행되는 처벌이 옳고 자연스럽다고 믿어야만 한다는 것이다. 당시 내가 느낀 수치심은 나의 무력함과 공모를 모두 암시했다. 내가 강의실에서 도망쳤다는 사실이 그 증거고, 돌아보면 어쩐지 비극적으로 느껴진다.

이런 종류의 경험을, 심지어 훨씬 나쁜 경험까지도, 헤아릴 수 없이 많이 겪으면서, 나는 당당하게 내 의견을 말하고 차분하게 문지기들의 동기를 따져 물을 수 있도록 나 자신을 단련했다. 문지기들 자신도 자기 동기를 온전히 의식하지 못하고 있을 때가 많다. 그들이 의식하는 건 강렬한 감정이다. 도덕적 순수성과 정의감 말이다. 나 또는 다른 여자 또는 외지인 — 이민자, 동성애자, 트랜스, 갈색 인종, 흑색 인종, 하층민, 장애인, 이종인 — 이 어찌 감히 뻔뻔하게 '권위'를 주장한단 말인가? 어쨌든 권위는 법적으로 정당한 권력이다. 사회심리학자들은 규율을 따르지 않는 야심만만한 여성들에게 찾아오는 반발에 대해 무수히 많은 연구를 해왔다.

내가 철학과 남학생들의 일화를 좋아하는 이유는, 요즘 미국에 사는 우리로서는, 주기적으로 정치 이야기를 꺼내는 게, 그리 달갑지 않은 일이기 때문이다. 지금은 무지하고 교육받지 못한 백인들이 "저 여자를 돌려보내라!"라고 외치는 사악한 나르시스트 대장의 구호에 환호성을 올리는 시대니까. 철학과 남학생들은 자신들의 철학을 잘 알았다. 그들의 강의계획서에서 철학자는 남자였다. 그들은 자기들의 플라톤과 그것을 끌어내리려는 몸의 욕정을 벗어나는 불멸의 영혼을 잘 알았고, 몸과 감정은 여성적이며 지성은 남성적이라는 사실을 잘 알았다. 그들은 아리스토텔레스도 알았다. 모든 생명체에 영혼이 있지만, 오로지 인간에게만 이성적 영혼이 있다. 그리고 이에 힘입어 아리스토텔레스는 몸과 정치적 통일체가 연결된 이유를 설명한다. 모든 영혼은 이성적이거나 비이성적인 요소들을 모두 품고 있는데, 안타깝게도 여성들에게는 후자가 지나치게 많다. 가장 합리적인 자가 통치하고, 덜 합리적인 자는 섬긴다. "남성은 태생적으로 우월하고 여성은 열등하다." 아리스토텔레스는 이렇게 썼다. "남자는 통치자고 여자는 백성이다." 노예들 역시 열등하고, 이성적 추론 기능이 아직 발달하지 않은 아이들도 마찬가지다. 플라톤과 아리스토텔레스가 서구 사상에 미친 영향은 차마 가늠할 수도 없다.

우리 중 그 누구도, 세계를 정돈하도록 도와주고 편향을 정해주는 인지 스키마로부터 자유롭지 못하다. 그렇다고 해서 인류에게 하나의 종으로서 서로를 연결하는 공통의 자질이 없는 건 아니다. 인류는 소정의 특질과 능력을 통해 미생물, 다람쥐, 상상 속 유니콘들과 구분된다. 다람쥐들에게는 도서관이 없고 7,000개의 사어가 없다. 적어도 우리가 아는 한은 그렇다. 한 가지 이상의 언어를 할 줄 아는 사람이라면, 한 언어에서 어떤 감정이나 생각을 포착하는 말이 다른 언어에 없다는 걸 안다. 나는 유년기 초반부터 노르웨이어와 영어, 이렇게 두 가지 언어를 쓸 수 있었다. 두 가지 언어를 한다는 건 국경을 넘는다는 뜻이다. 언어들이 동시에 안팎에 있다는 뜻이다. 가끔 그 언어들은 하나로 어우러져 뒤섞인다. 어머니 생전에 우리는 노르웨이어와 영어, 그리고 우리끼리 '블란뎃blandet'[12]이라고 불렀던 잡종 언어로 대화했다. 이 뒤섞인 언어는 '노르디쉬'라고 해도 좋을 것이다. 나는 이 신조어를 미국 영어에서 흔히 쓰이는 표현인 '스팽글리시'[13]에서 훔쳐왔다. 다양한 분야의 전문 언어를 배우는 건 외국어 공부와 크게 다르지 않다. 지적 유랑자는 좁고 곧은 길을 고수하거나 까치발로 선을 따라 걷기가 쉽지 않다. 동시에 여러 분류 체계를 가지고 작업하기 때문이다. 네 개 이상의 주에 한꺼번에 거주하는 건 불편하지만, 여행자에게 다중의 관점을 제공하고, 순수성이나 그 급진적 동맹인 무균성을 우스꽝스럽게 만든다. 세상에는 언제나 어질러지고 흐트러진 것들이 있을 테고, 진실을 말하자면 그 어지럽고 흐트러진 것들이 우리에게는 필요하다. 현재의 사물이 왜 그런 모습인지, 또 어떻게 다를 수 있는지에 대해 우리가 질문을 던질 수 있게 도와주기 때문이다. 엄격한 경계로 구획된 단일한 분류 체계나 특정 분야의 백과사전은 결코 역동적인 인간 경험이라는 시시각각 변화하는 경계를 수용할 수 없다.

더글러스는 책의 끝부분에서 "순수는 변화, 모호함, 타협의 적이다"라고 썼다. 순수주의자와 강경론자들은 경직된 분류에 열광하며 틈새, 누수, 구멍, 혼합, 혼종을 상대로 전쟁을 선포한다. 모

---

12) 고대 북유럽 언어에서 온 말로, blande는 혼합한다는 뜻이다.
13) Spanglish. 스페인어와 영어를 섞어 쓰는 것을 말한다.

든 종류의 경계는 불안한 휘발성이다. 몸의 경계를 다른 모든 경계와 분리하여 취급하는 건 실수다.

"'영국인'이 세운 '펜실베이니아'가 어째서 '외지인들'의 정착지가 되어야 한단 말인가? 이 외지인들은 곧 무수히 많아져서 우리가 그들을 '영국인화'하기 전에 우리를 '독일인화'하게 될 테고, 우리의 피부색을 갖게 될 리 없는 것과 마찬가지로 결코 우리 언어나 관습을 받아들이지 않을 텐데 말이다."(벤자민 프랭클린, 〈인류의 증식, 여러 나라의 인구 증가 등등에 관한 단상〉, 1751)

"로마 가톨릭 교회사를 처음부터 끝까지 통틀어 살펴보라…. 그녀의[14] 유독한 영향권에 존재하는 모든 건강한 조직을 파괴하는 것이야말로 그녀의 임무다. 그녀는 경고 없이 다가드는 독사다. 정치적 기류에 존재하는 도덕적 감염병의 지점이다."(익명, 〈미국 땅에 태어나 아무것도 모르는 사람들에게〉, 1854)

"수문이 내려가면 낯선 외부인들이 바다처럼 물밀듯 밀려와 우리 항구들을 침수시킬 것이다."(매디슨 그랜트, 〈현재의 의론〉, 1923)

"유대인은 감염성 질병의 표상이다."(조셉 괴벨스, "총력전 연설", 1943)

---

14) 로마 가톨릭 교회를 여성으로 상정해서 성별이 분명한 대명사를 쓰고 있다.

"이슬람은 기어가듯 서서히 퍼지는 곰팡이 감염이다. 이슬람은 바이러스다. 유럽과 서구 전역으로 퍼져나가는 치명적인 바이러스다." (닐 부어츠, 미국의 신디케이트 라디오 진행자, 2006)

"무슬림은 아프리카 잉어 같다. 빠르게 번식하고 아주 폭력적이며 같은 종을 잡아먹는다." (아쉰 위라투, 미얀마의 불교 수도승, 2013)

"마찬가지로, 엄청나게 감염성 강한 질병이 국경을 넘어 쏟아져 들어오고 있다. 미국은 멕시코, 아니 사실 세계 여러 지역의 폐기물 처리장이 되었다." (도널드 트럼프, 2015)

"반反백인주의 해충이라는 기생충 계급" (버지니아주 샬럿츠빌에서의 "우파여 단결하라" 연설자, 2017)

"아프리카는 문을 발로 차서 쓰러뜨리길 원한다…. 그리고 유럽은 이미 침공당하고 있다." (빅토르 오르반, 2018)

"자유는 오로지, 바이러스를 싹 다 없애버렸을 때만 가능하다." (유출된 중국공산당의 위구르 관련 문건, 2019)

"그녀를 돌려보내라!" (도널드 트럼프, 2019)

2019년 백악관을 차지하고 있는 남자는 세균들을 끔찍하게 무서워한다. 방문객 모두는 대통령 집무실에 들어오기 전에 반드시 손을 씻어야 한다고 한다. '혐오'라는 단어가 그의 연설에 방점을 찍는다. 여자들은 혐오스러운 동물, 돼지들이다. 수유는 역겨운 일이다. 생리라면 질겁을 한다. "여자의 어딘지 몰라도 아무튼 거기서 나오는 피"란다. 이민자들은 알아볼 수 없는 '액체'의 힘으로 "우리의 국경을 범"했다. 그들은 물결로, 홍수로, 조수로 국경을 넘어 "쏟아져" 들어온다. 그들은 해충처럼 침습한다. 그들은 병을 옮기고 떼를 지어 꿈틀거리며, 크고 아름답고 완벽한 불가침의 만리장성으로 차단되어야 한다.

서로 다른 인종의 결혼을 범죄로 규정한 미합중국 혼혈출산 금지법: 1661~1967.

미합중국 중국인 배척법, 1882년.

캘리포니아, 애리조나, 와이오밍, 콜로라도, 아칸소의 집단수용소에 수용된 일본계 미국인 시민들, 1942년 2월 19일~1946년 3월 20일.

2차대전 중에 동인도 제도의 일본인 포로수용소에 억류된 네덜란드 시민들, 1942~1945.

나치의 안락사 프로그램 오퍼레이션 T4: 정신병 환자들, 정신적 신체적 장애인들, 불치 판정을 받은 사람들. 나치 죽음의 수용소: 유대인들, 로마, 신티, 여호와의 증인들, 레즈비언과 게이들.

'최종 해결책'.

국경 순찰. 국경의 억류 센터들. 부모 없이 우리에 갇혀 흐느껴 우는 아이들. 아이들과 헤어진 부모들. 굴욕, 공포, 수치. 비좁은 감방에 빼곡하게 들어찬 몸들의 악취. 사람들은 씻지도 못한다. 이와 독감이 횡행한다. 사체들.

상징적 폭력과 실제의 폭력. 전자가 후자가 되고 후자가 전자가 된다. 둘 간의 경계는 어디 있나? 말과 행위에 있다. 아무도, 아무도 닫혀 있지 않다. 우리는 다른 사람들 사이에 살고 그들에게 의존하는 열린 존재들이다. 우리는 모두 누군가의 몸에서 태어났다. 어떤 담론도 그 어떤 순수의 규율도 어떤 장벽도 어떤 문지기도 어떤 거상도 혼합과 변화의 진실들을 바꿀 수는 없다.

기원전 228년 혹은 226년에 지진이 발발해 로도스섬의 거상이 파괴되었다. 그러나 그 파편들은 거상이 쓰러진 자리에 수 세기 동안 남아 있었다고 한다. 아랍의 군대가 653년 그 도시를 점령했을 때, 거상은 녹여져서 유대인 상인에게 팔렸다. 테오파네스의 이야기에 따르면, 그 한 유대인 상인은 900마리의 낙타에 황동을 싣고 가져갔다고 한다.

2019

뉴욕에서의 단상

내가 남편과 함께 사는 브루클린의 집에서는 요즘 텅 빈 거리와 가끔 마스크를 쓰고 쓸쓸하게 지나가는 행인 말고는 볼 것이 별로 없다. 그러나 책상에 앉아 글을 쓰고 있으면 온종일 사이렌 소리가 들린다. 울리는 알람은 항상 어떤 사람이 위중하다는 뜻이며, 그 사람의 운명은 불가피하게 다른 사람들, 즉 가족과 친구들의 운명과 얽혀 있다. 나는 사이렌을 이 도시의 가슴 아픈 음악이라고 생각하게 되었다. 731, 779, 799⋯. 날마다 신문에 실리는 그 숫자를 반주하는 높은 음계의 비가라고 말이다. 뉴욕주의 일일 사망자 수는 우울하고 소름 끼치지만, 숫자 자체만 따지면 확실히 너무 낮다. 최근까지 뉴욕시는 검사를 받지 않은 사망자의 사인은 코비드19로 기록하지 않았다. 집에서 죽은 사람들은 검사를 받지 않았는데, 그런 사례는 많다. 4월 12일, 그 숫자가 뚝 떨어졌다.

"안정기"에 접어들었다든가 "곡선이 평탄화된다"는 이야기가 나왔다. 인간의 수난이 차트와 그래프가 되었다.

나는 이 밀도 높고 북적거리는 도시에 40년 넘게 살아왔는데, 나 같은 사람마저 백여 명의 타인들과 함께 Q선이나 F선이나 2번 열차의 문으로 밀치고 들어가 어깨, 머리, 팔꿈치, 무릎, 커다란 짐들, 툭 튀어나온 배낭들 사이에 꼭 끼어 어딘가에서 객차로 흘러들어오는, 희미하게 코를 찌르는 음식 냄새와 뒤섞인 땀 냄새를 들이마시면 얼마나 좋을까 바라게 되니, 이는 우리가 맞닥뜨린 새로운 현실을 가히 생생하게 증언한다 하겠다.

맨해튼의 웨일 코넬 메디컬센터 정신과 레지던트들에게 내러티브 정신의학에 관한 강의를 하고, 백화점을 방문하고, 동지 뉴요커들의 인파에 섞여 20블럭을 걷고, 세 번 택시를 갈아타고(바이러스가 퍼졌기 때문에 지하철은 피했다) 집에 오고 나서 5일 후인 3월 11일에 나는 뭔가에 감염되어 앓아누웠다. 며칠 후 남편도 병에 걸렸다. 증상은 한동안 사라지지 않았지만, 끝까지 명확하지는 않았다. 우리는 회복했다. 3월 22일, 한 친구가 어떤 내과 의사의 메일을 전달해주었다. 함께 일하는 어떤 의사가 바이러스 양성으로 판정되었다고 동료들에게 알리는 내용이었다. 그 남자는 가슴이 답답하게 옥죄는 느낌이 있었고, 기침, 심한 두통, 온몸이 쑤시는 통증이 있었지만 "열은 없었다"고 한다. 이 묘사는 내 증상과 정확히 일치했다. 가족의 주치의는 우리가 그 병에 걸렸었다고 추측했다. 자기도 걸렸던 것 같다고도 했다. 아무도 검사를 받을 수 없었다.

"검사를 원하는 사람은 누구나 받을 수 있습니다." 도널드 트럼프는 내가 맨해튼에 있던 바로 그날, 3월 6일에 기자들에게 이렇게 말했다.

무섭게 날뛰는 감염병과 경제적 마비는 세계적인 현상이지만, 팬데믹은 나라마다 양상이 다르다. 그리고 한 나라에서도 도시마다 다르다. 그리고 도시 내에서도, 고통의 수준이 동네마다 다르다. 뉴욕시에서는 계급, 인종, 영주권 유무, 직종에 따라 다르다. 1795년 황열병 유행, 1832년 콜레라 대유행, 1918년의 신종플루 대유행 때 그랬듯이, 부유한 뉴요커들은 도시를 버리고 전원 별장으로 도망쳐 병마가 수그러들기를 기다렸다. '사회적 거리 두기'를 할 여유가 없는 가난한 사람들만 번잡하고 질병에 취약한 환경에 덩그러니 남았다. 미리엄웹스터 사전에 따르면, '사회적 거리 두기'라는 용어는 2003년에 생겨났다고 한다.

말과 이미지가 바이럴해지면 강력한 바이러스처럼 빠른 속도로 매체 전체에 퍼져 수백만 명을 감염시킨다. 이 은유는 적절하다. 어쨌든 짧은 시간 동안 바이럴한 메시지는 시청자의 마음속에 살아 숨 쉬며 일종의 대중 인식이 된다. 엄청나게 부풀어 고속으로 퍼지는 이런 형태의 커뮤니케이션은 대략 10년 전 시작되었고, '바이럴'이라는 은유는 그 자체로 바이러스적인 성격을 띠게 되었다. 이제 영어의 일부로 자리 잡은 것이다.

문자 그대로의 바이러스는 생물학적 좀비다. 죽은 것과 산 것 사이의 국경지대를 차지한다. 바이러스 학자들은 바이러스를 무생물로 정의할지 생물로 정의할지를 두고 꾸준한 논쟁을 벌이고 있다. 바이러스는 우리 세포에서 발견되는 핵산과 똑같은 물질로 구성되어 있으나, 숙주 유기체가 없으면 재생산할 수 없다. 복잡한 기계장치 같은 숙주의 세포 체계가 없으면 자체적으로 단백질을 합성하거나 DNA 또는 RNA를 복제하지 못한다. 바이러스는 자기 유전자를 숙주의 세포에 집어넣어 혼종의 게놈을 창조한다. 바이러스는 생물권의 일부로 생물권 어디에나 존재한다. 우리 안에도 있고 밖에도 있다. 인간 비롬[15]은 체내의 모든 바이러스로 구성되며 우리의 면역 반응에서 중요한 역할을 한다. 숙주에 도움을 주는 바이러스들도 있다. 또 다른 바이러스들은 숙주를 죽인다.

우리가 실재하는 감염병에 대해 말할 때 쓰는 언어는 중요하다. 매일 주민들을 위해 브리핑을 하는 뉴욕주지사 앤드루 쿠오모는 현재의 위험을 똑바로 밝히고 안전 조치를 명확히 설명했다. 그리고 아직 알려지지 않은 사실을 대중에게 공개하고 다른 병을 앓는 사람들이나 이른바 '최전선'에서 일하는 사람들, 병원과 식료품점에서 일하는 사람들, 우편과 소포를 배달하고 쓰레기를 치우는 사람들에 대한 공감을 표시했다. 뉴욕주지사의 언어와 대조를 이루는 미합중국 대통령의 언어는 단순히 스타일의 문제에 그치지 않는다. 3월에 도널드 트럼프는 사스-코브-2(SARS-CoV-2)를 마법 같은 생각으로 없애버릴 수 있다고 시사했다. 아마 4월쯤 되

---

15) virome, virus와 genome의 합성어. 체내에 기생하는 바이러스 군집. 미생물군집체인 마이크로비옴microbiome을 따서 지은 이름이다.

면 "기적적으로" "사라질" 거라고 했다. 트럼프는 바이러스를 "저들의 새로운 사기"라고 불렀다. 민주당이 자신의 신임도를 낮추기 위해 꾸며낸 거짓말이라는 뜻이다. 그리고 바이러스를 '중국' 바이러스로 인격화했다. 이 가상의 인물에게는 아마도 멕시코 친척들이 딸려 있을 터였다. "우리는 그 어느 때보다도 지금 장벽이 필요합니다!" 그는 3월 10일의 트윗에 이렇게 썼는데, 이는 극우파 집단인 터닝포인트 USA의 설립자가 쓴 트윗의 메아리였다.

트럼프는 국경을 폐쇄하고 항공 운항을 정지하는 것이 바이러스의 확산을 제지하는 효과적 방법이라고 거듭 암시했다. 1월 31일 그는 중국을 방문한 대다수 외국인의 미국 입국을 금지했다. 그리고 바이러스가 "대체로" "차단"되었다고 주장했다. 2월 28일 선거유세에서 트럼프는 "국경의 안전은 건강의 안전이기도 하다"고 말했다. 이민자는 불순물을 끌고 와 백인의 정치적 통일체를 감염시키는 생물학적 병원체pathogen라는 은유를, 트럼프는 여러 해에 걸쳐 써 왔다. 2015년의 연설에서는 '멕시코 이민자들'을 정체불명의 액체 같은 세력으로 묘사했다. "무서운 감염병이 국경을 넘어 쏟아져 흘러들어오고 있다"고 말이다. 이민자를 병원체로 보는 대통령의 수사학은 미국에서 길고도 추한 역사가 있다. W. T. 엘리스가 1923년 〈새터데이 이브닝 포스트〉에 기고한 글이 단연 눈에 띄는 사례다. 이 글에서 이민자들은 "불순물의 개천"이며 "오염의 웅덩이"다.

2018년 〈아메리칸 저널 오브 퍼블릭 헬스〉는 "1918년의 인플루

엔자 팬데믹: 우리가 배운 교훈과 배우지 못한 교훈"이라는 제목으로 "앞으로 다가올 팬데믹에 어떻게 준비할 것인가"라는 시리즈를 게재했다. 같은 해 트럼프 정부는 팬데믹 대책 위원회의 위원들을 해고하고 다시 채용하지 않았다. 웬디 파멧과 마크 로스스타인은 이 주제를 다룬 논문 서문에서 "전 세계 공중보건을 위협하는 세 가지"를 "오만, 고립주의, 불신"이라고 정의했다. 오만은 과학적이고 기술적이다. 화려한 신종 도구들에 대한 믿음이다. 우리는 하이테크 장치들을 갖고 있지만, 저자들의 지적대로 인플루엔자의 확산을 저지하는 데는 "한심하리만큼 효과가 없다." 그리고 내 의견이지만, 코로나 바이러스에도 이는 마찬가지다. 고립주의는 국경을 폐쇄하면 바이러스를 몰아낼 수 있다는 순진한 믿음이다. "여행 금지 조치를 요구하는 높은 목소리를 설명하는 데는 과학이 아니라 인종공포가 도움이 된다." 불신은 정부, 언론, 과학에 대한 신뢰의 상실이다. 코비드 19의 사망률이 세계에서 가장 높은 미국은 불신으로 얼룩진 나라다.

바이러스와 관련된 비유와 상징은 실제 바이러스와 충돌하면서 섞여 어우러졌다. "우리, 우리는 누구나, 심각하게 혹은 가볍게, 우리의 사유를 은유와 뒤엉키게 하고 그 힘에 근거해 치명적인 행동을 한다."《미들마치》에서 조지 엘리엇의 화자가 했던 이 유명한 논평을 보라. 정치적 통일체는 집단적 정체, 즉 국가의 은유다. 바이러스는 실제로 우리 인간의 일부지만 인간은 바이러스가 아니다. 인간 체내의 비롬은 우리 몸의 세균인 마이크로비옴과 긴밀하게 상호작용한다. 우리가 살기 위해서는 이들과 같은 여행의 동반자들이 필요하다. 모든 사람은 다중적이며, 다양한 DNA를 비롯해 공생적 관계들로 이루어진 공동체다. 이런 관점에서 생물철학자들은 '우리'와 '그들' 사이에 존재하는 선을 어떻게 그어야 할지 의문을 던지기 시작했고, 그런 구분 자체에 과연 의미가 있는지조차 회의하게 되었다. 인간의 몸은 주변의 생태계에 의존하는 생태계다. 그리고 우리는 사회적 동물로서, 생존을 위해 우리와 같은 다른 이들에게 크게 의존한다. 팬데믹은 수돗물부터 식료품점 선반의 음식까지 우리를 지탱하는 정교한 사회적 장치에 우리 모두 얼마나 의존하고 있는지 절실히 실감하게 해주었다.

그리고 이 지점에서 아이러니가 날카로운 정점에 달한다. 폐쇄된 국경과 불가침의 장벽, 바이러스를 여성화해서 "그녀를 가두고" "그녀를 돌려보내라"고 외치는 구호, 봉쇄와 차단, 순수와 불순, 우리 대 저들이라는 정치적 수사, 공중보건 응급사태 한가운데 횡행하는 이러한 오만과 고립과 불신의 언어가 사람들을 죽이고 있다. 이러한 수사는 스스로 태어나 아무도 필요로 하지 않는 고립되고 자치적인 인간이라는 유해한 판타지를 설파한다. 외로운 카우보이, 자수성가한 사나이, 투박한 개인은 불가피하게 남자이고 백인일 수밖에 없는 허구적 존재를 거듭 읊조리는 미국의 신화다. 코로나바이러스에 관한 브리핑을 빙자하여 매일 밤 방영되는 〈도널드 트럼프 쇼〉에서는 매 회차에서 통수권자가 허세를 떨고 우쭐거리며 주먹을 날리지만 다른 인간에 대한 연민이나 자기 행위에 대한 죄책감의 흔적은 전혀 드러내지 않는다. 이는 파괴적인 이데올로기의 완벽한 극적 체현으로 모자람이 없다.

필연적인 팬데믹에 대책을 마련하지도 못하고, 바이러스학자·감염의학자·보건 전문가의 의견을 경청하지도 않고, 위협적 요인이 발생했을 때 단호하고도 신속하게 행동하지 못한 트럼프 행정부의 실패, 모든 결정에 딸린 무능, 혼돈과 거짓말, 무수한 생명을 살렸을 진단기와 호흡기와 보호장구의 부족은 이데올로기의 직접적 결과다. 종족혐오, 인종차별, 여성혐오가 그렇듯 심오하게 반지성주의적인 이데올로기 말이다. 이 나라에서 70년대 이후로 악화일로를 걷는 소득 불평등과 우리 민간 의료 보험 체제의 잔인한 인종적 격차는 팬데믹을 거치며 오히려 더 가시화되었을 뿐이다. 나는 이 문제에 도덕적 주의를 기울일 필요가 있다고 믿는다.

지금은 그 모습을 상상할 수 없을지라도 팬데믹의 끝은 온다. 1918년 인플루엔자가 이 도시를 휩쓸었을 때 2만에서 3만에 달하는 뉴요커가 사망했다고 한다. 그해 전 세계의 사망자 수는 5천만 명으로 추정된다. 미국에서는 대부분의 사람이 그 일에 대해 까맣게 잊었다. 이번의 팬데믹을 잊지 말 것을 나는 제안한다. 우리 안팎에 존재하는 우리의 생태계가 취약하다는 이유 하나만으로도 그래야 한다. 작년 언제쯤에 동물에게서 인간에게로 펄쩍 도약한 눈먼 바이러스가, 우리는 서로 떼려야 뗄 수 없이 얽혀 서로에게 의지하고 사는 존재이며, 이 작고 연약한 지구에서 언제까지나 다른 포유동물과 조류와 곤충과 식물과 박테리아와 바이러스와 공존해야 한다는 사실을 명확하게 보여주었다고 생각한다.

2020

팬데믹 시대의 독서

독서는 사회적 거리 두기가 요구되지 않는 내밀한 만남이다. 움직임이 제한된 현재 우리의 세계에서 책은 완전한 자유가 가능한 지리다. 그러나 팬데믹 기간에 '무엇'을 읽느냐는 도덕적으로 중립적인 문제 같다. 도덕적 결정은 이미 내려졌다. 타인을 보호하기 위해 너 자신을 보호하라. 가능하다면 꼼짝 말고 집에 있어라. 그러나 바이러스의 과학이나 지구의 복잡하고 연약한 생태계나 유행병에 대한 소설들이나 죽음과 임박한 죽음에 관한 시에만 푹 빠져 있으라는 법은 없다. 물론 이런 책들을 선택할 수도 있지만, 희극을 읽을 수도 있다. 희극의 특징은 결말에 있다. 모든 일이 결국은 잘 되니까. 동화도 기분이 좋아지는 장르다. 주인공은 고된 시련을 겪지만, 결국 행복의 보상을 받는다. 게다가 동화에는 마술이 있다. 자연의 법칙이 전복되고 인간의 욕망으로 대체된다. 인간은 종종 소망이 이루어지리라고 믿고, 그 믿음에는 합리성이 없을 때도 있다. 독서는 대리만족을 얻는 다양하고 안전한 길을 제공한다.

문제는 이것이다. 건강한 몸으로 먹을 것을 충분히 확보하고 집에 있으면서 책에 몰두할 수 있다면, 당신의 독서는 두려움을 향하는가, 아니면 두려움으로부터 멀리 도망치는가? 안락과 도피를 위한 독서는 금세 설명할 수 있다. 그러나 두려워하는 것에 대해 읽는 이유는 무엇인가? 아리스토텔레스가 《시학》에서 정확히 무슨 뜻인지 설명하지도 않고 '카타르시스'라는 단어를 쓴 이후로, 철학자들은 사람들이 끔찍한 사건들을 묘사하는 예술에서 기묘한 쾌감을 얻는다는 부인할 수 없는 사실을 두고 고민해 왔다. 우리는 왜 책 속 등장인물들의 슬픔에 함께 우는 걸 즐기는가? 급격히 늘어나는 뉴욕시의 사망자 시신을 처리할 공간을 찾기 위해 각 기관에서 동분서주하고 있는 지금, 전쟁, 살인, 심지어 걷잡을 수 없는 감염병 같은 섬뜩한 이야기들이 왜 현실의 압박과 불안을 일부 덜어주는 듯 느껴지는 걸까?

애초에 왜 예술 따위에 관심을 가지는 걸까? 왜 바이러스와 확산에 관한 현실의 정보들을 시시콜콜 소비하지 않는 걸까? 제일 좋은 마스크가 무엇인지, 어떻게 식재료를 씻어야 오염을 피할 수 있는지 알아내는 편이 낫지 않나? 지금은 꾸며낸 거짓에 맞서는 사실의 시대가 아닌가? 지금 같은 시기에 상상 속 허튼소리를 지껄이는 픽션이 줄 수 있는 게, 비현실로의 도피 말고 무엇이 있단 말인가? "그냥 사실만 말씀하세요"가 거짓말의 시대에 되뇌는 주문이 되었고, 고결한 반대파들이 빠져 죽지 않기 위해 매달린 구명보트가 되었다. 저 높은 곳에서 내려오는 "진단을 받고 싶은 사람은 진단을 받을 수 있다"는 선언의 진짜 의미가 "진단키트가 모자라서 사실상 아무도 진단을 받을 수 없다"일 때, 대중의 분노는 온당하다. 그러나 사실이 아무리 중요한 것이라 해도, 해석이 없이는 제한적이고 보잘것없는 것이기에 반드시 해석이 필요하다. 예를 들어, 코로나바이러스로 여자보다 남자가 더 많이 죽고 있다는 것과 같은 완전히 새로운 사실(혹은 사실일 가능성이 있는 주장)은 실제로 무엇을 의미하는가? 데이터가 믿을 수 없고 불완전하다는 뜻일 수도 있다. X염색체에 있는 조절 유전자가 면역체계에 영향을 미친다는 사실과 상관이 있을지 모른다. 여성에게 두 개 있는 X염색체가 어째서인지 보호능력을 발휘할 수도 있다. 남자는 여자만큼 자주 의사를 찾아가 진료를 받지 않기 때문에 치료받지 않고 있는 건강 문제가 더 많을 수도 있다. 사회적 현실 때문에 더 병에 취약해진 셈이다. 마초 금욕주의가 위험 요인이 된다.

소설가가 이처럼 가능성이 있는 사실을 취해 한계 너머로 밀어붙이는 상상은 어렵지 않게 할 수 있다. 세계를 덮친 새로운 전염병에 남자들만 걸리는 것이다. 이 무서운 병마에 걸리면 XY 염색체들은 치매에 걸리고 쇠약해지고 죽기도 한다. 이 종의 생존 자체가 위협을 받는다. 섬뜩한 수의 남자들이 병들고 죽어가게 되자 유구한 세월을 공고하게 버틴 위계가 거꾸로 뒤집힌다. 이제 모든 권위는 오랫동안 '약한 성별'이라고 불린 이들의 맑은 머리와 강인한 손에 들어갔다. 과학적 관점에서 보면 이 내러티브는 몹시 수상쩍다. 널리 선전되는 바와는 정반대로, 남자와 여자의 생리적 구조는 차이보다는 공통점이 더 많다. 그러나 내가 아는 한, 감염병 대유행과 어떤 식으로든 관련된 소설이나 단편은 거의 모두 "바이러스의 시기에 읽을 만한 책들" 목록 여기저기에 이름을 올리고 있다. 이런 책들이 존재한다는 사실이 신문의 문화면이나 텔레비전 스크린을 시의적절하고 관련 있는 것으로 채우는 용도를 넘어 무언가를 말해줄까?

인문학을 폄훼하고 이공계 학문을 떠받드는 나라, 모든 예술 관련 예산을 삭감하는 나라, 시, 소설, 아니 예술 전반이 대체로 여성(모든 예술의 주요 소비층이다)을 위한, 팔랑팔랑한 상상으로 여겨지는 나라에서, 나는 왜 이 순간 상상의 허구에 관한 기사들이 사방에서 나오는 건지 궁금해졌다. 필자 상당수는 문학과 관련이 없지만, 모두 허구의 지혜를 홍보하느라 열심이다. 카뮈의 《페스트》가 잘 팔리고 있다. 프랑스에서는 베스트셀러 목록의 상위에 올랐다. 1918년 인플루엔자 유행 당시를 배경으로 한 캐서린 앤 포터의 《창백한 말/창백한 기수》는 새삼스러운 주목을 받고 있다. 나도 그 단편을 다시 읽었다. 특히 열병으로 정신이 오락가락하는 대목은 걸출하다. 위기 상황에서 문학을 찾는 사람들이 왜 생기는지 그 이유를 명확하게 설명한 책은 아직 한 번도 읽은 적이 없지만, 이런 문학적 부활에는 암묵적으로 '뉴스'와 '사실'이 몰개성적이라는 생각 때문일 거라고 짐작한다. '뉴스'와 '사실'은 '개인적'이라고 홍보될 때조차 어떤 틈새를 공략한다. 예를 들어 "가슴 따뜻한 이야기" 같은 틈새가 있다. 할아버지에게 유리 창문 너머로 손을 흔드는 사랑스러운 아기, '최전방'에서 일하는 고결한 간호사, 옆집 할머니 대신 장을 봐주는 상냥한 젊은 여자. 이들은 '집에' 있는 독자나 시청자의 기분을 잠시 북돋아 주는 용도로 의도되어 졌다. 정서적 조종은 계산된 것이다. 그것이 좋은 거면, 문학은 개인적인 것을 완전히 다른 영역으로 옮기고 그 과정에서 집단적이 된다.

텔레비전 프로그램 제작자들을 무색하게 할 만큼 독자를 무자비하게 조종하는 소설가들은 헤아릴 수도 없다. 그들은 독자들의 기대를 충족하고 그들의 책은 팬케이크처럼 구워지자마자 팔려 나간다. 그들은 심리적 위안을 주는 음식들이 그렇듯 문화에서 중요한 목적을 수행한다. 내 삶에서 예를 들자면, 어떤 추리소설은 물처럼 나를 통과해 흘러가고, 어쩌다 이미 읽은 책을 또 읽게 되어도 게임 후반부가 될 때까지, 아니 아예 끝에 가서도 기억을 못한다. 이런 독서는 침대에서 초콜릿을 까먹는 것과·마찬가지다. 나도 정말 좋아한다. 그러나 죽음이 가까이, 아니 코앞으로 다가온 순간, 적어도 어떤 독자들은 예상을 넘어서는 체험을 갈구하는지도 모른다. 라디오와 텔레비전과 인터넷에서 끝없이 되풀이하는 뻔한 이야기들을 넘어서는 무언가를 갈구하는지도 모른다. 긴박하고 숨 막히는 바이러스 보도에 대한 나의 참을성 역시 바닥으로 떨어져 버렸다. 나는 이제 그냥 꺼버린다.

3월 7일 마지막으로 참석했던 디너파티에서, 보카치오의《데카메론》(1350~1353) 이야기가 나왔었다. 나도 모르게 자꾸 다시 그 책을 생각하게 된다. 기억에 남는 조각들이 다시 마음속에 떠올랐다. 듣지도 말하지도 못하는 줄 알았던 정원사가 지칠 때까지 번갈아 가며 해대는 음탕한 수녀들, 레이디에게 지독하게 나쁜 이야기를 해주어 그녀를 심장이 쿵쾅거리고 식은땀을 흘리는 지경으로 몰고 가는 기사, 어떤 청년의 병을 진찰하는 과정에서 방안에 젊은 여자가 들어올 때마다 환자의 맥박이 빨라진다는 사실을 알게 되는 의사. 수수께끼가 풀린다. 병명은 상사병이다.

서문에서 흑사병을 다루고 있다는 기억이 나긴 하지만 자세한 내용은 잊었다. 보카치오는 피렌체를 휩쓸고 지나가는 '치명적인 역병'을 생생하게 묘사한다. 화자는 병자의 사타구니와 겨드랑이에 생기는 사과와 달걀 크기의 종양을 묘사하고, 사람 간의 접촉뿐 아니라 감염된 옷자락을 통해서 감염된다는 말도 한다. 나는 특히 페스트에 대한 다양한 반응에 매료되었다. 그 모든 반응은 현재의 팬데믹을 겪고 있는 뉴욕시에서 볼 수 있다. 안전을 상상하며 "사람들과 떨어져 은둔 생활"을 하겠다고 물러나는 사람들이 있다. 광란의 유흥에 몸을 던지고 모든 권위를 업신여기는 사람들도 있다. 좀 더 중도를 지키는 집단은 겁에 질리지도 않고 태만하지도 않게 합리적으로 행동하려 한다. 모두가 병마에 노출되어 있다. 시신들이 산더미처럼 쌓이고 도시는 '지하 납골당'이 된다. 나는 독서에서 카타르시스를 느꼈다.

《데카메론》에서 페스트를 피해 시골로 도망친 일곱 여자와 세 남자는 죽음의 균이 도시에 횡행하는 사이 시간을 보내려고 서로에게 이야기를 들려준다. 그들은 위트와 주체성과 열정의 이야기를 한다. 이 이야기들은 비극적이고 희극적이다. 무방비로 노출된 우리의 에로틱한 필멸의 몸을 이야기하며, 살아있음을 말하지만, 또한 죽어야 함을 알고 있음 또한 말한다. 결과야 좋든 나쁘든, 훨훨 하늘로 날아가는 우리 상상력의 비행을 다룬다. 바로 지금을 위한 이야기들이다.

2020

당신을 만났을 때
나 자신을 다른 사람으로 보게 되었다

당신을 만났을 때 나 자신을 다른 사람으로 보게 되었다. 이상한 문장인데, 대체 무슨 뜻일까? 의미는 모호하지만, 완전히 열려 있지도 않다. 화자인 '나'라는 인물과 화자가 말을 거는 대상인 '당신'이라는 인물이 있다. 우리는 '나'와 '당신'이 과거 언젠가에 만났음을 안다. 그리고 두 사람의 만남을 통해 남자인지 여자인지 모를 화자는 어쨌든 자기 자신을 다른 사람으로 보게 되었다. 만남은 화자 내부에 소외감을 불러일으켰고, 그로 인해 화자는 자기 자신에게 낯선 존재가 되었다. 어떻게 그렇게 되었는지 문장은 과정을 말해주지 않는다. 우리는 두 사람이 누군지, 어떤 만남을 가졌는지, 얼마나 오래 만났는지, 어디서 만났는지 알지 못한다.

문장은 추상적이지만, 자세한 내용으로 가득 채울 수도 있다.

작년에 처음 당신을 만났을 때, 당신은 내 눈을 보고 조이라고 불렀고, 그건 내 이름이 아니었고, 나는 당신의 눈을 통해 나 자신을 전혀 다른 사람으로 보았다. 당신이 나를 다른 사람으로 착각했다는 걸 잘 알고 있으면서도, 나는 조이가 되고 싶다는 느닷없는 욕망에 휩싸였다.

이야기는 여기서 여러 방향으로 전개될 수 있다. 이야기 속에 화자와 많이 닮은 제3의 인물인 진짜 조이가 있을 수 있다. 반면 당신이라는 인물이 화자와 게임을 하고 있을 수도 있다. 어쩌면 조이는 당신이라는 인물이 쓰고 있는 희곡의 여주인공일지도 모른다. 그래서 당신이 화자를 만나는 순간 자신의 캐릭터가 살아 움직인다는 기묘한 느낌에 사로잡혔을 수도 있다. 가능성이 증식한다.

진실은 모든 이야기가 다른 사람에게 전달된다는 것이다. 그 다른 사람이 자기 자신이더라도 말이다. 이야기는 본질이 대화적이다. 내가 나의 이야기를 나 자신에게 들려줄 때, 내가 '나'라는 말을 문장에서 쓸 때, 내가 나를 나 자신에게 표현해 보일 때, 나의 '나'는 '당신'을 암묵적으로 품고 있다. 나아가서, 어젯밤 하마터면 버스에 치일 뻔한 이야기를 나 자신에게 들려줄 때, 나는 그때 과거의 나를 기억 속에서 회상해야 하고, 내 기억은 그 자체로 나를 타자화하는 상상의 행위다. 내가 브루클린의 인도에서 우연히 친구와 만나 그를 붙잡아 세우고 "어제 나한테 어떤 일이 있었는지 상상도 못 할 거야"라면서 내가 버스에 치여 죽을 뻔했지만, 기운이라고는 전혀 없어 보이는 어떤 할머니가 알고 보니 괴력의 소유자여서 마지막 순간에 나를 잡아 위험에서 구해줬다고 하면, 내 친구는 나와 버스와 그 할머니를 마음속에서 상상할 것이다. 그의 마음속에서는 내 마음속의 장면이 보이지 않을 테지만, 어쨌든 하마터면 일어날 뻔했던 사고에 대한 어떤 그림을 만들어낼 것이다. 그가 좋은 친구라면, 고개를 주억거리며 내 등을 토닥여주고는, 내가 버스에 치여 죽지 않고 살아남아 이 이야기를 들려줄 수 있으니 얼마나 다행이냐고 말해줄 것이다.

이 버스 이야기를 픽션으로, 종이에 쓰인 낱말들로 옮긴다면 어떨까? 그때 이야기를 하는 사람은 누구인가? 그건 '내'가 아니라 화자다. 다른 과거를 지닌 다른 '나'다. 나는 이야기의 '작가'일지 모르지만 나는 그 이야기의 '화자'가 아니다. 이 경우, 여기에서 실제의 사람은 아무도 이야기하지 않는다. 작가인 나는 이제 나 자신으로부터 이중으로 소외되었다. 나는 화자인 '나'로서 언어로 나를 나에게 표상하고 있을 뿐만 아니라 독자에게도 전하고 있다.

1986년 4월 6일, 나는 늘 그러듯 몽상에 빠져 내 주위에 누가 있는지 신경조차 쓰지 않고 7번가를 걷고 있었다. 신호등이 초록색으로 바뀌었다. 도로로 몇 발자국 걸어 들어가는데 매섭게 울리는 경적이 들리더니 나를 향해 달려오는 거대한 주황색 버스가 보였고 그 배기가스 냄새가 코를 찔러 나는 공포에 얼어붙고 말았다. 그때 어떤 손이 내 팔을 움켜잡았고, 몸이 격하게 뒤쪽의 보도로 잡아채여 그만 시멘트에 심하게 부딪치고 말았다. 그 즉시 버스가 끼이익 소리를 내며 정차한 자리는 바로 몇 초 전 내가 서 있던 그곳이었고, 그때 당신은 나를 내려다보고 있었다. 내 몸집의 절반밖에 되지 않고 내 나이보다 두 배나 많은 당신은 작은 얼굴에 겁에 질린 표정을 짓고 심하게 숨을 헐떡거리고 있었다. 우리는 그때 우리의 우정이 오랜 세월 이어지리라는 사실을 몰랐다. 브루클린 파크슬로프에서 버스에 납작하게 깔려 죽을 운명에서 당신이 나를 구해준 그날 오후 우연히 당신을 만남으로써, 내가 나를 바라보는 관점이 영원히 바뀌리라는 사실을 그때는 알지 못했다.

이상하고 추상적인 한 문장은 이야기를 발사하려는 의도로 쓰였다. 그러나 또한 두 사람이 만나는 모든 경우에 연루된 앞뒤 맥락을 캐내려는 목적도 있다. 당신이 나를 어떻게 보는지 완벽하게 상상할 수는 없으나, 당신의 얼굴과 당신의 몸짓과 당신의 말은 우리의 소통을 통해 내게 느껴진다. 나는 '느낌'을 말하고 있다. 우리의 만남이 벌어지는 동안 적극적으로 그 만남을 분석하면서도, 나는 우리 사이에 오가는 일을 먼저 느끼고 그다음에 언어로 표현한다. 당신의 시선은 가끔 내 눈길과 마주하는가, 아니면 계속 내 눈을 피하는가? 당신은 두세 번 내게 웃음을 보이는가,

아니면 말을 하면서도 입술을 꼭 다물고 있는가? 당신이 내게 말하고 있는 동안에도, 몇 초에 한 번씩 당신이 방안의 무언가 또는 누군가를 흘끗흘끗 쳐다본다는 걸 내가 알아차릴지도 모른다. 당신의 조바심에 내 마음이 어지러워지고, 호흡도 흔들린다. 내 얼굴이 딱딱하게 굳는 느낌이 든다. 어쩌면 고개를 돌려 당신의 흥미를 끄는 게 무엇인지 확인할지도 모른다. 그리고 유명한 배우가 방금 파티장에 들어왔음을 알게 될지도 모른다. 당신은 차라리 그 여자와 이야기를 나누고 싶을 거라고 나는 넘겨짚는다. 불현듯, 나는 당신의 눈을 통해 나 자신을 본다. 나는 따분한 사람이다. 따분하다는 건 끔찍한 일이다. 나는 내 관심사에 대해 말하고 있었는데, 당신이 지루해한다. 얼굴이 달아오르고 부끄러워져서, 나는 정중하게 실례한다고 인사하고 당신을 그 여배우에게 갈 수 있도록 놓아준다. 하지만 한편으로, 몇 초쯤 생각하고 나서는, 내가 따분한 사람이 아니라는 결론을 내린다. 어쩌면 당신이 내게 주의를 집중하지 않아서 기분이 상했을 수도 있다. 나는 당신이 유명인에게 끌리는 출세지상주의자라고 혼자 생각해버린다. 그런 얄팍한 인간은 기꺼이 버릴 수 있다고 생각한다. 당신을 풀어내는 나의 해석은 은근하지만 의미심장한 표정, 몸짓, 말들뿐만 아니라, 나 자신을 바라보는 시각, 나의 자신감, 겸손함, 다른 사람들과 함께한 과거의 일들, 그리고 세상 속에서 나의 자리를 내가 어떻게 이해하는가에 달려 있다.

어쩌면 그 여배우의 이름이 조이 뱅크스인지도 모른다. 어쩌면 조이 뱅크스는 내가 쓰는 이야기의 캐릭터일지도 모른다. 어쩌면 파티에 참석한 이야기의 화자는 따분해하는 대화 상대에게 복수하고 파티 장내를 혼란스럽게 만들지도 모른다. 어쩌면 도착적인 장난기가 발동해서 장난꾸러기 요정의 유혹에 굴복할지도 모른다. 그녀는 파티장을 가로질러 걸어가서 '따분해 씨' 옆에 슬며시 붙어 서서는 여배우에게 손을 내밀어 악수를 청할지도 모른다. "안녕하세요." 그녀는 말한다. "내 이름은 조이 뱅크스에요. 당신은요?"

2016

문학의 미래

미래는 우리의 기대, 희망, 판타지와 투사로 이루어져 있고, 그 말은 미래가 허구라는 의미다. 이 상상의 공간이 너무나 황량하고 비참해서 도저히 편안히 거주할 수 없게 되면 삶을 계속할 의욕을 잃기도 한다. 인간은 좋은 미래라는 생각이 있어야만 현재를 살 수 있지만, 미래는 아직 살지 않았기 때문에 실제가 아니라 상상의 시간에 속한다. 그래서 우리가 상상하는 미래의 모습을 빚어내는 것은, 대체로는 지금까지 우리가 겪은 경험과 그 경험에 대한 우리의 감정이다. 과거의 삶에 따라 우리는 미래나 현재와 미래 사이 어디쯤에서 재앙이나 유토피아를 예측하게 될 수도 있다. 하지만, 우리는 어쩔 도리 없이 무언가를 기대한다.

예측하는 뇌는 현재 신경과학에서 뜨거운 주제다. 과학자들의 주장에 따르면, 우리 뇌는 예측하기 위해 진화했다. 조명 스위치를 딸깍 켜면서 나는 빛이 계속 켜져 있으리라고 기대한다. 이 손짓이 밝은 조명으로 이어진다는 걸 학습으로 알기 때문이다. 아침에는 오트밀에 우유를 따르며 항상 같은 맛이 나기를 기대한다. 예측 가능성은 자동성을 창출한다. 조명 스위치의 작동법을 일단 배우고 나면 나는 이제 그 생각은 더 하지 않아도 된다. 손을 뻗는 행동은 자동적이고 대체로 무의식적이다. 이 주장은 다음과 같이 진행된다. 진화론적 관점에서 볼 때, 뇌가 예측하기 위해 진화한 이유는 과거로부터 학습해서 현재와 미래의 위험을 피하기 위함이다. 우리는 세계가 계획대로 돌아가지 않을 때를 대비해, 충격에 대처할 의식적인 사고를 남겨둔다.

우리가 인지하는 현재는 상당 부분 그런 예측에 기대어 결정된다. 우리는 우리가 보고 듣고 느끼고 만지리라 예측하는 것을 보고 듣고 느끼고 만진다. 이른 아침 아직 정신이 몽롱한 상태에서 나는 오트밀에 우유 대신 오렌지 주스를 따랐다. 우유와 주스의 용기는 크기와 형태가 똑같고 냉장고에 나란히 놓여 있었다. 내가 그릇에 따른 액체가 우유라는 가정은 오렌지 주스를 오렌지 주스의 맛으로 느끼지 못하고 끔찍한 우유 맛으로 느끼게 했다. 내 아침식사 루틴은 철저히 습관에 의해 결정되었기에, 나는 뭔가 잘못됐다는 걸 알면서도 그 액체를 즉각 파악하지 못했다. 수년에 걸쳐 아침마다 오렌지 주스를 마셔왔는데도 말이다. 지각은 과거나 현재의 경험이라는 맥락에서 따로 떼어낼 수 없다.

우리의 뇌는 예측하게 되어 있으나, 실제로 미래를 예측하는 것은 문제가 있다. 훌륭한 데이터와 정교한 베이즈 모델[16]을 갖춘다 해도 미래라는 미지의 영토에 발을 들여놓는 순간, 예측 행위는 우리를 배반한다. 2016년의 선거만 생각해 봐도 알 수 있다. 많은 사람은 결과를 충격으로 받아들였다. 우유인 줄 알고 오렌지주스를 따른 것보다 아마 훨씬 더 기분이 나빴을 것이다. 사실, 우리가 미래에 대해 유일하게 확신할 수 있는 것은 그것이 우리의 필멸성에 대한 비밀을 쥐고 있다는 것이다. 미래는 우리 한 사람 한 사람이 언제 어디서 어떻게 죽을 것인지 알고 있다. 그리고 죽는다는 것은 우리 중 누구도 기억할 수 있는 경험이 아니다.

나는 문학을 위시해 그 무엇의 미래도 자신 있게 말할 수 없다. 다만 문학이 죽음을 맞으리라 예측하지 않는다고 말할 수는 있겠다. 여러 이유를 들지 않더라도, 일단 우리 인간들은 상징을 활용하며 어떤 형식으로든 이야기를 갈구하고 실제 삶에서 겪는 사건들을 재빨리 엮어 다소간 일관적인 서사로 엮어내기 때문이다. 알려진 모든 문화는 이야기를 꾸며내는 문화였다. 이야기는 먼저 구전으로 전해지며 공통적인 민담과 신화를 통해 특정한 사람들을 역사 공동체로 연대하는 역할을 했다. 글로 쓴 이야기들은 훨씬 역사가 짧지만, 어떤 형식으로든 기록된 이야기들 역시 사라지지 않을 거라고 감히 말하겠다.

서사는 우리가 우리와 타인의 삶을 조직하는 여러 수단 중 하

---

16) 영국 수학자 T. 베이즈Bayes가 증명한 확률에 관한 정리.

나다. 우리는 자기 자신을 이해하기 위해 스스로 이야기들을 꾸며
내 들려준다. 프랑스 철학자 폴 리쾨르는 서사를 '인간적 시간'이
라고 불렀다. 시간 속에서 벌어지는 사건들을 엮어 파악하기 위한
양식이라는 것이다. 시간은 엄청나게 난해한 개념이지만, 이야기
를 한다는 건 시간 속의 사건들에 의미를 부여하는 한 가지 방법
이다. 이야기는 인과를 내포한다. 일생의 플롯은 정해진 방향으로
움직이며 한 사건은 다음 사건을 규정하는 것으로 이해된다. 하지
만 같은 이야기를 하는 데에도 여러 가지 방법이 있다. 서사는 언
제나 포함하는 만큼 배제한다. 그러나 기억이 없다면, 우리는 과
거에 관한 어떤 이야기도 자신에게 해줄 수 없을 것이다. 미래를
상상하거나 가상의 삶을 다룬 소설을 쓸 수도 없을 것이다.

　기억의 여신, 뮤즈의 어머니인 므네모시네는 문학이라는 예술
에 접근하는 열쇠다. 그러나 기억에는 여러 다른 종류가 있다. 노
벨상 수상자인 에릭 칸델은 군소라는 해양 연체동물의 기억을 연
구했고 이 소박한 동물이 기억하고 학습한다는 사실을 발견했다.
달팽이와 쥐와 개는 기억하며 기억한 바를 통해 학습하지만, 우리
처럼 자서전적인 기억이 있는지는 확실치 않다. 당신의 개는 지난
목요일에 공원에서 뛰어다니던 그림을 다시 떠올리거나 다음 주
금요일에 떠날 여행에 대해 환상을 갖는가?

　나는 이 반추와 투사라는 인간의 재능이 이야기와 문학을 가능
하게 하는 재현과 이어진다고 생각한다. 사람들은 말이나 이미지
로 현존하지 않는 것을 재현할 수 있다. 그러나 물론 신중하게 접

근해야 한다. 다른 포유동물과 새들도 꿈을 꾸기 때문이다. 과학자들은 이런 동물들 다수가 이미지로 꿈을 꾼다고 추정하고 있으며, 꿈 속의 이미지는 각성 상태의 경험에서 온다고 본다. 인간의 꿈은 질적으로 다른가? 다른 동물의 꿈은 서사의 형식을 갖추고 있는가? 우리 꿈은 서사 형식일까, 아니면 우리가 깨어난 후에 그것에 이야기를 부여하는 걸까?

서사가 보편적이라면 인간이 있는 한 없어지지 않을 것이다. '대하 서사saga'라는 단어는 아이슬란드어로 산문으로 쓴 긴 이야기를 뜻한다. 우리는 소설을 같은 방식으로 정의할 수 있을 것이다. 소설은 산문으로 쓴 긴 이야기이고, 역사적으로 우여곡절을 겪었지만 수 세기 동안 존재해 왔다. 고대 그리스와 로마에도 소설이 있었다. 무라사키 부인의 《겐지 이야기》는 1010년 무렵 쓰였다. 《돈키호테》의 1부는 1605년에 쓰였고 2부는 1615년에 쓰였다. 셰익스피어와 세르반테스는 같은 1616년 같은 날 죽었지만, 영국과 스페인은 서로 다른 달력을 썼으므로 사실 날짜는 다르다. 1666년, 마거릿 캐번디시는 현재 최초의 SF로 꼽히는 《불타는 세계》를 발표했다. 이 모든 장편 산문은 현대 소설의 도래보다 훨씬 앞선다. 영국과 프랑스의 소설은 18세기와 19세기에 꽃 피었고 20세기에 수많은 흥미로운 변화를 거쳤다. 21세기에 문학에 벌어지는 일을 우리가 이미 알고 있는가? 허구적 이야기는 영화와 텔레비전, 인터넷과 블로그, 가짜뉴스에 이르기까지 여러 형태의 매체 어디에나 존재하며, 사라질 위험 같은 걱정은 없어 보인다. 이야기는 번성하고 있다.

그러나 허구의 쓸모는 무엇인가? 왜 우리는 책장 밖에서는 만날 수 없는 캐릭터들이 등장하는 일어나지도 않은 이야기를 읽는 것을 좋아하는가? 우리는 지구상에서 도서관을 짓고 문학을 연구하고 책들이 좋거나 나쁘거나 또는 어중간하다고 평가하는 유일한 동물이다. 허구를 쓰는 동물이 우리밖에 없다면, 우리는 왜 그렇게 하는가? 작가들은 어떤 이유에서 자신들이 쓰는 글을 쓸까? 소설의 플롯이 어떻게 전개되어야 하는지 작가들은 어떻게 알까? 허구적 캐릭터들은 어디서 올까? 틀림없이 어떤 식으로든 삶에서 올 텐데 말이다. 그게 우리가 가진 전부니까. 허구적 작품의 발생은 막상 쓰는 사람에게도 미스터리인 경우가 비일비재하다. 내가 이 주제로 쓴 에세이의 제목이 한마디로 말해준다. "어째서 어떤 이야기는 되고 다른 이야기는 안 되는가?" 픽션에서는 모든 가능성이 열려 있다.

태양이 반드시 뜨고 지라는 법이 없다. 조명 스위치는 밝은 방이 아니라 폭풍우를 불러올 수도 있다. 소설에서 인간들은 하늘을 날거나 영생을 누릴 수도 있다. 뭐든지 다 된다. 그러니 작가는 무엇이 옳고 무엇이 그른지 어떻게 안단 말인가?

무수한 기자들과 일부 평자들이 내 소설들은 얄팍한 허울을 둘러쓴 자서전이라고 전제했지만, 그건 결단코 사실이 아니다. 내 책들은 내가 그것들을 쓰고 있는 중에도 종종 나를 놀라게 한다. 자기 멋대로 제 갈 길을 가는 것 같기 때문이다. 캐릭터들은 미지의 영역에서 떠올라 말하기 시작한다. 쓰고 있는 도중에 장면들이 자라난다. 책은 나보다 더 많이 알고 있다. 책은 기묘한 독자적 생명을 갖고 있다. 자서전적 소설과 로망아클레프[17]도 물론 있다. 칼 오베 크나우스고르의 《나의 투쟁》이 좋은 사례다. 그러나 심지어, 오로지 자기 삶에서만 소재를 끌어와 썼다고 주장하는 소설가인 그조차 자기 삶의 이야기에 가득 집어넣은 무수한 세부사항을 실제로 기억하지는 못한다. 굴을 먹고 탈이 났다거나 손님이 구운 감자를 먹고 다른 손님에게 토했다든가 하는 사건이 없는 한, 우리 중 누구도 삼십 년 전 디너파티에서 먹은 음식을 기억할 수 없다. 우리는 일상을 잊고 노블novel, 즉 새로운 일을 기억한다. (소설이 노블이라고 불리는 건 바로 그 때문이다.) 상한 굴이나 허공에 분사된 구운 감자는 예상을 벗어나는 일이기 때문에 시간 속에서 두드러진다. 우리는 감정적으로 강력했던 것을 기억한다.

그러나 우리의 자서전적 기억, 우리가 현재에 과거를 기억하는 방식은 안개에 휩싸인 영토다. 우리 기억들은 시간이 흐르며 흐릿해질 뿐만 아니라 변한다. 프로이트는 '나흐트레글리히카이트Nachträglichkeit', 즉 '사후성afterliness'이라는 말을 썼다. 현재가 언제나 과거에 영향을 미친다는 생각이다. 우리는 현재의 렌즈를 통하지 않으면 과거로 돌아갈 수 없다. 기억 과학자들은 '응고consolidation'와 '재응고recosolidation'라는 이야기를 한다. 감정은 기

---

17) Roman a clef, 실화소설.

억을 응고한다. 내가 디너파티에 참석한 손님의 머리에 명중된 구운 감자를 보았을 때의 경악스러운 감정이 그 기억을 내 안에 생생하게 보존한다. 그러나 같은 기억도 얼마든지 변할 수 있다. 우리는 뇌 속 상자에 기억을 보관했다가 언제든지 마음대로 없애지 않는다. 기억의 변화는 복잡하고 완전히 이해되지 않았지만, 인간이 아예 일어난 적 없거나 다른 사람에게 일어난 일을 기억할 수 있다는 사실은 잘 알려져 있다.

레이철 아비브는 2017년 6월 〈뉴요커〉지에 잘못된 기억의 섬뜩한 사례를 기고했다. 에이다 조앤 테일러는 한 여자를 목 졸라 죽음에 이르게 한 일에 관해 강력한 시각적 촉각적 기억이 있었다. 범죄를 자백하고 19년간 교도소에서 복역한 후에야 사면을 받았다. 그녀가 한 짓이 아니었다. 경찰이 살해 피해자의 적나라한 사진들을 그녀에게 보여주었는데, 그 사진들이 그녀의 마음에 남아 죄책감과 결합해 거짓 기억을 만들어냈다. 그녀는 고통스러운 과거가 있고 심리적으로 불안한 사람이었고, 아마도 이런 형태의 기억 왜곡에 대부분의 다른 사람들보다 취약했을 것이다. 그러나 온전히 건강한 사람의 기억도 사회적 정황에 따라 조작될 수 있다는 강력한 경험적 증거가 있다.

2011년, 마이카 에델슨과 와이즈먼 인스티튜트의 과학자들은 〈사이언스〉에 "대중을 따르기: 장기기억 순응의 뇌 기질"이라는 논문을 발표해 "참가자들은 초기 기억이 강하고 정확할 때조차 오류가 있는 집단의 회상을 따르려는 강한 성향을 보였고 장기에 걸쳐 지속되거나 한시적인 오류들을 생성했다"고 주장했다. 집단의 믿음과 일치하는 정신적 심상이 만들어지면, 그 심상이 원래의 그림을 대체하는 것으로 보인다. 연구에 참여한 사람들은 아무도 잘못된 기억을 원치 않았지만, 그래도 자신이 똑똑히 보고 기억한 영화의 기억은 다른 사람들의 영향을 받아 영원히 바뀌어 버렸다. 자전적 기억은 허구들로 점철되어 있다.

1995년에 〈욘더〉라는 에세이에서 "소설을 쓴다는 건 일어난 적 없는 일을 기억하는 일 같다"고 썼다. 이십 년 후에 나는 〈세 편의 감정적 이야기들〉이라는 에세이에서 그 문장으로 돌아가서 그 개념을 상세하게 전개했다. 나는 왜 소설의 이야기를 발명하는 게 아니라 기억 속에서 발굴한다고 확신하는가? 서둘러 덧붙이지만, 내가 쓴 책의 사건들이 실제로 일어났기 때문은 아니다. 나아가 나는 망상에 빠져 있지도 않다. 내 책의 캐릭터가 살인을 저질러도, 실제로는 아무도 죽지 않았다는 걸 나는 안다. 그러나 기억과 상상, 과거와 미래의 역학, 그 사이에서 이루어져야 할 중요한 연결이 있다. 나는 의식적인 자전적 기억의 불안정한 현실―우리 마음속에서 감정의 색조와 함께 떠오르는 이미지들의 떼―과 미래의 자신을 상상하거나 소설을 창작하는 행위―역시 정신적 이미지와 감정을 창출한다―는 별개가 아니라 같은 행위의 일부라고 확신한다. 소설과 다른 문학 형식들은 기억의 자식이며, 기억 그 자체는 상상 속에서 변화할 수 있다. 허공을 나는 구운 감자를 기억할 때, 나는 시간을 거슬러서 디너파티라는 사건으로 돌아가야 하고, 그때의 나와 똑같이 희생자의 맞은편에 앉아서 당시에 받았던 충격을 회상해야 한다. 기억 속에서 나는 둘로 불어난다. 여기 서재에서 글을 쓰고 있지만, 과거의 그 순간을 회상하는 순간 오래전 옛날 날아가는 감자를 지켜보던 그곳에 있기도 하다. 그러나 나는 어렸던 그때 그 사람과 내가 똑같지 않음을 안다. 기억하기 위해서는, 내가 나에게 타자가 되어야 한다. 흥미로운 사실을 짚어보자면, 자전적 기억과 길을 찾는 능력에 연결된 두뇌 부위인 해마가 양쪽 모두 손상된 환자는 기억에만 곤란을 겪는 게 아니다. 상상도 잘 못한다.

소설은 '진실'인 척하지 않는다. 그러면 우리는 왜 소설을 읽는가? 비소설에서는 얻을 수 없는, 소설만이 우리에게 줄 수 있는 게 무엇일까? 소설은 거짓말을 할 수 있나? 우리는 왜 소설에 마음을 쓸까? 일어난 적 없는 일을 기억할 때, 나는 무엇을 하고 있나? 소설가로서 내가 찾는 진실은 과거를 다큐멘터리처럼 기록한 것이 아니다. 나는 감정적 진실을 찾고 있다. 캐릭터들이 삶을 살아가며 행동하고 토론하고 사유하는 방식이 참된 것으로서 울림을 가져야 한다. 이 진실은 다뤄진 사건들의 본질과는 아무 상관이 없다. 캐릭터들은 날개 달린 영양일 수도 있다. 그보다 나의 판단들은 일종의 육감에 토대를 둔다. 어떤 옳고 그름의 본능적 감각이 책이 전개되는 동안 내내 나를 인도한다. 내 감정은 의식적이지만, 내가 그 감정을 느끼는 이유는 무의식적이다. 캐릭터가 왜 죽어야 하는지, 플롯이 왜 이런저런 방향으로 전개되어야 하는지,

나는 설명할 수가 없다. 그건 나도 모른다. 그러나 이건 안다. 내가 사랑하는 소설들, 내가 일평생 마음에 담고 다니는 책들은 '진실'이다. 그 책들은 내가 사람들과 세상을 다른 관점에서 다시 보게 해주었다. 내 삶을 새롭게 이해하게 해주었다. 내가 잊은 소설들은 내게 아무 정서적 영향도 끼치지 못한 책들이다. 너무 틀에 박혀서 예전에 이미 읽은 느낌을 주었거나, 단순히 문화 내에서 진실로 통용되는 판에 박힌 소리만 강화하는 안일한 내용으로 일관했던 책이다. 진실로 통용되는 판에 박힌 소리는 진실이 아니다.

글을 쓸 때면 나는 가상의 타자, 상상 속의 독자를 위해 쓴다. 모든 이야기, 모든 소설은 누군가 다른 사람을 위해 말해지고 쓰인다. 언어 그 자체가 근본적으로 대화적이다. 다시 말해, 사람들 사이에서 일어난다는 말이다. 러시아 이론가 M. M. 바흐친의 너무나 아름다운 표현대로, "모든 낱말의 절반은 타인의 것이다." 그리고 소설을 읽을 때 나는 바로 그 타인이다. 작가가 내게 보낸 선물을 받는 독자다. 모든 책은, 작가뿐 아니라 독자에 의해 발명된다. 우리는 우리 책들, 과거, 기대, 관심사, 입맛, 편견, 한계에 자기 자신을 투영한다. 독서는 대화의 형식이다. 타자와의 교류다. 텍스트적 타자, 내가 능동적으로 상상하는 평행세계를 소환하는 책장의 낱말들 말이다. 책이 전개되는 동안 독자인 나는 다른 의식의 침공을 받는다. 내가 교류하거나 거리를 두는 화자의 의식이 나를 침범하면 그 리듬이 나의 리듬이 되고 그 말들이 내 말들이 된다. 내가 책 안에서 살기를 선택하는 한은 그 책의 화자가 내 마음속 화자가 된다.

독서는 타자에 의한 빙의의 형식이기도 하다. 그리고 이는 가볍게 보아서는 안 될 일이다. 강력한 책들은 우리 마음의 통제권을 빼앗는다. 외재하는 현실의 삶은 아니지만, 삶의 일부다. 게다가 문학을 통해서, 우리는 소설 밖에서 벌어진다면 피했을 사건들을 겪고 기억을, 가끔은 오랫동안 사라지지 않을 기억을 얻을 수 있게 된다. 내가 《죄와 벌》의 끔찍한 살인을 실제로 목격하고 싶겠는가? 내가 정말로 황무지를 가로질러 걸어가는 히스클리프와 맞닥뜨리고 싶겠는가? 고맙지만 사양이다. 그러나 소위 이야기의 '미학적 틀' 속에서는 일신에 위해를 당할 위험이 없다. 그리고 이런 안전함이 카타르시스를 발동시킨다. 소설을 읽으며 우는 일은 즐겁지만, 친구의 죽음에 통곡하면서 즐거울 수는 없다. 왜 그럴까? 사람들은 왜 폭력적이고 무섭고 가슴 아픈 이야기를 이토록 갈구할까? 미학적 틀 속에서 벌어지는 상상 속의 여행은 감정적으로 지적으로 우리를 확장하고, 목숨과 사지가 멀쩡한 상태로 흥분감과 고양감을 느끼게 해줄 수 있다.

그러나 《폭풍의 언덕》을 예로 들어보자. 나를 인간 세상 너머 내가 이해하지 못하는 자연의 힘이 자아내는 공포로 데려가는 그 위대한 소설, 너무나 복잡하고 악마적인 구조를 지닌 소설, 읽을 때마다 에밀리 브론테의 상상력에, 그 엄청난 기세에 놀라서 말을 잃게 되는 그 소설이 내 안에 휘젓는 감정들은 안전의 감정이 아니다. 그 감정들은 나를 정상적 감정의 한계 너머로 밀어붙인다.

책들은 위험할 수 있다. 굳어진 현재의 상태를 위협하고 우리를 뒤흔들어 거꾸로 뒤집어 놓을 수도 있다.《폭풍의 언덕》은 비평가들에게 충격을 주었다. 그들 대다수는 남자가 쓴 책이라고 믿었다. 어떤 비평가는 작가가 거친 선원이라고 생각했다. 억압적 정치체제는 책을 두려워한다. 우리는 나치가 자행한 책 화형에서, 소비에트 사회주의 리얼리즘으로부터 이 사실을 알게 되었다. 스탈린 치하에서 처방된 문학 생산의 양식은 우리에게《시멘트》같은 위대한 문학 작품을 선사했다. 우리는 과거에 작가들이 필화를 겪어 투옥되고 살해당했으며 지금도 그렇다는 사실을 안다. 위대한 러시아 시인 오시프 만델스탐을 생각해 보라. 류 샤오보를 생각해 보라. 우리는 샤를리 에브도와 덴마크 만화들에 가해진 테러와 미국 학교 도서관에서《허클베리 핀》이 추방된 사태와 살만 루시디를 공격하라는 파트와[18]를 기억한다. 함순의 파시즘 또는 원류 파시즘 때문에 수천에 달하는 노르웨이 사람들은 우편으로 그의 책을 작가에게 돌려보냈다. 문학은 사람들에게 걱정거리가 된다.

18세기 영국에서 소설에 반대하는 목소리는 시끄럽고 요란했다. 소설은 오염원이라고 여겨졌다. 특히 여자들의 마음을 타락시키고 그들의 생각을 육신의 죄로 돌려 딸·아내·엄마로서의 의무를 소홀히 하게 만든다고 했다. 소설은 추문과 자위라는 평판이 있었고, 실제로 소설에 중독되어 아무리 읽어도 만족할 수 없는

---

18) 이슬람법에 저촉여부를 종교적으로 해석한 칙령.

사람들도 있었다. 《그레이의 50가지 그림자》의 엄청난 성공은 이 현상이 과거에만 국한된 게 아님을 말해준다. 수백만 명의 여성들이 그 소설을 샀고 또 사랑했다. 오늘날 타락의 원인을 찾을 때는, 보통 신기술, 게임, 트위터와 인터넷, 우리 어린이들의 마음을 파괴하고 있는 첨단기술을 탓하기 마련이다. 신기술의 두려움이 문화 전반을 휩쓸 때는, 이를 설명하기 위해 새로운 질병을 만들어내는 일이 흔히 있다. 19세기에는, 인간이 전례 없는 속도로 여행할 수 있게 해준 열차의 도래가 '철도 척추'를 만들어냈다. 열차 사고를 당한 사람들만 걸린다는 병이었다. 철도 척추는 이제 사라졌지만, 인터넷 중독은 남아 있다. 인터넷 중독은 새로운 시대를 위한 새로운 질병이다. 나는 미국 정신과의 바이블이라 할 최신판 DSM, 즉《정신장애 진단 통계 매뉴얼Diagnostic Statistical Manual of Mental Disorders》에 인터넷 중독이 포함되어 있지 않아서 다행이라고 생각한다. 왠지 내 감으로는, 인터넷 중독이 철도 척추와 같은 길을 갈 것 같다.

미래는 현실이 사라지고 가상 현실이 표준이 되는 장소일까? 문학의 미래에는 기계 장구를 찬 로봇 같은 인터넷 중독자들이 살고 있을까? 그런 게 우리의 무서운 판타지가 아니던가? 그렇지만 소설 역시 가상 현실의 양식이 아닌가? 나는 소설 중독이나 인터넷 중독을 비웃거나 웃어넘기려는 게 아니다. 이들은 둘 다 무수한 허구를 양산해 왔다. 나처럼 허구를 진지하게 생각하는 사람에게는, 무엇을 읽는가가 중요하다. 먹는 것만 우리가 되는 게 아니다. 읽는 것도 우리가 된다. 독서는 기억과 상상에 녹아든다. 시리얼 상자를 읽는 건 글을 배우는 아이에게는 좋은 연습이 되겠지만, 나이가 들면 식재료 목록이 정신을 발달시켜 주지는 않을 것이다. 미국에서 현재 유행하는 생각은, 독서는 그 자체만으로도 좋다는 것이다. 아이들이 책을 너무 읽지 않아서 무엇이든 읽기만 하면 문화적 승리라는 생각이다. 그러나 나는 회의가 든다. 지금, 그리고 앞으로, 우리는 무엇을 읽어야 할까? 우리는 좋은 문학과 나쁜 문학이 있다는 걸 안다. 그러나 어느 게 어느 것인지 어떻게 결정하는가? 좋고 나쁜 문학이 늘 분명하게 판단될까?

나는 대체로 문학적 정전, 즉 당시에 합의한 서구문학의 위대한 작품들을 읽으며 교육을 받았다. 그리스어와 라틴어는 공부하지 않았다. 지금은 가끔 아쉬운 마음이 들지만, 위대함의 신화는 내 유년기 삶의 상당 부분을 차지했다. 나는 사람들이 중요하다고 말하는 책들을 들이 팠고 이해하려고 열심히 공부했다. 호메로스와 단테와 밀턴과 셰익스피어와 세르반테스를 읽은 건 전혀 후회되지 않는다. 나는 또한 함순과 입센과 운트셋과 북유럽 신화와 영웅서사를 읽었다. 내가 노르웨이 가족의 일원이기 때문에 북유럽의 정전도 숙지했다. 소수의 예외는 있지만, 그 위대함의 정전이 체계적으로 여자들을 배제했다는 것 역시 사실이다. 인종차별주의적 이유로 전통에 포함할 만큼 중요하지 않다는 평가를 받은 작가들도 배제되었다.

정전은 1970년대에 험한 수난을 겪었다. 그 후로 대학의 문학

학과들은 예전에 배제했던 작품들을 다시 포함하는 방향으로 정전을 수정했다. 현재 대학의 영문과에 다니는 학생들은 아프라 벤, 델라리비어 맨리, 일라이자 헤이우드를 읽는다. 내가 영문학을 전공하던 시절에는 이름을 들어본 적 없는 작가들이다. 융통성과 천재성을 겸비한 작가인 뉴캐슬 공작부인 마거릿 캐번디시는 300년에 걸친 조롱과 무시와 폄훼의 시간을 보내고 문학과 철학 양쪽에서 자리를 잡았다. 이런 변화는 좋다. 그러나 우리는 이제 공유하는 정전 텍스트가 몇 개 남지 않은 세계에 살게 되었다.

전문화로 인해 교육받은 사람들 사이의 대화는 끊임없이 난항에 부딪힌다. 같은 책을 읽지 않기 때문이다. 나는 비행기에서 신경의학 전문의의 옆자리에 앉았던 실화를 에세이에 쓴 적이 있다. 그가 신경의학 논문을 읽고 있었기 때문에 신경과 의사임을 알 수 있었다. 우리는 잡담을 나누기 시작했고, 그는 현재 진행하고 있는 몹시 흥미로운 알츠하이머병 연구 이야기를 들려주었다. 신경의학은 내가 아는 분야여서 나는 묻고 싶은 게 너무나 많았다. 우리의 대화가 잠시 끊어졌을 때, 그는 내 무릎을 보더니 무슨 책을 읽고 있느냐고 물었다. 그래서 키에르케고르의 《이것이냐 저것이냐Either/or》를 다시 읽고 있다고 했다. 그는 나를 보더니 물었다. "키에르케고르가 누굽니까?" 충격을 받았지만 태연한 척했다. 치매 이야기를 좀 더 나눈 후 나는 물었다. "거울 뉴런에 대해서는 어떻게 생각하세요?" 거울 뉴런은 90년대 초 마카크원숭이들에게서 발견되었다. 신경과학자들 사이에서는 논쟁적인 화두였다. 그는 멍한 얼굴로 나를 보더니 물었다. "거울 뉴런이 뭡니까?"

나는 그 남자를 놀리고 있는 게 아니다. 문학의 미래에서 전문화란 무슨 의미일까 생각하고 있을 뿐이다. 고도로 교육받은 사람, 알츠하이머병에 관한 중요한 연구를 수행하고 있는 의사가 키에르케고르가 누구인지 모르고, 신경의학 전문의임에도 거울 뉴런을 들어본 적이 없다면, 그게 문제가 될까? 2차 대전 발발 전에는 특권층의 유럽인과 아메리카인(아메리카인은 단순히 미국 시민뿐만 아니라 남북 아메리카에 거주하는 사람들을 통칭하기 위해 쓴 말이다)들이 문학과 철학과 과학 분야에서 같은 책을 읽었다. 아직도 교육받은 남자라는 관념이 있었고, 여기서는 정말로 '남자'가 중요하다. 극소수의 여자들이 끼어 있기는 했지만 말이다. 특정 계급의 남자들은 엘리트교육을 받을 수 있었다. 닐스 보어는 괴테와 디킨스를 열렬히 탐독했다. 아인슈타인은 세르반테스와 도스토옙스키와 마담 블라바츠키를 읽었다. 지그문트 프로이트는 그리스어로 호메로스를 외워서 읊을 수 있었다.

우리는 그 세계로 돌아갈 수 없고, 그러길 원치도 않는다. 지식은 폭발했고 그것에 대한 우리의 접근권은 훨씬 더 평등해졌다. 그러나 특정 문화 안에 다수가 읽어야 할 특정 텍스트들이 있는 걸까? 그러면 막막하게 헤매며 미지의 미래로 향하는 길에 우리가 더 단단하게 뭉칠 수 있을까? 컬럼비아 대학 학부생들은 아직도 1년간 위대한 책들을 읽는다. 호메로스, 에스퀼로스, 소포클레스와 플라톤에서 시작한다. 그리고 아우구스티누스, 단테, 세르반테스로 넘어간다. 그 학년은 버지니아 울프로 끝난다. 목록에 오른 또 다른 여성 한 명은 제인 오스틴이다. 하지만 진실을 말하자면, 일부 학자들은 호메로스가 여자였을 수도 있고 남녀가 섞인 집단이었을 가능성도 있다고 믿는다.

과거는 현재에서 살고, 이것이 미래에 대한 우리의 생각에 영향을 미친다. 생각은 은밀하게 서서히 퍼지고 어디에나 존재한다. 책을 읽어야 영향을 받는 게 아니다. 다만 내게 명료해진 한 가지는, 이를테면, 플라톤이 서구의 사상을 형성해 왔다는 것이다. 플라톤을 한 글자도 읽지 않았다 해도, 당신의 마음은 그의 이미지를 따라 만들어졌다. 신플라톤주의 사상은 기독교에 녹아들었고, 기독교는 심지어 기독교인이 아닌 사람들까지도 아우르며 서구 사상의 향방을 수 세기에 걸쳐 이끌어 왔다. 플라톤은 자신의 공화국에서 시인들을 추방했다. 플라톤에게 실재實在는 우리 감각으로 접근할 수 있는 게 아니었다. 육체적 앎으로 찾을 수 없게 가려져 있었다. 정적이고 완벽한, 진리의 세계였다. 시는 온갖 종류의 허구까지 더해져 유혹적이고 관능적인 힘으로 사람들을 유혹해 이 진리로부터 멀어지게 위협했다. 현대의 물리학자 다수는 플라톤주의자다. 물리학에서 '실재'는 인간적 경험이 아니라 수학적 공리에 의존한다. 나는 주제와는 무관한 화두를 더 깊이 끌고 나갈 생각은 없다.

그러나 이는 한 사람의 작가가 현대의 사상에 미친 영향에 대한 질문의 틀을 잡는 데 도움을 준다. 나는 차라리 플라톤을 책장에서 대면하는 게 낫다고 생각한다. 책을 읽지 않고 그 철학자가 '말 그대로' '우리 마음을 결정하는' 방식을 모른 채 돌아다니는 것보다는, 차라리 그 철학자의 말들을 꼼꼼하게 읽고 사유하는 편이 훨씬 낫다고 생각한다.

현대 소설은 오랫동안 여성들과 연관되었고, 여자들은 몸과 감정과 자연과 관능성과 연관되었다. 모두 정신이나 지성이나 문화 같은 고고한 것들과 정반대로 여겨진 자질들이다. 물론 고고한 자질은 남자들과 연관 지어진다. 플라톤은 자기를 여자나 노예로 태어나지 않게 해준 하늘에 감사한다고 말한 것으로 유명하다. 아리스토텔레스는 남성성을 활동하는 형상으로 보고 여성성을 무기력한 물질로 파악해 그 편견을 공고히 했다. 나는 아리스토텔레스의 책을 즐겨 읽는다. 아리스토텔레스에게로 종종 돌아가지만, 아리스토텔레스를 위시한 그리스인들이 여성 혐오에 깊이 물들어 있었고 그 유산이 아직도 우리 사이에 생생히 살아있음을 잘 알고 있다. 정신/몸의 분리는 그리스의 사상을 지배했던 만큼 현대 사상에도 끈질기게 따라붙었다. 수백 년에 걸쳐 우리 문학에 따라붙었고 그 유구한 영향에 우리가 능동적으로 대항하지 않는 한 앞으로도 그럴 것이다.

나는, 우리가 정신과 물질이라는 두 요소로 이루어진 게 아니라고 믿는다. 우리 정신은 우리 몸 위에서 신비롭게 떠다니지도 않고 몸을 오묘한 방식으로 통제하지도 않는다. 나는 데카르트주의자가 아니다. 여자라고 남자보다 더 자연과 가깝지 않지만, 그런 진실이 편견을 막지 못하고, 지저분하고 저열한 특성이 여성성과 연관되어 있다는 사실을 바꾸지도 못한다. 여전히 소설 자체를 폄훼하는 사람들도 있다. 그런 사람들은 여자들이 소설의 열렬한 소비자라는 이유로 소설이 여자들을 위한 가벼운 여흥이라고 치부한다. 진짜 남자라면 비소설을 읽어야 한다고 생각한다. 그들은 역사적 진실을 씹고 뜯고 자연의 비밀을 탐구해야 한다. 그리고 만일 진짜 남자가 소설을 읽는다면, 그는 틀림없이 남자가 쓴, 그래서 마음 편한 남성성의 인장이 찍힌 소설을 읽을 것이다. 유약하고 여성적이고 감정적이고 너무나 예민한 형식을 거칠고 터프하게 만든 소설 말이다. 그리고 나아가, 진짜 남자가 문학을 열렬히 좋아하고 스스로를 진지함과 고급문화의 문지기로 여긴다면, 여자들이 쓴 작품에 노골적으로 혹은 암묵적으로 편견을 품고 행동하기 마련이다. 그래서 우리 여자들은 그런 편견에서조차 자유롭지 않다. 위대한 작품들로 이루어진 정전에는 여자가 거의 없고, 그런 정전은 불가피하게 여자들에게 열등감을 심어주고 가끔은 절망감마저 들게 한다.

대체 왜, 이런 일이 끝나지 않는 걸까? 나는 그런 고민을 자주 한다. 왜 여자들이 쓴 책들은 여전히 얕보이거나 잘못된 기준으로 평가되는 걸까? 왜 여자들이 쓴 책은 예컨대 주인공이 "호감이 가지 않는다"는 이유로도 비판을 받을까? 라스콜리니코프가 호감 가는 주인공인가? 마담 보바리가 호감 가는 주인공인가? 이 평가 기준은 대체 어디에서 왔단 말인가? 이런 비판이 남자 작가를 겨

낭하는 경우는 본 적이 없다. 왜 지적인 인용과 복잡한 사상을 지닌 소설을 여자가 쓰면 반감에 맞닥뜨리고, 비슷한 책을 남자가 쓰면 학식이 깊고 심오하다고 상찬받는가?

사회심리학자들은 위태로운 남성성을 논한다. 여성성은 안정적이고 불변의 사실이지만 남성성은 끝없이 거듭해서 증명해야 한다는 생각이다. 남성성이 수동적인 존재 양태가 아니라는 것이다. 고환과 음경과 목울대를 지녔다는 사실만으로는 충분하지 않다. 남성성을 유지하려면 끊임없이 활동해야 하고, 루콜라 샐러드가 아니라 스테이크를 먹어야 하고, 여행 가방을 바퀴로 밀고 다니는 게 아니라 들고 다녀야 하고, 여자들이 아니라 남자들이 쓴 책을 읽어야 한다. 위태로운 남성성이 문학에도 적용되어야 한다니 이상하지만, 실제로 그렇다. 여성들이 쓴 소설을 읽는 행위는 여자의 '권위'에 굴복하는 것이며, 대다수 이성애자 남성들은 여자들이 아니라 다른 남자들의 시선에서 자아의 가치를 찾는다. 여자에게 굴복해야 한다면, 그것이 언어일지라도, 반감을 갖는다.

여기에는 새로울 게 없다. 그러나 문학 연구 분야에서는 뭔가 새로운 일이 벌어져 왔다. 70년대 말에서 80년대 초, 내가 영문과 대학원을 다닐 때는 거의 모든 교수와 대다수 대학원생이 남자였다. 그러나 이젠 변했다. 페미니스트 영문학자 캐서린 빈해머는 "문학의 연구가 여성화되면서 가치가 절하되었다는 사실에는 주목할 점이 있다"고 썼다. 여성화되었다는 말은, 단순히 문학을 연구하는 여자가 이제 남자보다 많다는 의미다. 미국에서는 의학과 심리학, 법학과 같은 다른 분야도 같은 운명을 맞았다. 여자들이 한 분야에 대거 진입하는 순간, 그 분야의 위상은 추락한다.

이리하여 우리는 과거, 현재, 미래로 다시 돌아오게 된다. 우리는 대체로 습관을 통해 세상을 인식한다. 그 어떤 독자도 인식적 편향에서 자유롭지 않다. 세계가 작동하는 방식에 관한 선입관이 미래에 대한 기대를 형성하는데, 이 기대가 이끄는 대로 따라가는 것이 우리의 인식 자체에 내재해 있기 때문이다. 인식은 보수적이다. 능동적인 게 아니라 수동적이다. 우리는 세계를 있는 그대로 취하지 않는다. 과거의 패턴들로부터 능동적으로 세계를 창조한다. 그 과거의 패턴들 속에 우리 상상에서 나온 개념적 구성체들이 들어있다. 어쩌다 보니 여성이었던 예술가들은, 내가 '우웩 인자yuck factor'라고 이름 붙인 반응에 맞서야 한다. '우웩 인자'는 정신적 고양은 남성적인 것이고 몸은 여성적인 것이라는 광범한 문화적 현상을 말한다. 이 고집불통의 선입견은 여자의 문학이 남자의 문학보다 어떻게든 모자라고 어떻게든 넘친다고 믿는다. 더 감정적이고 덜 절제되고, 더 개인적이고 더 자전적이지만 또한 덜 지적이고 당연히 덜 보편적이라는 것이다.

적나라한 사례를 하나 들어보겠다. 수년 전, 남편과 나는 호주에서 한 문학 평론가와 함께 무대에 올라 인터뷰를 했다. 우리를 소개하면서 그는 나를 보고 말했다. "선생님 작품의 성격을 가정적이라고 표현할 수 있겠지요." 그러더니 다음에 남편을 보고 말했다. "그리고 선생님의 작품 성격은 지성적이라고 할 수 있겠습니다." 나는 하도 기가 막혀 입을 떡 벌리고 있다가 그의 말을 바로잡았다. 그러나 여기서 내 요지는 이런 이해의 틀―여자들은 가정사를 쓰고 남자들은 정신의 삶에 관해 쓴다는―이 독자의 인식에도 일부 끼어든다는 것이다. 이런 틀은 문화적 허구들이고, 이 문화적 허구들이 우리가 소설을 읽는 방식을 추동한다. 내 책의 실제 내용은 내 작품에 관한 이 남자의 시각에 조금도 영향을 미치지 않은 것 같았다.

그러니 소설의 미래에 살게 될 로봇 같은 인터넷 중독자들은 그들이 장착한 가상 현실 기계장치에도 그리스 시대부터 면면히 전해진 남성적 정신과 여성적 몸이라는 똑같은 클리셰를 주입할까? 프로그래머들의 편견이 인공지능에 영향을 미쳤다는 사실은 충분히 입증되었다. 기계 설계자들의 잘못을 기계에 덮어씌울 수는 없다. 기계의 알고리즘이 문화의 골 깊은 편견을 그대로 토해내는 한, 거기서 영원히 유보되는 문학의 미래를 찾아낼 수는 없다. 문학의 미래는 독자와 작가들의 손에 달렸다. 18세기의 반교회적인 프랑스 포르노그래피든 젊은 여자와 억만장자가 나오는 현대의 로맨스 소설이든 독자들에게 끝없이 자기 자신을 사랑하고 긍정적으로 생각하고 인간관계를 위해 노력하라고 말하는 자기계발서든 아니면 자신이 이해 못 하는 작품에 위협을 느끼고 소설은 교본대로 창작해야 한다고 믿는 비평가들이 천재의 작품으로 밀어주는 어중간한 소설들이든, 멍청한 문학은 사라지지 않을 것이다. 그렇다고 위대한 문학은 영원불멸이라는 터무니없는 생각에 희생되어서도 안 된다. 위대한 문학이 익사한 시체처럼 최상층으로 떠오르는 것도 아니고, 우리의 문화적 합의가 반드시 완벽하게 작동하는 것도 아니다. 나는 소실되고 억압받고 오해받은 위대한 문학이 헤아릴 수 없이 많으리라고 생각한다. 다시 읽히지도 새 생명을 얻지도 못한 마거릿 캐번디시와 일라이자 헤이우드가 저 바깥세상에 많이 있을 것이다.

다시 중요한 문제로 돌아가자. 왜 소설을 읽는가? 많은 종류의 독서가 자아 확장의 형식이므로, 나는 비행기에서 내 옆자리에 앉았던 신경과 전문의가 그가 아는 것을 알고 있어서 다행이라고 생각한다. 그러나 또 한편으로는 융통성 있는 사유는 협소한 전문화로 얻어지지 않는다고 믿는다. 회계사와 금융전문가와 신경과학자와 목수들이라도 소설에서 즐거움뿐 아니라 앎을 얻을 수 있다고 믿는다. 그 앎은 다른 삶을 살고 그 삶에 특수한 진실들을 가정하는 데서 온다. 철학의 추상화는 내게 많은 것을 주었지만, 《미들마치》나 《모비딕》이나 《나이트우드》, 또는 그 위대한 철학적 소설, 아니 소설 형식의 철학서 《이것이냐 저것이냐》를 읽으며 발견한 몰입형 인생체험을 대체할 수는 없다.

그리고 결단코 말하지만, 문학이 늘 편안한 여흥에 머물지는 않는다. 편안한 여흥일 때는 문학이 당신의 미래를 바꿀 수 없다. 개념적 틀과 반복되는 삶의 학습된 패턴에 갇힌 당신을 끌어낼 수도 없다. 편안한 여흥이 잘못되었다는 건 아니다. 우리 모두에게 필요하다. 나는 1930년대의 할리우드 영화들에 약하고, 그런 영화들은 걸출하지 않더라도 내 허기를 충분히 채워준다. 문학이 대구 간 기름처럼 매일 아침 건강을 위해 삼켜야 하는 영양제라고 생각하지도 않는다. 그러나 오트밀에 잘못 부은 오렌지 주스와는 상당히 비슷할 수 있다. 이게 대체 뭐지? 뭔가 잘못됐어. 내 예상과 전혀 다르잖아. 가끔 우리는 위대한 문학이 방향의 재설정을 요구하기 때문에 반감을 느낀다. 그런 책들은 우리를 불편하게 한다. 뭘 어떻게 해야 하느냐고? 방어기제를 내려놓아라. 심호흡하라. 예술은 섹스와 같다. 긴장을 풀지 않으면 즐길 수 없다.

위대한 소설들은, 그 문화 안에서 많은 사람이 당연하게 여기게 된 상식들, 진실로 통용되는 판에 박힌 소리, 이를테면 여자의 소설은 가정적이고 남자의 소설은 지성적이라는 바로 그런 태만한 선입견을 무너뜨리는, 바로 그런 작품들이라는 사실이, 나는 상당히 아이러니하다고 생각한다. 그런 틀에 박힌 선입견은 종종 타자를 향한 두려움으로 얼룩져 있다. 그 타자는 여자가 될 수도 있고 흑인이나 이슬람일 수도 있다. 이 말을 하고 보니, 현재(2017년) 미국 대통령이 소설은커녕 책을 아예 읽지 않고, 전직 대통령은 소설을 포함해 책을 많이 읽었다는 사실에 어쩔 수 없이 주목하게 된다. 트럼프에게는 문학이 없고 오바마에게는 있다는 사실은 두드러지게 눈에 띈다. 트럼프의 반지성주의, 허세, 조잡한 연설은 그가 독서에만 관심이 없는 게 아니라, 아예 다른 사람들에게 전혀 관심이 없다는 증거다.

책을 읽는다는 건 타인에게 항복하고 자신을 넘겨주는 행위다.

그리하여 한동안 그 타자가 되는 일이다. 교양 있는 다독가인 나의 신경과학자 친구가 내게 말한 적이 있다. 소설에 사로잡혀 있다 보면 감당하기 힘들어질 때가 있다고. 자아를 잃어버리는 느낌, 독자적 사유가 책에 빠져 익사하는 느낌이 든다고. 그래서 정신을 차리기 위해서는 잠시 책을 놓아야 한다고 말이다. 나는 이 고백이 몹시 흥미로웠다. 몰입하는 읽기는 타자 속에서 자아를 상실하는 경험, 포기와 체념을 수반한다. 이 세상의 사악한 나르시시스트들에게는 그런 자아의 상실은 있을 수 없다. 그들에게 중요한 것은, 숭모의 표정을 띠고 올려다보는 군중 속 익명의 얼굴들이나 자기한테 방금 속아 넘어간 멍청이에게서 무한히 되비치는 자기 자신을 보는 일이니까. 이 거울의 방에는 대화가 없다. 타자는 순전히 자아를 부풀리기 위해서만 존재한다. 타자는 도구이고, 사물이고, 그것이고, 매체이지 사람이 아니다.

문학으로 극단적 나르시시즘을 치유할 수는 없지만, 이제는 허구의 힘을 알아보고 인정해야 할 때다. 허구는 독자 안에 새로운 가능성의 공간들을 창출하고, 사유를 확장하고 새로운 활력을 불어넣을 수 있기 때문이다. 문학의 미래는 단지 책장에 책 몇 권을 덧붙이거나 위대한 여성 작가나 호메로스를 꼼꼼히 읽고 세련된 사람이 되는 것보다 훨씬 더 많은 일에 관한 것이다. 나는 복수의 목소리와 복수의 관점을 담은 복잡한 소설들을 체험하는 것, 고통받고 축하하고, 여행을 떠났다가 집에 돌아오거나, 그저 방안에서 깊은 생각에 잠기고, 친절하거나 잔인한 캐릭터들이 등장하는 소설들을 체험하는 것을 통해, 이 상상의 인간들은 실제의 타자들과의 관계 속에서 우리를 다른 곳으로 옮겨 주고 또 그럴 수 있다고 주장하고 있다. 낯선 것이 친숙해진다. 소설 읽기는 우리 정치적 불행에 대한 해결책이 아니다. 그 문제라면, 조직화, 적극적 저항, 더 강경한 수사가 요구된다. 그러나 우리에게는 이야기들이, 좋은 이야기들이 필요하다.

허구는 거짓말을 할 수 있다. 문화에는 유독한 허구들이 난무한다. 황당무계하게 멍청하고 편견에 절은 생각들이 유통되고 사람들을 가두고 미래에 대한 사람들의 기대를 오염시킨다. 나는 순진하지 않다. 내가 가장 사랑하는 소설 몇 편은 과거에도 지금도 행복한 소수를 위한 책이다. 소설 읽기는 내밀한 경험이고, 아마이 때문에 지레 겁을 집어먹는 남자들도 있을 것이다. 예전에도, 지금도, 또 앞으로도, 소설책 한 권, 거짓말을 하거나 널리 퍼진 문화적 선입견을 단순히 반복하지 않는, 그런 책 한 권에서 진실을 발견하고 매혹되어 변화하는 독자들도 있을 것이다. 예전에도, 지금도, 또 앞으로도, 책을 펼치고, 읽고, 마지막 장에 도달할 즈음에는 처음 책을 읽기 시작할 때의 그 사람이 아니라는 사실을 알게 되는 독자들이 있을 것이다. 그리고 그 책은 독자의 기억에서 살게 될 것이다. 단어 하나하나 다, 정확히 쓰인 그대로 기억되지는 않겠지만. 책은 읽는 사람 안에서 형태를 바꾸고 변화할 테지만, 그 감정적 힘은 머무르리라. 그리하여 독자의 상상력에 향후 오랜 세월 영향을 미칠 것이다. 그것은 세상이 어떻게 돌아가

는지에 대한, 그리고 어떻게 세상을 살기로 선택할지에 대한 독자
의 생각과 감정을 바꿀 수도 있다.

2017

번역 이야기들

한 독일인 친구가 언젠가 내게 말했다. 난해하기로 이름난 철학자 에드문트 후설을 원문이 아니라 영어로 읽을 수 있다니 운이 좋은 거라고. 내가 놀라움을 표하자 그는 나를 보더니 말했다. "번역자는 어쨌든 결론을 내려야 했을 거 아니야." 그때 나는 웃었지만 그의 통찰은 번역자가 맞닥뜨리는 어려움을 멋지게 축약한 것으로 내 마음에 남았다.

살다 보니 나도 텍스트 몇 편을 번역하게 되었다. 최근에는 내가 오래도록 선망한 노르웨이 시인 세실리 뢰베이트의 작품을 옮겼다. 일인칭 시점으로 쓰인 그 시는 게르하르트 리히터의 연작 〈1977년 10월 18일〉을 구성하는 15점의 회화를 다룬다. 즉, 시 자체가 시각적·정서적·명상적 체험을 언어로 옮긴 번역이라는 뜻이다. 화가 게르하르트 리히터는 급진 테러리스트 단체 레드아미

팩션(RAF, 독일 적군파라고도 한다)과 연관된 신문 이미지들에서 캔버스를 창작했다. 처음 뉴욕 현대미술관에서 리히터의 흐릿하게 번짐 처리한 흑백 사진들을 보았을 때, 너무나 감동적이고 정교하게 느껴져서 균형감각을 잃지 않기 위해 가끔 눈을 감아야 했다. 나는 "게르하르트 리히터, 어째서 회화인가?"라는 글에서 이 작품에 관해 썼다.

내가 뢰베이트의 시를 제대로 다뤘는지 확신이 없고, 나는 두 번째 세 번째 추측의 결정들을 내렸다. 시인이 나를 도와주었다. 심지어 영어 번역본을 위해 한 줄을 다시 써주기도 했다. 회화에 대한 시를 옮긴 내 번역은—그 회화의 기원을 거슬러 올라가면 진짜 사람들의 사진이 나온다. 그들 중 세 여자, 안드레아스 보더·구드룬 엔슬린·얀 카를 라스페는 1977년 10월 18일에 보안이 철저한 슈투트가르트의 교도소에서 죽었고, 그룹의 또 다른 멤버 울리케 마인호프는 그보다 먼저 목을 매달아 자살했다—번역이라는 개념 자체를 둘러싼 막막하고 불안한 어둠을 어느 정도 투영한다. 논쟁의 여지는 있으나, 그 사진들로 작업한 리히터의 회화들은 시각적 번역으로, 실제 살아있는 대상에서 2단계 물러서 있다. 이 회화들이 창출하는 효과에서 거리와 모호성은 필수적이다. 그리고 이는 뢰베이트의 시에서 새로운 형태들로 바뀐 모호성으로 재창작된다. 노르웨이어처럼 비교적 낱말이 적은 언어에서 가능한 울림들은 영어처럼 어휘가 풍부한 언어에는 존재하지 않는다. 두 언어의 시적 가능성들은 서로 다르다.

번역학은 적용뿐 아니라 이론의 문제를 다루는 학문 분야다. 텍스트를 한 언어에서 다른 언어로 옮기는 작업의 철학과 시학을 두고 지금까지 꽤 오래 진행되고 있는 논쟁이 있다. 반대되는 두 입장은 '자국화'와 '이국화'다. 《번역자의 투명성 The Translator's Invisibility》(1995)에서 로런스 베누티는 자국화, 즉 2차적 또는 '목표' 언어로 물 흐르듯 '잘' 읽히는 번역은 원본 또는 '원천' 텍스트에 일종의 폭력을 행사하는 방식이 될 수 있다고 주장했다. 외국어 텍스트의 '낯섦'을 꿀꺽 집어삼켜 버릴 수 있기 때문이다. 이 문제는 자문화 중심주의ethnocentrism와 자문화 일탈성ethnodeviance의 문제로 이어진다. 번역은 '우리'가 되어야 할까, 아니면 '그들'로 남아야 할까? 이것은 새로운 문제가 아니다.

독일의 신학자이자 철학자인 프리드리히 쉴라이어마허(1768~1834)는 우리가 이제 이국화라고 부르는 쪽을 옹호했다. "번역의 여러 다른 방법들에 관하여"에서 그는 근본적인 접근방법은 두 가지밖에 없다고 주장했다. "번역자가 작가를 최대한 평화롭게 내버려 두고 독자를 작가 쪽으로 옮기는 방법이 하나 있다. 아니면 독자를 최대한 평화롭게 내버려 두고 작가를 독자 쪽으로 옮겨야 한다."(수전 버노프스키의 번역) 쉴라이어마허는 첫 번째 전략을 깊이 신봉했고, 실제로도 권위를 인정받을 만한 입지에서 한 말이었다. 그가 번역한 플라톤은 아직도 읽히고 있으니 말이다. 그레고리 라바사가 가브리엘 가르시아 마르케스의 《백년 동안의 고독》을 번역할 때 쉴라이어마허의 접근법을 채택했다는 얘기를 어쩌다 보니 자주 듣게 된다. 그 책과 번역은 정말로 좋았지만 읽을 때는 그가 '이국화'의 옹호자였다는 사실을 전혀 몰랐다. 쉴라이어마허의 단정적인 이분법은 관념적으로는 물론 유용하겠지만 나는 꽤 오래전부터 극단을 경계해 왔다. 어떤 번역 행위가 이국화고 어떤 번역 행위가 자국화인지 알아보는 것이 항상 가능할까?

나는 뢰베이트를 자국화했나? 나는 그 시가 영어로 '좋게' 들리기를 바랐지만, 내 재창조는 '직설적'이라고 할 수도 없고 '자유롭다'고 할 수도 없다. 예를 들자면, 나는 없는 낱말을 덧붙여서 원작을 배반하지는 않으려 했다. 그러나 낱말을 덧붙였다면 영어로 '더 자연스럽게' 들리게 할 수 있었을 것이고, 원래의 노르웨이어 시에는 있지만 내 번역에는 없는 리듬감 넘치는 흐름을 가끔 구현할 수도 있었을 것이다. 그러나 번역은 또한 느낌의 행위가 아니던가? 번역자와 텍스트의 밀접한 거리 덕분에 불현듯 적절한 말이 떠오르지 않나? 가끔은 어떤 결정의 '옳음'을 오로지 사후에만 설명할 수 있는 것도 사실이지 않은가? 또 심지어 사후에도 결정할 수 없을 때가 있지 않은가? 아무래도 나는 그 시를 가끔 자국화하고 가끔 이국화했다고 말해야 옳을 것 같다. 번역에서는 그 두 전략이 병존한다고 말이다.

시는 오로지 낱말로 이루어지지만, 시를 읽는 행위는 낱말로만 이루어지지 않는다. 독서는 한 문화에 사는 사람 안에서 느껴지는 리듬과 소리와 의미로 된, 몸으로 체화되는 행위다. 물론 그 문화는 사람의 안이나 밖에 있는 게 아니라 안팎에 동시에 존재한다.

습관과 몸짓은 장소마다 다르지만 문화적 행위자 속에 체화된다. 그리고 언어는 문화의 표현이고, 방언과 개인어, 진부한 표현과 독창적 구절로 말하는 사람을 표현하는 것이다. 사적인 언어는 없다. 타자는 우리가 사유하고 말하는 모든 언어에 거주한다. 그리고 언어 그 자체는 다른 누군가를 위해 경험을 언어로 옮기는 것이다. 그 타인이 자기 자신일지라도 말이다. 리히터의 10월 연작을 본 후 나는 그 그림들 앞에 서 있던 내게 일어났던 일을 영어권의 내 독자가 이해할 수 있도록 에세이의 형식으로 번역하고자 노력해야 했다. 세실리 뢰베이트의 시를 옮기는 동안에도 역시 그녀의 노르웨이 낱말들에 각인된 체험을 느끼고 영어로 전하려 노력했다.

번역자는 원천 언어와 목표 언어를 아는 독자다. 추정컨대 각 문화에 대해서도 아는 바가 있으리라. 그러나 그녀는 또한 구체적인 역사를 가진 사람이다. 숨을 쉬고 먹고 방귀를 뀌고 사유하고 어떤 농담을 우습다고 여기고 다른 농담은 웃기지 않는다고 여기는 사람 말이다. 번역자는 기계가 아니다. 실제로 구글 번역에서 보게 되는 기계 번역들은 가끔 터무니없고 황당하다 못해 아예 무의미한 허튼소리, 컴퓨터만의 언어가 되어버린다. 나는 마음과 몸의 문제를 다룬 책《확실성이라는 망상 The Delusions of Certainty》을 쓰면서 인터넷에서 사례를 뽑았다. 이 책에는 요즘 고전적 계산마음이론(classical computational theory of mind, CCTM)으로 통용되는, 인공지능 연구에 활용되는 마음의 모델을 비판하는 내용이 포함되어 있다. 나는 프랑스어로 쓴 시몬 베이유의 짧은 전기에서 고른 문장을 컴퓨터가 번역한 것을 골랐다. "힘과 선명성은 그의 사유 광기 패러독스 자라난다 논리적 경직성과 명상 그다음 궁극적 결과." 이국화가 뒤죽박죽의 낱말 샐러드로 나타났다. 컴퓨터 전문 용어는 언어를 인간의 몸과 분리된 방식으로 해독하고 번역한다. 기계는 그 선택들을 느끼지 않는다. 내가 그 책에서 주장했듯이 "언어가 수학적으로 이해될 수 있는 보편적 문법이 있는, 논리 기반의 체계라면, 우리에게는 아름다운 컴퓨터 번역본이 있지 않았을까, 그렇지 않은가?"

번역은 0과 1의 경직된 바이너리에 잘 들어맞지 않는다. 그러나 한 언어에서 다른 언어로 직설적으로 옮기는 행위에서 찾을 수 있는 기쁨들도 있다. 2015년 뉴디렉션즈 출판사가 다시 발간한 프랜 로스의 1974년 소설 《오레오》가 보여주었듯이 말이다. 그 책 자체가 이디시어, '에보닉스'[19], 고급 어법의 학술용어를 섞어 쓴 언어의 혼성 축제다. 이 소설은 반은 흑인이고 반은 유대인인 여주인공 오레오가 백인인 유대인 아버지를 찾아 떠나는 여정을 따라간다. 이 탐색은 그리스 신화에 나오는 미로로 들어가는 테세우스의 여정을 거울처럼 비춘다. 가는 길에 오레오는 온 세상의 왁자지껄한 횡설수설에 강박적으로 사로잡힌 미국 소년 스코트 스코트를 만나는데, 그는 다수의 언어를 정확한 영어 번역으로 말한

---

19) 많은 미국 흑인들이 쓰는 영어. 아예 별도의 언어로 보는 사람들도 있다.

다. 오레오가 만난 날은 그가 프랑스어를 영어로 옮겨 말하는 날이었다. "십-팔." 그는 18을 에잇틴eighteen이라고 하지 않고 프랑스어 dix-huit를 낱말대로 옮겨 말한다. "무엇이 이것인데 그리하여 너는 그렇게 격식을 차린다?"하고 묻기도 한다. [Qu'est-ce que c'est que…] "어머니가 주방에서 오르되브르 쟁반을 들고 폭발하자 스코트는 그에게로 황급히 달려갔다. '나 허락하세요. 일들의 바깥—나, 내가 저것들 들게요.' 그리고 쟁반을 받아들었다. '저기 의자-긴에서 휴식하세요.'" 이 뒤죽박죽의 언어에 나도 덧붙이고 싶다. "분더바!wunderbar"[20]라고.

정도는 다르겠지만, 문자 그대로의 번역은 내밀한 읽기의 형식으로서 가장 심오한 수준의 이해를 요구하고, 다음에는 계속 이어지는 선택들로서 역동적 현실이 된다. 후설의 글은 너무 밀도가 높고 가끔은 너무 불투명해서 번역자는 독일어에서 모호한 채로 남아있는 대목을 독자들에게 무심코 없애줬을지 모른다. 내가 누구보다 사랑하는 노르웨이 시인 올라프 H. 호이게의 시들을 보다 보면 번역을 해볼까 하는 생각이 들 때가 종종 있는데, 한두 줄 옮기다 보면 내 무능력이 따귀를 때리듯 실감 나 정신이 번쩍 들고, 그러면 나는 거기서 멈춘다. 번역의 불가능성과 가능성은 위로 올라갔다가 아래로 내려가는 시소처럼 동시에 존재한다. 에세이 〈에밀리 디킨슨의 시: 침묵을 옮기는 일에 관하여〉에서, 디킨슨을 스

---

20) wonderful. 멋지구나!

페인어로 옮긴 마가리타 아르다나즈는 이렇게 썼다. "에밀리 디킨슨은 의미 그 자체의 아슬아슬한 경계에서 아주 편안하게 느껴진다." 디킨슨의 시가 너무나 파격적이었기 때문에 처음 편집을 맡은 메이블 토드 루미스와 토머스 웬트워스 히긴슨은 그녀의 영어와 구두법을 모두 자국화했다. 디킨슨을 원래의 그녀로 복원하는 작업은 지금도 계속되고 있다.

어떤 텍스트들은 다른 텍스트들보다 훨씬 번역하기 어렵다. 문화적인 함의가 많은 코미디, 표현의 기벽, 형태가 뚜렷하지 않은 캐릭터의 두서없는 철학적 사유들, 언어유희, 그리고 물론 아이러니를 포함한 텍스트들이다. 그러나 가끔은 번역의 선택 덕분에 원본에서는 닫혀 있었을 사유를 독자에게 열어주기도 한다.

나는 2011년 강의 준비를 하면서 그런 열림을 발견했다. 비엔나에서 39회차 연례 지그문트 프로이트 강연을 맡게 되어서, 이미 여러 해 동안 프로이트를 읽었음에도, 제임스 스트래치가 번역한 스탠더드 에디션 영어판으로 다시 읽고 있었다. 내가 인용하려는 텍스트의 독일어 번역을 찾아보다가 흥미로운 사실을 발견했다. 〈기억, 반복, 치료〉(1914)에서 프로이트는 "반복해 말하려는 (환자의) 강박적 충동"에 분석자가 어떻게 대처해야 할지 논한다. 스트래치는 독일어를 이런 식으로 풀어썼다. "우리는 그것을 놀*이터*로서의 전이에 받아들여 거의 완전한 자유 속에 확장하도록 허락한다…." 놀*이터*에 해당하는 독일어 단어는 툼멜플라츠Tummelplatz다. 영어에는 상응하는 단어가 없다. 놀이터는 아이들을 상정하지만 Tummelplatz는 어린이만을 위한 공간이 아니다. 소란, 법석, 엄청나게 많은 활동이 이루어지는 공간이다. 프로이트는 또한 분석자와 피분석자 사이에 존재하는 전이의 구간을 '분투의 장'이며 '전장'이라고 일컬었다. 그가 Tummelplatz라는 명사를 썼을 때 노는 어린이를 생각하지 않았다는 증거는 넘치도록 많다. 스트래치의 번역은 자국화의 사례다. 독일어 단어 하나를 옮기기 위해 많은 영단어를 동원했다면, 아마도 슐라이어마허의 지지를 얻기는 했겠지만, 스트래치는 원래 그렇지 않은 글을 엄숙하고 따분하게 만들었을 테고, 프로이트의 산문이 지닌 노래하는 듯한 리듬을 완전히 잃었을 것이다. 그는 선택을 했다.

'놀이터'는 영국의 정신분석학자이자 소아과 의사였던 D. W. 위니코트가 프로이트의 텍스트를 읽다가 만나게 된 단어였다. 그리고 비록 한 번도 입 밖에 내어 말한 적은 없지만—그는 영감의 원천을 밝히는 일이 거의 없었다—위니코트의 유희 이론은 영어로 프로이트의 에세이를 읽으며 처음 시동이 걸린 것이 틀림없다. 위니코트의 작업을 살펴보면 프로이트 번역본을 정독했다는 실마리를 여럿 찾을 수 있다. 그중에는 스트래치의 번역을 거의 바꾸지 않고 그대로 차용한 구체적인 표현들도 있다. 위니코트가 '놀이터'가 아니라 Tummelplatz를 읽었다면, '잠재적 공간'으로서 전이가 일어나는 '중재의 영역', 내부의 심리적 현실도 아니고 외부 세계도 아닌 이 공간을 다루어 프로이트 이론을 수정한 풍요로운 유희 이론을 과연 착상할 수 있었을지, 그 여부를 누가 알겠는가? 나중에 에세이로 출간된 내 강연에서는, 스트래치의 번역 선택을 논하고, 원본과 함께 위니코트처럼 중요한 사상가의 마음에 비옥한 이론적 토양이 되어준 번역본에 경의를 표했다. 나는 그것을 '프로이트의 놀이터'라고 불렀다.

번역을 적확하게 묘사한 표현이라면 폴 리쾨르의 에세이에서도 찾아볼 수 있다. "내레이션에서 그러하듯 하나의 이야기는 언제나 다른 방식으로 들려줄 수 있다. 마찬가지로 번역에서도 언제나 다르게 번역할 가능성이 있고, 완벽한 대응물과 완벽한 접착 사이의 간격을 메꿀 꿈조차 감히 꾸지 않는다. 그러므로 언어적 환대는 타자의 말을 받아 자신의 거주지, 자신의 집으로 들이는 행위다."(《번역에 대하여》, 아일린 브레넌이 프랑스어에서 옮긴 번역본.) 번역은 외국인을 환영하는 방식이다. "들어오셔서 편히 지내세요"라고 말하는 방법이다.

그러나 번역본의 독자 역시 외국인이다. 익숙하지 않은 집에 들어가고 고향과 비슷한 데가 하나도 없는 거리를 걸어야 한다. 번역이 없었다면 내가 읽지 못했을 모든 책들, 내가 포기해야만 했을 모든 경험들, 내가 떠올릴 수 없었던 수많은 사유들, 영영 가보지 못했을 수많은 장소들을 생각하면 절로 몸이 떨린다. 꾸준하게 후설을 읽는 경험은 번역자들 덕에 조금 가벼워졌을지 모르지만, 프로이트의 독일어와 달리 후설의 독일어는 내가 이해하기에는 장벽이 너무 높다. 그리고 '그의' 영어만도 충분히 난해하다. 내가 어렸을 때 읽은 번역본들, 이를테면 콘스탄스 가넷의《안나 카레니나》는 악평에 시달렸지만, 그래도 톨스토이 소설을 처음 읽은 경험은 뜨겁고 열정적이었다. 두드러진 예외가 있지만, 번역본들은 낡고 새 번역으로 대체된다.

내 책들도 30개가 넘는 언어로 번역되었고, 대다수는 내가 읽지 못한다. 번역자들 몇 명은 알지만 내가 한 번도 만나지 못한 이들도 많다. 어떤 이들은 내게 질문을 보내왔다. 그러지 않는 이들도 있다. 그러나 그들은 모두 나를 받아들였고, 모두 자신의 작업 속에서 내 말들을 해석하고 재창조했다. 나는 킹 제임스 성경 번역본을 자주 다시 읽는다. 전문가들에 따르면 47명의 학자로 구성된 위원회가 번역한 성경이다. 그 번역본이 내린 결정들은, 정확하든 아니든, 영어에 뿌리를 박았고 그 언어를 말하는 우리에게 영원한 표식을 남겼다. 나는 늘 출애굽기의 이 구절이 좋았다. "나는 낯선 땅의 이방인이었다." 작가들, 독자들, 번역자들은 모두 어떤 식으로든 그 여행을 했다. 우리 모두 여러 낯선 땅의 이방인들이었다.

2018

신바드 변주곡:
스타일에 관한 에세이

1. 그녀의 신바드: 첫 번째 항해

내가 책을 펼치면 그녀가 그 안에서 이야기를 들려주고 있다.

세헤라자데가 이야기를 들려주고 있다. 배움이 깊고 영특한 여성인 세헤라자데는 목숨을 부지하기 위해, 머리를 어깨 위에 온전히 보전하기 위해 남편에게 이야기를 들려주고 있다. 이 이야기들은 그녀의 유혹이고, 그녀의 권력이고, 그녀의 숨결이다. 이 이야기를 들어봐요. 심지어 지난번 이야기보다 훨씬 낫답니다. 그는 귀 기울이고 있다. 나도 귀 기울이고 있다. 그녀는 하룻밤 살아남고 다음 날도 그다음 날도 또 다음날도 살아남는다. 그녀는 어둠 속에서 내게 무수한 이야기를 들려주는 목소리다.

그녀는 그에게 뱃사람 신바드 이야기를 들려주려 한다. 그러나 그 전에 먼저, 짐꾼 신바드의 이야기부터 한다. 짐꾼 신바드는 타들어가는 땡볕 아래에서 머리에 이고 있는 짐의 무게에 짓눌려 지쳐버렸다. "푼돈을 받고 이 무거운 짐을 나르는 내 신세야." 숨을 헐떡이는 불쌍한 짐꾼은 부자의 집 밖 벤치에 앉아 지친 몸을 달래며 노래한다.

또 다른 신바드가 그 노래를 듣고, 첫 번째 신바드가 두 번째 신바드를 만난다. 두 명의 신바드가 있다. 한 사람은 가난하고, 한 사람은 부자다. 한 사람은 이야기를 들을 것이다. 다른 한 사람은 이야기를 들려줄 것이다. 일곱 번 여행의 이야기 일곱 편을 듣는 사이 가난한 사람은 점점 부유해진다. 한 신바드가 다른 신바드에게 금을 준다.

어둠 속에서 들려오는 아내의 목소리에 귀를 기울이는 사이 남편은 배울 것이다. 더 풍부한 앎을 갖게 될 것이다. 변화할 것이다. 아내의 앎이 남편의 앎이 될 것이다. 한 신바드가 다른 신바드가 된다. 운이 변한다.

세헤라자데가 말했다. *그러자 신바드가 말했어요, 여러분들, 내 고귀한 손님들께서는 아실 것입니다. 그리고 당신, 명예로운 짐꾼, 나와 같은 이름을 가진 당신께서도 알고 계실 테지요. 내가 아*

버지에게 큰 재산을 물려받았으나 모두 탕진하고 빈털터리가 되었고, 그래서 바다로 나갔다는 사실을 말입니다.

땅은 보지도 못하고 몇 주일을 항해하던 어느 날, 우리는 아름다운 **초록빛** 섬을 우연히 발견하고 배에서 내렸습니다. 녹음을 헤치며 배회하다가, 불을 피우고 식사를 준비하고, 빨래를 했는데, 그때, **섬이 경련을 일으켰습니다.**

이것은 흥미로운 대목이다. 우리는 누구나 재난에 관한 이야기를 듣고 싶어 한다는 게 흥미롭지 않은가? 이야기는 신바드의 목소리로 이어진다. 우리는 땅바닥에 쓰러졌고 선장이 외쳤습니다. **각자 목숨을 구해야 한다! 여기는 섬이 아니야! 고래야! 승선하라!** 고래가 **펄쩍 도약**하며 **부르르 몸을 떨더니 바다** 속으로 **가라앉았습니다. 선원들은 물에 빠져 죽었지요.** 그러나 알라의 도움으로, 나는 속이 빈 통나무 덕에 살아났고 목숨을 걸고 그 나무에 매달려 있었습니다. 하룻밤이 지나고 또 하루 낮이 지나고 다음 날 밤새도록, 나는 바다와 바람과 내 발을 무는 물고기들과 **전투를 벌이다가** 마침내 한 섬에 다다라 무거운 몸을 끌고 가파른 벼랑을 올랐답니다.

여기저기 멍들고 생채기가 난 몸으로 나는 **혼절**하고 말았습니다. 아무것도 알지 못했어요. 셀 수 없이 많은 시간이 지난 후에야 깨어났습니다.

숨을 헐떡이는 불쌍한 신바드. 배고프고, 외톨이에, 길을 잃은 신바드는 **절뚝거리며** 그 땅을 가로질러 걷다가 말뚝에 묶여 있는 아름다운 암말과 함께 있는 남자를 보게 됐어요. 그 남자는 말구종이었고, 굶주린 신바드를 동굴로 데려가 배불리 먹여주었어요. 하늘의 알라께 감사하라! 운세가 뒤바뀌었어요! 신바드는 살아난 거예요!

알고 보니, 암말은 미흐라얀이라는 이름의 왕 소유였다. 그리고 이것은 이야기 속 이야기에 나오는 말구종의 이야기다.

달마다 초승달이 뜨면, 하고 말구종이 말했습니다. 저는 동정의 암말을 바닷가로 데려가 묶어 놓고 도망쳐 동굴에 몸을 숨긴답니다. 오래지 않아 깊은 심연에서 바다의 말이 솟구쳐 해변으로 와서 암말과 짝짓기를 합니다. 바다의 말은 암말과 헤어지기 싫어하지만, 암말은 말뚝에 단단히 묶여 있어 도망칠 수가 없어요. 바다 말의 울부짖는 소리가 들리면 제가 동굴에서 달려나가 다시 바다로 내쫓습니다. 암말은 새끼를 배고 때가 되면 엄청난 값이 나갈 송아지를 뚝 낳아준답니다요.

말구종이 말을 멈추자, 신바드가 자기 이야기를 계속한다.

나, 신바드는 미흐라얀 왕을 찾아가 왕이 깊은 의중까지 터놓는 가신이 되었습니다. 왕은 다른 누구보다 나를 총애했고 내게 보물을 잔뜩 하사했지요. 머지않아 왕국의 사업은 모두 나를 통해야 했고, 나는 이 낯선 땅에 머무는 사이 참으로 놀라운 일들을 많이 보고 배웠습니다.

어느 날 바닷가에 서 있는데 거대한 배 한 척이 항구로 들어와 화물을 내리기 시작했습니다. "배에 실린 물건이 더 있소?" 나는 선장에게 물었습니다.

"예." 그가 말했습니다. "그렇지만 그 화물은 바다에 빠져 죽은 사람 것입니다. 뱃사람 신바드라고요."

내가 바로 뱃사람 신바드입니다!

"거짓말쟁이!" 선장은 대뜸 외쳤습니다. 죽은 사람이 살아있다니 믿을 수가 없었던 것입니다. 그러나 내가 오로지 그와 나만 알 법한 **재난**의 상세한 내용을 말해주었더니 다시 외치더군요. "알라께서 두 번째 삶을 내리셨도다!"

그러니까 바로 이렇게 해서, 하고 뱃사람 신바드는 말했습니다. 나는 다시 바그다드의 집으로 돌아온 것입니다. 어마어마한 보화를 배에 싣고서 말이지요.

신바드는 문득 **조용**해진다.

그리고 듣고 있던 사람들은 그 이야기에 놀라움을 금치 못한다.

그리고 짐꾼도 그 이야기에 놀라움을 금치 못한다. 그리고 뱃사람 신바드는 짐꾼 신바드에게 금 100조각을 주면서 자신의 동명이인에게 부디 다음 날 다시 와 달라고 부탁한다.

그래서 다음날 신바드는 신바드의 대저택으로 다시 왔고, 다른 손님들과 함께 먹고 마시고 류트의 음악을 듣다가 다 같이 포만감에 꾸벅꾸벅 졸기 시작한다.

"그다음에는 말이지요, 서방님." 여자의 목소리가 어둠 속에서 말한다. "다음에는, 제가 꼭 들려드릴 이야기가 있으니 귀 기울여 들어보세요. 신바드는 또 다른 이야기를 시작한답니다. 처음 이야기보다 심지어 더 놀라운 이야기예요…."

2. 운문 신바드: 두 번째 항해

그리하여, 나의 친구 여러분, 나는 평화로운 삶을 살았습니다,
그러나 여행을 떠나고 싶은 충동은 가라앉지 않았습니다.
배를 한 척 사서 다시 바다로 나갔어요.
내가 본 적 없는 땅들에 목마른

호기심의 갈증을 해소하기 위해서 말이지요.

우리는 여러 주 항해했고 해안에 배를 대고

우리 물건을 교환하거나 팔았습니다.

그렇게 다 잘 되어가던 어느 날

끔찍하게도 잔인한 운명이 나를 덮쳤습니다.

그때 나는 우리가 발견한 어느 인적 없는 섬의

푸르른 녹음 우거진 땅에서 푹 쉬고 있었습니다.

곤히 잠들어 있는데 달콤한 바람이 불어왔고

잠이 깨어 보니 다들 사라지고 없었습니다!

배가 없었어요! 선원들도 없었습니다!

뱃사람 신바드는, 혼자 남겨져 길을 잃었습니다!

나는 땅바닥에 몸을 던지고 온몸을 뒤채며

미친 듯 악을 쓰고 끙끙 앓으며 거의 미쳐갔습니다.

그러다 마침내, 다 그만두었지요. 네 무력한 외침은 헛될 뿐이야,

라고 생각했습니다. 후회가 네 운명을 바꾸지는 못해.

나는 한동안 배회하다가 한 나무에 올라

그 땅에 무엇이 있는지 살펴보려 했지만 보이지 않았습니다,

아무도, 그저 하늘과 땅과 물거품 이는 조수뿐이었지요.

그때 나는 보았습니다, 망망하고 하얗고 둥근 것,

대체 저것이 무엇일까, 저 이름 없는, 은은히 빛나는 둔덕은?

나는 낑낑대며 나무에서 내려와 그쪽으로 향했습니다.

그 돔처럼 생긴, 거대한 구조물이 있는 곳으로,

정체를 파악할 수 없는 그 타워의 사물 쪽으로.

그런데 이 수수께끼 같은 존재를 두고 고민하는 사이

하늘이 캄캄해졌습니다. 태양이 사라지고 말았습니다.

저 하늘에서, 나는 내가 두려워했던 비행체를 보고 말았습니다.

이야기로만 들었던 거대한 새 로크였지요.

그다음 논리적 귀결은 충격조차 없을 겁니다.

내가 맞닥뜨린 것은 그 거대한 생물의 알이었어요!

새는 내 머리 위로 둥지를 품으러 온 것입니다. 놈의 다리는

두껍고 옹이 지고 솔직히 무시무시했답니다.

이제 행동을 해, 나는 생각했습니다. 저 녀석이 날개를 펴고 날아

가기 전에.

급한 대로 터번을 로프 대신 써서

그 괴물의 발에 내 몸을 묶었습니다.

새가 날아갈 때 나도 같이 하늘로 날아 떠나야겠다는

희망을 품고.

동이 틀 때까지 깨어 있었는데

그때 그 새가 끽끽 울며 하늘로 떠오르더니

땅으로 어쩌나 빠르게 뚝 떨어지는지 나는 죽는 줄만 알았습니다.

새는 어느 산꼭대기에 오도 가도 못 하게 나를 떨어뜨려 놓고 가

버렸습니다.

험준하고 황량한 곳이었어요, 참으로 혹독하고 쓸쓸한 곳이었지요,

나는 또다시 흐느껴 울고 목놓아 통곡했습니다!

게다가 뱀들도 있었어요!

전능하신 신이여, 나는 기도했습니다, 제가 그만 엄청난 실수들을

저질렀습니다. 저는 이 시련에서 살아남지 못할 겁니다!

살아서 이 무시무시한 뱀들로부터 도망치지는 못할 거예요!

그리고 그만 기절해 의식을 완전히 잃고 말았습니다.

어떤 사람이 그런 고난을 견딜 수가 있겠습니까.

그러나 인생은 기이해서, 알라께서는 또 한 번

나를 구해주기로 하셨습니다. 물론 운명의 굽잇길에서 굴곡과 반

전을 아직도 여러 차례 더 겪어야 했습니다만,

들어보세요! 나는 그 땅에서 귀한 다이아몬드들을 잔뜩 찾아냈

는데, 가히 군왕 스물을 너끈히 만족시킬 양이었어요.

그래서 여러 물품과 교환해서 안전하게 여러분 계시는 고향으로

돌아오는 뱃삯을 치렀습니다.

내 이야기는 한마디도 틀림없이 사실임을 맹세합니다.

내일 밤에는, 또 다른 이야기를 들려드리지요.

여러분은 놀라 넋을 잃고, 즐거워하고, 낯빛이 파리해질 겁니다!

3. 학문적 신바드: 세 번째 항해

개요

신바드 서사는 연속되는 열 개의 움직임으로 이루어져 있고,

각각의 움직임은 이야기의 전반적인 구조 정체성에 기여한다. 이러한 신바드의 해부학적 구조는 단 하나의 여행을 해체해 살펴볼 여지를 남긴다. 이 경우에는, 연속적 사건들의 필연적 전개에 따라 세 번째 여행을 낱낱이 해부해 살펴볼 것이다. 일곱 개의 여정 모두에서 이러한 연속적 사건들이 공통으로 펼쳐지며, 이를 통해 신바드 서사의 특징인 변증법적 긴장을 상실과 회복, 꿈과 깨어남, 임사와 부활의 역학으로 정립하게 된다. 세 번째 여행에서 주인공이 겪는 특정한 모험들은 여기서 열 개의 서사적 움직임이라는 모델을 통해 해석된다. 이 열 개의 움직임이 없다면 신바드는 신바드가 아닐 것이다.

핵심 단어

조용한, 잊다, 바다, 길 잃은, 살아남다, 운명

1. *주인공이 여행을 시작하거나 이전의 여행에서 돌아와 조용하고 풍요로운, 안락의 삶을 누린다. 이 수동적이고 모험이 없는 고향의 삶은 모든 여행을 액자처럼 감싸고 향후에 이어지는 일들에 대조점 역할을 한다. 일곱 번째 여행이 끝나면 이 평화롭고 호화로운 삶은 항구적인 상태가 된다.*

2. *주인공은 이전의 여행에서 겪은 시련과 고난을 잊는다. 다시 여행하기 위해서 이 건망증 상태가 필요하며, 따라서 모든 여행에*

선행한다. 다만 신바드 텍스트를 꺾쇠로 잠그는 첫 번째와 일곱 번째 여행은 예외다. 이 여행들은《천일야화Thousand and One Nights》라는 더 큰 텍스트에 에워싸여 꺾쇠로 잠겨 있다. 텍스트는 이 기억 상실을 상세하게 설명하지 않으며, 다만 과거의 모험들이 종종 꿈에 비유되곤 한다. 여행 2회차에서 6회차까지는 모험에 선행해 일정 형태의 기억 상실이 먼저 나타난다. 또한 모험이 실제로 진행되는 사이에는 건망증이 이야기에 방점을 찍으며, 이는 기절해서 의식을 잃는 형태를 취한다. 가끔은 의식을 잃은 채로 며칠이 흘러갈 때도 있다. 기억 상실은 서사의 구멍, 즉 이야기만으로는 담을 수 없는 것을 지시하는 기호 역할을 한다.

3. *주인공은 동지들과 바다로 나가 외국으로 여행하며 한동안은 일이 순조롭게 흘러간다.* 이 단계에서 주인공은 여러 나라를 방문하고 식견을 넓히고, 무역업은 번성한다. 이런 사실들은 상세한 묘사 없이 단순하게 진술된다. 이 서사 구조에는 만족에 대한 담론을 길게 담을 여백이 없기 때문이다.

4. *배를 잃는다.* 제4요소에서 서사 변주의 가능성이 창출된다. 제1요소에서 제3요소까지는 잇따를 사건, 즉 재난을 위해 평탄한 땅을 다지는 역할을 한다. 다음 여행으로 넘어갈 때마다 스토리텔링의 판돈은 커진다. 즉, 이 요소—배의 상실—가 세부사항에서는 변화해야만 한다는 뜻이다. 세 번째 여행에서 배는 원숭이 군

단에 제압당하고, 원숭이들은 상선의 선원들을 해변에 내려놓고 는 배를 가지고 떠나버린다.

5. *주인공은 임사 체험을 하지만, 동료들이 사망한 후에도 살아 남는다.* 이 요소는 주인공 신바드를 운명이 점지한 행운의 총아로 자리매김하는 데 필요하다. 일곱 번의 여행 모두에서, 동료 선원 들 다수가 죽음을 맞지만 신바드는 혼자 남고 오로지 운과 재기를 길잡이 삼아 살아남는다. 세 번째 여행에서 이 요소는 두 가지 다 른 형태로 나타난다. 굶주린 거인과 거대한 뱀이다. 불처럼 이글거 리는 눈, 어금니, 흉측하게 일그러진 입술과 귀를 가진 시커먼 거 인이 뚱뚱한 선장을 죽이고 꼬치에 꿰어 구운 후 공포에 질린 선 원들이 보는 앞에서 게걸스레 먹어치운다. 그리고 다음 날에도 또 다른 사람이 식도락에 희생된다. 선원들이 힘을 합쳐 뜨거운 부지 깽이로 거인의 눈을 멀게 하지만, 뗏목을 만들어 탈출하는 과정에 서 더 많은 선원의 죽음이 잇따른다. 눈먼 거인과 그의 짝인 여자 거인이 뗏목에 바윗돌을 던지고, 결국 주인공과 다른 두 선원만 간신히 탈출에 성공한다. 신바드의 두 동료는 간략하게 뱀에게 잡 아먹혔다고 서술되고, 주인공만 유일한 생존자로 남게 된다.

6. *주인공은 절망하고 탄식한다.* 서사의 애도와 슬픔의 단계는 신바드의 인간성을 확립하고, 비록 죽음을 피하는 비범한 재능이 있더라도, 신바드를 신 같은 존재보다는 필멸의 인간으로서 독자

와 유대하게 한다. 홀로 슬픔에 넋이 나간 신바드는 항복하고 싶다는 유혹을 느끼지만 당연히 그러지 않는다. 세 번째 여행에서 신바드는 자살을 심각하게 고려하지만 인간 정신의 고귀함을 생각하며 그러지 않기로 한다. 절망의 시퀀스에서는 의식을 잃기도 한다. 시간이 흔적도 없이 사라지고, 시간의 흐름은 명확히 설명되지도 않고 이야기에 포함되지도 않는다.

7. 주인공은 *기지를 발휘해 죽음을 면한다*. 신바드의 이런 자질은 민담에 나오는 무수히 많은 사기꾼 인물들에게서 공통되게 볼 수 있다. 물론 오디세우스도 포함된다. 운명이 앞길을 가로막아도 기지를 발휘해 적을 앞지르거나 절망적인 상황에서 빠르게 사고할 능력을 보여주어야만 한다. 세 번째 항해에서 주인공은 뱀에게 잡아먹히지 않으려고 나무로 갑옷을 지어 입는다.

8. *주인공은 회복하고 자산을 증식한다*. 텍스트적 묘사의 대부분을 차지하는 죽음을 무릅쓴 모험 다음에는 회복이 잇따른다. 목숨은 붙어있으나 홀로 버려져 있던 주인공은 지나가는 배에 구조되거나 새 동포들을 만나 새로운 배를 얻게 된다. 악몽에서 깨어나고 모험 속 괴물과 공포는 흡사 꿈이었던 것처럼 비현실적 자질을 띠기 시작한다. 첫 번째와 세 번째 항해에서 주인공은 말 그대로 '알아봄'의 장면(호메로스의 메아리)을 통해 잃어버린 재산을 되찾는다. 어느 배의 선장은 신바드가 죽었다고 믿으면서도 그의

소유물인 귀한 화물을 싣고 오고, 신바드에게 돌려준다. 그리고 대개는 모험을 통해 획득한 포상으로 부를 증식하게 된다.

9. 주인공은 집으로 돌아온다. 이야기의 서론을 구성하는 세 요소와 마찬가지로, 이 시기는 아주 간략하게 축약 진술되며 모든 항해의 말미에 유사한 언어로 묘사된다. 신바드는 호화로운 화물을 싣고 도착하여 가족과 친지와 재회하며 평화로운 사치를 누리는 원래의 상태로 돌아간다.

10. *서사의 액자는 이야기의 결말에서 확장되며, 독자는 신바드의 집과 의례적 이야기 행위로 돌려 보내진다.* 이 장치를 통해 기억이 이야기가 된다. 극복하고 살아남은 과거가 손님들을 위한 여흥거리가 되어 이야기를 하는 현재로 돌아오고, 이는 방금 이야기 한 편을 듣고 다음 편을 들을 준비를 마친 독자의 쾌감을 반영한다.

결론

신바드 서사는 필연적 반복의 시퀀스로 구축되고, 이는 열 가지 특징적 움직임의 연속적 설명에 의존한다. 각 움직임은 전체로서의 이야기에 존재하는 기억상실과 기억, 꿈과 깨어남, 상실과 회복, 절망과 기쁨, 외국과 고향 사이의 변증법적 긴장에 필수적이다. 기술적으로 보면 장치의 역학은 항구적이다. 즉 원형이라는 뜻이다. 그리고 형식 자체에는 결말을 예고하는 요소가 없다. 서사의 종결은 자의적이다. 한 이야기의 끝이 불가피하게 다른 이야기의 시작이 될 수 있기 때문이다. 그러므로 신바드 서사는, 죽음을 거부하는 주인공의 모험들을 통해 불멸의 판타지를 전달하고 있고, 구조적으로는 항구적인 움직임의 기계장치로 구축되어 있다.

4. 내면의 신바드: 네 번째 항해

어떻게 시작했더라? 뱃속에서 막연하게 꿈틀거리는 충동, 그렇다, 늘 그런 식이지. 혼자 따져 묻곤 했다. 이게 뭘까, 이 감정은? 아니, 양고기나 포도 탓이 아니다, 전날의 류트 연주가 기억나서도 아니다. 콧구멍에 닿는 향기 탓도 아니고, 이 모든 것, 달콤하고 따분하고 친숙한 이 모든 것이 문제다. 그녀 역시, 따분하다. 아침 햇살을 받은 저 멍청하고 부어오른 그녀의 얼굴. 그래, 그런 식으로 시작했지, 예전에도 느낀 적 있는 감정이었어, 밤낮으로, 밤낮으로, 달이 빤한 리듬으로 차고 이울고. 그러다 다른 하늘, 바람, 내 상품을, 내 보물을 그득그득 실은 뱃머리에 서 있던 추억이 떠오르지. 어째서 그 괴로움들을 잊었을까? 생고생의 기억은 스러져 아무것도 아니게 되어 버렸다. 배반자 영혼 같으니라고.

바소라는 그날 구름 한 점 없었다. 바다의 냄새는… 해초, 소금. 내 발밑에는 갑판, 기쁨의 전율. 내가 이 모든 것의 주인이다,

나, 신바드가, 그리고 힘차게 출발해 바다로 나가는 선원들의 함성. 교역도 잘 되었지. 아, 그래, 똑똑한 자식 같으니라고. 어느 날 밤, 까마득히 머나먼 어딘가에서. 그 악기가 무엇이었더라? 이름이 뭐였더라? 그 구성진 가락, 하지만 그 나날들은 이제 뭉뚱그려져 버렸지….

모든 걸 바꾸어놓은 건 폭풍이었다. 처음에는 들썩거림, 다음에는 나무 널의 이음새가 쪼개지고 갈라지는 우레 같은 굉음. 사내들은 괴성을 질러댔다. 추락하며 울부짖었다. 나는 물에 빠져 죽어가고 있었다, 질식하고 있었다. 그때 선체에서 떨어져 나온 판자 조각, 넓고 거칠었지만 물에 뜬다. 반시체가 되어가던 우리가 그 판자를 잡았다. 공포의 시간들, 기를 쓰고 매달려, 노를 저었다. 우리가 몇 명이었더라? 기억나지 않는다. 우리가 해변으로 밀려가 모래밭에서 잠이 들었을 때는 아직도 밤이었다. 거친 모래알도, 찢어진 옷도, 상처에서 흐른 피도, 굶주림조차도 안중에 없었다. 나는 잠을 잤다. 무無로 점철된, 꿈도 없는 시간들.

해가 분홍빛으로 떠오르던 아침 처음 눈에 들어온 건물 ― 잎사귀와 나무 위로 우뚝 솟은 높은 건물. 그 사람들은 허공에서 솟아난 듯 보였다. 소리 없는 흑인들 한 무리가 잠에서 깨어 정신을 차리기도 전에 이미 우리를 둘러싸고 있었다. 그 회랑의 악취. 고기인가? 기름인가? 허브인가? 그때 내가 느낀 불안감, 딱딱하게 죄

215

어오던 목구멍, 빨라지던 호흡. 그들의 벌거벗은 군주가 높은 권좌에 앉아 있었다. 아무것도 읽을 수 없던 그 눈. 그리고 저들은 아무 말도 없이 우리에게 커다란 쟁반에 희한하게 생긴 고기를 담아 내어주었지. 굶주린 사내들에게 고기를. 그런데 나는 왜 먹지 않았더라? 무엇이 마음에 걸렸더라? 왕의 얼굴, 그 텅 빈 표정이었던가? 나는 먹지 않았다. 그러나 동료들은 식탐으로 넋을 놓은 채 먹고 또 먹었다. 씹고, 뜯고, 우적거리고, 침을 흘리고. 아, 찹찹대고, 끙끙거리고, 마구 빨아대던 그 끔찍한 소리가 귓가에 선하구나. 무슨 마법이, 무슨 약초가 이런 짓을 한 걸까? 내 눈앞에서 그들의 피부가 풍선처럼 부풀어 올랐다. 나와 함께 항해하던 동료들이 살덩어리 괴물로, 참을 수 없는 낯선 존재들로 변해버렸고, 깨물어 뜯을 때마다 그들의 정신도 쭈그러들었다. 그들이 말 못 하는 백치로 변해, 뼈다귀를 갉아 먹는 광경을 나는 지켜보았다. 저들이 그때 연고를 가져왔다, 아니었나? 몇 시간 동안 처먹어 퉁퉁 부어터진 내 동료들은 몸에 노란 연고가 두껍게 발라져도 가만히 있었다. 그리고 나는 힘없는 유령처럼 그 자리에서 물러섰다. 아무도 나를 보지 않는 것 같았다. 그런데 내 동료 선원들이 날고기로 잡아먹히리라는 걸, 난 어떻게 알았을까? 시간의 텅 빈 여백? 그렇다, 아무것도 없는 백지.

나는 이해했다. 그러나 공포와 굶주림에 현기증이 덮쳐왔다. 나는 앎의 순간을 잃어버렸다.

피범벅이 된 내 발이 전진한다, 도망친다. 나는 걸었다. 숨을 쉬고 걸었다. 8일째 되는 날 그 사람들을 보았다. 아, 얼마나 좋았는지. 처음으로 먹은 진짜 음식과 내 모국어의 소리는 향유와 같았지, 게다가 내가 잠든 침대란, 난 돌처럼 꿈쩍 않고 잤다. 배의 움직임, 내 요람, 우리는 그들의 왕에게로 항해했다. 그리고, 그래, 안장의 행운. 상상이 되는가. 그 나라에는 안장이 없었다. 말은 있는데 안장이 없었단 말이다. 저들의 무지 덕분에 나는 부자가 되었다. 그 좋았던, 화창한 나날들. 왕의 명령에 따라, 나는 결혼했다. 그녀는 모든 걸 갖춘 여자였지, 나의 아내, 돈과 미모, 아침부터 저녁때까지 언제 들어도 좋았던 그 음악적인 목소리까지.

바다가 잔잔할 때는 이야기가 없다, 결혼이 순조롭게 흘러갈 때는, 삶이 하루하루 이어질 때는 이야기가 없다.

그 남자의 차분한 목소리가 그 땅의 법을 주절주절 읊조렸다. 아무도 예외가 될 수 없었다. 어떻게 그럴 수가 있지? 야만적이고, 부당한 관습이었다. 어째서 살아있는 사람을 죽은 배우자와 함께 매장한단 말인가? 운명이 원을 그리며 돈다, 둥글게 둥글게. 아, 나는 어찌하여 고향을 떠났던가? 베개에 뉘어진 그녀의 죽은 얼굴, 저들은 그녀와 함께 나를 산 채로 매장할 작정이었다. 미친 법률이었다.

밧줄로 묶이며 질러대던 내 통곡의 소리. 저들의 눈빛에 어린 무심함. 우물 바닥으로 내려졌다. 일곱 덩어리의 빵과 한 주전자의 물, 내게 유일하게 주어진 것. 일곱 덩어리의 빵, 일곱 바다, 일곱 여행. 신바드, 일곱 번, 신바드.

시체들, 새것도 있고 오래된 것도 있다. 뼈다귀, 썩어가는 피부, 악취. 이게 무슨 미쳐 돌아가는 광경인가? 그 지하의 기억, 죽은 자들과 함께 한 삶―탁한 어둠 속에 울려 퍼지던 내 울부짖음―그리고, 변화가 찾아왔다…. 짐승이 된 신바드, 땅 속 감옥에서 짖어대는 개가 된 신바드. 나는 구멍으로 들어오는 자들, 산송장들을 죽였고, 그들의 빵과 물을 훔쳤다. 계속 살아가기 위해서 그들을 죽였다. 그리고 그들의 금과 물품과 옷가지를 훔쳤다. 혹시라도 탈출구를 찾을 때를 대비해서. 해골의 손가락에, 목에 걸린 보석들, 여기 누워 기억하는 지금 떠오르는, 반짝이는 조각들의 악몽. 그러나 그건 내가 아니었다. 내가 아니었다, 나는 아니다. 오로지 살겠다고, 그저 살아만 있겠다고, 살아있으면 된다고 발버둥치던 그 짐승 같은 괴물을 형용할 말은 없다.

나는 그것의 숨소리에 잠을 깼고 도망치는 발소리를 들었다. 동굴 같은 실내에 살아있던 또 다른 동물, 바위틈을 따라 그놈을 쫓아가다 빛을 만났고 탈출구를 찾아냈다.

나는 집으로 돌아왔다. 나, 신바드, 다시 이름이 생기고, 다시 말할 목소리를 찾은 나. 반복. 다시 집으로. 다시 이야기하기 위해 다시 집으로 돌아왔다. 다시 집으로 돌아왔으나, 영원히 머물지는 않을 것이다, 아직은 영원히 머물지는….

5. 영화적 신바드: 다섯 번째 항해

오프닝 크레디트

파도치는 원색들로 구성된 현란한 추상적 이미지들이 연속으로 나타난다. 파랑·초록·노랑의 색조, 그러나 또한 빨간색·오렌지색·흑색의 줄무늬들도 있어 움직임·물·흥분·위험을 환기하고, 뒤이어 단색의 블루스크린이 펼쳐진다.

디졸브.

INT: 신바드의 집, 중세 바그다드-밤

우리는 불타는 향과 은은히 흔들리는 기름 등잔 불빛에 비친 화려하게 장식된 방을 본다. 손님들이 보라색과 빨간색 계열에 금색으로 포인트를 준 태피스트리 쿠션에 기대어 앉아 있고, 하인들이 은쟁반에 과일, 대추, 김이 펄펄 나는 고기를 잔뜩 담아 들고 들어온다. 흰 수염을 기른 노인, 신바드가 의자에서 일어나자 장내가 고요해진다.

신바드: 그렇게 된 겁니다, 친구들이여. 고향에서 보내는 안락한 삶이 단조롭게 느껴지기 시작했어요. 또다시 탁 트인 바다와 소금과 바람과 모험을 갈구하는 충동이 느껴졌어요. 다섯 번째 항해를 떠났지요.

EXT: 바다에서—낮

갈색 수염을 짧게 깎고 터번을 두른 조금 젊은 신바드가 뱃머리에 서 있고, 바람에 옷자락이 펄럭인다. 코발트블루의 하늘, 뭉개구름 몇 점, 터키색 물.

EXT: 사람들이 북적이는, 생생한 원색의, 시끄러운 시장—낮

신바드가 물물교환을 하고 있다. 외국인 상인에게 환하게 웃으며 깊이 허리 굽혀 절한다. 우리는 그가 수북한 금화를 받는 모습을 본다.

EXT: 섬의 해변—낮

널찍한 하얀색 해변에 닻을 내린 선박의 모습. 진한 녹색의 종려나무와 푸른 잎이 모래사장 너머에서 비죽 튀어나와 있다. 여러 그루의 나무 옆에 거대한 연분홍색 알이 있고, 여러 남자들의 작은 형체가 그것을 에워싸고 있다. 카메라 줌으로 더 가까이 클로즈업 쇼트.

상선 선원 1: 뭐 생각나는 거 있어?
상선 선원 2: 후회할 일을 남겨두느니 안전한 게 낫지.

선원 2가 칼을 꺼내 알을 난도질하기 시작한다. 동지들이 합류한다. 진한 노란색 액체가 알껍데기의 벤 자국에서 스며 나와, 사내들의 몸으로 흘러내린다. 사내들이 소스라쳐서 올려다보니, 거대하고 축축한 새끼 새가 천천히 알에서 일어서고 갈라진 분홍색 껍질이 그들 주위로 떨어져 박살난다. 깔쭉깔쭉한 알껍질에 한 선원이 몸을 베여 울부짖는다. 붉은 피가 흘러나와 옷을 적시고 노른자 얼룩과 섞여 주황색으로 변한다. 남자가 새의 다리로 달려가 칼로 찍는다. 새가 소름끼치는 괴성을 지르더니 땅으로 쓰러진다. 남자들이 퍼덕거리는 새의 몸 위로 뛰어 올라 칼로 베고 마구 때리고, 끝내 만신창이가 된 새는 최후의 외마디 비명을 내지르고 죽는다.

EXT: 배 갑판-낮

시퍼렇게 멍들고, 시뻘겋게 피범벅이 되고, 노른자 얼룩을 뒤집어쓴 사내들이 낑낑거리며 배에 오른다. 신바드가 걱정스러운 얼굴로 그들을 노려본다. 갑자기 어마어마하게 큰 새의 그림자가 배 위에 드리운다. 신바드가 하늘을 올려다보고 공포에 질린 표정을 한다.

신바드: 로크다! 알라여 우리를 구해주소서! 자네들은 로크의 새
끼를 죽인 거야!

카메라가 틸트업으로 올라가 하늘을 조감한다. 두 마리 거대한 검
은 새가 발톱으로 어마어마하게 큰 바윗돌을 잡고 날고 있다. 로크
한 마리가 무기를 투하한다. 그 궤적을 따라가다가 다시 배로 돌아오
자 선장이 키를 잡고 소리쳐 지시하고 있다. 바윗돌이 아슬아슬하게
배를 빗겨나간다. 거대한 파도가 갑판을 강타한다. 사내들이 사력을
다해 매달린다. 바다로 떨어지는 이들도 있다. 두 번째 바윗돌이 떨
어져 후미를 맞춘다. 방향타가 산산조각으로 박살나고, 선원 몇이 깔
려 고통의 비명을 질러댄다. 피가 물과 섞이며 배가 침몰한다. 선장
의 머리가 수면에서 떠오르다 가라앉다 흔들리는데, 괴로움으로 일
그러진 얼굴이다. 파도가 덮치자 선장의 얼굴이 사라진다.

EXT: 어느 섬의 해변-낮

신바드, 흐트러진 행색, 기진맥진해 눈이 풀렸다. 바닷가로 떠밀려
온 널판을 꼭 껴안고 있다. 몸을 굴려 해변에 쓰러지더니, 눈을 감고
코를 곤다.

디졸브.

EXT: 섬-낮

신바드, 한층 원기를 회복한 모습, 밝은 주황색 과일을 한 입 깨문다. 그의 뒤로 파랑·보라·빨강 꽃들이 피어 있다. 연두색 앵무새들이 나무에서 지저귄다. 전경에 널찍한 개울이 흐른다. 구부정한 노인이 나무 사이에서 나타나 신바드에게 개울 너머까지 태워달라고 손짓한다. 신바드는 어깨에 그를 태우고 개울을 건너가지만, 건너편에 다다랐는데도 노인이 그를 놓아주지 않는다. 노인은 허벅지에 힘을 주고 신바드의 목을 조른다. 신바드가 켁켁 헐떡인다. 눈알이 튀어나온다. 노인이 채찍을 꺼내더니 신바드를 마구 때린다.

EXT: 섬-낮

노인은 신바드의 어깨 위에서 앞뒤로 몸을 흔들거리며, 호리병 박에 든 술을 벌컥거리며 마신다.

신바드(두 줄기 눈물이 흐른다): 나는 노예가 아니요! 나를 놓아줘요!
노인(발음이 뭉개진다): 네 놈은 내 밑에서 죽을 거야, 한심한 놈!

신속한 몸놀림으로 단번에 신바드가 노인의 양다리를 움켜쥐고

자신의 포획자를 어깨에서 떨쳐 쓰러뜨린다. 그리고 커다란 돌을 집
어 노인을 강타한다. 피와 골이 땅에 흥건하게 흐른다. 카메라가 점
점 더 멀리 풀백하더니 섬을 롱쇼트로 잡는다.

신바드(VO[21]): 몇 날 며칠 그는 나를 고문했고, 내게 오줌을 싸고
똥을 누었다오. 나는 놈을 술에 취하게 만들어 내 목
숨을 구했지요. 그놈의 뼈가 썩어 문드러지기를. 며
칠이 흘렀습니다. 언제 어떻게 탈출하게 될지 상상
조차 못 했는데, 참으로 운 좋게도, 지나가는 배를
얻어탔고 그 배의 선원들과 함께 진주의 바다로 갔
습니다. 거기 가 보니 행운이 내 눈앞에서 반짝이고
있지 뭡니까.

EXT: 물 속 - 낮

터키빛 바다 표면이 밑에서 올려다보인다.

디졸브.

몽타쥬

---

21) 보이스오버. 영상에 목소리가 겹치는 기법.

수중에 있는 총천연색 진주들이 차례로 스크린에 나타난다.

신바드(VO): 그렇게 집으로 돌아왔습니다. 내 소중한 벗들이여, 같은 배에 보화를 넘치게 싣고서 말이지요. 그리고 안락하고 만족스러운 삶을 즐기다가 어느 날….

빨간색 화면으로 페이드.

6. 하드보일드 신바드: 여섯 번째 항해

바그다드의 찌는 듯한 무더위 속 어느 오후 한 시쯤에 그 충동이 들썩였다. 진홍빛 입술에 있지도 않은 물건을 찾아 자꾸 아래로 눈을 내리까는, 하등 어울려 좋을 게 없는 마담이 술집 바에 앉아 있는 내 옆에 슬쩍 붙어 앉는 것 같았다. 골칫거리도 겉모습은 썩 그럴싸해 보일 수 있으니까. 그래도 내심 나 자신을 말렸다. 방이 18개나 되는 집구석을 어슬렁어슬렁 돌아다니며 돈을 세는 상팔자로 살다가 기껏 바다 유람이나 하자고 그것을 다 던져버리기로 결정한 사내라면 머리가 좀 모자라는 게 틀림없다고. 그런데 그 사내가 나라니 참 딱한 일이다.

선장의 이름은 하룬이었다. 하관이 빠르고 눈꺼풀이 축 처진 사람이었는데, 목소리가 꽉 막힌 하수구 배관 같았다. 선원들도 그만하면 터프해 보였다. 잘 구운 안창살 스테이크 같은 상판들에 생선 내장 냄새 같은 체취를 풍겼다. 배는 여드레 동안 노련한 카드 사기꾼처럼 매끄럽게 달렸다. 나는 항구에서 시들시들한 늙은이와 꽤 괜찮은 거래를 했다. 불안해서 한 시도 가만있지 못하는 손가락들을 보니 스텝도 제대로 못 배우고 올라가 지쳐 떨어진 댄스홀 여자애들 생각이 났다. 나는 하룬이 절대 못 버틸 인간이라는 걸 미리 알아봤어야 했다. 강철처럼 싸늘한 그 면상 뒤에는 방을 나가는 엄마를 부르며 울부짖는 겁에 질린 유치원생이 있었다.

하늘은 쇳빛이었다. 거센 바람이 시끄럽게 불고 있었고, 정신줄 놓고 달려드는 내기 권투 선수처럼 선체에 부딪혀 부서지는 파도 소리가 들렸다. 그을린 피부 아래 하룬의 안색이 파리해졌다. 입이 힘없이 헤벌어졌다. 하룬은 목에서 길게 꺽꺽거리는 소리를 내더니 부흥회의 광인보다 더 빨리 종교에 귀의했다. 우리는 에베레스트 크기만 한 흉측한 절벽으로 곧장 돌진하고 있었다. 나는 위를 올려다보았다. 방향타가 숙녀들의 티파티에 나오는 메마른 비스킷처럼 바스러졌다.

그 후로는 눈 뜨고 보기 힘든 험한 광경이 펼쳐졌다. 물속에서 수많은 기도가 이어졌으나 대부분은 헛수고였다. 우리 극소수만 간신히 초주검이 된 몸을 끌고 암벽 위로 올랐으나, 그곳에는 광석 외에는 아무것도 없었다. 루비·에메랄드·다이아몬드·금·은, 없는 게 없었다. 그러나 아무리 귀한 보화라도 배에 구멍이 숭숭 뚫리고 갈 곳도 없는 사내들에겐 별 도움이 되지 않았다. 내 친구들은 하나씩, 하나씩, 생존경쟁에서 영원히 밀려나 나가떨어졌다. 마지막 세 명은 장염에 무릎을 꿇었는데, 그 지독한 병에 비하면 이질은 그저 속이 더부룩한 수준으로 보였다. 그들을 영원한 잠자리에 고이 묻고 나자, 온몸이 쓰리고 아팠다, 정말로, 정말로 쑤시고 욱신거렸다. 나도 좌초라면 경험이 있다. 멍청한 짓거리도 안 해본 건 아니다. 그러나 이번에는 제대로 깊은 수렁에 빠져버렸다. 그래서 저 하늘의 대장님이 최후의 신호를 보내면 그대로 굴러떨어질 수 있도록 구덩이를 파기 시작했다.

손아귀에 모래를 가득 움켜쥐고 있는데, 뭔가 눈앞에 보였다는 생각이 들었다. 험준한 바위산 위로 10야드쯤 되는 거리에서 수백 조각으로 부서지는 빛이 시야에 들어왔다. 물이었다, 바닷물이 아니라, 곧장 바위로 떨어지는 강물이었다. 기회였다. 좋은 기회는 아닐지 몰라도 기회는 기회였다. 나룻배를 타면 물을 따라갈 수 있었다. 내가 지은 뗏목은 수염을 텁수룩하게 기른 채 섶을 풀어헤치고 시궁창에서 코를 고는 부랑자 같은 몰골이었지만, 어차피 나의 목표는 우아한 항해가 아니었다. 나의 수공예작품에 제일 크고 좋은 보석들을 신고 노로 쓸 판자 한두 개를 주워서 힘차게 밀었다. 그 물건은 썩 잘 나갔다. 38구경에서 발사된 총알이 된 느낌이었으니까. 나는 재빨리 노를 던지고 납작 엎드렸다. 뗏목이 양쪽 강둑의 바위를 사정없이 들이받았다. 고막이 터져나갔다. 빛이 머리 위에서 파르르 떨더니 새카만 암흑, 그리고 다시 빛이 나타났다. 터널이 좁아졌다. 거대한 바위가 양쪽에서 돌출되어 있었다. 나 자신에게 욕설을 퍼부었다. 섬광 같은 통증이 내 머리를 가르고 지나갔다. 눈앞에 불꽃 튀는 동그라미들이 보였다, 빙글빙글 돌았다. 내 갈비뼈 바로 위에서 구역질이 폭발했고, 그 후로는 아무것도 모른다.

내가 얼마나 오래 의식을 잃었는지, 뭐라 말하기가 어렵다. 1년처럼 느껴졌지만, 떨리는 눈까풀 사이로 파란색이 보였다. 그리고 얼굴 하나가 시야로 쑤시고 들어왔다. 다소 뾰족하고 벌레처럼 눈이 튀어나왔지만, 그래도 그럭저럭 친절해 보이는 얼굴이었다. 너 아직 꿈꾸는 거야, 임마, 나는 혼잣말을 했다. 그러나 그 얼굴의 입이 달싹거리기 시작하더니 낱말을 뱉었다. 뭔가 자기가 농장 일꾼이라는 말 같았다. 나는 초원에 벌렁 드러누워 있었다. 어질어질했지만, 팔꿈치를 짚고 간신히 몸을 일으켰다. 환각이 아니었다. 몇 야드 앞에 내 뗏목이 강둑에 묶여 있었고 보석 주머니도 마지막 한 개까지 다 있었다. 농장의 친구들이 양고기 샌드위치, 담배, 몇 가지 새로운 물건들을 들고 온 다음에는, 나도 사람 꼴을 갖추게 되었던 것 같다. 섬은 세렌디브라는 이름으로 통했고, 그 섬의 왕은 창문 너머로 슬며시 지나다니는 고양이를 연상시키는 느린 말투를 지닌 비단 같은 인물이었다. 그 대장이 나를 위해 바그다드에서 수고를 좀 했는데, 칼리프와의 깔끔한 협상이었다. 일은 어느 한 군데 걸림 없이 일사천리로 진행되었고, 나는 터덜터덜 걸어 집으로 돌아와, 낡은 저택을 부스럭부스럭 돌아다니며 수집한 보석들을 감상하게 되었다. 원래 운이 따라주는 인간들이 있기 마련인 거지.

7. 세헤라자데의 신바드: 일곱 번째 항해

너는 내 거야, 신바드, 소녀 시절 너에 관한 이야기를 주워듣긴
했지만 지금은 내 거야. 아침에 내 옷을 입혀 주고 저녁에 내 옷을
벗겨 주고 잠들기 전 부채질로 더위를 식혀주던 여인이 신바드의
이야기를 들었다면서, 네 모험들을 내 귓가에 즐겨 속삭여 주었
지. 그리고 때가 되었을 때 너는 내 이야기들 속으로 항해해 들어
왔어. 내 심장을 닮은 남자, 잔꾀와 행운으로 살아가는 남자, 죽지
않는 남자, 일곱 목숨을 지닌 이야기꾼, 모든 밤을 위한 삶.

아무튼 나는 내 주군이자 주인이 귀담아듣게 만들어야만 했어.
여섯 밤 동안 그이를 너로 황홀하게 붙잡아 두었지. 모든 항해의
말미에서 다시 태어나는, 끈질기게 되살아나는 내 소중한 캐릭터.
이야기 안에 있는 너는 내가 네 숨결이고 목소리라는 걸 알았을
리 없겠지. 모든 남자가 여자한테서 태어나지만, 남자들은 이 불
편한 진실을 잊고 싶어 하거든. 그래도, 내가 네 어머니야, 네 작
가야. 내가 한 여행들은 언제나 타자의 마음으로 들어가는 여정
이었지. 시인과 철학자들, 사산 왕조의 이야기꾼들과 궁정의 가십
들. 그러나 내 남편이 네게 질리는 걸 원치는 않았어. 그래서 일곱
번째 항해가 마지막이라는 걸 알았지. 그 후로는, 네가 노년의 안

락과 달콤한 느림 속에서 살도록 내버려 둘 생각이었어. 네 혀에 닿는 모험의 맛은 이미 쓰게 변했음에도, 너 역시 나처럼 의무에 묶여 있었던 거잖아. 그래서 칼리파가 너를 불러 다시 한번 세렌디브로 모험을 떠나라고 했을 때 순순히 응할 수밖에 없었지. 가족과 친지를 떠날 때 깊은 슬픔을 웃음으로 가리면서.

나는 그 배에 훌륭한 장비를 갖춰주었고 세렌디브의 왕에게 바칠 선물을 실어 너를 떠나보냈어. 그 보화들은 우리 남편의 눈마저 빛나게 했지. 진홍빛 침대와 또 다른 침대 둘, 백 벌의 비단 가운, 흰색 홍주석 화병을 비롯해 물론 더 많은 것들이 있었지. 언제나 더 많이 있잖아. 너는 완벽하게 임무를 수행했어. 기대한 대로, 이야기가 요구한 그대로. 그게 또 재미잖아. 이야기가 특정한 형태를 띨 거라는 예측 말이야. 뱃사람 신바드의 머리 위에는 화창한 햇살이 내리쬐지. 하지만 어느 날 결국 하늘은 어두워지고 폭풍이 선체를 흔들고 비가 거세고 빠르게 쏟아지겠지. 등을 기대고 눈을 감는 남편을 보고, 나는 3인칭에서 1인칭, 신바드의 시점으로 바꾸었고, 말하는 사이 내 목소리도 바뀌어 한층 굵어졌어. 그가 자신에게 직접 말을 거는 네 목소리를 들을 수 있도록.

폭우가 내리붓자 선장이 마스트에 올라 육지와 바다를 살피더니 절망한 표정으로 내려왔다. 그러더니 조심스럽게 바다의 보물함을 열었다. 그리고 가루가 든 꾸러미를 하나 꺼내 재 같은 물질의 냄새를 맡더니 이어서 작은 책을 꺼내 읽기 시작했다. 마법의 책은 선장의 두려움을 확인해주었다. 우리는 '열왕의 풍토' 인근의 바다로 흘러들어오고 말았던 것이다. 이곳에는 어디서도 들어보지 못한 엄청난 크기의 물고기와 뱀이 살고 있어 선박을 다시마 조각처럼 가볍게 집어삼킨다고 했다. 닥쳐온 운명에 경악한 우리가 갑판에 서 있는 사이, 배가 태산만 한 물마루에 실려 까마득히 높이 올라가다가 갑자기 추락했다. 이 세상 것 같지 않은 괴성이 심해에서 들려오더니 바다 괴물이 눈앞에 나타났다. 그리고 또다른, 심지어 첫 번째 놈보다 더 큰 괴물이 나타났고, 마지막으로 몸뚱어리가 바다를 갈라 거대한 장벽을 세울 정도로 어마어마하게 큰 생물이 등장했다. 이 마지막 물고기는 아가리를 쩍 벌리더니 한 번에 우리 배를 거의 통째로 꿀꺽 삼켰다. 내가 있던 후미는 격렬하게 튀어 올랐고, 나는 옆으로 뛰어내렸다. 내 주위로 파도가 소용돌이치고, 괴물의 시커먼 내장으로 사라지는 배가 내 눈에 들어왔다.

신바드, 내 남편은 그런 무시무시한 얘기를 듣는 걸 좋아했어. 사람들이 그렇지. 나는 네게 또다시 물에 뜨는 판자를 주었고, 다시 뗏목을 만들 수 있게 재료를 주었지. 그리고 하마터면 벼랑에 떨어져 죽을 뻔하게 밀어붙였다가, 고기 잡는 어망으로 마지막 순간에 구해줬어. 너는 다시 먹이고 입혀야 했지. 나는 친절한 노인을 내려주고 그가 자기 딸을 네게 신붓감으로 내어주게 했어. 나는 너를 더 겸손하고, 더 현명하고, 심지어 더 부자가 되게 해주었지. 노인은 죽었고, 너는 그의 재산을 상속했으니까. 날개 달린 남자들이 정말 최후 모험의 일부로 한꺼번에 나를 찾아왔어. 남편에게 도움이 되도록 들려준 오만에 관한 작은 이야기였지. 매해 봄이면, 그 나라의 남자들은 날개가 돋아나 하늘로 비상할 수 있게 되지. 그래서 너는 그중 한 사람과 함께 하늘을 날았고, 천국에 가까운 그 까마득한 높이에 너무나 감동해서, 너는 그만 알라를 외쳐 불렀어. 그러나 그 이름을 들은 조인鳥人은 아래로 고꾸라져 떨어지고 너는 그와 함께 추락했지. 나는 너를 다시 살렸어. 아무리 왕이라도 자기 운명을 제어하지는 못해. 사고, 질병, 전쟁이 끼어들거든. 우리는 신이 아니야. 그러나 나는 이야기꾼이지, 신바드. 그리고 항해를 거듭하는 사이 내가 너를 살려두었어. 바다 여행이 끝날 때마다 내가 너를 집으로 돌려보냈어. 그러나 내 사랑하는 피조물, 너 역시, 내 다른 모든 피조물과 함께, 내 목숨이 붙어있게 해주었지. 죽음의 위협이 내 언어를 추동했어. 우리는 우리가 사는 세계를 주조하기 위해서, 우리가 죽을 때까지 멈추지 않는 소원과 유령과 판타지들로 우리의 삶들을 꿰어 엮기 위해서 이야기가 필요하단 말이야.

8. 가상의 여덟 번째 항해: 어느 아내와 남편의 대화

A: 당신과 내가 신바드의 여덟 번째 항해를 쓰면 어떨까. 공식

이 이미 있잖아. 한다면, 약간만 그 공식을 비틀면 돼. 부부 합작의 모험이라니, 재미있을 거야.

B: 그게 될 리 없어. 8은 평범한 숫자야. 반면 7은 마술이지. 7리그[22], 일곱 난쟁이, 일곱 번의 항해. 짝수는 홀수와 경쟁이 안 돼. 여덟 번째 항해는 우아하지 못할 것 같지 않아? 숫자에도 성격이 있어서 존중해야 한단 말이야.

A: 당신이 그렇게 관습적인 줄은 몰랐네. 당신의 그 반동주의자다다 정신은 어디 갔어? 예상을 깨부수는 걸 그토록 좋아하는 당신은 어디 간 거야? 왜 웃어? 난 알아. 우리는 할 수 있어. 당신도 무시당하는 것들에 주의를 돌리고 숫자 8을 쾅쾅 밟아서 다소 내성적인 그녀의 성격을 끌어내면 어때?

B: '그녀의' 성격?

A: 설마 당신 눈에 8이 여성이라는 사실이 명명백백하게 보이지 않는 건 아니겠지? 그 숫자의 형태를 찬찬히 본 적이 한 번도 없어? 그 두 개의 둥근 형태, 위아래로 겹쳐져 있는 그 모양이 당신 눈에는 남자로 보여? 8의 외모는 확실하게 관능적이라고. 거기

---

22) league, 한 사람이 1시간에 걸을 수 있는 거리의 단위. 수심을 측정할 때도 쓴다.

서 아이디어가 나오겠네. 여덟 번째 항해에서 신바드는 여자가 되는 거야!

B: 그건 공식을 비트는 게 아니야. 파괴하는 거지. 여자라면 신바드는 배에 발도 못 붙일 테니까.

A: 16세기에 세이다 알-후라Sayyida al-Hurra라는 여자가 있었는데, 모로코 테투안의 수령으로 스페인 상선을 해적질했대. 그러니까 여자 해적이 있는 거지. 다른 여자들도 있었어. 18세기에는 여자 해적들이 수도 없이 많았대. 뭐, 수도 없다는 건 좀 과장이지만, 많이 있었어. 남자로 변장하고 망망대해로 나가서 약탈과 악행을 일삼았지. 이런 아이디어는 어때? 신바드는 일곱 번의 여행을 마치고 집에 머무르지만, 딸이 남자의 옷을 입고 배를 타서 여덟 번째 여행을 떠나는 거야. 그러면 생존이라는 서사적 테마를 이어나갈 수 있을 거야. 자식과 손자와 증손자는 불멸의 루트라고 할 수 있으니까, 안 그래? 원을 그리는 세대들, 탄생과 죽음과 또다른 탄생?

B: 그래, 그건 어쩌면 괜찮겠다. 하지만 해적질은 안 돼. 신바드는 정직한 상인이었어. 꾀는 많지만 악하지는 않았다고, 그러니까 딸도 아버지와 같은 재질이어야 해. 콩 심은 데 콩 나는 법이니까. 나는 그런 클리셰가 좋더라. 무슬린 천을 가르며 지나가는 가위,

나무 블록을 깎는 칼….

A: 그래, 나도 같은 생각이야. 그렇지만 이야기로 돌아가자. 딸한테 이름이 필요해. 신바디아는 어때? 낡은 나무 블록에서 깎은 조각이잖아, 안 그래? 시작은 저절로 써지지. 신바디아는 선원들과 함께 출항하고 한동안은 만사가 순조롭게 흘러가지. 돈이 산더미처럼 쌓이고, 날씨도 청명하고, 순풍이 불고.

B: 그러다 어느 날, 바람이 뚝 그치는 거야. 배가 꼼짝도 하지 않아. 바다는 몇 날 며칠이 지나도록 잔물결도 없는 웅덩이 같아. 신바디아 선장은 선원들이 점점 초조하고 불안해하는 걸 느끼지. 반란의 조짐도 보여. 식량과 보급품이 딸리기 시작하고. 곧 굶어 죽을 지경이 되지….

A: 좋은데. 하지만 이제 초자연적 요소가 필요해. 리바이어던이나 로크.

B: 로크는 이미 너무 많이 나왔잖아.

A: 나는 로크도 좋고 그 거대한 알들도 좋은데. 부화하는 로크 새끼들을 보호하려고 쌓는 맹렬한 방벽이 너무 좋아.

B: 로크는 안 돼.

A: 좋아, 당신 제안은 뭔데?

B: 거인. 그냥 거인이 아니라 바다에서 솟구쳐 오르는 거인 중의 거인. 대양의 심해에서 걸을 수 있을 정도로 큰 거인. 망망대해도 허리께까지밖에 오지 않고, 그가 숨을 쉬면 날씨를 바꿀 수 있어. 들숨은 몇 마일 반경의 모든 사물을 콧구멍으로 끌어당기고 날숨에는 돌풍이 불지. 처음에 괴물이 아직 멀리 있을 때는, 아무것도 모르는 선원들이 원하는 방향으로 배를 몰아주는 순풍이 갑자기 불자 반가워해. 배가 다시 움직이기 시작하고, 선장과 선원들은 자축하지. 그러나 괴물이 점점 가까워질수록 돌풍이 거세게 부는 거야. 처음에는 이리 불었다가 다음에는 저리 불었다가….

A: 그거 좋다. 당신 거인 얘기를 들으니까 고야의 회화 〈콜로소스〉가 생각나네. 저기 프라도 미술관에 가면, 요즘은 그 그림을 실제로 그린 사람이 따로 있다는 말들을 해. 고야와 친했던 아르세니오 줄리라는 사람이지. 하지만 그 그림은 누가 그렸든 상관없이 멋지고, 어쩌면 당신도 무의식적으로 그 그림에서 영감을 받았을 수 있어. 아무튼, 나는 그 거인이 마음에 들어. 콜로수스는 아주 작은 배에 가까이 다가가고, 들숨과 날숨에 어마어마하게 큰 콧구멍이 바르르 떨리면서 소용돌이를 일으키지. 배는 앞뒤로 마

구 내던져지고. 그러다 신음을 하며 끽끽거리기 시작해. 신바디아와 배에 탄 사람들은 다가오는 거인을 보고 겁에 질리지. 거인의 커다란 형체가 하늘을 시커멓게 가려. 마스트가 반으로 뚝 부러지고, 괴물은 매머드 같은 손으로 배를 집어 들어 마치….

B: 성냥갑.

A: 성냥갑? 크래커는 어때? 웨하스나, 아니면 칩 산업을 이어나가기 위해 포테이토칩은? 거인이 배들을 신나게 잡아먹을 수도 있겠다, 아니 선원들이나. 인육을 날로 먹는 취향이 있어서, 그 불쌍한 사람들을 정어리처럼 꿀꺽꿀꺽 삼키는 거지.

B: 좋아. 하지만 배는 정어리처럼 짓이겨질 수가 없어. 기름칠이 돼서 미끄럽다고. 성냥갑은 나무로 되어 있고 단단하고 배처럼 쪼개지잖아. 은유는 좀 더 신경 써서 다듬어야 해. 하지만 거인이 선원들을 냠냠 먹는다 치자고. 그건 적당히 끔찍해. 신바디아는 피로 가득 찬 괴물의 입이 열리는 걸 보고, 그 목구멍과 착색된 치아, 붉은 잇몸에 난 구치와 어금니를 보겠지. 놈은 입술을 핥고….

A: 그리고 우리의 주인공은 물컹하고 거대한 혀에서 뛰어내려 저 아래 요동치는 물살로 뛰어들지.

B: 흘러가는 나무판자를 붙잡는 거지. 다음에는 기절하고.

A: 기절?

B: 그래, 기절해.

A: 안 그래도 여자들은 책이나 영화에서 허구한 날 기절하는데. 그냥 깨워놓으면 안 돼?

B: 신바드는 혼절하는 주인공이야. 이야기의 본질적인 부분을 바꾸고 싶어? 지금 그녀는 '극단적인 상황'에 몰려 있다고. 혼절은 죽음 대신 나오는 거야. 시체 같은 상태잖아, 작은 죽음인 거지.

A: 나는 오르가즘이 작은 죽음인 줄 알았지. 라 프티트 모르La petite mort.[23)]

B: 내 사유를 탈선하게 만들려고 그러는 거야? 신비디아의 항해를 에로틱한 이야기로 바꾸고 싶어? 그것도 쉽게 할 수 있잖아, 알다시피. 뱃사람 신비디아. 전설적인 애욕을 지닌 음탕한 여자의 그 유명한 항해. 죄짓기를 즐기는 나쁜 여자, 바다의 매춘부, 남자

---

23) 프랑스어로 작은 죽음이라는 뜻이다. 간혹 여성들이 오르가즘 후에 의식을 잃는 것을 일컫는다.

의 육체를 탐하는 외설적이고 도발적인 아가씨. 그건 그렇고, 당신 그거 새 블라우스야?

A: 마음에 들어?

B: 당신의 작고 아름다운 가슴이 돋보이네. 우리 창조적 노동을 잠시 멈추고 작은 죽음을 즐겨볼까?

A: 나중에, 여보, 이따가. 죄든 나쁜 짓이든 이미 한동안은 모자랄 일이 없겠어. 우리는 서사의 위기에 도달했지만, '그런' 종류의 위기는 아니라고. 그녀가 의식을 잃는 건 용납하겠어. 바닷가로 떠밀려와서 깨어나겠지. 이글이글 불타는 태양 아래 홀로. 멍들고 만신창이가 된 몸, 옷은 다 찢겨 있고. 살려달라고 아무리 외쳐도 대답이 없겠지….

B: 영화라면, 전략적으로 옷을 찢을 거야. 하얀 모래사장에 유혹적으로 누워 있을 때 들썩이는 가슴과 축축하게 젖어 헝클어진 긴 머리를 관객들이 음미할 수 있도록 말이야….

A: 이건 영화가 아니고, 우리는 성적인 관음주의에 동참하지도 않아.

B: 괜히 작은 죽음 운운해서 시작한 게 당신이잖아. 게다가 모든 이야기는 관음주의적이야. 그게 이야기가 주는 쾌감이라고, 그렇지 않아? 청자나 독자는 위험·불행·격정을 안전한 거리에서 체험하지. 아이들은 사랑 이야기를 좋아하고, 심지어 섬뜩한 이야기도 좋아해. 특히, 동화가 다 그렇듯, 좋게 끝나는 결말이라면 말이야. 적어도 주인공들의 경우에. 그래서 영원히 행복하게 사는 거잖아.

A: 나 잠깐 우리 토론을 끊고 인용문 시험을 하나 내야겠어. 관련이 있는 거야. "독자여, 나는 그와 결혼했다. 우리는 조용한 결혼식을 올렸다. 그와 나, 목사와 사무원만 참석했다." 어디서 나온 글이게?

B: 유명한 책이지. 내가 아는 건 그게 다야.

A: 샬럿 브론테의 《제인 에어》, 38장의 첫 문장들이야. 당신 그 소설 한 번도 안 읽었지, 그렇지?

B: 응. 읽기 시작한 적은 한 번 있는데, 나한테는 안 맞더라고. 제인 에어가 신바디아와 무슨 상관인데? 당신은 꼭 그렇게 샛길로 새야 해? 우리 벌써 신바디아를 결혼시킬 거야? 아직 섬에서 탈출할 길도 못 찾았다고.

A: 샛길? 샛길이라고? 우리의 여주인공을 바닷가에 누운 싸구려 포르노그래피 배우로 만든 게 누군데? 내가 그랬어? 소유의 대상이 아니라 소유의 주체인, 수동적 존재가 아니라 능동적 존재인 여주인공이 나올 수는 없어? 그게 여덟 번째 항해의 존재 이유란 말이야. 그 여자, 신바디아는 이야기란 말이야. 주인공이 길에서 향유하는 맛있는 이야깃거리도, 이야기 끝에 쟁취하는 포상도, 결혼으로 팔려가는 상품도 아니라고!

B: 당신 소리 지르고 있어.

A: 나 소리 지르는 거 아니야!

B: 여보, 당신 유머 감각은 어디 둔 거야? 내가 당신 놀리고 있는 거 몰라? 우리 이야기로 놀고 있잖아. 원래 재미있어야 하잖아.

A: 진지하지 않으면 재미있을 수가 없어. 판돈이 크지 않으면 재미가 없단 말이야. 이야기가 그냥 농담이면 아무도 관심을 갖지 않아. 희극 역시 심오한 인간적 주제를 탐구해야 하니까. 셰익스피어를 생각해 보라고. 《베니스의 상인》을 생각해 보라고. 희극이지만 또 비극이기도 하잖아. 포샤를 생각해 봐. 법학박사로 변장해 법정에서 논증하고 안토니오를 구하잖아. 그 극에서 포샤의 천재성에 견줄 사람은 아무도 없어.

B: 그러면 《천일야화》의 변장하지 않은 천재는 누군데?

A: 세혜라자데.

B: "그리고 왕은 그녀의 이야기를 듣는 데 동의했다. 그녀는 이야기를 시작하고, 그녀가 하는 이야기는 스토리텔링에 관한 이야기, 여러 이야기 안의 한 이야기, 각각의 이야기가 그 자체로 스토리텔링을 다루는 이야기다. 그 이야기를 통해 한 사람이 죽음으로부터 구원받는다." 누가 쓴 글이지?

A: 폴 오스터. 《고독의 발명》.

B: 인용문 퀴즈는 당신이 이겼다.

A: 우리는 목숨을 부지하기 위해 이야기를 하는 거야.

B: 우리는 이야기가 없으면 우리가 이해할 수 있는 삶도 없기 때문에 이야기를 하는 거야.

A: 우리가 함께하는 삶은 하나의 이야기거나 우리가 스스로 들려주는 이야기들의 모음집이지. 그리고 우리는 살아가며 계속해서 그 이야기들을 고쳐 써. 하지만 당신이 말하는 우리 이야기는

내가 말하는 우리 이야기와 같지 않지.

B: 그래, 우리는 서로 다르고, 우리는 세상을 다른 눈으로 보니까.

A: 그래도 이 한 가지에 대해서는 동의할 수 있지. 당신과 나는 신비디아를 계속 살려둘 거야. 그래야 그녀가 집으로 돌아가서 자식들에게 그 이야기를 들려줄 수 있으니까.

B: 그 아이들은 어디서 나오는데?

A: 여보, 어느 시점에서는, 우리가 결혼을 시켜야지, 알잖아, 그래야 이야기를 들려줄 아이들이 생길 테니까. 그건 아주 중요해. 그렇게 해서 이야기들이 죽지 않고 살아가는 거야.

B: 그 행운의 남자는 누구야?

A: 그러니까 남편 말이야? 아, 누군가 마음 착하고 온순한 성격에 훌륭한 유머 감각을 지닌, 아이들을 사랑하는 남자, 어쩌면 작가일 수도 있고. 모험 그 자체와 결혼해야 하니까, 집에 아주 많이 붙어있는 편이 제일 좋겠지. 공책에 글을 끼적이면서 말이야.

B: 나 같은 사람이구나.

A: 나 같은 사람일 수도 있고.

B: 좋아. 신비디아는 우리 같은 사람과 결혼할 거야. 그리고 항해를 마치고 돌아와 열 명의 자식을 낳은 후에는 아마도….

A: 다섯, 자식은 다섯이야.

B: 다섯 자식을 낳고 나면, 신비디아는 집에 머물면서 섬에서 거대한 바다 괴물과 싸워 죽였던 기억으로 회고록을 쓸 거야. 여덟 개의 팔과 여덟 개의 다리와 칼날 같은 손톱을 지닌 맹폭한 짐승을 물리치고 놈이 동굴에 숨겨둔 보물을 발견하고, 때마침 지나가던 배에 구조되어 우연히 승선해 있던 작가와 사랑에 빠지는 거지….

A: 좋은데. 여덟 개의 팔과 다리가 마음에 들어. 하지만 결혼하기 전에 연애를 몇 번 해야 하지 않을까? 어떻게 생각해?

B: 난 당신이 악마라고 생각해.

A: 하지만 착한 악마야. 유머 감각도 갖춘.

B: 독자여, 그녀는 그와 결혼하기 전에 연애를 많이 했지만, 일단 결혼한 후에는 둘이서 영원히 행복하게 살았다, 뭐, 그렇게 되

는 거야?

A: 아니. 미안하지만 둘이 싸워.

B: 싸운다고?

A: 아, 물론이지, 세상을 다르게 보기 때문에 허구한 날 싸워.
그렇지만 차이를 서로 용서하고 다시 각자의 이야기를 쓰는 일로
돌아가지.

B: 그렇지만 작은 죽음을 위한 시간을 내지.

A: 시간을 내서 작은 죽음은 물론이고 위기를 겪기 전에 오는
포옹과 밀어내기와 우는 소리도 다 하지. 그런 일들, 우리가 살아
남을 수 있는 작은 죽음들이 없으면 삶은 살 가치가 없으니까.

B: 끝.

A: 라 팡La Fin.[24]

---

24) 프랑스어로 끝.

B: 꼭 당신이 마지막으로 말해야 해?

A: 그래, 내가 마지막으로 말하게 해줄 거야?

B: 그래.

2011

그는 펜을 떨어뜨렸다

제인 오스틴의 《설득》은 따분한 책을 읽는 따분한 남자로 시작한다. "서머싯셔의 켈린치 홀의 월터 엘리어트 경은, 준남작 명부 말고는 어떤 책도 재미로 집어 들고 읽지 않은 사람이었다…." 월터 경 자신의 귀족적 혈통이 기록된 페이지가 '항상 펼쳐져 있는' 영국 귀족의 계보집은 그 남자의 혐오스러운 나르시시즘을 깔끔하게 요약해 보여주지만, 또한 소설 그 자체의 결정적 문제를 천재적으로 소개하는 대목이기도 하다. 소설은 인간을 움직여 행동하게 만드는 언어의 힘에 의존한다. 처음부터, 우리는 《설득》의 가부장이 무활동의 남자라는 걸 알게 된다. 말 그대로 똑같은 페이지에 묶여 꼼짝도 못 하는 사람 말이다.

그러나 《설득》의 독자가 처음 여주인공과 만나게 되는 것도 바로 이 준남작 항목에서다. '켈린치 홀의 엘리어트' 가문을 소개하는 항목에서 "앤, 1787년 8월 9일 출생"은 언니 엘리자베스와, 상속자가 될 수도 있었으나 사산된 남동생 사이에 끼어 있다. 그리고 또 다른 딸 메리가 나온다. 여섯 문단 아래에서, 월터 경과 이제는 고인이 된 레이디 엘리자베스의 둘째 딸이 다시 등장한다. "…앤은 우아한 정신과 다정한 성격을 갖추고 있었기에 제대로 알아보는 사람이라면 누구나 높이 평가했을 성품이었지만, 아버지는 물론 동생에게도 하찮은 취급을 받았다. 그녀의 말은 중요하지 않았다. 그녀의 편익은 언제나 양보되어야 했다. 그녀는 그저 앤일 뿐이었다." 《설득》이 던지는 고통스러운 질문은 이러하다. 하찮은 취급을 받는 사람의 말은 어떻게 해야 세상에 일말의 힘을 행사할 수 있을까?

많은 동시대인에게 오스틴의 제목은 수사학이라는 기예를 불러일으켰을 것이다. 아리스토텔레스는 수사학을 "어떤 특정한 상황에서라도 설득의 수단을 발견하는 능력"이라고 정의했다. 그러나 오스틴의 독자들은 이 고대의 철학자보다는, '신수사학the New Rhetoric'을 먼저 뇌리에 떠올렸을 확률이 높다. 신수사학은 고전적 수사학과 18세기의 사상을 혼합해 시와 소설을 포함한 모든 형태의 담론으로 확장한 것으로, 순수한 웅변의 기술이 아니라 글로 쓰인 텍스트의 기술이기도 하다. 신수사학은 팽창하고 있던 인쇄문화와, 그것과 함께 증가하는 문해력을 갖춘 책 소비자들에게 소구했다. 1776년 출간되어 큰 영향을 미친 《수사 철학》에서, 스코틀랜드의 목사 겸 학자 조지 캠벨은 담론에는 네 가지 뚜렷하게 특징적인 형식이 있다고 주장했다. 재미를 주는 담론, 확신을 주는 담론, 감동을 주는 담론, 설득하는 담론이다. 그러나 오로지 설득하는 담론만이 행동으로 귀결된다. 캠벨은 저서 7장에서 열정이 없는 설득은 불가능하다고 주장한다. "설득이 목적이라면 열정 또한 관여되어야 한다. 우리 사상에 탁월함을 부여하는 자질이 상상력이라면, 안정감을 부여하는 자질이 기억력이라면, 열정은 더 큰 일을 한다. 상상과 기억에 활력을 주기 때문이다. 열정에 호소하지 않고 설득할 수 있다는 주장은 터무니없는 허튼소리다. 가장 냉정한 합리적 논증가는, 설득할 때 어떤 식으로든 항상 나서서 열정에 호소한다." 캠벨에게 이성은 필수적인 자질이지만 설득의 충분조건은 아니었다.

직접 세어보니 이 소설에서 '설득'이라는 말은 다양한 형태로 20~30번쯤 나온다. 처음 이 단어가 나오는 건, 앤이 분에 넘치는 호사를 누리다가 경제적 위기를 맞은 아버지와 동생을 구제할 계획을 궁리하는 장면에서다. 주목할 점은, 아버지와 동생이 앤을 전혀 도와주지 않는다는 사실이다. 오히려 그들은 가족의 친구인 레이디 러셀을 찾아가고, "아무도 생각조차 하지 못했던 일을 한 건 바로 레이디 러셀이었다. 그리고 그녀는 앤과 상의했다." "우리가 네 아버지를 설득해 이걸 다 하게 할 수만 있다면, 문제가 상당히 해결될 수도 있겠어." 그러나 레이디 러셀이 앤의 재정긴축안을 월터 경과 엘리자베스에게 제시하자, 두 사람은 일언지하에 거절한다. 완벽한 논리로 구축된 논증은 마음이 흔들리지 않는 사람들을 움직일 수 없다.

나는 스무 살 때 처음《설득》을 읽었다. 그 후로 내 삶에 여러 다양한 기점이 닥칠 때마다 몇 번 더 읽었다. 제인 오스틴이 마지막으로 완성한 소설은 그녀의 작품 중에서 내가 가장 사랑하는 책이 되었다. 솔직히 젊었을 때보다 지금 읽으면 더 고통스러운 이야기지만 말이다. 소설을 처음 읽는 독자라면 끝에서는 잘 되니 마음을 놓아도 된다. 그러나 이 책의 세계는《오만과 편견》이나 《엠마》의 세상과 다르다. 이 소설들의 세상은 발랄하지만 근시안적인 여주인공이 있고, 이들의 감상적인 교육과 그에 따르는 떨림이 질서정연하고 위계질서가 잘 잡힌 계급 사회에서 벌어진다. 많은 비평가가 이미 지적했듯,《설득》에서는 지형이 바뀌었다. 과거의 부자들은 신흥부자들에게 자리를 내주었고, 귀족 중심의 사회는 능력 위주의 사회로 바뀌었다. 준남작 명부에 적힌 따분한 문장들이 월터 경을 홀릴 수 있을지는 몰라도, 그의 몰락을 막을 수는 없다. 켈린치 홀은 해군의 크로프트 제독에게 임차되는데, 제독은 월터 경과 달리, 행동력이 매우 뛰어난 인물이다. 그는 나폴레옹 전쟁에서 일가를 이루었다. 사회적 격변이 진행 중이고 사적인 영역에도 여파가 밀어닥쳐서, 이로 인해 앤도 결국 자신이 찾던 수사적 기회를 찾게 된다. 그녀 또한 더욱 폭넓은 이해력을 지닌 사람들과 새롭게 어울리게 되기 때문이다.

이 소설의 핵심에 있는 딜레마는 이러하다. 열아홉 살 때 앤은 레이디 러셀의 설득에 넘어가 당시 사랑하던 남자인 프레드릭 웬트워스 대위를 포기한다. 대위는 '재산'도 없거니와 '이룬 것'도 없기 때문이었다. 레이디 러셀의 논증은 비합리적이지 않다. 그 청년의 미래는 불확실했다. 레이디 러셀은 걱정과 애정으로 앤에게 조언을 건넸다. 더욱이, 어렸던 앤 엘리어트가 자신의 감정을 '양보'하고 연상의 친구 말을 들었다는 것도 놀랍지 않다. 겉만 번드르르한 허영꾼을 아버지로 두고 얄팍하고 이기적인 자매가 둘이나 있는 앤에게는, 어머니가 돌아가신 후 의지할 사람이 레이디 러셀뿐이었다. 화자는 신랄한 아이러니를 섞어서 레이디 러셀이 그녀에게 "거의 어머니의 사랑"과 같은 애정을 주었다고 설명한다. 8년 후, 앤은 친구의 설득에 넘어갔던 대가를 치르고 있다. "꽃 같은 젊음과 활력을 너무 일찍 잃은" 것이다. 웬트워스를 향한 사랑은, 적어도 기억 속에서는, 여전히 빛바래지 않았다. 잃어버린 연인을 향한 지순한 마음과, 결혼적령기를 한참 지난 나이는, 또 다른 사랑의 기회를 방해했다. 오스틴은 앤의 상실이 오히려 이득이었다고 유창한 달변으로 주장한다. 캠벨은 달변을 "타인의 마음에 우리 감정을 전해 특정한 영향을 미치는" 수단이라고 정의했다. 시간이 앤을 유창한 달변가로 만들어주었다.

"앤 엘리어트는 그때 너무나 유창하게 말할 수도 있었다. 적어도, 그 따뜻한 풋사랑과 미래를 대하는 명랑한 자신감을 편들고 싶은 소망으로, 달변을 토할 수도 있었다. 노력을 모욕하고 섭리를 불신하는 듯 보이던 그 과도하게 불안한 신중함에 유창하게 맞설 수도 있었으리라. 앤은 젊은 시절 억지로 신중함을 강요당했고, 나이가 들면서 로맨스를 배웠다. 부자연스러운 시작의 자연스러운 전개였다." 앤은 젊은 날의 자신이 귀담아들었을 법한 수사적 논증을 찾아냈다. 열정을 쏟아 젊은 날의 자신을 설득할 수도 있었을 논증을. 그랬다면 그때 위험을 무릅쓰고 행동에 나서게 할 수 있었을 텐데. 오스틴의 사유는 워낙 교묘하고 은근하기에 앤이 초년에 했던 선택을 옳고 그름의 문제로 구획하지는 않는다. 화자가 "있었으리라"라는 가정법 시제를 활용하는 방식은 독자를 훗날의 앤과 초년의 앤 사이의 담론적 변증법에 자리하게 한다. 훨씬 성숙해진 앤은 이제 젊은 날의 자신이 듣지 못한 입장을 유창하게 대변할 수 있다.

앤 이야기의 쓰라린 슬픔은 인간의 후회가 읊조리는 만트라, 바로 "그럴 수도 있었는데"에 있다. "앤 엘리어트는 그때 너무나 유창하게 말할 수도 있었다…." 그러나 그 말들은 질식당했다. 앤 자신 말고는 대화 상대가 아무도 없었기 때문이다. 그녀의 가족과 그들이 어울리는 무리에서, 앤은 '하찮은 존재'라는 위상을 부여받았다. 그녀는 말을 아끼거나 아예 말을 하지 않는다. 사회적 교류에 필요한 상호이해가 부재하기 때문이다. 친언니 엘리자베스는 "앤은 나한테 아무것도 아닌 사람이야"라고 선언한다. 앤이 말할 때는, 듣는 사람이 있을 때보다 없을 때가 많다. "그러나 아무도 듣지 않았다, 아니 적어도, 아무도 대답하지 않았다." "그들은 그녀 말을 귀담아들을 의향이 전혀 없었다." "그들은 앤과 관련된 일이라면 뭐든 별 관심을 두지 않았다." 웬트워스가 돌아온다.

이제는 부자가 되어 결혼할 결심을 했지만 자신을 거절한 앤에게 여전히 화가 나 있다. 그는 앤의 성격이 유약하고 결단력이 없다는 결론을 내렸다. 웬트워스는 앤이 '과도한 설득'의 희생양이라고 믿고, 정중하지만 싸늘한 태도로 그녀를 대한다. "두 사람은 평범한 예절이 요구하는 것 이상의 대화나 교류는 전혀 나누지 않았다. 한때는 서로에게 그토록 대단한 존재였는데. 이제는 아무것도 아닌 사이였다!" 이 "아무것도 아닌 사이"는 웬트워스보다 앤에게 훨씬 더 끔찍한 사태다. 대위가 사랑스럽고 집안 좋은 어퍼크로스의 젊은 숙녀들에게 은근히 추파를 던질 때, 앤은 참담한 심정으로 침묵을 지킨다.

윌리엄 제임스는 《심리학Psychology》에서 이렇게 썼다. "사람을 사회에 방면하되 사회 성원 모두가 철저히 못 본 척한다는 것이 실체적으로 가능하다면, 그보다 악마 같은 형벌을 고안할 수는 없으리라." 하루하루 아무것도 아닌 존재로 살아가는 앤의 삶은 그런 끔찍한 소멸에 위태롭게 근접해 있다. 제인 오스틴의 소설은 한 편도 빠짐없이 제임스가 "사회적 자아"라고 칭한 복잡한 현실을 탐구하지만, 《설득》에서 내건 판돈은 존재론적이다. 다른 사람들이 당신을 인정하지 않고 말을 해도 대답조차 하지 않으면, 당신은 무엇인가? 당신의 말이 아무리 설득력이 있어도, 내뱉기도 전에 힘을 잃는다면, 당신은 사람인가 유령인가?

아리스토텔레스에게 수사학의 기예는 여자, 아이, 노예, 또는 시민이 아닌 자들에게는 적용되지 않았다. 사회에서 그들의 종속된 지위는 그들에게는 어떤 것도 설득할 필요가 없음을 의미했다. 그들에게는 그냥 말만 하면 되었다. 18세기에는 여자가 대중 앞에서 연설하는 일이 별로 없었다. 1763년 존슨 박사가 보스웰에게 했던 말이 훌륭한 예다. "여자의 설교는 개가 뒷다리로 서서 걷는 것 같지요. 잘하지는 못하더라도, 어쨌든 했다는 사실에 놀라게 되니까요." 이렇게 흔히 인용되는 문장들의 심드렁한 잔인함을 과소평가해서는 안 된다. 캠벨과 다른 사람들이 옹호하는 광의의 수사학은 암묵적으로 여성을 끌어들인다. 그런 장치는 소설이나 시뿐만 아니라 사적인 편지, 감사 쪽지, 거실의 대화에서도 활용할 수 있기 때문이다. 새로운 수사학은 옛 수사학의 메아리를 담기도 한다. 《파이드로스》에서 플라톤의 소크라테스는 말한다. "수사학을 총체적인 본질로 보면 말의 힘을 빌려서 영혼을 이끄는 기술이 아니던가? 법정과 여러 다른 공적 모임뿐 아니라 사적인 모임에서도 마찬가지가 아닌가?"

《설득》의 사적 모임에는 확실히 말이 많은 여자들이 있다. 앤의 동생 메리는 잠시도 쉬지 않고 수다를 떠는데, 말이 이어질수록 점점 더 참아주기 어렵다. 미스 클레이는 말을 잘하지만 배은망덕하고 표리부동하다. 엘리자베스는 차갑고 멍청하고 격식을 따진다. 그리고 "사람을 설복해 무슨 일이든 다 하게 만들 수 있다"고 묘사된 적이 있는, 달변의 레이디 러셀은 시야가 왜곡되어 조언까지 망가뜨릴 정도로 계급적 편견이 심하다. 소설의 간접 화법을 통해 전해지는 앤의 마음의 움직임—정확한 사유, 예리한 관찰, 요동치는 감정 — 에 접근할 수 없다면, 독자가 앤을 '알' 길이 없었을 것이다. 책의 상당 분량에서 앤은 큰 소리로 말하는 일이 거의 없다. 독자를 앤의 고통 안으로 들여보내 주는 건, 앤의 열정적인 내적 존재를 내밀하게 알고 있는 화자다. "앤의 떨림과 전율은 오로지 혼자만의 것이었다." 함께 있는 다른 사람들이, 웬트워스까지 포함해서 댄스를 즐길 때 앤은 눈물을 머금고 순순히 피아노를 친다. 두 살짜리 조카가 앤에게 과한 관심을 쏟으며 매달려 목을 조르다시피 하고 있을 때, 웬트워스가 남자아이의 손가락을 잡아 풀어 곤경에서 구해주자 앤은 그만 "완전히 말문이 막힌" 상태가 되어버린다. 요동치는 감정이 너무 격해 방에서 물러나 회복해야만 한다. 앤은 격해지는 감정, 불안, 수시로 붉어지는 얼굴에서 회복하느라 많은 시간을 보낸다.

논란의 여지는 있으나, 바닷바람에 노출된 덕까지 더해, 이처럼 요동치는 내면의 격랑이, 꽃처럼 피어오르던 초년의 앤을 되살리는 데 크게 이바지한다. "앤은 놀랄 만큼 좋아 보였다. 앤의 아주 단정한, 아주 어여쁜 생김새는, 얼굴에 좋은 바람을 맞고 활기를 찾은 눈빛 덕에 새삼 되살아난, 꽃피는 청춘의 싱싱한 낯빛까지 갖추게 되었다." 앤은 라임으로 여행을 왔고, 때마침 모르는 신사의 눈에 띠어 칭찬까지 받은 참이다. 게다가 프레드릭 웬트워스가 그 신사의 대놓고 선망하는 눈길을 보고 말았고, 이를 계기로 앤을 흘끗 쳐다보게 된다. 그리고 그 순간 "앤 엘리어트다운 무언가를 다시 보게 되었다"는 사실을 알린다. 세 사람 사이에서 무언의 시선들이 오가는 이 순간이야말로 가히 서사의 획기적인 반환점이고, 이로써 여주인공에게 새로운 수사적 가능성들이 열린다. 대화에 입장을 허락받기 전에 그녀는 먼저 '보여야' 한다. 발화자들의 모임에서 자격이 있는 성원으로 인정받아야만 한다. 선망 어린 시선을 보낸 낯선 신사는, 알고 보니, 가문의 재산을 상속받을 앤의 사촌 엘리어트 씨로 밝혀진다. 그 눈길은 효과적으로 앤을 '아무것도 아닌 사람'으로부터 '중요한 사람'으로 변화시킨다. 주고받는 시선의 이 말 없는 유희에서 앤은 이중으로 인정받는다. 엘리어트에 의해 욕망의 대상으로 보일 뿐만 아니라 웬트워스에 의해 다시 '보이게' 된다. 들리지 않고, 주변화된, 말 그대로 "언급할 가치가 없던unremarkable" 앤은 전혀 다른 자리로 위상을 바꾸게 된다.

켈린치 홀에서 쫓겨난 가족의 불행은 앤의 설득력을 보여주는 매체가 된다. 앤이 어퍼크로스로, 라임으로, 또 바스로 여행하지 않고 고향에 머물러 있었다면, 신분은 좀 낮아도 훨씬 활력 넘치고 친절하고 열린 사람들과 어울릴 수 없었을 테고, 월터 경의 홀대 받는 노처녀 딸로 계속 살아가야 했을 것이다. 영원히 상실을 애도하고 윗사람들에게 순응하는 상태로 고정되어, 인생의 잃어버린 한 페이지에 영원히 속박당한 여자가 되었을 것이다. 얼마든지 가능했던 이 운명의 잔인한 부당함이《설득》전편에 울려 퍼진다. 그리고 매우 적절하게도,《설득》은 논증을 통해 절정에 다다른다. 앤의 출중한 수사적 기예가 빛을 발할 기회를 얻고, 그 달변이 "그럴 수도 있었던" 일을 "마땅히 그렇게 될 일"로 바꾸기 때문이다.

남자와 달리 여자의 마음은 변함없이 충실하다는 내용으로 벌어지는 이 논쟁은 표면적으로 앤과 왕립해군 소속의 다른 군인 하빌 대위 사이에서 벌어지지만, 앤의 연설이 겨냥하는 진짜 목표는 같은 방 테이블에 앉아 편지를 쓰고 있는 프레드릭이다. 여자의 애정을 명쾌하게 논증하면서도 열렬하게 변호하는 앤의 열변을 들은 웬트워스 대위는 펜을 떨어뜨린다. 그리고 소설사에서 가장 기억에 남을 만한 대화가 이어진다. 하빌은 문학에는 변덕스러운 여자들이 굉장히 많이 나온다는 점을 지적한다. 그러더니 시인한다. "그렇지만 아마도, 그런 건 다 남자들이 쓴 글이라고 말씀하시겠지요."

앤은 그가 열어준 문을 지나 드높이 도약한다. "아마도 그럴 거예요. 그래요, 그래요, 괜찮으시다면 책에 나오는 사례는 인용하지 말아 주세요. 남자들은 자기 이야기를 함으로써, 우리에 비해 온갖 우위를 한껏 누렸다고요. 교육은 남성의 전유물이었고, 그 격차는 너무나 컸어요. 펜은 남자들 손에 있었다고요. 나는 책들이 그 어떤 논지라도 입증하게 허락하지 않을 거예요."

책으로 시작한 책. (절대 여성이어서는 안 되는) 남성 상속자들의 계보를 열거한 책으로 시작한 어떤 책은 돌고 돌아 여러 다른 책들로 귀결된다. 대체로는, 펜을 이용해 매혹하고 꼬드기고 조롱하고 자기 목적을 위해 설득하며 온갖 우위를 누렸던 남자들이 쓴 책들이다. 나는 이 말을 덧붙여야겠다. 그 과정에서 종종, 과거에도 지금도 아무도 그녀의 말을 들어주지 않는 여자들이 희생되었다고. 그러나 《설득》의 독자인 우리는, 다른 여자의 힘, 그 절정에 달한 수사학적 힘의 수혜자다. 그녀의 이름은 제인 오스틴이다. 독자여, 그는 펜을 떨어뜨렸다.

2016

읽기라는 수수께끼

"《폭풍의 언덕》은 이상한, 비예술적인 이야기다." 익명의 영국 서평가는 1848년 1월 〈아틀라스〉에 이렇게 썼다. "이건 이상한 책이다." 〈이그재미너〉에서도 이런 논평이 나왔다. "그의 책은 이상하게 독창적이다." 〈브리태니아〉의 또 다른 서평은 말했다. 《폭풍의 언덕》은 이상한 종류의 책이다. 모든 정격 비평을 당혹스럽게 한다." 〈더글러스 제로드 주간신문〉의 네 번째 평자도 말했다. 그리고 이렇게 말을 잇는다. "그러나 시작하면 끝을 보지 않을 수가 없다. 읽고 나서 구석에 치워놓고 아무 말도 하지 않는 일도 있을 수 없다." 이상함이라는 요소로는, 비평가들이 에밀리 브론테가 1847년 엘리스 벨이라는 필명으로 출간한 소설을 추천하게 할 수 없었다. 기껏해야 그들은 재능있는 작가가 쓴 결함 있는 소설로 취급했을 따름이다. 좀 더 세련되게 다듬어지면 꽤 괜찮은 작가가 될 수 있을 거라면서.

미국 비평가들의 대다수는 이 책에 훨씬 매정한 반응을 보였다. 도덕적으로 분노했기 때문이다. "우리는 《폭풍의 언덕》을 읽고 나서 페스트에 감염된 집에서 방금 나온 기분으로 일어났다." 이것이 〈패터슨스매거진〉이 내린 평결이었다. "천박한 타락과 부자연스러운 공포의 복합체다." 〈그레이엄 레이디스매거진〉의 서평가도 일갈했다. 〈노스아메리칸리뷰〉의 에드윈 P. 위플은 벨의 소설의 서평을 이런 문장으로 마무리했다. "시종일관 악마들이 춤을 추고 늑대들이 울부짖는 악몽과 꿈들, 소설로는 형편없다."

'고전'이 된 책들에 쏟아진 혹평을 돌아보며 우월감에 젖어 은근히 즐거워하는 건 흔한 일이다. 우월한 위치에서 내려다보는 이런 태도는 상당 부분 문학적 정전을 만들어 낸 보이지 않는 사람들에게서 전수받은 문화적 지혜 덕분이다. 이들이 선택한 작품들이 고등학교와 대학교의 영문학 강의 독서목록에 올랐기 때문이다. 피츠제럴드의 신작은 따분한 범작이라는, 1925년 〈뉴욕월드〉에 게재된 《위대한 개츠비》 서평의 헤드라인은 이제 둔감한 비평의 대명사로 악명을 날리고 있다. 그러나 문학적 정전이라는 생각 자체가 최소한 반세기에 걸쳐 맹공을 받고 있다. 수십 년 전 합의된 위대함의 기준은 전쟁을 방불케 하는 정치적 견해들로 대치되었다. 정전을 만든 사람들이 전수한 지혜에 반발하는 데는 마땅한 이유가 있다. 그들은 자신의 '취향'이라는 엄격한 규준 안에 들어맞지 않는 작가들의 작품에는 아예 눈을 감았기 때문이다. 그런 작가의 상당수는 여자와 비백인이었다. 기득권의 인정을 받은 소수의 예외는 있었지만 말이다.

종류는 다르더라도 도덕적 분노는 문학에 대한 미국인들의 흔한 반응이다. 예를 들어, 《위대한 개츠비》에서 울프셤의 인물 묘사는 반유대주의적이라는 비난을 꽤 오랫동안 받아왔고, 이 때문에 2020년 강의의 독서목록에는 오르지 못할 수도 있다. 그러나 마이클 피카로프스키 같은 학자는 〈F. 스콧 피츠제럴드 리뷰〉에 제이 개츠비 자체가 "사회적으로 유대인과 같은 취급"을 받는다고 주장하고 있다. 독창적인 생각이다. 문학에서 여성혐오, 인종차별, 종족혐오, 더 큰 인류에게 가해진, 헤아릴 수도 없는 온갖 추악한 공격의 얼룩을 제거하는 과정에서 우리의 도서관들은 급격히 쭈그러들어 결국 문학의 정화라는 수고로운 일을 떠맡은 사람들의 축복을 받은 책 몇 권만을 보유하게 될지도 모른다. 그러나 엄청나게 다독하는 세련된 독자들마저도 여자들을 살해하는 사이코패스 화자들이나 먹잇감을 스토킹하는 소아성애자들에게는 마음을 열면서 '좋은' 소설에 필수적이라고 간주하는 어떤 요소, 또는 그 요소들이 없다는 이유로 특정 텍스트에 짜증을 내거나 심지어 반감을 갖곤 한다.

나는 뉴욕시가 주최하는 공공 북클럽 시리즈에 몇 년째 계속해서 참여하고 있다. 일군의 작가들이 문학 고전을 읽고, 무대에서 그 작품들을 논하고 열정적인 관객들의 질문을 받는다. 모두 그날 저녁을 위해 책을 미리 읽고 준비해온 독자들이다. 우리는 제인 오스틴의 책들을 단번에 전부 읽어버렸지만,《미들마치》,《안나 카레니나》,《여인의 초상》,《마담 보바리》 같은 개별 작품들도 다루었다. 우리는《폭풍의 언덕》은 읽지 않았지만, 언젠가 토론 중에, 내가 선망하는 어느 작가가, 그것도 비범한 재능을 지닌 작가로 널리 추앙받는 그 사람이 에밀리 브론테의 소설을 "끔찍하게 싫어한다"고 밝혔다. 내가 뭐라고 응했는지는 기억나지 않는다. 중얼중얼 그 책의 변명을 늘어놓았을지는 몰라도, 그 변명은 정확히 내 마음의 숨겨진 구석에 처박혀 버렸다. 내 대화 상대의 비난은 젠체하는 정전이 싫다든가 도덕적 순수성이 우려된다든가 하는 게 아니라, 내 기억이 옳다면, 전반적으로 난무하는 과장과 호언장담이 싫다는 것이었다. 춤추는 악마들과 울부짖는 늑대들은 '나쁜 소설'의 재료라고 선언한 위플 씨의 감상을 반영하는 평이었다.

《폭풍의 언덕》에 대해서는 내 동료 작가와 의견이 다르지만, 나 역시 시시각각 변하는 읽기의 무상함을 잘 알고 있고, 책을 석조기념물로 만드는 짓이 부조리하다고 생각하고 있다. 에밀리 브론테의 유일한 책이 지금은 학자들 사이에서 '천재의 작품'으로 인정받게 되었지만, 이 책이 불러일으킨 엄청나게 다양한 읽기는 가히 놀라울 따름이다. 이 책은 무수히 많은 다른 관점에서 읽혀 왔다. 마르크스주의, 정신분석학, 페미니즘, 신학, 낭만주의와 고딕 문학 전통에 대한 반응, 또는 참담한 굴욕과 인격 장애를 위시한 정신병들을 다룬 심리학적 소설로 읽히기도 했다. 몇 가지 사례만 나열해도 이 정도다. 또한 학자들 사이에서는 이 책이 실제로 다루는 '내용'이 무엇인가에 대해 날카로운 의견 대립이 있다. 학문적 연구가들은 — 이들이 모두 문학 학과 소속은 아니다 — 이 소설에서 상충하는 의미들을 줄줄이 찾아냈다. 에밀리 브론테는 플라톤주의자다. 참된 형태는 환각과 같은 이 자연 세계 저 너머 영혼의 영토에 존재한다. 그런가 하면 에밀리 브론테가 스토아학 파라고 주장하는 이들도 있다. 또 다른 이들은, 그게 아니라 브론 테는 자연주의의 한 형식을 취했다고 말한다. 그녀는 신을 믿었 다. 그녀는 신을 믿지 않았다. 감리교와 그 열렬한 신앙을 가까이 에서 접했다는 사실이 서사의 강렬한 정서를 설명해준다. 이렇게 보면 많은 생각이 이 책에 편안히 녹아드는 것 같다. 내가 읽은 자 료 목록에는 이런 제목도 있었다. "가족 체계 이론, 중독, 그리고 에밀리 브론테의《폭풍의 언덕》"

비평가에 따라 다르지만, 소설의 주인공 악당인 히스클리프, 언 쇼 씨가 리버풀 거리에서 유기된 것을 발견하고 데려온 이상한 소년은 아일랜드인이거나 유랑하는 북부 인도인이거나 흑인이다. 그의 배경과 가족사는 텍스트에서 끝내 밝혀지지 않는다. 그러 나 '집시'라는 단어는 그를 지칭할 때 늘 비방의 표현으로 쓰인다. 사실로 제시되는 일은 없다. 그는 '검다는' 인상을 주고 머리카락 도 검지만 비평가들은 그의 출신을 어림짐작할 수밖에 없고, 실제 로도 그렇게 한다. "서발턴은 말할 수 있는가?[25]《폭풍의 언덕》의 색채와 침묵"이라는 논문에서 마그다 하사벨나비는 책의 화자 중 한 명인, 가족의 내밀한 속사정을 다 알고 있는 하인 넬리 딘이 히스클리프를 '인간보다 못한' 존재로 묘사한다는 사실로 "아프리카 출신의 노예라는 우리의 가정을 입증한다"고 주장한다. 히스클리프의 출신에 대한 어림짐작은 스스로 '후기식민주의적'이라고 밝힌 하사벨나비의 해석에서 중요하다.

이 읽기에서 히스클리프는 백인의 인지가 창조한 피조물로서 "백인 '시선'의 대상"이다. 소설에서 히스클리프는 말을 하지만, 말수가 적고 자기 이야기를 글로 적거나 다른 캐릭터들처럼 편지를 쓰지 않는다. 따라서 더 큰 서사는 그를 침묵시키기 위한 수단이고, 결말의 죽음은 백인의 통치가 복원되었다는 신호다. "소설이 조화 속에서 끝을 맺기 위해서 검은 침입자는 사라져야 하고 원래 하이츠를 소유했던 사람들이 질서를 복원해 평화와 기쁨을 다시 가져와야만 한다." 비평가는 소설이 히스클리프를 그리는 방식에 모호한 부분이 있음을 시인하지만, 이것은 에밀리 브론테의 "인종차별주의적 작가적 통제"에도 불구하고 발생한다고 주장한다.

"뻐꾸기 이야기:《폭풍의 언덕》에 나타나는 인간의 본성"이라는 논문에서 조셉 캐럴이 읽는 방식은 하사벨나비를 추동하는 사회적 역사적 고려사항들과 멀찍이 거리를 두고 있다. 캐럴은 다윈을 소환한다. 그 역시 이질적 침입자라는 히스클리프의 위상을 주목한다. 그러나 캐럴에게 이 이상한 소년은 유럽 인종주의의 이

---

25) 서발턴subaltern은 하위자라는 뜻으로 영국 군대의 하위 계급을 지칭한다. 이탈리아 사상가 안토니오 그람시가 헤게모니가 없는 하위계층을 일컫는 말로 썼다. "서발턴은 말할 수 있는가?"는 가야트리 스피박의 유명한 논문 제목이다.

국적 타자가 아니라 생물학적 기생충에 가까운 침공자다. "넬리는 히스클리프의 이야기를 시작하면서 뻐꾸기 이야기라고 소개한다. 달리 말해, 기생충처럼 다른 유기체의 자식에게 속한 자원을 도용하는 이야기라는 말이다." 쉽게 말해, 뻐꾸기는 다른 새들의 둥지에 알을 낳는다. 다윈의 《종의 기원》이 《폭풍의 언덕》이 출판되고 나서도 10년이 훨씬 지난 1859년에야 출간되었다는 사실은 캐럴에게 별로 중요하지 않다. 에밀리 브론테는 자연에 대한 '민간' 신앙을 접할 수 있었을 테고, 그것만도 충분히 근접했을 터이기 때문이다. 캐럴은 소설에서 유전이 강력한 역할을 한다는 점, 신체적 정신적 특질들이 세대에서 세대로 전승된다는 사실에 주목해 이야기를 다윈의 적자생존이라는 틀로 구획한다.

"《폭풍의 언덕》에 관한 연구는 넘쳐나는데, 놀라울 정도로 일관성이 없다." J. 힐리스 밀러의 글은 '모든 정격 비평'을 당혹스럽게 만든다고 했던 〈제로드〉 서평의 메아리처럼 울린다. 정묘하고 예리한 비평가인 밀러는 이 소설에 대한 논문 "반복과 언캐니"에서 소설의 비밀로 통하는 문을 열어줄 열쇠는 존재하지 않는다고 주장했다. "텍스트를 통해 결정되지만 논리적으로는 병존 불가능한 의미들을 가능성의 집단으로 제시하는, 텍스트의 불균질성 그 자체를 설명하는 것이 이 소설을 읽는 최고의 독법이라는 것이 나의 주장이다." 밀러의 주장을 무수한 학자들이 인용하고 또 요약해 설명했지만, 논리적 일관성을 향한 모색은 여전히 계속되고 있다. 이 책의 의미를 논하는 황당무계하도록 다채로운 견해들을 훑어보다

보면 현기증이 난다. 그러나 이 이상하고 당혹스러운 책은 무엇인가? 어떻게 읽어야 하는가를 두고 왜 이토록 많은 논쟁을 불러일으키는 것인가? 그 어떤 비평가도《폭풍의 언덕》을 길들이지 못했다. 나는 밀러가 옳다고 생각한다. 소설을 두들겨 패서 굴종하게 만들려는 노력은 무용하다. 순순히 따라줄 리 없기 때문이다.

나는 열세 살 때 아이슬랜드 레이캬비크의 어느 집에서 이 소설을 처음 읽었다. 아버지는 아이슬랜드 영웅전설을 연구하고 계셨고 어머니와 세 여동생과 나는 그 모험에 따라나섰다. 내게는 외면적이기보다는 내면적인 모험이 되었지만 말이다. 여름이었다. 해가 끝끝내 저물지 않아서 나는 탐욕스러운 기쁨으로 소설들을 한 권씩 한 권씩 읽어치웠다. 여러 작가가 있었지만 오스틴, 트웨인, 디킨스, 뒤마, 발자크, 브론테 자매도 있었다. 내가 그해 여름 가장 사랑했던 소설은《제인 에어》와《데이비드 코퍼필드》였다. 부당한 대접을 받는 고아 두 명의 이야기들, 그들을 나는 나 자신처럼 사랑했고, 그 예민한 동일시의 감각을 나이가 든 지금도 간직하고 있다.《폭풍의 언덕》을 읽는 경험도 너무나 좋았지만, 그 책, 그 책에 나오는 깨물고 따귀를 때리고 주먹으로 치받는 맹폭한 생물들의 요컨대 유혈이 낭자한 그 방식은 무서웠고 또 도저히 이해할 수 없어 당황스럽기도 했다. 나는 이 책에서 옳고 그름, 선과 악, 천사와 악마가 함께 뒤얽혀 있고 서로를 떼어내는 것은 소용없다는 느낌을 강렬하게 받았다. 이 소설에 나오는 공포와 흥분의 이름 없는 혼합물은 그때 내 핏줄 속에 흘러 들어가 지금

266

껏 몸속을 돌고 있다.

이 이야기는 내가 안전하게 동일시할 수 있는 인물을 하나도 내어주지 않았다. 도덕적 닻도 없고, 나를 끝까지 끌고 가줄 데이비드도 제인도 없었다. 타락한 소설이라고 섣불리 비난하지 않은 초기 독자들마저도 친숙한 도덕적 우주에서 내쳐졌다는 느낌을 감지했다. 〈브리태니아〉의 서평가는 "야생 상태의 인간성"이라고 썼다. 캐릭터들에서는 "이상적 전범의 흔적조차" 찾을 수 없다. 1949년, 비평가 멜빈 왓슨은 비슷한 당혹감을 느낀다. "독자가 작품으로부터 끌어내기를 원하는 도덕이 대체 무엇일지 말하기가 어렵기만 하다."

나는 《폭풍의 언덕》을 딸 소피가 열한 살 때 읽어주었다. 소피가 혼자 책을 읽을 수 있게 된 후에도 오랫동안 밤마다 책을 읽어주었다. 우리는 소피가 혼자 읽기 어려워할 책들을 골라 읽었다. 나는 좀 망설였지만 소피가 그 책을 읽어달라고 졸랐다. 그래서 이상하고 복잡하고 무서운 책이라고, 우리가 그 전에 읽은 샬럿 브론테의 《제인 에어》와는 다르다고 말했다. 그만 듣고 싶으면 얼마든지 멈추자고 말해야 한다고 했다. 우리가 이야기 중반에 다다랐을 때 소피가 말했다. "엄마, 히스클리프와 캐서린은 별로 안 착하네요, 그렇죠?" 그래서 절대로 착한 사람이 아니라고 했다. 아이는 몇 초쯤 가만히 있더니 말했다. "하지만 엄마, 둘은 서로 너무나 사랑하잖아요! 계속 읽어주세요!" 이 "별로 안 착한" 자질이 독자들의 마음을 계속 괴롭히고, 그래서 어떤 독자들은 부도덕하다고 캐릭터를 비난하게 된다. 다음 글은 독서토론 웹사이트 굿리즈에 올라온 길고 예의 바르고 흥미진진한 토론이다.

재클린: 저는 왜 비열한 깡패처럼 굴기 일쑤인 히스클리프를 바이런적 영웅으로 보는 경우가 많은지 잘 모르겠어요….

루신다: 저는 넬리 딘이 그러듯 히스클리프가 안쓰러워요. (넬리 딘은 이 이야기에서 종종 인도적 가치의 대변인인데 박한 평가를 받는다고 생각해요.)

알렉토: 캐서린과 히스클리프는 본능과 열정으로 달려가는 야생 생물들이에요. 거의 그들이 살고 있는 자연 그 자체의 체현이지요…. 그들은 옳고 그름을 초월해서 존재해요…. 번개가 나무를 태웠다고 해서 회한을 느낄까요? 나는 사실 그들에게 깊이 감정이입하게 되고, 나머지 캐릭터들 대부분이 따분하다고 느껴요. 특히 자기만 옳은 줄 아는 딘 부인은 짜증스럽기까지 하고요.

루신다: 그 어떤 캐릭터라도 옳고 그름을 '초월'하는 것처럼 보인다면 아주 위험한 인물이라고 생각해요. 실제 인물들도 그렇잖아요. (아마 히틀러도 다른 사이코패스들처럼 자기가 옳고 그름을 넘어선다고 생각했을걸요.)

테레사: 캐서린의 이기적인 본성은 오냐오냐 다 받아주고 키운 결과지만, 히스클리프는 학대 탓이잖아요.

루신다: 글쎄요, 알렉토, 논지는 매우 흥미롭지만 아무래도 전 생각이 달라요. 어떤 캐릭터라도 윤리적 관념 위에 위치해서는

안 된다고 생각해요. 슬프게도, 저들의 강박적인 행동이 끼치는 피해를 생각해 보면, 캐시와 히스클리프가 서로를 정말로 사랑하는 것 같지도 않아요. 집착하는 거죠. 하지만 히스클리프의 경우에는, 확실히 이기적인 소유욕이고, 관습적인 가부장제와 결이 같아요….

이 소설에 대한 나의 독해에 이르기까지 서설이 길었던 것은, 옛 비평, 문학적 정치, 나와 생각이 다른 훌륭한 작가들, 터무니없이 갈라지는 학자들의 견해들, 오래전 레이캬비크에서 처음으로 그 책과 만났던 일, 열한 살짜리 딸의 반응, 현대 독자들의 윤리적 논쟁들을 이야깃거리로 열거하려는 의도만은 아니었다. 내 의도는 읽기의 현상학을 통해 《폭풍의 언덕》을 소개하려는 것이었다. 읽기의 현상학, 즉 텍스트를 소화하는 1인칭의 경험이 《폭풍의 언덕》의 본질적 문제, 그리고 풀리지 않는 당혹스러운 수수께끼라는 이제 기정사실이 된 평판과 긴밀하게 연결되어 있다고 믿기 때문이다.

읽기는 아무튼 이상한 일이다. 읽고 있는 텍스트는 과학 논문이든 소설이든 상관없이 약간 바이러스 같은 속성이 있다. 죽어있다가 숙주의 몸에 들어가서 비로소 활동성을 띠게 되는 것이다. 책이나 논문의 말은 언제나 변함이 없지만, 독자들의 몸·정황·경험·편견은 다채롭게 달라진다. 하사벨나비, 캐럴, 재클린, 알렉토, 테레사, 루신다, 어린이였던 나와 소피의 해석 들은 그 책이 무엇을 다루며 그 책을 어떻게 읽어야 할 것인가를 두고 다양한 견해를 보여준다. 어떤 텍스트건 다원적으로 읽기는 불가피하지만, 특히 이 책은 차라리 폭탄에 가깝다. 독자들이 도화선에 불을 붙이면 폭발해서 사방팔방으로 수천 개의 파편을 날려버리기 때문이다. 이런 말을 하는 건, 판단의 가능성을 미리 배제하거나 모든 읽기는 평등하다고 주장하려는 게 아니다. 그보다는 텍스트가 말 그대로 독자의 맥박과 숨결, 독자의 성격, 정서적 성향, 독자로서의 능력에 맞추어 공명한다는 사실을 인정하기 위해서다. 텍스트가 난해하고 모호할수록 해석은 불균질적이 되어간다. 모든 읽기는 텍스트와 독자 사이의 공간에서 이루어진다.

읽고 있을 때 독자의 내면적 화자, 모든 사람이 각자의 머릿속에 담고 다니는 그 목소리는 한시적으로 정지되고, 책의 목소리, 혹은 복수의 목소리들에 점령당한다. 읽기를 멈추고 방금 읽은 내용을 생각할 수는 있지만, 자기 목소리와 서사의 목소리가 함께 흘러가게 할 수는 없다. 언어는 역동적이어서, 고정될 수 없는 다양한 의미, 특정 맥락과 특정 역사적 순간에 사람들 사이에서 만들어지고 재해석되는 의미로 점철되어 있다. 그러므로 애초에 복잡한 문학적 작품의 최종적 해석이란 있을 수 없다. 책장의 낱말들은 세월이 흘러도 변하지 않지만 독자들은 변한다. 많은 비평적 읽기들은 의미를 고정하고 멈추고자 한다. 잠시 언급했던 논문 두 편으로 다시 돌아가서, 후기식민주의적 읽기와 다원주의적 읽기는 《폭풍의 언덕》에 대한 진실의 몇 조각을 발견했을지는 모르지만, 각자의 방식으로 텍스트를 이미 만들어놓은 상자에 가두려 한다. 그러나 그 어떤 상자도 이 특별한 소설을 담을 수는 없다.

앞에서 여러 번 거듭 주장했듯이, 인간이 책, 특히 소설에 관여할 때는, 대부분의 다른 무생물들과는 다른 내밀한 관계를 맺게 된다. 독서는 사람이 다른 사람의 영혼에 씌인 통상적 빙의다. 이야기는 읽히는 동안 육체적으로 그 자리에 없으나 살아있는 다른 사람의 자취를 흠뻑 머금고 향을 내뿜는다. 작가의 숨결과 존재는 책장의 단어들이 이루는 리듬과 의미로 재현되고, 이는 말 그대로 독자의 몸으로 체현된다. 독자의 생물학적 존재에 합병되어, 둘이 혼합되는 것이다. 존 듀이는 이를 "찰칵 유기적으로 맞아들어가는 순간"이라는 아름다운 표현으로 설명했다. 책들은 독자에게 분절된 사유뿐 아니라 흥분, 충격, 슬픔, 놀람, 기쁨, 안도로 기록된다. 독자가 책을 책장에 다시 꽂을 때에서야 책은 그저 사물에 불과한 원래의 위상을 되찾는다. 아니 심지어 그 후로도 독자 속에 기억으로 남아 살아갈 수도 있다. 한 줄 한 줄 연속적으로 이어지는 문장들의 긴 낭송이 아니라, 작품이 여운으로 남긴 이미지와 감정들로 추억되는 것이다. 사랑하는 책은 독자 속에 의식적 무의식적 울림을 간직한 유령으로 머문다.

나는 살아오면서 《폭풍의 언덕》을 주기적으로 다시 읽었는데, 그럴 때마다 그 책은 어김없이 열세 살 때 느꼈던 그 긴박감으로 나를 유혹하고야 말았다. 어른이 된 나의 자아는 이제 책을 너무 많이 소화해 뚱뚱해졌고 어린 나의 자아에 비하면 비만이 되었지만, 그 책의 정서적 힘은 조금도 줄어들지 않았고, 다시 읽는 동안에도 나를 점령하는 텍스트의 목소리에서 물러나 텍스트를 사색하고 그 텍스트에 걸맞게 성찰하기가 어려웠다. '거친 바람에 맞서 견뎌내는'이라는 의미가 있는 '워더링wuthering'이라는 단어는 내 독서 체험을 훌륭하게 묘사한다. 나는 거센 바람을 맞고, 안정성을 잃었으며, 심지어 가끔은 뿌리가 뽑히기도 했지만 언제나 한 방향으로—책의 결말을 향하여 밀려갔다. 소설의 1인칭 화자인 도시적이고 억압된 외지인 록우드 씨는 책 초반에 '워더링'을 이렇게 정의한다.

워더링은 의미심장하게 지역색이 짙은 형용사로, 폭풍이 부는 날씨에 그 위치가 노출되는 대기와 분위기의 험악한 격동을 묘사한다. 분명 저 위에서는, 정말로, 항상, 순수한, 정신이 번쩍 드는 공기의 순환이 이루어지고 있을 터였다. 집 끄트머리에 몇 그루 제대로 자라지도 못한 나무들이 가파른 기울기로 누워 있는 것을 보면, 벼랑 위로 부는 북풍의 힘을 미루어 짐작할 수 있었다. 게다가 넓게 퍼져 있는 야윈 가시나무들은 저마다 팔다리를 한 방향으로 쭉 뻗고 있었다. 흡사 태양의 보시를 구걸하는 모습이었다.

날씨를 묘사하는 호화로운 언어가 소설에 차고 넘쳐 흐른다. 바람과 공기와 하늘이 항시 현전하며, 변화하는 계절 또한 늘 그 자리에 있어 바위와 황야와 히스와 새들과 인간을 포함한 동물들을 막아서고 따뜻하게 데워주고 숨겨주고 또 드러낸다. 이처럼 변화무쌍하게 격변하는 《폭풍의 언덕》의 대기는 소설의 '배경'이라는 말로 설명할 수 없다. 소설을 연극처럼 취급하는 중학교 교사들은 이 '배경'이라는 말을 진심으로 사랑한다. 그래서 소설에서도 캐릭터들이 배경을 바탕으로 전경에 등장해 '플롯'의 움직임을 따라간다고 생각한다. 그러나 이 소설의 폭풍은 캐릭터, 배경, 플롯의 경계를 순순히 지키지 않는다. 사람과 환경, 자아와 타자, 심지어 인간과 바위의 경계조차 지키지 않는다. 나는 이 사실이, 그 책이 그토록 많은 독자를 흥분시키며 동시에 괴롭히는 이유를 부분적으로 설명한다고 생각한다.

이 소설은 당대의 리얼리즘 픽션의 정립된 관습뿐만 아니라 세계가 돌아가는 방식을 사유하는 질서정연한 범주들마저 갈가리 찢어버린다. 폭풍이 몰아치는 이 이야기는 세계를 깎아 수용된 범주로 집어넣기를 거부한다. 그 풍요로운 은유적 움직임들은 일종의 범심론panpsychism으로 떨리고 흔들리는 듯 보인다. 범심론은 마음 또는 영혼인 '가이스트Geist'가 만물의 것이며 만물 안에 있다는 믿음이다. 하지만 다시 생각해 보면, 어쩌면 단순히 자연계가 원래 그런지도 모른다. 살아있으니까 말이다. 책의 결말에 가까워지면 히스클리프가 죽은 캐서린을 두고 이렇게 말한다. "그녀를 내게 연결해주지 않는 게 무엇이지? 바닥만 내려다봐도 그녀의 모습이 깃발들에 새겨져 있다고! 구름 한 점에도, 나무 한 그루에도 있고— 밤공기에도 가득 차 있고, 낮의 모든 사물에 시선만 던져도 그 모습이 보인다고. 그녀의 이미지가 온통 나를 에워싸고 있단 말이야!" 여러 형태로 격렬하게 요동치는 기류는 책에 나오는 나무들뿐만 아니라 사람들의 형태마저 일그러뜨리고 다시 빚어낸다. 분노·시기·굴욕·증오·사랑이 우레처럼 절규하고, 바람처럼 울부짖으며, 비처럼 눈물을 흘리며 터져 나온다.

캐서린은 히스클리프를 히스, 경작하지 않은 땅으로 묘사한다. "가시금작화와 현무암의 삭막한 황야"라고 말이다. 반면 에드가 린튼을 향한 사랑과 그와 결혼하기로 한 마음을 말할 때는 클리셰로 점철된 낭만적 사랑의 감상적인 어휘를 쓴다. 캐서린은 넬리에게 방어적인 태세를 취하며 이렇게 말한다. "나는 그이가 밟는 땅과 그이 머리 위의 공기와 그이 손길이 닿는 모든 것과 그이가 내뱉는 모든 말을 사랑해. 나는 그이의 모든 생김과 그이의 모든 행동을 사랑하고, 그이의 모든 것을, 온전히 다 사랑해. 그것 보란 말이야!" 히스클리프는 캐서린에게 전혀 다른 존재다. "그는 나보다 더한 나 자신이야. 우리 영혼이 무엇으로 만들어져 있는지 몰라도, 그 애와 나의 영혼은 똑같아. 그리고 린튼의 영혼은 달빛이 번개와 다르고 서리가 불과 다른 것처럼 우리와 다르지." 달빛과 번개, 문명과 비문명, 천국과 지옥, 린튼의 스러시크로스 그레인지의 가정 질서와 교양있는 매너와 언쇼의 워더링하이츠의 야성적 본성과 혼돈, 이 두 세계는 책 전편을 통틀어 꾸준히 나오고 다수의 논의에서 지적한 대립을 이룬다. 동시에 이 두 세계를 따로 떼어놓는 것도 불가능하다. 캐릭터들은 이 장소에서 저 장소로 옮겨 다닌다. 같은 땅을 밟는다. 서로 결혼하고 두 가문을 섞은 아이들을 낳으며 감정적 애착, 돈, 기억으로 묶인다.

주목할 만한 점은, 소설의 '가시적' 행위가 하이츠와 그레인지라는 지형 안에서만 벌어진다는 사실이다. 이 땅 너머에서 벌어지는 일은 풍문이나 뜬소문이 아니면 일종의 서사적 안개에 싸여 있다. 리버풀에서 히스클리프를 발견한 당시 언쇼 씨의 모험은 그가 집으로 가져오는 이야기이지만, 정확하고 상세한 내용은 불투명하다. 히스클리프는 도망칠 때 책의 세계를 등지고 떠나고, 그가 돌아올 때도 독자는 그가 무슨 일을 겪었는지 영영 알지 못한다. 넬리를 대하는 그의 자세를 보면 군대에서 복무했을 것 같기도 하지만, 확실치는 않다. 그는 부자가 되었는데, 어떻게 돈을 벌었을까? 아무도 모른다. 도시에서 록우드가 어떻게 살았는지 역시 또 다른 수수께끼다. 록우드가 이곳에 오기 전에 무엇을 했는지 또는 그 외진 지역을 떠날 때 무엇을 할지는 소설에 아무 영향도 미치지 않는다. 그가 그 지역으로 돌아올 때 비로소 내레이션이 재개된다. 그 너머에서 벌어지는 록우드의 삶은 '읍내'라는 모호한 언급 이상의 의미가 없다. 이사벨라 린튼이 그 지역에서 탈출할 때도 도망친 후의 삶은 비슷하게 초점을 벗어난다. 무엇이 이야기 안에 있고 무엇이 이야기 밖에 있는지를 결정하는 주체는 거기 사는 사람들이 아니라 '무어moor'라고 불리는 황야다. 바람과 날씨와 계절이 시시각각 변화하는 '무어'라는 장소는 배경이 아니라 소설을 장악하는 살아있는 캐릭터라고 설명해도 될 것 같다. 그 숨결과 맥박과 체온이 닿지 않는 곳이 없다. 이 이야기에서 말하는 생물들은 그 광범한 자연체에 속한다. 인간과 동물과 식물을 품는 몸뚱어리 말이다. 누군가 그 경계 너머로 이동하면, 그 사람은 시들시들 눈에 띄지 않게 되어 서사 밖으로 떨어진다.

책의 몸은 오로지 언어로 되어 있지만, 《폭풍의 언덕》은 언어에 대한 자기만의 고유한 언어가 있어 독자를 혼란스럽게 만든다. 소설 내의 발화와 글로 쓰인 텍스트의 역할은 폭풍처럼 몰아치는, 인간의 공기 순환이라고 할 수 있고, 이는 그 장소의 호흡과 분리될 수 없다. "팔월의 황금빛 오후—언덕이 내뿜는 숨결마다 생명이 충만해서, 그 숨을 호흡하면 죽어가고 있는 사람이라도 되살아날 것만 같았다." 들숨, 호흡, 날숨은 모두 영혼의 표현이고 내레이션의 여러 층위를 통해 반복된다. "그리고 격자 창문가 전나무들에서 소리 내는 바람. 그걸 느끼게 해줘. 무어에서 곧장 불어온단 말이야. 제발 한 번만 숨을 들이쉬게 해줘." 죽음을 앞두고 열에 들떠 헛소리를 하는 캐서린은 외친다.

캐서린은 창문을 열어달라고, 그녀를 가두고 죄어드는 벽들에서 한순간만이라도 자유롭게 해 달라고 간청한다. 서사의 처음부터 끝까지 돌풍이 불어닥치지만 잔잔한 소강상태도 가끔 있다. 차분한 고요가 한동안 풍광에 내리깔리는데, 계절 기후의 다채로운 연속선상에 있고, 이야기가 말해지는 방식과 캐릭터의 무드는 이 연속적 변화를 복제한다. "캐서린은 간혹 우울과 침묵의 계절을 지났다. 남편은 이를 존중하고 위험한 질병으로 인한 체질의 변화

탓으로 돌렸다. 캐서린의 기상은 한 번도 꺾인 적이 없기 때문이다. 햇살이 돌아오면 그 역시 햇살로 화답하며 반겼다." 넬리는 부부간의 분위기, 변화무쌍한 인간적 기후를 대화로 묘사한다.

언어의 날씨는 누가 말하는지 그 순간 어디에 서 있는지에 따라 온갖 방향으로 휘몰아치고 불어닥친다. 시점은 가끔 폭력적으로 변한다. 《폭풍의 언덕》에는 도덕이든 아니든, 그 어떤 만장일치도, 최후의 권위적 목소리도 없다. 망원경처럼 내레이션은 내밀한 장면과 행동으로 줌인해 파고들었다가, 가끔은 돌연히 뒤로 물러난다. 흡사 이것이 이야기 속 이야기이고 이야기를 말하는 이야기꾼이 있음을 독자에게 새삼 상기시키려는 듯하다. 그러나 이야기를 말하는 이야기꾼도 변한다. 그리고 집단적으로, 익명으로 가십을 말하는 발화 역시 책 전체에서 바람처럼 불고 있다. 정체가 밝혀진 화자가 없이 입에서 입으로 옮겨 다니는 언어는 언어적 대기/분위기의 일부가 되고 결국 지방에 떠도는 이야기, 민담이 되어 정착한다. 소설 결말쯤에 나오는, 히스클리프와 캐서린이 유령 연인이 되어 손을 잡고 황야를 배회한다는 이야기도 그렇다.

누가 말하고 있는가? 이 이야기에서 누가 누구인가? 한 사람은 언제 다른 사람이 되는가? 이건 한가로운 질문들이 아니다.

"넬리." 캐서린이 말한다. "나는 히스클리프야."

그러나 히스클리프는 무엇인가 혹은 누구인가? 그의 이름 안에는 가시금작화와 현무암의 황야 히스가 있지만 또 한편으로는 클리프, 즉 벼랑도 있다. 바위나 흙이나 얼음의 가파른 절벽. 낭떠

러지, 넘어가면 추락하는 경계. 넬리에게 이야기해주는 꿈속에서, 캐서린은 천국으로 추방당하는데, 그곳은 '불행한' 곳이어서 다시 이승으로, 워더링하이츠로, 히스와 클리프와 무어가 있는 곳으로 다시 추락하기를 간절히 바란다. "히스클리프 씨는 사람인가요? 그렇다면 미친 건가요? 사람이 아니라면 악마인 건가요?" 이사벨라는 넬리에게 묻는다. 히스클리프라는 존재가 무엇인가는 소설의 핵심적 질문이고, 그가 무엇인가 또는 누구인가는 내레이션 그 자체의 문제, 즉 이야기를 이야기하는 행위와 독자가 그 이야기를 어떻게 이해하는가의 문제로 돌아간다.

주된 화자로서 넬리 또는 넬리 딘은 분노와 절망에 차서 길길이 날뛰는 히스클리프를 바라보며 지금 함께 있는 존재가 자신과 '같은 종'의 생물이 아니라고 느낀다. 또 다른 순간에는, 히스클리프를 '괴물'이라고 부르는 이사벨라를 꾸짖기도 한다. 넬리는 철벽처럼 단호하다. "그는 사람이에요." 사실, 넬리는 히스클리프를 복수의 방식으로 묘사한다. 히스클리프가 인간이라고 주장하기도 하고, 자기를 보고 "들개처럼 이를 갈았다"라고 하면서 동물로 묘사하기도 하며, "내 눈에는 히스클리프가 아니라 도깨비로 보였다"라고 하면서 악마로 묘사하기도 한다. 그런데 이 생물이, 캐서린의 주장대로, 캐서린이기도 한가? 히스클리프에 대해서는 넬리 자신조차 마음을 정하지 못하고, 때에 따라 계속 의견이 변화하며 그 순간 이야기를 듣고 있는 상대에 따라 생각이 달라지는데, 히스클리프는 그냥 인간이거나 짐승과 같은 타자이거나 초자연적 악마라는 넬리의 생각을 전체로서의 서사가 어떻게 지지할 수 있 겠는가? 히스클리프를 향한 이사벨라의 증오, 그가 인간이 아니 라는 믿음은 너무나 격렬한 감정으로 폭발해 넬리에게 충격을 준 다. 그녀는 극단적으로 치닫는 이사벨라를 꾸짖는 걸까, 아니면 이사벨라의 감정 그 자체를 꾸짖는 걸까? 사실 그 감정은 넬리 자 신도 똑같이 품고 있으면서 말이다.

워더링하이츠에 처음 히스클리프가 등장하던 때를 회상하면서 넬리는 그 소년을 '그것'이라고 칭한다. 이것은 하사벨나비의 믿 음대로 아이를 인간보다 못한 존재로 바라보는 인종차별적 관점 에 독자를 끌어들이려는 서사의 전술인가? 히스클리프를 묘사하 는 넬리의 들쭉날쭉한 태도가 필연적으로 독자의 마음에 회의를 일으키지는 않던가? 최종 판결은 독자 자신의 믿음과 편견에 무 겁게 기대지 않는가? 이것이야말로 《폭풍의 언덕》에 대한 다종다 양한 학계의 견해와 실종된 단서 또는 논리를 설명하지 않는가? 이야기에는 수많은 관점을 입증하고도 남는 풍부한 증거가 있다.

내 생각에 브론테는 덴마크의 철학자 키에르케고르가 옹호하는 전략과 몹시 유사한 전략을 구사하고 있는 것 같다. 독자를 자기 자신에게로 되던지는 것이다. 키에르케고르가 코펜하겐에서 신나 게 글을 쓰고 있을 때 에밀리 브론테는 웨스트요크셔에서 신나게 글을 쓰고 있었다. 그가 본명으로 《사랑의 역사》를 출간했던 바로 그해에 그녀는 가명으로 《폭풍의 언덕》을 출간했다. 그러나 작가 로서 살아가는 동안 키에르케고르는 가명으로 많은 작품을 출간했다. 자신의 "시적 인격들"이 창출하는 아이러니들이 독자를 "자기 자신에게로 되돌아가게" 하기를 원했다. 독자를 압박해 결정의 순간을 맞게 하고, 독자의 삶을 변화시키고자 했다. 브론테는 이와 비슷한 아이러니의 퍼즐로 독자를 옭아맨다. 독자로서 나는 무슨 생각을 해야 하는가? 히스클리프는 누구이며 무엇인가? 히스클리프와 캐서린은 정말로 단일한 불멸의 영혼인가? 둘 다 미쳤나? 그들은 둘 다 자연의 존재인가? 쇠얀 키에르케고르는 1855년 42세의 나이로 죽었다. 에밀리 브론테는 1848년 30세의 나이로 죽었다. 두 천재는 내 마음속에서 연결되어 있다. 그들이 공유한 시대뿐 아니라 그들의 당혹스러운 텍스트들이 공유하는 전소하는 열정과 지적인 복잡함 때문이다.

히스클리프가 위에서 소개한 독서토론 웹사이트의 루신다를 기겁하게 만드는 데는 마땅한 이유들이 있다. 성품이 잔혹하다. 자신의 재산으로 힌들리를 마음대로 휘두르고 이사벨라의 스파니엘을 목매달고(개는 넬리에게 구조된다) 친아들을 테러한다. 이건 그가 저지르는 무수한 범죄의 일각에 불과하다. 그럼에도 히스클리프는 자연의 힘으로서 알렉토를 매료시키고 끌어당긴다. "번개가 나무를 태웠다고 해서 회한을 느낄까요?" 그녀는 히스클리프를 캐서린과 연결 짓고 따분하게 관습적이고 도덕적인 넬리보다 그 야성적인 커플이 훨씬 좋다고 한다. 확실한 결론을 내리고 어느 한 편의 손을 들어주는 일이 과연 가능할까? 이 어린 침입자 히스클리프가 언쇼 씨가 가장 총애하는 자식이 된다는 건 무슨 뜻일까? 언쇼 씨는 제 살과 피인 친자식들, 힌들리와 캐서린보다 더 그를 사랑한다. 이것은 아버지로서 '부자연스러운' 애정인가, 그리하여 뻐꾸기의 이야기가 되는 걸까? 아니면 언쇼 씨는 그 소년에게서 진정 사랑할 만한 자질을 보았던 걸까? 독자는 언쇼 씨의 육성에 접근하지 못한다. 짧은 발화가 있긴 하지만, 히스클리프에 대한 애정에 대한 어떤 단서도 주지 않는다. 그러나 양오빠를 향한 캐서린의 열렬한 선망은 아버지의 맹목적 애정을 되풀이한다. 그녀는 왜 그를 사랑하는가? 우리가 그녀의 말을 믿는다면, 그녀는 바로 그다. 자기애와 히스클리프를 향한 사랑은 다르지 않고 오로지 하나다. 이것은 공유한 나르시시즘인가, 영적인 사랑인가, 아니면 뭔가 다른 것인가? 두 사람 다 폭력적 성향이 있다. 리버풀에서 무엇을 사다 줄까냐고 묻는 아버지에게 캐서린은 채찍을 사달라고 한다. 그리고 대신 히스클리프를 얻는다.

하사벨나비나 루신다 같은 독자는 넬리의 말을 신임한다. 넬리는 하인이지만 유사가족이기도 하며, 캐서린의 오빠 힌들리에게는 '양누나' 같은 존재다. 그들은 책의 광범한 의미에 가닿기 위해 넬리를 화자-길잡이로 삼는다. 독자의 관점에 따라서, 넬리 딘의 인종차별주의 및/또는 '인도적 가치관'은 전체로서 서사가 견지한 관점의 비밀을 드러내기도 한다. 그들의 관점에서 보면《폭풍의 언덕》은 인종차별주의적이거나 인도주의적인 텍스트다. 그러나 히스클리프 역시 언쇼 부인, 힌들리, 린튼 가에 의해 검은 타자, "버릇없는 집시 애새끼"로 짐승 취급을 당하고 인간성을 박탈당한다. 그리고 넬리는 실제로 '공통의 인간성'과 품격을 옹호하고 폭력을 비판하지만 또한 "의무를 다하는 사람은 언제나 마지막에 보상을 받는다"라고도 말한다. 좋은 생각이지만 적어도 이 세계에서는 명백한 거짓이다. 독자가 넬리와 동맹을 맺으려면 책의 상당 부분을 쳐내고 원하는 상자 속에 억지로 쑤셔 넣어야 한다. 에밀리 브론테의 서사 구조는 악마적이다. 독자에게 덫을 치고 그런 읽기를 불가능하게 만들어버린다. 서사는 갈등하는 목소리들로 이루어진 수수께끼의 대위법으로 구축된다. 책 그 자체가 폭풍처럼 불어닥쳐 그 어떤 신중한 독자라도 회의로 휘몰아버리고야 만다. 하나의 입장이나 고정된 의미를 선택한다는 건 그 소설의 소용돌이로 빨려 들어가는 짓이다.

워더링하이츠와 그레인지의 사정을 하나도 모르는 이방인 록우드는, 대부분의 사건이 일어나고도 한참 지난 후 이야기를 시작한다. "1801년 — 나는 방금 하숙집 주인을 만나고 왔다. 이 외로운 이웃 때문에 나는 고뇌에 빠지게 된다." 독자는 자신이 그 해에 누군가가 쓴 일기를 읽고 있음을 알게 된다. 머지않아 엘렌 딘(넬리, 이하 넬리로 통일)이 록우드에게서 내레이션의 목소리를 넘겨받는다. 그러나 록우드와 넬리의 내레이션 안에는 어차피 그들로부터 이야기를 넘겨받는 다른 화자들이 있고, 그들은 시간적 공간적 거리가 휘발되어 사라져 버린 듯이 말하고 글을 쓴다.

록우드가 기억하는 것으로 설정된 대화는 가까운 과거가 아니라 텍스트의 현재에서 일어나는 듯 느껴진다. 이야기를 '허구'로 창작하고 있는 게 아닌 한 일기에 기록된 사건들을 그토록 정확하고 상세하게 기억할 수 없다. 동시대의 회고록들도 같은 목적으로 이런 장치를 활용했다. 그런 책들에는 긴 대화들을 삽입하면서 작가가 단어 하나하나를 낱낱이 기억하고 있다고 설정했다. 리얼리즘은 '즉각성'이라는 소설가의 기발한 장치를 위해 폐기된다. 이런 즉각성은 오로지 소설이나, 플레이를 하나씩 낱낱이 분석하는 스포츠아나운서의 중계나, 사건 현장에 나간 기자의 숨막히는 보고에서만 가능하다. 록우드의 일기와 넬리의 이야기는 화자와 독자 모두에게 '지금 당장' 일어난다. 넬리가 이야기를 하는 상황에서, 독자와 록우드는 모두 넬리에게 보낸 이사벨라의 길고 절박한 편지를 엿보게 된다. 그 편지에는 실제 대화와 정확한 행위 묘사가 나오는데, 이 역시 독자로 하여금 넬리가 지금 현재형으로 사건이 진행되는 대로, 일격을 날릴 때마다 빠짐없이 중계하는 게 아니라 편지를 읽고 있다는 사실을 잊게 만든다. 여기서는 일격이라는 말 그대로의 의미를 갖는데, 이 행위들이 폭력적이기 때문이다. 독자는 넬리의 이야기를 듣고 있거나 이사벨라의 편지를 읽고 있는 게 아니라 상상 속에서 눈 앞에 펼쳐지는 장면을 바라보고 있다. 그럼에도, 결정적인 순간이 되면, 독자는 이 시간적 환각에서 느닷없이 끌려 나와 넬리의 이야기를 듣고 있는 록우드에게로 되돌아오게 된다.

7장 마지막에 독자는 넬리에게 하는 히스클리프의 말을 "듣는다." "날 혼자 내버려 두시오. 내가 계획을 짤 거요. 그 생각을 하는 동안은 고통이 느껴지지 않으니까." 그 즉시 새 문단으로 잇따르는 말들은 독자를 잡아채어 또 다른 현재의 시간을 끌고 온다. 넬리는 "하지만 록우드 씨, 선생님께서는 이런 이야기가 재미없으실 텐데, 제가 자꾸 까맣게 잊는군요"라고 말한다. 록우드가 맡은 '청자라는 역할'은 '청자로서의 독자'의 역할의 메아리로 울린다. 그리하여 록우드는 어린아이처럼 유치하게 밤 열한 시가 넘었지만 이야기를 계속 들려달라고 이야기꾼을 조르게 된다. "지금까지 언급하신 모든 캐릭터에 다소 관심을 갖게 됩니다." 그는 "모든 사람"이라고 말하지 않는다. 워더링하이츠에서 몇몇 '캐릭터'를 직접 만나본 적도 있으면서 말이다. 열렬한 청자인 록우드에게는, 현실의 인간들이 넬리의 이야기 속 캐릭터가 되었다. 물론, 에밀리 브론테의 책을 들고 있는 독자들에게도 그건 마찬가지다.

그러나 삶을 허구로 구축하는 사람이 오로지 록우드뿐인 건 아니다. 넬리는 히스클리프가 이사벨라와 결혼한 후 그에게 대든다. "그녀가 강한 애착을 품을 줄 아는 사람이라는 걸 당신이 의심할 수는 없어요. 안 그랬다면 옛집의 우아한 삶, 안락한 생활, 친구들을 저버리고 이런 황무지에 만족하며 당신과 정착할 리가 없으니까." 그러자 히스클리프는 대꾸한다. "망상에 빠져 다 버리고 온 거지. 내 안에서 로맨스의 주인공을 그리면서, 내가 기사처럼 헌신하면 자기가 한도 끝도 없이 누릴 수 있을 거라 생각하고. 나는 그 여자를 합리적인 생물이라고 도저히 봐 줄 수가 없어. 내 성격을 황당무계하게 헛짚느라 그토록 완강히 고집을 부리고는, 제멋대로 품은 거짓 인상을 행동으로 옮긴 거지." 이사벨라는 히스클리프를 낭만적 영웅으로 착각했다.

　독서토론 웹사이트 굿리즈의 재클린은, 힘으로 윽박지르는 히스클리프를 '바이런적 영웅'으로 착각하는 덫에 빠지는 사람이 왜 이토록 많은지 모르겠다고 한다. 이사벨라가 처음 본 히스클리프, 그녀가 반한 히스클리프는 독자의 판타지와 영화화한 버전에서 지금까지 계속 살아남았다. 검은 머리의 음울한 연인은 끈질기고 인기 많은 클리셰로서, 19세기 소설과 함께 사멸하지 않았다. 영화는 물론이고, 불가피하게 독자의 에로틱한 환상을 채굴하는 소위 '로맨스'라는 현대 장르에서 거듭 새로운 모습으로 부활했다. 로맨스 장르는 이루어질 듯 말 듯 독자를 애타게 하는 긴장으로 추동되는데, 이는 《폭풍의 언덕》에서는 아예 찾아볼 수 없는 자질이다. 히스클리프는 위험하지만 성적으로 도발적인 주인공의 역할을 거부한다. 그 거부는 또한 독자에게 보내는 경고문이 아닐까? 자기는 그 역할을 연기하지 않았다고, 히스클리프는 넬리에게 말한다. 이사벨라가 그 역할을 그에게 떠넘겼다. 이런 발화는 '그것'이나 말 못 하는 개나 내려꽂히는 번개의 말이라고 보기 어렵다. 히스클리프는 냉정하고 주도면밀하고 무자비하다. 첫 만남에서 히스클리프는 록우드에게 "우리가 토론한 주제들에 관해 대단히 지적이었다"는 인상을 남긴다. 실제로 히스클리프가 확장된 발화를 할 때는 통찰력이 빛나며 아이러니를 포함한 대개의 정황을 예리하게 파악하고 꿰뚫어 본다. 이건 짐승의 담론이 아니다.

그렇다면 춤추는 악마의 담론인가?

히스클리프는 이사벨라가 돈키호테적 판타지에 눈먼 나머지 언제나 눈앞에 있던 진실을 보지 못했음을 이해한다. 낭만적 이야기들에 감염되어 판단력을 잃은 것이다. 히스클리프가 잠시 미쳐버린 이사벨라의 상태를 복수극에 이용했다는 사실은 잔인하지만, 과연 비이성적인가? 그리고 독자는 어떤 위치에 서게 되는가? 나는 이사벨라가 불쌍하면서도 히스클리프의 경멸에 조금은 동조하게 된다. 적어도 그 텍스트의 순간, 즉 "히스클리프가 말할 때"는 말이다. 이사벨라 린튼이 히스클리프에게 홀려 넋을 놓은 마음을 다른 캐릭터들도 주지하지만 이야기 속에서 독자를 위해 '실행'에 옮기지는 않는다. 이 마음은 캐서린이 이사벨라의 오빠 에드가 린튼에게 가졌던 감정에 비하면 약한 버전이다. 캐서린은 "그의 발 아래 땅을 사랑하고" "머리 위 공기를" 사랑한다고 했다. 가십과 뜬소문이 그렇듯, 환상으로 가득한 허구는 바람처럼 여행해서 그 땅으로 건너간다. 그 결과는 책 속에서 치명적으로 나타난다. 책 밖의 부주의한 독자들에게도, 이는 치명적일 수 있다. 독자들이 자신의 꿈과 소망과 틀에 박힌 환상, 낭만적 주인공을 상상하는 관습적 욕망들, 아니면 우리의 '공통된 인간성'에 관한, 혹은 '인간 본성human nature'까지를 아우르는 '자연'에 관한 확신을 캐릭터에 덧씌워 잔혹하다거나 이질적이라거나 무심하다는 판단을 하게 되기 때문이다.

10장에서 록우드는 다시 이야기의 연속을 갈망한다. "그래요."

그는 말한다. "그녀의 남자주인공은 도망쳤고 그녀의 여자주인공은 결혼했다는 걸 기억합니다." 록우드의 허구적 캐릭터들은 넬리가 내밀하게 알았던 실제 살아있는 사람들이 아니다. 그들은 넬리의 이야기가 창조한 존재들이고 그로부터 한 발 거리를 두고 물러서 있다. 흥미롭지만 멀다. 그리고 15장 서두에서 흥미로운 서사의 변조가 일어난다. 록우드가 화자 역할을 떠맡으며 자신이 이 이야기를 이어가겠다고 설명한다. 넬리에게서 전모를 다 들어 자신이 알고 있는 이야기지만, "그 가정부의 목소리를 빌어 말할 생각"이라면서 말이다. "넬리가 자신의 말로 이야기해준 내용을 전하되, 아주 조금만 응축하려 한다. 그녀는 전반적으로 아주 훌륭한 화자이고, 그 스타일보다 더 낫게 할 자신이 없기 때문이다." 록우드는 이제 복화술사이면서 또한 편집자다. "넬리가 자신의 말로" 이야기해준 내용을 일부 생략하고 들려주는 록우드의 목소리와 가정부의 목소리는 이제 구분할 수 없다.

이 두 목소리의 융합은 단순히 독자에게 불신을 유보하도록 요구하는 문제로 그치지 않는다. 어쨌든, 작가적으로 합리적인 선택이라면 넬리가 계속 록우드에게 이야기해주는 형태로 진행하는 것이겠지만, 에밀리 브론테는 그렇게 하지 않는다. 대신 그녀는 두 내레이션 사이의 경계를 허무는 쪽을 선택한다. 독자는 이제 넬리 딘으로서 '글을 쓰는' 록우드의 이야기를 듣게 된다. 책은 록우드의 책이다. 17장에서, 록우드가 이야기를 넘겨받은 후 자신의 필명인 넬리의 가면을 쓰고 있을 때, 독자는 다시 '넬리의' 내레이션에 몰입하게 된다. 그때 '넬리'는 다시 록우드(자기 역할을 연기하는, 아니 쓰고 있는 남자)에게 이렇게 말한다. "그러나 선생님께서는 도덕 운운하는 제 훈계를 듣고 싶지는 않으시겠죠, 록우드 씨. 이런 모든 일을, 나만큼 잘 판단하실 테니까요. 적어도 스스로 그렇다고 믿을 거예요. 그러면 똑같은 얘기죠. 당신, 록우드 씨는, 실제로 목격하지 못했다 하더라도, 나만큼이나 '이런 일들을' 잘 판단할 수 있다고 생각하시겠지요."

이제 록우드에게 수용된 넬리는 자기 이야기를 듣고 있는 남자를 비웃으면서 우위를 주장하려는 듯 보인다. 그녀는 자신보다 신분이 높은 록우드가 스스로 이야기를 더 세련되게 이해할 수 있다는 허황한 믿음을 갖고 있을 거라고 생각해버린다. 화자의 통합이 이루어지기 전 도시에서 온 외지인이었던 록우드는 독자와 마찬가지로 이야기 밖에서 넬리 딘의 내레이션을 듣고 있다. 적어도 기술적으로는, 사건으로부터 한 발 물러서 있다. 록우드가 넬리의 이야기를 찬탈해 자신이 글로 쓴 텍스트 안으로 가지고 들어오면, 넬리의 이야기와 그의 텍스트는 효과적으로 같은 한 사람, 이중의 화자가 된다. *"그는 그녀이지만 약간 응축되었다."* 외지인 록우드는 안으로 한 발자국 더 깊이 들어가 사건에 더 근접해지며, 그과정에서 작가 록우드가 성별과 계급을 바꾼다. 그는 여자 하인이 된다.

록우드의 역할은 허구의 독자뿐 아니라 이제 '작가'의 역할까지 모방한다. 그는 다른 '나'의 목소리 — 몸에서 분리된 책장의 목소리로 글을 쓰는 사람이다. 그는 허구의 작품이 계속되는 동안 다른 사람이 되는 작가다. "나는 당신이다." 그러나 록우드는 에밀리 브론테가 아니다. 에밀리 브론테는 엘리스 벨이라는 남성적인 가면, 아니 적어도 성적으로 모호한 가면 뒤에서 글을 썼다. 그리고 1846년 출간된 시집에 이 가면을 이용했다. 《폭풍의 언덕》은 1845년 10월부터 1846년 6월에 걸쳐 집필되었다. 에밀리 브론테/엘리스 벨은 작가 록우드의 작가다. 록우드. E. B.는 캐서린, 히스클리프, 다른 모든 사람을 낳고 소설에 생명을 불어넣은 '나'다. "나는 히스클리프다."

내가 이 소설의 서두를 생각한 지가 수년째다. 서두는 3장에서 정점에 달한다. 이 서두는 책으로 들어가는 입구 역할을 하면서, 소설의 복잡한 구조와 다중으로 허물어지는 경계들 속으로 독자를 끌어들인다. 주의력 깊은 독자는 《폭풍의 언덕》과 빠르게 증식하는 의미들의 기묘한 깊이를 처음 마주하게 된다.

1장: 일기 기록자이자 화자인 록우드는 이웃의 집 한 채에 세들어 살게 된다. 예전에 린턴 가의 집이었던 스러시크로스 그레인지이다. 첫 문단에서 그는 "인간혐오자에게 완벽한 집을 찾았다"고 경박한 소리를 한다. 이는 즉각적으로 밀턴의 《실낙원》에 나오는 사탄의 대사를 떠올리게 한다. "마음은 그 자체로 고유한 장소라서/ 지옥을 천국으로, 천국을 지옥으로 만들 수도 있지." 천국과 지옥은 계속 참고점으로 인용되고 소설이 진행됨에 따라 자주 역전된다. 예를 들자면 캐서린은 꿈속에서 불행한 낙원에서 추락해 지상 낙원인 워더링하이츠로 떨어지는데, 어느 모로 보나 낙원과는 거리가 먼 장소다. 그 집 문 위에는 단테의 '지옥편'에 나오는 글귀가 새겨져 있다. "이곳에 들어가는 자 모든 희망을 버려라." 캐서린의 세계는 거꾸로 뒤집힌 세계다.

록우드는 히스클리프의 뚱한 태도와 시종일관 불만에 차 툴툴거리는 하인 조지프를 소개하고 그 집의 외관을 묘사한다. 독자는 또한 록우드가 이름 모를 젊은 여인에게 마음이 끌렸지만 결국 이상한 이유로 구애하지 못하고 그 때문에 도망치듯 도시를 떠났음을 알게 된다. 그는 속앓이를 하고자 영국의 이 외딴 지방까지 오게 되었다. 보아하니 우리의 화자는 자신의 감정에 기겁하고 혼란에 빠져 있는 듯하다. 워더링하이츠에서 록우드는 개들에게 공격당하고 집주인과 술을 마시고 자기 집으로 돌아와서는, 스스로 비사교적인 인간이라고 믿는 자신이 워더링하이츠의 주인에 비하면 얼마나 싹싹하고 사교적인가 생각하며 놀라워한다.

2장: 그가 세웠던 저녁식사 계획이 그레인지에서 좌절되자, 우리의 화자는 짐승 같은 개들을 키우는 비사교적인 하이츠로 돌아와 첫 번째 캐서린이 죽기 직전에 낳은 캐시 2번과 힌들리의 아들 헤어튼 언쇼를 만나는데, 둘 다 어느 모로 보나 사교성과는 거리가 멀다. 눈이 내리기 시작한다. 눈은 강풍을 동반한 폭설로 변하고, 록우드는 길 안내인을 대동하고 그레인지로 돌아가고자 하지만 아무도 그를 도와주지 않는다. 우리의 화자는 다시 개들의 습격을 받고, 코피가 나고, 결국은 워더링하이츠에서 그날 밤을 보내기로 한다.

3장: 온갖 시련에 심기가 어지러워진 록우드는 하인 질라를 따라 위층으로 가서 방에 들어간다. 방안에는 의자 하나, 다리미 하나, 그리고 창문이 달린 '커다란 오크장'이 있다. 장을 열었더니 잠을 잘 수 있는 긴 의자가 나오고 창턱은 두 배로 길어져 책상으로 바뀐다. 록우드는 문을 당겨 꼭 닫고 "히스클리프를 위시한 다른 사람들의 감시에서 안전하다는 느낌"을 받는다. 록우드는 나무wood 속에 자물쇠를 꼭 잠그고 들어가lock 있다.[26] 그의 이름이 의미심장하다는 지적은 여러 차례 있었으니 그 이름이 텍스트 안에서 이렇게 '실행'된다는 자명한 사실을 알아차린 비평가들도 있었겠지만, 적어도 아직까지 내가 읽은 자료에서는 본 적이 없다. 록우드는 자기가 방 속의 방에 있음을 자각한다. 록우드와 그의 분신인《폭풍의 언덕》의 독자는 관이나 책처럼 닫혔다 열렸다 하는 폐쇄된 목제 사물 속에서 파편화된 환각적 경험을 하면서, 하나의 목소리 속에 또 다른 목소리가 있는, 말하자면 이 책의 내레이션들이 이루는 복잡한 고고학적 구조를 처음 접하게 된다.

---

26) Lockwood is locked in wood.

책 또는 관짝을 닮은 이 기이한 가구 속에서 록우드는 실제 책들, 곰팡이가 슨 책들을 발견하고, 또한 원래 이곳에 살던 거주자인 캐서린의 여러 변하는 이름들을 알게 된다. 그녀는 나무 창턱에 세 가지 다른 형태로 자기 이름을 새겨두었다. 캐서린 언쇼, 캐서린 린튼, 그리고 캐서린 히스클리프. "그리고 흰 글자들의 이글이글 노려보는 시선이, 유령처럼 생생하게 책상에서 튀어나왔다. 캐서린이 우글우글 들어차 공기가 답답했다." 그 자체로 유령이고 살아있는 손의 자취인 그 이름은, 페인트를 긁은 자국에 그치지 않고, 폐소공포증을 유발하는 공간에서 어디에도 묶이지 않고 훌훌 자유롭게 춤춘다. 록우드는 종교적 텍스트, 즉 '성서'를 발견하고 펼쳐 보는데 그 안에는 캐서린이 더 많이 있다.

일기의 기록뿐만 아니라 초연한 문장, 논평, 조지프의 캐리커처가 책의 여백과 행간에 "인쇄업자가 남긴 아주 작은 여백까지 꽉꽉 채운" "빛바랜 상형문자로" 쓰여 있다. 캐서린이 직접 자기를 설명하는 내용은 주변적인 내용, 여백에 쓴 글이고 "미숙한 어린아이의 필체로 끼적거린" 글이다. 그녀의 텍스트는 록우드가 찾은 책의 권위적이고 종교적인 텍스트와 평행으로 달리면서 그 텍스트를 침범한다. 캐서린은 허락된 공간에 자기 자신을 어렵사리 끼워 넣었다. 이는 활용할 수 있는 관습적 양식에 담을 수 없는 에너지와 생명력을 지닌 젊은 여자를 소개하는 방식으로 적절하다. 캐서린의 변화하는 이름들은 그녀가 의무적으로 순종해야 할 남자들, 아버지나 남편에 따라 이름이 달라지는 여자들에게 부과된 제약을 투영한다.

남은 여백과 백지는 문학적인 여자에게 강요된 자리를 완벽하게 환기한다. 문학적인 여자들의 언어는 남성적 권위적 텍스트들의 전통인 정전 밖에서 춤을 추어야 한다, "진정한, 진지한" 작품의 둘레나 행간을 따라가면서 그 비좁은 공간에 비집고 들어갈 자리를 찾는 여자. 이런 여성적 공간에는 대체로 점잖은 숙녀들이 거주한다. 이들은 거물 남자들과 절대 제대로 경쟁하지 않고, 기분 좋고 교훈을 주는 시들이나 예의 바른 소설들에서 만족한다. 에밀리 브론테가 세상을 떠난 후 추가된, 의도는 좋으나 문제가 많은 《폭풍의 언덕》 서문에서, 샬럿 브론테는 동생을 신화화했다. 그리하여 《폭풍의 언덕》의 작가를 여성적이고 천재적이고 그러나 제대로 교육받지 못하고 순진한 천재로 바꾸어 버린다. 그러나 나는 샬럿 브론테가 에밀리의 시 원고를 발견하고 읽은 후 쓴 논평은 진심이었다고 본다.

물론, 나는 놀라지 않았다. 그 애가 시를 쓸 수 있고 또 썼다는 걸 알고 있었다. 다시 살펴보면서 나는 놀라움보다 더 큰 감정에 사로잡혔다. 이 시들이 흔한 감정의 토로가 아니며, 여자들이 일반적으로 쓰는 시도 아니라는 깊은 확신이었다.

출간한 시집이 두 권밖에 팔리지 않은 작가 에밀리와 마찬가지로, 젊은 캐서린도 자기한테 주어진 제한된 공간에만 자신을 써넣을 수 있다. 그러나 그녀가 쓰는 것은 여자들이 일반적으로 쓰는 글과는 완전히 다르다. 평범하지 않고 점잖지도 못하다. 페이지의 중간을 채운 경건하고 종교적인 성서를 전복하는 반란의 이야기다. 그러나 캐서린이 여백에 쓴 글, 텍스트 속 그녀의 텍스트는 또한 소설 속에서 꾸준히 등장하는, 전통의 승인을 받은 복수의 권위적 텍스트에 대한 인용과 참조에 대한 효과적인 소개이기도 하다. 종교적 텍스트뿐만 아니라 문학적 텍스트들도 소설이 진행됨에 따라 종종 잘못 인용되고 패러디의 대상이 되고 왜곡된다.

록우드는 책처럼 펼쳐졌다 접히는 가구 속에 든 책 속에 낙서처럼 쓰인 캐서린의 일기를 읽는데, 이는 에밀리 브론테의 소설 속 자신의 일기의 일부다.

그가 읽는 텍스트는 유치하지도 않고 미숙하지도 않다. 생생하고, 즉각적이고, 대화를 완성한다. 대화의 일부는 조지프의 심한 요크셔 방언으로 이루어진다.《폭풍의 언덕》속 모든 텍스트가 그러하듯 이 텍스트는 일기라기보다 재연이고, 즉각적으로 현존하는 과거를 엿보는 구멍이다. 그 캐릭터들은 온전히 살아있다. 록우드가 읽는 장면은 언쇼 씨가 죽고 얼마 후 일요일에 일어난다. 악천후로 모두가 교회를 못 가게 되자 (날씨 때문에 록우드가 그레인지로 돌아가지 못한 것처럼 말이다) 조지프는 캐서린, 히스클리프, 쟁기질하는 아이를 시리게 추운 다락방의 옥수수자루에 앉혀 놓고 억지로 세 시간짜리 가정예배를 보게 한다. 이 기나긴 고난이 끝난 후 조지프는 아이들에게 더 성스러운 벌을 내린다. 경건히 묵독하는 시간이다. 캐서린은 반항하며 종교서 《구원의 투구》를 개집에 던져버린다. 히스클리프도 캐서린이 하는 대로 따라 한다. 한바탕 '난리법석'이 일어난다.

록우드는 인쇄된 텍스트를 무시하고 캐서린의 2차적 상형문자 글에 몰입한다. 결투를 벌이는 텍스트들은 소설 전체를 관통하는 록우드와 넬리 딘의 이중 내레이션을 거울상으로 비춘다. 게다가 두 개의 내레이션, 즉 캐서린의 이야기와 호전적인 제목의 종교적 작품은 이어지는 꿈의 내레이션에서 하나로 융합된다. 록우드는 졸음을 느끼고, 깜박 잠이 들기 전 자기 손에 들린 책의 공식 판본인 인쇄된 텍스트의 제목이 "기머튼사우 채플 재비스 브랜더램 목사의 일곱 갑절의 일흔일곱 갑절, 일흔한 번째의 처음"이라는 걸 본다. 록우드는 잠이 들고 꿈을 꾼다.

소설의 독자는 록우드의 읽기에서 록우드의 꿈으로 넘어가는데, 그 과정에서 캐서린의 목소리가 내레이션을 장악한다. 프로이트가 말한 '주간잔재day residue'를 훌륭하게 활용한 사례다. 이는 전날의 경험이 꿈의 고유한 논리와 재결합해 생기는 요소들이다. 록우드는 조지프와 함께 눈을 뚫고 집에 가려 애쓰고 있지만 우회하게 되고, 독자는 하나의 기억 조각(눈, 그레인지로 돌아가려는 욕망)에서 다른 기억 조각(눈에 들어온 마지막 말들, 브랜더램의 일곱 갑절)으로 옮겨간다. 불안한 꿈이 이어지고, 캐서린이 일기에 적은 이야기를 록우드가 개인적으로 재구성한 전개가 펼쳐진다.

록우드와 조지프는 어느새 예배당에서 재비스 브랜더램의 끝없는 설교를 듣고 있다. 용서받지 못할 죄를 490부로 나누어 설교하는 내용이다. 그들―조지프, 목사, 또는 록우드―중 한 사람은 죄인이고 "죄를 폭로 당하고 파문당할" 예정이다. 꿈속에서, 끔찍하게 지루한 설교를 듣다가 지쳐 록우드는 캐서린처럼 반항하며 목사에게 당장 그만두고 이런 고문을 끝내라고 고래고래 소리를 지른다. 이 반란 행위로 죄인이 록우드라는 것이 밝혀진다. 일기 속 캐서린도 꿈속 록우드도 권태에 죄책감을 느끼지 않지만, 독실한 체하는 종교적 권위의 바퀴가 돌아가기 시작하고 파문―예배당의 성스러운 공간에서 내쳐져 여백으로, 캐서린이 채웠던 성서의 빈자리로 쫓겨나는 일―이 그에게 형벌로 내려진다.

브랜더램의 칠일 설교는 두 개의 성경구절을 인용한다. 브론테의 텍스트에는 나와 있지 않지만, 당시 독자들 중에는 아는 이들이 많았을 것이다. 첫 번째 구절은 창세기 4장 24절이다. "카인을 해친 사람이 일곱 갑절로 보복을 받는다면, 라멕을 해치는 사람은 일흔일곱 갑절로 보복을 받으리라."[27] 두 번째 구절은 마태복음 18장 22절이다. 베드로가 자신에게 잘못을 저지른 자를 몇 번이나 용서해야 하느냐고 그리스도에게 묻는다. 일곱 번이면 됩니까? 그러자 "예수께서는 이렇게 말씀하셨다. '일곱 번뿐만 아니라 일곱 번씩 일흔 번이라도 용서하여라." 나는 성경의 일곱 갑절에 전문가는 아니지만, 예수는 분명 조금이 아니라 크나큰 용서를 권

---

27) 《개역한글성경》의 번역문 차용함.

고하고 있다. 구약과 신약 사이에 갈라진 틈새가 자리 잡는다. 복수가 자비와 맞선다. 그러나 꿈속의 브랜더램은 무자비하다. 목사가 '설교단의 널판을' 요란하게 두드리자 회중 사이에 복수의 난장판이 벌어지며 꿈이 끝난다. 나무판을 요란하게 두드리는 그 소리에 록우드는 다시 밀폐된 자신의 공간으로 돌아오고 꿈속의 소란이 격자 창문을 때리는 전나무 가지들 탓임을 알게 된다.

이후 이어지는 악몽은 '오크 장' 속에서 일어나며, 그 때문에 록우드의 깨어 있는 상태와 잠든 상태 사이의 경계를 어지럽힌다. 내가 꾼 가장 무서운 악몽은 반드시 내가 잠자고 있는 방에서 일어나곤 했다. 꿈속 내 몸의 위치와 방 안 내 몸의 실제 위치가 동일할 때는, 잠에서 깬다고 해서 꿈속의 무서운 내용이 그 즉시 끝나는 게 아니다. 오히려 혼란이 증폭될 뿐이다. 깨어 있는 현실과 꿈을 도저히 구분할 수 없기 때문이다. 악몽 속에서 록우드는 또다시 바깥 방의 창문을 때리는 전나무 방울 소리를 듣게 된다. 잠에서 깨었을 때 이미 현실로 인식한 사실이다. 꿈속에서 록우드는 오크장 밖으로 나가 그 소리를 멈추려 하지만 "문고리가 납땜으로 고정되어" 장 속에 "갇혔음locked"을 깨닫는다. 공포에 질린 그는 주먹으로 창문을 깨고 나뭇가지를 잡으려 한다. 그런데 전나무 가지 대신 손에 잡힌 건 얼음처럼 찬 작은 손이었다.

험하게 몰아치는 북풍을 맞아 뒤틀어진 전나무의 사지는 인간의 사지로 탈바꿈한다. 캐서린의 어린 유령, 브랜더램의 설교를 담은 책 속 주변적 텍스트의 작가가 창가에, 혹은 장 문턱에 나타난다. 그녀는 자기가 캐서린 언쇼가 아니라 캐서린 린튼이라고 한다. 그리고 "들여보내" 달라고 한다. 소설의 내레이션에서는 후반이지만 서사적 시간에서는 초반인 죽음 직전에도, 캐서린 린튼은 창가에 있다. 그녀는 안으로 들어가기는커녕, 밖으로 나가기를 절박하게 원하고 있다. 그래서 무어의 숨결을 몸으로 느끼고자 한다. 안과 밖의 문제, 안 또는 밖에 갇힌다는 것이 책 전편에서 계속 다시 나온다. 캐서린은 그레인지 안에 문을 걸어 잠그고 갇힌 채 식음을 전폐한다. 넬리는 두 번째 캐서린이 이사벨라와 함께 하이츠로 히스클리프의 병약한 아들 린튼을 보러 간다는 걸 알고 아버지에게 이르겠다고 엄포를 놓으며 그레인지에 가둔다. 히스클리프는 두 번째 캐서린을 워더링하이츠에 가두고 발육 부진의 폐병 환자 린튼과 강제로 결혼시킨다.

록우드는 창가에서 흐릿한 첫 번째 캐서린의 얼굴을 보고 공포에 사로잡힌다. 그는 "악몽의 강렬한 공포에" 붙들렸다고 쓴다. 그는 그 손아귀에서 벗어나려고 그녀의 손목을 깨진 유리로 긋고, 장 속 홑청에 그녀의 붉은 피가 낭자하게 흐른다. 꿈속의 피는 또 다른 주간잔재다. 저녁때 흘렸던 록우드의 코피를 연상시키기 때문이다. 그는 손을 놓아준다면 들여보내주겠다고 말한다. 그래서 캐서린은 손을 놓는다. 그는 팔을 홱 빼서 깨진 유리창 안으로 넣고, 요새처럼 구멍 앞에 책을 산더미처럼 쌓은 후 귀를 막았다 다시 열고 아직도 울고 있는 캐서린의 소리를 듣는다. 울면서 창을 할퀴는 소리는 계속 이어진다. 쌓아둔 책더미가 움직인다. 록우드는 공포에 마비되어 꿈속에서 비명을 지른다.

유령의 선혈과 울음은 기머슨사우 예배당에서 설교한 브랜더램의 텍스트로 주의를 돌리도록 독자에게 지시한다. 10장에서 넬리는 괄호를 써서 '사우sough', 즉 빗물이 빠지는 도랑을 언급한다. "(예배당을 지나자마자 금방 보셨겠지만 늪지에서 흐르는 빗물 도랑이 휘어지는 골짜기를 따라 굽은 시내와 합쳐지거든요.)" 동사로서 sough는 흐느껴 울거나 한숨 짓는 소리, 휘몰아치거나 사스락거리는 소리, 나직하게 중얼거리는 소리를 말하며 주로 인간이나 동물에게 적용되지만 또한 나무를 스치는 바람이나 흐르는 물소리를 뜻하기도 한다. '기머gimmer'는 어린 암컷 양을 뜻하는 방언이다. 어떤 사물이나 종은 흘러서 또 다른 사물이나 종을 만나 합쳐진다. 흐르는 물도, 흐르는 피도 그렇지만 소리도 그렇다. 인간과 동물은 흐느껴 울고 한숨 짓지만, 급류나 나무를 흔드는 바람도 그렇다.

록우드라는 이름이 소설 속에서 닫히고 열리는 테마와 어우러져 메아리치는 것과 마찬가지로, 브랜드brand ― 가축이나 범죄자, 노예, 수인의 몸을 태워 찍는 정체성의 표시 ― 라는 단어가 들어 있는 브랜더램Branderham 역시 소설에서 꾸준히 계속되는 의미들을 담고 있다. 브랜드, 즉 화인火印은 주인의 자격, 소유권의 표시다. 지배와 소유를 향한 히스클리프의 열망은 가히 광기라 할 법하다. 학대받은 아이는 의지로 권력을 취한다. 캐서린이 그토록 갖고 싶어했던 채찍을 손에 쥐고 워더링하이츠의 주인이 된다. 히스클리프는 린들리, 자신의 아내, 아들을 개인적 소유품으로 대한다. 남자, 그것도 유능하고 지적인 남자이기 때문에 히스클리프는 동반자 없이도 제멋대로 오고 가고 여행하고 부를 쌓고 사유재산을 가질 수 있다. 여자는 그런 이동의 자유가 없다. 캐서린과 같은 계층의 여자는 포획되어 가정 안에 갇힌다.

채찍을 원했던 캐서린의 욕망, 뜨거운 지배욕, 권위를 뒤엎고자 하는 열망은 이 세계에서 충족될 수 없다. 반드시 주인이 되어야 하는 욕구는 다른 형태를 띤다. 그녀는 자기 이름을 오크장에 새기는데, 아버지를 따른 이름들, 부계의 기호 또는 화인인 언쇼와 린튼도 새겨넣지만 또한 '캐서린 히스클리프'도 각인한다. 그녀의 일생에서 존재하지 않았던 사람, 상상 속 결합의 산물, 판타지를 새기는 것이다. 캐서린 히스클리프는 남성적 타자이지만 또한 그녀 '자신', 열망했으나 좌절당한 자아, 그녀에게 주어진 몸에 살지 않았고 살 수도 없었던 자아일까? 그녀는 병으로 죽어가면서 자신의 몸을 "산산조각으로 부서진 감옥"이라는 플라톤적 언어로 표현했었다. 그녀는 브랜더램의 독실한 텍스트에 자기를 새겨넣는데, 그 이야기 속에는 말 그대로 그 독실한 텍스트를 "개한테나 주는" 그녀가 들어있다. 그리고 히스클리프는 이 몸짓을 "모방한다." 그녀가 이끈다. 그가 따른다. 이 반항의 이야기, 그녀보다 오래 살아남은 책의 여백에 쓰인 텍스트를 통해 캐서린은 록우드의 읽고 꿈꾸는 정신에 자신을 '화인으로' 찍는다. 이것은 작가의 힘이다. 나의 독자여, 나는 너를 소유하고 지배한다. 내 이야기는 무서운 힘을 가졌으니 심지어 네 꿈에도 거듭 나타나리라.

소설에는 캐서린 히스클리프가 실제로 있다. 처녀 시절 언쇼였던 캐서린 린튼은 캐서린 린튼 2번의 어머니다. 캐서린 린튼 2는 린튼 히스클리프와 결혼한다. 히스클리프와 이사벨라 린튼이 결혼해 낳은 아들인 이 아이는 처음에 칭얼거리고 딱한 소년으로 등장했다가 발육이 부진하고 이기적이며 병약한 청년으로 성장한다. 넬리가 "깩깩 울어대는 병아리"라고도 하고 "도깨비가 바꿔 놓고 간 아이"라고도 하는 그는 강제결혼이 성사되고 나서 얼마 후 세상을 떠난다. 히스클리프가 캐서린과 그 아버지의 재산을 장악하기 위해 그녀를 자물쇠를 채운 방에 가둬두고 시킨 결혼이었다. 주목할 만한 점은, 캐서린 2가 위축되고 자기연민에 빠진 린튼에게 동정심을 갖게 만들기 위해 히스클리프가 아들의 연애편지를 '편집'한다는 사실이다. 흡사 록우드가 넬리를 편집한다고 주장하는 것처럼 말이다. 히스클리프는 린튼의 편지들을 축약해 작가의 진짜 성격을 드러내지 않는 낭만적 클리셰들로 바꾼다. 소설 속 작가의 권리라는 문제에 수반된 아이러니들은 서로 얽히고 설키는 두 가문의 이름만큼이나 혼란스럽게 뒤엉켜 바람처럼 서로를 드나든다. 내레이션 과정에서 록우드는 본인도 캐서린 히스클리프에게 마음이 끌렸다고 고백하며 그 사랑을 행동으로 옮겼다면 얼마나 위험했을지 생각한다. "내가 항복하고 심장을 그 젊은이에게 내어주었다면 묘한 입장이 되어 있을 것이다. 알고 보니 그 여자는 어머니의 두 번째 판본이었으니까!" 이렇게 보면 록우드에게 절대로 있어서는 안 될 것이 '캐서린이라는 책'의 두 번째 판본인 것 같다. 아무리 텍스트에 의미심장한 수정을 했다 하더라도 말이다.

《폭풍의 언덕》소설 자체가 절반으로 나뉜 두 부분으로 구분된다. 히스클리프, 캐서린, 에드가 린튼의 대를 잇는 후속 세대를 그린 두 번째 절반이 첫 번째 절반의 희석되거나 밍밍해진 판본이라고 보는 비평가들이 많다. 두 번째 캐서린은 결말에 자기가 읽고 쓰는 법을 가르친 헤어튼 언쇼와 결혼한다. 글을 읽고 쓸 줄 아는 캐서린의 능력이 히스클리프에게 상속재산을 빼앗기고 문맹의 하인 신세로 살 수밖에 없던 헤어튼을 끌어올린다. 이 마지막 결혼은 또 다른 캐서린 언쇼를 이야기에 복원하면서 이름들의 원을 완성한다. 그러나 이 원이 갖는 의미들은 불분명하다.

나는 소설의 비밀을 여는 유일한 열쇠가 있다고 생각지 않고 어떤 독해도 그 풍요로운 의미를 다 담을 수 없다고 생각하지만, 텍스트를 관통하며 작동하는 꿈의 논리는 존재한다. 더 찬찬히 살펴볼수록 더 많은 주제의 겹침을 발견하게 된다. 꿈의 논리라고 해서, 샬럿과 대열을 같이 하고 에밀리를 '시골' '황무지'의 거친 '야생의 작업실'로 몰아넣고 싶지는 않고, 그녀가 순전히 무의식에 이끌려 글을 쓴 작가라고 주장할 생각도 없다. 그보다는 이 텍스트가 강력한 권위를 지닌 상상력의 금제 없는 유희에 작가가 활짝 열려 있었음을 보여주는 증거라고 말하고 싶다. 이 크나큰 힘을 지닌 상상력은 무의식적이면서 또한 의식적인 앎에서 나온다. 나는 허구 창작과 꿈꾸기가 유사한 절차를 밟는다고 확신한다. 바로 정교한 이미지에서 심오한 감정적 깊이를 드러내는 작업이다. 그러나 꿈과 달리 소설은 '편집'할 수 있다. 강력한 꿈과 강력한 소설은 모두 평생 지워지지 않을 수 있다.

캐서린은 넬리에게 말한다. "나는 살아오면서 영원히 기억에 남아 내 관념을 바꾼 꿈들을 꾸어보았어. 그런 꿈들은 나를 관통해 흐르고 흘렀어. 포도주가 물 속에 흘러 퍼지듯 내 마음의 색깔을 바꾸었어." 첫 번째 캐서린은 살아있을 때보다도 죽은 후 더 큰 힘을 갖게 된다. 실제 유령으로가 아니라면 텍스트로서 말이다. 소설 후반에 독자는 그녀가 죽음 이후에 이런 반전이 있을 것임을 미리 내다보았다는 걸 알게 된다. 그녀는 넬리에게 지금은 안주인인 자신을 불쌍하게 여길지 몰라도 그런 입장은 역전될 거라고 말한다. "내가 당신들을 불쌍하다고 할 거야. 내가 당신들과는 비길 수도 없이 더 높은 곳에, 당신들 모두를 넘어선 곳에 있을 테니까." 캐서린의 권력의지는 죽음으로밖에 실현될 수 없다. 3장에서 캐서린은 자신의 반항적인 텍스트를 읽는 록우드 안에서 부활한다. 그 텍스트는 그의 꿈으로 변한다. 그녀가 그에게 지독하게 들러붙는다. 죽은 캐서린은 복수이기도 한 단수의 존재, '떼'로 변한다. 그 말은 벌떼, 아니, 성경에 나오는 일곱 재앙인 메뚜기떼를 떠올리게 한다. 마가복음에서 악마는 말한다. "내 이름은 군대니 우리가 많음이니이다." 이 캐서린은, 아니 이 캐서린들은, 그녀의 독자를 관통해 흐르고 흘러 그의 꿈에서 이미지가 되어 나타나는 페이지의 글자들이다. 캐서린은 물에 따른 포도주나 물에 흘린 피처럼 그 안에서 흘러 그 마음의 색을 물들이고 그와 함께 독자의 마음도 물들인다.

이 환각의 장에서 원을 그리며 돌고 도는 언어적 움직임은 경이롭다. 독자인 나는 손에《폭풍의 언덕》을 들고 록우드의 일기를 읽고, 록우드는 캐서린의 일기가 인쇄된 텍스트와 나란히 흐르며 그 텍스트를 침범하는 브랜더램의 책을 들고 있으며, 그는 읽는다. 이 방 속의 방, 이 텍스트 속 텍스트, 서로 경쟁하는 텍스트들의 방은 피 흘리는 유령이 나오는 꿈으로 탈바꿈하고, 그 속에서 록우드는 '책들'을 동원해 섬뜩한 방문객을 막을 벽을 쌓고 자신을 방어하고자 한다. 이 한심한 몸짓은 차라리 웃길 지경이며, 점점 맑은 정신을 되찾아가면서 서서히 꿈에서 깨어나는 과정으로 해석할 수 있다. 독자는 그저 책일 뿐이라고 스스로 타이른다. 나는 그저 책을 읽고 있을 뿐이야. 꿈꾸는 자는 깨어나 말한다. 천만다행이군, 그냥 꿈이었을 뿐이야. 내 헛된 상상일 뿐이었어.

그러나 여기, 3장의 오크장 속에서는, 현실과 상상, 자연과 초자연, 중심과 여백, 권위와 반란, 작가와 독자, 남성과 여성, 자아와 타자, 인간과 동물, 책 안과 책 밖의 경계들이 피 흘리며 서로를 적신다. 각자 별개의 것으로 유지되지 않는다. 그 사이의 장벽들은 버티지 못한다. 꿈속에서 비명을 지르고 히스클리프에게 꿈을 설명하고 나서 록우드는 히스클리프가 창문을 활짝 열어젖히더니 꿈속의 헛된 상상인 유령에게 애절하게 호소하는 모습을 목격하게 된다. "들어와! 들어와! 캐시, 제발 들어와! 아, 어서 — 다

시 한번! 오! 내 심장의 연인이여, 이번에는 제발 내 말을 들어
줘—마침내 캐서린이!" 그러나 활짝 열린 창밖에는 죽음에서 부
활한 연인은 없고 거세게 몰아치는 공기, 밖에서 안으로 들이치는
바람과 눈이 있을 뿐이다.

록우드는 캐서린을 들여보내 줄 리가 없는 위인이다. 독자는
이미 그가 자기 내면의 성소로 그 누구든 들이는 것을 불편하게
여기는 사람임을 알고 있다. 그 남자는 사교계로부터 멀어지기를
원한다. 소설의 비평가들이 종종 지적하듯 록우드는 신뢰하기 어
렵고 판단의 오류도 많지만, 고독을 갈망하는 마음만은 작가 에밀
리 브론테와 공유하고 있다. 에밀리 브론테는 읽고 쓰기를 사랑하
는 몹시 사적인 사람이었고 아주 가까운 가족 성원들, 자매들에게
도 시를 보여주지 않고 숨겼다. 혼자 있고 싶어하는 록우드의 욕
망에는 치열한 아이러니가 있다. 젊은 여인을 향해 흔들리는 마음
에 저항한 결과, 그가 오게 된 곳은 천국 같은 전원이 아니라 지옥
같은 시골이다. 거친 짐승들, 악의에 찬 개들, 혼이 쑥 빠지도록
무서운, 또 다른 젊은 여자의 유령이 득실거리는 변두리의 황무지
다. 집주인은 창밖을 보고 늑대처럼 울부짖고, 겉보기에는 이성을
지키고 있는 듯하지만 사실 죽은 이가 배회한다고 확신하고 있다.

기겁하게 만드는 이 장은 상상력 그 자체, 읽기와 꿈꾸기, 그로
인해 생성되는 정신적 이미지들을 확실히 불러일으키며, 소설 속
에서 앞으로 닥칠 사건들을 응축해 보여주는 예고편으로서 소설
의 다중적 모호성 안으로 독자를 끌어들인다. 결국 텍스트들은 유

령이다. 작가의 몸은 어디에서도 볼 수 없고, 쓰인 글이 우리가 죽은 자와 교감하는 주된 수단이다. 모든 독자는 복수의 유령에 씌이기 마련이다. 그리고 텍스트가 일단 소화되면 우리 안에서 계속 살게 된다. 깨어 있을 때의 생각에서뿐만 아니라 가끔은 우리 꿈에서도, 우리 모두가 만들어내는 즉흥적인 밤의 허구에서도 살게 된다.

《폭풍의 언덕》은 치열하고 격정적이고 무자비한 소설이다. 초기의 여러 서평가, 무수한 독자, 오랜 세월을 거치며 연구한 많은 학자가ㅡ혐오, 공포, 쾌감으로ㅡ느끼고 설명하려고, 아니 설명해 치우려고 했던 바다. 그들은 그 춤추는 악마들을 주체가 안 된다며 하찮게 여기고 치워버렸다. 그리하여 경직된 이론의 구조물을 단순하게, 혹은 정교하게 구축했으나, 대다수는 압력을 이기지 못하고 허물어졌다. 게다가 그들은 각자 자기만의 교훈적이거나 낭만적이거나 이데올로기적인 허구를 들고 왔고, 그 허구에 휘둘려 아예 없거나 부분적으로만 존재하는 의미를 읽어냈다. 흔하고 흔한 일이다. 온갖 종류의 독자는 복잡성을 억누르고 자신의 안일하고 틀에 박힌 관념으로 대체해 불편한 불확실성을 회피하려 한다.

이 소설을 읽을 때마다 나는 그 이야기에 멱살 잡혀 헐떡거리며 끝까지 끌려간다. 이런 사람이 나뿐만은 아니다. 그러나 나는 이것이 책이라는 걸 알고, 스스로 책이라는 걸 아는 책이라는 것도 안다. 그것은 펼쳐졌다가 접히고 책장에 넣어둘 수 있는 사물이다. 그러나《폭풍의 언덕》은 그 안에서 맹폭한 철학을 휘두른다. 고정적 범주라는 관념 자체를 취소하는 철학이다. 나는 바로 이 때문에 이 책이 도무지 내게 안정되게 자리잡지 않는다고 생각한다. 그래서 이토록 여러 번 다시 그 책을 찾았던 것 같다. 하나와 다른 것의 경계가, 책장의 낱말과 나 사이의 경계가 읽어내려가는 동안 지속해서 흔들리기 때문에, 그 책은 내가 '나 자신'이라고 부르는 것 안에 고요히 안착하려 하지 않기 때문에. 그 책은 나를 관통해 흐르고 흐르며 계속해서 내 마음의 색을 바꾼다.

2020

살아있는 사물

예술작품을 바라볼 때 사람에게는 어떤 일이 생길까? 그 작품은 그 사람 밖에 있을까, 아니면 인지적 재현으로서 그 사람 안에 있을까?

예술의 위치를 세계 속에서 파악할 수 없다면, 우리가 이야기할 것도, 참조할 것도, 돌아올 지점도 없을 것이다. 무언가가 예술이 되려면 공유할 수 있는 사물이어야 한다. 꿈과 환각은 예술이 아니다. 그러나 예술이 관람자에게 들어가지 않는다면, 그녀[28]가 그 존재를 의식적으로 인식하지 않는다면, 그녀에게는 그것이 아무것도 아닐 수 있다.

---

28) 시리 허스트베트는 이 에세이들에서 독자 또는 관객을 지칭할 때 꾸준히 she라는 여성형 대명사를 사용하고 있다.

미술관에 밤이 내리면, 거실의 조명이 꺼지고 가족이 잠자리에 들고 그림이 벽에 홀로 걸려 있을 때, 혹은 화가가 하루 작업을 마치고 작업실을 떠나 아무도 그것을 볼 사람이 없을 때, 예술은 비활성 상태인가? 잠재성으로 존재할 뿐 현실이 되지 못한 대상인가? 그렇다, 나는 그렇다고 생각한다. 기억되지 않는다면 말이다. 기억은 또 다른 형태의 현전이다. 즉각적 인지보다는 유약하고, 꿈과 환각에 가까우며 왜곡될 가능성이 있지만 말이다.

그러나 예술은 언제나 인지보다는 사람의 기억 속에서 훨씬 오래 산다. 미술관·갤러리·거실을 떠날 때, 그 이미지를 가지고 나온다면, 그것은 내 것이 된다. 그리고 시간이 흐르면서 그 예술품은 변한다. 내 마음속에 담은 이미지가 어제, 그 전 주에, 한 달 전에, 이십 년 전에 본 이미지와 동일한 경우는 거의 없다.

나는 기억의 부정확성을 개탄해야 할까? 인간은 카메라가 아니다. 내가 예술작품을 기억한다면, 어떤 감정이나 생각으로, 색채로, 표현으로, 계속 궁금증이 돋는 디테일로 내 안에서 살아남는 특질이 있기 때문이다. 사물의 어떤 면이 나를 감동시켰고, 예술에 감동받는다는 것은 그 사물을 본 후에는 보기 전에 있던 곳과 다른 곳에 있게 된다는 뜻이다.

예술은 살아있음이라는 특질을 떨쳐낼 수 없다. 관람자가 그녀의 굳거나 풀리는 근육에서, 갑자기 멎거나 긴 날숨으로 늘어지는 호흡에서, 느닷없이 마음속에 불쑥 떠오르는 어쩌면 수년간 돌아본 적 없는 기억에서 느끼는 그 이상하고 생생한 활력 말이다.

그렇다면 한 가지 의문이 있다. 어째서일까? 어째서 이 사물들은 이 관람자는 감동시키고 저 관람자의 마음은 차갑게 식은 채로 둘까? 무엇이 위대한 예술일까? 우리는 어떻게 구분할 수 있나?

위대하다고 공히 인정받은 작품들이 있다. 문화적 합의와 매체의 관심을 통해 우리 예술의 영웅으로 축성받은 작품들 말이다. 착실한 의무감을 지닌 관람객들은 미술관으로 몰려가 그런 작품들 앞에서 잠시 무릎 꿇고 경배를 올리고는 이름 모를 예술가들의 회화와 조각들을 서둘러 지나간다. 관람객들은 '값을 매길 수 없고' '아름다운' 작품들에 근접했다는 사실을 통해 개인적으로 발전했다고 느낀다. 그 그림들의 사진과 그 그림들과 함께 선 자신의 사진을 찍어 간다.

위대함의 위력에 흔들리기는커녕 꿈쩍 않을 수 있는 사람은 우리 중에 하나도 없다. 길거리의 작품은 루브르에 걸린 작품처럼 우리 관심을 끌지 못한다.

위대함의 기대는 위대함을 접하는 체험의 일부가 된다. 인간의 인지가 작동하는 방식이 그렇다. 그러나 페르메이르는 1675년 죽었고, 그의 작품은 19세기에 학자이자 예술비평가인 빌럼 뷔르거라는 필명을 쓰는 테오필 토레가 그의 회화들을 다시 보고 다시 사유하기 전까지 무명으로 남아 있었음을 기억하라. 그리고 또한 기억하라. 페르메이르보다 20년쯤 전 세상을 떠난 이탈리아 바로크 화가 아르테미시아 젠틸레스키의 가장 훌륭한 캔버스들은—서명을 했음에도—그녀 아버지의 작품으로 알려져 있었고, 20세기 중반에 들어선 후에야 비로소 몇몇 예술사가가 오랫동안 자명했던 사실을 믿기 시작했다는 것을. 편견은 말 그대로 눈을 멀게 한다.

우리 모두는 분주한 예술사가들이 우리를 위해 세워놓은 위계질서에 영향을 받지 않는가? 우리 모두 우리의 숭배가 미리 인정한 대상들을 조금 더 오래 보지 않는가?

그러나 우리 시야에서 매장된 예술가들은 어떻게 한단 말인가?

가끔 우리는 소실된 작가와 보이지 않는 작가와 저평가된 작가들을 찾는다. 아직 발견되지 않고 보이지 않고 가치를 인정받지도 못한 사람들이 얼마나 많을까 나는 가끔 생각한다.

거기에 무엇이 있는지 보려면 시간이 필요하다. 첫눈에 나를 도발하거나 흥미를 끌거나 마음을 달래주거나 짜증을 북돋는 사물과 천천히 시간을 가질 때, 그냥 두는 게 아니라 그 대상과 머무를 때, 그때 '그것'은 '당신'이 되기 시작한다. 내가 그 만남의 침묵 속에서 충분히 오래 본다면, 이전에 보지 못한 것을 보게 된다는 걸 나는 알게 되었다. 살아 움직이게 된 사물의 다양한 측면들이 내 의식으로 부상해 들어와 궁리하게 되고 가끔은 내가 할 수 있을지 몰랐던 생각도 나타난다. '위대함'의 외피와 '거물의 이름'이라는 유혹이 벗겨져 떨어져 나간다. 그 예술은 특정한 체험, 형용사나 고유명사로 담을 수 없는 체험이 되었기 때문이다.

나는 쉽게 이해할 수 있는 예술에는 흥미가 없다. 끝없이 궁금증을 북돋는 예술에만 관심이 생긴다. 내게 예술은 풀어야 할 문제가 아니다. 위대한 예술은 알지 못하는, 구름 같은 상태다.

그 특정한 체험은 언제나 관람자와 예술작품 사이에 위치한다. 언제나 그 사이에서 만들어지고 살아진다.

우리 중에는 무수한 회화와 조각과 설치 작품들을 기억 속에 품고 다니는 사람들이 있다. 우리가 본 작품의 정확한 복제는 아닐 테고, 오히려 엄밀한 사유나 웃음이나 감정이입이나 묘하거나 생길 듯 아닐 듯한 문장의 근질거리는 충동이나 저녁식사 자리의 긴 대화나 학술논문이나 소설이나 새로운 시각예술작품이나 심지어 생일축하 카드를 창출해내는 마음속의 이미지들일 터이다.

예술은 단일한 위치에 고정할 수 없다. 왜냐하면 살아낸 체험은 미술관이 문을 닫은 후 밤에 보이지 않게 된 대상이 있는 방에 두고 오는 게 아니기 때문이다. 예술적 대상은 다종다양한 형태로 무수한 몸들에 들어가 여행하며 수많은 언어로 말하고 쓰고 노래한다. 예술은 살아있는 사물이다.

2019

성 프란치스코를 예방하며

내가 그 그림 앞에 서게 되면 어떤 일이 일어날지 모르지만, 내기대를 내려놓는다면, 나 자신을 열어 찬찬히 살펴보는 경험에 내맡긴다면, 발견하게 될 것들에 놀랄 거라는 사실은 안다. 우리는모두 습관의 동물이고, 대체로 우리는 찬찬히 살펴봐야 한다는 걸잊는다. 생각할 시간조차 갖기 전에 우리는 먼저 그 사물, 장소,사람을 즉시 재어보고 다음으로 넘어간다. 어쨌든 예상은 일종의예단일 때가 많고, 가끔은 바로 우리 눈앞에 있는 것도 왜곡한다.누구도 이런 예단에서 자유롭지 못하다. 예단은 우리가 세상을 항해하는 데 도움이 되지만, 프릭 컬렉션이 있는 이스트 77번가의건물을 향해 걸어가면서 나는 저 안에 들어가면 그 그림과 천천히 시간을 보낼 수 있다고 나 자신에게 말한다. 예술은 그저 보이기 위해 저기 있다고. 내가 해야 할 일은 보는 것뿐이라고.

나는 강도귀족[29] 헨리 클레이 프릭이 맨해튼의 집으로 삼은 그 하얀 저택 안 벽에 걸린 무수한 회화들을 연구해왔지만, 계단을 오르는 그 순간에는 딱 하나의 캔버스만 생각하고 있다. 〈법열에 빠진 성 프란치스코St. Francis in Ecstasy〉다. 조반니 벨리니가 15세기에 그린 작품이다. 추앙받는 작품이라는 건 알고 있지만 나는 소홀히 흘려보았다. 그 책에 대해 읽은 자료도 없다. 차라리 잘 되었다. 무슨 생각을 해야 하는지 어떤 감정을 가져야 하는지 남들에게 들은 말도 없으니까. 나는 몇 번 깊이 심호흡을 하고, 높고 견고한 문을 잡아당겨 열고는 안으로 들어간다. 시끄러운 대화 소리가 들리고, 홀에서 이리저리 떼밀리는 사람들이 보인다. 미술관이 너무 붐비는 게 아닐까 걱정이 된다. 그러나 일단 표를 사고 회랑의 단단한 대리석 바닥을 걸어가 오른쪽으로 돌자 예전에 프릭 씨의 거실이었던 공간으로 들어서게 되고, 구두가 카펫에 가라앉는 느낌이 든다. 여기는 좀 조용하다. 사람들은 나직하게 언성을 낮춰 말하고 있다. 방 양편으로 어두운 나무패널이 대어진 벽에 커튼이 드리워진 높은 창문 세 개가 있는데, 창으로 들어와 퍼지는 빛은 장엄하지만 위로를 준다. 한 남자와 한 여자가 서로 이탈리아어로 조용하게 말하는 소리가 들린다. '벨리시마bellissima'[30]라는 말이 귀에 들어온다.

---

29) robber baron. 19세기 말에서 20세기 초까지 트러스트를 기반으로 단시간에 막대한 부를 축적한 미국의 대부호를 일컫는다. 사업가이자 예술후원자였다.

30) 아주 아름답다는 뜻의 이탈리아어.

내 왼편 벽 한가운데에 있는 벨리니 그림을 향해 걸어가면서, 나는 그 그림을 올려다보고 있는 여러 사람을 눈여겨본다. 그림의 크기는 4피트 높이에 폭은 4피트 반쯤으로 짐작된다. 나는 서 있을 자리를 찾는다. 나이가 지긋한 여자 두 명이 잠시 멈춰서서 8, 9초쯤 그림을 보다가 나를 스쳐 지나가는 모습을 지켜본다. 한 남자가 캔버스 가까이에 서 있다. 옷깃을 세우고, 가는 머리카락은 재킷과 거의 똑같은 갈색이다. 나는 그 남자 오른편에 주둔한다. 전경에 있는 성 프란치스코의 퍽 아담한 형체가 보인다. 그의 뒤편 초원에 있는 작은 당나귀도 본다. 경청하고 있는 듯 귀를 쫑긋 세운 모습이다. 그러나 나는 먼저 저 크고 희한한 풍경의 색채부터 여유롭게 느껴보기로 한다. 섬세한 잎사귀, 휘어져 말리는 넝쿨, 풀잎의 다채로운 색조, 나뭇가지와 가는 나무줄기와 낙엽과 성인의 수도복은 깊은 중간조의 갈색과 황토색이고, 가파른 암벽의 차가운 연터키빛도 색조가 다채롭다. 하얗게 변하는 청록색에 나는 숨을 멈춘다. 그림 꼭대기에서 강타하는 세룰리안 블루의 하늘과 장벽이 둘러쳐진 도시 위에 떠다니며 하늘의 색을 가로막는 흰 구름을 한껏 음미한다. 나는 마음속으로 생각한다. 이건 하나의 장소가 아니야. 세 개의 장소야. 성인의 바위산 구역, 당나귀의 푸른 풀밭, 그리고 저 높이 멀리 있는 도시.

나는 공책을 꺼내 쓰기 시작한다. 내 앞에 서 있는 남자가 캔버스 쪽으로 몸을 기울인다. 나는 그의 주의력에 감탄하며 동시에 그가 떠나면 좋겠다고 생각한다. 내 뒤로 지나가는 사람들이 프랑스어로 대화하는 소리가 들린다. 저 산의 돌출된 암벽이 프란치스코 위로 우뚝 솟구쳐 그를 왜소해 보이게 만든다. 성인의 몸에 초점을 맞추면서, 나는 몸을 똑바로 펴고 서서, 숨을 마시고, 가슴을 부풀린다. 내가 성인의 자세를 모방하고 있음을 깨닫는다. 나도 모르게 그림 속 형체의 거울이 되었다. 공책에 쓴다. "오른쪽으로 몸을 돌리고, 눈과 턱을 치켜들고, 날렵하고 좁은 코, 입은 벌리고, 두건을 뒤로 젖히고, 가슴을 펴고—꼼짝달싹 않고 서 있다." 두 손은 수용의 자세로 양옆으로 펼쳐져 있고, 상반신은 부드러운 광휘로 빛난다. 그는 경외에 사로잡혔으나 차분해 보인다. 이 사람의 황홀경에 광란이나 공포의 흔적은 없다. 캔버스에 코를 바짝 갖다 대려니 좀 겁이 난다. 대신 나는 공격적인 게 아니라 호기심을 지닌 사람처럼 보이기를 바라며 앞으로 몸을 기울인다. 성인의 오른손을 보고 싶다. 아주 작은 붉은 얼룩을 알아볼 것 같다. 성흔이다. 그는 그리스도의 상처를 갖고 있다. 야윈 맨발 하나가 수도복 아래로 삐죽 나와 있다.

내 앞의 남자는 내 발견이 막 고조되는 찰나에 떠난다. 나는 프란치스코 왼쪽 벽의 틈새에서 밖을 빼꼼 내다보는 작은 토끼를 찾아낸다. 그 토끼를 찾아낸 나 자신이 말도 못 하게 자랑스럽다. 풀밭으로 이어지는 암벽 끝쪽 당나귀로부터 멀지 않은 곳에 앉아 있는 왜가리도 한 마리 보인다. 내 왼편 멀리 또 한 마리 작은 새도 알아본다. 프란치스코 성인과 동물들. 여러 이야기가 기억난다. 새들이 성인의 설교를 들으러 날아왔다고 한다. 한번은 험악한 늑대를 길들인 적도 있다. 성인이 죽음을 눈앞에 두었을 때는 수백 마리의 종달새가 하늘에서 급강하해 내려오지 않았던가? 나는 암반 성상을 눈여겨본다. 앞발, 뒷발, 발굽과 발톱들이 보이는 것 같다. 화가가 의도적인 인용을 한 걸까 궁금하다. 나는 그 형상들을 그리기 시작한다. 얇은 셰일층에서 툭 튀어나온 암반 성상은 세 개가 있다.

아홉 개의 작은 꽃이 피는 식물이 프란치스코 바로 뒤에서 자란다. 나는 그걸 재빨리 그리고 식물 오른쪽의 격자 구조물과 그 앞에 놓인 물병, 그 뒤에 놓인 비스듬한 책상을 그린다. 책상 위에는 턱뼈가 없는 해골 하나와 책 한 권이 놓여 있다. 그림을 그리고 있자니 내가 사물을 하나하나 손으로 윤곽을 따라가며 만지고 있는 느낌이다. 눈길을 들면서 성경의 색깔이 말라붙은 피 같다는 생각을 한다. 그때 책상 밑에 놓인 수도승의 샌들이 눈에 띈다. 성인은 지팡이도 뒤에 두고 나왔다. 넝쿨 지지대에 비스듬히 기대어 놓여 있다. 샌들과 지팡이는 아프게 마음을 울린다. 계속 바라보고 있자니 평범한 삶과 평범한 죽음이 예리하게 느껴진다. 살아있는 모든 건 죽기 마련이다. 우리 물건들이 우리보다 오래 살아남기 일쑤다.

그리고 나는 그림의 이야기를 상상한다. 프란치스코는 책상에 앉아 책을 읽고 있다. 성경을 덮고 돌아보는 이유는 등 뒤에 뭔가 끌어당기는 존재감이 있었기 때문이다. 그는 모든 걸 잊는다. 신발이나 지팡이 생각도 하지 않는다. 그는 일어나서 작은 암자에서 걸어 나온다. 몇 발자국 걷다가 그는 멈춘다. 얼굴을 돌려 하느님의 빛을 마주 본다. '은총'이라는 단어가 내 마음속에 떠오른다.

내가 이 이야기를 적고 있는데 경비원이 내게 다가온다. "원하신다면 이 자리에 앉으셔도 좋습니다, 부인." 그는 내 앞에 있는 폼폼 술로 장식된 높은 초록색 벨벳 의자를 고갯짓으로 가리킨다. 그 친절한 목소리에 나는 화들짝 놀라 그림 속에서 밀려 나왔고, 그제야 내가 한동안 아무 소리도 듣지 못하고 아무것도 보지 않았다는 사실을 깨닫는다. 의자에 앉아 등을 기대니 좋다. 이제는 그림을 똑바로 마주 보지 않게 되어, 눈길 닿는 대로 방안을 둘러본다. 아들 홀바인Hans Holbein the Younger이 그린 크롬웰 뒤 코발트블루와 토머스 모어 뒤의 초록색 커튼을 곱씹어 본다. 바로 내 앞에 있는 원탁 위 술 달린 중국풍 램프를 빤히 바라본다. 다른 관람객들의 목소리가 갑자기 다시 귀에 들어온다. 어딘가 멀리 다녀온 기분이다. 나는 일어나서 다시 캔버스를 바라본다.

이제 보니까 각각 따로 이 그림을 비추는 보이지 않는 광원들이 세 개 있는 것 같다. 하나는 도시를 비추고, 하나는 당나귀와 왜가리가 멈춰선 풀밭을 비추고, 또 하나는 프란치스코를 비춘다. 문득 성인을 밝히는 광원이 그림 안이 아니라 캔버스 밖에 있다는 생각이 뇌리를 스친다. 저 멀리 높은 곳 오른쪽 내 뒤 어딘가에서 시작되는 빛이다. 나는 나 역시 그 빛을 받고 있다는 상상을 한다. 신기한 생각이다.

전시실 밖으로 걸어 나오면서 나는 전화기를 확인한다. 그림

앞에 두 시간이나 있었다. 느낌만으로는 도저히 그럴 수가 없는데도. 나는 문장으로 생각하고 있지 않다. 나는 세계들의 사이에 있다. 그림으로부터 물러나는 데 한참 걸린다는 걸 안다. 나는 복도로 걸어 나오고 맨바닥을 타악기처럼 쿵쿵 두드리는 발소리를 듣는다. 물품보관소로 곧장 가는 대신, 왼쪽으로 돌아서 중정으로 걸어 들어간다. 늦은 오후의 햇빛이 내 머리 위 불투명한 유리 천장을 통해 쏟아진다. 방금 나온 전시실과 붙어있는 돌벤치에 앉아 분수에서 흐르는 물소리에 귀를 기울인다. 입에서 가느다랗게 아치형 물줄기를 뿜어내는 두 마리 검은 개구리 중 한 마리에 눈길이 가닿는다. 목을 쭉 빼고 내 등 뒤 유리창 너머 벨리니의 그림을 다시 한번 본다. 이제 나는 먼 곳에서 거리를 두고 그림을 본다. 약간 아릿한 상실감, 슬픔이 느껴진다. 무엇에 대한 상실감일까? 떠나려니 슬픈 걸까? 불현듯 지금 여기의 야만적인 정치가 기억난 걸까? 아니면 시간 때문일까, 해골이 표상하는 시간 때문에? 성 프란치스코는 그 그림이 건재한 이상 언제까지나 외경에 사로잡혀 꼼짝 않고 그 자리에 서 있으리라. 나는 벤치에서 애써 몸을 일으켜 맡겨둔 코트를 찾는다. 문을 열자마자 맞바람이 바로 얼굴을 때린다. 자동차 경적, 정지하는 트럭의 새된 바퀴 소리가 들리고, 나는 Q 트레인을 향해 걷기 시작한다.

2019

이것과 저것 둘 다

루이즈 부르주아는 일흔 살이 되어서야 비로소 유명해졌다. 그 당시에는 그녀가 그 후로 삼십 년 가까운 세월 동안 예술 작업을 계속하게 될 것 같지 않았지만, 그녀는 해냈다. 1982년 뉴욕현대미술관에서 그녀의 회고전을 보았을 때 나는 스물일곱 살이었다. 이제 나는 예순다섯 살이다. 나는 꼭 하고 싶은 말이 있다. 그때의 나였던 젊은 여자는 열네 살 때부터 페미니스트였고 데보라 와이가 큐레이션한 그 경천동지할 전시회의 작품에 경탄하고 영감을 받았지만, 우리 문화에서 여자가 창작한 예술작품에 대한 인지적 기대가 어느 정도까지 작품을 옥죄고, 심지어 살해하려 공모하는지 이해하기까지는 직접 투쟁하고 관찰하고 고통받고 나이 드는 과정이 필요했다고. 특히 그 여자의 작품이 성차, 몸, 감정, 자서전의 문제를 직접 다룰 때는 말할 것도 없다.

뉴욕현대미술관 전시회를 통해 처음 대성공을 거둔 직후, 부르주아는 같은 해의 〈아트포럼〉에 작품의 토대가 된 신화를 실었다. 이 프로젝트는 주목을 끌 수밖에 없는 질투, 성, 배반의 이야기를 제시했다. '아동 학대'였다. 루이즈의 아버지는 젊은 영국인 가정교사 세이디 고든 리치몬드와 불륜을 계속했고, 루이즈의 어머니는 이 관계를 묵인했다. 이 프로젝트에서 인용한 글이다. "나는 장기말이다. 세이디는 명목상 내 선생으로 그 자리에 있고 어머니 당신은 나를 이용해서 당신 남편의 행적을 추적하려 한다. 이건 아동학대다." 여기서 현재시제의 사용에 주목하라.

이 센세이셔널한 이야기는 또한 유년기 이후 그녀의 삶, 저명한 미국 미술사가 로버트 골드워터와의 결혼, 세 아들, 정신분석에 대한 관심을 굴절했다. 부르주아는 정신분석을 받았다는 사실을 부인했으나 뉴욕에서 1953년 헨리 로웬펠드를 만난 후로 수년 간 강도 높은 치료를 받았으며 1985년 로웬펠드가 세상을 떠날 때까지 연락하는 사이였다. 그러나 부르주아는 정신분석에 관심이 있다는 사실을 위장하지는 않았으며 이 주제에 관해 걸출한 식견을 갖추고 있었다. 정신분석은 그녀의 우울, 불안, 공격성을 설명해주었을 뿐만 아니라 그녀의 작품을 형성하는 풍요로운 신화로 작용하기도 했다. 지금 나는 '신화'를 기원의 대서사라는 의미로 쓰고 있다. 이 용어는《정신분석학 신 입문강좌》(1933)에서 프로이트 본인이 이론을 추동하기 위해 쓰기도 했다. 그가 "우리의 신화"라고 불렀던 것이다.

나는 부르주아의 어린 시절 이야기가 허위라거나 그녀가 그 기억 때문에 괴로워한 적이 없다고 믿지는 않는다. 그보다는, 그 이야기가 작품세계의 틀로서 유용하다는 사실을 그녀 스스로 의식하고 있었다고 생각한다. 처음부터 그녀가 고백이라고 내놓은 이야기는 이중의 게임이었고, 폭로인 동시에 가면이고, 진지하면서 동시에 아이러니했다. 예술가의 가족 로맨스 서사는 기겁할 정도로 효과적이었다. 언론에서, 카탈로그에서, 학술논문과 책에서 끝도 없이 반복되었던 것이다. 그녀의 인터뷰와, 정신분석에 대한 글을 포함해서 이제 책으로 출간된 저작물은 그녀의 삶과 예술을 해석하는 창문이었다. 부르주아는 로웬펠트의 해석과 독자적으로 읽은 정신분석 이론에 기대어 자신의 정신을 분석했고, 이런 통찰들과 연관된 예술을 창조했다. 그러자 더 많은 해석자들이 나타나 해석하고 더 깊이 재해석했다.

"부르주아는 '고통과 쾌감이 히스테리아 안에서 융합된다'고 말한다. 이는 히스테리아가 '오르가즘의 대체물'임을 그녀가 이해했음을 시사한다…. 나는 부르주아의 예술이 현저하게, 또 심오하게 남근선망에 뿌리박고 있다고 주장한다."(도널드 커스핏, "상실과 갈등을 상징화하기: 루이즈 부르주아의 예술에 드러난 정신분석의 과정")

프로이트가 도라를 분석한 사례처럼, "그녀 성정은 본질적으로 아버지에게 끌렸다."(필립 라라트-스미스, "억압된 것의 귀환")

"위협은 오이디푸스 이전의 어머니와 연관되어 있다. 자기가 다시 잡아먹을 수 있도록 아기를 낳는, 쌍방향의 여신으로서 우리의 악몽과 정신병적 망상에 나타나는 존재 말이다."(폴 버헤이게와 줄리 드 간크, "억압된 것의 귀환 너머: 지하의 신들을 소환하는 루이즈 부르주아의 예술")

"그녀는 분명 정신분석을 받았다. 그러나 아무것도 '치유'되지 않았고, 그래서도 안 되는 것이었다. 그녀는 정신분석을 이용해 중요한 예술가가 되었다. 정신분석 치료의 신비한 계율은 '이드(무의식)가 있는 곳에 에고(의식)가 있으리라'다. 부르주아에게 이는 '이드(무의식)가 있는 곳에 조각(의식)이 있으리라'가 된다."(줄리엣 미첼, "루이즈 부르주아의 숭고한 질투")

"부르주아의 글은 정신분석의 아카이브를 확장할 뿐만 아니라 변형시킨다. 특히 여성의 공격성을 정신분석의 최전방으로 가지고 나와 이를 주된 테마로 만들어버린다."(미뇽 닉슨, "L.")

루이즈 부르주아는 예술을 아끼는, 정신분석학자의 재능 있는 환자이자 정신분석에 통달한 진중한 예술비평가가 되었다. 그것도 기가 막히게 똑똑한 사람, 그러나 당연히 조심해야 한다. 예술가는 허세로 부푼 풍선을 터뜨리며 신나게 즐거워하는 장난꾸러기다.

그녀가 선호하는 무기는 바늘이었다.

루이즈 부르주아가 말을 하고 글을 쓰는 단도직입적인 태도는 무수한 대화 상대를 무장 해제했고 지금도 많은 독자를 무장 해제하고 있다. '억압된 것의 귀환'이라는 제목하에 출간된 그녀의 책에서 발췌한 인용문들이다.

"아버지는 다른 여자들과 어울려 나를 배신했지만 어머니는 나를 배신한 적이 없다."

"먹기 위해 죽이기 위해 잡아먹기 위해 오기 위해 어머니를 죽이기 위해 아버지를 합병하기 위해 그의 힘을 취하기 위해 그리고 그 벌로 죽기 위해"

"나는 모든 걸 끊는 커터다."

"나는 폭력적이기에 손 닿는 모든 걸 부숴버린다. 나는 내 우정, 내 사랑, 내 아이들을 파괴한다."

"당신이 나를 떠나면, 나를 버리면(로버트에게)… 당신에게서 나를 분리하면, 나는 죽일 거야, 당신의 자식들을 죽일 거야. 제리에게. 메데이아가."

엄청난 내용이다. 그녀의 글은 많은 사람이 용기가 없어 차마 기록하지 못할 폭력적인 판타지들을 각인하고 다시 각인한다. 그러나 그렇게 함으로써 부르주아는 독자를 기억의 원초적 극장으로 데려간다. 기억의 원초적 극장은 개인적인 것을 보편적인 것으로 바꾸고 그녀의 특정한 이야기를 신화로 '고양'한다. 이건 도저히 겸손하거나 희생자다운 위상이 아니다. 메데이아가 저렇게 슬며시 끼어든 건 결코 우연이 아니다. 그리스 신화에서 메데이아는 남편 이아손에게 분노한 나머지 자식들을 죽인다. 부르주아가 태피스트리를 수선하는 일을 했던 어머니의 이미지라고 여러 번 완강하게 주장했던 거미는 그리스 신화의 아라크네의 울림을 담고 있을 뿐만 아니라, 남서부 미국 인디언 부족 신화에 나오는 거미 여인-어머니-여신의 형상들, 그리고 다름 아닌 창조의 여신인 콜럼비아 이전 멕시코의 강력한 테오티우아칸 거미 여인마저도 떠올리게 한다. 로버트 골드워터는 당시 소위 '원시예술'이라고 불렸던 분야의 전문가였다. 누가 뭐라고 해도 나는 예술가가 이 모든 연상의 지점들을 하나도 빠짐없이 알고 있었다고 확신한다. 하나의 신화가 솜씨 좋게 다른 신화들 속으로 짜여 들어갔다.

1988년 스튜어트 모건과 진행한 인터뷰에서:

"부모 살해를 언급하실 때는 말 그대로의 의미인가요, 아니면 은유인가요?"

"나는 절대로 말 그대로 말하지 않아요. 절대로, 절대로, 절대로 그런 일은 없어요. 직설로는 어디에도 당도할 수 없어요. 유비와 해석과 온갖 종류의 도약들을 이용해야 합니다."

부르주아 집안에 살인사건은 없었지만, 신화는 종종 복수와 살인을 중심에 놓는다. 《토템과 금기》에서, 프로이트의 기원 신화는 폭력적 아버지의 살인이다. 아들들이 힘을 모아 아버지를 공격하고, 죽이고, 잡아먹는다. 부친살해는 근친상간의 금기를 낳고 근친상간의 금기는 사회를 낳는다. 여자들은 프로이트의 이야기에서 그저 장기말에 불과하다. 가부장은 모든 여자를 독식하고자 한다. 남편이 죽은 이듬해 창작한 〈아버지의 파괴〉(1974)에서 부르주아는 그 부친살해 신화를 재구성하면서 개인적이면서도 여성적인 이야기로 바꾸었다. '폭력적 아버지'는 '그녀의' 폭력적 아버지가 된다.

도널드 커스핏과의 인터뷰에서: "저녁식사 테이블에서 아버지는 끝도 없이 말하고 잘난 척하고 자기를 과대포장했어요. 그리고 아버지가 잘난 척할수록 우리는 더욱 작아지는 느낌이었습니다. 그런데 갑자기 무서운 긴장이 감돌았고, 우리는 아버지를 붙잡았어요. 남동생, 언니, 어머니. 우리 셋이 아버지를 붙잡고 테이블 위로 끌어 올려 사지를 쫙 벌렸어요—사지를 절단한 거예요, 아시겠어요? 얼마나 성공적으로 두드려 팼는지 우리가 아버지를 다 잡아먹어 버렸다니까요. 끝이에요. 판타지죠. 그러나 판타지도 가끔은 '삶'으로 경험하게 돼요."

이 이야기에는 사라진 사람이 있다. "우리 넷"이어야 한다. 루이즈, 어머니, 언니와 남동생이 아버지를 잡아먹는다. 그녀는 이 이야기를 여러 번 했다. 이야기는 변했다. 어머니는 있을 때도 있고 없을 때도 있다. 어머니가 남편-아버지를 달래려 할 때도 있고 그러지 않을 때도 있다. 물론, 판타지는 여러 버전이 있기 마련이다. 기억에 남아 있는 실제의 살육은 없었다. 확실한 건 부르주아의 신화에서는 딸들도 식인에 참여한다는 사실이다.

프랑스 중산층 가족의 감정적 드라마는 예술작품에서 가히 장대한 규모로 증폭된다. 조각은 자식들에게(어쩌면 아내에게도) 잡아먹히는 남자의 직설적 묘사가 아니라 입과 씹기를 암시하는 해부학적 형태들로 격렬한 감정을 포획하는 작품이다. 어지러운 동물 뼈 더미와 고기로 뜬 주물이 있는 부르주아의 이상한 구렁은 마음을 불편하게 한다. 엘리자베스 브론펜이 〈아버지와 겨루기: 루이즈 부르주아와 배상의 미학〉에서 썼듯이, "어둡고 움푹한 구멍,

그림자와 주름들은""아무리 해도 보이게 할 수 없는""정신적 현장을 암시적으로 열어젖힌다." 커스핏에게 한 이야기는 블랙코미디의 재질이다. 그 남자는 잘 구워진 닭처럼 쫙쫙 찢긴다. 사악하게 번득이는 예술가의 눈빛이 눈앞에 선히 보이는 것만 같다. 그녀는 물론 저녁식사 테이블에서의 자기 자리와 끝도 없이 주절거리는 아버지를 기억했겠지만, 예술작품의 연료는 과거의 일상적인 저녁식사 루틴에 대한 현재의 감정적 분노와 그로부터 생성된 판타지에서 나온다.

모든 판타지는 삶으로 경험된다. 판타지는 인간 경험의 일부다. 그러나 누군가 특정한 판타지를 예술 창작에 쓴다면, 그것은 "작품을 통해 다시 삶으로 경험된다." 이는 모든 예술 창작에서 마찬가지다. 소설, 시, 음악, 회화, 조각. 대상이 무엇이든, 그것은 유기적 현실성을 띠게 되고, 조각하거나 글을 쓰는 과정을 통해 살아 있는 예술가의 체현된 존재를 일부 공유하게 된다. 그러나 존 듀이가《경험으로서의 예술》(1934)에서 강조하듯, 예술품은 예술가의 내면에서 외부 세계로 찍혀 나오는 무언가가 아니다. 예술가는 언제나 자기가 다루는 소재와 환경과 상호작용한다. 예술가의 모색은 말 그대로의 진실이 아니라 자신이 만드는 사물, 자신의 감정에 답을 주고 제대로 표현하고, 그러고 나면 방기할 수 있는 사물에서 감정적이고 지적인 진실들을 부여하기 위함이다. 예술작품은 판타지를 이런저런 방식으로 재현할 수는 있어도 판타지 그 자체는 아니다.

그러나 〈아버지의 파괴Destruction of the Father〉가 암시하는 신화적 사지 절단은 개인적이면서 광범한 문화적 현실에 뿌리를 두고 있다. 실제 아버지가 저녁 식탁에서 늘어놓는 허풍 자체뿐만 아니라 아버지의 권력이 사회적으로 '합법'이라고 믿는 그의 전제 말이다. (가족의 식탁에서, 회의실에서, 미술 전시회 개막 만찬에서) 자기보다 못한 좌중이 응당 자기가 주절주절 생각 없이 늘어놓는 말을 들으며 미소를 짓고 고개를 끄덕일 거라고 예상하며 제멋대로 군림하는 가부장의 기나긴 계보를 지켜본 아이, 아내, 또 다른 사람이라면 누구나 목졸린 분노가 무슨 뜻인지 안다. 그들은 또한 말허리를 끊거나, 허심탄회하게 의견을 말하거나, 불평을 하면 길길이 날뛰는 분노와 맞서야 한다는 사실도 안다. 어떻게 감히 네가 내 권위를 의심해?

루이즈 부르주아가 1982년 자신의 서사를 그러쥐었다고 말한다면 사실을 축소한 표현이 되겠지만, 이 행위는 많이 늦었다. 여러 예술 기관의 교묘한 책략들을, 그것도 정도의 차이는 있어도 내부에서 인지하지도 못하는 계략들을, 루이즈 부르주아는 다년간 관찰해왔기 때문에, 위험과 판돈을 정확히 이해하고 있었고, 마침내 다가온 기회를 움켜쥐면서 해방감과 당연히 누릴 권리가 있다는 자신감을 함께 느꼈을 거라고 나는 생각한다. 로버트 스토르가 기념비적인 모노그래프 〈내밀한 지리들: 루이즈 부르주아의 예술과 삶〉에서 명확히 밝히고 있듯, 부르주아는 그 세계에서 좀 내노라 하는 인물들을 한 명도 빠짐없이 알고 있었다. 유명한 예술가들은 물론 미술관의 거물들도 있었고, 그중에는 1929년 뉴욕 현대미술관의 첫 번째 관장이 되어 1967년까지 미술관 운영에 일익을 담당한 앨프리드 버도 있었다. 1951년 그는 부르주아의 〈잠자는 형상〉을 미술관 컬렉션으로 구매했다.

부르주아는 자신의 작품을 보여주었고, 리뷰도 받았으나, 중요한 작가로 인정받지 못했다. "사람은 많지만 아무도 내 말을 듣지 않는다."(1959년 1월 4일) 부르주아와 친했던 스토르는 어느 정도까지 그녀 자신의 책임도 있다고 주장한다. 두려움 때문에 기회가 와도 움츠러들었다는 것이다. "*성장의 절대적 거부는 위장일 뿐 사실은/ 성공의 거부*"(1959년경, 이탤릭은 원문). 그녀는 아들을 선호하는 세상에서 아들을 원했던 독재적 아버지의 딸로 태어났다. 사람은 사회적 이야기에서 개인적 이야기를 정확히 어떻게 구분하는가? 그녀의 글에서 여러 번 부르주아는 딸로 태어난 건 "바가지를 쓴" 것과 같다고 했다. 문화-사이키(정신)-소마(신체)는 칼로 세 부분으로 잘라 상자에 넣을 수 없다. 1982년 이전의 인터뷰에서는 그녀는 유년기의 괴로움에 대한 사적인 이야기를 한 번도 털어놓지 않았다. "아무도 우는 사람이나 곤궁에 처한 사람을 좋아하지 않는다." 그녀는 1951년 나이 마흔 살이 되었을 때 이렇게 썼다. "그러니까 턱을 높이 치켜들고 프리마돈나가 되는 거야." 루이즈 부르주아는 예술 리뷰어나 비평가들의 편견을 속속들이 알고 있었다. 여자 예술가들은 거듭 사적인 삶으로 환원되고 만다는 사실도 알고 있었다.

조각가 에바 헤세는 경력이 부르주아와 달리 짧았는데, 늘 비평가들이 자기 작품이 아니라 자기 삶을 논한다면서 불평했다. 헤세는 1938년 나치 독일에서 유대인 아이들을 탈출시킨 킨더트랜스포트Kindertransport 작전의 마지막 수송선 중 하나에 있었다. 그녀는 네덜란드에서 가족과 재회했다. 가족은 훗날 뉴욕시로 이주했다. 그녀의 부모는 이혼했다. 헤세가 아홉 살 때, 어머니는 자살했다. 예술가는 트라우마로 점철된 유년기를 보냈다. 그리고 그녀는 여자였다. 그것도 서른네 살에 세상을 떠나 영영 늙지 않은 아름다운 여자였다.

1965년 헤세는 이렇게 썼다. "어떤 장애물도 없는 단일한 목표라는 건 남자의 특권이다. 남자의 영역이다. 여자는 생리 주기부터 집 청소, 예쁘고 '젊은' 외모를 유지하기, 임신과 출산까지 온갖 여성적 역할로 곁길로 새게 된다…. 여자는 또한 자신이 성공할 '권리'가 있다는 확신이 부족하다…. 나는 늘 이 생각을 곱씹게 된다." 에바 헤세에게는 그 문제를 해결하거나 끝까지 밀어붙일 오랜 세월이 없었다. 부르주아에게는 있었다.

젊었을 때 아무리 자기의심에 시달렸다 해도, 부르주아는 마땅한 예술적 인정을 받지 못한 것일 뿐 치열한 야심을 품은 경쟁력 있는 작가였고, 예술계가 실제로 어떻게 돌아가는지 그 기제도 잘 알고 있었다. 나는 어쩐지 뉴욕현대미술관에서 회고전을 열고 수년간 정신분석도 받아 재능을 활짝 꽃피운, 성숙한 프리마돈나가 여자의 예술은 고백적이고 자전적이라는 불가피한 투덜거림을 미연에 입막음하기 위해 '사적인 삶'을 공격적으로 자기 것으로 껴안았다는 생각이 든다. 심지어 고백적이거나 자전적이지 않을 때조차 여자의 예술은 그런 불만에 노출되기 때문이다. 그래서 부르주아는 승부수로 미리 강펀치를 날렸다. 아동학대의 이야기를 공포함으로써, 인지적 기대를 충족시키면서 동시에 그들을 앞질러 무찌른 것이다.

서구문화에서는 몸, 감정, 자연이 수동적 여성성과 연관되며 정신, 이성, 문화가 능동적 남성성과 연관되는 것이 지당한 사실이다. 성차는 오랫동안 꾸준히 이어져 온, 그리고 아직도 치열한 논쟁인 사이키-소마의 구분 문제의 일환이었으며, 역시 인간의 몸을 두 부분으로 나눴다. 그리하여 남성성은 머리에 거하고 여성성은 목 이하의 몸에 거하게 되었다. 부르주아는 이 문화적 해부학과 관람자의 예상을 가지고 유희를 벌였고, 여성과 남성의 신체에 대한 문화적 편견을 이용해 오히려 그 편견을 전복했다. 안팎으로 뒤집거나 거꾸로 뒤엎거나 뒤섞어서 결국 이도 저도 아니고 구분하기가 불가능할 정도로 둘 다인 상태를 창출한 것이다. 그녀는 정신분석학적 사유를 강탈했지만 그로 인해 제약받지 않았다. 구석기 시대, 콜럼버스 이전 시대, 이집트 등 여러 다른 문화적 전통의 조각조각을 탐욕스럽게 소화해서 자기만의 성물과 신성한 이미지들을 창조했다. 1985년의 〈여자-여우 She-Fox〉를 찾아보라.

부르주아는 자기만의 신화적 세계를 지배했다. "나는 창조할 수 있다/ 전능과 판타지의 내 고유한 예술가 세계를." 3세기 전,

또다른 예술가이자 사상가인 마거릿 캐번디시는 자신의 판타지 소설 《불타는 세계》의 서문에서 이렇게 썼다. "나는 헨리 5세나 찰스 2세가 될 수는 없지만 마거릿 1세가 되려고 고군분투한다…. 행운과 운명이 내게 아무것도 주지 않을 것이므로, 세계의 여주인 이 되지 못할 바에야 차라리 나만의 세계를 창조했다." 종류를 막 론하고 예술가들은 자기가 창조한 세상들로 후퇴해 들어가고, 그 안에서 강력한 군왕으로 군림할 수 있다. 그러나 여자들에게는 바 깥 세계의 눈에 지배자로 '보이고자' 치러내야 할 투쟁이 남자보 다 훨씬 더 어려웠다. 나아가, 여자들은 과거에도 지금도 야망을 가졌다는 죄로 처벌받고, 여전히 남자의 권위에 고개를 숙이고 식 탁에서 말없이 앉아 있으라는 기대에 맞닥뜨린다. 여성이 보이는 공격성, 분노, 지배적 행위는 지금도 '백래시'를 초래한다. '백래 시'는 형벌을 뜻하는 사회심리학적 용어다. 〈직업·조직 심리학 저 널Journal of Occupational and Organizational Psychology〉(2010)에 올리비아 오 닐과 찰스 오라일리가 기고한 논문 "백래시 효과를 줄이기: 셀프 모니터링과 여자의 승진"에서는 자신만만하고 지배력이 있는 여 자들이 '셀프모니터링' — 자신의 남성적 자질을 상황에 따라 켜거 나 끄는 행위 — 을 통해 일을 더 잘하고 승진 등등을 할 수 있다 는 사실을 발견했다. 저자들이 말하는 셀프모니터링은 여자들이 필요할 때마다 얼굴을 갈아 끼울 수 있게 해주는 일종의 하이퍼-자의식을 의미하는 듯하다. 여자들은 변장의 고수여야 하는 모양 이다.

1929년의 에세이 〈가면무도회로서의 여자다움〉에서 정신분석학자 존 리비에르는 남자들과 함께 있을 때면 여성적 가면 뒤에 자신의 성취를 감추는 성공적이고 지적인 여자를 다루었다. "그러므로 여자다움을 가면 삼아 쓰는 이유는 남성성을 소유했다는 사실을 은폐하면서 그 사실을 들켰을 때 예상되는 보복을 피하기 위해서다. 자기가 물건을 훔치지 않았음을 입증하기 위해 호주머니를 까뒤집어 보이는 도둑의 행동과 다를 바가 없다. 독자는 이제 내가 여자다움을 어떻게 정의하는지 혹은 내가 진정한 여자다움과 '가면무도회'를 가르는 경계선을 어디서 긋는지 묻고자 할지도 모르겠다. 그러나 차이는 없다는 게 나의 암묵적 결론이다. 심층적으로나 피상적으로나 여자다움과 '가면무도회'는 같은 것이다."

"우리는 모두 취약하다. 우리는 모두 남성-여성이다." 루이즈 부르주아는 이렇게 썼다.

나는 예술가가 육십 대에 들어서면서 훨씬 자유롭게 자신의 권위, 남성성을 걸치고 다녔다고 확신한다. 그러나 한편으로는 그녀의 약점, 여성성 또한 훨씬 자유롭게 느꼈다. 부르주아는 아메아 왈라크에게 이렇게 말했다. "내가 조각가가 된 이유는, 이건 아주, 아주 중요한데요, 예전에는 부끄럽게 여겼던 것들을 표현할 수 있게 해주었기 때문입니다." 그녀는 자신의 욕구·의존성·고통이 창피했을까, 아니면 야망과 공격성이 부끄러웠을까, 아니면 둘 다였을까? 왠지 나는 둘 다였을 것 같다.

여성성과 남성성은 부르주아가 예술에서 또 삶에서 문화적 가장무도회를 가지고 자유롭게 유희를 벌여 복수의 모호한 의미들이 품은 고도의 긴장을 창출해낼 때 뒤섞여 어우러졌다. 창작은 한 번도 부끄럽거나 창피하지 않았다.

여성성과 유년기는 서구문화에서 쭈그러든 지성과 의존성의 조건으로서 꾸준히 서로 연결된다. 18세기와 19세기의 중산층과 상류층 여성들이 특히 그랬다. 빅토리아 시대의 인형-아내와 집안의 천사는 같은 페르소나가 반복되어 만들어낸 익숙한 판본들이다. 그러나 의존적인 아이는 어른 속에서 계속 살아남는다. 모든 어른에게서, 구체적인 자전적 이미지보다는 감정에 가까운 기억으로 살아남는다. "직설로는 어디에도 당도할 수 없어요." 직설은 작고, 구체적이고, 세부적이고, 사실에 구속되어 있다. 비유는 그런 구체적 제약들에서 자유롭게 날아갈 수 있다. 루이즈 부르주아는 고통받았고, 자신의 고통을 기록했다. 그녀 이야기 속 캐릭터들은 실제 시간과 장소에 상응하는 실제 인물들의 이름을 갖고 있으나, 한편으로는 어머니·아버지·아이·누이·남자형제·아내·남편이라는 거대한 원형으로 꾸준히 추상화되기도 한다.

비평가들이 천착할 사적인 소재가 좀 적었으면 그녀의 유산이 어떻게 달라졌을지를 알 수 있다면 흥미로울 것이다. 예술가가 우울증을 앓았고 심신증후군이 있었으며 감정 기복도 심했다는 사실은 잘 알려져 있다. 부르주아는 재능이 넘치는 촌철살인의 작가였으며 나 역시 출간된 텍스트들에 감사한 마음을 갖고 있지만, 그녀가 남자가 아니라 여자라는 사실은 끊임없이 그녀 작품의 독해를 비딱하게 왜곡하고 그런 읽기들은 종종 마음/몸이나 남성/여성의 분립으로 빠져버리곤 한다. 그녀의 불행을 지나치게 강조함으로써 일부 비평가들이 예술가를 이항대립의 절반항으로 환원하는 우를 범하는 게 아닐까 걱정스럽다.

부르주아는 노년에 맹렬한 속도로 작업했다. 논란의 여지는 있으나 경조증 상태에 가까웠다. 그녀는 흡사 잃어버린 시간을 보상하려는 듯 속도를 냈다. 작품에 드러나는 두려움·분노·고통은 그녀의 예술적 산물을 추동하는 강력한 엔진으로 기능한 위트·유머·아이러니를 가릴 수 없었다. 초반의 작품에도 유머가 없지는 않았으나, 나이가 들어가며 작품세계는 점점 더 코믹해졌다. 그러나 그 강력한 희극적 감각은 내가 읽은 여러 정신분석학적 해석에 대체로 빠져 있다.

예를 들어 도널드 커스핏은 프로이트의 몹시 수상쩍은 관념인 남근 선망에 토대를 두고 부르주아 예술을 해석했다. "무수한 작품 모두에 암시되어 있듯, 부르주아는 신체 이미지의 문제를 다수 갖고 있었다. 이 문제들은 남근이 없다는 사실과 관련이 있었다. 남자가 아니라는 사실 말이다. 그리하여 암묵적으로 내포된 남근 선망과 자명하게 드러난 남근의 수용은, 그녀를 남자로 만들기 위함이고, 실제로 그녀 내면의 남성성을 시사했다." 감히 말하지만, 여기서 남근에 집착하는 사람은 커스핏이다. 남근 선망은 프로이트 살아생전 캐런 호니의 비판을 받았고, 이후 1940년대 초기에는 클라라 톰슨이 비판한 개념이다. 톰슨은 여자들은 남자의 성기가 아니라 남성의 사회적 권력을 선망한다고 주장했다. (이 말에 나는 아멘을 외친다.) 허심탄회하게 주장할 의도였겠지만, 커스핏은 도저히 용서할 수 없이 '직설적'이다. 대체 내면적 남성성이 뭐란 말인가? 성기가 다르다는 이유만으로 문화가 남성에게 부여한 권력의 전용일 뿐이다. 커스핏은 〈남근이 있는 여성〉에서 "남근은 내 다정함의 대상이다"라는 부르주아의 선언을 로버트 매플소프가 찍은 유명한 사진을 통해 해석한다. 이 사진에서 부르주아는 남근을 조각한 작품 〈필레트〉와 함께 찍혀 있다. "그녀는 남근 위에서 승리감을 만끽한다. 철저히, 명명백백하게 남근을 지배하고 있다. 이것은 그녀의 남근이다. 아무리 외양이 흉측하고 꼴불견이라도 말이다."

양성인으로서의 부르주아에 대해 달변을 토하는 이 딱한 비평가에게는 체외로 노출되어 덜렁거리는 남성 성기의 실체적인, 끔찍한 취약성이 전혀 보이지 않는 모양이다. 게다가 그는 이 문화 속에서 남근이 획득한 부조리하게 중요한 상징적 역할을 아무런 회의 없이 그대로 수용한다. 부르주아의 '다정함'은 두 가지 진실을 폭로한다. 첫째, 남근은 위해로부터 보호해야 하는, 공격받기 쉬운 신체 부위이고, 둘째, 전능한 사물처럼 부풀려진 은유적 문화적 인플레이션은 우스꽝스럽다는 것이다. 이건 아이러니다. 권력에 대한 아이러니다.

프로이트가 유명하게 망쳐버린 도라의 사례와 이 젊은 환자가 아버지에게 초점을 맞추었음을 언급하는 필립 라라트-스미스의 해석에도 아이러니는 없는 것 같다. '도라'의 경우 실제로 일어나고 있는 일을 알아보지 못한 프로이트의 무능력을 지적한 책은 한두 권이 아니다. "이 유명한 실패에서 프로이트는 테크닉의 관점에서 하지 말아야 할 행위의 사례를 제공한다." 루 아코스타는 저서 《감정이입이라는 뜬소문》에서 이렇게 썼다. 아코스타는 대규모 합창단에 보탠 하나의 목소리일 뿐이다. 도라가 아버지의 혼외정사에서 장기말이 되었다는 사실, 소녀 시절 부르주아 자신의 상황과 세이디 문제로 부모에게 느낀 분노와 유사하다는 사실은 주목할 가치가 있다. 라라트-스미스는 연관성을 알아보지만 이 환자에 대한 프로이트의 악명 높은 오독은 보지 못한다.

루이즈 부르주아의 예술을 자크 라캉의 '오이디푸스 이전의 어머니'와 전지전능한 '남근'에 쑤셔 넣으려면, 섬세한 손길이 필요하고, 라캉의 의도적 혼선을 부르주아가 회의적으로 바라본 사실에 대한 인식도 요구된다. 스토르와의 인터뷰에서 부르주아는 라캉을 "불신한다"면서 그를 17세기의 신학자이자 수사학자였던 보수에Bossuet와 연결지었다. "그들은 자기 언어로 가글을 해요."(스토르가 프랑스어에서 번역한 문장이다.) 이는 간명하고 또한 진실이다. 부르주아는 실제로 무서운 어머니를 소환하고 있고 남근의 의미로 유희를 벌이고 있으나, 둘 중 하나를 곧이곧대로 다루지는 않는다. 폴 버하게와 줄리 드 간크는 이렇게 쓴다. "오이디푸스 이전의 단계를 통한 현실의 경계로부터 다시 정상 수준, 즉 성과 젠더 관계의 오이디푸스 단계로 돌아온 이후, 그녀 작품의 질은 1950년대 이전에 비해 훨씬 높아진다. 광기의 변두리와 대면한 경험은 보람 찼던 것 같다." 이것이야말로 복잡한 이론으로 가장한 안일한 서사 아닌가? 나는 드 간크의 작업은 모르지만, 버하게는 사회적 영향력과 집단정신에 미치는 그 영향력에 민감한, 노련한 사상가다. 그러나 이들이 부르주아를 취급하는 방식은 환원적이다.

부르주아는 멜라니 클라인을 읽었다. 1968년 다음과 같은 메모를 적었기 때문이다. "(멜라니 K.를 읽고 인용)." 부르주아의 평자들 중 다수는 클라인에 의지한다. 클라인은 원초적 '판타지phantasies'와 부분대상인 젖가슴을 지닌 공격적인 유아를 세상에 출산했다. 좋은 젖가슴은 달래고 젖을 먹인다. 나쁜 젖가슴은 필요할 때 없다. 《사랑, 죄책감, 보상》에서 클라인은 이렇게 썼다. "사랑과 증오는 유아의 정신에서 함께 분투한다. 이 분투는 어느 정도까지는 평생 지속되고 인간관계에서 위험의 원천이 된다." 부르주아의 예술은 젖가슴과 젖가슴 같은 형상들로 가득하다. 클라인적 동화? 미뇽 닉슨은 저서 《환상 같은 현실》에서 이 관계를 미묘하게 파헤친다. 멜라니 클라인이 제시한, 죽음 선망을 지닌 분노한 유아는 부르주아와 그녀의 작품에 대한 진실의 파편들을 발굴할 수도 있겠지만, 역시 유머와 아이러니는 그 과정에서 사라지고 만다.

예술가가 정신분석을 통해 전혀 '치유'받지 못했다는 줄리엣 미첼의 주장은 사실일 수도 있겠으나, '치유'가 대체 무슨 뜻인지 따져 물어야만 한다. 형제자매의 경쟁 관계를 세심하게 분석한 그녀의 연구는 이전에 소홀히 취급된 부르주아 작품의 어떤 면모를 잡아내고 있지만, 조각이 에고의 자리를 대체한다는 생각은 너무 단순하다. 그녀는 에고를 프로이트의 유명한 공식 "이드가 가는 곳에 에고가 있으리라"에 나오는 의식으로 등치한다. 《에고와 이드》에서 프로이트는 또한 "에고는 무엇보다 우선해 신체적 에고이다"라고도 썼다. 이 신체적 에고는 언제나 의식적인 게 아니다. 조각을 만드는 행위는 순수하게 의식적으로 이루어지는 게 아니다.

정신분석적 사유는 예술가의 작품세계를 떠받치는 지적 골조에서 중요한 역할을 한다. 여기에는 의심의 여지가 없다. 내가 여기서 주장하는 바는, 이런 해석들은 하나같이 너무 협소하고 너무 심각하다는 것이다. 이 작가들은 그 여자와 그녀의 작품에 존재하는 춤, 유머, 아이러니와 재미를 놓치고 있다. 그가 뉴욕현대미술관에서 엄청난 대성공을 거둔 직후 1980년대에 뉴욕에서 '난리법석'을 피웠던 사람이라는 걸 잊는다. 앤디 워홀과 함께 매플소프의 사진 모델이 되었으며 당시 가장 핫한 디자이너였던 앙드레 퍼트먼과 함께 클럽에 나가 놀았다. 젊은 남자 시종들을 줄줄이 거느리고 턱을 치켜든 채 피에르 마티스 갤러리를 활보하던 프리마돈나를 나도 직접 본 적이 있다. 진정한 루이즈였을까? 가면무도회였을까? 둘 사이에는 아무 차이가 없을까?

부르주아에 대한 글을 쓴 작가들은 예술가의 말을 곧이곧대로 받아들이지 말라고 경고한다. 본인도 직접 말한 적이 있다. "예술가의 말은 언제나 신중하게 취해야 합니다." 그럼에도 그녀는 일부 작품에 언어를 통합했다. 그녀의 언어가 모두 사적인 일기나 공적인 인터뷰에 숨어 있는 건 아니다.

"남자와 여자가 함께 살았습니다. 어느 날 저녁 남자는 일을 하러 나가서 돌아오지 않았습니다. 여자는 기다렸습니다. 그리고 계속 기다렸습니다. 그러다가 여자는 점점 작아지고 또 작아졌습니다. 나중에 우정으로 잠시 들른 이웃이 소파에서 여자를 발견했습니다. 완두콩 크기만했습니다."(《여자는 잃었다》, 1992)

어떻게 웃지 않는단 말인가?

"나는 지옥에 다녀왔다. 그러니 내 말을 들어달라. 정말 근사했다."(자수에 새겨진 말, 1996)

"시간이 지나 그는 자신의 제련소 안에서 죽었다./ 거론할 가치가 있는 모든 사람이 울고 또 울었다. 물론 아무도 그의 영혼을 볼 수 없었다, 심지어 그 아내도 보지 못했다./ 그러나 그들은 그의 몸이 메말랐다면서 청교도였던 것 같다고 말했다."(삽화가 있는 책《청교도》중에서, 1990) 다수에 따르면 죽은 청교도는 알프리드 바 Alfred Barr였다고 한다.

정신의학적인 논점: *중증의 우울증을 앓는 사람은 예술 창작을 하지 않는다.* 절망은 예술 창작에 도움이 되지 않는다. 부르주아의 휴경기는 우울증으로 강도 높은 분석을 받고 있던 시기와 일치한다. 정신분석으로 '치유'되지는 않았을지 모르지만, 고통스러운 현실을 분석하며 지낸 세월은 그녀가 자신의 분노와 그에 대한 두려움을 인식하는 데 도움이 되었다고 나는 믿는다."(로웬펠드

에게 이건/ 기본적인 문제로/ 보이는 듯하다)/ 내 공격성이 바로/ 내가 두려워하는/ 것."

그리고 그 공격성에 대한 두려움은 순수하게 개인적인 것이 아니었다. 사회적이기도 했다. 그 당시 부르주아와 같은 계층의 유럽과 미국 여자들에게 — 아마도 지금보다 훨씬 더 날카롭게 — 공격성은 단순히 금지된 것을 넘어 종종 내면으로 향했고 자해와 우울의 가면을 쓰고 자아를 공격했다. 예술은 다른 방향으로 움직인다. 외부를 향하는 내면이기 때문이다. 부르주아는 고용량의 반추를 투여하고 그 성찰의 소산인 아이러니를 섞어 위태로운 휘발성의 감정을 위한 시각적 언어적 우화들을 창조했다. 본인의 표현대로 "꾸준하고 안정된 분노는 생산적일 수 있다." 심한 우울증을 앓는 사람들은 분노에 날뛰지 않는다. 그들은 무기력하다.

나아가, 루이즈 부르주아는 적응형 거대자신감adaptive grandiosity[31]을 거침없이 포용할 수 있었고, 그 덕분에 사적인 대하서사가 신화의 장엄성을 띠게 되었다. 수년 전 나는 〈정신분석학 리뷰〉(1995)에 실린 정신분석학자 피터 울슨의 명민한 에세이를 읽다가 우연히 '적응형 거대자신감'이라는 용어를 접하게 되었다. 울슨은 "예술가는 창조하기 위해 적응형 거대자신감이 필요하다"고 썼다. 세계 속 자신의 중요성을 부풀려서 감지하지 않고서는, 예술을 창작하거나 창작 활동을 계속하는 일이 불가능하다. 울슨은 이런 부풀림

---

31) grandiosity는 심리학에서 거대자신감으로 번역되며 〈상담학 사전〉에 따르면 "자신을 실제보다 위대하고 소중한 존재로 생각하는 심리"를 의미한다.

이 허물어지기 쉬운 일일 뿐만 아니라 '부적응'으로 변하기도 쉽다는 점을 인정하지만, 또한 창조적 작업을 위해서는 반드시 필요하다는 사실도 이해한다. 루이즈 부르주아의 예술에 흐르는 명백한 거대자신감은 내가 읽은 정신분석학적 논의에 포함되지 않았다. 루이즈 부르주아는 적응형 거대자신감의 소유자였다. 그녀는 루이즈 1세가 되었다.

내가 받은 정신분석은 내가 인생의 초기에는 가능하지 않았던 방식으로 작업할 수 있도록 고삐를 풀어주었다. '광기'는 예술가가 영감을 끌어올 수 있는 우물이라는 낭만주의적 관념이 있기는 하지만, 나는 재능있는 정신과 환우들이 병증으로 해방되기는커녕 좌절당하는 경우를 너무나 많이 보아왔다. 우울증은 특히 치명적이다. 평범한 신경증도 예술창작에 도움이 되지 않기는 마찬가지다. 필요한 건 자유다. '승화'는 위협적이거나 공격적인 에로틱한 충동을 다른 무언가로 바꾸어 흘려보내는 행위를 의미하는 프로이트의 용어다. 그 다른 무언가에 예술창작이 포함된다. 루이즈 부르주아는 '승화'라는 단어를 예술작품의 제목으로 활용하고 재활용했다. 그중 하나는 15페이지의 책인데, 이런 텍스트를 포함한다. "상징적 행위는/취할 수 있다, 아주 아주 많은/형태를, 어떤 이들은/완벽주의자가 될 것이다/무슨 일을 하더라도/아니면 이야기를 쓸 수도 있다/아니면 지을 수도 있다/집을." 부르주아는 작품 속에서 '집'으로 무수한 유희를 벌였다. 집으로서의 여성, 〈팜 메종Femme Maison〉, 집으로서의 몸, 아내-집wife-house, 주부

housewife, 생물학적 요소로서, 감옥으로서의 세포, 짐승의 굴, 유혹, 동굴과 은신처. 따라서 이 위트는 자기지시적이다.

부르주아는 자신의 예술이 생존과 승화의 모드라는 주장을 거듭 되풀이했다. 그녀를 불신할 이유는 없다. 실제로, 다양한 형태로 작업하는 많은 예술가가 똑같이 말할 것이다. 나는 소설 창작도 마찬가지라고 말하고 싶다. 영국의 정신분석학자이자 소아과 의사인 D. W. 위니코트는 프로이트가 "'승화'라는 단어를 써서 문화적 경험이 의미를 갖는 지점을 지시하고자 했지만, 아마 문화적 경험이 정신의 어느 부위에 있는지 우리에게 가르쳐줄 정도로 깊이 파 들어가지는 않았던 모양이다"라고 제임스 스트래치를 인용해서 썼다. 이는 누구라도 버거워할 대규모의 작업이겠지만, 위니코트는 문화적 경험이 사람과 외부세계 사이에 존재하는 이른바 '잠재적 공간'에 위치한다고 했다. 정확히 나도 아니지만 정확히 너도 아닌 공간이다. 그는 또한 그것을 '중간 영역'이라고 불렀다. 그는 아이가 붙잡고 놓지 않는 담요나 장난감을 지칭하는 '전이대상'이라는 신조어를 만들어내기도 했다. 이 사물은 완전히 어머니도 아니지만 어머니가 아닌 것도 아니다. 아이가 그 사물에 의미를 부여하는 주체다. 아이가 의미를 발명하고, 그 발명은 위태로운 세상을 통제할 수 있는 새로운 힘을 준다. 위니코트는 "전이대상, 전이현상"에서 이렇게 썼다. "대상의 장소—바깥, 안, 경계." 루이즈 부르주아의 펜에서 나오는 촌철살인의 선언과 그리 다르지 않은 위니코트의 인용은 그녀 작품에 탁월한 공간적 묘사로 모자람이 없다.

위니코트는 프로이트보다 덜 우울한 사상가였다. 프로이트에게, 승화는 파괴적인 성적 충동의 방향을 재설정한다. 위니코트는 그 개념을 유희로 수정하고, 유희는 자유를 필요로 한다. 위니코트는 유희가 인간의 성장에 필수적인 요소지만, 그런 유희는 평생에 걸쳐 지속되기도 한다고 믿었다. 유희의 능력을 상실했거나 한 번도 그런 능력을 습득한 적이 없기에 놀이법을 새로 배워야 하는 환자들도 있다고 생각했다. 유희는 특별히 재능있는 사람들의 삶뿐만 아니라 모든 사람의 삶의 일부인 필수적인 창조적 충동을 충족한다고도 믿었다. 모든 예술가는 유희한다. 절박하게 유희할 수도 있다. 목숨을 걸고 유희할 수도 있다. 다른 선택의 여지가 없다고 느끼기 때문에 유희할 수도 있다. 그러나 그들이 하는 행위는 어쨌든 유희다. 그들의 작업은 대상에 체현된 유희다. 이것이 바로 듀이가 "예술가는 그 나름의 문제가 있고 자기가 일한다고 생각한다. 그러나 그의 생각은 대상에 좀 더 즉각적으로 체현된다"라는 문장을 썼을 때 의미했던 바다. 위니코트가 보기에, 예술가는 그녀 자신과 바깥세상 사이의 전이 대상을 창조한다.[32] 듀이도 위니코트도 하지 않은 말이 있는데, 그 말을 이제 내가 하려 한다. "*유희에서, 사람은 자아와 세계를 잇는 탯줄 관계를 정립한*

---

32) 여기서도 대명사의 활용이 의미심장하다. 듀이의 글에서는 예술가를 he라는 남성 대명사로 지칭한다. 그러나 허스트베트는 위니코트를 인용하면서 예술가의 성별을 her로 명시했다.

다." 예술가는 중간 공간에서 작품을 빚어낸다.

경력의 처음부터 끝까지, 부르주아는 사람들 사이의 지대에서 일어나는 분리·절단·자상뿐만 아니라 내밀한 인간관계의 밀고 당김, 형성된 유대를 소구했다. 사람들 사이의 지대는 자아도 아니고 타자도 아닌 제3의 공간이고, 자아와 타자의 혼란과 타자로 전이되는 자아, 통찰뿐만 아니라 각종 환각을 담을 수 있다. 정신분석학에서 이 지대는 전이라고 불리고, 환자와 분석가 사이의 공간에서 일어난다. 그리고 치료 과정에서 분석가는 어머니, 아버지, 자매, 형제, 기타 환자에게 중요한 여러 다른 사람이 될 수 있다. "로버트는 갑자기 새로운 역할로 캐스팅되었다 ─ / 금기인 남자형제의 상이 아니라/ 어머니 상이 된 것이다…." 또한 분석가에게서 환자로 향하는 역전도 있다. 나는 '전이'와 '역전이'를 말끔하게 구분할 수 있다고 생각하지 않는다. 서로 영향을 주고받는다. 서로 융합한다.

그리고 이 제3의 사이-지대는 분석적인 만남에 국한되지 않는다. 프로이트와 위니코트 모두 이러한 사이-지대가 일상의 일부라고 보았다. 위니코트의 유희이론은 승화만큼이나 전이를 재상상했는데, 이에 대해서는 내가 《살다, 생각하다, 바라보다》에 실린 "프로이트의 놀이터"라는 에세이에서 상세히 쓴 적이 있다. 여기서는 '안, 바깥-경계'에 자리한 루이즈 부르주아의 예술이 자유롭게 유희한다는 점을 강조하고 싶다.

부르주아가 프랑스 현상 철학자인 모리스 메를로퐁티를 읽었는지 여부는 모른다. 부르주아가 메를로퐁티를 읽었든 아니든, 그의 '상호신체성' 개념— 인간관계는 신체들 사이의 장소에서 일어나며, 우리는 의식적이지 않은, 체화된 방식으로 타자를 인지하고 이해한다는— 은 부르주아의 예술로 통하는 문을 열어준다. 인간 상호신체성의 간단한 사례로는 누군가 미소를 지어주면 답으로 웃음 짓는 행위나 주변이나 맞은편에 있는 사람이 하품하면 갑자기 따라 하품하고 싶은 충동을 느끼는 경우 등이 있다. "내가 타자의 표정들 속에서 살고, 그가 내 안에 산다는 것을 느낀다는 건, 단순한 사실이다." 메를로퐁티는 《지각의 현상학》에서 이렇게 썼다. 이 현상은 최근에 인간과 다른 영장류의 뇌에 장착된 거울 시스템을 통해 더욱 깊이 이해할 수 있게 되었다.

사람이 말을 하거나 명료한 생각을 하기 훨씬 전에, 그녀는 안과 밖에서 오는 감각과 감정으로 가득 차게 된다. 그리고 이런 감정들은 그녀의 기본 사회관계에서 반복적으로 주고받는 것들에서 의미를 띠게 된다. 부르주아는 체화된 인간 현실의 이야기를, 이전의 그 어떤 예술가도 하지 못한 경지까지 상상하고 묘사하고 복잡하게 만들었다. 그리고 이를 사람 사이의 필연적인 관계로 구상했다. "그녀는 언제나 자기 작품을 관계의 초상으로 생각했다." 제리 고로보이는 어느 인터뷰에서 말했다. 고로보이는 비서이자 매니저이고 일상을 조직하는 사람이었고, 30년간 예술가의 내밀하고 절친한 친구였다. 그녀는 고로보이가 그녀와 함께 하는 일을 '어머니 노릇'이라고 표현했다.

예술작품들에서 드러나는 관계의 역학은 끊임없이 융합과 분리 사이, 안, 바깥, 경계에서 움직인다. 〈인물들〉 조각들(1945~1955)에서 그녀는 바짝 마른 나무로 유약하고 야위고 추상화된 신체들을 창조했다. 그녀는 그 나무들로 서로를 혼란스럽게 갈망하며 아파하는 살아있는 개체들로 주조해냈다. 훗날 그녀는 부드러운 석고와 라텍스, 그리고 의도하는 대로 휘어지고 둥글어지는 딱딱한 소재들을 썼다. 〈세포들/감방들Cells〉이라고 불렀던 후반기 작품은 커다란 공간에 딱딱하고 부드러운 소재를 둘 다 써서 간힘과 울타리를 탐구하고 변화무쌍한 꿈의 논리를 차용한다. 아무튼, 우리 꿈에서는, 몸들이 불가능한 탈출을 즐기고, 죽은 자가 말을 하며, 익숙해야 하는 집이(가정이) 불필요한 방과 신비한 문 들이 있는 이상한 장소로 변한다. 우리가 잠에서 깨어났을 때, 꿈이 기억나면, 우리는 그 꿈으로 이야기를 만들 수 있다.

"재봉사, 여주인, 괴로움, 스트레스Seamstress, mistress, distress, stress." 부르주아는 이 텍스트를 천 작업에 활용했고 옷가지를 늘어뜨린 조각의 제목으로도 썼다. 이 언어유희는 환원을 향해, 뿌리를 향해 움직인다. 그리고 네 단어는 그 이야기를 아는 우리에게는 어떤 이야기가 된다.

시간의 뿌리로, 기원으로 돌아가기. 부르주아에게 얽힘과 분리는 시작들로 다시 돌아가 귀를 기울인다. 기억된 유년기뿐만 아니라 태아로서의 삶과 유아기의 '기억되지 않은, 신화적' 과거로 말이다. 태아였던 시간과 출산을 기억하는 사람은 아무도 없지만 인간 삶의 이야기에서 신체의 흐릿함은 임신에서 가장 극적이다. 임신은 후기로 가면 말 그대로 한 몸에 든 다른 몸, 즉 태반이 있는 포유동물들이 공유한 '이것이기도 하고 저것이기도 한 둘 다'의 조건이 된다. 이 하나 안에 둘이 있는 대형은 확실히 부르주아를 매혹시켰다. 거듭, 거듭, 그녀는 태아를 품은 어머니, 혹은 갓난아이를 품은 어머니의 형상을 그리거나 조각으로 빚어냈다. 그리고 이런 이미지들에는 마술의 손길이 닿아 있을 때가 많다. 부드럽게 바느질한 어머니 형상이 유리종 아래 앉아 있고 갓난아이가 아직도 탯줄에 연결된 채 그녀 몸 밖으로 날아가고 있다. 이런저런 형태의 배꼽도 거듭 등장한다. 털, 실, 끈, 풀리거나 감기는 타래가 몸들에서 나오고 들어가고 몸들을 에두른다. 분홍 천에 실로 속을 채운 〈나를 버리지 말아요Do Not Abandon Me〉의 어머니와 갓난아이의 몸들은 '여전히 애착으로 엮인' 테마를 반복한다. 이 둘은 끊기지 않았고, 아직도 탯줄로 통합되어 있다.

> 유년기의 세상은
> 의존의 세상, 난로 곁의 세상
> 아직 현실의 세상이 아닌 세상(1959)

에로틱한 짝짓기와 융합, 임신, 출산을 묘사한 부르주아의 이미지들은 아직 현실의 세상이 아니다. 이들은 환상과 경이를 끌어와 욕망·의존·절박함·다정함·야만성·희극성의 해부학을 창조하고,

그 모든 어둠·빛·안개로 모성을 그려낸다. 이 주제를 이렇게 취급한 작가는 부르주아 이전에 아무도 없었다.

1960년대와 70년대가 되어서야 비로소 새로운 여성적 몸이 예술의 전경으로 터져 나와 전통적이고 종종 정체된, 기존 여성의 재현 방식—누드와 마돈나, 그리고 스타일이 혁신적일지는 몰라도 도상학적 의미는 전혀 바꾸지 않은 현대미술에서의 반복—에 도전장을 던졌다. 남자들에게 쓸모 있도록 여자를 수동적이고 수용적인 사물로 묘사하는 기존의 방식 말이다. "피카소와 그의 여자들"은 예술의 제도적 클리셰가 되었다. "루이즈 부르주아와 그녀의 남자들"이라는 전시회를 상상해 보라. 피카소의 형식적 혁신은 남성/여성 예술적 관습의 개정을 아우르지 않고, 작품에 만연한 여성혐오를 누그러뜨리지도 않는다. 피카소의 여성혐오에는 능동적 사디즘의 혐의마저 짙게 드리워져 있는데도 말이다. 나는 자코메티의 조각을 사랑하고, 그의 작품은 초기 부르주아에도 확실히 영향을 주었지만, 그의 여자들은 제자리에 고정되어 있다. 가만히 서 있다. 남자들은 걷는다. 데이빗 실베스터는 평전에서 자코메티가 거리의 창녀들, 기다리는 여자들을 모델로 여자를 조각했다고 주장했다. 초현실주의자들의 물신숭배는 여자들을 남성적 변태의 기호들로 장식된 생명 없는 마네킹으로 바꾸었다. 초현실주의자들 역시 부르주아에게 영향을 주었지만, 부르주아는 '여자'에 관한 그들의 피상적 농담과 짐짓 아는 척 젠체하는 태도를 오히려 세차게 후려쳤다.

페미니스트 예술가들은 여성다운 신체와 그 신체가 차지한 서사 공간을 재구성하고 재정비하기를 바랐다. 예술가들은 지각의 기대를 밀쳐냄으로써 그 일을 해냈다. 관람자들의 항로를 재설정하기 위해 놀라움을 활용했다. 봐요, 저 여자가 움직이고 있잖아요! 그들의 전략은 달랐고, 그 전략들이 모두 효과를 내지는 못했다. 지각은 대다수 사람들의 상상보다 훨씬 융통성이 없다. 우리는 습관과 미리 결정된 패턴의 생물이며, 이런 습관과 패턴은 의식적이지 않지만 어쨌든 우리가 보는 것의 향방을 지시한다. 언급할 만한 작가들은 헤아릴 수도 없이 많지만, 사례는 절제해서 제시하고자 한다.

늘 형편없이 해석되고, 제대로 이해받지 못하는 캐롤리 슈니먼의 작품은 행위자-주체로서의 여성-신체를 완강하게 고집해 관람자들을 기겁하게 했다. 그녀는 자신의 나체를 써서 누드를 폭발시켰다. 슈니먼은 예술에서 여성의 상을 밀어붙여 행동하게 만들기를 원했다. 아나 맨디에타는 자신의 몸-자아를 활용해 풍경 속으로 자취를 감추거나, 주변 소재와의 관계 속에서 윤곽선을 상실하거나, 자아와 세계의 구분을 흐릿하게 지워 익명의 여성 신체 주위에 어떤 선도 그릴 수 없는 지경까지 몰아붙였다. 윤곽선, 절대적 역치들, 말끔한 구분선은 과학혁명 시기에 일찌감치 부분적으로 약화된 후로 서구 근대 문화를 설명해왔고, 시간이 흐르면서 점점 더 경직되었다.

예술가 베티 사르는 미국 흑인 여성성의 야만적인 스테레오타

입을 빌려와 상충하는 이미지들과 병치해서 관람자가 어쩔 수 없이 다시 보고 열심히 볼 수밖에 없게 했다. 내가 생각하고 있는 것은 〈제미마 아주머니의 해방〉같은 작품의 힘이다.

에이드리언 파이퍼는 자기 자신을 인종이 모호한 남자, '신화적 존재'로 바꾸고 1973년에서 1975년까지 뉴욕시의 거리를 활보했다. "나는 당신이 가장 증오하고 두려워하는 모든 것이다." 이 행위에 암묵적으로 또 명시적으로 깔려있는 전복의 다층적 층위는 심오하다.

다른 많은 작가들 가운데, 이런 예술가들의 작품은 '예술계'에서 주변으로 밀려나 있고 심지어 가끔은 페미니즘에서도 홀대받고 있지만(내부 분열, 순혈 시험, 뿌리 깊은 인종적 계급적 편견은 정치적/예술적 좌파에서 전혀 새롭지 않은 현상이다), 나는 페미니스트 예술이 지배적 문화 인식에 깊이 각인된 고정관념에 다양한 형태의 교란을 일으켰다고 믿는다. 돌이켜보면, 지금 우리가 차이들과 함께 다시 체험하는 토양을 미리 닦아두었다고 평가할 수 있다. 여성이 창조한 예술에 끈덕지고 뿌리 깊은 저항감을 가진 뉴욕현대미술관이 이 세 여성 작가 모두의 작품을 소장하고 있고, 에이드리언 파이퍼가 2018년 대규모 회고전을 가졌다는 사실이 바로 그 변화의 증거다.

부르주아는 능동적으로 여성 예술가들을 후원하고 지지했으며 1982년 뉴욕현대미술관 회고전을 호의적으로 받아들여준 관객들을 만들어내는 데 페미니즘이 일조했음을 알고 있었다. "페미니스트들은 나를 롤모델로, 어머니로 받아들였어요." 그녀는 말했다. "그게 마음에 걸립니다. 나는 어머니가 되는 일에 관심이 없어요. 나는 아직도 나 자신을 이해하려고 애쓰는 여자아이니까요." 부르 주아가 아무리 젊은 페미니스트들의 어머니 노릇에 양가감정을 가졌다 해도, 그녀보다 더 위트 있고 심도 있게 모성을 탐구한 예 술가를 나로서는 떠올리기 어렵다.

1941년 그녀는 출산하는 여자의 잉크 드로잉 두 점을 창작했 다. 1939년에 그녀는 아들 마이클을 입양했다. 의사가 몸에는 아 무 이상이 없다고 말했는데도 아기를 갖지 못할까 봐 걱정되었 기 때문이었다. 예술가는 아이를 입양하고 나서 1940년에 아들 장 루이를 출산했고, 1년 후 생물학적 둘째 아들인 알랭을 낳았다. 그 이미지들은 출산 경험의 시기와 맞아떨어진다. 로버트 스토르 는 1944년으로 추정되는 장 뒤뷔페의 회화와 함께 그 두 점의 이 미지들로 복제판을 만들었다. 뒤뷔페의 회화는 '날것'의 예술이라 고도 하는 소위 '아르 브뤼'의 영향 아래 그려진 작품이었다. 그는 '아르 브뤼'를 "예술적 문화의 손이 닿지 않은 사람들이 집행한 예 술"이라고 정의했다. 뒤뷔페에게 이 개념에는 숙련되지 않은 예술 가와 아이들이 포함되었지만, 실제로 그 운동은 미친 사람들의 작 품들로 성장했다.

스토르는 부르주아의 이미지를 정신과 환자들의 환각 예술과 연관지었지만, 부르주아가 출산을 그렇게 묘사했다는 점이나 이 주제가 서구 예술의 정전에서 빠져 있다는 사실은 언급하지 않는다. 뒤뷔페의 캔버스는 희귀한 예외다. 정신과 환자보다는 어린아이의 드로잉과 훨씬 많이 닮았고 인형 같은, 무표정한 얼굴로 굽힌 다리를 쫙 벌리고 있는 어머니는 출산 중이 아니다. 출산은 끝났다. 몸들은 합체되어 있지 않다. 유아는 어머니 밖에 누워 있다. 두 몸은 선으로 구획된 별도의 존재다. 그 캔버스는 죽어 있다. 마리오네트 두 개가 침대에 누워 있다. 뒤뷔페의 이미지는 축축하게 젖어 피범벅으로 경련하는 인간의 출산과 가능한 한 까마득하게 멀리 떨어져 있다. 여기에 '날것'다운 구석은 하나도 없다. 이건 방어적 행위로서의 출산 그림이다. 도저히 자신을 출산에 연루시킬 수 없는 남자의 출산 그림이다. 나는 태아였던 적이 없다. 나는 태어났던 적도 없다.

부르주아의 드로잉들에서는 신생아가 모습을 나타낸다. 한 점에서는 작은 존재로서, 다른 한 점에서는 머리만 보인다. 환상적으로 커다란, 어머니만 한 크기의 머리다. 아기의 커다란 머리 때문에 어머니는 토템폴을 연상케 하는 수직적 거울상으로 화한다. 두 드로잉 모두에서 어머니는 집중하고 있고 생각에 잠겨 있고 살짝 고통스러운 표정이지만, 괴로운 표정도, 득의양양한 표정도 아니다. 이 어머니는 사유자다, 현자다. 이것은 "고요 속에서 회상한"[33] 출산이다.

부르주아의 출산 드로잉 이후 거의 40년이 흐른 후, 주디 시카

---

33) "고요 속에서 회상한 감정"은 낭만주의 시인 윌리엄 워즈워스가 《서정담시집》 서문에서 서정시의 시상을 정의할 때 쓴 말이다.

고가 〈출산 프로젝트〉를 작업하기 시작했다. 1985년, 시카고는 프로젝트를 완성하고 〈시카고 트리뷴〉에 이렇게 말했다. "나는 출산의 이미지들을 찾기 시작했지만 하나도 찾지 못했어요. 서구 예술사에서 출산의 이미지는 전무하다시피 하더군요." 나도 정확히 똑같은 경험을 했다. 구글에서 서구 예술에서의 출산을 검색하면 아무것도 나오지 않는다. 구글 검색 결과가 전무하다 해도, 예외는 있다. 이를테면 프리다 칼로가 1935년에 그린 출산하는 자화상이 있다. 낸시 스페로는 1960년대에 출산 예술을 창작했고, 도로시어 태닝의 걸출한 조각 작품 몇 점은 출산을 강력하게 암시한다. 그러나 그 이전에는, 자연 분만이 서구 정전에 아예 존재하지 않는다고 해도 무방하다. 그러나 *그 부재에 대한 논평 또한 거의 없다.* 주디 시카고가 그런 발언을 한 극소수 중 하나다.

시카고의 출산 회화와 침선들은 쓸데없이 과장된 느낌이 있어서, 어쨌든 내가 보기에는 임신과 출산의 낯섦뿐만 아니라 평범하고 내밀한 현실마저도 놓치고 있는 듯하다. 누군가가 당신 안에서 자라기 시작한다—당신이다, 당신의 것이다, 그러다가 당신이 아니게 되어버린다.

부르주아는 분만을 '암시'하는 예술품을 다수 창작했고, 또 실제로 묘사하는 작품도, 특히 말년에, 많이 작업했다. 1986년의 조각 〈자연 습작〉은 나선형이고, 그 안에서 작은 성인 여성의 몸을 쥔 손이 나타난다. 이 작품을 보면 나는 한스 크리스티안 안데르센의 엄지공주가 생각난다. 엄지공주는 소원과 마술에서 태어난

아주 작은 처녀다. 부르주아는 같은 제목으로 여러 작품을 제작했는데, 그중에는 도도하고 머리 없고 유방이 여럿 있는 짐승도 다수 있다. 〈여자-여우〉를 닮은 모성적 신들이다. 내가 좋아하는 명시적 출산 이미지들 중에, 부르주아가 타계하기 불과 3년 전 에딘버러 왕립식물원에서 전시한 붉은 과슈 드로잉들이 있다. 이 드로잉들은 19세기에 존 허튼 밸푸어가 수집한 식물 교육 드로잉들과 짝을 이루어 공통적 제목 '자연 습작'으로 전시되었다.

싱싱하고 풍성한, 짜릿한 에너지가 넘치는 과슈 드로잉들은 함께 인간 기원의 서사를 제시한다. 처음에는 생리하는 소녀가 있고, 뒤이어 다이어그램 같은 어색한 남녀 짝짓기가 나온다. 구근처럼 둥근 여자에게는 젖가슴이 더 많이 달려 있기 일쑤고, 그 옆에는 작고 가느다란 음경을 발기해 세운 야윈 남자가 있다. 그다음에는 자궁 공간의 이미지들이 나온다. 머리가 없고 다리도 없는 임신한 몸, 질에서 신생아가 나오고, 거대하고 축 늘어진 젖가슴들에 울부짖는, 작고 무력한 생물들이 짝지어져 있다. 부르주아의 릴리푸트 난장이들 중 한둘은 그 어마어마하게 큰 유방에 사력을 다해 매달려 있다. 나는 그걸 볼 때마다 소리 내어 웃게 된다. 어머니의 젖가슴이 헬륨 풍선이 된 모습이라니. 그러나 짠하고 아릿하게 슬프기도 하다. 이 드로잉들은 어머니가 아니라 신생아의 관점이기 때문이다. 매달려 있는 신생아를 그린 또 한 점의 분홍색 과슈 드로잉이 이 도록에는 실려 있지 않지만 2017년의 뉴욕현대미술관 전시회에 걸렸었는데, 그 작품이 우스꽝스러운 요소와 마음 아픈 요소를 절묘하게 섞어내는 경지는, 내게는 비길 데 없는 천재성으로 느껴진다. 그 드로잉의 제목은 '자화상'(2007)이다. 신생아는 예술가다.

안에서, 경계에서, 그리고 마침내 바깥에서, 이것이야말로 잉태와 출산의 이야기를 훌륭하게 묘사하는 표현이다. 부르주아는 상호신체적이라 할 만한 조각들을 한 점 한 점 연이어 제작했다. 그러나 부르주아는 메를로퐁티가 철학에서 모색했으나 끝내 찾을 수 없었던 진실을 이해했다. 메를로퐁티는 《보이는 것과 보이지 않는 것》에서 임신을 은유로 이용해 그가 '육신'이라 일컬었던 보편적 혼합이라는 결정적 개념에 당도했으나 끝내 그 이론을 우리 모두 다른 사람의 몸 안에서 시작된다는 사실에 뿌리박지 못했는데, 이 자명한 사실을 무시하고 인간의 체화를 이해할 길은 있을 수 없다. 부르주아는 인간과 인간 사이에서 일어나는 얽힘과 관계들을 제시하며 다른 사람의 몸 안에서 시작되는 우리, 신체-주체의 시초에 뿌리를 둔다.

서구 역사에서 이 현실에 수반된 건망증은 솔직히 기가 막힌 수준이다. 나이든 여성으로서 루이즈 부르주아는 수치심 없이 어머니의 몸 안으로 파고들었고, 그 자유로움과 환희로 무수한 고정관념을, 우리 곁에 완강하게 남아있던 고정관념들을 풍비박산 냈다. 부르주아의 모성은 소독된 마돈나의 몸도 아니지만 어머니 대지나 어머니 자연의 몸도 아니다. 민달팽이처럼 다산하되 사유하지 않는 어머니 자연의 이미지는 '생물학'을 자유의 적으로 여겼던 많은 페미니스트를 따라다니며 괴롭혔다. 생물학적 과정이 정신적 사회적 과정들과 다소 분리되어 있다는 생각의 덫에 빠졌다. 이는 사실이 아니다. 신체의 시스템은 관계적이고 또 맥락적이다. 부르주아는 작품에서 신체-정신-세계가 경계 없이 뒤범벅되는 혼합물을 창조했다.

〈환상 같은 현실〉에서, 미뇽 닉슨은 부르주아가 정신분석학에 빠져 있는 모성적 주체성의 공간을 마련했다는 점을 강조했다. 정신분석학에서는 아기에게 너무 집중한 나머지 능동적 주체로서의 어머니가 실종되는 일이 흔하다. 2017년의 논문 〈정신분석학은 어떻게 출산하는 몸을 잃어버렸는가: 발삼에 대한 논평〉에서 낸시 초도로우는 비록 출산 경험의 중요성을 글로 다룬 분석자들이 있더라도 실제 현장에서는 출산의 경험은 열외로 사라진다고 주장했다. 로즈마리 발삼은 2012년 미국 정신분석학 협회에서 출산에 관해 연설하면서 이 '침묵당한' 글들을 '발굴'했다.

출산은 서구의 예술 정전에서도 억압당했고 정신분석학에서도 억압당했으며 불과 최근까지 철학의 대다수 분야에서 억압당했다. 부르주아는 인간 연결의 심상으로 탯줄을 사랑했지만, 다른 모든 이들과 마찬가지로 그녀 역시 태반은 잊었다. 이 위대한 잉태 기관이 예술은 물론 과학에서도 잊힌 지는 오래되었다. 의학 텍스트들에서는, 성장하는 태아가 어머니의 몸과 태반에 연결되지 않은 것처럼 묘사되는 경우를 흔히 볼 수 있다. 그러나 부르주아는 몸 안에 든 태아를 반복적으로 그리면서 유착과 의존을 함께 묘사했다. 밖에는 음경이 있고 안에는 태아가 있는 〈어머니 남자〉라는 이미지가 있는데, 나는 이 작품에 대한 논평을 아예 하나도 찾을 수 없었다. 아마 내가 놓쳤을 것이다. 부르주아는 또한 어머니의 몸에서 나오는 유아들을 묘사했다. 또 완전히 체외로 나왔지만 여전히 매달리거나 붙잡거나 그 근처에서 쉬고 있는 유아들도 그렸다. 어머니가 온전한 전신일 때도 있지만, 어떤 때는 신체 부위일 때도 있다. 종종 몸통만 있을 때가 있다. 그러나 이런 이미지들은 절대로 '어머니 자연'을 낙천적으로 소환하지 않는다. 오히려 노골적인 구분선 없이 융합하는 영역들을 복잡하게 탐구한다. 몸·신·문화도 그렇지만 인간·동물·식물도 그렇다.

부르주아의 다산성과 출산 작품을 밸푸어의 식물 드로잉과 연결하려는 시도는 합리적이면서 동시에 비합리적이다. 부르주아는 식물과 인간의 형상들을 변신으로 유희하기를 즐겼다. 촉수는 탯줄 같고 탯줄은 머리카락 같다. 나뭇가지는 팔, 다리, 손가락이다. 깍지는 자루 같지만 또한 고환 같기도 하고 호주머니이기도 하고 자궁 같기도 하다. "여자와 자루/ 자루는 튜브가 된다/ 그건 강이다/ 자루다, 호주머니다, 집이다."

테이트 갤러리에는 〈목발 짚은 나무〉라는 위트 넘치는 드로잉이 있다. 이 제목은 관람객이 보는 바를 말 그대로 묘사한다.

빨간 꽃 드로잉 연작은 '내 목소리가 나를 깨운다'라는 제목이다. 이건 관람객이 보는 바가 아니다.

또 다른 드로잉, 〈내면으로 돌아서다〉는 탯줄 같은 털이 몸에서 나오고 몸으로 들어가고 몸을 칭칭 감은 임신한 여성의 형상을 보여준다. 털이 나고 탯줄 같고 식물 같은 부착물은 자를 수 있다.

그러나 부르주아의 조각과 드로잉에서 반복적으로 일어나는 변신은 무려 그리스 시대까지 거슬러 올라가는 교육적 자연 드로잉의 역사와 공통점이 거의 없다. 교육적 자연 드로잉은 계몽주의 시대에 과학적 분류를 보조하는 목적으로 정확하게 그려진 이미지들에서 정점을 맞았다. 내 서재 벽에는 빅토리아 시대 의학 교재의 뇌 삽화가 붙어있는데, 깜짝 놀랄 정도로 가지와 고추를 합쳐 놓은 듯한 형상이지만 각각의 부위들은 모두 정확하게 그려져 있다. 밸푸어의 식물 드로잉에는 자궁 같은 낭과 음경 같은 돌기가 있지만, 모두 교조적인 형상들이다. 부르주아의 충동은 이 교육학적 이미지들과 정반대를 향한다. 그녀는 한 형상과 다른 형상의 구분을 흐릿하게 지우며 관습적인 지각의 경계와 범주들을 허문다.

그녀의 작품이 시각적 생태계를 창조한다고 말할 수도 있겠다. 관계를 탐구하고 유기적 형상들 사이에서 겹치는 생태계 말이다. 여기에는 기생적이고 공생적인 관계들과 다양한 종류의 상호의존성이 포함되는데, 부르주아는 이에 복잡한 의미들을 부여하고 그 과정에서 관습적 분류법을 파괴한다. 부르주아는 광범한 집단적 의미를 지닌 형태들을 통해 상호의존성을 탐구한다. 집, 울타리, 그릇으로서의 자궁을 깍지와 연결하는 건 어쨌든 익히 본 바지만, 그 연상의 고리를 예술적으로 집행하는 예술가의 표현은 파격적일 수 있다. 이를테면 1996년의 봉제한 인체인 〈싱글 III〉는 머리가 둘 달리고 팔이 없으며 유방과 음경, 고환이 달린 몸인데, 머리처럼 생긴 형체는 이 휴머노이드 같은 생명체의 다리 사이에 있다. 이 조각은 단일(싱글)한 것과 대치되는 이중(더블)의 존재, 여성/남성에 대한 관람객의 예상을 교란하지만, 또한 관람객이 어쩔 수 없이 더 찬찬히 뜯어보게 하고, 어쩌면 다른 포유동물에게는 흔하지만 인간에게는 그리 흔치 않은 복수 출산을 보게 한다. 관람객은 추상을 향한 압력을 강요받지만 그 한계 너머로 넘어가지는 않는다. 예상이 산산조각으로 깨어지기 때문에, 의미들이 급격히 증식한다. 부르주아는 팔이 없는 몸들을 다수 창조했다. 나로서는 그런 생물에게 포옹은 불가능하다는 생각을 할 수밖에 없다.

지각은 보수적이다. 우리는 우리가 보는 것을 알려진 패턴에 맞추고 그에 따라 설명한다. 예술에 대한 글에서 비평가들은 종종 알려진 이론, 이야기, 고정관념으로 후퇴한다. 어느 분야나 그렇지만 딱 들어맞는 설명들은 우려스럽다. 루이즈 부르주아의 예술은 아무 부끄러움 없이 몸과 생식을 다루지만, 또 한편으로는 엄정하고, 추상적이고, 지적인 자질을 지니고 있다. 이원론―정신과 신체가 분리되어 있다는 태도―이 기승을 부리는 문화에서, 여성이기도 한 예술가가 일부 비평가들에게 방어적 자세를 취하는 것도 우연은 아니다. 이런 비평가들은 여성보다 남성이 우위에 있는 사회적 위계를 강화하는 표준적인 지각의 범주들을 재정립하고자 엄청난 노력을 기울인다.

도널드 커스핏은 자신이 추앙한다고 공언하는 예술가에 대한 적대성을 의식하지 못할지도 모른다. 〈아트포럼〉에 기고한 에세이 '초현실주의적 맥락'에서 부르주아를 논하면서, 그는 부르주아를 "문학적 예술가라기보다는 수공예 노동자"라고 칭했다. 부르주아를 "[예술품을] 주조하거나 빚어내거나 '자위행위'를 해서 그 안의 남근을 발견하는" '수공예 노동자'라고 일컬음으로써, 커스핏은 루이즈 부르주아의 이미지를 수제 딜도에 열광하는, 생각 없이 소소하게 공예를 즐기는 부인으로 만들어버린다. 이 작품들에 철저히 부재하는 게 성적인 간질거림, 기분 좋은 자극이라는 사실을 놓고 보면, 이 생각은 더욱더 희한하다. 피카소의 캔버스를 자위 도구라고 쓰는 비평가를 상상해 보라.

'어머니 자연'이라는 제목의 과슈 출산 드로잉 소개문에서, 필립 라라트-스미스는 예술가 본인의 말들을 현기증 나게 다채롭게 인용하고는 아무 논평도 붙이지 않았다. 이처럼 짧은 경구들을 목록처럼 열거한 다음에 이어지는 것은 사적인 일화다. 라라트-스미스는 아이가 없는 여자가 들어오는 모습을 보고는 부르주아가 과슈로 그린 임신 그림들을 황급히 말았다고 한다. 손님한테 그 그림들을 보여주고 싶지 않았던 이유는, "노처녀잖아요, 딱하기도 하지"였다면서 말이다. 라라트-스미스는 부르주아의 억양을 들었고 나는 못 들었지만, 그는 부르주아의 말에 아이러니가 없었다고 전제한다. 그리고 "모성은 부르주아의 자아 개념에 핵심적"이라면서 어머니의 융합과 아버지의 분리에 대한 표준적 정신분석학적

362

사유를 내놓은 다음 언캐니와 '자궁-무덤'[34]의 연결을 논한 프로이트의 에세이를 인용한다. "자신의 모성을 똑바로 마주하며, 부르주아 삶으로의 통과의례를 그리는 원초적 이미지들로 돌아가고, 이는, 거울상의 언캐니한 분신처럼 죽음의 필연성과 근접성을 공포한다." 결말의 사유가 시작의 사유를 유발할 수 있다지만, 태아와 신생아를 그린 이 이미지들은 "나는 살아 있단 말이야!"라고 외치고 있다. 대체 이 그림들의 어떤 형태와 획이 죽음을 인용한단 말인가? 내 눈에는 전혀 보이지 않는다.

라라트-스미스는 자궁이 "모든 인간의 옛집"이라고 한 프로이트를 인용한다. 이건 확실한 사실이지만, 솔직히 말해서 정신분석학의 아버지는 모성에 몹시 둔감했다. 이는 대상관계이론 학자들이 수없이 논했고 그 결과 수정된 사실이다. 프로이트는 혁신적이고 천재적인 사상가지만, 오이디푸스 갈등에 휘말린 아들과 아버지에 대한 집착, 기준으로서의 남성 성기와 거세의 이미지로서의 여성 성기에 대한 집착은 십중팔구 모성 권력에 대한 인식되지 않은 두려움과 결합하여 그의 사유에 너덜너덜하게 찢어진 시야의 사각지대를 만들었다. 이 사각지대가 프로이트에게만 있다고는 말하기 어렵다.

2010년의 에세이 〈바늘구멍을 통해서〉에서 프레데리크 조지프-로워리는 예술가의 언어적 시각적 의미 유희를 날카롭게 통

---

34) womb-tomb.

찰하지만, 부르주아의 엄청난 개인적 수난을 심히 강조한 나머지 그만 다음과 같은 문장을 쓰고 만다. "루이즈 부르주아는 몇 주일 전에 그리고 아주, 아주, 오래전에 죽었다." 죄송하지만 내 생각은 다르다. 그녀는 실제로 죽기 전에는 죽은 적이 없다. 그런 사람은 아무도 없다. 그리고 그 예술가는 아흔 살이 넘어서도 미친 듯이 작업했다. 때 이른 '죽음'의 은유적 의미를 어떻게 의도했는지는 모르지만, 어찌 되었든 이는 말도 안 되는 허튼소리다. 게다가 모욕적이기까지 하다. 그러나 아버지와 어머니가 나오는 사적 서사에 희생되어 괴로워하는 여자는 프랑스인들이 여성 예술가를 논할 때마다 반복적으로 활용했던 온정주의적/가부장적 서사들에 썩 잘 들어맞는다. 그리고 이런 관습은 제 살을 파고 들어가 너무나 깊이 박혀 있기에 이제는 눈에 보이지도 않게 되었다.

대중적인 논의를 살펴보면, 조너던 존스가 2014년에 〈가디언〉에 기고한 글이 있다. "루이즈 부르주아는 위안을 주는 작가다. 그녀가 이야기해준 인간 심리의 이야기들은 쉽게 이해된다. 대대손손 제도권의 영웅들이 창출했던 이야기들과 똑같은, 쉬운 서사적 의미들과 대담하고 까다롭지 않은 이미지들을 내놓는다. 세월이 흐르면, _현대 예술의 진정한 악몽에 비교해 빛이 바랠 이미지들이다._" 현대 예술의 진정한 악몽이라고? 물론 인정한다. 문화 저널리즘이라는 게 자기가 무슨 말을 하는지도 모르는 겁먹은 어중이떠중이들한테나 맡겨지는 나태한 산업일 때가 많다는 사실을. 존스 씨에게 개인적으로 위안을 주는 건, 빈곤한 지성을 가리는 가면이 되어주길 바란 듯한 그 생색내는 어조로 여성의 천재성을 지워버리는 만행이다. 다 지긋지긋하게 예측가능하다. 인지적 기대의 틀에 너무나 깔끔하게 맞아떨어진다. 여자가 분수에 맞지 않게 높이 떠올랐으니 어서 때려서 제자리로 돌려보내야 한다는 생각.

그러나 그게 왜 중요한가? 부르주아라는 예술가에 대해 글을 쓰는 우리 모두는 루이즈 1세의 시녀에 불과한데. 하지만 나는 중요하다고 생각한다. 염증이 나도록 반복된 부르주아의 대서사를 다룰 때는 신중에 신중을 기해야 한다. 그녀는 예술로 몸, 감정, 자서전을 거리낌 없이 받아들이는 여자는 상례적으로 비하된다는 사실을 알고 있었다. 그런 예술이 필연적으로 개인적이고, 사적이고, 가정적인 것과 연관되는, 여성성의 불편한 지하세계를 떠올리게 만든다는 사실도 알았다. 생리주기, 집 청소, 임신과 출산도 그렇지만, 성욕, 자연적 번식과정, 문화 속의 이 흐릿한 신체적 영토에 수반되는 불편감, 심지어 혐오감마저 떠오른다. 부르주아는 '남성적' 여성에게 가해지는 온갖 보복은 물론 이를 회피하기 위한 위장들도 알고 있었다. 그녀는 이 모든 기대를 가지고 놀았다. 맹폭하게, 그러면서도 섬세하게 가지고 놀았다. 그녀는 자유롭고도 절제되었으며, 강렬한 감정은 물론 신랄한 사유 또한 갖추고 있었다.

모든 예술가의 삶은 작품 세계와 어지럽게 뒤엉켜 있으나, 형태를 막론하고 모든 재현은 거리를 상정한다. 예술가는 대상이 펼쳐지는 모습을 본다. 자신에게서 나와 일어서고, 자신과 관련이 있으나, '자신이 아닌 것'이기도 하다. 그리고 바로 이 거리, 즉 예술작품의 궁극적 타자성이야말로 창작 과정 중에서 예술가에게 안도감과 만족감을 주는 특성이다. 예술은 '나'이지만 또한 '내가 아니'다. 과거에 내가 글쓰기를 정의한 표현대로 '친숙한 낯섦'이다. 이 표현은 시각 예술에도 똑같이 잘 적용된다. 예술창작의 과정을 거치며 '나'는 '당신', 어떤 타자가 된다. 그러나 예술은 또한 언제나 어떤 타자를 염두에 둔 상태에서 만들어진다. 실제의 타자가 아니라 상상 속의 타자다. 이런 식으로 예술은 모두 어떤 관계의 초상이 된다.

관람자들에게 쉽게 해석되고, 안락하고, 하나의 이야기로 깔끔하게 정리할 수 있는 예술을 주기는커녕, 부르주아는 모호성, 융합, 흐릿한 경계들을 그리는 춤추는 폭도다. 여성적이지도 않고 남성적이지도 않지만, 성적 겹침, 이것도 되고 저것도 되는 둘 다의 상태에 깊이 투신한다. 부르주아는 이것과 저것 둘 다이고, 이것 또는 저것의 예술가가 아니다. 그녀의 감정 범위는 폭이 넓다. 그녀는 달래주기도 하고 경고를 발산하기도 하며, 흐느껴 울다가 시끌벅적한 폭소를 터뜨리기도 한다. 그녀는 비틀거리며 넘어지지만, 드높이 뛰어오르기도 한다. 한순간 한없이 연약하다가 다음 순간 사악하게 변한다. 나는 진지함, 열정, 아이러니, 희극, 언어유희가 그녀의 작품에서 음탕하고 방종하게 뒤섞이는 것을 보면서 어안이 벙벙해질 때가 자주 있다. 그녀의 지적인 통찰력, 전략적 천재성, 자기 삶을 작품 속에서 능수능란하게 분석하고 신화화하는 능력, 이 모든 게 그녀의 기억과 그에 수반되는 심오한 감정들을 착취했을 테지만, 그 감정들이 고통스럽기만 한 것은 아니었으며, 또 언제나 대상에 체현된 관념들을 통해 거리를 두고 추상화되었다. 바로 이런 거리와 작품에 구현된 철저한 엄밀함이야말로 그녀의 비평가들이 종종 생략하고 말하지 않는 부분이다.

아이러니는 나이가 들면 더 커지는 것 같다. 적어도 내 경험으로는 그렇다. 아이러니는 본질적으로 어렵다. 아이러니 안에서 의미는 두 배로, 가끔은 세 배, 네 배로 증폭되기 때문이다. 아이러니라는 말은 16세기가 되어서야 영어에 등장한다. 라틴어 이로니아ironia의 변형으로, 원래의 어원은 그리스어의 에이로네이아eironeia, 즉 흉내낸 무지라는 뜻이다. 소크라테스는 천진함을 가장하는 데 가히 위대했던 옛 현자였고, 짐짓 순박한 척 상대의 우매함을 폭로했다. 여자들이 아이러니의 명수로 인정받는 경우는 흔치 않다. 이성을 남성적인 정체성으로 파악하는 문화적 편견은 아이러니에도 똑같이 적용된다. 반추적 자의식이 아이러니의 필수 요건이기 때문이다. 개와 아기들에게는 아이러니가 있을 수 없다.

나는 〈성녀 세바스티엔느〉 드로잉들과 그 자매 연작인 〈추억의 인장〉으로 글을 마무리하려 한다. 이 작품들은 예술가가 팔십 대였던 1990년에서 1995년 사이에 제작되었다. 그녀는 또한 이 성인의 상으로 봉제 조각도 만들었다. 이 작품에는 어떤 형용사들이 어울릴까? 우스꽝스럽고, 기이하고, 풍자적이고, 통렬하고, 혼란스럽고—이 모든 형용사를 통틀어서? 전설에 따르면 성 세바스티안은 기독교를 박해하던 시기였던 디오클레티아누스 황제 통치 기간에 순교했다고 한다. 세월이 지나면서 이 성인은 예술 정전에 어김없이 등장하는 이름이 되었다. 청춘의 세바스티안을 그린 화가들 중에는 틴토레토, 델 사르토, 만테냐, 메시나, 엘 그레코가 있었다. 세바스티안 성인은 흔히 나무나 기둥에 묶인 채 거의 벌거벗은, 아름다운 몸에 화살 한두 촉, 또는 여러 촉이 박힌 모습으로 그려지곤 한다. 허리에 두른 천은 흘러내리면서 전략적으로 성기를 가리도록 배치된다. 동성애적 욕망으로 점철된 도상이다.

예술사를 배우는 학생이라면 한눈에 세바스티안을 알아볼 수 있다. 그는 화살이나 화살들에 찔려도 얼굴에 고통을 거의 드러내지 않는 성인이다. 오히려 그는 차라리 쾌감에 가까워 보이는 초자연적인 다정한 표정으로 눈길을 들어 천국을 본다. 19세기경에는, 성 세바스티안을 그리는 방식이 굳어져서 달착지근한 소프트 포르노와 다를 바 없게 되어버렸다.

세바스티안 도상학을 부르주아가 취급하는 아이러니한 방식은, 정말 웃기게 전복적이다. 그녀의 성인은 여자고, 그 형태는 예술사에 무수한, 이상화된 누드에서 빌려온 게 아니다. 부르주아의 작업에서, 세바스티안은 세바스티엔느가 된다. 그녀 자신의 이름을 짐짓 지시하는 이름이다. 딸인 루이즈의 이름은 아버지의 이름 루이를 따서 지은 것이다. 〈추억의 인장〉 연작에서, 원래 이름의 성차는 이니셜 L. B.에 의해 효과적으로 삭제된다. 이 이니셜들은 캐릭터의 몸 전체에 인장이나 화인으로 찍혀 있다. 가부장이 아이의 이름에 각인되어 그녀의 육신에 새겨진다. 의미는 각자 알아서 만들어보라. 그러나 그 의미들은 기어코 증식하리라는 쪽에 판돈을 걸어라.

부르주아는 예술사의 섹시한 청년을 임신한, 소요하는, 팔 없는, 가끔은 머리도 없는, 코믹한 자아 페르소나로 변형시켰다. 캐릭터의 머리가 잘려있지 않을 때, 세바스티엔느 또는 L. B.는 온갖 다채로운 헤어스타일/모자/바구니를 머리에 이고 다닌다. 세계 여러 지역에서 물건을 옮기는 방식―머리에 이고 다니는 사람은 언제나 여자다―을 지시하는 이 인용은 이 생물체를 여성의 영역에 고정한다. 그리고 그녀는 가끔 머리-모자-바구니에 전통적인 다산의 기호인 알을 넣고 다닌다. 세 개의 알은 각각 부르주아의 자식들을 가리킨다. 이 페르소나에 얼굴이 있을 때는, 신비스러운 미소가 떠올라 있다. 예술가는 회화 속 화살에 찔린 미소년의 초연한 표정을 모방하며 놀리고 있는 걸까? 이 미소는 만족, 자족, 혹은 아이러니를 뜻할까? 어떤 때는 양방향에서 날아온 화살들이 그녀의 부푼 몸을 찌르고 고양이의 얼굴이 그녀의 얼굴에 그림자로 드리울 때도 있다. 목, 젖가슴, 허리, 성기, 허벅지, 정강이, 배꼽에 화살이 꽂힌다. 얄팍하게 위장된 음경의 상징인 성 세바스티안 회화의 화살이 부르주아에게서는 그 위치에 따라 복수적으로 재상상된다. 무기인 것은 확실하고 음경이기도 하지만, 또한 탯줄이기도 하다.

이 그림들은 우습지만, 농담으로 환원하기는 어렵다. 엄격하게 관습적인 이미지를 뒤틀어 뭔가 완전히 새로운 것으로 탈바꿈하기 때문이다. 이 드로잉들은 사적·사회적·예술사적·철학적 의미들을 서로에게 허물어지게 하면서도 그들 사이의 모호성을 보존한다. 세바스티안은 역병의 성인이다. 감염병이 도는 시기에 신도들은 이 성인에게 보호를 간청했다. 내가 이 에세이를 2020년 코비드 19 팬데믹 시기에 쓰고 있기 때문에, 부르주아도 역병을 생각했던 걸까 궁금해하지 않을 수 없다. 아마도 에이즈가 아니었을까. 에이즈가 뉴욕시를 유린한 1980년대를 살았으니 말이다. 그러나 생각해 보면, 어쩌면 이 드로잉들은 은유적 역병을 소환하는지도 모른다. 바로 전반적으로 여성성을 조롱하며 끝없이 왜소화하는 역병 말이다. 아이러니가 풍요로울 때는, 결코 단순하지 않다.

이 이미지들은 볼 때도 그렇지만 읽을 때도 세심하고 신중해야 한다. 예술가는 자신의 정신적 통찰력을 만끽했고 자전적인 이야기를 간직하면서도 그 너머로 초월해 비상하는 무수한 인용들의 농밀함을 한껏 즐겼다. 루이즈 부르주아를 다룰 때는, 과거에도 지금도 그녀가 대다수 비평가들을 훌쩍 앞선다고 전제하는 쪽이 안전하다.

〈우리 화살의 성녀〉는 굉장히 바빠 보인다. 어디로 가고 있는 걸까? 그 형상은 보이지 않는 적들의 공격 따위는 관심 없다는 듯, 오른쪽을 향하고 있다. 글을 읽고 쓰는 사람들은 읽기의 방향에 따라 공간 속의 시간을 이해한다. 영어와 프랑스어 독자 모두에게 과거에서 미래로의 움직임은 공간에서 왼쪽에서 오른쪽으로 표현된다. 예술가는 L. B.라는 가명을 지닌 자신의 캐릭터 세바스티엔느를 미래가 아니라 과거로 보냈다. 프리마돈나는 도도하게 턱을 치켜들고 정신분석학, 기억, 그리고 시초의 땅—임신·출산·유아기·유년기—이 있는 방향으로, 신화와 우리 기원의 수많은 이야기로 이루어진 세계로 가고 있다.

2020

남자는 무엇을 원하는가?

여성혐오mysogyny는 그리스어의 혐오를 뜻하는 misos와 여성을 뜻하는 gune에서 유래했다. 나는 내 삶 속에서 여성혐오와 그 언어적 따귀들, 침을 튀기는 분노, 끓어오르는 멸시, 혐오의 표정을 알아보게 되었다. 여성혐오자들은 또한 여자에게 발길질하고 주먹질하며, 여자의 목을 조르고 강간하고, 여자에게 염산을 뿌리고 돌을 던지며, 신체를 훼손하고 살해한다. 모든 인간은 여자나 여성 생식기를 지닌 사람에게서 태어났기 때문에, 생각해 보면 이상한 혐오다. 출생한 유아는 보통 어머니나 다른 여성의 돌봄을 받고, 대부분의 문화에서 여성의 손에 양육된다. 한 인간집단이 다른 인간집단에 품는 여타 증오는 부족적 정체성, 종교, 계급, 인종, 지리 등에 의거한 차이의 적의에 기인하며 전쟁, 테러행위, 종족학살의 형태로 폭발할 수 있다. 그러나 여성은 모든 국가, 카스트, 계층, 종교, 부족에 속한다.

여성혐오가 서로 다른 문화에서 서로 다른 형태를 취했고 또 지금도 그러하며, 다만 특정한 역사적 시기에 더 강하거나 약하게 발현되었다는 데는 대체로 의견의 일치가 이루어진 듯하나, 여성혐오의 기원, 발달의 이유와 양상, 정확한 작동 기제에 대해 합의된 것은 없다. 흥미롭게도, 여성혐오라는 말은 영어로 된 책들 제목에서는 많이 등장하지 않는다. 비록 최근 들어 여기저기서 좀 더 자주 볼 수 있기는 하지만 말이다. 나는 이 주제를 독점적으로 다루는 책들을, 내가 추적할 수 있는 한 단 한 권도 빠짐없이 찾아내 읽었다. 내가 왜 혐오의 대상이 되어야 하는지 설명하려 애쓰는 복수의 이론들을 보며, 당혹감과 슬픔을 동시에 느낀다.

여성혐오는 가부장제에 복속하며 여성다운 행동에 대한 어떤 요구를 내포한다. 위계적 문화의 존재 방식 내에 구축되어 있고, 모든 사람의 사유·언어·몸짓·행위를 감염시킨다. 가부장제가 언제나 항상 우리와 함께 있는가는 논쟁적인 문제다. 학자들은 시간을 거슬러 자신들의 세계를 투사하는 경향이 있다. 수렵채집자들의 사회는 성별에 따른 분업으로 조직되었지만 한때 세웠던 가설보다는 훨씬 더 평등하고 평화로웠던 것으로 보인다. 다수의 학자가 농경으로 유랑생활이 끝나면서 집단생활이 더 위계적으로 변했다는 논거를 내놓았다. (디블 외, "성평등으로 수렵채집 소집단의 독특한 사회구조를 설명할 수 있다", 〈사이언스〉, 2015 참조) 오늘날 가부장제는 세계의 대부분 지역을 집어삼켰다. 서구전통으로 형성된 여성적 존재로서, 현재까지 오랜 세월에 걸쳐 우리 성별에 쏟아진 남자 현인들의 비난들은 흡사 기세 좋은 망치 같았다. 그들의 비하는 망치로 마구 때리듯, 여자를 훈계하고 비난하고 벌을 주었다. 이들에 따르면, 여성은 다채로운 악이며 오염물질이며 위험하고 악마 같고 만족을 모르는 성욕을 지녔으며 무성적이며 유약하고 간교하고 아이처럼 유치하고 감정적이며 수동적이지만 언제나 지적으로 무능하며 남자보다 열등하다.

《숙녀들의 도시에 관한 책The Book of the City of Ladies》은 1405년 출간되었다. 첫 장에서 작가 크리스틴 드 피잔은 서재에 앉아 간청하듯 묻는다. "대체 왜 이토록 많은 남자들은… 여자들과 여자들의 행동거지를 끔찍하게 비난하는 말들을 했으며, 왜 여전히 계속 말하고 쓰는 걸까." 정말 왜 그러는 걸까? 왜 절대로 멈추지 않는 걸까? 서구의 여성혐오는 여자가 남자보다 더 '자연에 가깝다natural'는 좀 기괴한 생각에 근거한다. 이 생각은 낡은 정신/육체 문제와 관련이 있다. 남자는 정신이고 문화다. 그는 생각한다. 여자는 육체고 자연이다. 그녀는 생각하지 않고 아기를 낳는다. "여자는 남자보다 더 육욕이 강하며, 이는 여자의 여러 혐오스러운 육체성으로 보아 분명한 사실이다."《마녀들의 망치Maleus Maleficarum》(1486)[35]에서 하인리히 크라머와 야콥 스프렝거는 이렇게 썼다. 이들은 여자들이 남자들보다 마녀가 되기 쉬운 이유를

---

35) 도미니코 수도회 소속의 독일 사제들이 쓴 마녀에 관한 책. 중세 마녀사냥의 중요한 근거가 되었다.

설명하고 있었다.

여성혐오는 세계적으로 증가하는 추세다. 첨단기술과 급변하는 정치적 기후에 힘입어 여성혐오는 인터넷의 폭언과 독설, 참수와 사지절단, 강간을 묘사한 섬뜩한 온라인 이미지들, 그리고 세계의 실제 폭력에서 제 목소리를 찾았다.

한 우파 폭력배는 버지니아 샬러츠빌에서 항의시위를 벌이던 헤더 헤이어를 차로 치어 죽였다. 여성혐오에 관한 저서에서 게일 우코키스는 신파시즘을 주창하는 〈데일리스토머〉 편집장의 발언을 인용했다. 그는 헤이어를 "뚱뚱하고, 자식도 없는, 서른두 살짜리 늙은 걸레"라고 불렀다.

영국의 작가 겸 영화감독 겸 프로듀서인 대니엘 대시는 트위터에서 겪은 일을 앰네스티 인터내셔널에 고발했다. "폭력은 나를 이루는 모든 요소의 교차지점을 겨냥했습니다. 일례로, '깜둥이 암캐'야, 내가 네년을 강간할 거다. 네년은 여성혐오도 있고, 인종차별주의도 있고, 성폭력도 있고, 그 모든 게 다 섞인 시궁창 똥물이 맛나게 끓은 찌개잡탕이야." 대시를 비난한 익명 트위터리언은 자아와 타자를 혼돈하는 조현병 증상이 있는 듯하다. 그는 자기 여성혐오, 인종주의, 성폭력을 증오의 대상에 덮어씌웠다.

엘리어트 로저는 캘리포니아 아일라비스타에서 여섯 사람을 살해하기 전에 무려 137페이지에 달하는 장광설을 써서 섹스 없는 자신의 삶을 복수로 되갚아주겠다고 밝혔다. 복수의 1단계가 자기가 누렸어야 하는 성적 경험을 한 경쟁자 남자들을 세상에서 없애버리는 일이었다. 2단계는 '여자들과의 전쟁'이었다. 로저는 시내의 알파파이 소로리티하우스[36) 근처에서 본 '핫하고 아름다운 금발 여자들'을 대상으로, 말 그대로 무장봉기를 일으켰다. "전부 다 버릇없고, 매정하고, 사악한 암캐들"이라면서. 그들은 버릇없고 매정하고 사악하다, 그를 원하지 않았기에.

학자들은 온라인에 창궐하는 여성혐오를 탐구하는 일에 너나없이 뛰어들었다. 그게 무슨 독특한 현상이라도 되듯 말이다. 기술적 속도와 인터넷의 손쉬운 익명성은 새롭지만 기계들은 증오심이 없다. 문자나 트윗을 쓰지도 않고 여자들에 대한 악감을 공유하는 다른 이들을 찾아나서지도 않는다. 이런 지독한 비난과 비하는 오래되었다. 탐욕스러운 이브는 선악과를 먼저 먹는다. 판도라는 '상자'를 연다. 어린 시절에는 어른 남자들이 친구들끼리 농담처럼 이런 말을 반복하는 걸 자주 들었다. "없어도 못 살고, 있어도 못 사는 게 여자지." 나는 그 말을, 여자들이 골칫거리긴 하지만 자기네들한테는 필요하다는 뜻으로 알아들었다. 그들은 여자가 다른 종이라도 되듯 말했다.

그리스 시인 헤시오도스는 기원전 730~700년에 《신통기Theogony》를 썼다. 그가 그린 낙원은 여자들이 없는 세상으로, 남자들이 신들과 어울려 조화롭게 살아가는 곳이다. 인류에게 불을 선물한 프로메테우스에게 형벌을 내린 최고신 제우스의 복수는 최초의 여

---

36) 산타바바라 대학의 우등생들이 모이는 여학생 친목 클럽.

자라는 형태로 나타난다. 여자라는 '종족'의 시초다. 《일과 날》에서는, 헤시오도스의 핫하고 아름다운 판도라가 "포옹하고 싶은 악"으로 묘사된다. 로저가 욕정을 품었던 사악한 암캐들의 초기 버전인 셈이다. 판도라는 임신한 여자처럼 무언가를 그득 품은 단지를 열고 번뇌를 낳는다. 악과 죽음이 그 그릇에서 뛰쳐나와 날아간다. 《그리스인들의 신화와 사상》에서 인류학자 장피에르 베르낭은 "순수한 부계의 혈통이라는 꿈은 그리스의 상상력을 사로잡았고 끝내 한시도 사라지지 않았다"는 사실을 지적한다. 남자들끼리 재생산을 할 수만 있다면 삶의 무수한 괴로움이 싹 사라져 버릴 텐데 말이다.

베르낭은 아이스킬로스도 인용했다. "우리가 이른바 자식이라고 부르는 존재를 낳는 건 어미가 아니다. 어미는 제 몸에 뿌려진 씨앗을 돌볼 뿐이다. 아이를 낳는 사람은 어미를 수태시킨 남자다." 여성의 출산을 이런 식으로 찬탈하는 사고는 서양의 여성혐오에서 꾸준한 테마다. 이를 짧게 정리하면 다음과 같다. 겉만 보면 임신과 출산이 다 여자들의 일 같지만, 사실은 전부 다 남자들의 일이라는 것이다. 《향연》에서 플라톤은 임신의 여러 종류를 환기한다. 아이를 생산하는 자연적인 여성의 임신, 사랑으로 충족되는 다른 사람을 향한 욕망의 임신, 그리고 가장 숭고한 임신은 영적인 임신으로, 더러운 육체의 흔적 없이 남성 철학자의 충만한 정신이 사상을 낳는 것이다. 동물들의 실제 재생산 과정에 매료되었던 아리스토텔레스는 생식에는 남성과 여성이 모두 필요하다는 사실을 알았다. 그래서 인간 역시 각 성이 생식 과정에 각자의 정자를 제공한다는 가설을 내놓았다. 아리스토텔레스에게는, 여성의 수동적 '물질'에 '영혼, 형상, 활동성'을 이식하는 주체는 남성 정자였다. 이 영혼, 이 남성적 기운과 형상이 생성되는 존재에 생명과 움직임을 선사했다.

그리스 예술에는 자연적 출산의 이미지가 전혀 없고 초자연적 출산만 있다. 아테나는 제우스의 '이마'에서 완전히 성숙한 형태로 나온다. 내가 젊었을 때 보던 예술 교과서인 H. W. 잰슨의《미술의 역사》는 아직도 표준 교재인데, 여성의 누드, 마돈나와 아기, 십자가 처형, 전투와 임종의 장면들이 빽빽하게 들어차 있지만 출산의 장면은 아예 없다. 1987년까지는 잰슨의 책에 여성화가가 한 명도 실리지 않았다. 생각해 보면 놀라운 일이 아닐 수 없다.

힌두 회화에는 출산하는 여성들의 이미지가 있다. 많은 문화에서 임신과 출산은 숨겨지지 않고 '보여진다.' 정교한 헤드드레스를 두른 여성이 아이를 낳는 모습을 묘사한 전前 콜럼버스 시대의 상像이 있다. 유명한 빌렌도르프의 비너스는 힘주어 아이를 밀어내고 있는 건 아니지만 통통하고 강력한 다산의 이미지다. 2011년에는 에트루리아 화병의 깨어진 조각 하나가 이탈리아 피렌체에서 멀지 않은 포지오콜라에서 발견되었다. 파편에는 쭈그리고 앉은 여자의 이미지가 그려져 있었다. 신생아의 머리가 그녀의 사타구니에서 나오고 있다. 그러나 에트루리아 문화는 그리스 문화가 아니었고, 서구에서 수십 세기에 걸쳐 강박적인 기준점이었던 건 그리스 문화였고, 이 전통은 아버지의 출산이라는 꿈을 끝내 떨쳐내지 못했다. 출산은 평범하다. 죽음만큼이나 일상적이며, 생애 순환 주기의 일부다. 우리 모두 출생 후 어머니의 몸에서 잘려 분리된다. 생략은 멸절이 될 수 있다. 빠진 것들이 말해주는 이야기가 있다. 여자와 노예는 고대 그리스의 공적 삶에 속하지 못했다. 전체 체제가 그들의 노동에 의존하고 있었는데도, 아예 성원으로 취급받지 못했다.

여자를 남자의 생식을 담는 용기로 변화시키고 효과적으로 여자를 생식의 '진짜 이야기'로부터 삭제해 버린 아이스킬로스의 씨앗 이론의 버전들은 재생산에 대한 다양한 이론과 함께 등장했다가 사라졌다. 인간 생식의 기제에 대해서는 두 가지 생각이 서로 맞섰다. 후성설[37]과 전성설[38]이다. 생명을 부여하는 남성 정자의 능력을 주장했으면서도, 아리스토텔레스는 후성설을 주창했다. 배아는 시간의 흐름에 따라 점차 진화하고 처음에 없던 새로운 자질들이 발달한다는 것이다. 17세기와 18세기에는 전성설이 인기를 얻었다. 존재의 전부는 축소된 인간 또는 호문쿨루스로서 정자 안에 내재하고 있으며, 따뜻하게 품어주는 태만 있으면 점점 커진다는 것이다. 사람이 온전한 형태로 여성의 난자에 이미 들어 있다고 믿는 '난원론자'도 있었다. 이런 이론들에는 종교적·형이

---

37) epgenesis, 생물의 발생은 점차적 분화에 의한다는 설.

38) preformation, 개체 낱낱의 형태와 구조는 발생 시작 이전에 이미 결정된다는 설.

상학적 논쟁들이 어지럽게 얽혀 있었지만, 우리가 어떻게 지금의 우리 모습이 되었고 무엇이 우리를 그렇게 만드는가 하는 문제는 지금도 여전히 심오한 윤리적 정치적 의미들을 담은, 자칫 폭발하기 쉬운 휘발성 논제들로 남아 있다. 그때도 지금도 여성혐오는 성차, 몸과 몸의 발달 기제, 그리고 우리 세계에서 여성성과 남성성이 표상하는 바에 의거한다.

여성혐오는 여자의 성, 여성 성기와 재생산 기관의 문제인가, 아니면 젠더와 여성성의 문제인가? 세계 어느 지역에 사느냐에 따라 다르지만, 남성성이나 여성성이 부족하다는 이유로, 혹은 남성성과 여성성의 구분을 흐린다는 이유로 내려지는 처벌은 여전히 사라지지 않고 기승을 부린다. 미국의 트랜스 여성들도 당연히 그러했고, 특히 유색인종 트랜스 여성들은 여성혐오와 미소지느와misogynoir의 뭇매질을 당해왔다. 아마 그 누구보다 혹독하게 체감했을 터이다. 미소지느와는 학자인 모야 베일리가 만든 신조어로 흑인여성혐오를 말한다. 대니엘 대시를 향했던 공격이 미소지느와의 일례다. 인종차별과 여성혐오가 중첩되면서 증오가 짙어지는 현상이다.

정확히 여성성이 무엇일까? 주디스 버틀러가 주장했듯 수행성performance인가? 우리가 무의식적으로 또 의식적으로 하는 일의 상당수는 젠더의 체현이다. 나는 지하철에서 다리를 꼬거나 무릎을 꼭 붙이지만, 집에서는 행복한 마음으로 다리를 한껏 벌리고 앉는다. 다리를 꼭 붙이는 건 방어적이고 여성적인 자세로 습득한 행동 양식이지만, 그에 대해 생각하는 일은 거의 없다. 여성 학자들은 생물학적 범주인 성sex과 사회적 범주인 젠더gender를 구별하지만, 이런 구분이 무엇을 의미하는지 또 실제로 도움이 되는지는 논란의 여지가 있다. 대중담론에서 '성'이라는 말은 실질적으로 삭제되다시피 했고, '젠더'로 대체되어 다양한 형태의 성 정체성과 욕망을 유동적으로 이해하는 관점에서 모든 버전을 의미하게 되었다.

성과 젠더가 처음 구분되었을 때는, 성이 '몸'과 '자연/선천'의 자리를 차지했고 젠더가 '정신'과 '양육/후천' 대신 쓰였다. 자연/몸의 절반은 '생물학적'이고 남성 대 여성이라는 고착된 불변의 구분을 표상하게 된다. 반면 젠더는 '사회적'으로 구축된다. 그러나 이 공식의 절반인 '자연'을 찬찬히 살펴보면, 심지어 출생하기 전부터 인간의 발달이 가변적이며 임신 기간의 많은 요소에 따라 달라진다는 사실이 드러난다. 인간의 배아가 따를 수 있는 궤적은 무수히 많고 하나의 성별로 깔끔하게 정리할 수 없는 결과도 있다. 양성의 특징을 지닌 중성유아intersex infant도 그중 하나다. 그러나 신생아의 성별을 남성이나 여성으로 인식할 수 있는 경우가 가장 흔하다.

발생학은 유달리 복잡한 학문이며, 여성의 임신 기간에 일어나는 태아 발달의 이야기는 상당 부분이 미지수로 남아있다. 나는 항상 알려지지 않은 것이 이미 알려진 것만큼 중요하다고 생각해왔다. 독단적 신조로 굳어질 수 있는 확신을 미연에 방지하기 때문이다. 성차는 재생산의 차이에 의하며, 서구의 여성혐오는 과거에도 지금도 그 차이에 강박적으로 집착한다. 트랜스 남성은 아이를 낳을 수 있으며 실제로 출산을 했으나, 온전한 여성 생식기가 있어야 가능한 일이다.

남성의 출생은 세계 전역에서 헤아릴 수 없는 신화의 일부였다. 어린 시절 나는 북유럽의 장난꾸러기 신인 로키의 이야기를 좋아했다. 로키는 암말로 변신해 거인의 종마를 유혹하고 임신해서 8개의 다리를 가진 명마 슬레이프니르를 낳는다. 그러나 이 신화적 탄생에는 변신과 성별 바꾸기가 연루되어 있다.

그리스의 판타지는 아예 여자들을 통째로 건너뛰거나 자연적 출산보다 지적 출산이 우위를 차지하도록 높이 추어올렸다. 암컷 동물에게서 임신을 빼앗는 꿈은 과학적 발명품brainchild[39]으로 인공자궁을 착상하는 생각으로 이어졌다. 2017년 언론 매체들이 일제히 '바이오백'이라는 발명품을 떠들썩하게 다룬 적이 있다. 인공 양수를 채우고 인공 탯줄로 산소를 공급하는 주머니로, 그 안에서 양의 태아들이 몇 주일이나 생명을 유지했다고 한다. (패트리지 외, "착상 극초기의 양 새끼를 보조하는 자궁 외 시스템" 〈네이처커뮤니케이션스〉 2017년) 잠재적으로 이 주머니는 극미숙아들의 생명을 유지하는 우수한 인큐베이터가 될 가능성이 있다. 그러나 기사의 헤드

---

39) 발명품이나 새로운 아이디어를 '뇌가 낳은 자식'이라고 부르는 이 영어표현 역시 "암컷 동물에게서 임신을 빼앗는" 사고의 산물이다. 시리 허스트베트가 의도적으로 배치한 어휘라고 짐작된다.

라인들은 '인공자궁'이라고 요란하게 홍보했고, 이는 결코 사실이
아니다.

인공지능은 수십 년 동안 정신적 노력으로 자식들을 낳음으로
써 육체적 재생산을 초월하려는 소망을 키워왔다. 제우스와 마찬
가지로 과학자들은 생각하는 이마로 의식이 있는 자식을 생산할
것이다. 여자의 몸은 필요하지 않다. 여성의 재생산을 회피하려는
열망은 AI 분야 사람들 내에서 환상적이다 못해 터무니없는 양상
을 띠기 일쑤다. 특이점의 황금빛 미래를 예측하는 선지적 테크
전문가 레이 커즈와일이 대표적인 사례다. "미래에 우리는 치료
목적으로 인간을 복제하게 될 것이다. 태아라는 '개념'을 회피하
는 매우 중요한 기술이다." 닳으면 바꿀 대체 부품을 복제하게 되
면 영원한 삶이 보장된다. 커즈와일은 죽음을 원치 않는다. 물론,
아예 처음부터 새로운 인간을 복제할 수 있다면 여자, 자궁, 태아
라는 '개념'뿐 아니라 이런 개념들의 지시대상인 실제 사물들도
필요가 없어질 것이다. 이런 소망은 오래되었다. 여자들은 그냥
잊기로 합시다, 라는.

임신은 그저 액체가 든 주머니나 태아라는 '개념'을 훌쩍 뛰어
넘는다. 실제의 유기적 임신의 여전히 풀리지 않은 수수께끼들
은 발생학 논문을 읽다 보면 생생하게 드러난다. "태아와 어머니
의 분자의 상호대화 인터페이스는 여러 다른 분자 타입들 사이에
서 일어난다." 〈콜드스프링하버 퍼스펙티브 인 메디슨〉에 게재된
갠디 E. 래시의 2015년 논문은 이렇게 시작된다. 이런 논문들에서

'상호대화'라는 은유는 아직 미지로 남아있는 상호작용을 다루기 위해 거듭 등장한다. 이 '대화'의 정확한 기제는 발견되지 않았으나, 임신 기간에 모체의 분자들과 배아와 태반을 형성할 수도 있고 아닐 수도 있는 수정란 사이에서는 무수한 분자 신호와 교섭이 이루어진다.

래시의 결론은 전형적이다. "임신이 성공적으로 안착하고 지속되기 위해서는 여러 층위의 소통이 요구되는데, 종종 인간에게 고유하게 나타나는 현상일 수 있다. 분자 소통 신호를 모두 이해할 수 있는 건 아니지만(과하게 절제한 표현이다) 우리는 이 소통의 분자 구성요소를 이해하고 더 큰 규모의 연구를 수행할 도구를 정립하기 시작한 참이다." 모체에서는 많은 일이 일어나는데 그 모든 일이 제대로 작동하려면, 적어도 이것 한 가지는 꼭 필요하다. 태반이 없어서는 안 된다. 그리고 태반은 모든 장기 중에 가장 제대로 이해받지 못하고 있다. 잊히고, 홀대받고, 간과되고, 신비롭고, 저평가되었으며, 심지어 "장기 계의 로드니 댄저필드"[40]라는 별명도 있었다.

어떻게 인간의 장기가 빤히 보이는 눈앞에서 사라져버릴 수 있을까? 후산은 언제나 출산의 일부였고 많은 문화에서 유아의 쌍둥이나 분신으로 존중받는다. 임신과 출산이 의학으로 다뤄지면서 생식기가 여자의 것이 아니라는 듯 여자 자체를 생식기로 바

---

40) Rodney Dangerfield(1921~2004). 미국의 스탠드업 코미디언으로, "대체 아무도 나를 존중하지 않아I don't get no respect"라는 유행어로 유명했다.

꿔버린 현상에 대해서는 많은 글이 이미 나와 있다. 생각해 보라. 태아의 성장을 추적하는 차트와 이미지들은 머리를 뚝 자르고 탯줄도 태반도 심지어 자궁도 없는 모습을 찍는다. 어머니는 이 과정에 아예 연루되지 않은 것 같다. 그러나 심지어 페미니스트의 문헌자료에서도 태반은 잊히는 경우가 허다하다. 태반은 태아와 함께 자란다. 나는 한 번 출산했다. 내 딸 소피는 1987년 태어났다. 태반에 대한 기억은 없다. 즉시 치워졌을 것이다. 일이 끝나면 태반은 죽는다. 그러나 최근까지 이 장기를 에워싸고 있던 건망증에는 어딘가 소름끼치게 놀라운 데가 있다. 이제 인간 태반 프로젝트가 출범했으니 임신을 매개하는 위대한 장기가 드디어 존중을 받게 된 셈이다.

선진국의 현대 여성혐오는 임신 기간의 어머니 역할에 대한 근본적으로 왜곡된 재현을 포함한다. 임신은 역동적 과정이고, 이를 통해 2배 체세포[41]가 9개월짜리 태아로 발달하려면 태반이 함께 나란히 성공적으로 발달해야 한다. 태반은 태아-모체 기관으로, 태아와 모체의 세포로 형성되어 탯줄로 어머니의 자궁과 태아에 부착된다. 태아의 노폐물은 곧장 어머니의 혈류로 들어간다. 태반은 호르몬과 영양소의 전달을 총지휘하고, 첫 3개월이 끝날 무렵에는 모체-태아의 혈액 장벽 역할을 하게 된다. 양수는 처음에 전적으로 어머니의 혈청에서 생성되지만 나중에는 태아의 소변과

---

41) diploid cell. 양친에서 유래하는 상동염색체를 한 쌍씩 갖는 세포.

태아가 삼키는 양이 양수의 부피에 영향을 주는 것으로 여겨지며, 따라서 태아가 커짐에 따라 임신 후반기에는 양수의 양이 줄어든다. 양수에는 성장인자가 들어있고, 과학자들은 이 성장인자가 태아의 발달에 기여한다고 추정하지만 어떻게 작동하는지는 알지 못한다.

태반은 모체에서 태아로 또 태아에서 모체로 전달되는 세포의 이동을 제어하는 것으로 보인다. 이 현상을 미소키메리즘microchimerism이라고 한다. 그리스 신화에서 키메라는 불을 뿜는 여성괴물로 사자의 머리, 염소의 몸, 뱀의 꼬리를 가지고 있다. 생물학에서는 유전적 구성이 다른 조직을 지닌 개인, 장기, 신체부위를 말한다. 즉 혼합물, 혼종이라는 뜻이다. 과학자들은 한때 세포 통행은 사고가 일어나 이 세포에서 저 세포로 무언가가 누출되었다는 신호라고 생각했었다. 그러나 사실은 그렇지 않다. 세포 이동은 임신의 일환이다. 2012년 미소키메리즘이라는 뉴스가 나오자 〈뉴사이언티스트〉는 다음과 같은 헤드라인을 실었다. "어머니의 뇌에서 아들의 DNA가 발견되다." 〈스미소니언〉은 한 술 더 떴다. "아기의 세포들이 수십 년에 걸쳐 엄마의 몸을 조종할 수도 있다." 〈사이언스〉에서는, "아들을 출산하는 일이 당신의 마음을 바꿀 수도 있다"였다. 그리고 내가 가장 좋아하는 헤드라인은 〈사이언스뉴스〉에 나왔다. "내부의 외계인: 임신 기간에 (그 후로도 오랫동안) 태아의 세포들이 어머니의 건강에 영향을 미친다." 이 세포들이 어떻게 어머니의 건강에 영향을 미치는지는 아직 알려지지 않았다. 세포들은 어머니의 면역기능을 높이는 어떤 역할을 할지도 모른다. 아니면 일부 질병들에 관여할 수도 있다.

그러나 여자의 체내에 남성 DNA가 있을지도 모른다는 생각만으로도, 여자는 여성-남성 DNA 혼합체, 잡종의 괴물이 되어 헤드라인을 장악해 버린다. 외계인이 침공했다! 맙소사, 저 여자 몸 안에 남자가 있다고! 그러나 역방향의 세포 통행은 그런 대대적인 홍보를 누리지 못했다. 저 남자한테는 엄마의 DNA가 있대!라는. 그러나 이 헤드라인들이 입증하는 바는, 남성-여성 DNA 혼합체를 보는 일반적인 경계심과 놀라움이다. 하지만 남성-여성 DNA 혼합체야말로 인간 재생산의 핵심적 본질이다. 하나 안에 둘이 있는 것 말이다. 대중이 보인 과잉 흥분은 남성 태아의 DNA가 어머니의 뇌, 여자의 정신에 들어갔다는 사실에 기인했다. 저 아래 미천한 자궁에서 멀리 떨어진 '사상'의 처소가 확실한 정당성을 부여받았기 때문이다.

내가 임신과 태반을 이처럼 간략하게 소개하는 이유는, 어머니와 태아의 영역을 나눈다는 게 얼마나 어려운지 꼭 짚고 싶었기 때문이다. 모체와 태아의 구분에는 여성혐오와 직결되는 형이상학적·의학적·정치적 질문들이 많다. 태반은 어머니와 태아 사이의 장기로서 두 신체의 분리와 꾸준한 중첩을 관장한다. 연구자들이 확신하는 바는, 태반이 모체와 태아 모두의 장기적 유전자 발현과 질병에 대한 취약성을 현저하게 좌우한다는 사실이다. 여자의 태반은 환경 자극에 매우 민감해서, 유전자 발현에 영향을 미치기도 한다. 즉, 유전자는 주위에서 일어나는 일들에 따라 켜질 수도 있고 꺼질 수도 있다. 현대의 후성유전학epigenetics은 유전자 발현 기제에 영향을 미치면서도 기저의 DNA 염기서열은 바꾸지 않는 유전자의 변화들을 연구하는 학문이다.

과학자들이 이 후성유전학적 변화의 구체적인 내용을 파악하기 전에, 콘래드 핼 웨딩턴은 1942년 '후성유전epigenetic'이라는 신조어를 만들어서 유기체의 전개를 설명했다. 저서《어느 진화론자의 진화The Evolution of an Evolutionist》(1975)에서 웨딩턴은 후성유전이 "총체적 유전자형과 침습하는 환경이 힘을 합쳐 방향을 잡아가는 발달 과정"이라고 설명했다. 1940년대에 수행했던 유전학 연구들의 공을 인정받아 1983년 노벨상을 수상하면서 바버라 매클린톡은 게놈을 "세포의 지극히 민감한 장기"라고 불렀다. 이 묘사는 적확하다. 게놈은 오로지 세포 환경과의 관계 속에서만 행동하며, 절대로 독자적으로 움직이지 않는다. 여성의 임신 기간 중에 유전자 발현에 간여할 수 있는 환경 자극은, 체내의 즉각적인 세포 수준에서 일어나는 일들을 위시해 매일 먹는 음식, 돈 걱정으로 인한 기분 변화, 호흡할 수도 있는 유독성 대기, 마실 수도 있는 오염된 물까지를 포함한다.

인간 발달은 복잡하고 역동적인 과정이며, 이 과정에서 게놈은 결정적인 역할을 하지만 언제나 맥락 속에서 기능하고 결코 격리된 상태에서 작용하지 않는다. 게놈과 게놈의 세포환경은 철저히 상호의존적일 뿐만 아니라, 전체로서의 유기체에게 벌어지는 일에 따라 좌우되기까지 한다. 이런 관점에서는 '자연' 대 '양육', '선천' 대 '후천'이라는 관념 자체가 우매의 소치로 보인다. 자연과 환경을 별개의 실체로 취급하는 성/젠더 구분은 가끔은 유용할지 몰라도 실제 인간이 자라나는 움직임을 왜곡한다. 인간 성장은 자의적이지도 않거니와, 자연이나 양육 둘 중 하나에 의해 배타적으로 형성되지도 않기 때문이다.

생물학계의 철학자들과 분자유전학 분야를 연구하는 과학자들 다수는, 유기체 발달을 생각할 때 자연/양육의 이항대립이 쓸모없을 뿐만 아니라 진실을 오도한다는 데 동의한다. 행동유전학과 진화심리학 같은 다른 분야에서는 자연/양육 구분이 정당하다고 주장한다. 이항대립의 각 절반이 모두 분석 대상이 되며, 대체로는 자연이 우세하다는 결론을 내려왔다. 나는 자연과 양육의 구분이 허위일 뿐 아니라, 그것은 여성혐오와 재생산과정을 남성이 장악하겠다는 환상으로 가득찬 이데올로기적 분열이라고 생각한다.

프랜시스 골턴 경은 입버릇처럼 나오는 '자연 대 양육'이라는 표현을 처음 만들었다. 그리고 '잘 태어났다'는 뜻의 우생학eugenics이라는 용어도 만들었다. 사촌 찰스 다윈의 진화론에 영향받은 골턴은 우월하고 능력이 걸출한 남자들은—물론 백인 남자다—성취자의 본성을 타고난다고 확신했다. 골턴의 저서 《유전적 천재》(1869)는 이 사실을 입증하겠다는 취지로 쓰였다. '유전자gene'라는 말이 발명되기도 전에 말이다. 우쭐거리는 인종차별주의와 성차별주의가 책 전체에 짙게 배어들어 있다. 골턴은 최초의 쌍둥이 연구를 내놓았으며, 훗날 홀로코스트라는 대재앙으로 절정을 맞게 되는 우생학 운동을 주창했다. 우생학은 과학적이었고, 골턴에서부터 발전한 한편 멘델이 완두 재배를 통해 발견한 연구 결과들과 선천적 능력을 측량하기 위한 IQ 테스트를 토대로 삼았다. 한 세대가 다음 세대로 물려주는 천부적이고 유전적인 우성의 자질들이 있다는 것이다. 우생학은 미국에서 엄청나게 흥했다. 보수와 진보 모두 우생학을 열렬히 환영했다. 거세를 강제하는 법들이 통과되었다. 초기의 희생자들은 수천에 달하는 정신과 환자들과 정신박약자, 백치, 바보로 치부된 사람들이었다. 나치의 잔학상 이후에도 미국의 거세는 멈추지 않았다. 그 표적은 빈곤한 여성들이었다. 50년대와 60년대의 빈곤 여성은 압도적으로 흑인의 비율이 높았다. 1970년대 이후 인구조사법이 통과되었고, 아메리카 원주민 가임 여성의 25퍼센트가 불임 시술을 받은 것으로 추정된다. 그중 유의미한 다수가 압박이나 기만에 몰려 시술을 받았다.

많은 사람이 종교의 교리에 기대 삶의 방향을 정하지만, 과학의 권위도 못지않은 힘을 가지고 있다. 최소한 자신이 현실적이고 진보적인 세계 시민이라 믿는 사람들 사이에서 과학의 권력은 대단하다. 실제로 '과학'이라는 말은 상충되는 전제들의 끝없는 논의, 무수한 가설의 연구, 후속 연구를 통해 반박될 발견을 하는 일, 심지어 가끔은 오히려 우수하다고 밝혀지는 앞선 연구에 반박당할 발견을 하는 작업까지 모두 아우르는 우산 같은 용어지만, 과학적 발견에 대한 대중의 믿음은 여전히 공고하기만 하다. 여기서 던져야 할 흥미로운 질문은 과연 우리가 어느 과학을 말하고 있는가다. 우생학은 과학에 근거를 두었다. 과학적 실험과 인상적인 통계적 혁신을 토대로 삼았다. 우생학을 유사과학이라고 하는 경우도 많지만, 이렇게 되면 당대에 진지한 학문 분야로 각광받았던 우생학의 위상을 왜곡하는 것이다. 대중이 집착하는 문화적 고정관념을 메아리처럼 반복하는 과학은 당연히 고정관념에 맞서는 과학보다 우위를 점한다. 임신에서 어머니의 역할을 억누르거나 아이스킬로스처럼 미리 제조되고 결정된 씨앗을 담는 그릇으로 바꾸어 남성 출산의 꿈을 강화하는 과학은 지금 과거 어느 때보다 강력하다.

전성설의 판타지와 그 속에 숨은 여성혐오는 너무나 널리 퍼져 있어 대중의 상상 속에서 대체로 눈에 띄지 않은 채로 유통된다. 1990년 〈뉴욕포스트〉의 한 기사는 대중적 관점을 요약한다. 수정으로 탄생하는 "결과는 코의 길이부터 유전병에 이르기까지 모든 것을 관장하는 개별적 유전적 정보의 총체적 생물학적 청사진을 담은 단 하나의 핵"이라는 것이다. 이제는 어디서나 쓰이게 된 "DNA에 있는 거야"라는 표현은, 거론되는 자질이나 능력을 바꿀 수 없다는 뜻이다. "당신을 지금의 모습으로 만드는 건 바로 당신의 유전자다"는 진어카운트Gene Account라는 사이트에서 전하는 메시지다. 수십억 달러에 달하는 회사 '23앤미'는 '건강과 족보 서비스'를 제공하는데, 역시 똑같은 구호를 외치고 있다. "무엇이 당신을 당신으로 만드는지 알아보세요." 게놈이 바로 당신이다.

인간 게놈 프로젝트가 출범하기 직전 1987년의 기사에서 〈뉴욕타임스〉의 과학 기자인 로버트 캐니절은 이 과학적 사명의 화려한 영예를 축약하고자 성경의 신화에까지 손을 뻗었다. "이 프로젝트가 약속하는 인간에 대한 새로운 앎은, 에덴과 지식의 나무까지 거슬러 올라가는 철학적 질문을 불러일으킨다. 우리가 지나치게 많이 알 수도 있을까? 이 프로젝트는 인간이 어떻게 성장하는지, 인간끼리, 또 다른 동물과 어떻게 다른지에 관한 실제의 청사진 ― 간단없이, 사전처럼 찾아볼 수 있도록 상세하게 알려주는 ― 을 인간의 손에 쥐어줄 테니 말이다." 캐니절은 월터 길버트의 하버드 연구실에서 열리고 있는 새로운 세계에 열띤 흥분을 금치 못하며, 그곳에서 "오늘날의 연구자들은 그저 살아있는 동물들만 탐구하지 않고 코끼리를 코끼리로 또 인간을 인간으로 만드는 분자인 마스터 분자, 즉 DNA를 탐구하고 있다"고 썼다. 은유는 중요하다. '마스터master'는 고대영어의 mœgester에서 나온 말이다. 통제력이나 권위를 가진 남자, 선생이나 교사, 가장, 모든 문을 열 수 있는 마스터키, 마스터(주인)와 노예, (나치스가 자부했던) 지배자 민족이라는 뜻의 마스터레이스master race. 마스터 남성 분자가 인생 궤적의 향방을 결정한다.

유전학자이자 과학철학자인 이블린 폭스 켈러는 '마스터 분자'와 고대로 거슬러 가는 함의에 대해 천재적인 글을 썼다.《유전자의 세기The Century of the Gene》에서 그녀는 이렇게 말한다. "세포 단위로 축약한 이 아리스토텔레스의 우주에서, [우리와 같은 진핵

세포 속에 DNA를 포함하는] 핵은 아리스토텔레스가 정자에 부여하려던 위상과 마찬가지로 충분원인이다." DNA는 아리스토텔레스와 그 뒤를 따른 무수한 이들이 정자에 부여한 것과 동일한 역할을 한다. 바로 형상과 영혼이다. 그리고 DNA는 이 시대에 종교적 의미를 띠게 되었다. 2007년 어느 바티칸 출간물에 게재할 신경과학 칼럼에서 엔리코 베르티는 DNA를 생명체에 활력을 부여하는 아리스토텔레스의 영혼, 즉 형상에 비유했다. 그가 처음으로 떠올린 생각은 아니었다. 생물물리학자 막스 델브뤼크에게서 빌려온 생각이었다. 물리학자들은 오래전부터 플라톤적인 관념으로 우주의 작동 원리를 사유했다. 베르티는 마지 못해 DNA가 사실은 '물질', 즉 자연적 사물임을 인정하지만, "염기서열은 식물을 동물과, 또 인간과 구분하며, 심지어 인간끼리도 서로 구분하는 공식으로서 형상"이라고 주장한다. DNA가 '영혼'으로 탈바꿈했다. 아리스토텔레스와의 연결고리는 명확하다. 남성이 여성을 지배하고 정신-영혼이 신체-물질의 주인 노릇을 한다는 주장이 담겨 있기 때문이다.

　추상으로서의, 정보로서의, 생명의 암호로서의, 아리스토텔레스의 영혼이 취한 새로운 형태로서의 DNA가 대중의 상상력을 사로잡은 방식은 가히 경이롭다. 게놈이라는 암호, 글자, 상징이 물질성, 몸뚱어리의 소산에서 분리될 수 있다는 생각만으로도, 일개 육신이나 물질과 분리되어 존재할 수 있는, 더 높은, 플라톤적인 영적 실체성이 주어진다. 그리하여 게놈은 진짜 당신, 몸과 분리된 본질, 진정성을 띤 자아의 비밀로 통하는 열쇠를 쥐게 된다. 이 진정한 자아는 수정이라는 마술 같은 순간에 접합자 속에 형성된다. 세포들이 번식하기도 전에, 여자의 자궁에 착상하기도 전에, 부분부분으로 이루어진 존재가 아닌 총체적 인간 속에서 태아와 태반이 나란히 점진적으로 발달하기도 전에 말이다.

　이러한 DNA의 환상은 임신이 시간에 따라 전개된다는 현실을 배제한다. 여자와 웨딩턴이 말한 "침습하는 환경"을 배제한다. 임신 중에 여자가 새로운 신체적 현실로서 맞닥뜨리는 모든 변화를 배제한다. 여자가 임신을 하면 심혈관, 신장, 내분비, 면역, 대사 체계가 모두 변화한다. 여자의 신경계에 정확히 어떤 일이 일어나는지는 아무도 모르지만, 뇌의 회색질 감소 같은 탐지 가능한 변화들은 있는 것 같다. 임신을 자궁과 등치할 수는 없다. 임신은 운명 지워진 DNA 영혼을 품는 자궁이 아니다. 성숙한 모체가 지속적으로 탈바꿈하는 능동적 과정으로서, 처음에 여행하는 구체의 세포를 받아들여 품은 후 혹시라도 모체의 세포들과 여행자 세포들이 '상호대화'를 나누고 자궁내막에 착상을 하게 되면 그때 비로소 태아와 태반으로 발달해 임신 기간 내내 성장하게 된다. 그리고 헤아릴 수도 없는, 이 무수한 변화들은 여자의 전반적인 신체항상성의 현실, 여자의 온 존재로 유지되며, 여기서 태반은 결정적인 교섭자로 기능한다. 신체항상성은 유기체가 내외의 자극에 적응하기 위해 끝없이 변화하며 적응하는 현상이다. 아이리스 매리언 영은 에세이 〈임신한 체현: 주체와 소외〉에서 임신의 조건을 훌륭하게 묘사했다. "여자가 임신을 계획하고 향방을 좌우하지는 않지만, 임신에 걷잡을 수 없이 휘둘리는 것도 아니지만, 여자는 이 과정, 이 변화 그 자체다."

발생학 초기와 현재의 연구가 '당신의 유전자가 바로 당신이다'라는 구호를 뒤엎고 낡아빠진 자연/양육의 이분법을 침묵시켰을 거라고 기대할 수도 있겠다. 생물철학자 존 뒤프레가 《사회과학 분야에서의 인과율과 인간본성》(2009)에서 쓰고 있듯이, "발생학적 현상의 핵심적 의미는, 유기체의 본성과 행동이 어쨌든 핵 DNA의 뉴클레오타이드에 새겨져 있다는 주장을 마침내 영면에 들게 했다는 데 있"으니 말이다. 그러나 그런 사고방식은 순순히 죽지 않았다. 게놈은 인간 발달에 필수적이지만 처방전도 아니고 모든 것을 미리 정해 놓은 설계도도 아니다. 게놈은 인간 특성을 지배하는 독재자가 아니다. 관념은 서서히 죽고, 낡은 관념은 새 관념을 감염시킨다. 상상 속에만 존재하는 유전자 청사진은 영혼-정신이라는 의미를 덮어쓰게 되었다. 생물학적 물질에 명령을 내려 마음대로 부리는, 마스터플랜을 가진 신비스러운 남성의 영혼이 되었다. 남성 출산이라는 그리스인들의 꿈은 죽지 않고 살아남았다. "이른바 자식이라는 존재를 낳는 건 어미가 아니다. 여자는 몸 안에 뿌려진 씨앗을 돌볼 뿐이다."

2017년 〈유전학〉에 실린 논문 "'유전자'라는 용어의 진화하는 정의"에서 피터 포틴과 애덤 윌킨스는 다음과 같이 썼다. "유전자들은 자치적이고 독립적인 행위자가 아니다." 포틴과 윌킨스는 변화하는 유전자의 개념과 이 분야의 새로운 발견들을 사유하는 방식을 논하고 있지만, 유전자가 자치적이고 독립적인 작은 남자들이라는, 말하자면 중앙통제실을 차지한 최고관리자라는 완강한 환상을 정확히 짚고 있다. 그러나 유전자를 생생하게 인격화했다는 면에서는, 동물학자 리처드 도킨스를 따를 자가 세상에 아무도 없다. 대중적 인기를 얻은 저서 《이기적 유전자》(1974)에서 도킨스는 유전자를 경쟁심이 강하고 성욕이 강한 작은 영웅들로 묘사한다. 이 영웅들은 "덩치 크고 삐걱거리는" 인간이라는 기계 또는 '로봇'을 조종해 진화의 시간을 건너가며, 이 기계 저 기계를 바꿔타면서 무수한 세대를 항해한다. 유전자의 이런 은유적 남성화가 부계 유전의 환상을 계속 살려놓는다. 여자, 임신, 출산은 '진짜' 이야기에 부수적으로 딸려 나올 뿐이다. (나는 가끔 도킨스에게는 이미 영원한 영혼에 해당하는 유전자가 있다는 사실로써 그의 호전적인 무신론을 설명할 수 있지 않을까 생각하곤 한다.)

마스터 컨트롤러, 최고 통제자인 DNA가 미국과 다른 지역의 낙태 반대세력들의 환영을 받았다는 사실은 놀랍지 않으며, 이런 유사과학에 임신중절 찬성파는 제대로 반박조차 하지 못했다. 다음은 가족연구위원회의 온라인 사이트에서 가져온 글로 "일반 대중에게 가장 효과가 큰 낙태 반대론의 논거"를 설명하고 있다. "DNA에는 완전한 '설계'가 들어있어, 머리카락과 눈의 색깔에서 성격특성에 이르기까지, 초기발달뿐만 아니라 유년기와 성인기에 나타날 유전적 특성들을 안내한다." 유전자에 신과 같은 역할을 부여함으로써, '생명권'을 주장하는 세력들은 과학을 자기편으로 끌어들여 여성의 몸이 태아 발달에 필요불가결하다는 현실을 효과적으로 부정했다. '사람'은 처음부터 유전자에 들어있다면서 말이다. 그러나 유전자는 특성과 직접 연결되는 암호가 아니다. 키와 눈 색깔마저도 직접 지시하지 않는다. PKU나 헌팅턴병 같은 일부 질병을 일으키는 단일유전자들이 특정되기는 했으나, 대다수 복잡한 질병이나 특성에는 셀 수 없는 유전자들과 헤아릴 수 없이 많은 환경요인이 간여한다. 과거에 그런 유전자들의 위치가 파악되었다는 무수한 주장들(과 헤드라인들)이 쏟아져나왔지만, 사실 조현병·우울증·지능에 어떤 유전자가 연루되어 있는지는 아무도 모른다.

대중의 마음속에서 유통되는 유전자는 허구이고, 그런 허구를 살려놓는 건 언론 매체뿐만 아니라 특정한 부류의 과학이다. 나는 이런 과학이 숨겨진 여성혐오를 조장하며 놀랍지도 않지만 인종주의까지 수반하는 경우가 허다하다고 믿는다. 2018년에는 저명한 심리학자이자 행동유전학자인 로버트 플로민이 〈사이언티픽 아메리칸〉 블로그에 글을 발표했다. 그의 말을 그대로 빌려 글의 요지를 소개하자면 다음과 같다. "자연-양육 전쟁은 끝났다. 자연의 완승이다."(플로민은 골턴의 팬이다.) 그리고 같은 해에 독자 대중을 겨냥한 책도 한 권 출간했다. 제목은 '청사진: DNA는 어떻게 우리를 만드는가Blueprint: How DNA Makes Us Who We Are'였다. "좋은 부모는 유전적으로 좋기 때문에 모두 좋은 자식을 낳는다." 플로민의 세계 계획은 출생 시 유아의 DNA를 검사해 유전적으로 새겨진 미래에 따라 교육을 계획하는 용도로 활용하는 것이다. "유전학이 교육과 관련해 잘 언급되지는 않지만, 사실 학업성취의 개인차를 유발하는 월등한 원인이다." 플로민은 아기가 어머니의 질에서 나오자마자 행한 유전자 검사에서 명백하게 나타나는 모든 사람의 '개인적personal' 능력에 따라 맞춤형 교육을 하길 원한다.

플로민의 멋진 신세계를 떠받치는 유전자 개념은 분자유전학이나 발생학의 유전자와 거의 무관하다. 이 유전자는 오히려 쌍둥이나 가족 연구에 근거한 유전적 영향의 통계적 표지에 가깝다. 그리고 근래 들어 '23앤미' 같은 회사에서 구매할 수 있는, 질병과 특질의 다형유전성[42] 위험점수도 논거로 든다. 이런 점수들은 재현성이 없거나 거짓 양성 반응을 나타내거나 편견에 경도된다는 비판을 받아왔고, 실제로 어느 유전자가 특정 특질이나 질병을 '유발'하는지 전혀 설명하지 못한다. 전장유전체연관분석[43]으로 파악된 유전적 변이나 단일염기다형성[44]이 정말로 질병이나 특질에 간여하는지는 아무도 모른다. 다만 그 형질이나 질병을 지닌 사람들과 이 단일염기다형성들 간의 통계적 연관성이 입증되었을 뿐이고, 이런 연관성은 정교한 데이터기술과 통계 분석

---

42) polygene. 어떤 유전 형질에 관여하는 다수의 유전자. 복합군유전자라고도 한다.

43) Genome Wide Association Studies. 특정 생물 종의 집단 내 다양한 개체들에서 나타나는 다양한 유전적 변이와 특정 형질의 연관성을 분석 연구하는 방법.

44) Single Nucleopeptide Polymorphism, SNP. 개체간 DNA염기서열 하나에서 나타나는 차이, 즉 동일한 염기가 인종이나 개인에 따라 차이를 드러내는 것을 말한다.

을 통해 밝혀졌다. 연구방법 면에서 신중을 기해도 환경인자가 계산에 슬며시 끼어들면 이 숫자들은 무의미해진다. 〈진화, 의학, 보건〉(2019)에 기고한 논평에서 노아 로즌버그, 조너선 프리처드, 마커스 펠드먼은 이런 점수들을 해석하는 방식에 우려를 표명했다. "우리는 다형유전성 점수로 추정되는 유전의 형질 기여도가 환경의 기여도와 혼합되며, 따라서 인구집단에 따라 나타나는 형질 분포의 차이가 반드시 유전적 성향과 상응하지는 않음을 보여준다." 2019년 〈eLife〉에 실린 두 편의 논문은 다형유전성 점수와 신장에 근거한 연구들에 회의를 제기한다. 원래의 연구는 유럽 남부에서 북부로 올라갈수록 다형유전성 점수가 높아진다는 사실을 발견했고, 이는 신장이 대체로 유전적으로 결정된다는 생각을 뒷받침했다. 그러나 더 방대하고 새로운 데이터베이스인 영국의 데이터뱅크에 적용하자 자명한 증거는 사라지고 말았다. 〈eLife〉의 연구에 참여했던 하버드 의과대학의 계산유전체학자인 샤밀 수니에프는 〈콴타매거진〉에 기고한 "유전자의 효과를 두고 벌어지는 새로운 격론"(2019년 4월 24일자)에서 이 문제를 다음과 같이 깔끔하게 요약했다. "네덜란드 사람들이 우유를 더 많이 마실 수도 있고, 그래서 키가 더 클 수도 있다. 이 분석으로는 그게 아니라고 말할 수가 없다." 책을 출간하기 전부터 다형유전성 위험 점수에 많은 비판이 쏟아졌지만 플로민은 이 점수가 "미래를 점치는 점쟁이"라고 한다.

플로민은 발생학 이야기는 거의 꺼내지도 않거니와 태아 발달에 대해서도 한마디도 하지 않고, 저서에서 성별이나 인종은 언급조차 하지 않는다. 그러나 그는 리처드 헌스틴과 찰스 머레이가 공저한 《벨커브》와 인종 차이를 다룬 정교한 IQ 통계 연구의 결론을 지지한, 1994년 〈월스트리트저널〉에 실린 악명 높은 공개서한 "주류의 지능 과학"에 서명을 했던 53명의 과학자 중 한 명이다. 나는 그 길고 따분하고 논쟁적인 책을 읽었는데, 그걸 인종차별선언문으로 읽지 않는 사람이 하나라도 있다는 게 놀라울 따름이었다. 헌스틴과 머레이는 통계적 유전자를 매개로 삼아서, 도우려는 의도로 개입하는 사회정책이 결과로 도출되는 인간에 영향을 미치지 않는다는 주장을 전개한다. "미국의 출산 정책을 기술적으로 정확히 묘사하면, 가난한 여성들의 출산을 원조하는 것인데, 이들은 불균형하게 지능 분포도의 하단에 집중되어 있다. 우리는, 광범한 현금과 서비스망을 동원해 아이를 갖는 저소득층 여성을 돕는 일로 대표되는, 이런 정책들을 폐기해야 한다고 전반적으로 촉구한다." 저들의 사유에서 임신한 여성이 처한 정황은 본인이나 유아의 건강이나 운명에 '전혀 영향을 미치지 않는다'는 사실에 주목하라. 이는 정치적으로 유해할 뿐만 아니라 생물학적으로 말이 안 되는 헛소리다.

플로민의 《청사진》의 정치적 함의를 모든 서평가가 놓친 건 아니다. 극우파인 〈내셔널리뷰〉는 그 정치적 의미를 정확히 읽어내고 높이 칭찬했다. 반면 학술지 〈네이처〉에서 과학사가 너새니얼 콤포트는, "유전자 결정론이 또다시 득세하다"라는 제하에 이 책을 '퇴행적 사회정책의 로드맵'이라고 일컬었다. 콤포트는 우생학의 역사와 지능 연구에 내포된 광적인 인종주의를 예리하게 파악하고 있었다. 하지만 그도 이 이데올로기를 추동하는 여성혐오를 언급하지는 않았다. 그만큼 자명하지 않기 때문이다. 플로민은 여자를 텅 빈 그릇, 즉 씨앗이나 유전자를 담는 용기로 바꾸는 유구한 서구 내러티브에 깔끔하게 맞아들어간다. 바티칸 과학의 대변인 엔리코 베르티에서도 그러했듯, 여성혐오의 이야기가 행간에 숨어 있는 듯 보인다.

"뚱뚱하고, 자식도 없는, 서른두 살짜리 늙은 걸레" 같은 표현에서 여성혐오를 알아보거나 '깜둥이 암캐'에서 여성혐오와 인종차별주의를 읽어내는 일은 쉽다. 그러나 있어야 할 자리에 없는 것에서 여성혐오의 자리를 찾기란 훨씬 어렵다. 서구 회화의 정전에 부재하는 출산, 실종된 태반, 과학적 발견들, 처음에는 사람의 몸 안에서, 나중에는 그 사람의 바깥에 나와 세계 속에서 이루어지는 인간 발달을 연구하면서도 환경과 유전자 발현의 역할을 축소하는 인상적인 유전학적 데이터, 이런 것들에서 여성혐오를 찾아내기란 쉽지 않다. 부재는 의미심장하다. 위험천만한 생각들이 눈에 뻔히 보이는 곳에 숨어 있다. 임신의 생물학을 외면하면 크나큰 대가를 치러야만 한다.

임신은 키메라처럼 변화무쌍한 상태다. 키메라가 아직도 무서운 동물로 남아있는 이유는 교잡이 연루된 탓이다. 키메라는 하나인가 둘인가? 초기에는 하나이다가 나중에는 둘이 되는가? 태반이라는 과도적 장기가 있으니 셋인가? 우리는 하나가 다른 하나와 겹치는 그 포개짐을 어떻게 이해해야 할까? 그 과정에서 둘을 분리하면 어머니와 태아 모두에게 치명적인 위험을 가하지 않을 방법이 없다는 사실은 또 어떻게 봐야 할까? 이 역동적 과정들은 임신한 여자에게 귀속된다. 여자가 과정이고 변화이고 수용이다. 실제의 생물학에 내재된 모호성과 복잡성을 외면하고 생물학이 우생학과 다형유전성 위험점수라는 통계적 계산과 상관계수의 과학을 무너뜨리고, 그 메마른 과학의 앞길을 비추는 자연 대 양육의 환각을 부단히 서로 융합한다는 사실을 회피함으로써, 물질 위에 있고 물질을 넘어서는 비물질적이고 추상적인 현실이, 즉 사상을 잉태한 최후의 남성조종자 아리스토텔레스가 '형상'이라 일컬었던 관념이 재생산의 과정을 통제할 수 있게 된다.

임신의 복잡성에 대한 올바른 앎은 유용하다. 신문기사 헤드라인뿐만 아니라 일부 과학적 논점들의 배후에 깔려있는 진짜 문제점들을 한 번에 꿰찌르기 때문이다. 그러나 여성을 멸절하고 싶다는 이 강렬한 욕구의 배후에 무엇이 있는지 알려주지는 않는다. 남자가 무엇을 원하는지도 말해주지 않는다. 이 통제욕구는 정신분석자 카렌 호니가 말한 '자궁선망'일까? 카렌 호니는 〈여성성으로부터의 도피〉에서 이렇게 쓴다. "나처럼 상당히 오랜 기간에 걸쳐 여자들을 분석한 경험을 가지고 남자들을 분석하기 시작하면 이처럼 임신·출산·모성을 선망하는 욕구의 강도에 정말 뜻밖의, 놀라운 인상을 받게 된다."

내가 탐구해온 서구의 이야기와는 거리가 먼 뉴기니 사람들을 연구해온 자신의 작업을 논하면서 인류학자 마거릿 미드는 "본인이 자식들을 낳은 척, '남자들을 만들 수 있는 척' 허례허식뿐인 삶을 사는 건 바로 남자들"이라고 지목했다.

브루노 베텔하임은 《상징적 상처들》에서 이렇게 주장했다. "남자들이 여자들의 생식 능력을 경외하며 생식에 참여하기를 소망한다는 사실은 굳이 입증할 필요도 없다."

《지그문트 프로이트 평전》에서 어니스트 존스는 프로이트가 마리 보나파르트에게 "여자는 무엇을 원하느냐"(Was will das Weib?)고 질문한 적이 있다고 쓴다. 프로이트는 또한 부성애가 의혹으로 점철되어 있음을 짚어냈다. 내 아이라는 걸 어떻게 안단 말이요? 라면서.

낸시 초도로우는 여성을 향한 남성의 증오를 자기 안의 여성성을 억압할 필요성으로 이해했다. (《어머니 노릇의 복제 재생산》, 1979/1998)

제시카 벤자민은 일부 남자아이의 경우 어머니로부터 분리하려는 강렬한 욕구가 여성 전체에 대한 멸시로 변한다고 주장했다. (《사랑의 사슬》, 1985)

데이비드 길모어는 여성혐오의 핵심에 모호성이 있다고 보았다. '전능한 어머니'의 돌봄으로 회귀하고자 하는 남자의 무의식적 소망은 그 소망에 대한 저항심과 자치를 갈구하는 충동을 동반하기 때문이다. (《여성혐오》, 2001)

《혐오와 수치심》(2004)에서 철학자 마사 너스바움은 여성혐오를 우리의 필멸을 상기시키는 기호들에 대한 혐오라는 인간적 감정과 연결지었다. 이 혐오감의 표적은 여성의 분비물뿐만 아니라 이성애적 성교에서 여성의 신체에 들어가는 남성의 정액이기도 하다. 자궁womb과 무덤tomb을 짝짓는 유구한 연상이다. 감히 말하지만 현대의 서구에서 정액은 생리혈보다 청결하다고 간주된다. 너스바움은 인류학자 메리 더글러스의 중요한 연구를 인용해 논증을 전개한다. 메리 더글러스의 저작은 신체적 역치와 신체노폐물, 그리고 사회적 경계, 범주와의 연관성을 다룬다.

정치이론가 재클린 스티븐스는 2005년 논문 "임신선망과 보상적 남성성의 정치학"에서 친족 규범의 뿌리를 임신선망에서 찾는다. "남자가 친족 규범을 필요로 하고 유전적 정보를 신화적 위상으로 추앙하는 유일한 이유는 남근에 자식을 생산하는 신체적 능력이 없기 때문이다." 스티븐스는 유전자가 현대 문화에서 '신화적' 위상을 획득했다는 사실을 파악하고 있다. 그래서 그 규범을 전적으로 개정하기를 원한다.

대중적으로 여성혐오를 다루면서 인간의 재생산을 거론하지 않는 접근이 허다하다. 그래서 자가생식을 하고 여자들을 아래에 묶어두는 권력구조를 강조한다. 필수적인 논의지만 크리스틴 드 피잔의 질문은 여전히 메아리치고 있다. 대체 왜일까? 피잔은 남자들의 글을 읽으며 여자들에 대한 공격에 우울감을 느끼고 있었다. 지금도 공격의 주체는 남자들이지만 반드시 남자로 국한된 건 아니다. 자기와 같은 성별에게 적의를 품은 여자들도 많다. 미국에서는 특히 백인 여자들끼리 적대감이 심한 것 같다. 당연히 남자 파트너들과 동일시하고 인종적으로 우월한 지위에 집착하기 때문이다. 그러나 이 질문은 여전히 풀리지 않고 남아있다. 왜 그렇게 미워하는 걸까?

남자의 생식 능력 결핍을 보상하는 의례는 과거에 세계의 많은 지역에서 치러졌고 지금도 일부 지역에 남아있다. 이런 의례를 쿠바드couvade라고 한다. 어머니의 임신 동안 아버지가 다양한 금제와 제약을 받고 산고를 흉내낸다. 쿠바드증후군은 임신한 여자의 남성 파트너에게 간혹 나타나는 징후로 메스꺼움, 구토, 허리통증, 특정한 음식에 대한 갈망, 희귀하게는 가슴과 배가 부풀어 오르는 증상을 보이는데, 특히 선진국에 많다. 아이가 태어나면 증상은 부득불 잦아든다. 형식적 의례를 치르면 쿠바드증후군의 발병률이 낮아질까?

이 현상을 설명하는 가설은 정신분석학적(어머니에 대한 선망 또는 태아에 대한 경쟁심)인 것으로부터 생물학적(출산을 앞둔 아버지 몸의 호르몬 변화)인 것까지 다양하지만, 정확히 어떻게 왜 이런 내분비계의 기복이 일어나는지는 명확하지 않다. 본격적인 상상임신 또는 히스테리 임신 증세도 남자들에게서 나타났다. 쿠바드증후군은 자연과 양육을 가르는 관습적 구분을 무너뜨리는 데 일익을 담당한다. 신체로부터 분리된 소망이 어떻게 남자의 유방을 부풀린단 말인가? 소망은 신체와 분리되지 않는다. 오히려 신경계와 다른 체계를 통해 예시된다. 호르몬은 사람의 경험과 관련되어 요동친다. 인간 젠더의 혼합과 유동성은 신체로부터 분리된 정신이나 자연적 과정과 분리된 사회적 구조물의 문제가 아니다. 사람들이 흔히 외적이라고 생각하지만, 내적인 것이기도 하다. 사랑하는 타자의 경험 역시 우리의 경험이 된다. 쿠바드증후군은 정신생물학적이며, 사회정신심리학적이기도 하다. 우리가 세 개의 별도 영역으로 나눈 범주들이 혼합된 학제다. 사실 이 세 분야는 분리된 영역이 아니다.

명백히 구분되지만 서로 겹치는 이런 다양한 관점에서 볼 때, 여성혐오라는 팽배한 증오는 다른 감정들과 섞일 수밖에 없다. 선망, 공포, 혐오, 욕망, 사랑, 만인이 태어나는 원천이며 그 없이 인간 유아가 살아남을 수 없는 강력한 존재를 향한 욕구까지. 어머니를 갈구하는 강렬한 욕구가 혐오나 거부로 변화한다. 어머니에 대한 절대적 의존은 어머니로부터, 모든 여자로부터, 전반적인 여성성의 개념으로부터 절대적 독립을 이루는 꿈으로 바뀐다. 복수심이 될 수도 있다. 인간은 증오와 공포를 다양한 방식으로 설명하며 정교한 의례, 금기, 신화, 과학적인 것까지 포함한 사상들을 물레 잣듯 자아내어 정당화한다. 그러면 그 의례, 금기, 신화, 사상이 더 넓은 공동체에 영향을 미치고 세대에서 세대로 전승되며, 시간이 흐르면서 개정되고 수정되고 새로운 모습으로 재창조된다. "이른바 자식을 낳는 건 어머니가 아니다"처럼.

여성혐오는 도저히 천편일률적이라 할 수 없는, 다종다양한 역사 담론에서 정당화되었다. 그런데도, 여성에게는 몸집과 외모, 체력, 교육, 성격과 관심사는 물론 계급, 민족, 인종, 성 정체성에 이르기까지 무수히 다채로운 특질들이 있음에도, '여성'이라는 성별 전체를 나쁘고 멍청하다고 매도하는 논증만큼은 어김없이 재생산의 성차를 축으로 삼아 제자리에서 돌고 돈다. 여자를 거꾸로 뒤집힌 역상의 남자로 간주하든, 남성과 완전히 구분되는 생물로 간주하든, 아니면 진화 과정의 저주에 걸려 새침떨기부터 물리 수학의 무능력에 이르기까지 온갖 모자란 특질을 타고 난 열등생물로 생각하든, 다 마찬가지다. 특히 물리와 수학은 언제나 남성의 편에 서야 하는 학문이다. 물리와 수학을 이루는 암호·공식·형식은, 저열하고 축축하고 신체적인, 그런데도 여전히 종의 생존에 필수불가결한 실제 출산과 달리, 플라톤에서 파생된 고고하고 메마른 정신적 출산을 표상하기 때문이다.

신체와 정신, 사이키와 소마의 유구한 분리는 여자보다 남자를 우위에 두는 문화적 위계를 비추는 거울상이며, 다소 위장한 형태로 우리 곁에 남아있다. 예술, 과학, 비지니스 또는 분야와 형태를 막론하고 여성의 지적 노동은 가치를 제대로 인정받지 못한다는 연구들이 줄을 이었다. 이제는 고인이 된 벤 배리스는 뇌의 글리아세포에 관한 연구로 신기원을 개척한 신경과학자로, 여자로 살다가 마흔네 살 때 남성으로 전환했다. 2006년 〈네이처〉에 기고한 사설에서 배리스는 전임 하버드 대학총장 래리 서머스가 요란하게 옹호했던 "여자는 과학을 못 하도록 진화했다"는 주장을 강력하게 반박했다. 〈더 하버드크림슨〉(2005년 1월 19일자)과의 인터뷰에서, 서머스는 남자와 여자의 과학 능력이 선천적으로 차이가 있다는 사실이 연구를 통해 입증됐다는 단언은 스티븐 핑커의 책《빈 서판》(2002)에서 나왔다고 시인했다. 쌍둥이 연구, 아이큐 검사, 통계학적 유전자를 상찬하고 발랄한 문장으로 이데올로기를 은폐하는 또 하나의 텍스트다. (이 책에서 스티븐 핑커는 세상을 떠난 친구이자 《벨커브》의 저자인 리처드 헌스타인을 인종주의자라는 비난으로부터 옹호하고자 열변을 늘어놓는다. 언론은 이 사실을 아예 못 보고 지나친 듯하다.) 벤은 바버라였을 때도 중요한 과학적 연구를 발표했고 벤이 된 후에도 중요한 연구를 발표했지만, 성전환 후에는 남자로서, 특히 성전환 사실을 모르는 사람들로부터, 훨씬 더 '존경'받았다는 점을 짚어 말한다. "심지어 남자가 말허리를 끊는 일을 당하지 않고 한 문장을 온전히 말할 수도 있었다." 그러나 존중의 결여는 증오가 아니다. 이런 감정들은 언제 증오로 바뀌는가?

한 유명한 과학자가 처음 학계에 취직한 후 대학교 칵테일파티에 갔던 이야기를 들려주었다. 상황에 맞게 깔끔한 검정 민소매 원피스를 입기로 했다. 파티장에 들어서기 무섭게 학과장이 쿵쾅거리며 달려와 면전에서 으르렁거렸다. "다음에 교수진 회합에 참석할 때는 자네가 제대로 옷을 차려입고 올 거라고 기대하겠네!" 그녀는 충격을 받았다. 그 남자는 자기가 왜 화를 내는지 알았을까? 몰랐을 것이다. 훤히 드러난 팔에 혐오를 느껴서(욕망했을 수도 있다) 화를 냈을 테고, 그에게는 아무리 비합리적인 감정이라도,

보복당할 걱정 없이 마음대로 표출할 권력이 있었다. 그녀는 그가 포옹하고 싶었던 악마일까? 이 소소한 이야기에서 몹시 흥미로운 지점은, 이 남자가 진심으로 도덕적 분노를 터뜨리는 듯 보였다는 사실이다.

내가 젊은 여자였던 시절에는, 로맨스든 육체적 관계든 다른 목적이든 나는 아무 관심이 없다고 말하면 대뜸 남자들이 길길이 날뛰며 화를 내는 바람에, 정말이지 길거리에서든 의자에서든 그때 마침 있던 자리에서든 소스라쳐 나자빠지기 일쑤였다. 우리 관계는 커피 한 잔을 함께 마시는 선을 넘지 않을 거라고 부드럽게 내 의사를 표시하자, 어떤 구애자는 격분해 내 신체적 결함들을 면전에서 줄줄이 읊어대기 시작했다. 그중 특히 인상적이었던 독설은, 내 윗입술에 "영원한 비웃음"이 걸려 있다는 말이었다. 남자는 애초에 이렇게 머리에서 발까지 기준에 못 미치는 사람한테 관심을 가진 자기가 미친 사람이라면서 카페에서 뛰쳐나가 버렸다. 나는 충격을 받았지만, 한편으로는 어리둥절했다. 그 역시 도덕적 분노를 표출하는 사람처럼 당당했다.

도덕적 분노는 여성혐오의 정서적 땔감이라지만, 여기서 정확한 죄목은 무엇인가? 여성 과학자와 학과장, 또 나와 분노한 구애자의 사례에서, 우리는 우리의 외모가 남자들에게 불러일으킨 욕망을 도덕적으로 책임지게 된다. 나는 이제껏 자기 욕정을 남자 탓으로 돌리는 이성애자 여자를 한 명도 본 적 없다. 본인 감정의 짐을 남자가 짊어줘야 한다고 믿는 여자는 없다. 설사 있더라도 본인 감정을 여자들에게 덮어씌우고 부정하는 남자들만큼 흔치는 않다. 자아와 타자를 이처럼 혼동하다니 어찌나 기가 막힌지, 당시에는 그 일을 더 큰 이야기의 맥락에서 파악할 수가 없었다. 이 사건들은 성폭행으로 이어지지 않았지만, 남자들이 드러낸 감정들은 성폭력과 전혀 무관하지 않다.

이 반응들은, 앞서 거듭 지적했듯, 권력의 문제다. 종류는 달라도 종복은 지배자의 기쁨을 위해 존재한다. 게다가 지배자의 통치는 사기처럼 보여서는 안 된다. 반드시 정당해 보여야 한다. 그렇지 않으면 도덕적 권위를 담보할 수 없다. 도덕적 권위는 집단적 합의로만 가능하기 때문이다. 2010년, 타일러 오키모토와 빅토리아 브레스콜은 〈퍼스낼리티앤소셜사이콜로지불리틴〉에 "권력의 대가: 권력 추구와 여성 정치인들을 향한 백래시"라는 연구를 발표했다. 그들은 상원의원의 전기에 남녀 성별와 무관하게 '권력 추구형'이라는 설명을 달아 제시할 경우, 남자와 여자 모두가, 여자에게는 '도덕적 분노'(예를 들어 경멸, 분노에 수반되는/분노 또는 혐오)라는 감정적 반응을 보였지만 남자에게는 그러지 않는다는 사실을 알아냈다. 저자들은 가상의 여자가 권력 추구의 죄목으로 응징당한 이유는, 암묵적으로 '공동체성'의 결여를 내포하기 때문이라고 설명한다. 자신에게 부여된, 온화하고 따뜻하게 돌봐주고 조력자 역할을 하고 순순하며 사려 깊게 마음 쓰는 여성의 역할을 거부했다는 이유로 잠재적 투표권자들의 분노를 산 셈이다.

저자들은 '어머니'나 '모성'이라는 말을 쓰지 않았다. 사회심리학자들은 그 말을 쓰기를 꺼리는 듯하다. 그러나 사실, 허구의 상원의원은 '좋은 어머니'에게 기대되는 표준적 규범을 위반했다. 그리고 우리 문화에서 자식들에게 정신없이 사랑을 퍼주지 않고 자아실현을 위해 나서는 어머니보다 더 언어도단이거나 중범죄는 없다. 감히 어머니가 어떻게 제 생각만 하고 나가서 권력을 좇을 수가 있나? 정신이 나갔나? 여러 연구결과를 보면 여자들도 성 역할을 저버린 여자를 향한 분노의 감정에 똑같이 동참한다고 한다. 다만 내가 읽은 한 연구에서는, 페미니스트라고 자처하는 여자들의 경우 이런 원형적인 나쁜 어머니를 향한 치졸한 분노에서 벗어난다는 사실을 발견했다. 깨어난 의식은 도움이 된다.

인간 신생아는 성장이 월등히 빠른 다른 포유류보다 돌봐주는 사람에게 더 크게 의존한다. 출생 후 불과 몇 분 만에 비틀거리는 다리로 일어나서 움직이기 시작하는 송아지를 생각해 보라. 인간의 아기는 생후 1년간 그런 움직임의 자유가 없다. 주변의 사람들이 부단히 돌봐주지 않으면 살아남을 수 없다. 자궁 밖에서도 1년간 발육해야 하고, 이 1년간 아기들은 어머니나 아버지나 이모나 삼촌이나 조부모에게 포대기나 아기 띠로 묶여 있다. 그리고 먹여주고 데리고 다니고 흔들어 얼러주고 놀아주어야 한다. 이 느린 성숙은 왜 인간들이 타인들과 그토록 거대하고 복잡한 사회적 상호작용을 할 수 있는지를 설명해주는 일례다. 인간은 수천 갈래로 나뉘는 언어와 현저하게 다양한, 헤아릴 수 없이 많은 사회 제도를 창조했다. 그러나 우리 종에 관해서는, 몇 가지 반박 불가능한 사실이 있다. 우리는 모두 다른 사람에게서 태어난다. 꾸준히 유지되는 초기의 돌봄이 없다면 우리는 죽고, 우리에게 필요한 요소는 음식과 보호가 전부가 아니다. 중요한 타자와 초기에 맺는 정서적 연결을 빼앗긴다면, 우리는 다른 포유류처럼 잘 살 수 없다. 박탈, 트라우마, 여러 다른 형태의 스트레스가 뇌 발달과 유전자 발현에 영향을 미친다.

육아는 대단히 중요한 일이지만, 임신이나 출산과 달리 여자만의 일이 아니다. 1976년에 출간된 저서 《인어와 미노타우로스》에서, 심리학자 도로시 디너스타인은 육아 관행을 재배치하면 여성혐오의 이야기를 바꿀 수 있다는 제안을 내놓았다. 어머니가 홀로 육아를 떠맡고 아버지는 생활비를 벌어오는 중산층 모델은 가족관계를 왜곡했다. 디너스타인이 이 모델을 보편적으로 적용했다는 비판은 옳다. 아버지 노릇은 변화했다. 안고 얼러주고 노래를 불러주고 키스하고 포옹하는 미국 아버지들의 모습은 내가 어렸을 때보다 지금 훨씬 많이 보인다. 북유럽 국가들의 성평등법과 아버지의 육아휴직은 가족생활에 긍정적으로 작용했지만, 그 지역에서도 여성혐오는 사라지지 않았다. 사실, 친밀한 파트너 간 폭행 사건 발생률은 유럽 다른 국가보다 이 나라들에서 더 높다. 신고를 더 많이 하기 때문이라는 설도 있지만 유효한 숫자라고 맞서는 사람들도 있다. 아이러니는 성평등을 요구하는 목소리가 클수록 더 수위가 높은 도덕적 분노와 반발을 불러일으킨다는 데 있다.

여성혐오에 장작을 던지는 비합리적 요구는 동전의 양면과 같다. 한쪽 면에는 완벽하고 상냥하고 희생적이고 다정한 '자연적' 어머니가 있다. 지금도 없고 과거에도 없었던 존재다. 뒤집어보면, 사악한 쌍둥이가 나온다. 냉정하게 거부하고 권력을 추구하는 '부자연스러운' 어머니다. 아이러니는 어머니들이란 원래 강력한 존재라는 사실이다. 언제나 그렇진 않더라도 대개는 유아에게 음식과 돌봄을 제공하는 원천이다. 어머니 노릇을 하는 남자들이 있다는 사실로 인해 어머니 노릇이 여성적이라는 관념이 크게 바뀌지는 않는다. 이 생각은 완강하게 버티고 있다. 종류는 달라도 어머니 노릇의 부재는 위험을 뜻한다. 잠재적으로 자식을 버리고 떠날 수 있는, 무서운 어머니는 반드시 처벌해야 한다. 그렇게 그녀는 남녀의 공분을 불러일으키는 존재가 된다. 인간은, 모든 인간은, 상냥하게 마음을 쓰다가도 거절하고 밀쳐내며, 친절하고도 잔인하고, 너그럽고 또 이기적이다. 물론 정도의 차이는 있겠다. 그러나 양가적 감정은, 친밀한 관계로 이루어진 우리 삶에서 상당 부분을 차지한다. 여자는 꼭 어머니가 되지 않더라도 처벌대상이 된다. 오히려 '자식이 없다'는 말은 '이기적이다'와 동의어가 된다. 모든 여자는 부조리한 문화적 절대명령에 따라 행동해야 한다. 이에 따르면 여자인 나는, 오로지 당신, 영원한 남자-아이를 위해서만 존재해야 한다. 그래서 남자-아이를 달래주고, 진정시키고, 먹여주고, 품어주고, 우러러보고, 열렬히 사랑해 주어야 한다. 그리고 당신이 충분히 만족할 만큼 내가 이 역할을 이행하지 않으면, 나는 버르장머리 없고 사악하고 매정한 나쁜 년, 즉 마녀가 된다. 내 앞에 쏟아지는 욕설과 주먹다짐과 발길질은 다 내가 자초한, 말하자면 당해 마땅한 처벌이다.

조카가 세 살 때 제 엄마인 내 동생에게 이렇게 말했다. "엄마, 뭐가 이상한지 알아?" 동생은 "아니"라고 대답했다. "가끔은 엄마가 너무, 너무 좋거든. 그런데 또 어떤 때는, 정말 미워!"

모든 친밀한 관계는 감정, 사랑과 증오의 복잡한 혼합체다. 그러나 서구의 가부장적 구조는 많은 남자, 그중에서도 특히 무리의 우두머리들, 최상층의 남자들에게 시효가 연장된 유아적 판타지를 주입했다. 그러니 여자들은 신화적 이브처럼 그들을 '위해서' 창조된 존재다. 한때 자신들이 여자의 몸 안에 있었다는 생각, 여자의 몸이 그들을 '창조'하는데 도구로 쓰였다는 생각은 신화적 문화 관념들에서 반드시 억압해야만 했다. 이는 모든 신화를 떨쳐내야 하는 것, 즉 일부 과학 분야로 피처럼 흘러 스며들었다. 그리고 남성 이성애자의 욕망이 여기 변수로 끼어들기라도 하면, 천사와 악마가 혼합된 존재를 포옹하고자 하는 욕구가 유독한 감정 스튜로 끓어오른다.

젠더의 전복, 인종, 계급, 다른 인자들이 이 가부장제의 잡탕 스튜에 더해지면 독성이 치명적으로 강해진다. 그리고 우리가 여자라고 부르는 사람들이 ─ 당연히 각양각색의 무리다 ─ 또 이 혼합물의 재료로 뛰어들 수도 있다. 처벌로부터 자기방어를 하기 위해서, 사회적 사다리에서 남성 또는 그들이 차지하는 위상과 자기를 동일시하기 위해서(배를 흔들지 마/네 남자나 잘 지켜) 또는 자신들은 천성이 더 친절하고 온화하고 다정한 존재라는 망상으로 자기 위안을 삼기 위해서, 등등 여러 이유가 있겠다.

나는 미국의 백인 여자다. 글을 써서 편안한 삶을 누리고 있다. 내 하얀 피부와 계급 덕에 이런 위상을 '공짜로' 누리고 있다는 걸 아주 잘 알고 있다. 그러나 위계적 사회에서 사는 사람들이라면 이미 깨달은지 오래된 진실이지만, 사회적 사다리의 어디에 있건 자기 '분수'에 맞게 행동하길 거부하는 사람들, 고분고분하게 비위를 맞추는 역할에 반항하는 사람들은 곤란을 겪게 되어 있다. 분석철학자 케이트 만은 《다운걸: 여성혐오의 논리》(2017)에서 신화나 과학의 남성 출산 판타지를 추적하지 않는다. 나는 모성의 복잡한 면면이 빈번하게 은폐되고 있으며 이것이 여성혐오를 조장하고 강화한다고 믿지만, 케이트 만은 그 부분을 탐구하지도 않는다. 만은 여성혐오와 성차별주의를 구별하고 "가부장제 질서의 법 집행 부서"로 기능하는 여성혐오를 광범하게 분석한다. 만은 이 책에서 사적인 이야기를 많이 하지 않지만, 주해를 빌어 학생 시절 철자법 경진대회에서 우승한 후 2등을 차지한 남학생이 자신의 목을 졸랐던 일화를 전한다. 분노는 일찌감치 싹을 틔운다.

여자를 싹 잘라내 장외로 몰아내거나 아예 거기 없는 사람으로 취급해도 소용이 없고, 여자의 말을 묵살하거나 여자의 업적을 열등한 것으로 폄훼해도 소용이 없다면, 성난 경찰관들은 커다란 몽둥이를 들고 현장에 출동한다. 이것이 여성혐오를 짚어내는 만의 핵심 주장이다. 법 집행 부서는 자경단이 아니다. 집단적으로 합의한 정당한 올바름에 먹고 사는 조직이다. 오랜 세월에 걸쳐 나는 여성혐오의 독특한 냄새를 감지하는 정련된 감각을 획득했다. 여자가 독자적 권위를 주장하거나 다른 사람들에 의해 권위자로 인정받으면, 처벌받을 위험을 감수해야 한다. 여자가 공동체성을 과시하면 권위를 주장하더라도 그럭저럭 참아주고 넘어간다. 미소를 남발하고 고분고분하고 아양 떠는 표정으로 자신의 지식을 부드럽게 누그러뜨리거나, 아니, 더 좋은 방법인데, 자기 연구를 여러 다른 사람들의 공으로 돌리고 자기는 정말로, 정말로 운이 좋았다고 말하면 더 잘 봐준다.

권위Authority는 라틴어 'auctor'에서 나온 말이다. 주인, 지도자, 작가, '창조주'라는 뜻이다. 우리는 이제 한 바퀴 돌아 원을 그렸고 처음 시작했던 남성 출산의 판타지로 돌아왔다. 작가는 사상과 언어를 창조하고 출산한다. 플라톤적 출산은 남자들의 몫이다. 작가는 드디어 어머니가 된 아버지다. 고고한 정신이 우월한 사유와 우월한 책을 배출해낸다. 자연의 섭리에 따라 이 땅을 그 아름다운 자식들로 채우도록 선천적으로 설계된 정신 말이다. 벤 배리스는 젊은 시절의 자아인 바버라 배리스의 이야기를 소개했는데, 그 일화가 내게는 깊은 울림으로 다가왔다. 어느 수학 교사가 바버라에게, 그 수학 문제를 설마 네가 풀었을 리가 없다고 말했던 거다. 당연히 혼자서 푼 문제였다. 교사는 남자친구의 도움을 받은 게 아니냐고 따져 물었다. 바버라는 남자친구가 없었고, 교사의 비난으로 마음에 상처를 입었지만 그 당시에는 성차별을 탓할 수 없었다. 그저 한없이 억울하기만 했다.

내 글 역시 고등학교 때부터 줄곧 똑같은 비난들에 시달려 왔다. 내가 혼자 쓴 논문이나 책인데도 남자가 쓴 게 틀림없다거나 남자의 도움이 있었을 거라는 억측을 반복해서 듣게 되면 굉장히 기분이 이상해진다. 소녀나 여자가 소년이나 남자의 작품을 훔쳤다는 거짓 비난을 받고 나서 단단히 상처받고 괴로워한다면, 출동한 경찰은 임무를 완수한 셈이다. 바버라는 스스로 문제를 풀었다고 우겼지만, 분수를 알게 되었다. 나 역시 아니라고 혐의를 부인했지만, 놀랍고 속상한 마음에 비난하는 자의 기대대로 행동했다. 눈에 띄게 아파하는 내 고통 자체가 처벌이었다. 나도 제 분수를 똑똑히 알게 된 것이다. 만사 다 잘 해결됐으니 이제 일은 보통 때처럼 굴러가면 된다.

권위를 고집하는 소녀나 여자는 "터무니없이 적대적인 반응"을 유발한다. 영국 고전학자 메리 비어드가 자신을 위시한 다른 페미니스트들이 소셜미디어에서 받은 지독한 언어폭력을 간략히 요약한 표현이다. 비어드는 비하 발언을 하는 사람들과 정면으로 맞섰고, 종종 유머로 응대하기도 한다. 비어드는 "네년 머리를 잘라서 강간하겠다"고 약속한 남자의 트윗을 언급했다. 나는 그 남자가 범하길 원했던 신체부위가 하필이면 비어드의 '머리'였다는 사실에 주목하지 않을 수 없었다. 불가침의 지성이 통통하게 들어찬 머리 말이다. 머리의 강간은 비어드가 지닌 높은 지성을 겨냥하는 남자의 분노를 완벽하게 은유한다. 비어드의 자명한 권위는, 이 문화에서 고고하고 청청하다고 인지되는 부류, 다름 아닌 고대 그리스의 권위다. 그러니 가부장제의 법 집행 부서와 마찰을 빚을 수밖에. 하지만 비어드의 당당한 반응에 큰 힘을 보탠 건, 다름 아닌 그녀의 권력이다. 비어드는 학계에서 대단히 존경받는 유명한 학자이고 추종하는 대중을 거느리고 있으며, 이 위상 덕분에 공적 포럼에서 활동할 수 있다. 탄력 있고 꺾이지 않는 성격도 바보들을 웃어넘기는 데 힘이 된다. 여성혐오 옹호자들의 김을 빼는 희극의 힘은 과거에도 지금도 엄청나게 저평가되어 있다.

익명의 트윗이 그랬듯 온라인의 독설은 안면 없는 사람들끼리 직접 만났을 때 차마 누리지 못할 자유를 구가한다. "네년 머리를 잘라 강간해 주겠다"라고 학회장이나 공개행사에서 소리치는 일은 훨씬 어렵다. 하지만 여전히, 터무니없이 적대적인 반응들이 난무할 수 있다. 공개대담 중에 내가 남자 대담자의 의견을 정중히 반박했더니 어떤 관객이 소란스럽게 야유한 적도 있다. 나는 그냥 못 들은 척하고 넘어갔다. 내가 강연을 마치고 나면, 어디선가 터무니없이 화가 난 남자가 토를 달고 나서는 일도 비일비재했다. 촌철살인으로 내 기를 즉시 꺾어주겠다고 작정한 듯했다. 딴에는 치명적인 언어적 무기라고 들고 나서지만 대체로는 손쉽게 대처할 수 있다. 다만 그 화살의 치졸함에 끊임없이 놀랄 따름이다.

내가 겪은 정말로 이상한 경험이라면, 수많은 청중을 앞에 두고 무대 위에서 남자들 여럿과 했던 인터뷰들을 들 수 있다. 그 남자들은 (심지어 내가 예술과 과학 분야의 업적으로 명예 박사학위를 받은 후에 열린 토론을 진행한 남자마저도) 내 책들과 관련된 질문을 하나도 하지 않았다. 다만 자기 자신, 다른 작가나 사상가들, 여타 잡다한 자신의 관심사를 주절주절 늘어놓을 뿐이었다. 내가 차분하게 제지하고 내 연구, 내 책, 내 업적으로 수상한 상이 지금 다뤄야 할 주제라고 알려주면, 어김없이 남자들은 얼굴이 벌겋게 달아올라서는, 놀라고, 수치스럽고, 성난 표정으로 노려보곤 했다.

몇 년 전 내 책을 출간한 한 유럽 출판사와 이메일 교환을 했는데, 그는 내 소설 《불타는 세계》가 "여자들을 위해 쓴 소설이 분명"하다고 단언했다. 그리고 홍보의 방향을 그쪽으로 잡겠다고 했다. 나는 회신을 보내 그렇지 않다고 반박했다. 어쨌든 나야말로 나의 의도를 잘 아는 사람이 아닌가. 그 남자에게 화를 내지는 않았다. 입장을 명확히 밝히고 책의 아이러니한 의미와 구조를 설명하고 싶었을 뿐이다. 그러나 이메일이 오가는 사이 남자는 점점 짜증을 내더니 급기야는 분통을 터뜨렸다. "학생 취급은 사양하겠습니다." 바로 그 말들이 정확히 속내를 폭로했다.

여자의 권위를 높이고 인정하는 일은 종종 남자를, 남자의 권위를 폄훼하고 삭제하는 것으로 해석된다. 여자가 남자의 위엄에 도전하려면 무슨 말이나 행동을 할 필요도 없다. 아무 분야에서든 권위자가 되고, 독창적 사상·책·계획을 만들고 그 지위에 걸맞게 행동하기만 하면 된다. 여자의 권위를 인정하면 많은 남자는 굴욕감을 느낀다. 굴욕감이란 끔찍한 감정이다. 여자의 권위를 우러러 보는 이성애자 남자는 그 자체를 수치로 느낀다. 남성성을 잃었다고 느끼고, 학생처럼, 어머니한테 혼나는 불쌍한 아이처럼, 창피스러워 한다.

내 개인적 일화들은 여성혐오라는 큰 그림 속에서 보면 소소하고 희극적이지만, 이 주제를 탐구하면서 나는, 비록 완성과는 거리가 멀더라도—아직 해답을 찾지 못한 질문들이 많이 남아있다—우리가 보는 그림에서 빠져 있는 것들 역시 중요하다는 사실을 보여주고 싶었다. 순수한 부계유전의 꿈이 간단없이 서구 사상을 사로잡았고, 사유 양태와 문화 안에서 존재하는 다양한 방식들에 너무나도 깊이 침투해 이제 잘 보이지도 않게 된 온갖 종류의 권위, 기원, 번식, 창조성의 관념들과 단단히 묶여 있음을 드러내고 싶었다. 여성혐오는 나쁜 꿈이다. 권력과 통제에 대한 흉측한 판타지다. 여성혐오는 시시각각 탈바꿈하는 역동적인 인간의 진실을, 우리가 어떻게 성장하고 서로 섞이는지, 우리가 사람과 사상을 어떻게 낳는지, 그 모든 진실을 일그러뜨린다.

2019

희생양

인디애너폴리스의 윌러드파크에는 실비아 마리 라이킨스의 작은 추모비가 있다. 한때 이스트뉴욕 스트리트 3850번지에 있던 집에서 그리 멀지 않은 곳이다. 그 집에서 그들은 경찰 벨트로, 대학생 사교클럽에서나 쓸 법한 노로, 커튼봉으로 소녀를 때리고, 살갗이 벗겨지도록 뜨거운 목욕물에 들어가게 하고, 계단 밑으로 밀고, 상처에 소금을 비벼대고, 강제로 소변을 마시고 기저귀에 묻은 똥을 먹게 했다. 탈수가 오게 하고 굶기고 소녀의 몸을 담뱃불로 지지고 불에 달군 꼬치로 소녀의 배에 단어를 낙인찍고 마침내 살해했다.

소녀에 대한 영화들이 제작되었다. 범죄 실화를 다룬 이야기들이 여러 해에 걸쳐 정기적으로 등장했다. 몇 권의 소설이 소녀의 이야기를 토대로 썼다. 피고측 변호인 중 한 명이었던 포레스트 보우먼 주니어는 수 년 후 그 재판에 대한 글을 썼고 2014년에는 책도 한 권 펴냈다. 예술가 겸 학자이고 《성의 정치학》의 저자인 케이트 밀레트는 실비아에 관해서 새 우리 형태의 조각을 제작하고 《지하실: 인간 희생 제물의 이야기》를 썼다. 이 책에서 밀레트는 이 모든 사태를 합리적으로 이해하려 했다. 실화이기도 하고 문화적-철학적-페미니즘적 비평이기도 하고 부분적으로는 소설이기도 한 밀레트의 책에는 희생자와 가해자들의 뇌리를 스치는 생각의 흐름이 담겨 있다. 작가는 내부에서 무슨 일이 일어났는지 상상하려 했겠지만, 내가 보기에는 이 복화술은 어딘가 잘못됐고 상상의 개입은 실패한다. 〈악의 집: 인디애너 고문 살인〉에서 기자인 존 딘은 사태를 이성적으로 이해하려 들지 않는다. 그저 이야기를 전달하고 보도한다. "아이마다 붙잡고 왜 동참했느냐고 물었지만, 답은 간결했다. '거티가 시켰어요'였다."

–〈인디애너폴리스 스타〉, 1965년 10월 27일자

일곱 자녀의 어머니와 15세 소년이 16세 소녀의 고문과 살해에 가담한 혐의로 예비적 죄명 살인죄로 어젯밤 체포되었다. 수사관들에 따르면, 여자의 자식들 중 셋 이상이 폭행에 가담했다고 피해자의 동생이 말했다고 한다. 피해자 실비아 마리 라이킨스는 폭행 당시 입에 재갈이 물린 채 묶여 있었다.

체포된 용의자는 노스데니스트리트 310번지의 거트루드 라이트(37)와 리처드 홉스(15)다. 경찰은 또 한 명의 십대 소년의 행방을 추적하고 있다. (향후 보도에 따르면 이 여자는 거트루드 바니셰브스키로 밝혀졌다.)

형사들에 따르면 홉스는 '열 번에서 스무 번' 소녀를 때리고 바늘로 배에 '나는 창녀다'라는 글자를 새겼다고 인정했다.

－〈인디애너폴리스 스타〉, 1965년 10월 28일
16세 소녀는 3주일의 기간에 걸쳐 최소한 10명, 혹은 그 이상의 사람들에게 체계적으로 폭행당하고 고문당했다고 경찰은 밝혔다.

－〈인디애너폴리스 스타〉, 1966년 4월 30일
통곡하는 제니 라이킨스가 어제 형사법정 2과에서 인도되고 있다. 무참하게 훼손된 언니의 거대한 사진들이 보인다.

제니 페이 라이킨스의 재판 기록 증언 중에서:
Q: 실비아가 식사할 때 함께 식탁에 앉았습니까?
A: 항상 그렇지는 않았습니다.
Q: 처음 갔을 때는 같이 식탁에서 밥을 먹었습니까?
A: 네.
Q: 어떤 방식으로 그랬습니까?

A: 몰라요. 그들이 계속 언니는 깨끗하지 않다고 같은 식탁에서 밥 먹기 싫다고 했어요.

…

Q: 당신은 무엇을 보았습니까, 그리고 무슨 말이 오갔습니까?

A: 그 여자[거트루드]가 "자, 실비아, 나한테 덤벼 봐"라고 했어요.

Q: 이 일은 언제 일어났습니까, 제니?

A: 9월에요.

Q: 언제 — 어디서 일어났나요?

A: 다이닝룸에서요.

Q: 당신은 무엇을 보았습니까, 그리고 무슨 말이 오갔습니까?

A: 저, 거트루드가 주먹을 쥐더니 계속 언니를 때렸는데 실비아 는 맞서 싸우려 하지 않았어요.

실비아 라이킨스는 안네 프랑크가 아니었다. 위험에 처한 가족과 함께 다락방에 숨어 자신의 삶을 찬란한 글로 옮기고, 유태인이고 제3제국의 통치하에 살기에 부적합하다는 판결을 받아 베르겐 벨젠의 나치수용소에서 죽은 소녀가 아니었다. 실비아 라이킨스는 메리 터너도 아니었다. 남편 헤이즈 터너의 린치에 반발해 용감하게 목소리를 냈다가 지금은 "1918년 광란의 린치"라 불리는 사태에 휘말려 조지아주 로우든 카운티에서 린치당해 죽지도 않았다. 군중은 메리 터너의 배를 갈라 내장을 꺼냈고 뱃속에 있던 8개월 태아를 발로 짓밟았다. 구경하러 모여든 수백 명의 백인

무리가 눈을 똑바로 뜨고 그 광경을 지켜보고 있었다. 라이킨스의 죽음은 메리 터너의 죽음이 과거에도 지금도 그렇듯, 시위나 정치적 선언문이나 행동주의를 촉발하지 않았다. 라이킨스는 인디애너폴리스의 가난한 백인 동네에 사는 가난한 백인 소녀였다. 아무리 궁핍하고 불우해도 여전히 미국의 백인 개신교도였다. 그녀의 이야기는 어떤 정당한 명분의 서사로 쉽사리 휩쓸려 들어가지 않는다. 자명한 정치성이 없기 때문이다.

실비아 라이킨스의 적대세력은 국가나 인종적 순수성이라는 사악한 이데올로기 같은 무서운 권력이 아니었다. 일곱 자식을 둔 어머니, 거트루드 바니셰브스키에게 지령을 내린 사람은 아무도 없었다.

라이킨스 사건에 주목하는 학자들의 관심은 밀레트의 저서에 쏠렸다. 실제의 살인사건보다는 작가의 매혹, 강박, 분석에 흥미를 보였다. 빅터 바이턴자는 에세이 〈지하실: 집 잃은 아이의 생존을 보장할 주거지를 향하여〉의 첫머리에서 미리 경고한다. 밀레트의 글을 "순화하지" 않고 직접적인 인용문을 그대로 싣겠다고 말이다. "그러니 이 논의에는 성폭력의 노골적인 묘사description[45]가 포함된다." 바이턴자는 밀레트의 스타일이 '패러오소독스'[46]라고 말한다. 바이턴자의 에세이는 확실히 일반 대중이 쉽게 읽도록

---

45) 여기서 script는 이탤릭체로 쓰여 있기 때문에, 글 또는 각본이라는 뜻으로 통하는 스크립트script를 제거 혹은 탈피de-하겠다는 뜻으로 읽을 수 있다.

쓴 글은 아니다. 〈살인: 현대 미국의 삶 이야기〉에서 사라 L. 녹스
는 전후 미국에서 살인의 역할을 주제로 다루면서도 실비아 라이
킨스의 고문과 죽음을 다룬 보도기사는 논하지 않는다. 그 대신 많
은 페이지를 〈지하실〉에 할애한다. 특정한 소녀의 파괴된 신체, 밀
레트가 눈을 떼지 못했던 그 몸은 녹스에게서 흐릿하게 번진 얼룩
이다. 나는 읽다가 잠시 멈추고 범죄자의 이름 철자를 눈여겨보지
않을 수 없었다. 오자였던 걸까? 텍스트 전체에서 녹스는 라이킨
스를 고문한 자의 성을 거트루드 바니에프스키Baniewski로 잘못 쓰
고 있다. s와 z는 사라지고 없다. (빅터 바이턴자, 《서구사상과 저작에 나
타나는 성폭력: 순결한 강간》, 팰그레이브맥밀런 출판사, 2011년. 사라 L. 녹스,
《살인: 현대 미국의 삶 이야기》, 듀크대학교 출판부, 1998년)

그 여자 이름이 뭐였더라? 있잖아요, 인디애너에서 그 여자애
를 살해한 폴란드 성을 가진 괴물 여자? 케이트 밀레트가 그 여자
에 대해 썼는데.

학문적 3인칭이 공포로부터의 은신처로 활용되는 경우는 자주
있다. "전체적으로, 폭력의 집중탐구는 정서적으로 연루되면 부담
이 클 수 있으니 초연한 거리 두기는 중요하다." 이 문장은 우구르

---

46) paraorthodox. 역설이라는 의미의 paradox와 정론이라는 뜻의 orthodox를 혼합해 '역
   설적인 정론'이라는 뜻의 신조어로 읽을 수도 있고, '정론을 뛰어넘는다'는 의미로 해
   석할 수도 있겠다.

유미트 융고르가 쓴《종족학살 연구와 예방》에 발표한 "집단폭력 연구: 함정, 문제, 약속"에 나온다. 정확히 얼마나 거리를 둬야 할까? 단 한 사람, 실비아 라이킨스의 고문과 살해의 상세한 내용을 반복해 쓰는 일은 '부담'스러운 정도가 아니다. 한 여자와 한 무리의 아이들인 그들은 '집단'이라고 불릴 수도 없는데 말이다. 실비아 라이킨스 사건에는 곁눈질로 흘끔거리는 매혹이 따라붙어 있다. 도덕적 분노와 은근한 흥분이 위태롭고 메스껍게 뒤섞인 심리다. 그 사건에 대한 글을 쓴다는 건 소녀를 가해하고 모욕하는 행위에 간접적으로 동참한다는 의미다. 지금 내가 그 일을 하고 있다, 그에 대한 글을 쓰고 있다, 그런데 그 목적은 무엇인가? 그 이야기는 공포영화의 저속한 스토리라인을 갖고 있고, 라이킨스에게 가해진 범행은 전부 노골적으로 성적이지는 않더라도 수치스러운 충동, 위장한 흥분, 에로틱한 종류의 가학적 놀이의 악취가 풍긴다. 싸구려 향수에서 엘리베이터에 가득 들어찬 사람들까지, 이 사건에는 여전히 외설적 관음주의가 들러붙어 있다. 그 악취는 사라지지 않는다.

재판이 진행되는 동안, 실비아가 공식적으로도 기술적으로도 '강간'당하지 않았다는 사실이 명확해졌다. 부검을 담당한 검시관에 따르면, 음순과 질은 외부의 공격으로 부어 있었으나 처녀막이라는 질 입구의 주름은 그대로였다.

세계는 그 부조리한 역치를 얼마나 숭배했던가. 여성의 순수와 불순을 가르고, 청결과 오물을 가르는 그 경계를.

피고의 성은 상당한 혼란을 불러일으켰다. 언론 보도 초기에는 거트루드 라이트 부인으로 불렸으나 곧 거트루드 바니셰브스키로 바뀌었다. 재판기록을 보면, 말하는 사람에 따라 바니셰브스키였다가 라이트가 되기도 한다. 라이킨스 사건으로 살인죄로 기소된 유일한 성인이 될 16세의 여자아이는 학교를 중퇴하고 인디애너주의 경찰관인 존 바니셰브스키와 결혼한다. 10년이 지나 4명의 자식을 낳고 B. 경관으로부터 폭행과 구타를 당한 후에 이혼하고 거스리라는 남자와 결혼한다. 거트루드가 거스리 부인으로 변신하는 데는 불과 4개월밖에 걸리지 않았다. 그리고 바니셰브스키라는 성은 그 남자와 함께 사라졌다. 내가 알아본 한에는, 결국 다시 B. 부인으로 돌아갔던 것 같다. 두 사람은 다시 결혼하지 않았지만, 그 결합이 두 번째로 깨어지기 전에 두 명의 아이가 더 태어났다. 거트루드는 바니셰브스키 이후에 만난, 나이 차이가 많은 연하의 정부 데니스 라이트로부터 라이트라는 성을 얻게 된다. 데니스 라이트는 그녀를 심하게 구타해 두 번이나 병원에 가게 했고, 7번째 아이의 아버지가 되었으며, 돈을 훔쳐 야반도주했다.

피고인 여성의 이름을 결정하는데 법적인 세부사항들이 복잡했지만, 법정과 언론은 결국 정통성의 기준을 충족하는 이름인 바니셰브스키로 최종 합의했다. 살인사건 당시 8세에서 17세에 걸쳐 있던 거트루드의 아이들 중 여섯 명이 바니셰브스키의 법적인 자식이었다. 바니셰브스키는 소위 "법의 오른팔"의 한 손가락이기도 했다. 하지만 라이킨스 사건의 경우 이 오른팔이 가동한 범위는 절단 수술을 받은 사람만도 못 했다. 사라진 아버지의 이름을 따서 이름 붙인 거트루드의 아기는 공식적으로는 성이 없었다. 아기의 잘못은 아니지만 혼외자로 세상에 나온 탓이다. 1965년 인디애너폴리스의 그 지역에서는, 혼외로 낳은 자식이 이웃들과 좋은 관계를 맺을 수가 없었다는 사실을 알면 도움이 된다. 이웃의 눈 때문에 데니스 라이트 부인이라는 허구적 인물이 창조된 것이 틀림없다.

살인죄로 기소된 바니셰브스키가 거트루드 혼자만 있는 건 아니다. 경찰관과 그 아내가 낳은 자식은 한 사람도 빠짐없이 실비아 라이킨스를 해쳤지만 그중 둘만 살인죄로 기소되었다. 폴라와 존이었다. 유부남과의 관계로 임신 중이었던 장녀 폴라는 실비아를 맹폭하게 가해하다 손이 부러진 적도 있다. 인생이 걸린 재판을 받는 도중에 폴라는 새 생명을 출산했는데, 호전적으로 딸의 이름을 거트루드라고 지었다. 실비아 사망 당시 12세였던 존 주니어와 이웃의 남자아이 리처드 홉스와 코이 허버드도 실비아를 살해한 죄로 재판을 받았다. 세 바니셰브스키와 홉스, 허버드는 모두 유죄를 선고받았지만 누구에게도 형 집행은 없었다. 거트루드만 가장 길게 20년을 복역했다. 모범수가 되어 함께 수감된 수형인들에게 '엄마'로 불렸다. 세 명의 바니셰브스키는 출소 후 모두 이름을 바꿨고, 가족의 고문에 전혀 동참하지 않은 바니셰브스키

경관 역시 개명했다.

　나의 어머니는 신문에서 그 끔찍한 범죄의 기사를 읽고 나서 "제정신인 사람은 그런 짓을 할 수가 없어"라고 여러 번 말했다. 거트루드 바니셰브스키의 변호인이었던 윌리엄 어베커는 법정에서 동일한 정서에 호소했다. "여기가 온전한 게 아니기 때문에 피고에게는 책임이 없습니다." 그러더니 검지로 이마를 톡톡 두드려 문제는 여자의 바로 그 신체 부위에 있다고 강조하고자 했다. 인디애너폴리스의 부검시관이었던 아서 케블 박사는 그 집에서 실비아의 시신을 검시했는데, 처음 집안에서 사체를 보았을 때 그 훼손 정도는 '미친 남자'의 짓으로 추정했다고 법정에서 증언했다. 죽은 소녀의 사진들을 법정에서 자세히 살펴본 후, 박사는 "아무것도 모르고 오로지 이 사진들만 봤다면, 철저히 현실과 유리된 사람만이 다른 인간에게 이런 유의 고통을 안길 수 있다고 말할 겁니다." 그는 '사람'이라고 말했다, '사람들'이 아니라.

　'확 돌아서' 교회나 유대인 예배당, 학교에 무기를 난사하는 외로운 총잡이나 은밀하게 희생자를 스토킹하는 가학적 사이코패스는 정신병이라는 논리로 편안한 거리를 확보하는 일이 훨씬 수월하다. 맹렬한 분노로 희생자를 공격하는 집단이라면 숫자가 많든 적든 이야기가 다르다. 37세 여자의 지시에 따라 인디애너폴리스주 이스트뉴욕 스트리트 3850번지를 드나들었던 미성년 폭도들은 어떨까?

1895년에 출간된 저서 《라 시콜로지 데 풀르La Psychologie des foules》에서 귀스타브 르 봉은 '집단 심리'의 이론을 내놓았다. 복수의 개인들로 이뤄진 부분들의 떨림을 통해 단일한 정신적 현실을 이루는 감정의 전염으로 형성되는 힘을 말한다. "군중은 쉽게 속고 기꺼이 암시의 영향을 받는다." 이 '콩타지옹 멘탈contagion mentale(정신적 감염)'에 휘둘리면, 사람은 일종의 최면 상태에 빠진다. 의식적 성격은 사라지고 더 큰 '전체'의 리듬에 따라 움직이게 된다. 르봉의 이론에 따르면, 군중은 충동적이고 짜증이 많고 비합리적이며 감정 기복이 크고 도덕적으로 자신이 옳다고 믿는다. 르봉의 주장에 따르면, 그들은 진화가 덜 된 존재들처럼, 그러니까 '여자', '아이', '야만인'처럼 바뀐다.

역시 같은 시대의 프랑스 학자인 가브리엘 타르드는 사유와 감정이 군중 속에서 퍼져나가는 방식에 관심이 있었다. "사회란 무엇인가? 나는 이미 답했다. 사회는 모방이다." 타르드의 믿음에 따르면, 모방은 아랫사람이 지도자를 따르는 방향으로 작동하며 반대 방향으로는 잘 되지 않는다. 해당 집단을 넘어 다른 사람들에게로 옮아갈 수도 있다. 예를 들어 '반사회적 단체'인 '떼강도'들은 집단 내에서 서로의 '터프함'을 강화하는데, 이런 풍습은 집단을 넘어 '빛을 발산해' 그런 유혹에 취약한 사람들한테 침투하게 된다. (가브리엘 타르드, 《모방의 법칙》, 문예출판사, 2012년)

1966년 5월 19일, 배심원들은 거트루드 바니셰브스키가 일급 살인죄 유죄라고 선고했다. 그로부터 3개월도 미처 지나지 않은 같은 해 8월 5일 오후 베이징의 여자중학교 10학년 학생들이 교감 세 명과 주임 두 명을 습격했다. 그들은 웃어른들에게 잉크를 뿌리고 광대모자를 씌우고 무릎을 꿇렸으며 뜨거운 물을 부어 화상을 입혔고 못 박힌 몽둥이로 때렸다. 세 시간에 걸친 고문 끝에 첫 번째 교감 비안 종지윤卞仲耘이 의식을 잃었다. 여학생들은 그녀를 쓰레기통에 던졌다. 교감은 사망했다. 비안 종지윤은 중국 문화혁명에서 처음으로 희생된 교사였다. 14일 후에는 천안문 광장 인근의 콘서트홀 무대에서 베이징 제4, 제6, 제8중학교 학생들이 수천 명 군중이 보는 앞에서 교사 이십 명을 채찍질하고 발길질했다. 한 목격자는 "차마 인간의 형상이라 할 수 없는 꼴이 되도록" 지독한 폭행이었다고 말했다. 아이들은 허가를 받았다. 국가가 그들 편이었다. (유퀸 양, "학생들의 교사 공격: 1966년의 혁명", 시카고대학 출판부, 〈이슈즈앤스터디즈〉 37호, 2001년) 한 가족이 사는 집의 지붕 아래에서는 "거티가 시켰어요"가 권위 있는 허가가 될 수 있을까?

19세기 후반 과학, 특히 히스테리와 최면 연구의 소산인 귀스타브 르 봉은 '암시'를 믿었다. 지하를 떠돌며 주문에 휘말린 군중을 감염시키는 메시지, 당대의 자연주의적 용어로 설명한 일종의 마법 주문 말이다. 마찬가지로 군중과 범죄에 관심이 있었던 타르드는 사회를 관통하며 움직이는 '모방의 빛살'을 상정했다. 모방은 몽유병의 한 양태가 될 수 있다. "주입된 생각만 하면서 줄곧 즉흥적이라고 믿는 것. 몽유병자도 사회적 인간도 모두 이런 착각의 먹잇감이 될 수 있다." 나는 내 생각이고 내 행동이라고 믿지만, 사실은 그렇지 않다는 것이다. 나는 가히 마법적인 힘으로 내 의지를 멋대로 휘두르는, 전염성 강한 빛살의 영향력 아래 있다는 것이다.

결말이 바뀐다면, 실비아와 제니의 이야기는 동화로 쓸 수도 있다.

옛날옛적 I.라는 도시에 가난한 남자와 그 아내와 다섯 아이가 살고 있었어요. 아무리 노력해도 그 마을에서는 도저히 먹고 살 수가 없었고, 가족의 지갑에는 동전 몇 푼만이 남아 있었어요. 그래서 두 사람은 아이들을 남겨두고 떠돌이 축제 공연단과 함께 떠나 운을 시험하는 것이 유일하게 남은 선택지라고 생각했답니다. 큰딸은 결혼해서 남편과 살고 있었고 아들들은 할아버지 할머니의 집에 살았지만, 제일 어린 두 딸 실비아와 제니는 아무 데도 갈 곳이 없었어요. 실비아는 예쁘고 고분고분한 아이였고 음악과 춤을 좋아했어요. 어머니의 집안일을 돕고 다리를 절어 보조기를 차는 동생 제니를 보살폈답니다. 가난한 남자와 여자는 줄어드는 돈을 보며 딸들이 거처할 곳을 마련할 수 있기만 기도했어요.
어느 여름날, 실비아와 제니는 외출했다가 거리에서 명랑하고 장난기 많은 스테파니라는 소녀를 만나 그 집에 가게 됐어요. 해가 졌는데도 딸들이 돌아오지 않자 남자는 아이들을 찾으러 나가서 행방을 알게 되었고, 지붕이 높고 허물어져가는 집 문을 두드렸어요. 추하고 초췌한 여자가 나오는 바람에 남자는 기겁했지만, 정작 말을 해보니 여자의 목소리가 다정하고 감미로워서 두려움이 눈 녹듯 사라졌지요. 딸들의 안부를 묻자 여자는 자기 이름은 거트루드고 일곱 자녀를 키우고 있다고 대답했어요. 곧 두 사람은 거래를 했지요. 일주일에 20달러를 보내주면, 거트루드가 실비아와 제니를 친자식처럼 키워주겠다고 한 거예요. 아버지와 어머니는 딸들에게 작별인사를 고하고 길을 떠나면서, 가을 낙엽이 지기 전에 돌아오겠다고 약속했답니다.

그런데 이 거트루드는 강력한 마녀였어요. 약속받은 돈이 오지 않자 마녀는 실비아와 제니를 때렸어요. 다음날 돈이 우편함에 도착해도 또 때렸어요. 그러나 시간이 흐르면서, 마녀의 분노는 온통 실비아를 향했답니다. 젊고 아름다운 실비아의 모습을 견딜 수가 없었던 거예요. 마녀는 집안에 주문을 걸어 그 방들 안에 있는 모든 사람이 자기처럼 실비아를 미워하게 만들었어요. 마법이 듣지 않았던 제니만 빼고요. 그런데 이웃집 아이들이 집안에 들어오자 그 아이들까지 주문에 걸려버렸습니다. 마녀와 마법에 걸린 아이들은 실비아를 때렸습니다. 실비아를 놀렸습니다. 걸레라고 부르고 빵부스러기를 먹으라고 주고 지하실 바닥에서 자게 했어요. 그리고 다리를 저는 제니는 무서워서 아무 말도 못 하고 아무것도 못 했지요.

이 순간이 되면 하얀 비둘기가 작은 창으로 날아 들어와 말을 걸거나, 요정 대모가 느닷없이 등장해 마술지팡이를 휘두르며 소원을 들어주고, 그것도 아니면 이상한 작은 남자가 방안으로 뒤뚱뒤뚱 걸어들어와 우리의 주인공 소녀에게 자기 이름을 맞춰보라고 하기 마련이다. 그러나 실비아가 그 무서운, 마법에 걸린 집 지하실에서 누워 흐느껴 울고 있을 때는, 아무도 오지 않았고, 그녀는 죽었다.

대부분 사람들은 합리적으로 의미가 통하는 이야기를 원한다. 사악한 마녀는 추방당하거나 죽임을 당한다. 녹아 없어진다. 미덕은 보상을 받는다. 정의가 바로 선다. 소원이 이루어진다. 도덕적 교훈을 얻게 된다. 불굴의 주인공은 미친 듯 싸우고, 모든 악조건을 물리치고, 살아남는다. 음악이 벅차게 고조된다. 박수갈채가 울려 퍼진다. 표준적인 문화적 서사는 이미 자리를 잡고 우리를 기다린다. 우리는 그 이야기들을 집어 들고, 먼지를 털고, 쓸모가 있을 때마다 써먹으면 된다. 베오울프, 신데렐라, 오디세우스. 이야기를 줄줄 푸는 건 의미를 위해서다. 이야기는 원인과 결과를 짚어준다. 한 가지 일이 다음으로 이어진다, 한 발 한 발. 여기서 '원인'은 무엇인가? 주문은 최면 효과와 비슷하다. 어린 시절 보았던 옛날 영화에서는, 사악한 최면술사가 "너는 내 명령 한 마디 한 마디에 무조건 순종할 것이다"라고 말하곤 했다.

마리 바니셰브스키는 실비아 라이킨스의 살인과 관련해 법정 진술을 할 때 열한 살이었다.

Q: 무슨 일이 있었는지 배심원들한테 말해 주십시오.

A: 엄마가 델 정도로 뜨거운 물을 틀어놓고 실비아한테 지하실에서 올라오라고 해서 그 애 머리를 그 뜨거운 물 아래 처넣었어요.

Q: 어떻게 머리를 잡고 있었지요?

A: 목을 잡았어요.

Q: 목을 잡았다고요?

A: 네, 그랬어요.

Q: 그 당시 머리에 비누가 묻어있지는 않았나요?

A: 비누는 없었어요.

Q: 수도꼭지 아래에서 얼마나 오래 머리를 잡고 있었나요?

A: 엄마는 아주 오래 머리를 잡고 있을 수 없었어요. 실비아가 도망치려고 난리를 쳤거든요.

마리는 그들이 실비아에게 낙인을 찍는 데 사용한 꼬치를 달굴 성냥불을 붙여주었다. 마리는 두려웠을까? 그저 명령을 따랐을 뿐인가? 어머니의 권위라는 최면에 걸려서? 마리는 감기, 결핵, 전염병에 걸리듯이 주변의 폭력에 감염됐을까? 그들은 그 일에 전력을 다했다. 따귀를 때리고, 불로 지지고, 발로 차고, 주먹으로 때리고 놀리며 웃었다. 아주 많이 웃고 킬킬거렸다.

감정전염은 과학에서도 건재하다. 그러나 최면의 언급은 되도록 회피한다. 미메시스, 그 오래된 말, 흉내내고, 모방한다는 말, 미메시스가 인간이라는 종에 장착되어 있다.

원시적 감정 전염: "다른 사람의 얼굴 표정, 목소리, 자세, 움직임을 자동적으로 흉내내고 동시에 할 수 있도록 맞춰서 결과적으로 감정적 수렴을 이루는 것." (E. 해트필드, J. 카쵸포, R. L. 랩슨, 《감정전염》, 캠브리지대학 출판부, 1993년)

신생아들은 표정을 모방한다. 부모-유아 '동조성', 즉 돌보는 사람과 아기 사이에 생물학적 리듬부터 상징적 소통까지 시간적 동기화가 이루어지는 현상은 오늘날 많은 연구가 행해지고 있는 주제다. "발달에서 동조성 경험의 결과는 유년기와 청소년기 전반에 걸쳐 자기조절, 상징 활용, 공감 능력의 영역에서 관찰된다." (루스 펠드먼, "부모-유아 동조성: 생물학적 토대와 발달 결과", 〈커런트 아웃컴스 인 사이콜로지컬 사이언스〉, 2007년, 16호) 아이는 말하기 전 일찍부터 무의식적 모방을 시작한다. 어머니와 유아는 심박수를 동기화한다. 그들은 서로 맞춰진다. 서로 주고받는, 거울처럼 서로를 비추는 몸짓과 감정과 소리와 시선으로 묶인 하나의 단위다.

"이 분석에서는 개인 간의 감정 상태가 비합리적·비상징적으로 전달되는 현상이 인구집단 간의 '정보수송'의 일면으로 취급된다는 점을 독자는 주목해야 한다." (제임스 K. 헤이지, 리처드 E. 보야치스, "인간 상호작용 역학에서 감정전염과 최초 조직", 〈프런티어스 인 사이콜로지〉, 2015년, 6호)

나는 당신을 본다. 나는 당신을 모방한다. 나는 당신이 느끼는 것을 느낀다. 미소와 하품을 생각해 보라. 그렇다면 폭력은 어떨까?

전염병학자 게리 슬러트킨: "폭력은 전염성이 있는 질병이다. 질병의 정의와 전염성의 정의를 모두 충족한다. 즉, 폭력은 한 사람에게서 다른 사람에게로 확산된다…. 이 논문은 폭력이 어떻게 획득되고 생물학적으로 처리되는지를 밝히고자 한다." (미국국립과학원 워크숍, 2013년)

"사회적 전염은 시카고에서 발생한 11,123건의 총기 발사 사건 중 61.6퍼센트의 원인으로 밝혀졌다." 이 연구는 2006년에서 2014년까지를 다루고 있다. (벤 그린, 티보 호렐, 앤드루 파파크리스토스, "사회망을 통한 전염 모델로 본 시카고 총기폭력의 설명과 예측, 2006~2014" 〈JAMA 인터널메디슨〉, 177호, 2017년)

신경과학자 마르코 이코보니는 이렇게 썼다. "폭력의 전염에 관한 설득력 있는 사회과학적 연구와 감염병으로서 그런 전염의 모델을 연결하는 사라진 사슬은 생물학적 근거가 있는 메커니즘이다. 최근 신경과학에서 발견한 거울뉴런이라는 뇌세포의 일종은 그 잃어버린 연결고리를 채워줄지도 모른다." ("폭력의 전염에서 거울역할의 잠재적 역할", 국립과학원, 2013년)

과학자들은 각자의 사실을 펼쳐놓는다. 인간은 모방한다. 인간은 감정적으로 수렴한다. 떠도는 감정은 '정보수송'이다. 폭력은 질병 '같은' 게 아니다. 폭력은 질병'이다.' 자신감 넘치는 숫자

61.6퍼센트는 정교한 통계학적 방법으로 추산되었다. 이 모든 사건의 기저에 깔린 생물학적 메커니즘, 뇌의 작동원칙은 일종의 뉴런 때문일지도 모른다. 그러나 폭력의 가해자와 피해자 사이에서는 작동하지 않는 게 틀림없다. 피해자가 나와 같다면, 나처럼 느낀다면, 어떻게 내가 그녀를 고문하고 살해할 수 있단 말인가? 피해자는 모방의 원 밖에 있어야 한다. 아이들은 생물학적 거울 메커니즘으로, 무의식적 전염으로, 잔학성이 비상징적 정보수송체계로 전달되는 기제로 거티를 모방하고 실비아는 모방하지 않았단 말인가? 이게 바로 힙스터들이 1960년대에 '바이브'라고 불렀던 것 아닐까?

샬러츠빌을 행진하는 사람들은 "유대인들은 우리를 대체하지 못한다"는 구호를 외치고 있었다. 손에 횃불을 들고 있었다. 자신들의 백인성과 분노에 취해 격앙되고 짜증나 있었다. 제임스 알렉스 필즈는 군중을 향해 차를 몰아 반대 시위를 하던 헤더 하이어를 죽였다. 이 살인의 정치적 의미는 명명백백했다.

르네 노엘 테오필 지라르는 2015년에 세상을 떠났다. 프랑스 태생인 지라르는 1950년 인디애너 대학에서 박사학위를 받았다. 1965년, 경찰이 실비아의 사체를 발견했을 때 그는 이미 미국을 떠난 지 오래였다. 그는 저작에서 라이킨스 사건을 한 번도 언급하지 않았지만, 아마도 자신의 사상과 관련이 있다고 생각했을 것이다. 지라르는 모국의 여러 다른 학자들과 마찬가지로, 대담한 이론에 대한 약점이 있었고, 인간 폭력의 비밀을 밝힐 열쇠를 찾아냈다고 주장했다. 모든 것은 그가 모방욕구라고 부르는 것에서 시작된다. 용어는 낯설지 몰라도 그 현상은 쉽게 알아볼 수 있다.

세 살짜리 여자아이가 어린이집 마루를 폴짝폴짝 뛰어가다가 바닥에 버려진 손으로 조종하는 인형을 발견한다. 허리를 굽혀 인형을 주운 아이는 팔 끝에서 고개를 까닥이며 말하는 쥐를 가지고 행복하게 놀기 시작한다. 바로 전에 그 인형을 흘끔 봤지만 일말의 관심도 보이지 않았던 다른 남자아이가 친구를 지켜보다 그 쥐를 갖고 싶다는 압도적인 갈망에 사로잡힌다. 남자아이는 친구에게 달려가서 그 손에서 인형을 낚아 채고 인형전쟁이 발발한다.

늙고 죽어가는 F. 씨는 아름답고 젊은 아내를 사람들의 눈앞에 전시한다. 그의 심장은 늙어서 오르가즘의 충격을 견디지 못하지만, 다른 남자들이 질시의 눈으로 그녀를 본다는 사실로 충분하다.

실비아는 거트루드의 집으로 걸어 들어간다. 실비아는 어리고 예쁘고 성격이 좋고, 전혀 그런 사실을 의식하지 않고 있다. 거트루드는 천식과 습진에 시달리고 일곱 자식이 있다. 그녀는 소녀를 보고 불가능을 원했을까? 그 아이의 얼굴, 젊음, 순진함을 원했나?

우리는 흉내를 낸다. 마음속 깊은 곳에서부터 모방자들이다. 지라르에게 모든 문화, 모든 사회생활의 핵심은 모방이지만, 그에 따르면 사람들이 바라는 건 인형이나 트로피 와이프나 흠 없는 얼굴이 아니다. 경쟁자는 상대에게 없는 어떤 내면의 자질, 환하게 빛나는 온전함, 무슨 수를 써서라도 반드시 빼앗아 없애버려야 하는 마술적 자질을 가진 것 같다. 바깥에서 보면 두 사람은 자기에게 없는 것을 향한 욕망의 경쟁에 구속된 분신, 거울상으로 보인다. 그 욕망은 원한에 찬 경쟁으로 이어지고, 지라르에 따르면 이것이야말로 전염된다. 공동체 전반으로 확산되고 폭력으로 바뀔 수 있다.

지라르가 들려주는 이 거대서사 혹은 신화에서—이 정도로 큰 이야기는 언제나 신화다—이 전염병을 진정시킬 수 있는 유일한 수단은 희생양이다. 집단을 감염시키는 언쟁, 시비, 도덕적 질병은 취약하거나 주변적인 사람에게 전가된다. 원망을 흡수할 스펀지 역할을 해줄 옹호자가 적거나 없는 사람, 즉 마녀, 집시, 유대인, 동성애자, 피부가 검은 사람, 이슬람교도, 이민자, 간질환자, 거지, 백색증 환자, 미친 사람, 여자 대통령 후보, 페이스북의 예쁜 소녀 들 말이다. 집단은 이런 일이 일어나고 있다는 사실을 모른다. 집단은 그 아웃사이더에게 죄가 있다고 진지하게 믿는다. 믿음이 없이 희생양 메커니즘은 작동할 수 없다. 선택받은 자는 처벌을 당해 마땅하고, 처벌과 죽음을 통해, 그 한 사람의 희생을 통해, 공동체는 정화되고 다시 조화로워진다.

미네소타의 내 고향에서 11세 소녀가 목을 매달아 자살한 후, 같은 반 학생들에게 괴롭힘을 당해 죽음을 택했다는 루머가 돌았다. 특히 한 여자아이가 무리의 주도자였다. 법은 끝내 개입하지 않았지만, 나는 소도시를 휩쓴 소문을 기억한다. 그리고 한바탕 열띤 소문이 휩쓸고 지나간 후에는 침묵이 내려앉았고 얼마나 끔찍한 사태인지 되새기는 외경어린 실감이 이어졌다. 한 아이가 죽었다.

모든 신화는 너무 많이 설명한다. 그 이야기에서 찾을 진실들이 없다는 뜻은 아니다. 인간의 폭력에 대한, 지라르의 거창한 설명은 진실의 일부를 파헤쳐 드러낸다. 실비아 라이킨스는 희생양이었다.

"이것은 본질적으로 집단적이고, 사회적이고, 문화적이고, 심지어 정치적인 악의 서늘함이다. 이것은 오래된 범죄의 현장이다. 첫 초석만큼 오래되고, 강간과 구타만큼 오래되었다. 이것은 단순한 살인이 아니다. 의례적인 죽임이다." 케이트 밀레트는 폭력의 전염이나 지라르의 이론을 거론하지 않지만 이야기의 본질을 파악하길 원하고 "의례적인 죽임"이라고 부른다. 밀레트는 어떤 진실을 파헤쳐 드러내길 원한다. 이 이야기의 의미는 무엇인가? 어떻게 의례적인 죽임이 의례 없이 일어날 수 있는가? 아니면 그 여자, 무너져가는 집의 가모장이 예전에 들은 옛이야기들에서 의례를 만들어냈던 걸까? "네가 스테파니와 폴라에게 낙인을 찍었으니 내가 너한테 낙인을 찍을 거야." B. 부인이 말했다는 이 문장은 재판 과정에서 여러 번 반복되었다.

거트루드 바니셰브스키는 성인, 무리의 지도자, 작은 세계의 권위였고, 우리 세계에서 더 높은 권위를 구가하는 남자와의 관계를 끊은 후였다. 속담처럼 "그의 엄지 아래에" 있는 존재가 이제는 아니었다. 그녀와 성교를 하고 임신을 시키거나 구타하고 폭행할 남자는 아무도 없었다. 그녀의 지배적 감정은 굴욕감인가, 아니면 갑작스레 권력욕에 휩쓸린 걸까, 아니면 둘 다일까? 왜 실비아를 "훈육했느냐고" 묻자 B. 부인은 "교훈을 주려고"라고 대답했다. "교훈을 주려고."

사진이 한 장 있다. 신문에 실린, 화질이 거친 거트루드 바니셰브스키의 사진이다. 초췌하고 험상궂은 얼굴은 그림 형제의 동화 속 무서운 괴물 거인 같다. 만성 천식을 앓았고 줄담배를 피웠다. 재판 증언에서는 모든 혐의를 부인했다. 아이들이 경찰에 거짓말을 했고, 재판정에 서서도 거짓말을 했다고 말했다. 질병과 먹어야 하는 약들을 놓고 앓는 소리를 했고, 피로를 호소했다. 그녀는 자리에 누워 있었다. 잠들어 있었다. 공포스러운 만행이 일어나는 내내 잠들어 있었다. 아이들이 저지른 짓이 틀림없다.

또 다른 사진이 한 장 있다. 입을 꼭 다물고 미소짓는 실비아 라이킨스의 사진이다. 부모가 의치를 끼워줄 돈이 없어서 앞니가 하나 빠진 채였기 때문이다. 몇 년 전 남자 형제와 사고로 부딪혀 이빨이 빠졌다. 눈은 크고 생동감에 반짝인다. 그녀가 사망하고 1주일 후 〈인디애너폴리스 스타〉에 실린 기사에서는 "친구들은 그녀가 '수줍었고' '집안의 외톨이'였다고 말했다." 그녀를 이렇게 묘사한 누군가가 있었던 게 틀림없다. '외톨이'? 이 '친구들'은 대체 누구였던 걸까? 실비아는 두 쌍의 이란성 쌍둥이 사이에 태어났다. 말 그대로 '외톨이', 혼자 태어난 아이였다. 별명은 '쿠키'였다. 롤러스케이트 타기를 좋아했다. 제일 좋아하는 밴드는 비틀스였다. 옷을 조심스럽게 아껴 입었다. 직접 빨고 다려 입었다. 아버지는 그녀가 빨래방 다림질로 돈을 벌었다고 증언했다. "다림질을 매우 잘했어요"라고 말했다. 어머니는 '단정'한 아이였다고 증언했다. 그녀는 교회에 다녔다. 성경을 가지고 있었다. 청결했다. 후반에 나온 사실들은 재판에서 밝혀졌는데, 헤픈 말괄량이가 아니라 착하고 단정하고 교회에 다니고 성경을 소유한 백인 시민이라는 사실을 입증했다. 그러나 그녀의 성격에 대한 정보는 너무 희박해서 마음속에 떠올릴 수 있는 건 앞니가 빠진 채 미소 짓는 모습뿐이다.

마리 바니셰브스키의 재판 기록에서:

Q: 구타당하기 전에 실비아는 어떤 사람이었나요?

A: 정말 착한 여자애였어요.

Q: 당신한테도 착하게 대해줬나요?

A: 네, 그렇습니다.

Q: 가족의 다른 아이들에게도 착하게 대했나요?

A: 네, 그렇습니다.

Q: 어머니에게도 착했나요?

A: 네, 그렇습니다.

Q: 집안일을 하거나 도왔나요?

A: 항상 우리보다 집에 먼저 와서 위층 방들과 아래층을 정돈하 곤 했어요.

미네소타 소도시에서 보낸 내 어린 시절에서 그 여자아이를 알 아본다. 착하고 잘 돕고 명랑하고 단정한 여자아이, 기꺼이 봉사하 려는 아이, 아예 말썽을 피우지 않거나 최대한 문제를 만들지 않으 려고 애쓰는 아이, 교회에서는 무릎에 손을 포개고 불평 한마디 없 이 앉아 예배가 끝날 때까지 잘 참는 아이. 어쨌든 마리에게는 실 비아가 그렇게 보였다, "정말 착한 여자애"로 보였다. 마리는 아마 도 잘 정돈된 방으로 돌아오는 게 좋았을 것이다. 그렇지만 "정말 착한 여자애"는 또한 빈칸이고 유형이고 아무도 아닌 사람이다.

실비아 라이킨스가 죽었을 때 나는 열 살이었다. 마리와 같은 나이였다. 마리는 꽁꽁 묶이고 재갈을 문 실비아의 나신에 화인을 찍기 위해 사용한 꼬치를 달구도록 성냥불을 붙여주었고, 그 아이 의 오빠 존과 스테파니인지 셜리인지 모르지만 언니는 실비아가 움직이지 못하도록 몸을 꽉 누르고 있었다. 마리는 증언대에서 어 머니를 보호하려고 고집스럽게 거짓말을 하다가, 혼란에 빠져 외쳤다. "아, 하느님, 도와주세요!" 그러더니 검사의 심문 아래 천천히 무너지기 시작했다.

"한 가지는 알아요." 마리는 검사에게 말했다. "폴라는 실비아를 몹시 질투했어요." "언니가 그렇게 말했나요?" 검사가 물었다. "아니요." 마리는 대답했다. "눈을 보면 알 수 있었어요." 실비아가 '착하고' '깨끗'해서 죽인 걸까? 실비아는 도발이었던 걸까? 가족이 잃어버린, 아니 항시 잃어버릴 위기에 처해있던 그 점잖은 품위를 끊임없이 상기시키는 존재였던 걸까? 품위의 이면은 수치다. 수치는 죄책감이 아니다. 수치는 타인들이 경멸 어린 시선으로 내려다볼 때 느끼는 감정이다. 죄책감은 소속된 사회의 도덕률이 내면화되어 타인을 잔인하게 대하지 못하도록 막는 감정이다. 임신하고 수치심에 사로잡힌 폴라는 어머니의 열렬하고 폭력적인 집행관이었다.

이스트뉴욕 스트리트의 그 집을 감염시킨 병은 특정한 하나의 방, 하나의 거주인에게 있지 않았다. 또 그 집을 자유롭게 들락날락했던 이웃집 아이들에게서도 발견되지 않았다. 증식하는 해충처럼 우글우글 들끓으며 계단을 떼 지어 오르고 마루 틈새로 사라지고 벽 속을 기어다녔다. 집 전체가 열병을 앓았다. 예외는 그들이 특별히 골라낸 단 한 명의 소녀와, 소아마비 때문에 왼쪽 다리의 보조기를 끌고 다니며 아무 일도 하지 않았던, 아마도 아무런 할 일이 없다고 느꼈기에 가만히 있었던 여동생뿐이었다.

제니 라이킨스의 재판 기록 중에서:

Q: 얼마든지 나가서 눈에 보이는 사람을 아무나 붙잡고 말할 자유가 있었던 거죠, 그렇지 않습니까?

A: 네.

Q: 그러고 싶었다면 이 일을 이웃들에게 말할 수도 있었습니다, 그렇지 않습니까?

A: 그럴 수 있었어요. 그렇다고 내가 죽고 싶었다는 뜻은 아니에요.

실비아가 죽고 경찰관이 집에 오자 제니는 경찰관의 귀에 대고 속삭였다. "나를 이 집에서 데리고 나가 줘요. 전부 다 말씀드릴게요."

인터넷 게시판 〈범죄 실화를 보는 사람들: 전반적 토론 게시판〉에서 발췌.

Serene 196936: 미안하지만 제니 라이킨스는 불쌍하지도 않아. 가혹한 말일지도 모르지만 난 그래.

Shar 001: …나라면 제니 라이킨스를 한구석으로 데리고 가서 따귀를 때렸을 거야! 무슨 감정적으로 문제가 있는 네 살짜리도 아니잖아, 안 그래? 열 살짜리 내 딸과 친구들이라면 힘을 합쳐서 그 나쁜 새끼들한테 충분히 덤벼들 수 있다는 걸 알아서 하는 말이야. 이건 장담해. 사랑하는 사람이잖아, 친언니잖아.

범죄실화를 보는 두 토론자들은 거트루드와 폴라와 리키 홉스와 코이 허바드와 범죄에 동참하거나 구경한 이웃집 아이들을 증오하지만 또한 제니도 미워한다. 그들은 제니의 수동성을 미워한다. 실비아도 수동적이었지만, 그녀는 피해자였다. 제니가 언니를 진심으로 사랑했다면, 행동을 했을 것이다. Serene과 Shar는 사건의 세부사항에 빠져들어 몰입하고 있었다. 그들은 감정적으로 연루되었다. 그들은 책을 읽었다. 케이트 밀레트를 '높이 평가'하는 이유는 그들처럼 라이킨스 사건에 '열정'이 있기 때문이다. 이야기는 그들의 도덕적 분노를 담는 그릇이다. 도덕적 분노는 기분이 좋다. 상상 속에서 제니는 상상 속의 따귀를 맞아도 싸다. 대체 어떤 부류의 인간이기에 언니가 발길질을 당하고 불에 지져지고 살아있는 저주인형으로 이용당하는 동안 손 놓고 바라만 보고 있단 말인가?

제니 라이킨스의 재판기록에서:

Q: 좋아요, 그러면, 다리 수술은 몇 차례나 했습니까?

A: 대략 여섯에서 일곱 차례요.

Q: 마지막 수술은 언제였습니까?

A: 열세 살 때였어요.

제니 라이킨스의 소아마비는 유아기의 기억상실 속에 파묻힌 낡은 이야기가 아니었다. 거듭되는 입원이라는 현재진행형의 드라마였다. 이 사실이 행동 의지에 미친 영향을 나로서는 추측할 수 있을 따름이다. 제니의 보호자였던 사람은 실비아였다.

9월에, 자매는 결혼한 언니 디애너 슈메이커를 어느 공원에서 만났다. 그리고 자신들이 상처입고 구타당했다고 말했다. 어떤 사람들은 디애너가 사회복지기관에 신고했다고 생각한다. 제니가 전화를 했다고 말한 사람들도 있다. 재판기록에 따르면, 신고전화는 익명으로 걸려왔다. 미지의 인물이 이스트뉴욕 스트리트 3850번지에 "벌어진 상처들에서 피를 줄줄 흘리는" 아이가 있다는 신고를 했다. 이에 따라 보건간호사였던 바버라 샌더스 부인이 그 집을 방문했다. 거트루드는 간호사가 찾는 아이, 상처 난 아이는 실비아라고 알려주었다. 실비아가 정신을 차리지 못하고 제 앞가림을 못 해서 거트루드가 실비아를 내쫓았다고 했다. 이 이야기에서 실비아는 깨끗하고 단정한 소녀가 아니었다. 샌더스의 회상에 따르면 '라이트 부인'이 실비아는 잘 씻지 않기 때문에 머리가 '떡지고' '더러우며' 머리에 피가 나는 생채기들이 있다고 말했다. 실비아는 학교에서 라이트 부인의 딸들을 창녀라고 욕했지만, 사실은 길거리에서 남자들을 유혹하는 창녀는 실비아였다. 샌더스 부인은 '라이트 부인'이 자기 친자식들은 "착한 아이들이고, 일요일에 교회에 가며 말썽이라고는 부릴 줄 모른다면서, 자기가 이웃 아이들과도 어울리지 말라고 하고 집안에 얌전히 있으라고 해서, 애들이 어디 있는지 자기는 다 안다 등등…"의 이야기를 했다고 말했다. 간호사는 이 이야기를 믿은 듯 보였고, 더이상의 조사는 진행되지 않았다.

밀레트는 책에서 그 시절의 중서부를 기억한다. 밀레트는 1934년—나보다 20년 이상 먼저—나의 고향 노스필드에서 차로 한 시간 거리인 미네소타 세인트폴에서 태어났다. 밀레트는 나와는 다른 방식으로 실비아와 뜨겁게 동일시한다. "내가 실비아였기 때문이다." 밀레트는 이렇게 쓴다. "그녀는 나였다. 그녀는 열여섯이었다. 나도 그랬었다. 그녀는 후미진 동굴 깊은 곳에 도사린 공포였고, 여자아이들이 '당하는' 일이었다. 일어날 수 있는 일. 일어날지 모를 일이었다." 밀레트는 또한 자기가 실비아가 아니라는 걸 알고, 그 소녀가 자기에게는 가상의 대상이 되어 자주 사라진다는 사실도 인정하지만, 연결성은 여전하다. 여자아이들에게 적용되는 경직된 도덕률은 헤픈년, 날나리, 쌍년, 걸레, 창녀를 비난해야 할 신나는 욕구와 쌍을 이룬다. "성적 매력이 있는 젊은 여자들은 뭔가 복잡한 방식으로 자신들이 발산하는 관능성을 책임져야 하지 않나?" 밀레트는 쓴다.

'참한 품성'은 내 세계의 여자아이들에게 스트레스를 주는 가혹한 자질이었으니, 밀레트의 어린 시절에는 두말할 나위도 없이 더 나빴을 것이다. 그게 내게 느껴졌다. 단순히 성적인 성숙에 도달하는 것만으로도 수상쩍은 여파가 일었다, 특히 나이든 여자들로부터 의심을 받게 되었다. 의심은 남자아이들을 겨냥하지 않았다. 정확히 무슨 죄책감을 느껴야 하는지 미처 파악하기도 전에 이미 죄부터 지어버렸다는 의심이 따라왔다. 그러나 그 암묵적 도덕률은 내가 십 대에 들어섰을 때는 느슨해지기 시작했다. 사상의 바람들이 나라 전역에서 불어왔고 평원지대에까지 다다랐다. "이중의 기준"이라는 말이 구호가 되었다.

그러면 후미진 동굴 깊은 곳에 도사린 공포라니? 거리에서 뒤따라오는 남자의 발소리가 들릴 때 온몸이 빳빳하게 굳는 의식, 안면이 있는 이들에게 또 생면부지의 남에게 당하는 강간과 잔혹 행위에 대한 끝도 없는 이야기들. 밀레트는 실비아의 죽음을 '믿음, 일련의 믿음들, 체계적 신념들'의 탓으로 돌린다. 여성을 혐오하고 욕보이는 행위는 지금도 생생하게 살아있다. 페미니스트 블로거들을 강간하고 참수하고 토막토막 난도질하겠다는 협박들이 어디서나 난무한다. 그러나 종교적 도덕적 고발이 고문과 살해로 변하는 시점은 언제인가?

감정과 믿음은 어우러진다. 믿음은 폭력으로 통하는 문을 열어주지만, 사후에 폭력을 정당화하는 일에 봉사하기도 한다. 비합리적 증오는 이데올로기에 들러붙는다. 그냥 감염력이 있는 감정에 그치지 않는다. 생각도 옳는다. 한 사람에게서 다른 사람에게로 옮아간다. 그리고 생각들은 '정체성'을 떠받치는 데 이용된다. 인지된 차이가 없으면 정체성은 없다. 나는 너에 맞서 내 자아를 정의한다. 나는 순수하고 오염되지 않은, '네가 아닌' 존재다.

'거트루드'는 간호사에게 '자기' 자식들은 이웃 아이들과 어울려 난리 치며 뛰어다니지 않는다고 말한다. 심지어 동네 아이들과 '놀지도' 못하게 한다. '거트루드'의 아이들은 마음도 몸도 순수하다. 일요일마다 교회에 간다. 절대로 말썽을 피우지 않는다. 그 여자애, 하숙인, 실비아가 불결한 모든 것을 저장한다. 직설과 은유 모든 의미에서 '오물'을, 더러운 머리카락과 더러운 정신을, 제 몸에 품는 저장고다. 거트루드의 견딜 수 없는 수치감은 실비아에게 덮어씌워졌다. 거트루드는 보건간호사에게 '라이트 부인'을 연기했다. 선하고 경계를 게을리하지 않는 질서정연한 어머니의 역할을 연기했다. 금지하고 훈육하고 견고한 선을 긋고 성경을 휘두르는, 반듯한 도덕적 시민을 연기했다. 그녀는 어느 정도까지 이런 역할을 믿었을까? 실비아는 도착적일지언정 치열한 정의감의 표적이었다. 광신도들이 자신의 온갖 불행과 수치를 잔뜩 덮어씌운 존재인 유색의 이방인들을 겨냥해 혐오를 뿜어대는 백인 전도자들, 이들 사이에서도 똑같은 역학이 작동하지 않던가?

낸시 초도로우는 정신분석학자 멜라니 클라인을 논하며 이렇게 썼다. "우리 시대의 주요 정치 사건·위기·논쟁은 분노·분열·투사·내사[47]의 작용을 고려해야만 이해할 수 있다. 예를 들어 적을 정치적·문화적으로 악마화하는 행위는 심리학적으로 투사와 내사에 근거한다. 모든 선은 국가·민족·집단에 있고 모든 악은 이 집단의 성원이 아닌 자들에 거한다. 악을 선으로부터 갈라놓는 일, 분열은… 모든 극렬한 인종차별주의, 국가주의, 민족적 갈등, 인종 청소나 종족학살 시도의 토대가 된다. 분열은 또한 너무나 매력적이어서 위협이 되는 요소들을 미연에 막는 목적으로 이용되기도 한다." 그녀는 "자아 내에 억눌러두기에는 지나치게 큰 불안을 잔뜩 실은 매혹과 욕망"으로 여성혐오와 동성애혐오를 든다. (N. J. 초도로우, "멜라니 클라인," 〈국제 사회행동과학 백과사전〉, 엘세비어사이언스, 2001년)

전 아이다호주 공화당 상원의원이자 동성애자 권리를 반대했던 래리 크레이그는 동성의 합법적 결혼을 금지하는 2006년 아이다호 헌법 개정안의 지지자였고, 공항 화장실에서 동성애 섹스 파트너를 구하려다 잠복하고 있던 경찰에게 체포되었다.

"선거유세 중에 스스로 민족/국가주의자nationalist라고 하셨습니다. 백인 민족주의자들이 더 대담해지도록 부추기는 말이었다고 보는 사람들도 있는데요…," 백악관 기자단에 몇 안 되는 흑인 여성인 야미체 앨친더가 2018년 11월 7일에 도널드 트럼프 대통령에게 물었다. 대통령은 말허리를 뚝 잘랐다. "그런 말은 왜 하는지

---

47) introjection. 내적 투사 또는 내입이라고 번역되기도 하는 심리학 용어.

모르겠네요. 심한 인종차별주의자나 할 질문인데." 슬쩍 피하고 덮어씌워라.

재판에서 샌더스 간호사와의 대화에 관해 증언하면서 거트루드는 비참한 자화상을 그린다. 당시 자기 얼굴이 처해있던 딱한 상태를 회상할 때다. "잠에서 깨면 선글라스를 끼었어요. 눈이 붓고 많이 떠져 있고 얼굴이 붓고 여기저기서 피가 날 정도로 살갗이 상해있었거든요." '떠졌다'는 말이 다시 나온다. 샌더스의 기억에 따르면 거트루드는 실비아의 머리를 묘사하며 그 단어를 썼었다. '떠졌다'고. 폴라가 실비아의 머리채를 잡고 아무렇게나 싹둑싹둑 잘랐다. 거트루드는 실비아의 머리를 잡고 델 정도로 뜨거운 물 아래 처박았다. 머리에는 비듬기가 없었다. 누가 또 무엇이 떠진 걸까?

이야기에 등장하는 배우는 한 사람도 빠짐없이 가난하고 백인이다. 실비아와 제니의 부모는 동화 속 부모의 요건에 맞지 않지만, 그렇다고 대단한 악인들도 아니었다. 소녀들의 어머니 엘리자베스 라이킨스는 좀도둑질로 체포되었다. 남편과는 별거하고 있었다. 레스터 라이킨스는 한 직장을 유지하는 데 어려움을 겪었다. 두 사람은 이사를 아주 많이 다녔다. 16년에 걸친 실비아의 성장기에 무려 14번이나 집을 옮겼다. 그들은 아이들을 때렸다. 어린이 체벌은 사건에 연루된 모든 사람에게 당연한 일로 여겨졌는데, 이 또한 전염이라는 주장을 뒷받침한다. 재판기록을 읽으면서 나는 변호인도 피고인들도 엉덩이를 때리고 회초리질을 하는 정도의 처벌은 용인되는 수준이라고 믿는다는 인상을 받았다. 어린이를 겨냥한 폭력은 '자연스럽다'. 이웃들은 몇 주일이나 실비아의 비명을 들었다. 일상적 청각 환경의 일부였을 뿐이다.

라이킨스 부부와 바니셰브스키 부부는 훗날 "프레카리아트"[48]라 명명된 집단에 속한다. 그날 벌어 그날의 생계를 해결하고 재정적 안정성이 극히 취약해 물적 미래를 내다볼 수 없다. 임시변통으로 산다. 그러나 위태로운 재정 상황과 궁핍이 십 대 소녀의 잔혹한 고문과 살해에 직접적으로 또는 간접적으로 이어지지는 않는다.

저서《극단을 대면하다: 수용소에서의 도덕적 삶》(1991)에서 츠베탄 토도로프는 영웅주의, 성인의 자격, 그리고 잔혹 행위의 피해자로 온당히 절망을 느꼈을 수용소 사람들이 서로 행한 돌봄의 행위들을 다룬다. 극단적 상황에서 타인에게 베푸는 평범한 친절을, 이를테면 식량의 나눔을 말한다. "여기서도 역시, 우리는 나눔이 불가능해지는 한계선을 발견한다. 단순히 배고픔과 갈증이 너무 컸기 때문이다. 그러나 일단 미미하게나마 이런 욕구가 충족되면, 나누는 이들도 있고 그러지 않는 이들도 있었다." 토도로프는

---

48) precariat. precarious와 proletariat를 합성한 조어. 불안정한 고용·노동 상황에 놓인 신자유주의경제의 하급노동자를 지칭한다.

스탈린의 교도소 겸 노동수용소에서 18년간 수감 생활을 하고 회고록을 쓴 예브게니아 긴즈부르크를 인용한다. 긴즈부르크는 "늙은 수인이 다정하게 요리한 오트젤리를 갖다 주고 정작 자신은 먹지 않은" 기억을 떠올린다. "즐겁게 먹는 모습만 봐도 행복했던 것이다." 나는 당신의 즐거움을 보고 벅찬 즐거움을 느낀다. 거울상, 공감 능력의 친절한 버전이다. 그러나 궁핍과 아사할 정도의 굶주림 상황에서, 어떤 사람은 사재기를 하고 또 어떤 사람은 가진 걸 나눠주는 이유가 뭘까? 토도로프는 돌봄이 집단의 결속이나 희생과는 구분되어야 한다고 명백히 밝히고 있다. "돌봄은 그 자체가 보상이다. 베푸는 당사자가 행복해지기 때문이다."

하지만 나누는 사람은 누구이며 그러지 않는 사람은 누구인가? 누가 누구인지 어떻게 안단 말인가? 나는 그런 박탈의 삶을 겪어보지 못했다. 내가 어느 쪽인지 어떻게 알 수 있을까? 그러나 솔직히 나 또한 살면서 어떤 때는 이기적이고 어떤 때는 너그럽게 굴지 않는가? 용감하게 행동한 적도 있지만 비겁했던 적도 있다. 토도로프 역시 간수들을 비롯해 힘 있는 위상의 사람들이 개인적으로 베푼 친절과 관용을 묘사한다. 같은 시기에 괴물처럼 무도한 짓을 자행했던 그 사람들이다. 우리는 무엇인가? 이것이 궁극적인 질문 아닐까? 소름 끼치게 무서운 그 질문 말이다. 모두가 삶을 살며 언젠가 한 번은 느꼈을 가학적 충동들은 어떠한가? 충동이 행위가 되는 지점은 언제인가?

나는 초등학교 3학년 때 한 반이었던 여자아이를 기억한다. 감지 않은 긴 머리가 노끈처럼 얼굴에 늘어졌고, 여자아이는 그 노끈 같은 머리카락을 자꾸만, 자꾸만 눈가에서 밀어 치웠다. 틱 장애였다. 아이는 언제나 제 몸을 최대한 작게 만들었다. 고개를 숙인 채 앉고 손가락들은 머리에 있지 않으면 방어하듯 가슴께에 꼭 붙여져 있었다. 언제라도 주먹이 날아올 수 있다고 생각하고 대비하는 것만 같았다. 학급에서 이름이 불리면 속삭여 대답했다. 대체로 나는 그 애가 불쌍했지만, 사람을 마비시키는 그 극도의 소심함에 대한 나의 연민이 사라질 때도 있었다. 그러면 나는 여자아이의 뺨을 철썩철썩 때리면서 "큰 소리로 말을 해! 하고 싶은 말을 하란 말이야!"라고 소리치고 싶은 충동을 느꼈다. 나는 그 여자아이를 때리지도 않았고 소리를 지르지도 않았지만, 생각이 문지방을 넘어 행동이 되는 지점은 어딜까? 허가가 떨어졌을 때일까? 솟구치는 도덕적 분노의 고양감이 따귀를 때리는 행위를 옳고도 바른 것으로 만들어줄 때일까? "나라면 제니 라이킨스를 한구석으로 데려가서 따귀를 때렸을 거야!"

"그런데 죄수가 어찌나 고분고분한 개 같은 모습이었는지, 주변 언덕을 자유롭게 뛰어다니게 혼자 두었다가 사형이 시작되는 시간에 맞춰 휘파람만 불면 알아서 달려올 것만 같았다." (프란츠 카프카, "유형지에서"《카프카 단편집》, 쇼켄북스, 1988년)

"혁명은 죄가 아니다! 혁명은 정당하다!""감히 사유해보라! 감히 행동해보라!"마오쩌둥 주석에 대한 십 대의 지지는 열광을 넘어 광란이었다. '소홍서小紅書'라 불렸던 마오주석 어록을 인용하고 단체로 이곳저곳 버스로 이동하며 노래를 불렀다. 불길이 그들 안에 타오르고 있었다. 이데올로기적으로 불순한 몸으로 사유하는 부르주아의 오염을 숙청할 필요가 있었다. 따귀를 때려라. 구타하라. 발길질하라. 불에 태워라.

"아이들은 신체적으로 취약하고 쉽게 조종당하며 심리적 조작에 약하기 때문에, 전형적으로 순종적인 병사들이 된다."(휴먼라이츠워치, "강압과 협박으로 인한 청소년 병사의 폭력 가담", www.hrw.org/en/topic/childreno39s-rights/child-soldiers)

아무도 실비아를 도와주지 않았다. 그 자체로 보상인 돌봄 행위를 아무도 해주지 않았다. 내가 아는 한, 나가서 실비아를 구해달라고 하기는커녕 몰래 음식이나 물을 준다거나 상처를 치료해준 아이는 한 명도 없었다. 그 집을 방문한 어느 어른도 실비아가 측은해 마음이 약해지지 않았다. 이스트뉴욕 스트리트 1848번지에 살았던 어른 이웃 버밀리온 부인은 눈에 시커멓게 멍든 실비아를 본 적이 있으며 자기 작품이라고 폴라가 자랑했었다고 증언했다. 폴라가 실비아의 얼굴에 뜨거운 물을 뿌리고 쓰레기를 문지르는 것도 보았다. 거트루드가 실비아가 끔찍하게 싫다고 말하는 소리도 들었다. 버밀리온 부인은 실비아가 '겁먹은' 모습이었으며, 자기가 살든 죽든 별로 개의치 않는 듯했다고 증언했다. 버밀리온 부인은 아무 일도 하지 않았다. 가족의 담임목사 로이 줄리언은 여러 번 그 집을 방문했다. 재판에서 증언한 내용으로 볼 때, 그 남자는 심술궂은 실비아를 두고 한 거짓말을 다 알면서도 기꺼이 용인했을 뿐만 아니라 말 안 듣는 아이들은 심하게 "버릇을 고쳐도"된다고 암묵적으로 허락하기까지 했다. 이 허락은 내리깔린 구름처럼 그 동네에 드리워 있었다.

그 집에서 실비아의 '차이'는 계급, 인종, 종교, 이데올로기가 아니었다. 바니셰브스키 가족의 일원이 아니었다. 혈육, 거트루드의 아이가 아니었다. 내 것이 아니었다. 저들의 것이었다. 아마도 그거면 족했을 것이다. "자, 어서, 실비아, 나한테 덤벼 봐." 그러나 실비아는 맞서 싸우지 않았다. 노스필드에서 보낸 내 유년기의 작은 세상에서 여자아이들은 쌈박질을 하지 않았다. 상처 주는 말들, 잔인한 험담, 락커에 남겨진 잔인한 쪽지들, 혐오로 얼룩진 전화는 일상이었다. 가끔 따귀를 때리는 일은 있었지만, 내가 목격한 유일하게 실체적인 폭력은 남자아이들 사이에서만 일어났다. 여자아이들은 그러나 여러 다른 세계에서 싸웠고, 자기 영토를 지키며 자부심을 느꼈다. 거기에는 그들에게 허가를 내주는 도덕률이 있었다.

"섀런은 소피가 어떻게 그 사나운 성깔로 다른 여자아이를 순식간에 제압했는지 설명한다. 소피는 상대가 의식을 잃도록 구타한 후 머리채를 잡고 질질 끌고 근처에 주차한 차로 가서 차창이 깨지도록 머리를 메다꽂았다. 그 이야기에 완전히 기겁한 내 얼굴을 보고 새런은 웃음을 터뜨리더니 나를 안심시켜주려고 턱없는 소리를 했다. 여자아이들은 남자아이들처럼 많이 싸우지는 않는다면서." (질리언 에번스, 《교육의 실패와 영국 노동계층의 백인 아이들》, 팰그레이브맥밀란, 2006년)

이웃의 아이들은 집안을 드나들었고 간헐적으로 폭력을 행사하는 무리였다. 거트루드는 분신인 '라이트 부인' 역할을 하면서 바로 이 아이들을 세심하게 감시하는 척했다.

재판 중에 변호인이 거트루드에게 집안에 드나들던 아이들에 대해 질문했다.

Q: 얼씬도 하지 말라고 아이들에게 말한 적 있습니까?
A: 했어요, 여러 번 했어요. 문을 잠가보기도 했고, 폴라가─있잖아요, 애들을 밖으로 몰아내거나 멀리 쫓아내기도 하고─그러니까 내 말은, 그때쯤에는 내가 시끄러운 소리든 뭐든 도저히 아무것도 참을 수 없을 지경이 됐어요. 그러니까, 도저히 못 참겠더라고요. 세상 사람들 애를 다 내가 키우고 있었어요.

그러나 가족의 악마를 모조리 삼키라는 강요를 받은 아이는 실비아뿐이었다. "다수의 사람을 사랑으로 유대하는 일은 언제나 가능하다." 프로이트는 《문명 속의 불만》에서 이렇게 썼다. "공격성의 발현을 받아줄 나머지 다른 사람들이 있으면 된다."

거울 속에 비친 지친 얼굴, 딱지가 덕지덕지 앉고 때 이르게 늙어버린 얼굴. 남자가 휘두르던 주먹의 기억이 방마다 찾아온다. 다른 생명이라는 피할 수 없는 운명으로 부푸는 배. 걸레. 갓난아기가 빽빽 운다. 쌕쌕거리는 숨소리. 시끌벅적한 웃음소리. 담배 연기. 안에도 밖에도 젊은 목소리들. 차양문이 열렸다 쾅 소리를 내며 닫힌다. 그런데 여자아이가 혼자 노래하며 학교에 입고 갈 블라우스를 꼼꼼하게 다릴 때면 더럽혀지지 않은 국경이 약속의 유혹을 품고 활짝 피어난다.

저들이 '거티'라고 불렀던 여자는 힘이 없어 불에 달군 바늘로 소녀의 몸에 한 글자밖에 새기지 못했다. 바로 대문자 I였다. 그래서 여자는 그 일을 머슴인 리처드 홉스에게 떠넘겼다. 홉스는 임무를 완수했지만 '창녀prostitute'의 철자를 몰라 도움을 받아야 했다. "나는 창녀고 그래서 자랑스럽다." 성매매라는 범죄가 실비아라이킨스의 몸에 새겨져 있지만, 그 길 잃은 '나'는 누구에게 속했던 걸까? 누가 그 글자를 소유했나? 이것이 문제인가? '나'는 누구인가? 아이러니는 맹폭하다. 타인의 죄를 묻고 낙인을 찍으려는 광적인 노력, 자아와 타자 사이에 벽을 세우려는 미친 노력이 무너진다. '나'는 무엇이며 '너'는 무엇인가? 그러나 공동체성은 오로지 바깥에서 볼 때만 눈에 보인다. 지라르는 이렇게 썼다. "희생제물을 바치는 절차가 제대로 기능하려면… 희생자가 대리하는 존재들로부터 희생자를 철저히 분리해야만 한다."《폭력과 성스러움》, 패트릭 그레고리 번역, 존스홉킨스대학 출판부, 1977년)

거트루드 바니셰브스키는 열세 번 임신했다. 여섯 번의 임신은 유산으로 끝났다. 폴라의 임신이 누가 봐도 분명한 지경이 되었지만, 저들은 아기를 가진 사람이 실비아였다고 우겼다. 거듭거듭 실비아에게 임신한 거라고 말했고, 한 번은, 누군가 혁대로 배를 때리자, 실비아가 제 팔로 배를 감싸며 "우리 아기"라고 말하기도 했다.

이 놀이에서 누가 누구인가?

거트루드가 흐릿하지만 희망이 서린 미래라는 지형을 향해 저 앞을 내다보았던 때도 있었다. 그러나 그 장소에 닿기 위해 쓸 수 있는 수단은 단 하나뿐이었다. 성적 매력이었다. 교육도 돈도 없는 여자아이에게는, 그것이 '누군가를 통해 어딘가로' 갈 수 있는 차표였다. 그러나 그 차표는 고깃덩어리만큼이나 유통기한이 명확했다. 이것은 확실히 전염성이 강한 생각이다. 여성의 미모를 숭배하는 문화에서 면면히 살아남은 이 생각은 얼마든지 쉽게 절망으로 변색될 수 있다. 거트루드는 존 바니셰브스키와 결혼했을 때 열여섯 살, 정확히 실비아의 나이였다. 아직 미래가 쓰이기 전, 그 집에 머물기 위해 처음 왔을 때의, 치아가 하나 없을 뿐 어느 모로나 건강하고 온전하고 완벽했던 실비아.

그러나 이제는 이야기가 아주 많이 진행되어버렸고, 여자는 소녀의 떠돌이 축제꾼 부모가 언제라도 돌아올지 모르며, 3850번지에서 높은 인기를 구가한 피범벅의 스포츠 냄새가 법망에 흘러들어갈 수도 있다는 사실을 인정해야만 한다. 망가질 대로 망가진 아이의 몸에 어떤 합리적인 평계를 댈 수 있단 말인가? 심지어 아이는 "이제 사람 꼴이라고 할 수도" 없었다. 놀이는 전쟁이 되었다. 여자는 제 부모에게 보낼 편지를 아이에게 받아쓰게 한다. 소녀는 순순히 썼다. "친애하는 라이킨스 씨와 부인께." 여자는 호칭이 어디가 잘못됐는지도 모른다. 공포에 질려 제정신이 아니었던 걸까, 아니면 다른 근본적인 혼란에 사로잡힌 걸까? 글을 쓰는 사람은 누구인가? 여자는 소녀가 돈 때문에 뜨내기 남자아이들과 섹스를 했다는 이야기를 꾸며낸다. 그 아이들이 소녀를 때리고 문장을 몸에 새겼다고 했다. 타블로이드 잡지에서 훔친 기성품의 서사였다. 그리고 소녀는 이 이야기를 받아적었지만, 그 손은 이미 소녀의 것이 아니었다. 연필이 페이지를 가로질러 움직이며 단어를 이루는 글자의 모양을 만든다. "나는 거티를 화나게 하고 거티가 가진 돈보다 더 많은 돈을 쓰게 만드는 일을 거의 다 했습니다. 새 매트리스를 찢고 오줌을 쌌습니다. 거티가 감당할 수 없는 병원비를 쓰게 만들고 거티와 거티의 아이들 모두를 불안과 초조에 시달리게 했어요." 그 편지에는 서명이 없다.

아니, 거트루드 바니셰브스키는 완전범죄를 계획한 영리한 범죄자가 아니었다. 수백만 독자와 영화 관객이 찬탄을 금치 못하는, 허구 속의 싸늘한 사이코패스도 아니다. 잔꾀나 잔머리로 누구를 앞지를 위인도 아니었다. 그래도 그 터무니없는 편지는 여자의 유해한 나르시시즘을 드러낸다. 언제나, 모든 일이, 거티를 중심으로 돌아갔다. 거티는 3850번지의 여왕, 찰나의 독재자, 명령을 내리는 사람이었다. 그리고 죄책감의 증거는 하나도 없다. 거트루드의 군중은 소수였지만, 그래도 군중이었다. 그리고 이 여자 안으로 모든 용의자들의 정체성이 융합해 들어갔다. 괴물 범죄자는 머리가 여러 개 달린 히드라다. 범죄자는 '거티와 아이들'이었다. 벌떼나 기러기떼같이 한몸처럼 조화롭게 움직이는 신경증 환자들의 집단 말이다. 그런데 희생제물인 실비아는, 실비아도 그들 중 한 사람이 아니었던가? 저들이 추방한 악마들이 거한 현장이 바로 그 아이의 몸 아니었나? 누가 아기를 임신했나?

이것이 내가 찾던 우화인가? 소문자로 작게 쓰인 정치가?

《나는 번개처럼 떨어지는 사탄을 보았네》(1999)에서 르네 지라르는 이렇게 썼다. "희생자의 고문은 위험한 군중을 고대 극장이나 현대 영화관의 관중으로 바꾸고, 그들은 우리 시대 사람들이 할리우드 공포영화에 빠져들 듯 유혈이 낭자한 광경에 넋을 잃는다. 아리스토텔레스가 '카타르시스'적이라고 불렀던 폭력을 들이킬 대로 들이키고 나면—실제든 상상이든 별로 중요하지 않다—관객들은 모두 평화롭게 집으로 돌아가 정의로운 자의 잠을 잔다."

린치를 가하는 군중의 임무가 끝나고 만신창이가 된 흑인 여자나 흑인 남자의 몸이 나무에 매달리면, 광란하던 백인 군중에게 차분한 고요가 내려앉고 익명성이 권좌에 오른다.

선거유세가 끝나고, 목청껏 소리높여 "그 여자를 잡아 처넣어!"라든가 "저 여자를 돌려보내라!"라고 유독한 구호를 외치던 희열이 잦아들면, 군중은 흩어져 각자의 차에 타고 편안한 마음으로 정의가 실현됐다는 만족감에 젖어 집으로 돌아간다.

3850번지의 무리가 소년을 고문했을 것으로 생각지 않는다. 어쨌든 백인이고, 이성애자고, 건강한 아이였다면 그러지 않았을 것이다. 이 특정한 시간과 장소에서 벌어진 이 특정한 이야기에서의 이 특정한 위계질서에서는 여자아이여야만 했다. 여성의 순수성이 지닌 잔인한 필멸성이 청결하고 고분고분하고 수동적인 동정을 더럽고 반항적이고 나서서 악행을 저지르는 창녀로 바꾸는 회초리였다.

생애 최후의 몇 시간 동안, 실비아는 그 집에서 도망치려 했지만 거트루드에게 붙잡혀 질질 끌려왔고, 나중에는 지하실 천장을 삽으로 긁어 버밀리온 가족에게 알리려 애쓰기도 했다. 버밀리온 부인은 실비아가 죽기 전날 지하실에서 "외쳐 부르는 소리"와 "벅벅 긁는 시끄러운 소리"를 들었다고 증언했다. 그래서 남편과 상황을 알아보러 나갔고 경찰을 부르겠다고 윽박질렀다고 한다. 그러나 그들은 신고하지 않았다. 벅벅 긁는 소리는 그쳤다. 눈을 감아라. 귀마개를 해라. 다 없어질 것이다.

1966년 5월 2일 〈인디애너폴리스 뉴스〉지에서:
실비아 마리 라이킨스의 동생은 오늘 흐느껴 울면서 언니의 말을 전했다. "제니, 너는 내가 죽지 않기를 바라는 걸 알고 있어. 하지만 난 죽을 거야. 그걸 알겠어."

존 바니셰브스키, 코이 허버드, 리처드 홉스는 살인죄로 2년에서 21년에 이르기까지 다양한 형량을 선고받았다. 세 사람 모두 소년원에서 18개월을 보낸 후 석방되었다. 폴라는 2급 살인죄를 선고받고 2년을 복역하고 풀려났다. 세계에서 가장 많은 교도소

수감 인구를 자랑하는 나라에서 긴 시간은 아니었다. 그러나 '아무 죄나 지으면 다 처넣어 가둬버려' 식의 징벌적 구속 정책도, 얄팍하게 가릴 생각도 없었던 그 정책의 인종주의도, 그 결과 초래된 흑인 남자들의 대량 투옥 사건도, 1970년대가 되어서야 시작된 일이다. 그리고 이건 백인의 이야기다. 그래서 이런 잔혹행위를 저지른 청소년은 괴물이 아니라 어린이로 취급받았다.

이스트뉴욕 스트리트 3850번지의 집은 2009년 철거되었지만, 그 전에는 '인디애나주 역사 유령 도보 투어'의 관광지였다. "인디애나주에서 가장 뛰어난 전문 심령조사관과 동행하는 인디애나 최고의 유령 출몰지 답사. 죽어도 죽지 않은 자들의 어두운 이면을 파헤쳐보시라." 실비아 라이킨스는 유령이 틀림없다. '전문 심령조사관'이 있건 없건 상관없이. 그녀는 이야기와 책과 범죄 실화 추적자들과 내 안에 살아 있고, 그 이유는 사건이 흥미롭고 소름 끼치게 무섭기 때문이다. 우리가 마음 편하게 믿고 싶은 것처럼 그 사건이 특출하게 혐오스럽거나 비정상적인 건 아니라고, 나는 믿기 때문이다.

"세상 사람들은 신을 발명하지 않는다." 지라르는 썼다. "그들은 희생자를 신격화한다."

누군가에게 실비아 라이킨스는 아동학대를 끝내야 할 명분의

순교자다. 어린이를 고문하고 살해하지 말지어다. 또 누군가에게
는 성인이다. 물론 진짜 성인이라는 말은 아니다. 그 소녀는 심지
어 가톨릭도 아니었고, 기적 역시 성인의 요건이다. 그러나 아이
가 견디었던 고문은 평범한 인간을 넘어서는 위상의 자격에 부합
하는 것처럼 보인다. 아그네스 성인은 벌거벗긴 채 사창가에 던져
져 고문당했다. 전설에 따르면 저들이 성인의 양쪽 유방을 잘랐
다고 한다. 가끔 도상학에서는 성인이 잘린 자신의 가슴을 쟁반에
받쳐 들고 있다. 성 아그네스의 신앙은 결연했고 처녀막은 끝까지
온전하게 보전되었다.

실비아의 온라인 팬인 MichaellovesSylvia는 이렇게 썼다. "나는
뚜렷하게 종교적인 사람은 아니지만 필로메나 성인을 늘 가장 좋
아했고 그야말로 실비아와 가장 가깝게 닮은 성인이라고 생각한
다." 이 3세기의 그리스 공주는 디오클레티아누스의 구애를 거절
한 죄로 사형선고를 받았다. 공주는 동정을 간직한 채 열세 살의
나이로 죽었지만, 매우 죽이기 어려웠다. 천사들이 끝도 없이 개
입해 목숨을 살려두었지만 소름 끼치게 무시무시한 고통은 막지
않았다. 피범벅이 되도록 난자당하고 익사하도록 바닷물에 던져
지고 온몸에 화살 세례를 받다가, 참수당해 머리가 잘리자 비로소
죽었다. 성인의 무덤은 1802년에 발견되었다고 한다. 그 안에는
바스라지는 작은 유골과 말라붙은 피가 든 작은 유리병이 있었다
고 한다.

사람들은 의미를 이해할 수 있는 이야기를 좋아한다. 미덕이 보상받는 이야기. 불쌍한 필로메나는 머리 없이 이 세상을 떠났을지 몰라도, 천사들이 망그러진 몸을 안고 하늘로 데리고 갔고, 천사들이 날아오르자 천상의 성가대가 인간의 귀에 들린 적 없는 화음을 노래했다고 한다. 살아있는 자들끼리 살고 있는 이 지상에서는, 사정이 그렇게 단순하지 않다. 희생자 메커니즘은 우리 사이에서도 돌아가고 있다. 나는 그걸 다른 사람들에게서 느끼고 또 본다. 지라르는 이렇게 썼다. "반드시 한 사람 한 사람 모두가 자신이 희생자와 어떤 관계를 맺고 있는지 자문해야 한다. 나는 나 자신의 관계를 알지 못하고, 나의 독자들도 마찬가지일 거라 믿게 되었다. 우리에게는 오로지 정당한 적들만 있기 때문이다." 나도 자문해야만 한다. 초등학교 3학년 우리 반의 소심한 여자아이는 내가 나 자신에게서 가장 싫어했던 자질을 정확히 보여주고 있었던 걸까? 권위에 대한 나의 두려움, 소리 내어 말해야 할 때 하지 못했던 나의 실패들을? 군중은 선거유세에서 모이거나 온라인에서 형성된다. 하나의 목소리로 우렁차게 포효한다. 그 나름대로 이유들이 있다. 경건한 감정과 명예로운 선포들로 들끓다가, 희생자에게로 방향을 돌린다.

2020

불세출의 다능인, 어머니의 기원을 파헤치다

> 모든 인간은 여성 또는 여성 생식기를 지닌 사람에게서 태어났기 때문에,
> 생각해 보면 (여성혐오는) 이상한 혐오다.
> —⟨남자는 무엇을 원하는가?⟩에서

"친할머니는 괄괄하고 뚱뚱하고 요지부동이었다."

시리 허스트베트가 트럼프의 시대와 어머니의 죽음, 코로나 바이러스의 세계적 창궐을 겪으며 써낸 이 에세이집은 틸리의 이름을 부르며 시작된다. 틸리는 아버지의 어머니, 즉 할머니의 이름이다. 할아버지도 아버지도 아닌, '할머니의 친구들'이 부르던 애칭이다. 틸리는 "총체적으로 경이롭고 가끔은 무서운" 존재였다. 차라리 마녀에 가까운 틸리는 푸근하고 온정적인 할머니라는 '문화적 허튼소리'와는 까마득하게 멀다. 생활력이 강하며 갈등을 두려워하지 않는 여장부 틸리는 "아버지들의 세계에서 여자들이 차지한 불가능한 위치"를 "맹폭한 선명성"으로 꿰뚫는다. 아무의 눈치도 보지 않고 거침없이 분노를 토로하던 "어려운" 여자 틸리는

여성작가 시리 허스트베트의 기원이다. 아버지가 기록한 노르웨이 이민 가족의 디아스포라 역사는 모계를 따라 다시 서술된다. 틸리는 시리의 아버지를 낳고 시리의 아버지와 결혼한 에스테르는 시리를 낳았다. 틸리와 에스테르는 죽었고 시리는 소피를 낳고 글을 쓴다. 시리가 학자였던 아버지를 사랑하고 흠모했다는 사실은 널리 알려져 있지만, 이 책에 아버지의 이름은 한 번도 나오지 않는다.

시리의 어머니 에스테르 역시 허스트베트라는 울타리로 가둘 수 없는 이야기다. "그녀"는 독방에 수감된 청년 레지스탕스였고 남편과 복잡한 애증관계를 맺은 인간이었으며 딸에게는 인생의 조언을 해준 멘토였고 누구보다 회복탄력성이 뛰어난 영웅이었다. "그녀"는 시간과 정황과 역사의 산물을 넘어선 고유한 개인, 그리하여 제도 이상의 존재였다. 영웅과 멘토는 이 세계에서 남자가 전유한 역할이지만, 어머니 "그녀"는 시리의 영웅이고 멘토였다. 시리는 아버지가 없는 시간을 거치며 고유한 인간 에스테르와 대등한 성인으로 관계를 맺고 새로운 차원의 이해를 획득한다.

시리의 글쓰기는 사적인 기억에서 출발하지만 서서히, 전략적으로, 공적 담론의 영토로 침투한다. 내 어머니의 바다, 내 어머니의 무덤, 내 어머니의 기억, 내 출산, 내 양육의 체험을 술회하는 사적 글쓰기는 상투적 모성의 신화에 칼을 겨누는 비판적 사유로 진화한다. 인스타그램의 백인 중산층 미녀들로 끊임없이 재생산되는 좋은 어머니상 같은 허튼소리들은, 총체적이고 풍부하며 고유한 여성 한 사람 한 사람을 납작하고 경직된 역할에 가두는 "문화적 구속복"과 같다. 어머니 에스테르를 "뒤따라 걸으며" 시리는 아버지의 세계에서 '어머니'를 둘러싼 허구들과 삭제되거나 생략된 진실들을 하나씩 하나씩 검토한다. 어머니로서, 여성으로서, 작가로서, 학자로서 시리 허스트베트가 살아온 삶에 아로새겨진 균열과 충돌의 체험이 문득문득 끼어든다. 낯선 남자가 당당하게 던지는 비난의 눈빛에서 어머니 역할에 지워진 부당한 굴레를 읽어낸다. 남편 폴 오스터가 작가 시리 허스트베트의 '멘토'일 거라는 터무니없는 세간의 믿음, 남자들의 오류를 지적하고 그들의 애정을 거절할 때마다 맞닥뜨린 기이한 분노의 기억이 얽혀든다. 기껏 '당신'이 뭔데 나를 거부하느냐는, 설마 '당신'일 리가 없다는, 결코 '당신'이어서는 안 된다는, "그"들의 연대는 철저하고 완강하다. 차별의 기원을 뿌리까지 파헤쳐보겠다는 시리의 결연을, 이때까지만 해도 웬만한 독자는 짐작조차 하지 못한다.

충격은 〈열린 경계들: 지적 유랑자의 삶에서 나온 이야기들〉로부터 시작된다. 이 에세이는 사담이라는 '여성적' 글쓰기의 영역에서 방심한 독자를 망연자실하게 만든다. 시리 허스트베트는 네 개 주의 경계선이 맞닿는 포코너스 모뉴먼트로 여행한 유년기의 기억을 되짚는가 싶더니, 느닷없이 학제라는 사유의 경계들을 종횡무진 넘나들기 시작한다. 이 글 자체가 네 개 이상의 학제가 만나는 경계의 접점에서 활보한다. 시리는 고대 회화와 세계 신화, 분류학을 차례로 비판적으로 검토하며 제멋대로 가르고 나누는 무의식적 편견의 폭력을 드러내고, 급기야 현대 발생학의 어휘에 뿌리 깊게 새겨진 성차별을 폭로한다. 경계를 세우는 자들은 경계에 난 구멍들을 누수의 위험으로 인식한다는 통찰로 혐오의 기원을 촉각한다.

〈열린 경계들〉은 난해한 전문지식의 영역을 본격적으로 넘나드는 문학·과학·심리학·사회학 에세이들로 넘어가는 징검다리의 첫 돌이고, 어쩌면 가장 시리 허스트베트다운 글이다. 글의 추이를 따라가다 보면 사사로운 회고록의 피막이 어느새 벗겨진다. 깊숙한 전문성의 영역까지 자유로이 넘나드는 '지적 유랑자'의 통섭적 지성이 거침없이 한판 춤을 추고 난 자리에 힘차고 고유한 어머니의 새로운 상이 텍스트 저변으로부터 떠올라 있다. 경계를 무화하고 장벽을 깨부수는 어머니는 이민자들과 연대하고 트럼프가 "폐쇄한 국경"을 공격한다. 이민자는 어머니와 마찬가지로 상징이고 또한 실체이며, "허세를 부리며" 항구성을 약속하는 허무한 다른 경계들 또한 국경의 장벽과 마찬가지로 상징이며 또 실체다. "상징적 폭력과 실제의 폭력"은 동일하며 상호호환된다. 플라톤과 아리스토텔레스, 예수 그리스도, 철학과 종교를 쌓고 지식과 앎의 경계를 세운 학자와 전문가들, 서구 문명을 이룩한 무수한 '아버지'들이 무수한 장벽들을 세우고 무수한 경계를 구획했고, 그로써 어머니의 생래적 권위를 거듭거듭 찬탈했다. 어머니는 창조의 기원이라는 권위를 역사적·사회적·과학적·문화적으로 빼앗기고 주변으로, 장벽 밖으로, 경계 너머로 밀려났다. 인

간은 모두 다른 사람의 몸속에서 시작된다는 단순 명백한 진리가
참 꼼꼼하게도 삭제되고 생략되고 잊혔다.

역사, 문화, 과학, 사회. 아버지들의 공모로 산 채로 묻히고 잊
힌 '어머니'는 독자이고 관객이고 학자이며 무엇보다 작가다. 시
리 허스트베트는 이 책에서 과거에 he가 점유했던 모든 일반대명
사를 she로 대체한다. 그리하여 모계의 역사를 복원하는 사적 기
획과 작가의 족보라 할 문학적 정전을 재구성하는 공적 과업을
자연스레 연결한다. 이제 "그녀" 시리의 "읽기"가 여성 작가의 기
원인 세헤라자데, 제인 오스틴과 에밀리 브론테를 눈부시게 꿰뚫
고 비춘다. 남자들이 쓴 텍스트의 여백에 간신히 자신을 새겼던,
나무 관짝 같은 남자의 말에 갇혀졌던, 언술의 권위를 박탈당하고
침묵하던, 목숨을 걸고 여흥거리로 이야기를 자아내던, 위대한 여
성 작가들을 초혼해 이야기의 어머니로서 다시 "쓰고" 세운다.

무엇보다 이 책의 진가는 마지막 에세이를 읽고 책을 덮는 순
간 덮쳐 오는 차마 말로 표현할 수 없이 복잡한 감정에 있다. 예술
가로서 루이즈 부르주아의 노회한 '전략'을 다룬 〈이것과 저것 둘
다〉, 여성혐오라는 이상한 현상을 정면으로 해부한 〈남자들은 무
엇을 원하는가〉, 실비아 마리 라이킨스의 끔찍한 살해 사건을 다
룬 〈희생양〉까지, 전혀 예기치 못한 방향으로 내달리는 세 편의
역작을 거쳐야만 비로소, 이 책의 진짜 목적이, 잔잔한 어머니의
바다에서 피에 젖은 그리스의 괴물 어미들이 포효하며 뛰쳐나오
듯 가공할 실체가 드러나기 때문이다. 사생활마저 이용하는 전략

적 예술가 루이즈 부르주아와 가족을 조종해 가공할 고문 살인을 자행한 살인마 거트루드는 둘 다 "어머니"였다. 대미를 맺는 〈희생양〉은 비합리적 폭력을 해부하고 혐오와 군중심리가 합쳐 미쳐 돌아갈 때 인간이 다다를 수 있는 참혹의 끝을 다면적 서사로 파헤친다. 악몽 같은 이야기의 주인공들은 죄없는 희생양과 불가해한 가해자 모두 여성이다. "상징적 폭력과 실제의 폭력"이 다시금 교차하고 여성혐오를 떠받치는 희생양 논리가 붕괴한다.

이 책에 실린 각각의 에세이들은 물론 그 자체로 온전히 완결을 지었다. 여러 다른 매체에 실린 바 있고 맥락의 도움 없이도 홀로 서는 글들이다. 그러나 책 꼴을 이루며 재배치됨으로써 이 글들은 전체로서 또 하나의 이야기를 짓고 또 하나의 메시지를 전달한다. 괄괄한 할머니와 어머니의 고향 바다로부터 출발해 희생자를 향한 잔인무도한 폭력으로 끝나는 읽기의 여정은 다분히 상징적이다. 여성작가 시리는 괴물, 집안의 천사, 맹목적 온정의 할머니, 악마 계모, 감성적 작가, 씨앗을 틔우는 대지… 아무렇지 않게 유통되는 수많은 허튼소리를 정면으로 공략한다. 삭제와 생략, 혹은 허구를 통해 두텁게 구축된 아버지의 환상을 무너뜨린다. 틸리와 에스테르의 딸, "그녀"가 유령같은 텍스트의 여백을 되살리고 가시금작화 만발한 황야의 벼랑을 넘고 일곱 번의 모험에서 살아 돌아와서는, "그"가 떨어뜨린 펜을 주워 드디어 버지니아 울프가 세상의 모든 여성 작가에게 내린 지령대로 집안의 천사를 살해하고 고유한 어머니를 되찾은 것이다.

나는 어느덧 시리 허스트베트의 저작을 무려 여섯 권째 옮기고 말았다. 경계를 무화하는 다능형 천재라는 말만으로는 이 심오한 작가가 짜내는 정신/지성/감각/감정/감정이입/기억/상상력의 그 물망을 차마 형용할 수 없다. 과연 현대의 그 어느 지성인이 몸과 마음, 감정과 이성, 기억과 상상, 철학과 예술, 창작과 비평을 이렇게 종횡무진 엮어 글을 쓴단 말인가. 학제 간 통섭이라는 험난한 지형을 서슴없이 활보하는 이 유랑검객이 화려하게 베고 가르고 찌르는 언술의 폭과 심도라니, 읽으면서도 광활함을 믿기 어렵고 차마 바닥을 가늠할 수 없다. 허나 여섯 권의 경이로운 저서들을 옮기다 보니 나도 모르게 오래 본 사람을 느끼듯 시리 허스트베트를 차츰차츰 내밀하게 느끼게 되었다. 시리의 책들에는 한 권 한 권 매번 내가 이상하리만큼 사적으로 감응하게 되는 어떤 감정의 응어리가 있었다. 해박한 지식과 정교한 언어 아래로, 시리만의 고유한 슬픔이 늘 내게로 흘러 스몄다. 돌이켜 곰곰 짚어보면, 아버지들의 세계를 짝사랑하는, 끝내 그들이 주지 않는 마땅한 인정에 허기진, 착하고 똑똑한 딸의 상처 받은 자의식이 그 슬픔의 저류 한 줄기를 이루었던 것 같다.

하지만 이 책은 그런 심리적 외상의 정서를 내동댕이친다. 글결도 전작들에 비해 훨씬 건조하고 단단하다. 나는 노년에 들어선 시리 허스트베트가 어머니와의 사별을 겪고 트럼프의 시대를 지나며 중대한 내적 갈등을 결판지었다는 느낌을 받았다. 중서부의 착한 딸로서 '학습한 패턴'을 떨치고 평생 자아의 일부로 따라다닌 "집안의 천사"를 마침내 죽이는, 상징적 통과의례를 치러낸 건 아닐까. 불편한 날것의 분노마저 원형 그대로 표출할 용기를 거머쥐고 상처받은 내면을 봉합한 건 아닐까. 아버지의 장벽을 폭력적으로 철거할 때 비로소 어머니와 딸이 연대하고 토착민으로 살아갈 새로운 땅이 펼쳐진다. 왠지 마지막 장을 옮기고 나서는, 작가와 함께 크나큰 관문을 통과한 듯 후련하고도 서늘한 기분에 젖었다.

일껏 써내려 왔지만 옮긴이의 '해설'은 이 심오하고 방대한 저작을 더듬어 어떻게든 개인적으로 이해하고자 지어낸 또 다른 '이야기'에 불과하다. 한 권의 책으로서 《어머니의 기원》은 독자들이 처음부터 끝까지, 원형 그대로 오롯이, 각자 스스로 대면했을 때, 그 무섭고도 아름다운, 파괴하면서 또한 구축하는, 무너뜨리고 다시 세우는 작가의 힘을 제대로 느낄 수 있다. 모든 장소 모든 시간에 편재하고 만연하는 차별과 혐오의 구조를 타파하고자 과학과 의학과 심리학과 철학과 예술사와 문학과 사회비평을 동원하고 글로 쓰이고 말해지는 것뿐 아니라 생략되고 잊힌 것까지 파내는 작가의 치열한 통섭적 사유를 부디 처음부터 끝까지 꼭꼭 씹어 읽기를, 그 경이로운 텍스트의 심도를 부디 몸소 체험하기를 바란다.

마거릿 애트우드는 《시녀 이야기》가 "페미니즘 선언"이냐는 질문을 수도 없이 받았다면서 이렇게 일갈했다. "내가 한 가지 주장을 펼치고 싶었다면 광고판을 샀을 것이다. 내가 한 사람을 설득하고 싶었다면 편지를 썼을 것이다. 그러나 나는 소설을 썼다." 시리 허스트베트가 한 마디로 요약할 수 있는 주장을 펼치고 싶었다면 광고판을 샀을 것이다. 허나 허스트베트는 "어머니들, 아버지들, 또 다른 사람들"을 논하고자 미노타우르스의 미궁처럼 혼란한 이 에세이집을 썼다. 시리는 말한다. "작가, 독자, 번역자들은 모두 어떤 식으로든 여행을 했다. 우리 모두 여러 낯선 땅의 이방인들이었다"고. 이 어마어마한 여행을 마치고 미궁의 끝에서 우리가 만난다면, 빛은 새삼 달고 깊고 밝을 것이다.

2023. 8
김선형

《어머니의 기원》 독자 북펀드에 참여해주신 분들

EA조	박정은(까망)	이현아
Medusa J	배현숙	이화진
Rim	백선희	이희영
강경민	백수영	임경영
고석현	백승훈	임승유
구세주	보석홈런	자캐오
권현진	서지혜	전애숙
글월마야	수하	정옥자
김동옥	양은실	정정혜
김민령	양효주	정효재
김병욱	여지현	조경희
김수민	윤희진	조선희
김신덕	이다윤	조순옥
김애란	이도영	존 골트가 누구지
김연미	이미옥	최영
김초록	이야기정원	최예선
김효선	이연두	파니
나선엽	이영아	햇살재은
로아	이예준	협동조합 누군가의집
문외경	이윤	홍지연(홍큐)
박송하	이은경	
박순일	이은주	그 외 44명
박은서	이주혜	총 110명 참여

어머니의 기원

첫판 1쇄 펴낸날 2023년 9월 20일

지은이 | 시리 허스트베트
옮긴이 | 김선형
펴낸이 | 박남주

종이 | 화인페이퍼
인쇄·제본 | 한영문화사

펴낸곳 | (주)뮤진트리
출판등록 | 2007년 11월 28일 제2015-000059호
주소 | 서울시 마포구 토정로 135 (상수동) M빌딩
전화 | (02)2676-7117 팩스 | (02)2676-5261
전자우편 | geist6@hanmail.net
홈페이지 | www.mujintree.com

ISBN 979-11-6111-122-3 03840

* 책값은 뒤표지에 있습니다.